AF155398

Andrea Labahn

Phönixfeuer

Feurige Liebe

novum ⚟ pro

Dieses Buch ist auch als

e-book
erhältlich.

www.novumverlag.com

Bibliografische Information
der Deutschen Nationalbibliothek:

Die Deutsche Nationalbibliothek
verzeichnet diese Publikation in
der Deutschen Nationalbibliografie.
Detaillierte bibliografische Daten
sind im Internet über
http://www.d-nb.de abrufbar.

© 2015 novum Verlag

ISBN 978-3-99048-053-3
Lektorat: Silvia Zwettler
Umschlagfotos: Bram Janssens,
Ilja Mašík, Seoterra | Dreamstime.com
Umschlaggestaltung, Layout & Satz:
novum Verlag

Gedruckt in der Europäischen Union
auf umweltfreundlichem, chlor- und
säurefrei gebleichtem Papier.

www.novumverlag.com

Kapitel 1

Zora war eine gewöhnliche Frau, die in einer Pflegefamilie aufwuchs, in einem kleinen Haus, mit Eltern und Geschwistern, die selbst alle adoptiert waren. Sie verstand sich ganz gut mit den anderen, doch sie hassten alle ihre Pflegeeltern. Es gab harte Regeln hier, z. B. dass sie die beiden als richtige Eltern akzeptieren mussten, Backen, Kochen und Putzen standen an der höchsten Stelle der Tagesordnung. Außerdem wurde ihnen immer eingeprägt, wie sie sich gegenüber den Männern zu verhalten hatten. Der Mann sollte verwöhnt werden und die Frau durfte nicht widersprechen. „Die Frau kocht, putzt und kümmert sich um die Kinder und der Mann geht arbeiten und lässt sich von der Frau verwöhnen, das ist doch nicht normal, wir leben doch nicht im Mittelalter!"

„Ob du dich nun aufregst, Amelia, oder nicht. Du weißt, wenn wir nicht gehorchen und nicht unsere Arbeit machen, dann bekommen wir wieder Schläge von den Alten. Denkst du, uns anderen macht es Spaß, hier in dieser Bude zu leben und das alles zu machen?" Wie jeden Tag regten sie sich über die Eltern auf – außer Zora. Sie stand ruhig in der Küche und machte den Abwasch. Sie mischte sich nicht mehr ein in solche Sachen, seit sie Schläge bekommen hatte von dem Herrn. Zora wusste nicht, wie die anderen das jedes Mal machen konnten, obwohl sie doch schon selber alle Prügel bekommen hatten, aber trotzdem redeten sie so über die Eltern und machten keine Anstalten, ihre Arbeit richtig auszuführen. Zögernd sagte Zora: „Wisst ihr ... ich finde das nicht richtig. Irgendwann werden wir hier raus sein, könnt ihr nicht dann über die beiden reden? Ihr wisst doch genau, wenn einer von ihnen das mitbekommt, was dann wieder passiert." Amelia sah Zora fassungslos an.

„Was soll das, Zora? Sag bloß, du bist schon so eingeschüchtert von einmal Schläge? Du lebst so lange hier mit uns, nur einmal hast du Schläge bekommen im Gegensatz zu uns. Nun willst du dir alles gefallen lassen?" Jetzt mischte sich auch Ella ein. „Lass sie. Irgendwo hat sie eigentlich recht damit."

Die beiden verschwanden und Zora war froh endlich etwas Ruhe zu haben. Sie freute sich schon endlich ihren Bruder wiederzusehen, doch die Frage, warum sie hier war, ging ihr nicht aus dem Kopf. Zora nahm sich vor ihren Bruder endlich zu fragen, doch bis dahin dauerte es noch mindestens drei Stunden. Nun musste sie erst einmal noch abtrocknen und summte vor sich hin. „Hör auf zu träumen und mache das Geschirr endlich sauber und stell es in den Schrank!" Erschrocken fuhr sie herum und sah in das Gesicht der Frau, die sie großgezogen hatte, drehte sich aber schnell wieder herum zu dem Geschirr und machte sofort mit ihrer Arbeit weiter. „Bring das Papier raus, sobald du hier fertig bist. Wenn du das getan hast, kannst du in deinem Zimmer warten, bis dein Bruder da ist, und kein Wort darüber, was hier passiert, verstanden!?"

„Ja, verstanden." Nach dreißig endlos langen Minuten war sie in der Küche fertig und ging in den Keller. Kurz schaute sie zu der Foltertür, senkte dann schnell den Kopf wieder und ging zum Papier. Ihr kamen die Bilder hoch, wie der Alte den Stock nahm und auf sie einprügelte, niemand unternahm etwas, obwohl ihre Schreie durch das Haus zu hören gewesen sein mussten. Zora nahm schnell eine Tüte, kramte das Papier zusammen und steckte es hinein, sie hatte nicht das Verlangen, länger als nötig hier unten zu sein, wo das alles geschehen war. Als sie draußen war, freute sie sich über die frische Luft, im Haus war es nur stickig, roch nach Zigaretten und Alkohol. Als Zora das Papier in den Container geschmissen hatte, überkam sie ein komisches Gefühl, als ob ihr jemand gefolgt wäre. Angst stieg in ihr auf und sie wusste nicht, ob es schlau wäre, sich umzudrehen. Sie stand da und konnte sich nicht bewegen. „Was ist denn mit dir los, Schwesterherz?" Beim Klang dieser Stimme beruhigte sie sich schnell wieder, und ehe er sich versah, lag sie schon in seinen Armen. Er umarmte sie fürsorglich und sein Blick wurde nachdenklich. „Was ist denn los mit dir? In der letzten Zeit stürzt du dich in meine Armen und umklammerst mich, dass ich kaum Luft bekomme. Ist irgendwas passiert, was ich nicht weiß?"

„Nein, es ist nichts ... ich freue mich nur, dass du mich besuchen kommst."

Zoran hörte in ihrer Stimme jedoch etwas Ängstliches und man hörte, dass sie weinte. Er konnte sie nicht zwingen zu reden, aber er wollte es wissen, sie war seine kleine Schwester, die er beschützen musste, nicht nur weil seine Eltern es ihm damals befohlen hatten, sondern auch weil er sie als Schwester liebte und nichts über sie kommen lassen wollte. „Ich zwinge dich nicht mir alles zu erzählen. Das möchte ich auch nicht, aber ich hoffe, dass du Vertrauen zu mir hast. Du kannst alles sagen, was du willst, und egal wie sehr du auch versuchst zu leugnen, dass etwas war, ich höre es in deiner Stimme, dass etwas passiert ist." Zora wollte nicht reden, zumindest jetzt nicht. Sie klammerte sich an ihrem Bruder fest und wünschte sich, dass er sie hier herausholen würde. Was er bestimmt machen würde, wenn er wissen würde, was hier passierte, doch Zora hatte so viel Angst, dass sie darüber kein Wort reden konnte. „Es ist wirklich nichts, das sind Freudentränen ... wirklich. Mir geht es gut." Zoran musste seine Wut unterdrücken, weil er ganz genau wusste, dass sie etwas bedrückte, doch was war das gewesen, dass sie nicht darüber reden konnte oder wollte? Sie gingen gemeinsam in das Haus hinein. Zoran begrüßte alle sehr freundlich, dann gingen sie in den Wohnraum und setzten sich alle an den Tisch, um Kaffee zu trinken. „Würde es Ihnen etwas ausmachen, mir einen Tee zu machen und bitte auch für meine Schwester?"

„Nein, überhaupt nicht. Amelia, gehe doch bitte mal in die Küche und mache zwei Tassen fertig." Es war wie immer, wenn Besuch kam, die beiden setzten ihre Maske auf und verhielten sich sehr freundlich. *Der Schein einer glücklichen Familie*, dachte Zora sich. Niemand wusste, was hinter den Scheinwerfern wirklich los war. Amelia kam mit zwei Tassen wieder und stellte sie auf den Tisch. Zora spürte die Blicke von ihrem Bruder auf sich, dass er kein Wort glaubte, wusste sie. Zoran erkannte immer sofort, wenn was nicht stimmte.

„Also wir haben überlegt, ob es nicht an der Zeit wäre, Ihrer Schwester einen Mann zu suchen. Sie ist sehr schlau und extrem hübsch. Die Hausarbeiten beherrscht sie alle. Wir sind uns sicher, dass sie einen Mann glücklich machen könnte." Zoran überlegte kurz und ließ seinen Blick nicht von Zora. Die Eltern waren bekannt dafür, dass sie ihre „Frauen" an reiche und gut aussehende Männer weitergaben. Die letzte hatten sie sogar zum Tanz- und Gesangunterricht gebracht, weil sie mit einem Musiker zusammengebracht wurde. „Ich bestreite nicht, dass Sie sich sehr gut um Zora gekümmert haben, schon gar nicht, weil Sie schließlich eine gute Summe dafür bekommen haben, um auf sie zu achten. Dafür bin ich Ihnen sehr dankbar. Was jedoch Vermählungen und sonstiges angeht, so möchte ich doch bitte entscheiden, wann die richtige Zeit dafür ist und wer es sein wird." In dem Raum wurde es ganz still und die Pflegeeltern schienen alles andere als glücklich zu sein über seine Antwort. Zora hörte zum ersten Mal davon, dass man Geld dafür bezahlt hatte, dass sie hier lebte. Umso mehr fühlte sie sich schuldig, dass sie Zoran nichts erzählt hatte, was hier in Wirklichkeit vor sich ging. Dann räusperte sich die alte Frau und setzte ein Lächeln auf. Langsam kam in ihr Gesicht wieder Farbe, welche nach Zorans Antwort entwichen war. „Natürlich können Sie das alles entscheiden. Dann werden wir uns nicht weiter in diese Angelegenheit einmischen." Als sie mit dem Tee fertig waren, gingen Zoran und Zora gemeinsam in die Stadt. Sie waren beide erleichtert aus dem Haus hinaus zu sein. In der Stadt durfte sie sich Sachen und Schmuck aussuchen, doch sie wollte nur ein einziges Kleid haben. Es war schwarz und lag eng an der Haut, der Ausschnitt war nicht sehr tief und deswegen hatte Zoran eingewilligt. Ihm passte es jedoch nicht wirklich, dass Zora so ein Kleid aussuchte, weil es doch ziemlich kurz war. Es ging bis zur Hälfte ihrer Oberschenkel, da er aber wusste, dass sie nicht viel von dieser Familie bekam, stimmte er zu. Als sie an einem Buchladen vorbeikamen, wollte Zora da gerne hinein. Sie nahm ein Buch, bei dem es sich anscheinend um einen Liebesroman handelte. Gemeinsam gingen sie an die Kasse und Zoran bezahlte es. „Hast du Lust, mit mir zum Japaner essen zu gehen?"

„Gerne, aber du hast doch schon so viel bezahlt für mich. Das Kleid war schon teuer genug, du musst mich nicht noch zum Essen einladen."

„Das sind Kleinigkeiten, die ich gerne mache für meine Schwester. Geld spielt für mich keine Rolle, solange ich es für dich ausgebe. Ich bestehe darauf, dass du mit mir essen gehst, dann kannst du wenigstens nicht ablehnen."

Er grinste leicht und hoffte, dass Zora endlich mit der Sprache herausrücken würde, was passiert war. Hatte es was damit zu tun, das sie einen Mann bekommen sollte? Das konnte nicht sein, Zora hatte seine Antwort gehört.

„Warum musste ich dort aufwachsen und wo bist du denn aufgewachsen? Warum bekommen sie Geld dafür von dir?" Er merkte zuerst nicht, dass sie stehen geblieben war, weil er so in seine Gedanken vertieft war. Ihre himmelblauen Augen sahen ihn an und warteten auf Antworten. „Es ging damals nicht anders. Wir hatten viele Probleme gehabt und wollten nicht, dass dir etwas passiert. Deshalb haben wir dich zu einer Familie gebracht, wo du sicher aufwachsen konntest. Diese Familie ist bekannt dafür, dass sie den Kindern alles beibringen, was sein muss. So wie sie dir den Haushalt beigebracht haben zum Beispiel. Außerdem wurden die Frauen immer an sehr gute Männer weitergegeben. Zumindest wurden keine Beschwerden gehört. Ich bin damals bei unseren Eltern geblieben, da ich älter bin als du. Das Geld haben sie für dein Wohlbefinden bekommen. Gibt es ein Problem damit? Du lebst doch hoffentlich gut bei ihnen?"

„Ja, es geht mir gut. Was waren das für Probleme und warum wolltet ihr mich in Sicherheit bringen?"

„Das ist egal, das musst du nicht wissen. Ich habe dir deine Fragen beantwortet, das sollte reichen." Sie kamen bei dem Japaner an und bestellten sich beide Sushi. Keiner redete mehr über das Thema. Zora merkte, dass er gereizt war, und wollte ihn nicht noch weiter provozieren, deshalb behielt sie ihren Kopf unten und aß ihr Sushi auf. Wieder bezahlte Zoran und bedankte sich für das köstliche Essen. Zora ging der Kommentar nicht aus dem Kopf, dass sie sehr hübsch sei. Neben ihrem Bruder sah sie bestimmt nicht hübsch aus. Er hatte dunkelblaue Augen und dunkelblonde Haare, einen sportlichen Körper und war immer sehr gut gekleidet. Wenn er lächelte, schmolzen die Frauen fast dahin, was Zora total übertrieben fand. Vielleicht lag es auch daran, weil sie seine Schwester war. Warum musste sie sich immer über solche unwichtigen Dinge Gedanken machen? Die beiden waren auf dem Weg nach Hause, zu Zoras Zuhause. Sie wollte nicht zurück und ging immer langsamer, umso näher sie kamen. „Jetzt reicht es Zora!" Sie fuhr so heftig zusammen und stand wie erstarrt da, ihr ganzer Körper fing unkontrolliert an zu zittern. Zoran hatte sie so sehr angeschrien, wie sie es noch nie erlebt hatte bei ihm. Sie starrte ihn mit weit aufgerissenen Augen an und wusste nicht, was sie sagen sollte. Zoran schubste sie gegen eine Wand, schlug seine Hände auf beiden Seiten dagegen und schaute seine kleine Schwester wütend an.

„Erkläre mich nicht für dumm! Ich merke ganz genau, dass etwas passiert ist. Du willst nicht zurück und du erstarrst, sobald etwas ist. Außerdem zitterst du am ganzen Körper vor Angst. Erzähl mir endlich, was verdammt noch mal passiert ist! Und fange nicht wieder an, dass es dir gut geht!" Zora öffnete zwar den Mund, doch es kam kein Wort heraus, dafür aber traten Tränen aus ihren Augen und rollten an ihren Wangen herunter. Die Bilder von den Ereignissen überschlugen sich, diese Augen, die sie so anstarrten, das Grinsen, die Schmerzen, das Schreien. Sie sank auf den Boden und zog die Knie an sich, umfasste diese mit den Händen und weinte mit gesenktem Kopf. Zoran schaute sie an, doch nicht mehr sauer, sondern traurig. Er ging vor ihr in die Hocke und nahm sie in die Arme. „Entschuldige, wenn ich dir Angst gemacht habe. Ich kann einfach nur nicht mit ansehen, wie du leidest."

„Halt mich einfach nur fest, Zoran, und lass mich bitte nicht los. Ich kann es dir nicht erzählen, es tut mir leid, wirklich. So sehr ich es auch will, ich kann es einfach nicht." Zoran erwiderte nichts mehr und hielt seine Schwester einfach, ohne ein Wort zu sagen, in den Armen. *Sie ist so zerbrechlich und so ängstlich und schüchtern, sie könnte niemals einer Fliege was zuleide tun, was wurde ihr nur angetan?* Er beschloss jemanden an ihre Seite zu stellen, der ein Auge auf sie haben sollte. Irgendwann würde er es erfahren, was man seiner Schwester angetan hatte. Langsam hörte Zora auf zu weinen und stand auf. Sie richtete den Blick immer noch nach unten und traute sich nicht ihren Bruder anzusehen. Langsam gingen sie weiter zum Haus, mittlerweile war es schon dunkel geworden und die Eltern standen an der Tür und warteten schon, Zora wusste, dass sie sauer waren, ohne dass sie es sehen musste. „Entschuldigung, dass es so lange gedauert hat. Ich war mit meiner Schwester noch essen und habe vergessen auf die Uhr zu schauen, während wir uns unterhielten."

Beide schauten erst Zoran an und dann gingen die Blicke zu Zora. Sie blickte immer noch auf den Boden und krallte sich an Zoran fest. „Ist schon okay, wir wussten ja, dass sie mit Ihnen unterwegs ist." Zoran drückte seine Schwester noch einmal fest an sich und flüsterte ihr ein „Auf Wiedersehen" zu. Dann ließ er sie los, gab ihr einen Kuss auf die Stirn und ging. Zora blickte ihm noch eine lange Zeit hinterher, bis er nicht mehr zu sehen war. Dann bemerkte sie, dass eine Hand ihren Arm packte und sie hereinzerrte. Es war der Herr, der sie wütend ansah und anfing sie anzuschreien. „Was hast du ihm erzählt und warum bist du total verheult? Du hast ihm etwas erzählt, stimmt's?"

„Nein! Ich … ich habe wirklich nicht …"

„Schweig, du Lügnerin!" Zora wurde in den Keller gezerrt und sie weinte und schrie, dass er sie loslassen sollte. Doch er hörte nicht und schubste sie in die Kammer. Hinter sich schloss er die Tür ab und nahm das Brett zur Hand. Zora sah nur noch, wie er ausholte, und schloss dann die Augen, als sie schrie. Der Schmerz war nicht auszuhalten und es brannte, als würde man sie mit Feuer verbrennen. Dann merkte sie nur noch, wie das Blut über ihren Rücken floss, bevor alles schwarz wurde.

Etwas Helles blendete Zora im Gesicht und sie spürte Schmerzen. Sie konnte ihre Augen nicht öffnen, weil das Licht zu grell war.

Es dauerte ein paar Minuten, bis sie es schaffte, die Augen leicht aufzubekommen. „Wo bin ich hier? Das ist nicht mein Zimmer." Ihre Stimme war kaum hörbar. Sie setzte sich langsam auf und überlegte, was geschehen war und wie sie hierhergekommen war. Als Zora durch den Raum blickte, erkannte sie, dass es ein Krankenhauszimmer war. Erst jetzt bemerkte sie den Tropf und die Pflaster. Bei jeder Bewegung spürte sie den Schmerz, der über ihren Rücken fuhr. Langsam kamen die Gedanken wieder, mit dem Keller, die Schläge und die Behauptung, dass sie ihrem Bruder etwas erzählt hätte. *Was haben die den Ärzten erzählt, wie das passiert ist?* Als es klopfte, zuckte Zora heftig zusammen und schrie fast auf, konnte es aber gerade noch unterdrücken. „Oh, Sie sind wach. Wurde auch Zeit, Sie haben schließlich drei Tage geschlafen. Wir haben uns schon Sorgen gemacht. Können Sie sich erinnern, was passiert ist?"

„Nein, kann ich nicht", log Zora, um zu erfahren, was die Eltern gesagt hatten.

„Sie sollen mit einem Fahrrad im Wald von einem Berg heruntergestürzt sein. Durch die Äste und Sträucher haben Sie schwere Wunden, aber keine Sorge, so wie es aussieht, wird später nichts mehr zu sehen sein."

Das haben sie also erzählt, dachte Zora. *Sind die Ärzte wirklich so dumm, um so was zu glauben?* „Ja, klingt irgendwie nach mir. Wann darf ich hier raus?"

„Die Ärztin meinte, wenn alles gut geht, in sieben Tagen. Ich soll noch ausrichten, dass Ihrem Bruder Bescheid gesagt wurde und er bald hier sein müsste."

„Danke für die Nachricht." Erst überlegte sie, ob man der Schwester vertrauen konnte, um die Wahrheit zu erzählen, hielt dann aber doch inne, weil sie nicht noch mehr Probleme haben wollte. Langsam lehnte sie sich zurück und schloss die Augen wieder. Nach einer Weile schlief sie wieder ein, weil ihr Körper zu erschöpft war von den ganzen Ereignissen.

„Zora? Zora, hörst du mich?" Besorgt sah Zoran seine Schwester an und streichelte ihr über die Wange. In ihm kochte es vor Wut.

Ihm kamen keine Zweifel mehr, dass die Familie ein dunkles Geheimnis hatte. Die Geschichte, dass Zora von einem Berg mit dem Fahrrad gestürzt sein sollte, hatte er von Anfang an nicht geglaubt. Dafür kannte Zoran sie zu gut. „Zo...ran ...", sein Blick ging sofort hoch auf ihr Gesicht. Ihr Lächeln war sehr schwach. Ihm kamen die Tränen, als er sie so sah. Langsam, als könnte sie bei jeder Berührung zerbrechen, streichelte er ihr über die Haare und küsste sie ganz vorsichtig auf die Stirn. „Ich bin so froh, dass du noch lebst. Wer hat dir das angetan?"

„Es bringt nichts mehr, dich anzulügen, oder?" Zoran schaute seiner Schwester direkt in die Augen, legte seine Hand auf ihre und schüttelte leicht den Kopf.

„Hätte ich mir auch denken können. Es ist nicht einfach, das zu erzählen. Ich habe Angst, dass sie mich das nächste Mal umbringen."

„Sie werden dir nichts mehr antun, das schwöre ich dir."

„Ich hätte es dir so oder so erzählt, ich kann einfach nicht mehr darüber schweigen. Wenn wir nicht hören und machen, was sie sagen, dann bekommen wir Schläge. Es war das erste Mal vor ungefähr einem Monat, als ich mich mit den anderen über sie beschwert hatte. Die Herrin hat es gehört und dem Herrn erzählt. Bevor ich etwas verstehen konnte, hatte er mich schon in den Keller gezerrt und mit dem Stock ausgeholt. So war es auch an dem Tag, als du gegangen warst. Der Herr hat behauptet, ich hätte dir etwas erzählt, als ich es abstritt, nannte er mich eine Lügnerin und zerrte mich wieder in den Keller. Ich habe nur einen sehr starken Schmerz gespürt und sehr bald wurde vor meinen Augen alles schwarz. Die Schwester meinte, ich hätte drei Tage geschlafen."

Ihr Kopf fing an wehzutun. Zoran bemerkte es und wollte schon nach einer Schwester klingeln, doch Zora nahm seine Hand und zog sie langsam davon weg. „Schon gut, ich brauche nichts. Als du dich von mir verabschiedet hast, sah ich noch lange hinter dir her. Ich habe gehofft, dass du wieder zurückkommen würdest, um mich mitzunehmen." Zoran schluckte seine Wut runter. Der Hass zerfraß ihn innerlich. Am liebsten wäre er zu dieser Familie gefahren, um ihnen alles heimzuzahlen. Doch seine Schwester brauchte ihn jetzt, das wusste Zoran. „Ich habe jemanden mitgebracht. Dass etwas nicht stimmte, wusste ich schon früher, auch wenn du nicht den Mund aufgemacht hast. Er wird auf dich aufpassen und immer ein Auge auf dich haben, auch wenn du ihn nicht sehen wirst, kannst du sicher sein, dass er an deiner Seite ist. Könntest du bitte hereinkommen, Leander?" Zoran sah, dass seine Schwester etwas verwirrt war, das konnte er gut verstehen, wenn er in ihrer Situation gewesen wäre, würde er auch kein Wort verstehen. Zoran hoffte, dass Zora nicht weiter darauf einging. „Guten Tag, Zora. Du bist also die Schwester von meinem besten Freund? Hübsches Fräulein, muss ich schon sagen. Liegt wohl in der Familie."

Zoran warf ihm einen wütenden Blick zu, der aber wieder verschwand, als Zoran das leichte verlegene Lächeln seiner Schwester sah. Er hatte recht, sie war wirklich sehr schön. Ihre dünne Figur und ihre langen hellblonden Haare passten zu ihrer blassen Haut und ihre wunderschönen großen Augen erinnerten Zoran an seine Mutter. Doch er wusste, dass es nicht sie war, wie sie geboren wurde. Ihr Wirkliches Ich war tief verschlossen worden, damit sie in Sicherheit sein konnte. Nun drohte aber seit langer Zeit schon keine Gefahr mehr. Ihre Eltern waren gefallen im Kampf und Zoran war verpflichtet sich nun um seine Schwester zu kümmern. Er wusste nicht, wie man die wirkliche Zora freilassen konnte, und auch nicht, wie er ihr überhaupt die Geschichte irgendwann erklären sollte. Bis dahin hatte er zum Glück noch Zeit, erst einmal musste er seine Wut unter Kontrolle bekommen, für Zora, und mit Leander reden. „Leander, könntest du bitte mal kurz mitkommen vor die Tür? Ich muss noch etwas Wichtiges mit dir besprechen." Zora blickte erst zu ihrem Bruder, dann zu Leander. Sie verstand nicht, warum ihr Bruder mit ihm alleine reden wollte. Zora fühlte sich erschöpft und beschloss sich wieder hinzulegen. Die Zeit im Krankenhaus sollte genutzt werden, um sich auszuruhen. Wenn die Zeit hier drin vorbei war und es dann wieder nach Hause gehen würde, fing der Stress wieder an. Arbeiten und alles machen, was die Alten wollten. Zora hatte keine Lust mehr, wegen irgendeinem Vergehen geschlagen zu werden. Wie wollte Leander sie beschützen? Ihr fiel der Satz ein, als Zoran meinte, dass Leander immer bei ihr wäre, auch wenn sie ihn nicht sehen würde. Wie meinte er das? *Egal*, dachte sie sich. *Ich kann mir darüber später immer noch Gedanken machen.* Als ihr die Augen zufielen, hörte Zora die Tür wieder aufgehen und sie schaute sofort wieder auf. Vor ihr stand Leander und hielt ihr ein kleines Päckchen hin. Langsam schaute Zora hoch zu ihm, dann wieder zu der Schachtel. Da ihr der Rücken immer noch wehtat, erhob sie sich nur langsam und setzte sich. Das Päckchen war leuchtend rot und sauber eingepackt. Eine goldene Schleife war darum gebunden und das Material leuchtete im Licht. Es sah so schön aus, das Zora es ganz langsam öffnete, um das Papier nicht zu zerstören. Zum Vorschein kam ein Buch mit einem Drachensymbol, und ohne dass Zora es wollte, kamen ihr Tränen der Freude. Dieses Buch wollte sie schon so lange haben, nun schenkte es ihr jemand, der sie nicht kannte. Im Geheimen wusste sie aber, dass ihr Bruder dahintersteckte. „Danke ... sehr", schluchzte sie. Zoran setze sich neben sie und umarmte sie vorsichtig, damit er ihr nicht wehtat. Leander schaute Zora an und lächelte. Dann ging er zum Fenster, um hinauszusehen. Zum ersten Mal konnte Zora ihn richtig betrachten. Er war dünn und hatte eine Lederjacke an, die offen war, und eine dunkelblaue Jeans, dunkelbraune kurze Haare und dunkelbraune Augen, an seiner Taille ein breiter schwarzer Ledergürtel und Leander hatte noch schwarze Turnschuhe an. Zum ersten Mal fand Zora einen Mann ziemlich attraktiv. *Seine Haut ist braun, von der Sonne wahrscheinlich,* dachte Zora. „Es wird eine lange Zeit vergehen, bis ich dich wieder besuchen kann. Bitte passe auf dich auf und erhole dich hier im Krankenhaus. Wenn ich wiederkomme, dann werde ich dich mitnehmen. Leander bleibt so lange die ganze Zeit bei dir und achtet auf dich."

„Danke dir für alles. Ich werde warten, bis du wieder zu mir kommst, egal wie lange das auch dauern wird. Jede Sekunde werde ich daran denken, dass ich da bald herausgeholt werde von dir. Ich hab dich lieb, Bruder." Beim letzten Satz umarmte sie ihn und vergrub ihr Gesicht an seinem Hals, damit er nicht ihre Tränen sehen konnte. Am liebsten hätte sie ihn niemals losgelassen. Auch ihrem Bruder ging es so. Selbst ihm kamen die Tränen, wenn er nur daran dachte, dass er Zora hier noch so lange alleine lassen musste. Das Gefühl, dass Leander da war, gab ihm aber Kraft. Zoran konnte sich auf ihn verlassen, das wusste er. Leise sagte er zu ihr, dass auch er sie lieb hat, und löste sich widerwillig aus der Umarmung. Nun merkte Zora, dass es eine sehr lange Zeit sein würde, bis sie ihren Bruder wiedersehen würde, und konnte die Tränen nicht mehr zurückhalten. Als Zoran gegangen war, ging Leander an ihr Bett und drückte sie leicht, um ihr Trost zu spenden. „Er wird so schnell wie möglich zu dir zurückkommen." Zora nickte nur, denn sie konnte nicht reden. Am liebsten hätte sie den Tropf herausgerissen und wäre ihm nachgelaufen, nur um nie wieder zurückkehren zu müssen. Der Gedanke daran, dass sie wieder zurück zu den Pflegeeltern musste, ließ sie erschaudern. Leander bekam das mit und streichelte ihr beruhigend über die Haare. „Wie lange bist du schon bei denen?"

„Seit ich zehn bin."

„Vierzehn Jahre schon. Haben sie dir davor schon etwas getan?" Sie schüttelte den Kopf. Leander half ihr beim Hinlegen und deckte sie vorsichtig zu, auch er hatte Angst, ihr wehzutun. Er riet ihr zur schlafen, doch sie schüttelte wieder nur den Kopf. Leander versprach, dass er im Zimmer bleiben und nicht von ihrer Seite gehen würde, damit ihr nichts passierte. Dann gehorchte sie und schloss die Augen. Als Leander ihre ruhige Atmung bemerkte, wusste er, dass sie eingeschlafen war. Er nahm das Buch, das Zoran und er ihr geschenkt hatten, und fing an zu lesen. Die Geschichte klang sehr interessant und Leander musste zugeben, dass Zora einen guten Buchgeschmack hatte. Abends kam noch mal eine Schwester rein, um nach ihr zu sehen. Als sie dann gegangen war, schlief Leander irgendwann auf dem Stuhl ein.

Zoran sah vom Beifahrersitz aus dem Fenster und überlegte, wie er ihr alles erklären könnte, wenn Zora zu ihm kommen würde. Leider hatten seine Eltern ihm nie etwas von diesem Siegel erzählt, aber er wusste, dass es ein unglaublich starkes Siegel sein musste, wenn es so viele Jahre hielt. „Worüber denkst du nach? Ist es wegen deiner Schwester?"

„Ja, besser gesagt wegen des Siegels. Ich kann mir keinen Reim darauf machen. Du weißt auch nichts darüber, oder?"

„Nein, ich habe nie etwas von so einem Siegel gehört. Es ist außergewöhnlich, da es alles von ihr verschließt. Sie sieht nicht mal annähernd mehr so aus wie damals und sie kann sich an nichts erinnern. Ich kann mir schon vorstellen, wie es sein muss für sie. Hat sie denn nie gefragt, was vor dem Ganzen war? Ihre Erinnerungen gehen doch erst los, als sie zehn Jahre alt war und dort hingebracht wurde von dir, oder etwa nicht?"

„Das stimmt. Zu meinem Erstaunen hat sie diese Frage noch nicht gestellt. Sie wollte nur wissen, warum sie bei dieser anderen Familie aufwachsen musste."

Der Blick blieb nach draußen gerichtet, während sie im Dunklen die Straße entlangfuhren. Zoran wurde aus seinen Gedanken gerissen, als sein Handy klingelte. „Was gibt es, Maaike, wir sind unterwegs nach Hause."

„Es wird dir nicht gefallen, aber der Blutclan scheint dich beschattet zu haben. Leroy Loitador hat herausgefunden, dass deine Schwester lebt. Er erklärt dir den Krieg wegen Geheimhaltung von der Herrscherin."

„Verdammt!", er knirschte mit den Zähnen und fuhr sich mit einer Hand durch die Haare. Dann legte er auf. „Was ist los? Was wollte sie?"

„Loitador hat mir den Krieg erklärt." Er musste seine Schwester so schnell wie möglich aus dieser Familie holen, doch mit dieser Kriegserklärung wurde ihm ein Strich durch die Rechnung gemacht. Zoran konnte sie nicht zu sich holen, wenn er sich in einem Krieg befand. Nun gab es nur eine Möglichkeit, die ihm überhaupt nicht gefiel. Um keine Zeit zu verlieren, nahm er sein Handy zur Hand und wählte die Nummer. Er sah keine andere Möglichkeit, als seinen schlimmsten und langjährigen Feind um Hilfe zu bitten. Mario Paxaro, den Anführer des Schwarzen Clans.

Kapitel 2

Als die Schwester an der Tür klopfte, hereinkam und die Fenster öffnete, wurden Zora und Leander wach. Beide blinzelten erst, dann streckte sich Leander. Zora sah kurz seinen freien Bauch. *Wow,* war das Einzige, was sie in diesem Moment denken konnte. Die Schwester sagte, dass sie einmal Blut abnehmen müsste. Leander schaute weg, als sie das machte. Zora fing an zu kichern, als sie sah, dass Leander ganz kurz hingeschaut hatte und sofort blass wurde. Dann wurden einmal Blutdruck und Fieber gemessen. Die Schwester ging dann und sagte noch, dass die Ärztin gleich noch mal vorbeikommen möchte. „Kannst du Blut nicht sehen?"

„Das hat nichts mit Blut zu tun. Es sind die Nadeln", erwiderte er kleinlaut. Leander schüttelte sich, als er das Wort nannte. Zora fand es lustig und musste lachen. Sie sah das Buch aufgeschlagen. Leander erzählte, dass er da mal reingeschaut hatte. Er stand auf, um sich einen Kaffee zu holen, davor fragte er, ob sie auch etwas wollte. Zora bedankte sich, wollte aber nichts weiter haben. Leander ging den Flur entlang. Der Krankenhausgeruch ließ ihn erschaudern. Er konnte es einfach nicht ab. Komischerweise konnte Zora ihn wunderbar ablenken. Er hatte nicht gelogen, als er meinte, dass sie schön sei, denn das war sie wirklich. Wunderschön, um genau zu sein. Leander fragte sich, wie man einer Frau so etwas antun konnte. Sie schien wirklich schwer verletzt zu sein. Wenn sie sich hinsetzte, zuckte sie schon zusammen. Manchmal traute Zora sich nicht einmal aufzusetzen. Doch man sah auch, dass es ihr wieder besser ging. Leander fand es seltsam, dass sich die Verletzungen so schnell bessern konnten, machte sich aber darüber keine weiteren Gedanken mehr. Der Kaffee würde bestimmt ekelhaft schmecken, deshalb überlegte er zu einem Bäcker zu gehen und dort einen zu holen, doch er wollte nicht zu lange wegbleiben und entschied sich dagegen. Er steckte ein paar Münzen in den Automaten und ging wieder zurück. Zora blickte von dem Buch auf und lächelte ihn an. Sie sah immer noch sehr blass aus. Als er einen Schluck nahm, verzog er gleich den Mund, worauf Zora lachen musste. „Der muss ja wirklich widerlich schmecken, so wie du gerade deinen Mund verzogen hast." Am liebsten hätte Leander ihr angeboten selber mal zu kosten, doch nicht aus dem Becher. Er biss die Zähne zusammen. Was fiel ihm ein, an so etwas zu denken? Er sollte auf sie aufpassen, nicht mehr und nicht weniger. Sie hatte eine traumhafte Stimme gehabt. Ihre Augen waren wie der Himmel. Leander schüttelte den Kopf. *Jetzt reicht es aber*, ermahnte er sich. Er kannte sie doch erst seit ein paar Stunden und sie war alles andere als nur eine Frau für eine Nacht. Doch er konnte nicht anders, als ihre Beine zu betrachten, die auf der Decke lagen, und ihre Hüften. Zum Glück war sie vertieft in das Buch und bekam es nicht mit, wie er sie anstarrte wie ein gieriger Hund, der ein Leckerli haben wollte. Leander schaute zur Tür, als es klopfte. Er hörte eine tiefe, unfreundliche Stimme, als die Tür einen Spalt aufging. „Zora! Du … oh, guten Tag. Wer sind Sie, wenn ich fragen darf?" Der Mann schaute grimmig zu Leander. Anders hatte er sich den nicht vorgestellt. Er hatte einen Stoppelbart, war dick und unfreundlich noch dazu. Zora unterbrach die Stille schnell, als sie sah, dass der Vater immer wütender wurde, weil er keine Antwort bekam. „Das ist ein sehr guter Freund von meinem Bruder. Da er selber im Moment nicht hier sein kann, besucht Leander mich an seiner Stelle."

„Kann dieser Kerl nicht selber reden?" Leander blickte ihn wütend an. Am liebsten hätte er ihn gleich wieder hinausbefördert, aber nicht zur Tür, sondern gleich aus dem Fenster. Der Mann meinte brummig zu Leander, dass er sich hinausscheren solle, weil er alleine mit ihr reden wollte. Leander sah aus den Augenwinkeln, dass Zora ängstlich schaute und den Blick auf die Decke gerichtet hatte. Sein Blick ging noch einmal zu dem Mann, bevor er die Tür schloss und sich dran lehnte. Wenn er allen Ernstes glaubte, dass Leander nicht zuhören würde, dann hatte er sich geirrt. „Glaub ja nicht, du Miststück, dass sich was ändern wird, wenn du zu Hause bist. Dann wirst du erst mal sehen, was richtige Arbeit ist. Du bescherst uns allen nur Probleme. Wenn das Geld nicht stimmen würde, dann hätte ich dich schon längst entsorgt." Es folgte eine kurze Stille. Leander ballte seine Hände zu Fäusten, als er ihn weiterreden hörte. „Oder ich hätte dich für andere Sachen benutzt. Aber wenn du auch nur ein Wort sagst, dann lernst du mich richtig kennen. Verstanden?" Leander hörte nur leise Zoras Stimme. Doch er hörte das Zittern und die Angst darin. Er trat zur Seite, als der Alte hinauskam, der Leander kurz wütend ansah, doch nichts mehr sagte. Leander trat wieder in das Zimmer. Als er Zora wie ein Häufchen Elend auf dem Bett sah, blieb er abrupt stehen. Er blickte besorgt zu ihr. Als er näher kam und sie am Arm berührte, fuhr sie auf. Sie entschuldigte sich deswegen schnell bei ihm. Leander strich mit dem Daumen ihre Tränen weg. Vorsichtig nahm er sie in die Arme und legte seine Wange auf ihre Haare. „Er wird dir nichts tun. Was war gerade, als nichts mehr zu hören war? Erzähl es mir."

„Nein. Du würdest ihn verletzen." Erstaunt sah er sie an. Ihr Blick war traurig. Leander schluckte, als sein Blick auf ihren Lippen haften blieb. Er schüttelte leicht den Kopf. Leander versprach ihr, dass er nichts machen würde, solange er sie nicht noch einmal so zurichtete. Sie erzählte Leander, dass er ihr über das Bein ge-streichelt hatte. Leander drückte sie sanft näher an sich. Sie blieb die ganze Zeit in seinen Armen liegen, denn er gab ihr einen ge-wissen Schutz. Leander hatte sich auf das Bett gelegt, weil sie ihn nicht loslassen wollte. Er fand, dass sie traumhaft aussah, wenn sie schlief. So friedlich. Leander betrachtete sie die ganze Zeit. Er konnte nicht anders, als ihre Lippen nur ein einziges Mal zu be-rühren. Sie waren weich und sie roch nach Rosen. Was war nur in ihn gefahren? Er sollte schnellstmöglich wieder einen klaren Verstand kriegen. Langsam legte er sie auf das Bett, während er aufstand und zur Toilette ging. Er spritzte sich ein paarmal Wasser ins Gesicht und schaute in den Spiegel. Davor hatten ihn die Frauen auch nicht interessiert, warum jetzt auf einmal? Wa-rum ausgerechnet sie? Sie hatte doch nichts anderes als die andern Frauen auch. Doch sie hatte etwas, was nur wenige hatten. Eine reine Seele und ein großes Herz. Leander wusste, dass sie, egal wann es auch sein mochte, ihm nie gehören würde. Wehmütig lächelte er. Er ging hinaus und setzte sich auf den Stuhl. Sein Blick blieb immer noch haften auf ihrem Körper. Immer wieder biss er sich auf die Lippe. So was gab es doch nicht.

Zoran hatte mit einem Mitglied von Mario gesprochen. Es war logisch, dass er nicht persönlich zu erreichen war. Schon alleine der Gedanke, sich mit ihm zu treffen, ließ ihm einen kalten Schauer über den Rücken laufen. Mario war nicht gut auf Verhandlungen zu sprechen. Er war gefühlskalt und tödlich. Abgesehen davon hatten sie nicht wirklich eine gute Vergangenheit. Mit ein Grund, warum sie sich hassten. Zoran ging gleich in sein Büro. Der Mann im Raum drehte sich zu ihm um und schaute ihn mit seinen hellblauen Augen durchdringend an.

„Wie geht es ihr?“

„Warum interessiert es dich dauernd, wie es Saphira geht?“

„Darf ich nicht fragen? Seit wann ist das verboten?“

„Sei froh, dass du dich hier überhaupt frei bewegen darfst. Vergiss nicht, dass ich es schnell ändern könnte. Aber es geht ihr den Umständen entsprechend, wenn du es wissen willst. Fall mir nicht in den Rücken, sonst vergesse ich ganz schnell, dass wir Freunde geworden sind, und denke daran, *was* du bist, Nicolai.“

Er sagte nichts mehr zu Zoran. Nicolai berichtete, dass alles gut gelaufen war im Clan und es keine Vorkommnisse gab, bis auf die Kriegserklärung von Leroy. Danach ging Nicolai hinaus. Zoran setzte sich auf den Stuhl und atmete einmal tief durch. Dieser verdammte Nicolai. Wäre er nicht so ein guter Kämpfer und Beschützer, hätte Zoran ihn gleich erledigt, als er herausgefunden hatte, was Nicolai wirklich war. Aber Nicolai hatte alles gut unter Kontrolle, wenn Zoran bei seiner Schwester war. Er machte sich mehr Gedanken um Mario und was geschehen könnte, wenn er und Saphira aufeinandertreffen würden. Zoran wollte sie doch immer von Nicolai und Mario fernhalten. Nun war er in einer Zwickmühle. Hier war Nicolai und bei Mario war der einzige Ort, wo sie sicher war, solange er sich mit Leroy Loitador, dem Anführer des Blutclans, herumärgern musste. Nun hatte er den Anruf gemacht. Es würde hoffentlich nicht lange dauern, bis er sich endlich melden würde.

Die Tage verliefen immer gleich im Krankenhaus. Die Ärztin kam zur Kontrolle, die Schwester maß Blutdruck und Fieber. Sonst unterhielten sie sich oder Zora las im Buch. Einmal hatte sich Leander neben sie gelegt. Eigentlich nur, damit es bequemer war, doch Zora rutschte an ihn heran und er musste sich sehr zusammenreißen sie nicht an sich zu drücken. Danach hatte er es nicht noch einmal gewagt, sich neben sie zu legen. Ihre Eltern hielten es nicht einmal für nötig, sie abzuholen, und so fuhr Leander sie nach Hause. Er spürte ihre Anspannung und die Furcht davor, wieder dorthin zu müssen. Er hoffte, dass Zoran sich beeilte sie hier herauszuholen. Leander konnte für nichts garantieren, was passieren würde, wenn Zora etwas angetan wurde. „Ich will nicht. Gibt es keine andere Möglichkeit?"

„Glaub mir, ich wünschte, es gäbe eine. Leider fällt mir nichts ein." Als sie anhielten, krallte sich Zora an Leander fest. Sie fing jetzt schon an zu weinen. Tröstend nahm er sie in die Arme und blickte zu dem Haus hinüber. Könnte er sie nicht einfach mitnehmen? Einfach irgendwohin? Zoran würde ihn zu Hackfleisch verarbeiten, wenn er das täte. „Ich werde dich nicht aus den Augen lassen. Sobald er es wagen sollte, dich anzufassen, werde ich ihm sonst etwas antun." Zora schmiegte sich an ihn. In dieser Woche hatte Leander sie viel zum Lachen bringen können. Sie mochte ihn und vertraute ihm. Langsam trennte sie sich von Leander und ging traurig rein. Davor hatte sie ihm noch gesagt, welches Zimmer ihr gehörte. Er kletterte auf den Baum und beobachtete sie. Es schien Zora nicht im Geringsten zu stören, dass er sie sah. Er wandte den Blick ab, als sie sich auszog und ein weites Kleid anzog. Danach band sie ihre langen Haare zu einem Pferdeschwanz zusammen. Leander sabberte förmlich, als er sie beobachtete. *Verdammt, dieses Weib ist der Wahnsinn.* Eine Frau kam in ihr Zimmer und schmiss einen Müllbeutel vor ihre Füße. Zora hob ihn auf und ging hinunter. Leander sah, dass sie um das Haus ging, anscheinend zu den Mülltonnen. Er sprang vom Baum hinunter.

Zora blickte nach unten und lief gegen Leander. Erschrocken blickte sie auf. Sie atmete erleichtert durch, als sie ihn sah. „Du hast mich erschreckt. Pass bloß auf, dass dich keiner sieht."

Leander lächelte warm und strich ihr eine Haarsträhne, die ihr ins Gesicht fiel, hinter ihr Ohr. Leicht beugte er sich vor. „Keine Angst, ich passe schon auf. Weißt du eigentlich, wie wundervoll du bist?" Verwirrt und blinzelnd schaute sie ihm in die Augen. Leander gab ihr einen kurzen Kuss. Erschrocken schlug sie die Hand vor ihren Mund. „Entschuldige, aber ich konnte einfach nicht anders. Schlaf gleich gut, Süße." Er ging weg und verschwand schnell in der Dunkelheit. Es war zwar kein richtiger Kuss, aber trotzdem verunsicherte sie das. Sie ging langsam wieder hinein. Benommen saß sie auf dem Bett. Leander lächelte, ihre Lippen waren köstlich. Langsam fuhr er mit seiner Zunge über seine Lippen. Was würde er alles dafür tun, nur um mit dieser Frau zusammen sein zu können? Leander verstand immer noch nicht, warum es so war, doch er war von ihr gefesselt. Ihre Bewegungen, ihr Körper, ihr Geruch. Alles machte ihn wild. Wenn das so weitergehen würde, würde er bald selbst Hand anlegen müssen, damit sein kleiner Kumpel sich beruhigte. Immer wieder fragte er sich, was sie an sich hatte. Was faszinierte ihn so sehr an ihr? Für diese Frau würde er alles machen, er war komplett in ihrem Bann.

Zoran hatte immer noch nichts gehört von Mario. Langsam fragte er sich, ob man ihm überhaupt Bescheid gesagt hatte. Er rief dort noch einmal an. Diesmal ging ein Mann an den Hörer. Zoran erklärte ihm sein Anliegen. Am anderen Ende wurde kurz gesprochen. Dann wurde gesagt, dass Mario keine Zeit hatte, doch unverzüglich Bescheid gegeben werde, dass Zoran sich gemeldet hatte. Zoran stand vor dem Zelt und blickte hinunter zu den Gruppen. Sie bereiteten sich alle für den Kampf vor. Wie konnte er das übersehen haben, dass Leroy Loitador ihm jemand hinterhergeschickt hatte? Zoran wusste noch nicht einmal, wie er auf diese Idee überhaupt gekommen war, ihn beschatten zu lassen. Loitador liebte sie damals, vielleicht hatte er etwas geahnt.

Er schnaubte, das konnte wohl kaum sein. Alle nutzten es doch nur aus, dass Saphira die Herrscherin war. Königin der Clans. Um etwas anderes ging es doch nie bei den Männern. Doch er wollte auch nicht vergessen, was er wirklich vorhatte. Hinterlistig lächelte er und verschwand wieder in sein Zelt. Sein Plan musste einfach aufgehen. Niemals würde er die Vergangenheit ruhen lassen. Die Rache würde er persönlich durchführen können, was ihm damals alles angetan wurde. Nun musste er aber geduldig sein und auf einen Anruf vom Schwarzen Clan warten.

Die Nacht war kalt. Leander bereute es, dass er sich keine Decke besorgt hatte. Er schaute in den sternenklaren Himmel hinauf und überlegte. Warum brauchte Zoran so lange? Seine Besorgnis schien doch echt zu sein und sie war seine Schwester. Vielleicht war auch etwas dazwischengekommen, wovon er nichts wusste. Leander hatte nicht das Recht, sich darüber Gedanken zu machen. Sein Auftrag lautete, Zora zu schützen. Schützen, mehr nicht. Er hörte leise seinen Namen rufen. Leander blickte zu dem Fenster, aus dem Zora rausschaute. „Was ist Zora?" Sie lächelte wie ein Engel. Wenn man sie so sah, hätte man nicht denken können, was sie alles erlebt hatte. „Ich dachte, es ist kalt. Es wird keiner mehr reinkommen und mein Zimmer ist abgeschlossen. Wenn du möchtest, kannst du hereinkommen." Leander wusste nicht, was er darauf antworten sollte. Er würde gerne im Warmen sein, aber er wusste, dass es nicht gut sein würde. Schließlich verdrehte diese Frau ihm den Kopf. „Ich glaube, es ist keine gute Idee, dein Angebot anzunehmen." Zora sah ihn traurig an. „Ich lasse das Fenster auf, falls du es dir noch mal überlegen solltest." Leander glaubte nicht, dass sie es wirklich machte. Ihr musste doch kalt werden, wenn sie das Fenster auflassen würde. Er schüttelte den Kopf. Ihm blieb keine andere Wahl. Wenn er draußen blieb, würde sie frieren, weil sie das Fenster aufließ. Leander sprang geschmeidig durch das Fenster und schloss es leise. Er nahm sich eine Decke, die Zora auf den Stuhl gelegt hatte, und legte sich auf den Boden. Ein paar Stunden später merkte er, wie Zora zu ihm hinunterkam und sich an ihn schmiegte. Leander flüsterte:

„Bleib doch auf dem Bett." Er merkte, dass sie den Kopf schüttelte und ihren Arm um ihn legte. Leander legte einen Arm unter ihren Kopf, damit es nicht zu hart war, und mit dem anderen umarmte er sie. „Ich hab dich lieb. Du bist ein sehr guter Mann, bei dem ich mich wohlfühle. Aber du magst mich mehr, oder, Leander?" Unwillkürlich drückte er sie fester an sich. Was sollte er sagen? Es zugeben und Hackfleisch werden, wenn Zoran es herausbekam? Abstreiten wäre noch sinnloser. Zora war vierundzwanzig Jahre alt, sie war doch nicht dumm. „Ja. Ich glaube schon, dass ich mehr für dich empfinde. Du hast mir den Kopf verdreht und ziehst mich immer mehr in deinen Bann. Davor haben mich Frauen nicht wirklich interessiert."

Zora wollte nicht, dass er aufhörte zu reden. Sie mochte seine beruhigende Stimme. „Wie ist das, Sex zu haben?"

„Hattest du noch nie welchen?"

„Eine Frage beantwortet man nicht mit einer Gegenfrage. Nein, ich hatte nie einen. Damals, als ich zwölf war, hatte ich einen Kuss bekommen. Es war genauso wie deiner einfach nur so auf den Mund. Aber ich weiß nicht, wie ein Zungenkuss ist oder Sex." Leander überlegte. Doch seine Gedanken gingen immer wieder nur dahin, ihre sanften Lippen zu küssen und ihren Körper zu streicheln. „Darf ich etwas machen? Es ist nichts Schlimmes, versprochen."

Zora blickte ihn mit ihren großen Augen an. Leander blickte tief in ihre Augen, als seine Lippen sich langsam auf ihre senkten. Er bat sie leicht ihren Mund zu öffnen, was sie mit geschlossenen Augen wirklich machte. Leander grub seine Finger in die Decke hinein, er musste seine Aufmerksamkeit auf seine Selbstbeherrschung richten, damit er nicht über sie herfiel. Langsam löste er seinen Mund von ihrem. Zora öffnete die Augen. Sie wusste nicht, was sie sagen sollte. Es war unbeschreiblich, erst hatte sie Angst, was passieren könnte, und dann wünschte sie sich, dass er nie wieder aufhören sollte. Er gab ihr noch einen letzten flüchtigen Kuss, bevor er ihr den Rücken zuwandte. Leander wusste, dass er zu weit gegangen war damit. Aber er konnte auch nichts gegen seine Gefühle machen. Es gab nur wenige Frauen, die ein reines Herz und eine reine Seele hatten und vor allem, die ihre Unschuld noch hatten. Sie rückte an ihn heran und drückte ihr Gesicht gegen seinen kräftigen Rücken. „Möchtest du warten, bis du irgendwann den Richtigen gefunden hast? Ich meine mit dem Sex."

„Es klingt vielleicht naiv, aber ich bin mir sicher, oder nein, ich weiß, dass da jemand ist, der für mich bestimmt ist. Ich weiß nicht, warum ich mir so sicher sein kann, aber es ist so. Ich habe gelernt, dass man mit dem Sex warten sollte, bis man heiratet. Die Eltern hier behaupten, dass eine Frau so lange einen besonderen Reiz hat für einen Mann."

„Ich glaube nicht, dass es so ist. Da, wo ich herkomme, ist es besonders anziehend, wenn eine Frau eine reine Seele hat und ein gutes Herz. So wie du." Verdammt, wie tief wollte er sich denn noch reinreiten? Zora kletterte über ihn und setzte sich vor ihm hin. Er blickte in ihr Gesicht, da ihm nichts anderes übrig blieb. Ihr Blick war seltsam, Leander konnte nicht deuten, was es bedeuten sollte. Sie legte eine Hand auf seine und schaute ihn noch eine Weile an.

„Wie erkennt man das, ob man ein gutes Herz hat und eine reine Seele?"

„Es ist der Eindruck, den man von jemandem gewinnt. Ich glaube nicht, dass du jemals etwas Unrechtes machen würdest und deine Seele gehört niemandem. Also ist deine Seele rein, es sei denn, du hättest jemanden umgebracht und selbst da würde es auf den Grund ankommen." Zora gab ihm einen Kuss auf seine Wange, bevor sie sich wieder an ihn kuschelte. Leander verlor die letzte Vernunft und ließ seine Finger über ihre weiche Haut gleiten. Es schien sie nicht zu stören, dass er sie überall berührte und ab und zu ihre Lippen küsste. Später küsste er ihre Arme, ihre Schulter und sie ließ es sogar zu, dass er ihre Brüste und ihren Bauch liebkosen durfte. Das Einzige, wo er nicht dran durfte, war zwischen ihre Beine, und das tolerierte er. Ihm machte es nichts aus, dass sie nur dalag und ihn nicht berührte. Sie auf so eine Weise zu lieben, war Befriedigung genug. Auch wenn sie irgendwann einem anderen gehören würde. Zora fühlte ein Kribbeln, als seine Lippen über ihren Körper wanderten. Es überlief sie ein leichter Schauer, als er ihre Nippel in seinen Mund nahm und er mit seiner Hand über ihre Schenkel streichelte. Wenn sich irgendwann der Sex genauso schön anfühlen würde, dann hätte sich das Warten gelohnt. Sie mochte Leander sehr, doch sie wusste, dass er nicht der Richtige war. Auch wenn sie nicht genau sagen konnte, woher dieses Wissen kam. Aber sie liebte ihn nicht, auch wenn sie sich sicher bei ihm fühlte und seine Berührungen mochte. Leander kam wieder zu ihr hoch, küsste sie sanft und flüsterte: „Schlaf jetzt, Süße." Zora drückte sich fest an seine Brust und schlief schnell ein.

Kapitel 3

Mario saß in seinem schwarzen Ledersessel und jammerte über die Hitze. Als Xaver, einer seiner Beschützer, hereinkam und das hörte, erwiderte er: „Bist du fertig mit deinem Maulen? Als ob du der Einzige wärst, den die Hitze nervt." Mario schaute seinen Beschützer mit einem wütenden Funkeln in den Augen an. „Wann hast du mir gegenüber den Respekt verloren, wenn ich fragen darf? Ich bin immer noch der Anführer hier, merk dir das gefälligst."

Xaver hielt lieber den Mund, so gereizt, wie Mario jetzt war. Mario ging zu dem großen Ventilator und setzte sich dorthin. Sein Blick wanderte zu dem Bild von seinen Eltern und ihm, das auf dem Kaminsims stand. Es war lange her, dass er sie im Kampf verloren hatte. Mario versank in Gedanken, als seine Eltern und er noch ein schönes Leben hatten. Er hatte beide immer sehr geliebt und respektiert, nun war er seit Jahren der Anführer seines Clans, des Schwarzen Clans, der bei jedem bekannt war. Mario war glücklich darüber, dass sie bei den anderen so viel Ehrfurcht genossen und dass er sie so weit gebracht hatte. Der Schwarze Clan war der größte, den es gab. Es hatte viele Jahre gedauert, bis sie so weit oben waren. Als Xaver etwas sagte, kehrte Mario in die Realität zurück.

„Es hat sich der Anführer des Weißen Clans gemeldet. Er möchte sich mit dir treffen und mit dir reden."

„Worüber will er mit mir reden?"

„Das weiß ich nicht, das hat er nicht gesagt. Er meinte nur, dass es wichtig sei und er sich so schnell wie möglich mit dir treffen möchte." Mario wusste nicht, was ausgerechnet die andere Seite von ihm wollte. Der Weiße Clan und er waren immer verfeindet gewesen. Wollte er etwa ein Friedensangebot machen? Unmöglich, was konnte er denn schon bieten, was Mario interessieren könnte? Mario besaß alles, was er wollte, er hatte eine Villa, sein Clan war der beste und er hatte sehr viele Mitglieder. Was wollte er also mehr? Und er hatte keine Lust auf sinnlose Verhandlungen, die zu nichts führen würden. „Ich finde, du solltest dir wenigstens mal anhören, was er zu sagen hat."

„Na gut, das kann ja nicht schaden. Auch wenn ich jetzt schon weiß, dass es reine Zeitverschwendung sein wird." Mario nahm sein Handy zur Hand und rief Saskia an. Sie sollte dem Anführer ausrichten, dass er für ein Gespräch bereit war und dass er wissen wollte, wann und wo das Treffen stattfinden sollte. Er lehnte sich auf dem Sessel zurück und schloss die Augen. Der Ventilator half nichts, ihm war immer noch heiß. Um etwas dagegen zu unternehmen, stand er auf und ging die schwarze Wendeltreppe hinunter in die Küche. Bevor sich die vier Mitglieder erheben konnten, erhob Mario schon seine Hand, was die Aufforderung war, dass sie ruhig sitzen bleiben konnten. *Na wenigstens wissen die, was Respekt heißt*, dachte er sich. Erst nahm er sich einen Becher und dann eine Flasche Saft aus dem Kühlschrank. Doch den Becher ignorierte er dann doch und nahm gleich die Flasche und trank sie bis zur Hälfte leer. Saskia kam in die Küche und schaute Mario an, verbeugte sich höflich vor ihm und nannte die Zeit und den Ort, wo der Weiße Clanführer sich mit Mario treffen wollte. Er sagte nichts weiter, nickte nur und bedankte sich für die Informationen. Mario war sehr gespannt, worum es bei diesem Gespräch gehen würde. Drei Stunden später stand Mario vor dem Café und wartete draußen, bis endlich der Anführer kam. „Du kommst zu spät. Findest du es nicht etwas unzuverlässig als Anführer? Ich hasse es, zu warten."

„Das weiß ich, aber es hatte auch seine Gründe. Danke, dass du gekommen bist."

„Komm bitte gleich zur Sache. Ich möchte nicht mehr Zeit verschwenden als nötig."

„Ich möchte, dass du jemanden bei dir aufnimmst."

Mario schaute in die dunkelblauen Augen seines Gegenübers, um zu sehen, ob er Scherze machte. Doch als er sah, dass es ihm anscheinend sehr ernst war, was er da gerade sagte, fing Mario an zu lachen. „Wen soll ich aufnehmen? Was bekomme ich denn dafür?"

„Ein Mädchen, so lange wie ich im Krieg stehe mit dem Blutclan. Wegen deiner Belohnung lasse ich mir was einfallen."

„Rede nicht um den heißen Brei herum, ZoranTrevo. Sag mir den Namen, wer sie ist und was ich dafür bekomme. Sei froh, dass ich dir überhaupt zuhöre. Ich habe was Besseres vor, als meine Zeit für sinnlose Verhandlungen zu vergeuden."

„Es ist diejenige, die ich vor dir und Nicolai fernhalten wollte. Leider sind die Dinge alle nicht so gelaufen, wie geplant." Nun war das Interesse geweckt bei Mario, auch wenn er noch nicht wusste, was er meinte. „Vor mir und Nicolai? Ich wüsste nicht, wen du meinen könntest." Der Gesichtsausdruck von Zoran war hart und sein Blick war fest auf Mario gerichtet. Mario konnte sich keinen Reim daraus machen, was er damit sagen wollte. Nachdenklich schüttelte er den Kopf. „Wer soll diese Person sein? Ich habe genug Frauen, die gerne eine Runde mit mir spielen würden." Bei dem Satz spielte ein Lächeln um seine Lippen. Zoran wunderte sich nicht darüber, anders war Marios Ruf nicht.

„Ich habe wenig Zeit. Kann ich mich bei dir melden, wenn ich weiß, was du von mir bekommst, solltest du mir diesen Gefallen erweisen? Ich nenne dir alles Weitere dann."

„Will ich hoffen. Ohne ordentliche Bezahlung und Informationen werde ich nämlich in nichts einwilligen. Aber lass dir eines gesagt sein, die Bezahlung wird teuer. Wir sind Feinde, vergiss das nicht."

„Wie gesagt, ich denke mir was aus und melde mich bei dir. Solltest du mir diese Bitte erfüllen, würde ich gerne einen Friedensvertrag mit dir eingehen." Mario gab sein Einverständnis und bat ihn sich auf seinem Handy zu melden, sobald er sich entschieden hatte. Im Geheimen dachte er nach, wen er meinte und ob er wirklich diesen Waffenstillstand akzeptieren sollte.

Als Mario endlich wieder zu Hause ankam, schmiss er seinen schwarzen Umhang auf das Bett und zog seine schwarze Jacke aus. Mittlerweile war es dunkel draußen und er war dankbar für die kühle Luft, die in sein Zimmer kam. Damit das Zimmer schnell kühler wurde, öffnete er die anderen Fenster auch noch weit und setzte sich auf den Sims, um gemütlich nach draußen sehen zu können. „Wer soll sie sein, dass es ihm so schwerfällt, mir ihren Namen zu sagen? Für mich soll sie wertvoll sein …"

„Denkst du wieder laut, Mario?" Er lächelte sofort, als er ihre Stimme hörte und schaute in die goldenen Augen. „Daira, meine Liebste", sagte er und stand auf. Seine Finger glitten über ihre Wange und seine Augen fesselten sich in ihre.

„Ja, ich habe laut gedacht. Es ging um einen Gefallen für den Anführer des Weißen Clans." Sein Blick wanderte runter auf ihre Lippen und er küsste sie, während er mit seiner Hand ihr Kinn umfasste und ihr Gesicht nach oben richtete. „Du hast über eine Person geredet. Was für eine Person?"

„Er hat mir keinen Namen genannt." Er biss sie in den Hals und umfasste ihre dünne Taille. „Und was ist diese Bitte?"

„Egal", flüsterte er. Er knöpfte ihre Bluse auf, doch Daira nahm seine Hände weg. „Ich bin gerade nicht in Stimmung. Sag mir Bescheid, wenn du weißt, wer diese Person ist, okay?"

„Und warum sollte ich? Es geht dich nichts an, worum man mich bittet, und auch nicht, was ich mache. Du hast nämlich nichts zu melden." Mario wurde wütend. Daira blieb vor der Tür stehen und schaute zu ihm rüber. „Schön, dass ich nur für dein Vergnügen da bin. Vergiss jedoch eines nicht, dass auch ich einen Clan besitze und führe."

„Soll das eine Drohung sein?"

„Verstehe es, wie du willst. Jedoch brauchst du nicht damit zu rechnen, dass ich mich damit zufrieden gebe, dein Betthäschen zu sein. Dafür bin ich mir zu schade als Anführerin des Goldenen Clans."

„Du bedeutest mir nichts. Für mich bist du nur ein Objekt, nicht mehr und nicht weniger." Man sah in Dairas Augen die Wut kochen. Dass sie verletzt war von seinen Worten, wollte sie ihm nicht zeigen. Vielleicht war es auch nur wegen des Gesprächs, dass Mario so etwas zu ihr sagte. Sie würde ihm etwas Zeit geben, um nachzudenken. Doch auch ihre Neugier war geweckt worden, was das für eine Person war, und viel mehr noch, was das für eine Bitte war, die der Weiße Clanführer an Mario hatte.

Am nächsten Tag wurde Mario von seinem Handy geweckt. Er knurrte und schaute darauf. Eine SMS war drauf und Mario schmiss das Handy auf den Boden und drehte sich um, damit er weiterschlafen konnte. Dann klopfte es an seiner Tür und seine schlechte Laune wuchs. „Verdammt noch mal, darf man nicht mal mehr ausschlafen hier oder was!" Er stand auf, zog seine schwarze Hose und sein schwarzes enges Shirt an und ging zur Tür. „Verzeih bitte, Mario, aber der Anführer des Weißen Clans steht unten vor der Haustür und möchte reden. Ich sagte, dass es nicht gehen würde und er sich bei dir noch mal melden solle, aber er lässt sich nicht abwimmeln."

„Außerdem meinte er, dass er dir heute früh schon eine SMS geschrieben hätte und du nicht geantwortet hättest. Deswegen ist er hierher gefahren und besteht darauf, mit dir zu sprechen", fügte Xaver hinzu, der an die Wand gelehnt stand, gegenüber der Tür. „Ich bin in zehn Minuten unten", knurrte Mario. Nachdem er sich Wasser ins Gesicht gespritzt, seine schwarze Jacke zugeknöpft und den schwarzen Umhang umgebunden hatte, ging er hinunter. Während des Laufens schaute er auf das Handy. „Eins muss ich sagen, du hast abnormale Uhrzeiten, um dich zu melden."

„Danke für die nette Begrüßung. Ich möchte dir ihren Namen nennen und stelle eine Bedingung. Es ist nur für eine gewisse Zeit."

„Du weißt schon, dass du mich gestört hast beim Schlafen und meine Laune nicht optimal ist? Du willst einen Friedensvertrag und willst mich um etwas bitten. Nun stellst du *mir* Bedingungen? Komm mit in das Arbeitszimmer, da können wir in Ruhe reden." Sie gingen zusammen hoch und durch die zweite Eichenholztür rein. Mario deutete auf einen Sessel, auf dem Zoran Platz nehmen sollte, und er setzte sich auf den anderen. Man hörte nur das leise Ticken in Marios Arbeitszimmer, während er nun gespannt wartete, was man ihm zu erzählen hatte. Arjona brachte eine Flasche Rotwein und zwei Weingläser in das Zimmer und ging sofort wieder raus, damit sich die beiden unterhalten konnten. „Nun erzähle mir etwas über diese Person." Er hob sein Glas und trank einen Schluck, während er den Anführer ansah.

Mario sah immer noch die Anspannung bei ihm. Umso mehr wollte er endlich erfahren, worum es sich handelte. Mario stellte sich immer wieder in Gedanken diese eine Frage. Wer war sie? Als er sah, dass Zoran sich aufrichtete und einen großen Schluck von seinem Glas nahm, schaute Mario wieder zu ihm auf. „Es ist … Saphira."

„Du lügst. Das kann nicht sein. Sie ist tot."

„Nein, ist sie nicht, Mario. Ihre Mutter hatte ihr ein Siegel eingesetzt und mich darum gebeten, auf sie zu achten. Weil ich ja so was wie ein Bruder bin und sie meine Schwester. Ich habe sie regelmäßig besucht." Mario blickte ihn an und schaute tief in seine Augen. „Das soll ein Scherz sein, oder?"

„Nein", sagte Zoran fest und schaute Mario in die Augen. Mario stellte das Glas langsam auf den Tisch und lehnte sich mit seinen Armen auf den Tisch. Seine Augen blitzten vor Neugier. „Saphira lebt wirklich. Sie heißt jetzt aber Zora."

Zoran sah noch ein Aufblitzen in Marios Augen und er wusste, dass es jetzt kein Zurück mehr gab. „Es ist eine lange Geschichte, um alles zu erklären."

„Mach dir darum mal keine Sorgen. Wenn es um deine Schwester geht, habe ich sehr viel Zeit."

„Damals, als der große Krieg zwischen den Clans tobte, hat ihre Mutter entschieden Saphira in Sicherheit zu bringen. Falls wir alle gefallen wären, so wäre wenigstens sie in Sicherheit gewesen und am Leben. Damit niemand etwas davon erfährt, dass sie wirklich noch lebt, haben unsere Eltern alles von ihr versiegelt, im tiefsten Inneren ihres Körpers. Weder ihr Name noch ihr Aussehen existiert. Ihr komplettes Wissen über die Clans und unsere Welt ist mit versiegelt worden. Das heißt, sie weiß absolut nichts mehr."

„Das heißt, sie ist sozusagen neu geboren?"

„Wenn man das so nennen will, ja. Sie hat ein anderes Aussehen und ihr neuer Name seit dieser Versiegelung ist Zora." Nun verstand Mario, was Zoran gesagt und gemeint hatte. Seine Augen leuchteten immer noch. *Saphira lebt,* der Gedanke daran ließ ihm einen heißen Schauer über den Körper laufen.

„Mit dieser Versiegelung jedoch muss ihre Mutter Selbstmord begangen haben. Niemand hat so viel Kraft, dass man bei jemanden alles versiegeln kann."

„Das hat sie auch. Es dauerte nur ein paar Minuten, bis sie starb. Während dieser Minuten bat sie mich auf Saphira aufzupassen und sie zu beschützen, mit allen Mitteln und wenn es sein muss auch mit meinem Leben. Niemand weiß davon etwas, außer meine Eltern und ich … und nun auch Leroy Loitador. Das ist der Grund, warum er mir den Krieg erklärt hat. Dadurch kann ich sie nicht zu mir holen, weil sie in Gefahr wäre. Sie lebt im Moment bei einer Familie und glaubt, dass sie eine ganz normale Frau sei. Doch dort, wo Saphira lebt, wird sie misshandelt."

„Dass Leroy dir deswegen den Krieg erklärt hat, wundert mich nicht. Ich glaube jedoch kaum, dass er sie verletzen würde. Hast du gerade gesagt, sie wird misshandelt?"

„Ja. Da Saphira nun eine ganz normale Frau ist und normal aufgewachsen ist, kann sie sich nicht wehren. Wenn sie nicht hört und macht, was die sagen, dann wird sie geschlagen. Sie lag vor einer Woche sogar im Krankenhaus wegen diesen Alten."

„Und du hast sie trotzdem dagelassen, obwohl sie hätte sterben können von den Schlägen?"

„Glaubst du allen Ernstes, dass ich sie da alleine gelassen habe? Ich habe ihr einen Beschützer an die Seite gestellt, der auf sie achten soll."

Mario goss sich noch Wein ein und trank sein Glas gleich leer. Das konnte nicht wahr sein, was er da gerade gehört hatte. „Du weißt, wer deine Schwester in Wirklichkeit ist. Warum willst du ausgerechnet, dass ich sie zu mir nehme? Woher hast du das Vertrauen, obwohl wir immer Feinde waren und sind?"

„Ich habe keine andere Wahl", sagte Zoran und ballte seine Hände zu Fäusten. Der Gedanke gefiel ihm ja selber nicht. Zorans Handy klingelte. Er schaute darauf und erkannte sofort die Nummer von Leander. „Leander, was ist los? Warum rufst du an? Was ist mit Zora?" Angst spiegelte sich in seinen Augen.

„Sie ist über Nacht einfach verschwunden. Irgendwann bin ich eingeschlafen, und als ich aufwachte und nachschaute, war sie weg. Ich dachte, dass es besser wäre, ein paar Stunden zu warten, da ich glaubte, sie sei unterwegs. Doch nach vier Stunden ist sie immer noch nicht aufgetaucht. Eine Frau namens Amelia habe ich aufgegriffen und sie gefragt, wo Zora sei. Sie meinte, dass der Herr des Hauses sie nachts aus dem Zimmer geschleppt haben soll und in das Auto gezerrt hatte. Doch sie wüsste nicht, wohin man sie gebracht hat." Zoran erstarrte und blickte leer aus dem Fenster und ließ das Handy aus der Hand fallen. Fassungslos stand er einfach nur da, unfähig auch nur die kleinste Bewegung zu machen. Mario sah ihn an und hob das Handy auf. Als er ihm das hinhielt, starrte Zoran es nur an und sackte im Sessel zusammen. *Irgendetwas muss passiert sein, was ihn so aus der Fassung brachte.* Mario hielt das Handy ans Ohr und sagte nur, dass Zoran später wieder zurückrufen würde, und klappte es dann zu. Sein Blick wanderte wieder zu Zoran, ein totaler Schockzustand, auch wenn es ihm nicht passte, beschloss er den Vertrag zu akzeptieren und seine Bitte zu erfüllen. „Darf ich wissen, was der Beschützer gesagt hat?" In Zorans Kopf herrschte ein Durcheinander. Er dachte an Zoras Geschichte, an das Bild von ihr, wie sie im Krankenhaus lag. Ohne es zu kontrollieren, kamen Wut und Hass hoch. Er schnappte sich sein Handy und rannte aus der Tür. Bevor er aus dem Zimmer verschwunden war, rief er Mario noch zu, dass er mitkommen solle. Mario rannte Zoran sofort hinterher.

Zusammengekauert in einer Ecke saß Zora. Sie zitterte am ganzen Körper, was nicht an der Kälte lag, sondern an der Angst. Ihr liefen die Tränen an den Wangen herunter. Sie wusste nicht, wo sie hier gelandet war. Man hatte sie einfach hierhergebracht, ohne etwas zu sagen. Draußen ertönten Schritte und das Zittern begann noch schlimmer zu werden. Die Tür ging knarrend auf, ein Mann trat ein und schaute Zora an. Aus dem Reflex heraus zog sie noch mehr die Beine an sich und umfasste die Beine noch stärker mit ihren Armen. Der Mann war kräftig gebaut und hatte kurze Haare. Sie interessierte sich dafür, wer er war und was er wollte, vor allem, wo sie hingebracht wurde. „Na Kleine, dein Vater hat einen guten Geschmack, was Töchter angeht. Du siehst wirklich süß aus." In seinen Augen blitzte das Verlangen auf und Zora bekam Todesangst, als er sich vor sie kniete und ihr Kinn nahm, um ihr tief in die Augen sehen zu können. Sein Grinsen vergewisserte Zora, was er von ihr wollte. Er berührte ihre Beine mit seiner Hand und drückte sie nach außen. Es war, als ob jemand Zora die Luft abschnürte. Sein Atem roch nach Rauch und Alkohol. Sie wollte schreien, aber ihre Stimme versagte. Sie verkrampfte am ganzen Körper.

„Wenn du locker lässt, dann tut es auch nicht weh." Dann glitt er mit seiner Hand ihr Bein hoch. Sie wollte die Beine zusammenpressen, doch er war stärker als sie. Zora schloss die Augen und betete, dass ein Wunder geschehen solle.

„Was sucht der Typ hier?" Mario schaute verärgert zu Leander, genauso wie Zoran. „Er wird Saphira aufnehmen."

„Wie bitte? Was willst du damit bezwecken?" Zoran meinte nur, dass es ihn nichts anginge, warum er wie entschied. Leander schaute immer noch wütend zu Mario. Er fragte sich, warum ausgerechnet er Saphira aufnehmen sollte. Zoran musste doch wissen, dass er sie nicht mehr herausrückte, wenn er sie erst einmal hatte. Zoran klingelte Sturm beim Haus. Als der Mann überrascht die Tür öffnete, schnappte Zoran ihn sich gleich. „Wo ist sie, du Bastard!" Zoran hatte den Alten gegen eine Mauer gedrückt und die Hand um seinen Hals gelegt, die er langsam zudrückte, während Mario den Mann, der hinter Zoran stand, mit einem kalten Blick ansah. „Ich weiß es n…" Noch bevor er diesen Satz aussprechen konnte, drückte Zoran noch fester zu. „An Ihrer Stelle würde ich lieber damit herausrücken. Er hat kein Problem damit, Ihnen die Luft komplett abzuschnüren. Auch wenn ich es gerne erledigen würde. Hätte mal wieder Lust dazu." Der Mann blickte zu Mario und sah, dass er keinen Scherz damit machte. Die Frau, die herausgeeilt kam, schrie nach Hilfe und hatte mittlerweile die Polizei gerufen. „Lassen Sie ihn sofort los! Wir wissen nicht, wo sie ist!"

„Lügen!" Der Blick wurde immer wütender und er drückte noch weiter zu. Leander schnappte sich die Frau von hinten, gab ihr einen Tritt in die Kniekehlen, sodass sie auf die Knie sank, und hielt ihr ein Messer an den Hals. „Also noch mal. Ich will wissen, wo ihr sie hingebracht habt, das wäre gesünder für euch beide. Das ist keine Drohung! Überlege gut, was du sagst." Er gab Mario eine Kopfbewegung als Zeichen. Mario grinste vergnügt und übernahm gerne Zorans Part. Er ließ seine Finger knacken, legte seine Hand um den Hals des Mannes und drückte zu. Mario ließ dann aber locker, damit dieser noch reden konnte. Aus den Augenwinkeln sah der Mann, wie Zoran ein kleines Messer herausholte und auf seine Frau zuging. Er riss die Augen auf und sagte so laut, wie es noch ging: „Nein, bitte."

„Entweder du redest oder deine Frau wird gleich schreien vor Schmerzen. Wo ist meine Schwester!?" Als Zoran nur das Kopfschütteln sah von dem Mann, setzte er das Messer an den Arm der Frau und zog es schnell hinunter. Die Frau schrie auf und Leander hielt ihr den Mund zu. Der Mann sah mit entsetztem Blick zu seiner Frau und dann zu Zoran. Als er ein leichtes Nicken gab, merkte er, wie Mario die Hand noch mehr lockerte, sie aber trotzdem noch um seinen Hals behielt. Er holte tief Luft und hustete. „Ich habe sie zu einem Freund gebracht. Er wohnt in der Stadt neben dem Kino. Es ist das einzige Kino, was es hier gibt."

„Wenn ihr auch nur ein Haar gekrümmt wurde, ich schwöre, ihr werdet alle bezahlen." Mario, Leander und Zoran gingen zum schwarzen Wagen und fuhren los.

Der Mann hatte Zoras Arme an die Wand gedrückt. Er glitt mit seiner Hand über Zoras Körper. Sie zitterte, hatte Angst und hoffte auf ein Wunder. Zora hörte, wie er seine Hose öffnete und näher kam mit seinem Körper. Durch die Angst packte sie auf einmal ein anderes Gefühl und sie trat den Mann in den Bauch, der dadurch nach hinten kippte. Ihr war es egal, ob sie nackt war oder nicht, und sie rannte die Treppe hoch. Der Mann schrie etwas, was Zora nicht verstand, und sie hörte, wie er hinter ihr herkam. Als sie bei der Haustür ankam, packte er sie und schleuderte sie auf den Boden. Bei jedem Schritt, den er auf sie zu machte, rutschte sie weiter nach hinten. „Du glaubst wohl, du seist was Besonderes und könntest entkommen?" Immer weiter rutschte sie nach hinten, umso näher er auf sie zukam. Auf einmal fand sie keinen Halt mehr und stürzte die Treppen hinunter. Zora hörte das Lachen des Mannes, der die Treppen runterkam. Er setzte sich auf sie, während er durch eine schnelle Bewegung Zora auf den Rücken drehte. Sie blickte mit erschrecktem Blick in sein Gesicht.

„Verdammt, wo ist diese Straße!" Leander fuhr den Wagen im Höchsttempo durch die Stadt, doch sie fanden nirgends ein Kino. Er hatte furchtbare Angst um sie. Seine Gefühle zu ihr waren noch stärker geworden nach der Nacht mit ihr. Warum sollte Mario sie zu sich nehmen? Ausgerechnet er! Zoran vergaß wohl, was er war. Wer er war. Leander musste sich eingestehen, dass er Zora mehr als alles andere liebte. „Dieser Mistkerl hat uns angelogen!", fauchte Leander. Zoran konnte sich nur schwer beherrschen im Wagen. *Denk nach, verdammt.* Auf einmal ging ihm ein Licht auf. „Leander hier gibt es kein Kino. Wir müssen in die nächste Stadt, da gibt es eins!" Zoran schwor sich immer wieder, dass, wenn was mit seiner Schwester geschehen wäre, er alle umbringen würde. Diesmal würde er sich nicht zurückhalten. Leander fuhr scharf um eine Kurve und dann auf die Autobahn. „Wir bekommen Besuch", sagte Mario, als er in den Rückspiegel sah. Die Polizei kam mit drei Wagen hinter ihnen her. *Das hat gerade noch gefehlt,* dachte Zoran. Leander bremste das Auto so, dass es eine Drehung machte, und fuhr es wieder innerhalb kürzester Zeit auf das Maximum auf. Die Polizeiwagen fuhren genau nebeneinander und kamen immer näher auf sie zu. Leander grinste und dann bog er in letzter Sekunde auf die Einfahrt rüber und nahm die Kurve dahinter ohne Schwierigkeiten. Sie hörten, wie die Polizeiwagen mit quietschenden Reifen gegeneinander prallten.

Zora fiel fast in Ohnmacht vor Schmerzen. Sie spürte das Blut, was an ihren Armen hinunterlief. Der Mann hatte sie gequält ohne Ende. Erst schlug er sie und dann nahm er ein Messer und ritzte sie in die Arme. Zum Glück klingelte sein Telefon und er war immer noch beschäftigt mit dem Telefonat. Gerade als Zora vor Erschöpfung die Augen zumachen wollte, hörte sie jedoch wieder die Schritte, die näher kamen. „Deine Leute haben ziemlich viel Schaden angerichtet. Jetzt binde ich dir deinen Mund zu, muss ja niemand hören, was ich mit dir mache." Er packte sie fest an den Armen, wobei Zora aufschrie, weil die Schmerzen durch ihren ganzen Körper gingen. Ihre Hände band er mit einem Seil zusammen und steckte ihr einen Lappen in den Mund. Dann schubste er sie, sodass sie mit dem Rücken aufschlug. Ihr Kopf schlug auf den Boden und ihr wurde schwarz vor Augen. Das Letzte, was sie dachte, war: *Ich liebe dich mein Bruder, danke für alles, auch dir Leander.*

Ein Schmerz durchbohrte Zorans Herz. Er wusste, dass etwas mit seiner Schwester geschehen war. Reflexartig griff seine Hand an die Brust und Leander und Mario schauten ihn an. Die Sorge um seinen Anführer und um Zora stand Leander im Gesicht geschrieben, und sogar bei Mario sah man leichte Besorgnis, auch wenn er der größte Feind war. „Etwas ist mit ihr passiert, Leander. Wie lange brauchen wir noch bis zu dieser Straße?"

„Normalerweise nicht mehr lange, wenn ich nicht dauernd die Polizei abschütteln müsste. Wir hätten sie gleich erledigen sollen, die haben uns die Polizei bestimmt auf den Hals gejagt." Zoran sagte noch etwas, mehr zu sich selber als zu den anderen beiden, und blickte besorgt aus dem Fenster. Wenn sie zu spät kommen würden, dann würde er sich das nie verzeihen. Endlich waren die letzten beiden Polizeiwagen abgeschüttelt und sie fuhren einen schmalen Weg entlang. „Da ist es!", schrie Zoran und stürzte sich aus dem Auto, ohne darauf zu achten, dass es noch fuhr. Leander machte eine Vollbremsung und er lief mit Mario Zoran hinterher. Die Tür hatten sie schnell aufbrechen können, es stank nach Nikotin und Alkohol. Zoran hörte von unten Geräusche, ohne zu zögern, sprintete er die Treppe hinunter, dicht gefolgt von den anderen beiden. Mit dem Fuß trat er die Tür auf und alle drei starrten den Mann an, der über Zora gebeugt war und gerade in sie eindringen wollte. Mario nutzte zwar Frauen aus, aber dass man ihnen so etwas antat, ging bei ihm unter die Gürtellinie und er hasste diese Leute. Er reagierte schneller als Zoran und packte den Mann an der Schulter, mit aller Kraft schleuderte Mario ihn gegen eine Wand und seine Augen wurden pechschwarz von dem Hass in ihm. Zoran rannte zu seiner Schwester und hob sie auf die Arme. Leander suchte etwas, womit man ihren Körper bedecken konnte, und fand eine Decke im Kofferraum des Autos. Zoran kam gerade die Treppe hoch und Leander legte gleich die Decke über sie, bevor er runterging zu Mario und dem Mann. Unten stand Mario mit dem Messer, das im Raum gelegen hatte, der Mann saß auf einem Stuhl festgebunden. Leander blickte zu Mario rüber und in seinen Augen funkelten Hass und Vergnügen. Langsam trat Mario zu dem Mann und hielt das Messer an seinen Brustkorb. „Nun wirst du spüren, was für Schmerzen Frauen durchhalten müssen, denen so etwas passiert, was du gerade machen wolltest."

Marios eiskalte Stimme schnitt dem Mann die Luft ab. In seinen Augen stand blankes Entsetzen und Angst. Um Marios Mund spielte ein Lächeln und dann drückte er das Messer in die Brust. Der Mann schrie, aber es konnte nicht gehört werden, weil Mario ihm den Lappen in den Mund gestopft hatte. Ganz langsam, Millimeter für Millimeter, schnitt er weiter nach unten. Es dauerte nicht lange, bis der Mann bewusstlos war. Leander ging mit Mario aus dem Raum und sie ließen den Mann dort. „Was machst du da?"

„Ich muss noch Dreck vernichten." Mario nahm einen Kanister aus dem Auto und ging zurück zur Tür. Unten goss er eine Spur mit Benzin bis zur Haustür. „Au revoir, du Stück Dreck, und schmore in der Hölle." Mario ließ ein Streichholz fallen und ging zum Auto. Als er eingestiegen war, fuhr Leander mit einem kurzen Reifenquietschen los. Das Letzte, was sie hörten, war ein lauter Knall.

Kapitel 4

Zoras Kopf lag auf den Beinen ihres Bruders hinten im Auto. Im Unterbewusstsein spürte sie seine Wärme und hörte ein leises Summen. Sie wusste nicht, ob es ein Traum war oder ob es schon der Weg zum Paradies sein könnte. Wollte sie wirklich sterben? War es jetzt schon an der Zeit, von dieser Welt zu gehen? Alles, was man ihr angetan hatte, wollte sie einfach vergessen, und wenn dies der Preis dafür war, endlich Ruhe zu finden, dann würde sie ihn nun bezahlen. Ohne Zoran an ihrer Seite hätte Zora schon viel früher aufgegeben. Doch irgendwas sagte ihr, dass es noch nicht so weit war, zu gehen. Irgendetwas in ihrem Inneren sagte ihr, dass sie in Sicherheit sein würde. Langsam, sehr langsam versuchte sie ihren Körper zu beherrschen und die Augen wenigstens nur einen Spalt zu öffnen. Es gelang ihr nicht. Wie aus dem Nichts spürte sie ein Atmen an ihrer Seite und hörte ein Flüstern. „Lass die Augen zu und entspanne dich. Du musst ruhig liegen bleiben. Bald wirst du Hilfe bekommen, das verspreche ich dir." Nun wollte sie die Augen öffnen, egal wie. Zora musste sehen, was los war. Endlich kam die Kraft zurück in ihren Körper, sodass er das machte, was sie wollte. Wunderschöne dunkelblaue Augen sahen sie an. „Ich habe doch gesagt, du sollst sie zulassen, Zora."

Ein kleines Lächeln kam über ihre Lippen und plötzlich merkte sie noch mehr Blicke auf sich. Erschrocken riss sie die Augen weit auf und drehte ihren Kopf hastig zur anderen Seite, wo sie Leander erkannte und noch jemanden, den sie davor noch nie gesehen hatte. Alarm schlug in ihrem Kopf, der Körper verkrampfte sich, ohne dass sie dagegen ankämpfen konnte, und das Zittern begann. „Beruhige dich, alles ist in Ordnung. Du musst dich beruhigen, Zora, bitte!" Zora wusste nicht, woher sie diese Kraft auf einmal nahm, aber sie setzte sich sehr schnell auf, ohne den Schmerz wahrzunehmen, und schaute ängstlich in die rehbraunen Augen. Zoran nahm die Decke und bedeckte sie wieder und hielt seine Schwester fest in seinen Armen. Mario blickte wieder aus seinem Fenster und schaute manchmal in den Spiegel, um zu sehen, was hinten los war.

„Traurig, dass sie so auf mich reagiert."

„Das ist wirklich der falsche Zeitpunkt, Mario."

„Was meint er? Wer ist das?", fragte Zora und schaute ihren Bruder an.

„Im Moment ist das egal. Wir bringen dich erst einmal zu einer Ärztin, wo du behandelt werden kannst."

„Egal? Du sagst, es sei egal?" Ihr Blick wurde fassungslos. Nebenbei bemerkte sie, dass die Decke das Einzige war, was ihren Körper bedeckte.

„Oh mein Gott! Das ist alles kein Traum gewesen." Sie fing an zu heulen. Es prasselten Tausende Bilder durch ihren Kopf. Sie fing immer mehr an zu weinen und zu zittern. Zora hatte sich und ihren Körper nicht mehr unter Kontrolle. Panik kam hoch, die Bilder und die Ereignisse schnitten ihr die Luft ab.

„Zora! Du musst dich beruhigen, sonst wird es schlimmer, sieh mich an!"

Sie konnte nicht. Die Kontrolle war erloschen wie ein Feuer ohne Sauerstoff. Leander hielt kurz an einer Straßenseite an und schaute besorgt nach hinten zu Zora. Er musste mit sich selber kämpfen, um sich unter Kontrolle zu halten. Leander merkte, wie ihm fast die Tränen kamen. Mario schaute sich das Schauspiel im Beifahrerspiegel an, dann schloss er die Augen und machte die Tür auf. Er schloss sie wieder und ging nach hinten, setzte sich rein und packte Zora, ohne auch nur einen Augenblick auf Zoran zu achten, und umarmte sie kräftig und legte ihren Kopf auf seine Schulter. Zoran wollte schon den Mund aufmachen und ihm etwas an den Kopf werfen, hielt dann aber inne und schaute zu, wie Zora sich auf einmal beruhigte und ganz ruhig in seiner Umarmung lag. Ihr Atmen wurde normal und ihre Augen hatte sie geschlossen. Eine Hand lag auf Marios Brustkorb. Er hatte die Decke mit Zorans Hilfe wieder richtig um sie gewickelt und fragte ihn dann: „Hast du vor ihr irgendwann die Wahrheit zu erzählen?"

„Wie soll ich ihr das erklären? Das ist nicht so einfach. Dann könntest du ihr es selber genauso gut erklären. Leander, fahr zu diesem Haus hin, ich muss was erledigen." Leander blickte ihn durch den Spiegel an, ob das wirklich sein Ernst war, jetzt dort hinzufahren, aber dieser entschlossene Blick sagte alles. Er fuhr auf die nächste Ausfahrt und durch die Stadt weiter geradeaus, bis sie durch einen Wald kamen und das Haus sahen, wo Zora so lange gelebt hatte. Leander kam gar nicht erst dazu, den Wagen anzuhalten, als Zoran wieder einmal hinten die Tür öffnete und hinaussprang. Durch den Knall der zugestoßenen Tür zuckte Zora zusammen und Mario umarmte sie etwas fester. Auch wenn sie nicht mehr so aussah wie damals, so musste Mario trotzdem zugeben, dass sie immer noch wunderschön war. Leander folgte Zoran zu der Haustür, wo Zoran schon dabei war, sie einzuschlagen. Seine Geduld ging zu Ende, er gab der Tür einen heftigen Tritt und sie sprang auf. Das erste Ziel, was er ansteuerte, war das Wohnzimmer, wo sie damals gesessen hatten. Als er den Alten sah, vergaß er sich, ging zu ihm mit einem Gesichtsausdruck und einem Blick, den dieser nie wieder vergessen würde. „Nun fahr zur Hölle und deine Alte wird dich gleich begleiten." Der Mann wich zurück, bis er an der Wand stand. Zoran nährte sich immer weiter und hielt wie aus dem Nichts ein Schwert in seiner rechten Hand. Bevor der Alte auch nur ein Wort sagen konnte, packte Zoran ihn an der Schulter, zog ihn ins Schwert hinein und holte langsam das Schwert wieder aus seinem Körper. Die Frau, die an der Tür aufgetaucht war, schrie und heulte, als sie das Ganze mit ansah und ihr Mann auf den Boden in seine Blutlache fiel. Zoran drehte sich zu ihr und die Frau verstand, was ihr Mann gemeint hatte, als er ihr erzählte, er habe den Tod in den Augen gesehen, als er angegriffen wurde vorhin. Sie sah es nun auch in Zorans Augen, die schwarz geworden zu sein schienen. Sie sank auf die Knie und blickte nach oben zu ihm. Auf seinem Gesicht spielte ein Lächeln, er hob das Schwert und schlug ihr, ohne auch nur mit der Wimper zu zucken, den Kopf ab. Das Schwert glitt durch wie durch Butter. Der Körper sank zu Boden und der Kopf rollte zum Flur. Mit geschickten Schritten wich er dem Blut aus und ging aus der Tür. Leander sagte nichts, öffnete die Tür für seinen Anführer und stieg vorne ein, damit sie weiterfahren konnten. Zoran sagte kein Wort während der Fahrt und schaute nur in die Nacht. Auch Mario und Leander schwiegen die Fahrt über. Man hörte nur noch Zoras ruhiges Atmen.

Während der restlichen Fahrt waren Mario und Zoran hinten eingeschlafen. Leander machte manchmal ein paar Pausen, um sich einen Kaffee zu holen. Sein Blick ging immer zu Zora. Er fragte sich, wie man ihr so etwas antun konnte. Sollte diese normale Welt wirklich grausamer sein als ihre? Wenn er sie so sah, an Marios starken, kräftigen Körper gelehnt, ballte er die Fäuste. Er hatte es doch schon immer gewusst, dass sie die bestimmte Frau war. Leander wusste doch schon immer, von Anfang an, dass sie seit ihrer Geburt schon jemandem gehörte. Zoran hatte ihm doch alles erzählt. Warum also war er so eifersüchtig und so sauer? Nach vier Stunden kamen sie endlich in Zynessa bei Marios großer Villa an und Leander weckte beide vorsichtig, damit Zora nichts mitbekam. Mario hielt er die Tür auf, damit er langsam mit Zora auf dem Arm aussteigen konnte. Als sie die Villa betraten, kamen ein paar Mitglieder raus, um zu sehen, was los war. Es genügte nur Marios Blick mit einer kleinen Bewegung und alle wussten, dass sie leise sein sollten. Sie gingen die Wendeltreppe hinauf in ein nicht besetztes Zimmer, wo Mario Zora auf das Bett legte und sie zudeckte. Danach ging er raus und holte die Ärztin Davina und Samira, die Schwester von seinem Clan. Leander saß auf der linken Seite in einem schokoladenbraunen Sessel und Zoran auf der Bettkante. „Ach du meine Güte, das arme Ding!" Mehr brachte Davina nicht raus. Samira sah schockiert auf das Mädchen, das im Bett lag. Davina wies Samira an einen Behälter mit Wasser zu holen und ein paar saubere Handtücher. Nach wenigen Minuten betrat Samira wieder den Raum mit einem Tablett, auf dem Wasser, Handtücher, zwei Waschlappen und Salbe lagen. „Ich möchte euch alle drei bitten rauszugehen." Leander, Mario und Zoran gingen gehorsam aus dem Zimmer. Davina nahm vorsichtig den nassen Lappen und Samira nahm behutsam die Decke von Zora runter. Der Anblick war fürchterlich. Überall hatte sie blaue Flecken und Blut war an Armen, Beinen und Rücken. Die Wunde an ihrem Kopf musste zuerst gereinigt und dann mit ein paar Stichen genäht werden. Samira nahm ein Handtuch und machte es feucht, damit sie Zoras Haare etwas sauber machen konnte. „Dass sie überhaupt noch lebt, hat sie einem Wunder zu verdanken." Davina musste ihr recht geben. Sie strich vorsichtig mit dem Lappen über die Arme. Bei jeder Berührung zuckte Zora leicht zusammen. Als die Arme sauber waren, nahm Davina die Salbe und strich sie über die verletzten Stellen. Langsam drehten sie Zora auf die Seite und dieser Anblick war noch schlimmer, als die beiden gedacht hatten. Der ganze Rücken war voll mit Blut und überall sah man große Schnittwunden. Davina traute sich kaum den Lappen zu nehmen und den Rücken zu säubern, aber das musste sie machen. Sie blickte kurz zu Samira und tupfte dann auf den Rücken mit einer Ecke des Lappens. Dann schallte ein Schmerzensschrei durch die ganze Villa.

Zoran wollte schon in das Zimmer rennen, aber Mario hielt ihn davon ab.

„Lass mich durch!", schrie Zoran Mario an. Doch er blickte ihn nur an und schüttelte den Kopf. „Vergiss es. Jetzt wo sie hier in meinen Bereich ist, habe ich es zu sagen und nicht du. Du kannst reingehen, wenn Davina und Samira fertig sind." Zoran wusste, dass es nichts bringen würde, zu diskutieren, und musste einfach warten und die Schreie seiner Schwester ertragen. „Wollt ihr einen Kaffee oder Tee haben?" Leander nickte und meinte, dass er für eine Tasse Kaffee sehr dankbar wäre. Zoran blickte nur zu Boden und schüttelte leicht den Kopf. Im Moment wollte er weder essen noch trinken. Er wollte nur zu seiner Schwester. Mario kam nach zehn Minuten wieder mit drei Tassen. Eine gab er Leander, der sich noch mal bedankte, und eine gab er Zoran. Dieser schüttelte jedoch den Kopf und meinte, dass er doch gesagt hätte, dass er nichts wollte. „Es bringt deiner Schwester nichts, wenn du hier sitzt bzw. stehst und nichts zu dir nimmst." Widerwillig nahm er den Kaffee an und bedankte sich bei Mario.

Wieder hörte er den Schrei seiner Schwester aus dem Raum und er drückte die Tasse noch fester, um sich zu beherrschen.

Zora schluchzte nur oder schrie. Sie wollte diese verdammten Schmerzen nicht mehr ertragen. Lieber wollte sie sterben und nie wieder leiden. Immer wieder wurde sie festgehalten von einer fremden Frau, damit sie sich nicht zurückdrehen konnte. Hinter ihr saß eine andere, die mit einem Lappen über die Wunden strich. „Entschuldige, dass du solche Schmerzen ertragen musst, aber ich muss die Wunden säubern. Leider haben wir zu diesem Zeitpunkt kein Betäubungsmittel. Ich werde dir eine Salbe raufmachen, sobald deine Wunden alle gesäubert sind. Du brauchst hier keine Angst mehr zu haben, wir werden uns um dich kümmern. Die Salbe wird deine Schmerzen lindern können."

Zora konnte nichts darauf erwidern und nickte nur. Wieder durchfuhr sie ein Schmerz und sie schrie wieder auf. Sie schloss die Augen und hoffte, dass es bald vorbei sein würde. Dann hörte sie ein leises Klopfen an der Tür, hörte, wie die Frau hinter ihr sagte, dass sie noch kurz warten sollen. Davina machte ihr die Salbe rauf, was Zora erstaunlicherweise als sehr angenehm empfand. Sie merkte, dass ihr die Decke wieder vorsichtig drübergelegt wurde, merkte auch, dass dann jemand in das Zimmer kam. Eine Stimme, die sie davor nur einmal ganz schwach gehört hatte, fragte, wie es aussähe. Die Frauenstimme, die von der Ärztin kam, sagte, dass Zora viel Ruhe bräuchte und am besten einige Tage im Bett liegen bleiben sollte. Dann erwähnte sie noch, dass sie morgen wiederkäme, um sich die Wunden anzusehen. Mario schaute eine Weile hinüber und ihn durchfuhr ein merkwürdiges Gefühl, deshalb drehte er sich um und gab den anderen beiden Bescheid, dass sie reinkonnten und was Davina zu ihm gesagt hatte. Zoran fiel ein Stein vom Herzen und er betrat das Zimmer. Leander jedoch blieb draußen stehen und musterte Mario. Er beobachtete, wie Mario den Flur langging und dann in einem Zimmer verschwand. Schließlich ging dann auch Leander in das Zimmer, in dem Zora lag, und er sah, wie Zoran auf der Bettkante saß und liebevoll Zora über die Haare strich.

Am nächsten Morgen spürte Zora eine wunderbare Wärme und hörte die Vögel draußen zwitschern. Der leichte Windzug, der durchs Zimmer strich, war genauso angenehm und sie setzte sich langsam auf, um aus dem großen Fenster zu sehen, an dem große weinrote Vorhänge an den Seiten hingen. Es ging ihr schon wieder etwas besser und die Schmerzen hatten nachgelassen. Sie lächelte, als sie sah, dass ein kleiner Vogel seine ersten Flugversuche machte. „Guten Morgen, ich hoffe, du hast gut geschlafen. Hier sind ein paar Brötchen und eine Tasse Tee für dich." Zora erkannte die Stimme wieder. Das war dieselbe wie gestern. Sie schaute ihn an und bedankte sich herzlich bei ihm. „Wo bin ich hier und wer bist du?" Er verbeugte sich. „Du bist in meiner Villa, in dem Land Zynessa. Ich bin der Herr hier." Er nahm langsam die Hand von ihr und gab ihr einen Kuss auf den Handrücken. Sie lief leicht rot an im Gesicht.

„Ich heiße Mario, Mario Paxaro. Dein Bruder, Leander und ich haben dich gestern hierhergebracht. Die dich gestern behandelt haben, waren die Ärztin Davina und Samira, die Krankenschwester."

„Mein Bruder war gestern auch hier? Ich habe das nicht mitbekommen."

Traurig blickte sie wieder aus dem Fenster. Sie hatte gestern wirklich nicht gemerkt, dass ihr Bruder noch hier war. „Ist schon okay. Das kann man verstehen, nach dem, was alles passiert ist. Wenigstens schreckst du nicht mehr zurück vor mir, wenn du mich ansiehst, so wie gestern im Auto."

„Ich habe ...", jetzt, wo sie ihm wieder in die Augen sah, fiel Zora es wieder ein. „Oh ... entschuldige. Das mit gestern tut mir leid. Ich wollte nicht, dass ... ich ... entschuldige." Zora blickte auf die Decke und sie schämte sich für ihr Verhalten. Mario stand an der Seite ihres Bettes und betrachtete die Frau, die so unschuldig auf dem Bett saß. Wieder lief ein heißer Schauer seinen Körper entlang. Er biss sich auf die Zunge. Seine Augen blitzten gefährlich. Zora sah ihn verwundert an. Irgendwie sah er aus wie ein Raubvogel, der sich auf seine Beute stürzen wollte. Aber vielleicht lag es nur an den Ereignissen, die sie erlebt hatte, und sie dachte sich nichts weiter dabei. Er ging hinaus und lehnte sich kurz an die Tür. „Alles in Ordnung mit dir? Warst du bei Zora?" Besorgt blickten Davina und Samira Mario an. Er lehnte immer noch an der Tür und schaute zu ihnen. „Mir geht es gut. Ja, ich habe ihr Frühstück gebracht, ihr scheint es wieder besser zu gehen."

„Das freut mich zu hören. Dürften wir dann zu ihr, damit ich ihre Wunden anschauen kann?" Davina klopfte und trat dann mit Samira rein. Zora saß auf dem Bett und aß gerade ein Brötchen, was sie weglegte, als die beiden reinkamen. „Du hättest ruhig aufessen können", sagte Davina zu ihr mit einem Lächeln. „Ich kann es später ja noch essen. Du möchtest bestimmt noch einmal nachschauen wegen der Wunden?" Davina nickte und half mit Samira zusammen, Zora das lange Hemd auszuziehen. Langsam schaute sie die Arme und den Oberkörper an. Nach langem Ansehen und neuerlichem Einsalben nickte sie zustimmend und schaute Zora in die Augen. „Es ist bestimmt unangenehm für dich, das zu erfahren, aber ich glaube, es ist wichtig für dich. Wie viel weißt du noch von gestern?" Zora blickte auf die Decke und ihr Gesicht wurde traurig und ängstlich, als sie sich an das Erlebte von gestern erinnerte. Beruhigend legte Samira ihre Hand auf Zoras und setzte sich neben sie.

„Das Letzte, was ich weiß, ist, dass ein Mann, den ich nicht kannte, mir einen Lappen in den Mund gesteckt und meine Hände festgebunden hatte. Dann schubste er mich stark auf den Boden und ich schlug mit dem Kopf auf. Es wurde alles schwarz vor meinen Augen danach." Davina und Samira schauten sich an. Zora bemerkte die Blicke und wunderte sich darüber. Es war, als ob sie etwas sagen müssten. Langsam blickte sie beide nacheinander an. „Was ist?"

„Danach passierte noch etwas, als …" Davina blickte zur Tür, als es klopfte. Mario kam rein und schaute alle drei an. Sein Blick blieb bei Zora haften. Fragend schaute er Davina und Samira an. „Wir wollten es ihr gerade erzählen." Mario nahm die dicke Decke und wickelte sie um Zora, das Fenster neben ihr schloss er, damit Zora sich nicht noch eine Erkältung holte. Mario lehnte sich an die Wand und schaute Zora an. Es fühlte sich an, als ob er sie fesseln würde mit seinen Augen. „Du hast so viel durchgemacht. Ich muss dir noch was erzählen, auch wenn es mir lieber wäre, ich müsste es nicht."

„Sag mir doch endlich, was los ist", flehte sie ihn an. „Wir kamen die Treppe gestern runter und sahen, wie er auf dir lag. Davina muss dich untersuchen, weil dein Bruder darauf besteht. Er will wissen, ob wir es rechtzeitig geschafft haben oder ..." Er brach ab. Mario konnte es nicht sagen, schon gar nicht jetzt, wo er ihr Gesicht sah und ihre himmelblauen Augen ihn mit einem Schmerz in der Seele ansahen. Es ließ ihn niemals kalt, wenn Frauen so etwas miterleben mussten. Ihr zog sich der Magen zusammen und Übelkeit kam hoch. Sie war dankbar, dass Mario den Satz abgebrochen hatte. „Zora, dein Bruder wird in ein paar Minuten da sein. Du musst noch einmal die Zähne zusammenbeißen und Davina dich untersuchen lassen. Wir wissen doch nicht, ob er es wirklich getan hat." Zora wollte es nicht. Ihre Finger gruben sich fest in die Decke, die um sie gewickelt war. Wenn er es wirklich getan hatte, dann könnte sie damit niemals klarkommen. „Ehrlich gesagt glaube ich nicht, dass er es geschafft hat. Wir haben ihn so unglücklich erwischt, aber mit Gewissheit kann man es erst sagen, wenn man dich untersucht hat." Mario ging hinaus und wartete, bis sie die Untersuchung hinter sich hatte. Davina untersuchte sie gründlich. Als sie fertig war, lächelte sie Zora an und berichtete, dass sie ihre Unschuld noch hatte. Zora freute sich, dass sie noch unschuldig war. Es fiel eine große Last von ihren Schultern. Davina ging raus zu Mario, der erstaunt aufblickte. „Ich will nicht beleidigend sein, aber dauert es nicht normalerweise länger?"

„Ganz ehrlich, Mario, ich wüsste nicht, was es dich angeht, aber du bist unser Anführer. Zora ist noch unberührt, also jungfräulich." Es wunderte ihn nicht, dass sie es war, aber es überraschte ihn trotzdem. Umso glücklicher war er, dass sie es gestern rechtzeitig geschafft hatten. Keine Frau verdiente es, bei ihrem ersten Mal vergewaltigt zu werden. Mario nahm das Handy und rief Zoran an. Er berichtete ihm alles. Zoran wollte gleich vorbeikommen und nach ihr sehen. Als er kam, ging Mario runter in den Arbeitsraum, um nachzudenken.

Kapitel 5

Zoran war in der Zwischenzeit wieder gegangen. Man hörte es, weil die Tür zugeschlagen wurde. Mario schüttelte nur den Kopf darüber, es brachte ja nichts, wenn er sich aufregen würde. Er drehte sich mit dem Stuhl zum Fenster. Der Himmel war klar und es wurde langsam kühler. Mario überlegte, was er wohl an diesem Abend machen könnte. Sein Magen knurrte, er hatte nichts mehr gegessen seit dem Frühstück, weil ihm der Hunger vergangen war. Zoran hatte ihm wieder eine Predigt gehalten, wie er sich gegenüber Zora verhalten sollte. Wenn das so weiterginge, dann könnte er sie gleich mitnehmen. Mario war sich mehr als sicher, dass Leroy sie nicht verletzen würde, wenn er wüsste, wer diese Zora war. Er hob sein Glas und trank den Rest vom Wein aus. Mario ging in die Küche, wo auch Saskia, seine Hausfrau, war. „Na, dich sieht man auch mal wieder in der Küche? Du hast bestimmt nichts mehr gegessen, oder? Ich habe dir was gemacht, es sind nur ein paar Brote, aber wenigstens etwas. Hast du wieder vor heute Abend auszugehen?"

„Danke, Saskia, du bist ein Schatz. Ja, ich habe gerade überlegt, ob ich in meine Stammkneipe gehen werde."

„Du brauchst dich nun wirklich nicht bedanken. Ich habe schon für deine Eltern gearbeitet und ich habe versprochen mich weiter um dich zu kümmern. Willst du etwa wieder Frauen mitbringen?" Sie zog ihre Augenbraue hoch und schaute ihn an. Mario wusste, was sie davon hielt, aber er hatte nun mal seinen Spaß dabei. Dann schüttelte sie mit dem Kopf und legte ihre Hände auf seine Schultern. „Du kannst so ein lieber Mann sein und bist auch noch so gut aussehend. Werde ich es noch jemals erleben, dass du dir endlich eine feste Freundin suchen wirst und heiratest? Seit deine Eltern damals gestorben sind, warst du die ganzen Jahre nicht mehr richtig glücklich." Er wusste, dass sie es nur gut meinte, und umarmte sie herzlich mit einem Kuss auf die Wange. Dann ging er zu der Theke, wo die Brote lagen, und aß sie. Ohne Saskia wäre er verloren, sie machte alles für ihn, den Haushalt, kochen und sich wie eine Ersatzmama um ihn kümmern. Mario kannte sie schon, seit er sieben Jahre alt war. Er vermisste die Zeit, wo alles noch so normal war, wo sie Unterricht bekommen hatten und draußen gespielt hatten. Leroy und er hatten immer zusammen Mist gebaut und die Eltern hatten den beiden dann kein Geld mehr gegeben. Sie wussten aber nicht, dass es sie nicht im Geringsten interessierte, ob sie Geld hatten oder nicht. Eines Tages kam die Privatlehrerin mit einem Mädchen zu ihnen. Die Lehrerin hieß Maria und stellte das Mädchen als Saphira vor, die die Tochter der Herrscherin war. Mario und Leroy hatten sich mit ihr angefreundet und sie spielten jeden Tag miteinander. Bis Leroy nur noch mit ihr alleine rumgehangen hatte und Mario alleine war. Es war besser damals, dass die Clans sich getrennt hatten nach dem Krieg, denn Leroy und er waren fertig miteinander. „Mario, mein Junge, du träumst schon wieder."

„Entschuldige, Saskia, ich habe an damals gedacht. Hast du etwas gesagt?"

„Ja, warum du immer noch nicht daran denkst, dir eine feste Frau zu suchen."

„Du kennst meine Meinung, Saskia. Mit einer Frau hat man nur Stress, sie sind eifersüchtig und man muss ihnen alles erklären. Ich bin ein freier Mensch, Saskia, und das möchte ich auch bleiben. Außerdem glaube ich, dass meine Mutter zu harmlos war. Sie hätte besser kämpfen können mit meinem Vater. Das wissen wir beide. Ich glaube einfach, sie hatte ein zu gutes Herz und hat meinen Vater erweicht. Vielleicht trug sie die Schuld daran, dass beide starben."

„Ohne deine Mutter wärst du nicht auf der Welt und sie hat deinen Vater nicht erweicht, wie du es so komisch nennst. Sie wollte Frieden genauso wie Lya."

„Lya war damals Herrscherin und ist die Mutter von Saphira. Natürlich wollte sie Frieden. Aber man sollte nicht vergessen, warum dieser Krieg damals angefangen hat. Sie waren es doch, die angefangen haben."

„Sie sind nicht schuld am Tod deiner Eltern, Mario. Ja, sie war die Mutter von Saphira, aber Saphira ist nicht Zora. Du weißt selber, was sie ist in Wirklichkeit. Genauso, wie du weißt, was Lya war. Etele war derjenige, der schuld war, nicht sie." Dazu konnte Mario nichts erwidern, auch wenn er gewollt hätte. Er schüttelte den Kopf und trank den Tee aus, der vor ihn hingestellt wurde von Saskia, und ging zu seinem Zimmer. Mario nahm aus seinem Schrank eine schwarze Jeans, zusammen mit einem olivgrünen Shirt raus. Im Hausflur blickte er zu Zoras Tür und ging dann zu seiner Kneipe.

„Mario, na auch wieder da? Was soll es denn sein heute?"

„Roberto, grüß dich. Hast ein Zimmer oben frei?"

„Du wirst dich wohl nie ändern, was? Natürlich ist ein Zimmer frei für dich."

Mario nickte lächelnd und bestellte sich ein Bier. In der hintersten Ecke setzte er sich dann und beobachtete die Leute. Der Laden war voll mit Qualm von den Zigaretten, die Musik wurde manchmal von dem Gegröle übertönt. „Hier wird sich auch nie etwas ändern."

„Mario, du warst seit fast einer Woche nicht mehr hier. Ich dachte schon, du kommst nicht mehr. Hier ist dein Bier."

„Und du bist mein Essen?" Sie zwinkerte und Mario zog sie auf seinen Schoß. Victoria wusste genau, was Mario wollte, und glitt mit ihren zarten Fingern unter sein Shirt. Sie nahm Marios Kopf und küsste ihn, um mit seiner Zunge spielen zu können. Victoria zwinkerte ihm zu, als sie an Mario hinunterrutschte. „Lass uns hierbleiben, die anderen kennen mich alle. Und die schreien so laut herum, dass die es nicht mitbekommen würden." Victoria war ganz seiner Meinung und öffnete seine Hose, um so mit ihrer Hand an sein erregtes Glied zu kommen. Sie spielte mit ihrer Zunge an seiner Spitze. Er zog scharf die Luft ein und griff mit einer Hand in ihre Haare. Langsam nahm sie sein komplettes Glied in den Mund, während sie mit ihrer Zunge seinen Schaft umspielte. Ihm entkam ein Stöhnen und er zog ihren Kopf zu sich hoch und sie setzte sich rittlings auf ihn.

Mario legte den Kopf nach hinten und schloss die Augen, als er in sie eindrang. Sie bewegte ihr Hüften auf ihm und brachte ihn komplett um den Verstand, wie sie es immer machte, wenn er in die Kneipe kam. Mario drückte seine Hände um ihre Hüften fester und sie kratzte ihn langsam den Rücken entlang. „Du bist unersetzbar, weißt du das?" Das wusste Victoria und küsste ihn mit so einer Leidenschaft, dass er sie nahm und auf die Bank legte. Seine Augen funkelten wie die Sterne, ihr Körper wollte mehr von ihm, das sah man ihr an. Er legte ihre Beine auf seine Schultern und drang kräftig und schnell in sie ein. Sie stöhnte laut auf, doch wie Mario es schon gesagt hatte, war jeder mit sich beschäftigt, um darauf zu achten, alle kannten ihn als Weiberhelden.

Mitten in der Nacht kam Mario nach Hause und wollte einfach nur noch ins Bett. Victoria hatte eine Ausdauer, die er jedes Mal bewundernswert fand. Ihm kam ein Grinsen über die Lippen, als er wieder an ihre dünne Taille dachte, an die kleinen festen Brüste und die Enge, wenn er in sie eindrang. Das erlosch jedoch schnell, als er im Flur oben Davina anlaufen sah und seinen Namen rufen hörte.

„Was ist denn los, Davina?"

„Zora, ihr geht es schlechter. Sie hat sehr hohes Fieber und möchte nichts trinken. Wir haben schon feuchte Tücher über ihre Beine gelegt und ich wollte ihr Tabletten geben, wegen des Fiebers und der Schmerzen, aber sie weigert sich. Ich kann sie nicht zwingen dazu."

„Warum geht es ihr auf einmal so schlecht, du warst doch regelmäßig bei ihr."

Mario wartete nicht auf ihre Antwort, sondern rannte an ihr vorbei und stürzte in Zoras Zimmer. Ihre Stirn war kochend heiß und nass vom Schweiß. Sie hatte die Augen geschlossen. „Was machst du nur für Sachen? Hast du Schmerzen oder sonst etwas außer dem hohen Fieber?" Sie schüttelte leicht den Kopf und wollte eine Bewegung machen, bei der sie zusammenzuckte. Mario erkannte, dass sie log. „Warum lehnst du die Tablette ab?" Er drehte sich zum Schreibtisch und machte die Tablette klein, um sie mit etwas Wasser zu vermischen. Davina stand an der Tür und blickte durch einen Spalt traurig zu den beiden rüber. „Kannst du dich etwas aufsetzen? Du musst etwas trinken." Er half ihr und legte seinen linken Arm unter ihren Kopf. Langsam führte Mario den Becher an ihren Mund, damit sie trinken konnte. Zora legte sich auf die Seite und hielt Marios Hand fest. Bei ihrer Berührung zuckte Mario leicht zusammen. Etwas brodelte in ihm, was er ignorierte. „Ich rufe deinen Bruder an, damit er weiß, wie es dir geht."

„Nein, bitte nicht. Er macht sich nur Sorgen, und das möchte ich nicht."

Ihre Stimme war leise und schwach und in ihrem Zustand wollte er nicht mit ihr streiten, deshalb blieb er an ihrer Seite, hielt ihre Hand fest. Als sie eingeschlafen war, ging er leise aus dem Zimmer, damit Zora nicht wach wurde. Mario tippte eine Nummer ein und wartete, bis Zoran ranging.

„Wie geht es ihr jetzt? Soll ich vorbeikommen? Ist es etwas Ernstes?" Zoran hörte noch eine Weile zu, was Mario ihm sagte und bedankte sich, bevor er das Handy weglegte. Es schien ernster geworden zu sein, als er geglaubt hatte. „Was ist los? Ich habe dich lange nicht mehr weinen sehen."

„Meiner Schwester geht es sehr schlecht. Sie hat Schmerzen und hohes Fieber. Mario hat es mir gerade gegen ihren Willen erzählt. Ich sollte es nicht erfahren, da ich mir sonst zu viele Sorgen mache und sie das nicht möchte. Nicolai, was soll ich denn machen? Ich habe meine Eltern verloren und ich will sie nicht auch noch verlieren. Bin ich wirklich so übertrieben fürsorglich?"

„Du musst selber wissen, was du machst. Denke daran, dass sie kein kleines Mädchen mehr ist. Meiner Meinung nach ist sie stark genug, um das zu überstehen."

„Du hast sie doch noch nicht einmal gesehen. Hast du eine Ahnung, was sie durchgemacht hat?"

„Ja, du hast es mir erzählt. Auch ich war damals dabei, vergiss es nicht. Wir sind alle zusammen aufgewachsen. Du hast nicht umsonst mir die Verantwortung für den Clan gegeben, wenn du nicht da bist." Nicolai hatte recht. Zoran kannte ihn schon, seit er denken konnte. Die beiden hatten zusammen schon im Sandkasten gespielt, bevor sie laufen konnten. Er wäre ein guter Anführer für seinen Clan, das musste Zoran zugeben. Es wurde bald wieder hell draußen, und da Mario ihn gebeten hatte erst nachmittags zu kommen, legte er sich hin.

Zoran wurde durch ein Klopfen geweckt und Nicolai trat ein. Er entschuldigte sich, dass er ihn geweckt hatte, aber es sei schon fünfzehn Uhr und Zoran wollte doch noch zu seiner Schwester fahren. Zoran bedankte sich bei ihm, blieb aber noch ein paar Minuten liegen und schaute zur Decke. Er fragte sich, ob er sich zu viele Sorgen machte um seine kleine Schwester. Sie war zwar nur drei Jahre jünger als er, aber sie war doch trotzdem noch klein. Er dachte daran zurück, als sie noch mit dem Goldenen Clan befreundet waren und Daira seine Schwester geärgert hatte. Saphira kam immer heulend zu ihm und erzählte ihm immer alles. Wenn sie wegen irgendetwas weinte, hatte ihr Vater sie auf den Schoss gehoben und ihr ein Lied vorgesungen, was er „Nicht allein" nannte. Sie war immer glücklich und dachte sich meistens einfach etwas aus, damit Vater ihr das Lied vorsang. Zoran musste bei dem Gedanken lächeln und stand auf. Die Sonne schien draußen und es war nicht zu warm. Er zog sich eine hellgraue Jeans an, zusammen mit einem weißen Shirt, und ging hinunter in die Küche. Reicka und Josha saßen zusammen mit Leander am Tisch und aßen Kuchen, zumindest wollte Leander es gerade, als Zoran ihm das Stück aus der Hand klaute. „Ich dachte, du seist bei deiner Schwester!"

„Da fahre ich auch gleich hin. Danke für das Stück Kuchen", sagte Zoran noch zu ihm und ging hinaus. Er nahm seinen Motorradhelm und fuhr mit seiner Suzuki los.

„Es geht mir wieder besser, wirklich! Ich habe doch gestern gesagt, du sollst ihm nichts sagen. Lass das, ich kann das alleine, verdammt!"

„Du hast immer noch Fieber und nun hör auf zu zicken und lass dir helfen!"

„Nein, lass ich nicht!" Wütend funkelte sie Mario an. Er verdrehte jedoch nur die Augen, zog sie an sich ran und schloss die Finger um ihre Haar, nur um sie nach unten zu ziehen, damit Zora den Kopf hob und ihn ansah.

„Ich glaube, ich habe noch nie so eine Zicke wie dich erlebt, weißt du das?"

„Ich bin nicht zickig! Und jetzt lass meine Haare los und nimm deine Hand von meinem Rücken." Er lächelte und drückte ihr einen Kuss auf. Ihre Hand ging nach oben, die er jedoch schnell abfing, und er lächelte sie weiterhin an. Sein markantes Gesicht mit den hohen Wangenknochen sah umwerfend aus, seine schwarzen dichten Haare, die bis zu seinen Augen hingen, glänzten, und wenn er lächelte, zeigten sich zwei Grübchen, die Zora irgendwie süß fand. „Du bist unmöglich, Zora. Nach drei Tagen schon so fit, und das, obwohl du Fieber hast." Dann drehte er sie rasch herum, sodass sie mit dem Rücken zu ihm stand, und zog ihr das Nachthemd aus. Zora holte tief Luft und wurde rot im Gesicht. „Ich habe schon viele Frauen in Unterwäsche gesehen, du bist nicht die erste. Mit dem Unterschied, sie zogen sich für mich aus. Nun ziehe dir das Kleid hier an, es liegt nicht eng an, so heilen die Wunden schneller und nimm die Tablette, sonst zwinge ich dich." Dann drückte er sie kurz an sich, hielt sie sehr fest in seinen kräftigen Armen und sagte: „Am liebsten würde ich dich einfach durchnehmen. Du bist echt heiß." Dann ließ er sie los und ging zur Tür. Zora wollte ihm etwas vor den Kopf werfen, doch er schloss bereits die Tür. Das Kleid war hellblau und es glitzerte im Licht. Sie zog es sich über und nahm die Tablette, wer wusste, was Mario sonst noch anstellen würde mit ihr. Auf ihrem Nachttisch lag das Buch, was Leander ihr damals geschenkt hatte. Sie hatte noch keine Gelegenheit gehabt, es zu lesen, doch jetzt könnte sie die Zeit nutzen. Als sie gerade anfangen wollte, klopfte es und Mario kam noch einmal rein. Sie schaute verblüfft auf das Tablett, was er in der Hand hatte. „Ist der Kuchen selber gebacken?"

„Saskia, meine Haushälterin, hat ihn selbst gemacht, ja. Kann ich nur empfehlen, sie ist eine wunderbare Köchin und Bäckerin. Hast du deine Tablette genommen?"

„Mir blieb wohl nichts anderes übrig, oder? Da sind zwei Teller drauf und zwei Tassen mit Tee?"

„Saskia meinte, ich soll dir etwas Gesellschaft leisten. Sie ist sehr fürsorglich und wie eine Mutter für mich." Zora sah zum ersten Mal ein so warmes und liebevolles Lächeln bei Mario. Sie wünschte sich, dass sie sich auch an ihre Eltern erinnern könnte. Er gab ihr den Tee und den Teller mit dem Kuchen.

„Zoran müsste bald hier sein. Es wird ihm nicht gefallen, mich hier zu sehen mit dir alleine."

„Warum nicht? Er hat mich doch mit dir zusammen gerettet."

„Das ist eine lange Geschichte." Man hörte unten das Klingeln und Mario erhob sich und ging. „Was ist mit deinem Tee und deinem Kuchen?" Er bat sie, es Zoran zu geben. Sie hatte gerade ihr Stück aufgegessen, als Zoran schon reinkam. Er ging zu ihr und gab ihr einen Kuss auf die Stirn. Als er den Kuchen und den Tee sah, schaute er sie fragend an. „Mario hat es für uns beide gebracht. Seine Haushälterin hat den Kuchen selber gemacht. Er schmeckt einfach köstlich."

Zoran nahm es und setzte sich neben seine Schwester. Zora fand, dass er nachdenklich aussah, wollte ihn aber nicht fragen, weil sie der Meinung war, dass er es schon selber erzählen würde. Sie unterhielten sich stundenlang über verschiedenes Zeug. Wie sie aufgewachsen war bei den Pflegeeltern, wie es ihr ging und über viele andere Sachen. Sie freute sich darüber, sich endlich mit Zoran gemütlich unterhalten zu können. Zora konnte sich nicht erinnern, wann es das letzte Mal so schön gewesen war. Sie erzählte ihm von dem Buch, dass sie gekauft hatten, und dass sie sich freute, dass sie jetzt so viel Zeit miteinander hatten. Zoran hörte gespannt zu und lächelte, als Zora von dem Vögelchen erzählte, das die ersten Flugversuche gemacht hatte. Die Stunden vergingen schnell und sie bemerkten nicht, dass es draußen schon dunkel geworden war, als es an der Tür klopfte. Ein sehr gut aussehender Mann kam rein, genauso wie Mario hatte er ein markantes Gesicht mit hohen Wangenknochen, sogar die Grübchen beim Lächeln hatte er. Seine Haare waren kurz, strubbelig, was bei ihm sehr cool aussah, und Zora konnte ihren Blick nicht von ihm lassen. Genauso wie Mario gestern verbeugte er sich vor ihr und gab ihr einen Kuss auf die Hand. „Zora, das ist mein bester Freund Nicolai."

„Es freut mich, dich kennenzulernen, Zora." Seine hellblauen Augen strahlten wie Sterne am Nachthimmel und Zora konnte sich nicht von ihnen trennen. Als sie merkte, dass sie ihn anstarrte, wurde sie rot und schaute verlegen auf den Boden. Die beiden Männer lachten und Zoran verabschiedete sich wie immer mit einer Umarmung und einem Kuss von ihr. Sie entschuldigte sich bei Nicolai, der aber abwinkte und ihr zum Abschied noch mal einen Kuss auf ihre Hand gab. Zora stand an ihrem Fenster und schaute noch, wie die beiden mit ihren Motorrädern losfuhren. „Du siehst glücklich aus."

„Es ist lange her, dass ich mich so lange mit ihm unterhalten konnte. Sag mal … was meintest du damit heute, als du sagtest, andere ziehen sich für dich aus?"

„Ich nehme nicht nur eine Frau, sondern mehrere. Beziehungen kommen für mich nicht infrage. Nenne es, wie du willst, aber ich bin nicht der Typ dafür, nur eine Frau zu haben."

„Hast du noch nie geliebt?" Sie wandte sich vom Fenster ab und schaute Mario in die Augen. Für einen kurzen Moment hatte er das Verlangen, sie auf die sanften rosafarbenen Lippen zu küssen und mit ihrer Zunge zu spielen. Unwillkürlich biss er sich auf die Zunge und wandte seinen Blick von ihr ab.

„Nein … und ich glaube nicht, dass es jemals passieren wird. Schlaf gut, morgen wird Saskia dir das Frühstück bringen."

Zoran und Nicolai kamen nach zwei Stunden zu ihrer Villa zurück. „Warum hast du mich abgeholt?"

„Es gibt Probleme mit dem Blutclan. Ich fand es besser, wenn ich dich abholen komme. Deine Schwester ist immer noch fabelhaft."

„Lass die Anspielungen, du kennst meine Meinung."

„Willst du ihr am liebsten einen Keuschheitsgürtel anlegen, wie sie das vor vielen Jahren getan haben? Irgendwann wird sie einen Mann haben, ob du willst oder nicht."

„Das wirst aber nicht du sein und auch kein anderer, der kein Anführer ist. Ich werde allerdings dafür sorgen, dass so etwas nicht passieren wird. Es gibt keinen, der gut genug ist für sie und Ende. Ich will nicht, dass sie verletzt wird."

„Du versuchst wirklich sie von allen Männern fernzuhalten. Zoran, sie ist kein kleines Mädchen mehr, wie oft noch? Du führst dich auf wie ein Vater. Sie gehört doch schon längst jemandem, seit sie geboren wurde."

„Wenn noch ein Satz in dieser Hinsicht aus deinem Mund kommt, dann kannst du verschwinden und brauchst nie wieder zu meinem Clan zurückzukommen. Dann kannst du auch Gift darauf nehmen, dass du gejagt wirst." Nicolai erkannte Zoran nicht mehr wieder. Sie waren beste Freunde, auch noch als Zoran erfuhr, wer Nicolai war, und nur weil er es nicht einsehen wollte, dass seine Schwester vierundzwanzig Jahre war und alt genug für einen Mann, wollte er alles aufs Spiel setzen. Er hatte es endgültig satt mit ihm. Nicolai brauchte keinen Clan, er würde frei sein können und leben, wie er es wollte, ohne Befehle von seinem Freund annehmen zu müssen. Auch wenn er gejagt werden würde. Aber das war ja schließlich nicht neu für ihn. „Wenn du das so siehst, dann werde ich deinen Clan unverzüglich verlassen. Aber glaub nicht, dass ich zurückkommen werde. Damals warst du noch ein guter Anführer, aber wenn du so weitermachst, wirst du nicht nur deinen Clan in das Verderben rennen lassen, sondern deine Schwester mit." Mit diesem Satz ging er in die weiße Villa und packte seine Sachen. Ohne Zoran noch eines Blickes zu würdigen, verschwand er in die Dunkelheit.

Nach zwei Wochen ging es Zora bestens und die Wunden waren alle verheilt, sodass sie endlich auch rausgehen durfte. Mario hatte für sie ein paar Sachen besorgen lassen, die sie anziehen konnte. Draußen war es angenehm warm und der Park vor der Villa war groß. Sie schlenderte langsam den Weg entlang und schaute sich alles an. Besonders gefielen ihr die Brunnen, die im Park standen. Es waren fünf Stück insgesamt und alle hatten ein anderes Muster eingraviert. Sie dachte an die letzten zwei Wochen, was alles passiert war. Mario hatte ihr kaum etwas erzählt, und wenn sie sich mal unterhielten, dann ging es meistens nur um sie. Davina, die immer regelmäßig nach ihr schaute, meinte, dass Zora sich nichts daraus machen sollte, weil es normal war, dass er so verschlossen war. Ihr erster Eindruck von ihm war sehr positiv, auch wenn sie ihn kaum kannte. Wenn er mal zu ihr kam, um nach ihr zu sehen, freute sie sich immer und konnte sich nicht erklären, warum sie sich so wohlfühlte alleine, ohne ihren Bruder. Am Telefon fragte er viel und Zora hatte den Eindruck, dass er sich sehr große Sorgen machte und Mario nicht traute. Aber warum? Zora musste ihm immer wieder beteuern, dass Mario sich sehr gut kümmerte um sie und sie auch gut behandelte. Wenn er das nicht glauben wollte, dann sollte er doch hierher kommen und sich sein eigenes Bild machen. Zora wurde immer skeptischer, was ihren Bruder anging, weil sie nicht verstehen konnte, dass er am Telefon so auf besorgt machte, sie aber hier gelassen hatte, anstatt sie mitzunehmen. „So nachdenklich? Du siehst bedrückt aus, möchtest du reden?"

Zora musste einfach lächeln, als sie Marios Stimme hörte. Zora drehte sich um und staunte jeden Tag neu, wie gut er doch aussah. Er trug heute eine enge schwarze Hose mit einem schwarzen eng anliegenden Shirt. Zora fragte sich von Neuem, wie sie damals nur solche Angst bekommen konnte, bei diesen braunen Augen und dem schönen Gesicht, das umrandet wurde von seinen schulterlangen schwarzen Haaren. Unter dem Shirt sah man alle seine Muskeln. Es schien, als ob nicht ein bisschen Fett an seinem Körper wäre. Sie gingen eine Weile durch den Park, bis sie einen schattigen Platz fanden, wo eine Bank stand und sie sich setzten. Zora erzählte ihm, das sie es nicht verstehen würde, warum sie wieder abgeschoben wurde von ihrem Bruder, warum er am Telefon so besorgt war, und sie äußerte sogar ihren Verdacht, dass Zoran allem Anschein nach Mario nicht wirklich mochte. „Ich kann ihn schon verstehen. Du bist für ihn das Wichtigste, und wenn er nicht so viele Sachen noch klären müsste, dann hätte er dich niemals hiergelassen. Dass er mich nicht wirklich mag, liegt daran, dass wir viele Meinungsverschiedenheiten hatten und uns deshalb oft gestritten haben. Du kannst ihm seine Besorgnis glauben. Als er dich damals gefunden hatte mit uns zusammen, hat er sich die größten Vorwürfe gemacht und er könnte es sich nicht noch einmal verzeihen, wenn dir was passieren würde. Man sollte nicht nur dem trauen, was man mit den Augen sehen kann."

„Wie meinst du das?"

„So, wie ich es gesagt habe. Man sieht vieles mit den Augen, aber ist das auch alles wirklich so, wie man die Dinge sieht?" Mit diesen Worten stand er auf, schaute Zora noch mal mit seinen warmen Augen an und küsste sie auf die Hand. „Verzeih mir, ich habe noch einen Termin, der wichtig ist. Ich hätte mich gerne noch länger mit dir unterhalten. Aber noch etwas, Davina meinte, dass es dir wieder sehr gut geht, psychisch und auch körperlich. Dein Bruder meinte, dass du sehr geschickt bist, was die Hausarbeit angeht. Ich möchte, dass du mithilfst, hauptsächlich in der Küche. Es ist nicht fair, das hinter deinem Rücken abgesprochen zu haben, aber Zoran meinte, ich könnte dich bei mir ruhig arbeiten lassen."

„Also soll ich eine Dienerin sein? Oder eine Hausfrau?" Mario lächelte sie an und meinte dann: „Dienerin hört sich besser an. Aber keine Sorge, es sind normale Aufgaben." Bevor Zora etwas erwidern konnte, war Mario schon gegangen. Sie verstand ihn nicht. Kurz schweiften ihre Gedanken ab, als er ihr geholfen hatte beim Umziehen, der Kuss. Doch sie dachte auch daran, dass er sagte, eine Beziehung sei nichts für ihn. Würde sie ihn irgendwann mal verstehen? Warum interessierte sie sich dafür überhaupt, es war ja nicht so, dass er ihr etwas bedeuten würde, trotzdem sorgte sie sich um ihn.

Kapitel 6

Am nächsten Morgen, als Zora aufwachte, stand Arjona vor ihrem Bett und lächelte sie an. Noch im Halbschlaf richtete sie sich auf und schaute fragend zu ihr. „Guten Morgen. Hast du gut geschlafen? Die anderen sind schon alle seit Stunden wach und ich wollte dich früher wecken kommen, weil du heute helfen sollst, aber Mario meinte, ich soll dich ausschlafen lassen."

„Stimmt, er hatte gestern etwas in der Richtung gesagt. Wie spät ist es denn?"

Arjona nickte zur weißen Wanduhr rüber und Zora riss die Augen weit auf. Es war schon elf Uhr dreißig. Sie konnte nicht glauben, dass sie so lange geschlafen haben sollte. In der Nacht war sie ein paarmal wach geworden wegen irgendwelchen Träumen, wo es um irgendwelche Vögel ging. Feuervögel. Davor hatte Zora Schwierigkeiten gehabt, überhaupt einzuschlafen, weil ihr so viele Dinge durch den Kopf gingen, und die Frage, was Mario gestern mit diesem Satz gemeint hatte, ließ ihr keine Ruhe. „Nicht dass es mir was ausmachen würde, aber wir wundern uns alle, warum Mario dich ausschlafen lässt. Normalerweise ist er nicht so, dass er jemanden schlafen lässt, wenn es um Arbeit geht. Er ist allgemein sehr streng ... außer bei dir."

„Vielleicht hatte er ja was besprochen mit meinem Bruder. Ich weiß ja nichts darüber, weil mir keiner was erzählt." Sie stand auf und zog sich ein rotes ärmelloses Top an und eine dunkelblaue Jeans, die an ihren Beinen eng anlag. Es standen auch noch schicke High Heels neben dem Bett und Zora schaute Arjona wieder fragend an. „So soll ich arbeiten?" Arjona nickte nur und schaute Zora von oben bis unten komisch an. *Was ist denn mit ihr los?*, fragte Zora sich in Gedanken, weil sie mit Arjonas Blick nichts anfangen konnte. Sie zog die Schuhe an und ging zusammen mit Arjona nach unten in den großen Wohnraum. Nach so einer langen Zeit hatte sich Zora an den unglaublichen Anblick gewöhnt. Ein flauschiger Teppich, der unter einem großen langen Glastisch lag, und die zwei gegenüberstehenden schwarzen Dreisitzer glänzten wieder, als ob man diese mit teuren Reinigungsmitteln gesäubert hätte. An jeder Seite von den Sofas stand eine große teure Pflanze, die Zora nicht kannte. An den Wänden waren teure Gemälde mit Goldrahmen befestigt und ein sehr großer Flachbildfernseher hing gegenüber der zwei Fenster, die von der Decke bis zum Boden reichten. Die Vorhänge waren in einem dunklen Blau und auf dem Tisch stand ein goldener Kerzenständer mit fünf weißen Kerzen. Sie gingen durch das Zimmer und Arjona klopfte an eine dunkle Eichentür. Was dahinter war, wusste Zora nicht. Sie war da noch nicht gewesen und war neugierig geworden. Ein großer dunkelhaariger Mann öffnete die Tür, den Zora davor hier noch nicht gesehen hatte und der beide hereinbat. Zora war vieles gewohnt hier in dieser Villa, aber was sie hier in diesem Zimmer sah, raubte ihr den Atem. Links von ihr stand ein großer schwarzer Bücherschrank, der von einer Seite zur anderen ging und so hoch war wie die Decke. Er war gefüllt mit sämtlichen Büchern. Rechts von ihr hing ein großes Gemälde von einem Feuervogel. Er sah fast genauso aus wie der, den Zora in ihren Träumen gesehen hatte. Darunter stand ein schwarzer Kamin, in dem das Feuer knisterte. Zora erkannte sofort, dass es ein Edelstahlkamin war. Und genau vor ihr stand ein großer breiter Edelholzschreibtisch, der sehr alt sein musste, aber nicht die geringsten Hinweise auf sein richtiges Alter lieferte. Er sah aus wie neu, dahinter saß Mario in einem gemütlichen Lederbürostuhl, der die Farbe dunkelgrün hatte. Hinter ihm das Fenster war mit einem roten Vorhang zugezogen. Unter Zora lag ein teurer alter Orientteppich mit verschiedenen Blautönen. Zora war so fasziniert von allem, dass sie gar nicht wusste, was sie sagen sollte. „Setz dich doch bitte, Zora. Ihr beide könnt rausgehen." Arjona ging mit Xaver zusammen nach draußen. Zora nahm langsam Platz. Sie hatte ein komisches Gefühl gehabt, hier drin alleine zu sein mit Mario. Die Anspannung schien ihr im Gesicht zu stehen, denn Mario lächelte kurz und meinte, dass sie sich ruhig entspannen könnte.

„Also lass uns reden, was ich dir für Aufgaben geben werde. Es wäre mir lieb, wenn du in der Küche mithelfen würdest. Kochen und abwaschen. Immer, wenn ich etwas möchte, wirst du mir das bringen. Dann werde ich dich noch mit einteilen den Wohnraum zu säubern. An deine Seite werde ich dir Saskia stellen." Mario wartete einen Moment auf Zoras Antwort. Sie sah ein merkwürdiges Aufleuchten in seinen Augen, wie letztens, als Zoran gegangen war mit dem anderen Mann. Dann antwortete sie: „Das sollte kein Problem sein. Ich habe jedoch eine Frage. Wie soll ich mit dieser Kleidung in der Villa arbeiten?"

„Du wirst mich gleich begleiten. Da ich hier hohes Ansehen genieße, möchte ich, dass meine Begleitung auch dementsprechend aussieht. Wir werden deinen Bruder treffen. Ich habe gestern noch mit ihm telefoniert, weil ich dir angesehen habe, dass dir die Fragen zu schaffen machen, die in deinem Kopf schwirren. Solange du hier bist, trage ich die Verantwortung für dich, deshalb hielt ich es für das Beste, wenn du dich mit ihm richtig aussprechen würdest. Wir werden in dreißig Minuten losfahren."

„Was soll ich so lange machen?"

„Du kannst mir Gesellschaft leisten, wenn du möchtest." Zora überlegte. Mario sah so gut aus wie jeder hier. Doch er fiel besonders auf mit seinem Aussehen. Manchmal überkam Zora sogar das Verlangen, einfach in seinen Armen zu sein. Deshalb schüttelte sie nach dieser Erkenntnis den Kopf. „Nein. Würde es dir was ausmachen, wenn ich in mein Zimmer gehe? Ich werde noch ein bisschen lesen. Wenn es so weit ist, kann ja jemand Bescheid sagen."

„Wie du es möchtest. Fühle dich wie zu Hause. Ich komme dich dann holen, traumhafte Rose." Bei den Worten sah Zora Mario schüchtern an und errötete etwas. Mario musste lächeln und nahm sein Papier wieder zur Hand, um weiterzuarbeiten. Leise schloss Zora hinter sich die Tür und begrüßte die Leute, die im Wohnzimmer saßen. Auf dem Weg zu ihrem Zimmer überlegte sie, was man alles ihren Bruder fragen könnte. Zora hatte sehr viele Fragen, auf die sie gerne die Antworten gewusst hätte. Im Zimmer war es frisch und sie schloss die Fenster, kuschelte sich in ihr Bett, nahm das Buch zur Hand, was sie vom Bücherregal unten im Flur mitgenommen hatte, und fing an zu lesen. Schon nach fünfzehn Minuten saß sie im Auto mit Mario und fuhr in die Stadt. Zora war fasziniert. Überall standen Läden nebeneinander und ein großes Kino gab es hier auch. Ein kleines Gebäude war rot gestrichen mit einem Leuchtschild dran. Das war eine Diskothek, Zoras Augen strahlten. Sie wusste nicht, wo sie zuerst hinsehen sollte. „Hast du noch nie eine Stadt gesehen? So siehst du nämlich aus." Verlegen schaute Zora zu Mario, der seinen Blick wieder auf die Straße gerichtet hatte. Traurig dachte sie zurück an die Zeit, wo sie noch bei diesen schrecklichen Eltern gewohnt hatte. „Nein. Ich war nie in so einer Stadt. Ich durfte nur zu Hause die Arbeit machen, und wenn ich nichts zu erledigen hatte, musste ich in mein Zimmer. Zoran und ich waren nur in einer sehr kleinen Stadt, was man eher als Dorf hätte bezeichnen können, und dort gab es nicht viele Läden." Mario blickte sie aus dem Augenwinkel an. Er sah, dass es ihr nicht leichtfiel, von damals zu reden. Seine Hand strich kurz über ihren Arm, doch er nahm sie gleich wieder zurück, als Zora zusammenzuckte. „Entschuldige. Ich hatte nur an damals gedacht und dann kam es als Reflex."

„Mach dir darüber keine Gedanken. Es war nicht zu übersehen, was du alles durchgemacht hattest. Nach langer Zeit verschließen sich zwar die Wunden, aber die Bilder bleiben trotzdem im Kopf."

„Darf ich dich was fragen?"

„Alles, was du willst. Nur ob ich jede Frage beantworte, weiß ich nicht."

„Warum hast du mich Rose genannt?" Mario fuhr an die Seite, um das Auto zu parken. Dann sah er Zora in die Augen. Sollte er ihr das sagen, was sein Kopf gerade dachte? Lieber schnitt er sich die Zunge raus, bevor er das sagen würde, deswegen lächelte er sie an, als er sagte: „Das ist eine Frage, die ich nicht beantworten kann. Ich hatte damals einen schweren Verlust, vielleicht deswegen. Nun komm, dein Bruder wartet bestimmt schon auf uns." Wenn er ihr jetzt alles erzählen würde, wer sie war, dann würde es nur im Chaos enden. Er musste in dieser Hinsicht einfach geduldig sein. Zora stieg aus und ging neben Mario her. Sie war überrascht, dass alle, die ihnen entgegenkamen, zur Seite gingen. In einem Café, wo das Schild weiß und blau leuchtete, sah sie ihren Bruder Zoran sitzen. Er stand auf und umarmte seine Schwester. Bevor er sich wieder setzte, küsste er sie auf die Stirn. Zoran musterte sie von oben bis unten, dann schaute er Mario an. „Was soll der Fummel an ihr?"

„Hast du ein Problem damit? Ich glaube nicht, dass wir uns hier getroffen haben, um zu diskutieren, was sie anhat." Zora sah, dass ihr Bruder sauer wurde, deswegen fing sie an schnell mit ihm zu reden, damit das Treffen nicht eskalieren konnte. „Also ich habe ziemlich viele Fragen. Ich glaube nicht, dass wir so viel Zeit haben, dass du mir alle beantworten kannst."

„Du hast alle Zeit der Welt, Zora, mit deinem Bruder zu reden. Ich habe noch eine andere Verabredung. Es könnte lange dauern, aber sobald ich fertig bin, komme ich wieder her." Mario blickte kurz zu Zoran rüber und grinste, dann nahm er Zoras Hand und küsste sie. „Bis nachher, Rose." Während er das sagte, blickte er ihr tief in die Augen. Als Mario sich zum Gehen gewandt hatte, stand Zoran auf und packte ihn am Arm. „Vergiss nicht, dass wir sehr bald wieder Feinde sind. Übertreibe es nicht und lass die Finger von ihr." Mario musste einfach lächeln, drehte sich zu Zoran um und sagte dicht an seinem Ohr. „Ich habe dir damals schon gesagt, dass wir noch sehen werden, ob ich sie wieder hergebe. Hast du Angst, dass sie dableiben will, wo sie wirklich hingehört? Denk mal scharf nach, wer wir sind. Du konntest dich vielleicht bei Nicolai einschmeicheln, aber nicht bei mir. Nicolai und ich sind unterschiedlicher, als du glaubst. Stelle uns nicht auf dieselbe Ebene, nur weil wir beide eines gemeinsam haben. Abgesehen davon interessiert sie mich schon lange nicht mehr." Dann verschwand er, ohne noch mal nach hinten zu sehen. Zora hatte nichts davon gehört, was sie gesagt hatten, und schaute Zoran mit fragendem Blick an. Er sagte aber nichts. Als der Kellner kam, bestellte er zwei Tassen Tee.

„Also was möchtest du alles wissen? Ich werde dir alles beantworten, wenn ich das kann." Zora wusste nicht, mit welcher Frage sie anfangen sollte. Sie wollte alles wissen, warum sie jetzt bei Mario war, warum Zoran und Mario sich stritten, worüber sie sich gerade eben unterhalten hatten und was überhaupt alles los war. Dann begann sie vorsichtig zu fragen: „Mario meinte, du müsstest noch vieles klären und dass ich deshalb bei ihm bin. Was ist das denn alles?"

„Es sind viele Sachen, die ich noch klären muss. Ich wünschte, ich könnte dir sagen, welche, aber es geht nicht. Wann du zu mir kommen kannst, weiß ich auch nicht, es könnte auf jeden Fall eine Weile dauern. Und bevor du fragst, was wir gerade gesprochen haben, es war nur eine Meinungsverschiedenheit, mehr nicht. Ich möchte nicht, dass er dir zu nahe kommt."

„Er belästigt mich nicht, wenn du das meinst. Außerdem finde ich ihn sehr nett. Mir geht es sehr gut bei ihm. Obwohl er herzlos erscheint und streng."

„Das bezweifle ich nicht, aber ich kenne ihn besser als du, auch länger."

Langsam wurde Zora wütend: „Wenn du ihn nicht ausstehen kannst, dann frage ich mich, warum du mich dahin gebracht hast. Warum lässt du mich dann alleine, wenn du dir angeblich solche großen Sorgen um mich machst? Oh, ich habe eine wunderbare Idee. Stelle mir doch gleich wieder jemanden an die Seite, der auf mich aufpasst! Aber wenn ich bitten darf, dann Leander." Ohne dass Zora es bemerkte, wurde sie immer lauter und schrie ihren Bruder an. Die Leute blickten sie an, Zora sank auf ihren Stuhl zurück und nahm die Tasse, die vor ihr stand, mit beiden Händen. Zoran sah nicht wütend aus, sondern eher besorgt. Er holte tief Luft, bevor er antwortete. „Warum ausgerechnet Leander? War etwas Besonderes zwischen euch? Und zum ersten Teil, man sollte nicht alles glauben, was man sieht." Sie blickte ihren Bruder an. Diesen Satz hatte doch Mario auch gesagt. „Was soll das heißen? Mario sagte gestern dasselbe zu mir. Warum sagt ihr nicht einfach klar und deutlich, was ihr meint? Ich bin kein kleines Mädchen mehr, das nichts versteht. Ich bin vierundzwanzig Jahre alt, Zoran, vergiss das nicht. Zwischen mir und Leander kam auch nichts Besonderes vor. Er ist einfach nur nett und ich mag ihn, mehr nicht."

„Ausgerechnet der muss den Satz in den Mund nehmen. Zora, ich bitte dich nur darum, vorsichtig zu sein und auf dich aufzupassen, mehr nicht. Ich mache mir große Sorgen um dich, und das meine ich ernst. Wenn ich wirklich könnte, dann würde ich dich sofort mitnehmen. Und dass ich keinen Aufpasser bei dir lasse, soll doch nur heißen, dass ich Vertrauen zu dir habe und hoffe, dass wenn etwas passieren sollte, du dich bei mir meldest und es mir erzählst." Schuldgefühle überkamen Zora, weil sie ihren Bruder so angeschrien hatte. Sie merkte, dass Zoran ernst meinte, was er sagte. Trotzdem sagte ihr etwas im Inneren, dass er nicht die ganze Wahrheit erzählt hatte. „Irgendwas stimmt hier nicht. Es geht hier um was ganz anderes, was ihr mir nicht erzählen wollt. Habe ich recht?" Sein Blick wurde skeptisch, als sie den Satz sagte. Dann hellte sich Zorans Gesicht aber wieder auf. „Auf diese Frage wirst du keine Antwort bekommen. Weder von mir noch von ihm." Sie tranken zusammen noch drei Tassen Tee, aßen ein Kuchenstück, als Mario wieder kam. Er umarmte Zora von hinten, küsste sie am Hals, nur um den fiesen Blick von Zoran sehen zu können. Das hinterhältige Grinsen von Mario sah Zora nicht. Als sie sich verabschiedet hatten, musste Zora einfach mit der Frage raus. Davor sah sie sich jedoch noch mal um, damit sie sicher sein konnte, dass ihr Bruder nicht irgendwo noch in der Nähe war.

„Warum hast du das gerade gemacht? Zoran scheint dich ziemlich zu hassen."

„Deswegen habe ich es ja gemacht. Einfach aus Spaß, um ihn zu ärgern. Mehr wollte ich nicht." Sie fand das nicht richtig, dass man so was machte, um jemanden zu ärgern. Sie war zwar selber sauer auf ihren Bruder, aber das war wirklich gemein. Während der Fahrt fragte Mario nur, ob sie nun alle Antworten hatte, die sie wollte. Zora schüttelte nur den Kopf, während sie nachdenklich aus dem Fenster sah. Was ging hier nur vor sich? Sie fühlte sich irgendwie fehl am Platz. Es ging ihr wirklich gut, aber sie kam sich dumm vor. Warum wollte Zoran nicht die ganze Wahrheit sagen, was er gegen Mario hatte? Es war doch offensichtlich, dass er ihn richtig hasste. Sein Blick war so wütend, als Mario das gemacht hatte, dass Zora dachte, ihr Bruder würde Mario gleich umbringen. Sie hatte Zoran noch nie so gesehen. Um auf andere Gedanken zu kommen, fragte sie Mario, wie sein Termin gewesen war, den er gehabt hatte. „Es war ganz nett. Zumindest am Anfang. Danach gab es einen Streit, aber darüber brauchst du dir keine Gedanken zu machen." Wieder wurde sie so abgespeist. Da sie anscheinend keine richtigen Antworten bekommen würde, hielt sie lieber gleich den Mund und schaute weiter aus dem Fenster, bis sie bei der Villa wieder ankamen.

„Zora, wir sind da, wach auf." Sie spürte eine warme Hand auf ihrer Schulter. Zora hatte nicht gemerkt, dass sie eingeschlafen war während der Fahrt. „Was? Oh, entschuldige bitte. Ich wollte nicht einschlafen." Mario blickte sie mit seinen warmen Augen an. „Warum entschuldigst du dich immer wieder für etwas, meine Rose?" Hatte er das gerade wirklich zu ihr gesagt? Oder war sie noch im Halbschlaf? Erstaunt blickte sie ihn an. Mario zuckte leicht zurück und entschuldigte sich schnell bei ihr. Dann öffnete er Zoras Tür und sie gingen zusammen zu der Villa. „Meinst du das eigentlich ernst, was du gerade gesagt hast?" Sie blieb auf dem Weg stehen und schaute ihn an. Als Mario sich umdrehte, hatte er einen eigenartigen Blick. „Nein. Entschuldige mein Verhalten. Ich habe gerade an jemanden gedacht. Es ist besser, wenn ich mich endlich beherrsche. Zieh dich um und dann hilf in der Küche mit. Du kannst mir auch gleich eine Flasche Wein bringen, in das Zimmer neben dem Wohnraum." Langsam ging Zora die Treppe hinauf in ihr Zimmer. Warum war sie so traurig, als er meinte, dass er es nicht ernst meinte mit dem, was er gesagt hatte? Sie verstand es nicht. Aber wenn er an eine andere gedacht hatte, warum sagte er das zu ihr? Sie zog bequemere Sachen an. Bevor Zora aus dem Zimmer ging, betrachtete sie sich noch einmal im Spiegel. „Was ist los mit dir, Zora? Reiß dich zusammen! Natürlich denkt er an eine andere. Schau dich doch mal an, wie du aussiehst", sagte sie zu ihrem Spiegelbild. Dann riss sie erschrocken die Augen auf. Was sollte das denn jetzt? Warum hatte sie das gesagt? Damit sie schnell wieder Ablenkung hatte, ging sie in die sehr große Küche. Zora fragte, wo sie helfen könnte, doch dann fiel ihr ein, dass sie ja eine Flasche Wein zu Mario bringen sollte. Weil sie nicht wusste, wo der war, fragte sie Saskia. Zora ging in den Keller und nahm eine Flasche Rotwein aus einem Kasten und ging damit in den Raum, wo Mario war. Zu ihrem Erstaunen standen da zwei Weingläser und auf dem Tisch standen rote Kerzen. *Anscheinend erwartet er seine Freundin*, dachte Zora traurig. Die Flasche Wein stellte sie auf den Tisch neben die Kerzen. Auf Marios Anordnung hin machte sie die Flasche auf. Dann klopfte es an der Tür, eine sehr gut aussehende Frau kam in den Raum. Sie war schlank, hatte ein enges sehr schickes Kleid an, das glitzerte. Ihre Haut hatte eine Karamellfarbe und unter ihre langen, blonden, lockigen Haare, schimmerten silberne Kreolen. Sie schaute Zora mit einem abschätzigen Blick an, danach zu Mario mit einem hinreißenden Lächeln. Bevor Zora die Tür zu dem Zimmer zumachte, sah sie, wie Mario aufstand und die Frau in den Hals biss. *Der könnte zu Vampiren passen*, dachte sie sich. Doch sie wusste, dass es keine Vampire gab. Zora hatte das Gefühl, als würde ihr Herz auseinanderspringen und sie musste sich sehr beherrschen, dass ihr nicht die Tränen kamen. *Sei nicht dumm, du wusstest es doch von Anfang an. Er bedeutet dir doch nichts, also was soll diese Trauer? Mario sagte dir doch, dass er keine feste Freundin will.* Sie ging in die Küche zurück, wo sie Gemüse schälte, es dann klein schnitt, um es in die danebenstehende Schüssel zu geben. Dabei schnitt sie sich in den Finger und fing an zu fluchen. Saskia sah sie mit hochgezogenen Augenbrauen an, gab ihr ein Pflaster, was Zora vorsichtig aufklebte. Zora entschuldigte sich und ging in ihr Zimmer, wo sie sich auf das Bett schmiss und anfing ihren Tränen freien Lauf zu lassen. War dies das Gefühl, das man Liebe nennt? Hatte sie sich in diesen Mann verliebt, den ihr Bruder so sehr hasste? Da sie nichts über Liebe wusste, konnte sie sich auch nicht die Frage beantworten. Zora musste sich zusammenreißen, weitermachen mit ihrer Arbeit. Nur langsam trottete sie wieder hinunter. Das, was sie nun sehen musste, hätte sie am liebsten vermieden. An der Haustür stand Mario mit dieser Frau. Sie küssten sich. Schnell rannte Zora wieder in ihr Zimmer, schloss hinter sich zu, rutschte an der Tür runter, legte den Kopf auf die angezogenen Knie. Noch schlimmer konnte es ja nicht mehr werden. Aber warum fühlte sie sich so sehr angezogen von ihm? Auf dem Flur waren Stimmen zu hören. Es schienen Xaver und Mario zu sein, die sich dort unterhielten. Leise lauschte sie dem Gespräch. „Na, hattest du wieder deinen Spaß mit ihr? Ich dachte, du wolltest, dass sie nie wiederkommt."

„Das wollte ich auch, wenn sie meine Meinung nicht akzeptieren sollte. Anscheinend hat sie sich das noch mal überlegt. Ich wäre doch sehr blöd, wenn ich das verführerische Angebot nicht annehmen würde. Leider haben wir den Wein verschüttet, als wir es auf dem Schreibtisch miteinander getrieben hatten."

„Dann kann ja Zora gleich mal dort sauber machen. Aber so genau wollte ich es auch nicht wissen. Dein Sexleben interessiert mich nicht im Geringsten. Doch wir machen uns Sorgen, weil wir glauben, dass eine Vereinigung passieren könnte."

„Darüber braucht ihr euch keine Gedanken machen. Das wird niemals passieren. Wir bleiben uns selber treu. Das ist das Beste für uns und du weißt, dass ich Frauen zum Spielen nehme. Irgendwo muss man ja seinen Druck ablassen." Zora wünschte sich dieses Gespräch nicht gehört zu haben. Doch nun war es zu spät. Es klopfte an ihrer Tür, sie machte auf. Vor ihr stand Mario, der ihr sagte, dass sie den Raum säubern sollte, und er bat sie gleich mit dem Teppich zu beginnen, bevor die Flecken nicht mehr rausgingen. Ohne ein Wort zu sagen, ging sie mit gesenktem Kopf an ihm vorbei, ging zu der Tür, wo das Putzmittel drin war, nahm es dann heraus. Unten schrubbte Zora den Teppich, ihre Knie taten weh vom hin und her Rutschen. Sie bemerkte nicht, dass Mario sie amüsiert ansah. Er beobachtete sie aufmerksam. Dann schluckte er, schloss die Augen für einen Moment. Die Vergangenheit holte ihn ein, das merkte er immer mehr.

„Das sieht ziemlich interessant aus, wie du da auf dem Boden krabbelst." Sie erschrak, stellte sich so schnell hin, dass ihr schwindlig wurde und sie anfing zu taumeln. Bevor sie über den Eimer fallen konnte, zog Mario sie an sich. Ihr Gesicht wurde rot, in Gedanken wünschte sie sich, dass er sie nie wieder loslassen sollte. Mario flüsterte: „Du solltest besser aufpassen. Wer weiß, was dein Bruder mit mir macht, wenn du dich verletzt." Langsam löste er sich von ihr, ließ sie aber nicht aus den Augen. Ihr Blick war auf den Boden gerichtet. Mario ging auf sie zu, nahm ihr Kinn, damit er ihr ins Gesicht sehen konnte. Er sah ihre Tränen, die Traurigkeit in den Augen. Für einen kurzen Augenblick tat sie ihm leid. „Ich wollte dich nicht erschrecken. Das war meine Schuld, ich hätte mich bemerkbar machen sollen. Du hast den Teppich sauber gemacht, man sieht keinen Fleck mehr. Du bist eine tolle Haushaltshilfe."

„Ja und mehr nicht als nur deine Haushaltshilfe und Dienerin." Als sie merkte, dass sie das gerade laut gesagt hatte, schlug sie sich die Hände vor den Mund und rannte aus dem Zimmer. Mario schaute ihr nur nach. Ihr war das so peinlich, dass sie ausgerechnet vor Mario ihre Gedanken ausgesprochen hatte. Sie wollte nie wieder aus dem Zimmer gehen. Was war denn in sie gefahren? Sie sollte lieber dankbar sein, dass sie in so einem wunderbaren Gebäude wohnen durfte, umsonst Sachen bekam, Essen und Trinken. Zora hatte so große Angst, aus ihrem Zimmer zu gehen, weil sie nicht wusste, was Mario ihr sagen würde. Bestimmt würde sie auch Ärger mit ihrem Bruder bekommen, wenn Mario ihm das erzählte. Als wenn er ihre Gedanken gehört hätte, klingelte ihr Handy. Es war ihr Bruder. Sie schloss die Augen, atmete tief durch und ging an das Handy. „Sag mal, bist du von allen guten Geistern verlassen, Zora? Mario hat mir erzählt, was du gesagt hast. Spinnst du? Was ist denn mit dir los?" Zora kam nicht dazu, etwas zu sagen, so sehr machte ihr Bruder sie fertig. Als er dann endlich fertig war, überlegte sie kurz, wie sie ihm diese Situation am besten erklären hätte können. Doch sie schwieg, ihr fiel nichts ein. Zoran wartete eine ganze Weile, dann fing er wieder an drauflos zu erzählen. Aber nicht mehr so sauer wie am Anfang, sondern diesmal sanft und ruhig.

„Zora, ich weiß nicht, was mit dir los ist. Erkläre es mir bitte. Ich dachte, ich hätte mich klar genug ausgedrückt. Du solltest dich so gut wie möglich von ihm fernhalten. Du bedeutest ihm nichts. Für ihn bist du einfach nur eine Dienerin und eine Haushaltshilfe. Du wirst ihm nie etwas bedeuten, und wenn er dir was vormachen sollte, dann macht er das nur, um mich zu reizen oder um mit dir zu spielen. Wenn du erst einmal bei mir …"

„Ich bin aber nicht bei dir! Und nein, ich kann es dir nicht erklären! Leider weiß ich selber nicht, was in mich gefahren ist, und ich habe es satt, deine Worte zu hören! Du tust so, als wüsstest du alles! Dann erzähle du mir doch, was los ist, warum ich das gemacht habe, wenn du so oberschlau bist, Zoran!" Zoran schwieg auf der anderen Seite der Leitung. „Zoran, du gehst mir so dermaßen auf die Nerven! Weißt du eigentlich, was das für ein Gefühl ist, wenn man jemanden mit einer anderen sieht und einem dann das Herz schmerzt? Wie es ist, wenn man denjenigen mit einer anderen herumknutschen sieht und dann auch noch hören muss, wie er diese Frau genommen hat? Weißt du, wie es ist, wenn man das Gefühl hat, dass man auseinanderbricht wie ein Glas, das einem runterfällt? Wenn die Seele deswegen heult und nicht mehr aufhören will?" Zora konnte sich einfach nicht mehr halten, alles kam aus ihr raus, was sie fühlte. „Ich habe immer gehofft, dass er es ernst meinte, als er mich als Rose bezeichnet hatte. Hatte gehofft, als ich fast hingefallen wäre, dass er mich nie wieder loslassen würde. Ich wollte jede Sekunde seine Wärme spüren!" Ihre Worte wurden immer mehr durch das Weinen und das Schluchzen erstickt. Es fühlte sich an, als ob man sie mit dem Messer immer wieder in den Körper stechen würde. Es war aber auch erleichternd, endlich alles hinauszulassen, alles zu sagen, was ihr auf der Seele lag. „Es scheint, als würdest du früher erwachen, als geplant, Saphira." Nur noch ein Piepen war zu hören und Zora stand wie erstarrt am Fenster, immer noch mit dem Handy am Ohr. Hatte er sie gerade Saphira genannt? Nun war sie komplett verwirrt. Früher erwachen? Was meinte er damit? Benommen ging sie zum Bett zurück und legte das Handy auf den Nachttisch. Zora legte sich in das Bett, während sie überlegte und schließlich einschlief.

Am nächsten Morgen wollte Zora nicht aufstehen. Sie wollte niemanden sehen und schon gar nicht Mario. Aber Zora konnte sich auch nicht den ganzen Tag nur einsperren. Es klopfte heftig an der Tür, als ob jemand sauer wäre.

„Du sollst endlich runterkommen und den Tisch decken für das Frühstück! Sieh zu, dass du aus dem Knick kommst!" Schnell zog Zora sich ein sandfarbenes Kleid an und kämmte sich ihre Haare. An der Tür schloss sie noch mal die Augen, zählte von zehn runter. Sie öffnete die Tür, doch als sie gerade rauswollte, stieß sie mit jemandem zusammen. „E…Entschuldigung. Das wollte ich …" Als sie hochschaute, sah sie in die Augen von Mario. Ihr verschlug es die Sprache und sie blickte schnell nach unten. Er hielt jedoch ihr Kinn fest mit seinen Fingern, sodass sie den Kopf nicht runternehmen konnte. Es schien eine Ewigkeit zu sein, wie sie beide dastanden und sie sich in seinen Augen verlor. Er drückte sie näher an sich, mit dem anderen Arm, der auf ihrem Rücken lag. Zora spürte eine Hitze an ihrem Körper entlangschlängeln. Eine Hitze, die nicht wehtat, sondern angenehm war. Was dann geschah, würde Zora nie wieder vergessen. Er küsste sie. Es war nur ein sehr kurzer Kuss, einfach nur eine kurze Lippenberührung. Doch sie stand trotzdem wie in Trance da, schaute ihm hinterher. Mario verschwand in sein Zimmer und Zora stand nur da, wusste nicht, ob das gerade nur Einbildung gewesen war. Benebelt ging sie runter, um den anderen zu helfen. Sie aßen alle zusammen Frühstück, wobei Zora darauf achtete, keinen Blickkontakt mit Mario zu haben. Als sie aufstand, nahm er ihren Arm. „Ist es das, was du wolltest? Bist du wirklich die Saphira, die damals mich verletzt hat? Oder bist du nur ein naives Mädchen, das ich nur benutzen kann als Spielzeug, wie meine anderen Frauen?" Zora erwiderte nichts darauf. Was sollte sie denn auch dazu sagen? Warum Saphira? Sie wollte endlich Antworten. Etwas in ihrem Inneren schien sich zu regen, doch sie wusste nicht, was es war. Ohne seine Fragen zu beantworten, ging sie einfach weg. Als sie endlich ein paar Stunden Zeit für sich hatte, überlegte Zora, was sie sich eigentlich vormachte. Vom Prinzip her hatte doch Zoran mit dem recht gehabt, was er sagte. Sie sollte sich lieber bei ihm entschuldigen. Aber warum hatte er Saphira gesagt? Es klopfte wieder an der Tür und Arjona kam rein. „Was ich dir jetzt sage, solltest du für dich behalten, da ich sonst mächtig Ärger bekommen könnte mit Mario. Ich glaube nicht, dass du es nötig hast, dich so umher-schubsen zu lassen von ihm. Weißt du wirklich nicht, wer du bist, oder spielst du nur ein Spiel mit uns, um uns zum Narren zu halten? Willst du Mario so noch mehr kaputtmachen? Er hat damals mehr als genug gelitten, langsam reicht es."

„Ich spiele kein Spiel und ich weiß nicht, was du mir sagen willst."

„Ach, komm bitte, das ist doch gelogen. Wobei ... wenn ich es mir recht überlege, könntest du die Wahrheit sagen. Weil du lässt dich umherschubsen von ihm. Lässt ihn mit deinen Ge-fühlen spielen. Und du sollst die Saphira sein? Dass ich nicht lache." Arjona war so schnell verschwunden, wie sie gekommen war. Wieder nannte man sie Saphira. *Was wollen die alle von mir? Was wussten sie und Zora nicht? Und vor allem, was wurde hier gespielt, was Zora nicht verstand?*

Kapitel 7

Die Nacht quälte Zora ohne Ende. Sie saß immer wieder aufrecht im Bett und rieb sich die Schläfen. Zora konnte keinen klaren Gedanken fassen. Was wollten die alle von ihr? Warum nannten sie Zora eigentlich Saphira? Es wurde langsam hell draußen. Als Zora die Fenster öffnete, kam ein leichter kalter Wind herein. Sie schüttelte sich für einen Moment, zog ihren flauschigen warmen Bademantel fester zu und lauschte dem Zwitschern der Vögel. „Saphira ...", flüsterte sie zu sich selbst. Hieß sie so, bevor sie in diese andere Familie gekommen war? Sie ging langsam und verschlafen zu dem Nachttisch, der aus dunklem Ebenholz war und goldene Griffe hatte. Zora nahm das Handy, das darauf lag, und wählte die Nummer ihres Bruders. „Hallo?", antwortete ihr Bruder. Zora wusste auf einmal nicht mehr, was sie sagen sollte. „Hallo? Zora, bist du das?"

Sie schwieg immer noch für einen Moment, holte dann tief Luft und fing an zu reden: „Hallo, Zoran. Bitte unterbrich mich jetzt nicht, wenn ich rede. Es fällt mir alles schwer, zu sagen und zu fragen, weil ich Angst habe vor den möglichen Antworten. Erst einmal möchte ich mich entschuldigen. Du hattest recht, was Mario betrifft. Ich wollte es die ganze Zeit nicht glauben, aber als er mir gestern diesen Kuss auf den Mund gegeben hatte ..."

„Moment mal!", unterbrach er sie. Zora verdrehte die Augen und seufzte. „Er hat dich geküsst? Dieser verdammte ... Entschuldige, ich sollte dich nicht unterbrechen, rede weiter."

„Also ich habe keine Ahnung, wie ich das sagen soll, aber er meinte irgendwas von Saphira, und ob ich die bin oder nur ein Mädchen, was er als Spielzeug benutzen könnte. Dann möchte ich mich entschuldigen, dass ich dich so angeschrien habe und dir nicht geglaubt habe. Gestern war Arjona bei mir im Zimmer und hatte mich gefragt, ob ich nur ein Spiel spiele, da ich mich so herumschubsen lasse von Mario und meinte irgendetwas von

Saphira … dass ich das sei. Und du hast am Telefon auch zu mir Saphira gesagt, was soll das alles bedeuten? Hieß ich so, bevor ich in diese schreckliche Familie kam? Wer bin ich, Zoran?" Es kam Zora wie eine Ewigkeit vor, als nur noch Stille herrschte. Unheimliches Schweigen. Dann endlich fing Zoran an zu reden. „Ich komme vorbei. Wir werden uns dann unterhalten. Bis nachher." Dann war auch schon die Verbindung unterbrochen. Draußen hörte sie schon Stimmen. Alle schienen schon wach zu sein. Sie zog sich ein hellblaues Kleid an, das weit geschnitten war, und ein paar bequeme Schuhe. Zwar sah das etwas komisch aus, ein Kleid und Turnschuhe, aber das war ihr egal, weil sie nur in der Villa sein würde. Zora ging die Wendeltreppe hinunter und in das Wohnzimmer. Als sie zur Tür sah, wo anscheinend Marios Büro war, merkte sie, wie ihr Herz sich zusammenzog bei den Geräuschen, die leise herausdrangen. Anscheinend hatte Mario wieder seinen Spaß mit einer Frau. Weil sie es einfach nicht ertragen konnte, das Gestöhne von den beiden zu hören, ging sie rasch in die Küche, wo sie freundlich ein „Guten Morgen" herausbrachte, und nahm sich einen Joghurt. Zora hatte eigentlich keinen Hunger, aber irgendwas musste sie essen, damit sich ihr Magen beruhigte. Es klingelte an der Tür und Zora hielt in ihrer Bewegung inne. Sie hörte ein lautes Geschrei, danach Gepolter und ging hinaus, um zu sehen, was los war. Im Wohnzimmer stand Zoran, der außer sich vor Wut war und in das Büro reinplatzen wollte. Er wurde von Arjona und Xaver festgehalten und den anderen beiden, die anscheinend zu Zoran gehörten, wurde der Weg versperrt von weiteren zwei Personen. Langsam ging sie auf alle zu und erkannte Leander wieder. Alle drehten sich zu ihr um und Zoran stürzte sich auf sie und umarmte sie heftig, sodass Zora erst mal schwer Luft bekam. Mario und seine wunderschöne Freundin rissen die Augen auf, als sie sie alle nacheinander anblickten. „Darf man fragen, was hier los ist?", fragte Mario.

Zoran drehte sich um, blickte erst Marios Freundin an, dann wanderte sein Blick zu Mario und die Wut kochte über. Zora dachte, sie träumte, als ihr Bruder auf einmal ein weißes Schwert in der Hand hielt mit einem goldenen Griff. Er rannte zu Mario, erhob das Schwert und als Zora dachte, dass er Mario verletzen würde, sah sie auf einmal ein knisterndes Licht und ein pechschwarzes Schwert, das sich gegen das weiße Schwert ihres Bruders stemmte. „Das ist nicht gerade eine nette Begrüßung dafür, dass du hier in meinem Bereich bist, Zoran Trevo", knurrte Mario ihn an. Marios Augen waren schwarz geworden. Er ließ keine einzige Sekunde den Blick von Zoran. „Du küsst Saphira und erwartest eine nette Begrüßung von mir? Du verdammter Bastard!"

Während er das sagte, holte er wieder aus mit seinem Schwert. Zora konnte es nicht ertragen, das zu sehen, und ging, ohne sich auch nur im Geringsten im Klaren darüber zu sein, dass sie verletzt werden könnte, zwischen die beiden. Vor Mario blieb sie stehen, wandte sich dann an Zoran. „Seid ihr wahnsinnig? Was soll das Ganze? Zoran, du schuldest mir verdammt viele Antworten, ich hoffe, das ist dir klar."

„Geh aus dem Weg, Zora!", zischte ihr Bruder nur und blickte weiter auf Mario.

„Nein, das werde ich nicht. Du wolltest mit mir reden, nun mache das auch."

Widerwillig nahm er das Schwert runter und ließ es verschwinden. Mario machte es ihm nach und schickte seine Freundin weg. Dann kam er wieder und ließ Zoran und Zora in den Raum eintreten. „Woher weißt du davon, dass ich sie geküsst habe?"

„Sie hat es mir heute früh am Telefon erzählt. Und glaub mir, wenn sie nicht dazwischengegangen wäre, dann …"

„Es reicht!", schrie Zora. Sie konnte es einfach nicht ertragen, dass sich beide beleidigten oder sich bedrohten. Beide sahen sie erstaunt an. Mario war der Erste, der wieder die Worte fand: „Du sagtest Saphira. Weiß sie also mittlerweile, wer sie wirklich ist? Und noch eine kleine Beleidigung oder Drohung und du fliegst schneller raus, als du sehen kannst." Es fiel Zoran sichtlich schwer, sich zusammenzureißen, denn er ballte die Hände auf seinem Schoß zusammen. Doch Zora trat hinter ihn und umarmte ihn beruhigend. „Ich bin nicht hier, um deine Frage zu beantworten, Mario. Sondern weil Zora Fragen hat an mich. Es ist an der Zeit, dass sie alles erfährt, wenn deine Beschützerin sich schon einmischt. Außerdem sieht Zora nicht aus, als hätte sie viel geschlafen." Marios Blick wanderte zu Zora. Sie schaute schnell nach unten, damit sie diese wunderschönen braunen Augen nicht sehen musste. Sie wusste nicht, was sie denken sollte, was sie sagen sollte. Weil ihre Beine nachgaben, setzte sie sich neben ihren Bruder. Alle blickten sie an. Als sie das Gefühl hatte, gleich den Verstand zu verlieren, fing Zoran an zu reden: „Okay, ich fange an. Zora … du heißt eigentlich Saphira. Du bist im weißen Clan geboren, genauso wie ich. Es gibt nur noch vier Clans. Es waren einmal mehr gewesen. Die vier Clans mit Anführer heißen: Blutclan, Leroy Loitador, Goldener Clan, Daira, Schwarzer Clan, Mario Paxaro, Weißer Clan, ich. Jeder hat ein Schwert mit Symbol und Farbe des Clans. Erscheinen würden sie, wenn man an sie denkt. Deine Mutter war damals Herrscherin und du …", er unterbrach sich, weil er nicht wusste, wie er es weiter erklären sollte. Nebenbei überlegte Zora kurz, warum er nicht Dairas Nachnamen nannte. „Du bist die legendäre Saphira, geboren als Herrscherin aller Clans. Geborene Anführerin des eigentlichen fünften Clans, der nun nicht mehr existiert." Zoran schaute finster zu Mario, doch er war auch dankbar, dass Mario das gesagt hatte. Besorgt schaute er zu seiner Schwester. Ihr Blick war leer. Man sah nichts, was verriet, was sie gerade dachte oder fühlte. Es trat Totenstille im Raum ein. „Weiter", sagte sie dann, weil sie wusste, dass es noch nicht alles war. „Soll ich weiterreden oder willst du es deiner Schwester endlich selber erklären?"

„Unsere Mutter wollte, dass du in Sicherheit bist, deshalb hat sie ein Siegel in deinem Inneren errichtet, was alles von dir verschlossen hat. Als Saphira siehst du nicht so aus. Die Versiegelung schließt auch deine Gedanken ein. Du kennst die Wahrheit nämlich, nur kannst du dich aufgrund dessen an nichts erinnern. Weil damals ein großer Krieg herrschte zwischen allen Clans, musstest du weggebracht werden, weil du als Herrscherin geboren wurdest. Damit niemand herausfinden konnte, dass du noch am Leben bist, haben sie dir den Namen Zora gegeben. Ich weiß nicht, wie man dieses Siegel brechen kann noch wie es zu öffnen ist.

Unsere Mutter starb nach dieser Versiegelung, weil sie die ganze Kraft da reingesteckt hatte, und unser Vater starb im Kampf."

„Also heiße ich eigentlich Saphira und bin als Anführerin geboren, in einer Welt, wo es nur Hass und Krieg gibt?"

„Nicht nur, es gibt auch Frieden. Aber um es dir weiter zu erklären … die Sicherheit ging vor für dich, weil es für unsere Eltern wichtig war, dass die Herrscherin der Clans überlebt und irgendwann wieder erwachen würde, um das Chaos, das wir Clans angerichtet haben, wieder in Ordnung zu bringen. Der Hass auf Mario besteht deshalb, weil der Schwarze Clan und der Weiße Clan seit Jahren Feinde sind. Genauso wie der Blutclan und der Goldene Clan. Damals kämpften Schwarz und Blutclan noch zusammen und der Weiße mit dem Goldenen. Durch viele Streitereien und Auseinandersetzungen ist es dann dazu gekommen, dass es keine Zusammenkünfte mehr gab und jeder Clan seinen eigenen Weg einschlug." Zora fühlte sich, als würde ihre Seele zerschmettern. Sie konnte das alles nicht glauben, was sie hörte. Das war alles nur ein Traum, aus dem sie gleich geweckt werden würde. Ihr Bruder erzählte weiter. „Das ist der Grund, warum ich nicht will oder wollte, dass er dir zu nahe kommt. Ich kann nichts verhindern, was hier drin geschieht. Wie zum Beispiel was deine Gefühle angehen, Saphira. Doch wenn Mario dir Hoffnungen macht, dann bin ich mir zu tausend Prozent sicher, dass es nur deshalb ist, weil du die Herrscherin über uns bist."

„Selbst wenn die Versiegelung irgendwann geöffnet werden würde, ändert sich nichts an der Tatsache. Ich habe es nicht nötig, jemanden auszunutzen, nur um an Macht zu gelangen."

„Deshalb vögelst du ja auch Daira." Der Blick von Mario war tödlich, doch er riss sich zusammen, schloss die Augen und grinste. „Ich glaube kaum, dass dich mein Privatleben in irgendeiner Weise etwas angeht."

„Entschuldigt mich, ich muss das erst mal alles verdauen und verstehen. Ach und bitte nennt mich weiter Zora. Bitte." Zora ging wie benommen in ihr Zimmer und setzte sich auf die Bettkante. Die Gedanken flogen durcheinander. Sie war am Rande eines Nervenzusammenbruchs. Sie dachte, dass es schon schlimm war, Mario mit dieser Frau zu sehen, aber das riss ihr endgültig den Boden unter den Füßen weg. Sie sank nach hinten auf ihr Bett und starrte gedankenverloren zur Decke.

„Das schien gesessen zu haben. Irgendwie tut sie mir leid, auch wenn es deine Schwester ist. Zumindest nennst du sie ja Schwester. Warum hast du ihr nicht alles erzählt? Oder willst du es selber immer noch nicht wahrhaben, dass sie genauso ist wie Nicolai und ich."

„Halt deinen Mund, verdammt noch mal. Hast du überhaupt die leiseste Ahnung, wie sie sich deinetwegen fühlt? Und dann kommt das alles noch raus? Ich bin froh, wenn sie nicht kaputtgeht daran." Mario lehnte sich an die Wand und blickte zu Zoran rüber. Er dachte über das nach, was er gerade gehört hatte. *Weißt du, wie sie sich deinetwegen fühlt?* Es gab nichts, womit er Zora Hoffnungen gemacht haben könnte. Er hatte ihr erzählt, was er für ein Typ ist, also brauchte er sich keine Vorwürfe zu machen. „Das gibt dir noch lange nicht das Recht, mich in meiner Villa anzugreifen, Zoran."

„Ach nein? Du hast sie geküsst! Dass es für dich spaßig war, kann ich mir sehr gut vorstellen. Du hast nie etwas für jemanden empfunden. Noch nicht einmal für deinen eigenen Clan."

„Jeder kennt meinen Ruf und meinen Clan. Die Leute wählen selber, zu wem sie gehören wollen. Nun wäre es nett, wenn du gehen würdest. Ich habe auch noch vieles zu erledigen."

„Wenn du ihr auch nur einmal noch so nah kommst, dann versichere ich dir, dass der Krieg zwischen uns ausbricht." Mit diesen Worten erhob er sich vom Sessel und ging. Als die Tür zuging, setzte sich Mario wieder hinter seinen Schreibtisch. Es gab noch so viel zu erledigen, doch aus irgendeinem Grund konnte er sich nicht konzentrieren. „Das ist doch Blödsinn. Ich habe niemandem Hoffnungen gemacht", sagte er dann laut und versuchte sich wieder seiner Arbeit zu widmen.

Zora lag immer noch auf dem Bett und sah zur Decke hinauf. Sie ging alles noch mal durch, was sie erfahren hatte. Clans,

Anführer, Kämpfe, Krieg und eine Herrscherin. Sie sollte die Herrscherin sein? Zumindest verstand sie jetzt, warum alle sie Saphira nannten. So lautete ihr richtiger Name. Es klopfte an der Tür. Als sie gerade hingehen wollte, hörte sie Marios Stimme. Er sagte, dass Saphira in Ruhe gelassen werden sollte und er jetzt mit ihr reden wollte. War das der richtige Moment, ausgerechnet mit ihm zu sprechen? *Er war der Feind meines Bruders,* dachte Zora. Es klopfte wieder und Mario wartete erst gar nicht die Antwort ab, sondern betrat gleich ihr Zimmer. Er lehnte sich an die Wand neben der Tür mit verschränkten Armen. Der Blick wanderte zu ihr. Er betrachtete Zora von oben nach unten. Er wusste nicht, warum er hierhergegangen war. Warum er keinen klaren Gedanken fassen konnte, bevor er sie gesehen hatte, um zu wissen, dass es ihr gut ging. „Was willst du?" Ihre Stimme war eisig. Das hatte er noch nie gehört bei ihr. Auch wenn ihm der Ton nicht passte, ermahnte er sich ruhig zu bleiben. „Es bringt nichts, wenn ich mir dauernd etwas vormache und dich belüge. Ich musste sehen, wie es dir geht, nachdem dein Bruder und ich dir fast alles erzählt haben. Um ehrlich zu sein, habe ich mir ziemliche Sorgen gemacht."

„Auf einmal machst du dir Sorgen, wie es mir geht? Soll das ein Witz sein? Du hast mich geküsst und mich mit deinem Satz verletzt. Auf einmal erfahre ich, dass ich nicht Zora, sondern Saphira heiße und ich eine Herrscherin sein soll. Es könnte mir gar nicht besser gehen." Mario wusste, dass sie log und innerlich fast zerbrach. Anscheinend war er wirklich zu weit gegangen mit dem Kuss. Er hatte, während er nachdachte, kurz die Augen geschlossen, doch nun sah er auf. Er wusste nicht, was er davon halten sollte, dass Saphira ihre wenigen Sachen zusammenpackte. „Wo willst du hin?"

„Weg. Weg von meinem Bruder, der mich belogen hat. Raus aus dieser Welt, wo ich nicht reingehöre und … weg von dir. Ich weiß noch nicht wohin, aber ich werde bestimmt einen Platz finden." Mario wurde wütend und besorgt zugleich. Er ging auf sie zu, packte ihren Arm, drehte sie mit einer schnellen Bewegung zu ihm herum und nahm gleichzeitig ihr Kinn, damit Zora ihn ansah. „Glaubst du wirklich, dass ich dich gehen lasse, Saphira? Wir haben es dir nicht umsonst erzählt und deine Mutter hat nicht umsonst mit dem Tod bezahlt, damit du in den Tod rennen kannst. Das hier ist nicht die Welt, wo man von zu Hause abhaut und irgendwo unter der Brücke oder sonst wo schläft. Wenn du hier einen Schritt raus machst ohne Begleitung, dann bist du Freiwild für jeden Einzelnen. Es hat sich mittlerweile herumgesprochen, dass du existierst."

„Na und? Was soll das ändern? Ich heiße übrigens immer noch Zora. Dann lebe ich eben nicht mehr, jeder stirbt früher oder später." Mario kochte jetzt vor Wut bei ihren sinnlos dahergeredeten Sätzen, deswegen schubste er sie gegen die Wand. Auf jeder Seite von ihr schlug er eine Hand dagegen. Ihr Rosenduft roch wundervoll. Mario musste einfach einmal intensiv einatmen.

„Glaubst du wirklich, dass ich dich gehen lasse? Dein Bruder und ich sind vorübergehend keine Feinde, weil wir Waffenstillstand haben. Und ich habe die Verantwortung auf mich genommen, damit du in Sicherheit bist. Ich kann wirklich verstehen, dass du durcheinander bist nach dem Ganzen. Aber sein Leben deshalb aufs Spiel zu setzen ist komplett wahnsinnig. Nach dem, was damals zwischen uns passiert ist, müsste ich mich nicht um dich kümmern. Aber leider bleibt mir nichts anderes übrig. Ich kann nicht anders."

„Das interessiert mich nicht im Geringsten. Warum habt ihr nur die Hälfte erzählt? Was ist denn die komplette Wahrheit? Willst du mich nicht gehen lassen nur wegen meines Bruders oder ist es, weil ich Saphira bin? Willst du mich nur ausnutzen?"

„Du miese …" Er brachte den Satz nicht zu Ende. Stattdessen musste Mario sie einfach küssen. Zora wollte ihn wegdrücken, doch Mario nahm ihre Handgelenke und drückte sie an die Wand. In Zora kribbelte es durch den ganzen Körper und eine Wärme hüllte sie ein. Ihr Kopf war wie vernebelt. Als er mit seiner Zunge ihre berührte, wurden ihre Beine schwach und sie befürchtete, dass sie sich nicht mehr halten könnte. Wie durch einen Blitz wurde sie wieder klar im Kopf, riss ihre Handgelenke aus seinem Griff, um ihn von sich zu schubsen. „Wenn du auch nur einen Moment glaubst, dass du mich so herumbekommst, dass ich hierbleibe, dann hast du dich geschnitten. Ich lass mich nicht ausnutzen und als Spielball benutzen! Lass mich in Ruhe!"

„Das kann ich nicht!" Sie nahm ihre Tasche, ihre Jacke und ging zur Tür. Mario hielt sie noch mal am Arm fest, doch sie riss sich los. Zora funkelte ihn hasserfüllt noch einmal an, bevor sie endgültig verschwand. „Verdammte Scheiße!", stieß Mario hervor und trat mit voller Kraft gegen die Tür.

„Arjona, Xaver, kommt sofort her! Ich will, dass ihr sie verfolgt und auf sie aufpasst. Aber zwingt sie nicht wieder hierherzukommen und bleibt im Hintergrund, damit sie euch nicht entdeckt. Ich will nicht, dass sie was Unüberlegtes macht." Sie hatten verstanden. Nickend gingen sie dann mit ihren schwarzen Mänteln hinaus. Arjona ging links lang, Xaver rechts. Wo sollten sie zuerst suchen? Wo konnte sie jetzt sein? Schon alleine ihr Grundstück war riesig, doch das kannten sie beide wie ihre Westentasche. Da sie erst vor ein paar Minuten gegangen war, konnte sie das Grundstück noch nicht verlassen haben.

Zora ging langsam den Weg lang, ohne sich umzudrehen. Sie spürte immer noch seine Lippen an ihren. Ohne dass sie es wollte, kamen die Tränen. Was dachte er sich dabei? Machte es ihm so viel Spaß, sie immer mehr zu verletzen? Warum konnte er sie nicht einfach in Ruhe lassen? An einem großen Baum lehnte sie sich an, rutschte dann runter, bis sie auf dem Boden saß. Dann kamen wieder die Tränen hoch, als das Bild wieder erschien, wie er sie geküsst hatte. In der Zeit blieb Arjona auf einem Baum sitzen und beobachtete sie, während Xaver zu Mario zurückgegangen war, um Bericht zu erstatten. Im tiefsten Inneren hatte sie Mitleid mit ihr. Doch auf der anderen Seite konnte sie Zora nicht ausstehen. Sie tat so, als ob sie nichts wüsste. Arjona glaubte ihr das Schmierentheater nicht. Als sie Mario bemerkte, wie er den Weg entlangkam, verschwand sie leise aus der Sicht und ging mit Xaver zusammen in das Haus hinein. Mario kam langsam näher. Zora sah zu ihm hoch, als sie es merkte. Sie wischte sich mit den Händen ihre Tränen weg. „Was willst du noch?"

„Es tut mir leid, Zora. Ich … hatte mich nicht im Griff."
Zora sah wieder auf, direkt in die warmen braunen Augen von
Mario. Er hielt eine Hand auf ihrer Schulter, mit der anderen
streichelte er ihr über die Haare. „Ich will nicht, dass du gehst,
und ich will auch nicht, dass dir etwas passiert. Nicht nur weil
dein Bruder mir sonst den Kopf abschlagen würde, sondern weil
ich es nicht möchte." Er setzte sich neben sie hin und zog sie an
sich. Sie zitterte wegen der Kälte, doch um Widerspruch ein-
zulegen, war sie zu erschöpft. Deswegen wehrte sie sich nicht
und freute sich über seine Wärme. „Dein Vater war der frühere
Anführer des Weißen Clans gewesen. Deine Mutter wurde gewählt als Herrscherin von den Clans. Die Herrscherin davor ist
in einem Kampf gefallen, weil sie es nicht ertragen konnte, ohne
ihren Mann weiterzuleben. Da sie keine Kinder hatten, musste
ein neuer gewählt werden. Es war von Anfang an klar gewesen,
dass der Erstgeborene der nächste Anführer sein würde, es sei
denn, die Geschwister, wenn es welche gab, heirateten jemanden.
Niemand wusste von deiner Existenz und schon alleine deshalb war es klar, dass Zoran der Nachfolger ist. Da du aber doch
lebst, wäre es möglich, dass du, wenn du jemanden findest und
ihn heiratest, den Clan übernehmen könntest und gleichzeitig
die Herrscherin bleibst. Deine Mutter hatte alles versucht, um
Frieden zu wahren bei den Clans."

„Deshalb quälst du mich mit Küssen und versuchst an mich
heranzukommen, damit ich mich auf dich einlasse und wir heiraten,
du den Clan übernehmen könntest und mich dann fallen lassen
würdest wie eine heiße Kartoffel."

„Nein. Mein Clan genießt das höchste Ansehen, das es gibt.
Mehr brauche ich nicht. Ich mag zwar der Böse sein, aber deshalb greife ich nicht zu solchen miesen Tricks. Ich gebe zu,
dass ich mich für einen Moment vergessen hatte, aus Sorge um
dich, aber das heißt nicht, dass ich etwas empfinde für dich. Ich
sage das nur, damit du nicht falsche Hoffnungen hast. Das ist
alles, was ich sagen kann zu dem Thema. Weitere Fragen, was
den Weißen Clan angeht, musst du deinem Bruder stellen. Ich
bitte dich darum, wieder zurückzukommen. Ich halte Abstand

zu dir und werde dich nicht mehr weiter verletzen. Das ist ein Versprechen."

„Kannst du mir wenigstens noch sagen, wie meine Eltern hießen?"

„Deine Mutter hieß Lya und dein Vater hieß Etele."

„Lya und Etele?"

„Ja, weißt du, was die Namen bedeuten?" Zora dachte erst einen Moment nach und schüttelte dann den Kopf. „Etele ist ein ungarischer Name und bedeutet ,geliebter Vater' Lya gibt es in vielen Sprachen und bedeutet Schutz oder Höhle. Deine Mutter hat dich wirklich sehr geliebt. Doch sie war genauso wie Zoran, dein Vater war auch nicht viel besser. Sie nehmen es zu ernst mit deinem Schutz, deshalb glaube ich, dass Zoran dich, wenn er so weitermacht, damit kaputtmachen könnte. Er lässt dir irgendwann keine Luft zum Atmen mehr. Aber lass uns zurückgehen, nicht dass du krank wirst." Er stand auf und hielt ihr die Hand hin, um ihr hochzuhelfen. *So zart und zerbrechlich*, dachte Mario, als er sie so erschöpft und traurig sah. Bald musste er sich endlich eingestehen, dass seine verdammte Vergangenheit ihn eingeholt hatte. Das Verlangen wuchs jeden Tag mehr, ob er wollte oder nicht. Aber er wollte es sich noch nicht eingestehen, nicht jetzt. Und sie brauchte auch noch nicht alles zu erfahren.

Kapitel 8

Zora konnte kaum laufen. Ihr ging es so elend. Durch den kalten Wind, der um sie herum wehte, war ihr kalt. Mario hatte ihr seine Jacke umgeworfen, damit ihr etwas wärmer wurde. Doch es brachte so gut wie nichts. Auf einmal hörte sie ein leichtes Pfeifen hinter sich, das lauter wurde. Bevor sie sich jedoch umdrehen konnte, hatte Mario sein Schwert in der Hand und ein Pfeil prallte daran ab.

„Oh mein Gott. Was …", sie war so schockiert, dass sie nicht wusste, was sie sagen sollte. „Arjona! Nimm Zora und gehe mit ihr so schnell wie möglich in das Haus. Sofort!" Bevor Zora überhaupt reagieren konnte, zerrte Arjona sie schon weg. Mario stand ruhig da. Als er sah, dass sie im Haus drin waren, drehte er sich um. Langsam aus der Ferne war ein Schatten zu sehen, der immer näher kam. Durch die Silhouette erkannte er, dass es eine Frau sein musste. Je näher sie kam, umso mehr erkannte Mario sie. „Was zum Teufel sollte das, Daira?"

Sie blieb stehen und funkelte ihn mit einem schelmischen Grinsen an. Dann legte sie den Kopf schief, während sie ihn musterte. „Du weißt, wer sie ist, und ich weiß es auch. Mich wundert es jedoch, dass Zoran dich darum gebeten hat, auf sie zu achten. Ich bin diejenige, die dich akzeptiert, obwohl ich weiß, was du bist, oder etwa nicht?" Sie lächelte immer noch. Mario wusste sehr genau, was sie damit meinte. Bevor er jedoch etwas Falsches sagen würde, sagte er nur ruhig: „Ja, ich weiß das. Und solange sie hier ist, steht sie unter meinem Schutz und daran wirst auch du nichts ändern." Erst schürzte sie die Lippen, dann ging sie langsam näher auf Mario zu. Ihr Blick richtete sich auf das Schwert, dann wieder in sein Gesicht. Mario, der mitbekam, dass sie auf sein Schwert schaute, ließ es verschwinden, während er einen Schritt auf sie zu machte. Daira kam noch näher, bis sie direkt vor ihm stand. Sie streichelte über seine Brust und glitt runter zu seinem Bauch. „Ich will nicht, dass wir in Schwierigkeiten geraten. Und du weißt, wie viel du mir bedeutest. Deswegen halte ich ja auch meinen Mund über dein Wesen." Mario nahm sie um die Taille und küsste sie fest. Danach blickte er ihr wieder in die Augen. Er strich mit einer Hand über ihre Wange, doch dann, ohne dass sie es begreifen konnte, stieß er sie weg. „Es ist wirklich nett, dass du den Mund hältst. Aber wir beide werden trotzdem nicht zusammen sein. Du solltest es endlich kapieren, dass unsere Clans und wir beide uns nicht binden werden. Wenn du kämpfen willst und mir den Krieg deswegen erklären möchtest, dann mach das. Es wird sich trotzdem nichts ändern." Daira schaute ihn wutentbrannt an. Sie konnte nicht glauben, was er gesagt hatte. Von ihrer Wut geleitet zog sie ihr goldenes Schwert. Mario reagierte schnell, zu schnell. Bevor sie reagieren konnte, duckte er sich. Mit einer schnellen und leichten Drehung stand er hinter ihr, gab ihr einen Tritt in die Kniekehlen, sodass sie auf die Knie sank, und hielt ihr sein Schwert an den Hals. „Du wirst es nie schaffen, ihr zu nahe zu kommen oder mich zu besiegen. Merk dir das." Er flüsterte es in ihr Ohr und dann grinste er leicht, gab ihr noch mal einen Tritt in den Rücken, dass sie nun auf dem Boden lag. Er stieg über sie hinweg und ging zu seinem Haus. Hinter sich hörte er sie noch fluchen, doch das interessierte ihn nicht. Lässig, als wäre nichts passiert, ging Mario durch die Tür. Zora stand mitten im Flur. Sie sah sehr ängstlich aus. Mario sah, dass sie am ganzen Körper zitterte von dem Schock. Das Schwert verschwand, als er sie ruhig anschaute. Ihn überfiel der Gedanke, wie gerne er sie in die Arme schließen wollte. Doch so groß die Versuchung auch war, er blieb stehen und schaute sie nur an. Zora brachte kein Wort raus, so sehr sie es auch wollte. Ihr Körper zitterte, ihre Lippen bebten, die Augen waren mit Tränen gefüllt und jegliche Farbe war aus ihrem Gesicht gewichen. Mario konnte den Anblick nicht mehr ertragen. Das Verlangen nicht mehr unterdrücken. Er ging auf sie zu und nahm sie in seine Arme. „Es ist alles in Ordnung. Hier bist du sicher, niemand wird dir etwas antun." Es war wie im Auto. In seiner Umarmung, mit seiner ruhigen Stimme hörte sie auf mit dem Zittern. Zora krallte sich an ihm fest. Langsam wurde ihr Herzschlag wieder normal, die Atmung wurde gleichmäßiger. Mario drückte sie noch fester an sich. Er spürte, wie das Verlangen kam, sie nie wieder loszulassen. Seine Wärme war so heiß wie Feuer, die sie aber nicht verbrannte, sondern angenehm war. Beide wussten nicht, wie lange sie so dagestanden hatten, doch das wütende Schreien hinter Mario holte beide wieder zurück in die Realität. „Entschuldige, aber sie ist einfach an uns vorbei und …"

„Schon gut", sagte er durch zusammengebissene Zähne. Er löste die Umarmung, drehte sich zur Tür um und seine Augen zeigten Wut. „Ich dachte, wir beide hätten alles gesagt. Was willst du noch?" Zora stand wie angewurzelt hinter Mario, schaute die Frau an, die immer wieder bei Mario war. Sie wollte etwas sagen, doch Mario fing vor ihr an zu reden. „Entweder du sagst endlich, was du willst, oder ich befördere dich höchstpersönlich raus. Ich sage dir aber gleich, dass das nicht angenehm wird." Sie blickte immer noch Zora an und ihre Augen schimmerten golden. Zora sah nur noch das Lächeln und dann wurde sie auch schon von Mario weggestoßen. Sie fiel nach hinten, doch stützte sich noch rechtzeitig mit den Händen ab. Schockiert blickte sie auf Mario. Zora wusste nicht, was sie machen sollte. Er stand da mit seinem Schwert. Wehrte die Schläge von dem goldenen Schwert ab. Nun verstand sie, wer diese Frau war. Das musste die Anführerin von dem Goldenen Clan sein. „Verschwinde in deinen Raum, Zora. Mach schon!" Die Stimme drang nur langsam in ihr Ohr. Bevor sie reagierte, dauerte es noch mal zwei Minuten. Dann sprang sie aber endlich auf, rannte die Treppe hoch, wobei sie fast stolperte. Hinter sich hörte sie noch, dass sie ihren Bruder anrufen solle. Im Zimmer angekommen schloss sie die Tür und nahm das Handy. „Hallo?"

„Zoran? Oh mein Gott, Zoran … unten Mario … er kämpft gegen diese Anführerin … was soll ich nur machen?"

„Zora, wo bist du? Warum hat sie ihn angegriffen?" Das Reden fiel ihr schwer, sie war verzweifelt und hatte Angst um Mario. Tränen rollten über ihre Wangen, sie konnte nichts dagegen unternehmen. „Ich weiß es nicht. Bin oben in meinem Zimmer. Mario meinte, ich sollte ins Zimmer rennen und dich informieren."

„Bin in fünf Minuten da. Bleib in deinem Zimmer, bis Mario oder ich dich holen kommen." Draußen hörte sie immer wieder die Schwerter gegeneinander schlagen. Zora hoffte, dass Zoran bald da sein würde. Er war tatsächlich innerhalb von fünf Minuten da, doch Zora erschien es eine Ewigkeit. Man hörte kein Kämpfen mehr, nur noch leise Stimmen waren zu vernehmen. Daira sagte, bevor sie endgültig verschwand, mit lauter Stimme, sodass auch Zora es hören musste: „Sie wird mir noch in die Hände fallen, dann wird keiner auf sie aufpassen. Mario gehört mir, nur mir allein!" Dann knallte die Tür zu und Mario ging hoch zu Zoras Tür und klopfte an. Als das Klicken des Schlosses erklang, öffnete er die Tür. Als er im Zimmer war, schloss Mario sie gleich wieder hinter sich. „Mach dir nichts daraus, was sie gesagt hat. Du wirst immer Schutz haben von meinem Clan. Sie ist einfach nur ver- rückt und wahnsinnig."

„Ich kann sie verstehen. Schließlich schläfst du doch dauernd mit ihr."

„Aber ich habe ihr immer wieder gesagt, dass es nicht mehr sein würde! Ich binde mich nicht, egal an wen. Ich bin Einzel- kämpfer und führe meinen Clan alleine. Ich brauche keine Frau, die im Weg steht. So muss ich niemandem dauernd etwas er- klären und ich kann machen, was ich will."

„Dann solltest du endlich aufhören dich an Frauen heranzu- machen, dann hättest du auch keinen Stress!" Mario schaute sie mit ungläubigem Blick an. Sie interessierte das nicht, wer vor ihr stand. Sie konnte nicht mehr ruhig bleiben nach all dem, was er gesagt hatte. Und nun wurde sie sogar mit hineingezogen, ob- wohl sie doch nichts damit zu tun hatte. Zora war richtig wütend auf alles. Er spielte mit ihr und verletzte sie damit. Dann wurde sie mit hineingezogen, in die Sache zwischen ihm und Daira. Er nahm es als selbstverständlich, dass er das Essen gebracht bekam und Wein, wenn er nach ihr rief. Zora hatte keine Nerven mehr für so etwas. Ohne dass es ihr bewusst wurde, erschien in ihrer

Hand ein Schwert und sie stieß es nur einen Zentimeter neben Marios Kopf in die Wand.

„Seit wann bin ich nur ein Spielzeug? Glaubst du etwa, du seist der Beste hier im Land? Der alle Frauen bekommen kann?" Es funkelte in ihren Augen und Mario erkannte, dass sie nicht mehr dieselbe Farbe hatten wie davor. Sie waren nun lavendelfarbig. Doch was ihn noch mehr beunruhigte, war das Schwert, was neben ihm in der Wand steckte, und die Tatsache, dass jetzt nicht mehr Zora, sondern die richtige Saphira vor ihm stand. Das Schwert war silbern und hatte goldene Gravierungen. War es die Wut, die das Schloss in ihrem Inneren zum Sprengen brachte? „Du sollst meine Fragen beantworten, Mario Paxaro!" Er brachte zum ersten Mal in seinem Leben kein Wort raus. In seinem Hals steckte ein dicker Kloß. Zu seiner Erleichterung kam Zoran rein. Zoran stand wie angewurzelt da und sah die beiden an. *Was war hier denn los?* Er konnte kaum glauben, was er da sah. Das Schwert, das in der Wand neben Mario steckte, war wirklich das von Saphira. Saphira machte sich noch nicht einmal die Mühe, ihre Augen von Mario zu nehmen. Sie wollte eine Antwort, und zwar jetzt. „Saphira … wie? Warum hast du das Schwert … was ist passiert?" Zoran stotterte selten, aber dieser Anblick irritierte ihn und die Situation war ihm nicht geheuer. „Ich will eine Antwort von Mario, bevor ich ihn kopflos mache."

„Es tut mir leid. Ich wollte nicht, dass sie mit hineingezogen wird. Ich werde sofort Daira anrufen und alles klären. Ich verspreche es, aber nimm bitte dieses verdammte Schwert neben mir weg!" Zoran schaute sich die Szene amüsiert an und konnte ein Kichern nicht unterdrücken. Das war einfach zu komisch, dass ausgerechnet Mario nun fast anfing zu zittern und dann auch noch vor Saphira. Anscheinend reichte ihr die Antwort, denn sie nahm das Schwert weg und ließ es verschwinden. Ihre Augen wurden wieder normal und sie setzte sich auf die Bettkante. Dann sah sie verwirrt beide an. Als sie so unschuldig dasaß, dachte Mario, er hätte gerade geträumt. Er blickte zu Zoran und Zoran zu ihm. Beide waren anscheinend ratlos, was das gerade war. Die Blicke gingen dann zu Zora. „Was ist denn? Ist was passiert?" Nun standen beide mit offenem Mund da und blickten sie ungläubig an. „Soll das ein Scherz sein? Du hast ein paar Zentimeter neben meinem Kopf ein Schwert in die Wand geschlagen! Willst du etwa sagen, du weißt das nicht mehr?" Nun war es Zora, die beide ansah, als hätten sie den Verstand verloren. Sie gingen beide raus, und wie es sich anhörte, gingen sie in den Arbeitsraum. Zora war zu erschöpft, um sich weiter darüber Gedanken zu machen, und zog sich aus. Dann ließ sie sich auf das Bett fallen und schlief sofort ein.

„Wie kann das sein, dass sie sich nicht mehr erinnern kann?"

„Ich habe keine Ahnung, um ehrlich zu sein. Nichts, was das Siegel angeht, weiß ich." Beide überlegten, was das gewesen sein könnte. Zoran merkte, dass Mario etwas bedrückte, deshalb hakte er nach, auch wenn er wusste, dass er es ihm nicht sagen würde. Aber einen Versuch war es wert. „Da ist doch was, worüber du dir Gedanken machst. Was ist es?" Mario schaute nicht auf, er sah nur den Rotwein in seinem Glas an. Warum sollte er ihm das erzählen? Stattdessen erhob er sich von seinem Sessel und ging zum Telefon. Mario drückte zwei Tasten, dann klingelte es. „Hallo, hier ist Daira. Im Moment bin ich nicht zu erreichen. Hinterlasst bitte eine Nachricht, ich werde mich dann melden."

Das ist wieder typisch, wenn man sie schon anruft, dann ist sie nicht da.

„Hallo, Daira, ich bin es, Mario. Wollte gerne mal mit dir reden wegen der ganzen Sache. Es ist besser für alle, wenn wir es geklärt bekommen. Melde dich, wenn du da bist." Zoran sah ihn überrascht an. Was wollte er damit bezwecken? Er wusste nicht, was er davon halten sollte, doch er fragte auch nicht nach. Zoran musste wieder gehen, der Krieg mit dem Blutclan war härter, als er gedacht hatte, er musste wissen, wie es den Verletzten ging. Er verabschiedete sich von Mario und ging dann. Mario überlegte, als er einen großen Schluck von seinem Wein nahm. Er war nur noch verwirrt. Dieses Verlangen nach Zora machte ihn fertig. Jetzt musste er aber an etwas anderes denken. Er musste handeln.

Der nächste Tag war kalt und es regnete. Zora saß auf dem Fensterbrett. Sie dachte über alles nach, was gestern passiert war. Sie fühlte sich nicht mehr so wie vorher. Es war komisch, aber irgendwie fühlte sie sich nicht mehr wie sie selbst. Sie nahm sich eine hautenge Jeans mit einer Bluse aus dem Schrank und machte sich frisch. Gerade als sie aus ihrem Zimmer gehen wollte, rempelte sie Mario an. „Hatten wir das nicht schon mal?", fragte er.

„Entschuldige. Wolltest du zu mir?"

„Ja. Ich wollte mit dir reden. Was dagegen, wenn wir in dein Zimmer zurückgehen? Ich will nicht, dass jeder das mitbekommt." Zusammen gingen sie wieder ins Zimmer zurück. Zora setzte sich auf ihr Bett, während Mario sich auf einem Stuhl niederließ. „Gestern habe ich noch Daira angerufen. Sie war nicht da, also sprach ich auf dem Anrufbeantworter. Bis jetzt hat sie sich noch nicht gemeldet."

„Und was willst du machen oder sagen, wenn sie sich meldet?"

„Mit ihr werde ich reden. Ich will nicht, dass wir uns streiten. Jedoch wenn sie wirklich was von mir will, muss sie dich akzeptieren. Entweder sie hört auf dich anzugreifen oder sie muss damit rechnen, dass ich einen Krieg anzetteln werde."

Zora verstand nicht, warum er wollte, dass ihr nichts geschah. Wahrscheinlich nur wieder wegen der Abmachung, die er und ihr Bruder getroffen hatten. Sie hörte, dass Marios Handy läutete, und schaute zu ihm. „Daira", sagte er nur, blickte kurz zu Zora, bevor er hinausging. Sie konnte nicht an sich halten, ging zur Tür, durch die Mario gegangen war, um zu lauschen. Manchmal blickte sie sich um, damit sie nicht erwischt werden konnte. Es war falsch, das wusste sie, doch die Neugier war stärker als die Vernunft. Zora hörte, wie Mario Daira den Himmel auf Erden versprach, wie sehr er sie liebte und dass er gerne mit ihr sprechen möchte. Anscheinend sagte sie ihm, dass sie keine Zeit hätte, denn Zora hörte, wie Mario sagte, dass er nur noch sagen wollte, dass er mit allem einverstanden wäre, wenn sie Zora in Ruhe ließe, und dass sie sich dann melden sollte, wenn sie sich darüber Gedanken gemacht hatte. Ihr Herz schmerzte bei seinem Satz, dass er sie lieben würde. Traurig ging sie hinunter, um ihre Arbeit zu machen.

Kapitel 9

„Hi Süße, da bist du ja." Mario trat auf Daira zu, um ihr einen Kuss zu geben. Dann blinzelte er und schaute sie eindringlich an. „Was ist los? Stimmt etwas nicht?"

„Nicht wirklich. Ich verstehe einfach nicht, warum du so eine Bedingung stellst."

Mario seufzte. Er umarmte sie. „Das habe ich dir doch schon gesagt. Zora steht unter meinem Schutz und ich möchte nicht, dass ihr was passiert. Das hat nichts mit uns beiden zu tun. Und nun lass dich richtig küssen." Daira war froh, als sie Mario am Telefon hörte und er ihr gestand, dass er sie liebte. Aber trotzdem hatte sie ein ungutes Gefühl gehabt. Sie wollte diese Bedingung nicht einsehen. Doch Daira wollte es nicht riskieren, die so sehr herbeigesehnte Beziehung zu Mario kaputt zu machen. Jetzt wo sie ihn endlich haben konnte. Deshalb erwiderte sie seinen Kuss mit ihrer Zunge. Sie konnte sich nicht vorstellen ohne ihn weiterzuleben. Deshalb wollte sie auch keinen Krieg mit ihm. Mario täuschte sich, wenn er glaubte, dass sie ihn niemals besiegen könnte. Daira hätte es machen können, doch die Liebe zu ihm war so groß, dass sie ihn nicht verletzen wollte oder gar umbringen. Mario nahm sie hoch, setzte sie auf den Tisch, während er sie am Hals küsste und ihr das Top auszog. „Ich habe dich vermisst und mich nach dir gesehnt, Mario. Du bedeutest mir sehr viel."

„Das weiß ich, Daira." Er zog ihren Rock höher und wollte ihr gerade den Slip ausziehen, als Daira ihn mit den Händen daran hinderte. Mario blickte sie fragend an. „Ich kann nicht. Wenn wir wieder miteinander schlafen, dann habe ich nur das Gefühl, dass du es immer noch nicht ernst meinst. Ich will mehr als nur einen Liebhaber, der mich befriedigen kann, Mario. Ich will dich komplett."

Sein Blick verriet ihr nicht, was er gerade dachte. Mario ließ es aber sein und ging zum Fenster, um auf den Park zu schauen.

Daira überkamen Schuldgefühle, weil sie sich geweigert hatte, obwohl sie es ja selber gerne wollte. Als sie ihren Rock wieder gerichtet und das Top wieder angezogen hatte, ging sie zu Mario und umarmte ihn, während sie ihren Kopf auf seinen Rücken legte. Mario nahm ihre Hände, um sie zu sich zu drehen. „Was möchtest du, Daira?" Sie wusste, worauf er hinauswollte. Am liebsten hätte sie ihm gesagt, dass sie ihn nur für sich haben wollte, ihn heiraten wollte, denn das war das stärkste Band in ihrer Welt. Doch sie musste sich zusammennehmen. Sie durfte nicht zu schnell sein, wenn sie Mario für immer behalten wollte. „Es ist merkwürdig. Erst gehst du mit mir um, als ob ich deine Feindin wäre, und erklärst mir immer wieder, dass ich nur für dich da bin, um dein Betthäschen zu sein. Jetzt am Telefon hast du ganz anders gesprochen. Mein Herz und mein Verstand wissen nicht, was ich glauben soll."

„Du bist schwieriger, als ich je geglaubt habe, Süße. Aber ich kann es verstehen, wenn du unsicher bist. Denk jedoch dran, dass du unbedingt immer mit mir zusammen sein wolltest. Jetzt, wo du die Möglichkeit hast, benimmst du dich so distanziert."

„Was ist, wenn du nur spielst mit mir? Glaubst du etwa, alles, was ich gesagt habe, wäre gelogen? Wenn ich dich jemals verlieren würde, wüsste ich nicht, was ich dann machen würde. Du bist alles für mich, Mario!" Er sah Tränen in ihren Augen. Mario küsste sie noch einmal, dann schob er sie sanft weg und sagte: „Am besten gehst du nach Hause und denkst über alles nach. Wenn du dir wirklich sicher bist, dann kannst du dich melden. Ich möchte nicht, dass du später irgendwas bereust." Daira war traurig. Warum verstand er nicht, dass sie sicher war, dass sie ihn wollte? Ging es ihm immer noch nur um die Befriedigung? War sie immer noch nur das Spielzeug? Leicht schüttelte Daira den Kopf. Sie blickte ihm dann wieder fest in die Augen. „Du verstehst das nicht, oder? Ich bin mir sicher, dass wir beide zusammengehören. Nichts wünsche ich mir mehr, als mein Leben mit dir zu teilen und unsere Clans zusammenzubringen. Ich würde dich auf der Stelle heiraten." Bei dem Wort heiraten zuckte Mario leicht zusammen und starrte sie an. Mario wusste, dass dieser Plan schwierig sein würde. Er hatte sich auch überlegt, wie weit er gehen würde. Doch sie zu heiraten kam nicht infrage. So eine Bindung konnte er nicht eingehen. Natürlich spielte er mit ihr. Es war von seiner Seite nichts Ernstes dabei. Ihn interessierten auch nicht Dairas Gefühle. Mario konnte nicht anders, als so einen Plan zu schmieden, damit Zora in Ruhe gelassen werden würde. Warum nur wollte er, dass Zora kein Haar gekrümmt wurde? Was war sie denn, außer ein Klotz am Bein? Trotzdem wollte er sie schützen mit allen Mitteln. „Das mit der Heirat wird wohl noch warten müssen, bis wir uns beide sicher sind. Wir sollten langsam anfangen und später können wir noch einmal darüber reden." Mario wusste, dass sie misstrauisch war. Er ging in die Kammer und holte eine Flasche Rotwein. Es war die beste Flasche von allen, die er nun für seinen Plan opferte. Dann holte er noch zwei Gläser, mit denen er zurück zum Arbeitsraum ging. „Setzen wir uns aufs Sofa." Sie setzte sich, während Mario den Wein eingoss und ihr ein Glas reichte, bevor er sich neben ihr niederließ. Sie trank einen Schluck. Daira blickte seinen Körper an, kuschelte sich an ihn heran, was sie so sehr vermisst hatte. Sie genoss seine Wärme. Mario legte einen Arm um sie und küsste sie. Daira konnte sich nicht mehr länger zurückhalten. Sie zog langsam sein Hemd aus, zog ihn auf sich und hielt ihn fest. Daira streichelte über seinen Rücken, wobei sie erst jetzt bemerkte, dass er kein Gramm Fett an sich hatte. „Ich dachte, du willst nicht", flüsterte er, während er mit seinem Mund viele Küsse auf ihren Hals hauchte. Er biss sie in den Hals.

„Ich … habe … gelogen", keuchte sie. Daira unterdrückte ein Stöhnen. Sie wollte noch etwas sagen, doch mehr brachte sie nicht mehr raus, weil Mario schon dabei war, ihr den Rock mitsamt ihrer Unterhose auszuziehen. Daira öffnete seinen Gürtel mitsamt dem Reißverschluss und zog auch ihn aus. Er drang kräftig in sie ein, was Daira aufstöhnen ließ. Nein, sie schwor sich diesen Mann nie wieder loszulassen. Er sollte nur ihr allein gehören und niemand würde das ändern können.

Als Mario die Augen öffnete, merkte er einen harten Boden unter sich. Neben ihm lag Daira. Langsam erhob er sich und rieb sich mit den Händen das Gesicht. Er nahm eine Decke, um Daira zuzudecken. Dann zog er seine Sachen an und nahm einen großen Schluck vom Wein. „Verdammter Mist", fluchte er leise, während er wieder zu Daira schaute. Warum fühlte es sich so falsch an? Es war doch nichts Neues zwischen ihm und Daira. Wie oft hatten sie schon miteinander geschlafen? Und trotzdem spürte er einen leichten Schmerz in seiner Brust. Sein Gewissen und seine Gefühle spielten verrückt. Doch er ignorierte das Gefühl. Mario ging leise aus dem Raum. Eigentlich wollte er nicht zu Zora, doch aus irgendeinem Grund stand er vor ihrer Tür. Er lächelte, als er hörte, dass sie Musik anhatte und sogar mitsang. *So eine durchgeknallte und liebevolle Frau*, dachte Mario. Zoran machte sich zu viele Sorgen um sie. Zora war kein Mädchen mehr, die von nichts eine Ahnung hatte. Sie verkraftete alles, was geschah, und las sogar die Bücher über Clans, die es gab. In letzter Zeit fragte sie ihn viel über Clans und Anführer aus, seit sie das verdaut hatte. Ihr Interesse kannte keine Grenzen, glaubte er. Damals tat sie ihm leid, als sie Zora gefunden hatten. Dann fand er sie einfach nur nervig, kindisch und betrachtete sie als kleines Mädchen. Aber was war jetzt? Er sah in ihr eine Frau, die alles lernen wollte, die Fragen stellte, sich über alles erkundigte, was mit ihrer Aufgabe zusammenhing. Er würde lügen, wenn er behaupten würde, er hätte sich keine Gedanken gemacht, was wohl wäre, wenn sie ihre Macht erkannte und den Platz ihrer Mutter einnahm. Des Öfteren hatte er sich gefragt, ob sie richtige Entscheidungen treffen würde. Ob sie mit dem Druck, der auf ihren Schultern lasten würde, klarkommen könnte. Immer wieder kam Mario zum gleichen Ergebnis, dass Zora eine gute Herrscherin wäre. Aber auch dass sie wahrscheinlich ein zu gutes Herz für diese Stellung hätte. Bis es jedoch so weit war, dauerte es noch lange und so lange würde er sie beschützen, sogar mit seinem Leben. Mario war schockiert von diesem Eingeständnis. Was dachte er in letzter Zeit für Unsinn? Er brauchte einen klaren Kopf, deswegen ging er unter die Dusche, die er kalt einstellte.

Langsam öffnete Daira die Augen und fasste neben sich, doch der Platz neben ihr war leer. Sie spürte einen leichten Schmerz im Rücken, wovon sie kurz zusammenzuckte, als sie sich hinsetzte. Langsam massierte sie sich die Schultern und den Nacken. Daira schaute sich im Zimmer um. Sie war im ersten Augenblick etwas verwirrt. Dann fiel ihr ein, was geschehen war. Sie lächelte, als sie begriff, wo sie war. Doch wo war Mario? Sie stand auf, um ihre Sachen zusammenzusuchen. Als sie das getan hatte, verließ sie den Raum und ging die Treppe hoch, um nachzusehen, ob Mario vielleicht in seinem Zimmer war. Leise klopfte sie an. Die Tür war geschlossen, deswegen wollte sie sich umdrehen, um einen Zettel für ihn zu schreiben, dass sie nach Hause gegangen war. Daira bemerkte, dass jemand duschte. *Das kann nur Mario sein*, dachte sie sich. Sie stellte sich Mario unter der Dusche vor und lächelte wieder. Daira ging nicht wie geplant nach Hause, sondern wartete unten auf Mario. Als er dann reinkam, lächelte sie und umarmte ihn. Sie küsste ihn zärtlich, als Mario sie in die Arme nahm. „Ich habe dich gesucht, als ich die Dusche hörte, wusste ich, dass du duschst. Danke für die Einladung, aber ich muss nach Hause." Mario löste seine Umarmung und schaute sie mit undurchdringlichen Augen an. Daira wusste nicht, was mit ihm los war. Er erwiderte ihren Kuss nicht, seine Umarmung war nicht so wie sonst. Daira wusste, dass irgendwas war. Plötzlich bekam sie ein komisches Gefühl im Magenbereich. Mario wandte sich ab von ihr, blieb wieder vor dem Fenster stehen, um aus diesem zu schauen. Sie blickte ihm nach, fragte sich, was los sei. Gerade als sie fragen wollte und Luft geholt hatte, drehte er sich um und sagte zu ihr: „Entschuldige, Daira. Ich habe nachgedacht und ich kann es einfach nicht. Das mit uns beiden geht einfach nicht, egal wie ich es hindrehen würde. Ich habe darüber nachgedacht und möchte, dass du vergisst, was ich gesagt habe. Es wird nicht klappen mit uns. Auch wenn du versuchen möchtest es zu erzwingen, es wäre einfacher, es zu akzeptieren." Das war wie ein Schlag in die Magengrube. Sie stand fassungslos da, wusste nicht mehr, was sie denken sollte. Sie schüttelte geistesabwesend den Kopf. Versuchte das zu verdauen, was sie gerade gehört hatte. Dann blickte sie verzweifelt mit Tränen in den Augen Mario an. „Das kannst du nicht ernst meinen. Ich … wir …" Sie brach den Satz ab. Daira fand keine Worte in diesem Moment und ging stumm aus dem Zimmer. Bevor sie durch die Haustür gehen konnte, sagte Mario ihr noch, dass es ihm leidtäte, er aber keine Liebe für sie empfinden würde. Er betonte auch noch, dass es sich falsch anfühle, sie so auszunutzen. Daira war zu benommen, um alleine zu fahren. Sie nahm ihr Handy in die Hand, um einen von ihrem Clan anzurufen, der sie abholen sollte. Immer noch hallten die Worte in ihrem Kopf, was Mario zu ihr gesagt hatte. „Geht es dir gut? Du siehst so traurig und blass aus." Venanzia schaute sie fragend an, aber sie merkte, dass ihre Anführerin nicht reden wollte darüber, deshalb drehte sie sich um und fuhr los.

Mario schaute aus dem Fenster und wartete, bis das Auto nicht mehr zu sehen war. Für ihn wäre es eigentlich kein Problem gewesen, das Spiel weiter fortzuführen. Doch da war etwas in seinem Inneren, das ihn davon abhielt. „Mario? Ich wollte fragen, ob du etwas essen möchtest. Du arbeitest viel und ich würde es dir dann bringen, wenn du möchtest." Er drehte sich um und schaute in Zoras wunderschöne Augen. Er lächelte leicht und sagte dann zu ihr:

„Danke, dass du dir solche Sorgen machst um mich. Könntest du bitte zwei Teller bringen? Ich erwarte deinen Bruder gleich."

„Geht es um den Krieg?"

„Unter anderem ja. Hast du wieder ein Buch durchgelesen?"

„Ja. Es ist interessant, was alles da drinsteht über die Clans und die Kämpfe. Leider war es schon das letzte, wo es um allgemeine Sachen geht." Sie blickte die Bücher an und dann wandte sie sich Mario wieder zu. Er stand neben ihr. Sein Blick ging über die Buchbänder. Anscheinend suchte er etwas oder schaute, ob es wirklich kein Buch mehr gab, das sie lesen konnte. Nach einer Weile schüttelte er den Kopf, legte seine Hand auf Zoras Rücken, um sie in seinen zweiten Arbeitsraum zu führen. Vor dem Bücherregal blieben sie zusammen stehen. Erst schaute Mario alles durch, bis er dann endlich das fand, was er suchte. „Hier, das kannst du lesen. Lass dir ruhig Zeit damit und bringe es wieder, wenn du fertig bist. Bitte verzeih mir das alles, was vorgefallen ist zwischen uns." Zora schaute auf das Buch, dann starrte sie Mario fassungslos an. Für einen kurzen Moment hielt sie die Luft an, dann blickte sie wieder auf das Buch. Ihre Finger glitten langsam über das Symbol. „Das … das kann ich nicht annehmen. Es ist die Geschichte von deinem Clan. Ich kann das doch nicht einfach lesen. Schließlich gehöre ich doch gar nicht zu deinem Clan. Und ich habe dir längst verziehen … sonst würde ich mir nicht solche Sorgen machen."

„Sei nicht albern. Lies es einfach. Dort stehen viele Dinge drin, die dir vielleicht helfen könnten unsere Welt besser zu verstehen. Du gehörst zu meinem Clan, solange du unter meinem Schutz stehst. Da der Krieg sich wohl noch hinziehen wird mit dem Blutclan und deinem Bruder, wird es noch einige Zeit dauern, bis du zu ihm kannst. Ich weiß noch nicht einmal …" Er beendete den Satz nicht und schaute sie einfach nur an. Dann umarmte er Zora, sagte leise und mit geschlossenen Augen zu ihr: „Pass einfach auf dich auf, okay? Ich will wirklich nicht, dass dir etwas passiert, und das hat nichts mit deinem Bruder zu tun."

Dann gab er ihr noch einen Kuss auf ihren Scheitel und ging, weil es geklingelt hatte. Für einen Moment stand Zora da, blickte einfach die Tür an, drückte das Buch fest an sich und fragte sich, was mit Mario los war. Sie ging erst in ihr Zimmer, um das Buch wegzulegen, und dann in die Küche, wo sie für Mario und Zoran das Essen vorbereitete.

„Was ist los mit dir, Daira?"

„Gar nichts. Ich bin gerade am Arbeiten, das siehst du doch, oder, Sidonia? Es ist ja wirklich nett, dass sich mein Clan Sorgen macht, aber das müsst ihr nicht."

„Wenn du so reagierst, hat es wieder was mit Mario auf sich, oder? Warum lässt du dich auch immer wieder von ihm einwickeln?" Sidonia wartete erst überhaupt nicht die Antwort ab und ging wieder hinaus. Daira überlegte, was das alles bedeutet hatte.

Warum sollte er ihr erst seine Liebe gestehen, dann auf einmal sie wieder fallen lassen? Das ergab doch alles keinen Sinn, außer … Daira sprang von ihrem Stuhl auf, wobei sie gerade noch den Stuhl festhalten konnte, bevor er umkippte. „Natürlich! Warum bin ich nicht gleich draufgekommen? Saphira, diese verdammte Schlange, hat bestimmt Mario irgendwie manipuliert! Sie wird sich wünschen mich niemals kennengelernt zu haben!" Der Hass in ihr brodelte. Wenn Mario der Meinung war, Saphira ihr vorzuziehen, dann sollte er sie jetzt richtig kennenlernen. Daira hatte es satt, immer wieder nur benutzt zu werden. Sie hatte viele Vorteile. Marios Gebäude kannte sie in- und auswendig, genauso wie seine Schwachstellen. Diese Schwachstelle war jetzt Saphira, die er mit seinem Leben beschützen würde, wenn es sein musste. Es musste irgendeinen Moment geben, in dem sie alleine war, dann könnte Daira sie schnappen. Das würde jedoch nicht einfach sein, so wie sie Mario kannte, wusste sie, dass er Saphira nicht ohne Aufsicht weglassen würde. „Venanzia, ich brauche dich mal. Ich erwarte dich in fünf Minuten bei mir!"

„Du hast mich gerufen?"

„Ja, ich habe einen Auftrag für dich. Du kennst die Gegend von Mario?"

Venanzia nickte leicht. Daira stand auf und gab ihr einen Brief. Sie blickte darauf und schaute zu Daira hoch, während sie die Augenbrauen hochzog.

„Ich will, dass dieser Brief an Saphira geht, aber ohne dass es jemand mitbekommt."

„Aber wenn sie ihn erhält, wird sie es weitererzählen."

„Nein, das wird sie nicht. Saphira wird es sich dreimal überlegen, ob sie das macht oder nicht. Ich will sie hier haben und dieser Brief ist der erste Schritt dafür. Natürlich wird Mario nicht lange stillhalten, wenn er das mitbekommt, aber dafür habe ich mir auch schon was überlegt. Wenn er wirklich glaubt, dass wir so schwach sind, dann hat er sich geirrt. Sobald ich dieses Miststück habe, wird sie lernen, was es heißt, in der Hölle zu schmoren. Die Schmerzen, die Mario mir zugefügt hat, wird er doppelt wiederbekommen. Dieser Tag, an dem er Saphira retten will, wird sein eigener Untergang sein. Es wird keinen Schwarzen Clan mehr geben danach und auch keine Herrscherin."

„Du weißt, dass es wieder einer sein wird. Es werden viele Fragen entstehen, wenn beide verschwinden."

„Glaubst du wirklich, ich hätte mir deswegen noch keine Gedanken gemacht? Wer will uns denn was, wenn wir einen normalen Krieg haben und die dadurch untergegangen sind? Niemand wird uns etwas vorwerfen können." Etwas unentschlossen schaute Venanzia noch einmal auf den Brief. Daira duldete keine Widersprüche, deswegen hielt sie den Mund und ging. Es war schon dunkel, die perfekte Zeit, ihren Auftrag zu erfüllen. Sie ging in ihren Raum, um sich ihre hautengen schwarzen Sachen anzuziehen. Der Vorteil daran war, dass die Sachen wie ihre zweite Haut waren. Somit war sie nicht leicht zu sehen. Zumindest war es noch nicht vorgekommen. Venanzia steckte den Brief in ihre Brusttasche, ging hinunter zu Daira, um Bescheid zu sagen, dass sie weg wäre, um ihren Auftrag zu erfüllen. Draußen nahm sie ihr Motorrad, ihr heiligstes Stück, und fuhr die Straße hinunter. „Dreiundzwanzig Uhr. Perfekt", flüsterte Venanzia. Sie blickte sich noch einmal um, um sicher zu gehen, dass niemand da war. Dann kletterte sie mit Leichtigkeit über das Tor. Sie schlich langsam und aufmerksam den Weg entlang. Die Äste und Sträucher vermied sie, damit keine Geräusche zu hören waren. Die Villa war riesig und es würde eine Weile dauern, bis sie herausfand, welches Zimmer Saphira hatte. Langsam ging sie zur Haustür. Venanzia wusste, dass es riskant war, aber ihr blieb nichts anderes übrig. Sie blickte kurz durch, doch es war nichts zu sehen oder zu hören. Dann ging sie zurück, stieg auf einen Baum und setzte sich. Jedes einzelne Fenster musterte sie ganz genau. Es kamen Stimmen von unten. Venanzia hielt für einen Moment die Luft an. Jede Bewegung konnte sie jetzt verraten, deswegen hielt sie so gut es ging still. *Zwei seiner Bodyguards*, dachte Venanzia. Als sie endlich verschwanden, wandte sie sich wieder den Fenstern zu. „Da bist du ja, Saphira." Sie konnte sich das gemeine Grinsen nicht verkneifen. Sie stieg den Baum hinunter. Vorsichtig schlich sie zur Hauswand, ohne die Umgebung aus den Augen zu lassen. Als sich nichts tat und keiner zu sehen war, kletterte sie das Regenrohr hoch, blieb dicht neben dem Fenster stehen. Ganz kurz blickte sie durch. Ihre Hand holte gerade den Brief raus, als sie bemerkte, dass jemand in Saphiras Zimmer kam. Vorsichtig spähte sie rein und sah Mario. Beide unterhielten sich, doch Venanzia verstand es nicht. Mario ging endlich wieder nach einer halben Ewigkeit. Jetzt war der richtige Moment, den Brief langsam am Fenster festzumachen, damit er nicht herausfallen konnte. Er steckte fest genug. Bevor sie verschwand, klopfte sie leicht an das Fenster, um Saphiras Aufmerksamkeit zu bekommen. Sie zuckte, aber schrie zum Glück nicht. Saphira ging zum Fenster und öffnete es. Während des Öffnens flog ihr der Brief entgegen. Erstaunt blickte sie sich um, aber niemand war zu sehen. Sie schloss das Fenster wieder. Sie fühlte sich unbehaglich. Schnell zog sie die Vorhänge zu. Den Brief hielt sie in der Hand und schaute ihn an. Als sie sich auf das Bett gesetzt hatte, öffnete Saphira den Brief. Ihr stockte der Atem, als sie sah, was darin stand. Venanzia hatte sich an die Wand gedrückt, jetzt, wo sie wusste, dass Saphira den Brief hatte, schlich sie leise zurück. Daira würde sie gute Nachrichten bringen können.

Kapitel 10

Zora erwachte, als es an ihrer Tür klopfte. Benommen schaute sie auf und schaute in wunderbare braune Augen. Dann erschrak sie. Schnell steckte sie den Brief unter die Bettdecke. Nur langsam setzte sie sich auf und achtete dabei genau darauf, dass die Bettdecke über ihren Brüsten blieb. Sie schaute ihm tief in die Augen. In ihnen sah sie Besorgnis. Er sagte nichts zu ihr, sondern lehnte sich an die Wand, schaute sie nur stumm an. Zora wusste nicht, wie lange er schon im Zimmer war, ob sie sich das Klopfen nur eingebildet hatte. Hatte er den Brief gesehen? Nein, denn wenn er ihn gesehen hätte, dann würde er jetzt bestimmt nicht dastehen und sie einfach anschauen, oder doch? Er hatte seine Arme verschränkt. Mario blickte sie durchdringend an. Warum sagte er nichts? Mario stieß sich von der Wand ab, öffnete die Tür, schaute noch einmal kurz zu Zora, bevor er ging. Zora sah, bevor er ihr Zimmer verließ, dass sein Ausdruck traurig war. Was hatten sie gestern besprochen? Sie sprang aus dem Bett, zog eine weiße Jeans an, einen weißen Rollkragenpullover und rannte aus der Tür, die Treppen hinunter und blieb vor der Tür, die zu seinem Arbeitszimmer führte, stehen. Sie atmete ein paarmal tief ein, bevor sie an die Tür klopfte.

„Ich würde dich ja reinbitten, aber wie du siehst, stehe ich hier." Erschrocken fuhr Zora herum und sah Mario an der Tür zum Wohnzimmer stehen. Er sah immer noch fabelhaft aus. Unter seinem schwarzen Hemd sah man seine Muskeln. Zora lief rot an. Schnell wandte sie den Blick ab. Sie bemerkte nicht, dass sie vergessen hatte, den Brief wegzustecken. Den Brief hielt sie in ihrer Hand. Lange jedoch nicht, weil Mario den Brief sah und ihn an der goldenen Aufschrift erkannte. Schnell nahm er ihn Zora weg. Zora fuchtelte um ihn herum mit ihren Händen, verzweifelt bat sie ihn, den Brief zurückzugeben. Mit Tränen in den Augen bettelte sie Mario an, dass sie den Brief wiederhaben wollte. Mario nahm ihren Arm, zog sie so ruckartig an sich, dass sie ihn wie erstarrt anblickte. Er steckte den Brief in seine Gesäßtasche, damit er mit beiden Händen ihr Gesicht halten konnte. Sie blickte ihn mit glänzenden Augen an, die von den Tränen schimmerten. Dann beugte er sich zu ihr hinunter, schloss die Augen und gab ihr einen Kuss, indem er sie aufforderte ihren Mund zu öffnen. Es dauerte nicht lange, bis Zora seiner Forderung nachkam. Sie merkte ein so starkes Kribbeln im Bauch, dass sie erst etwas Angst bekam davor. Wie von selbst bewegten sich ihre Arme um Mario. Drückte ihn noch näher an sich. Nach langen endlosen Minuten lösten sich ihre Lippen voneinander. Zoras Arme glitten von Mario runter. Was hatte sie da gerade getan? „Ich liebe dich, Zora", sagte Mario, als er die Tür hinter sich schloss. Verlangen. Das einzige Wort, das in seinem Kopf hallte. Innerlich verfluchte er die Vergangenheit. Zora schluckte, drehte sich um und glaubte sich verhört zu haben. Dann fiel ihr der Brief wieder ein. Zora riss die Tür auf. Sie schaute Mario wütend an, der gerade beim Schreibtisch stand. Er drehte sich langsam zu ihr herum. „Wenn du glaubst, dass es eine gute Idee war, mich damit abzulenken, damit du den Brief lesen kannst, hast du dich geirrt. Ich will den Brief wiederhaben, und zwar sofort!"

„Was hast du mit dem Goldenen Clan zu tun? Du kannst ihn wiederhaben, wenn ich ihn mir selber durchgelesen habe."

„Du wirst ihn nicht lesen", schrie sie ihn an, stellte sich ihr Schwert vor, das sofort in ihrer Hand erschien. „Gib mir sofort diesen Brief!" Mario ging auf sie zu und blickte sie an. Die Ketten des Siegels waren wieder zersprungen. Ihre Augen waren wieder lavendelfarbig, nicht mehr himmelblau. „Wie wäre es, wenn du aufhörst sie so sehr zu quälen, und entweder komplett dieses verdammte Siegel brichst oder gar nicht?"

„Zora wird es überleben. Sie ist schließlich ich oder etwa nicht?" Er gab ihr den Brief, zwar nur widerwillig, aber er wusste, wenn er jetzt mit ihr kämpfen würde, würde er auch Zora verletzen. *Ich muss dringend etwas finden oder jemanden finden, der mir was von so einem Siegel erzählen kann.* Sie lächelte, gab ihrem zweiten Ich wieder die Kontrolle zurück und blinzelte zweimal verwirrt. Mario stand mit dem Rücken zu ihr. „Darf ich dich etwas fragen?"

„Was willst du wissen?"

„Du hast gesagt, dass du mich …", bevor sie den Satz beenden konnte, drückte Mario ihr wieder einen Kuss auf. Er konnte ihr nicht widerstehen. Wie wäre es wohl, wenn sie einfach nur Saphira wäre? Hätte er dann auch so ein Gefühl?

„Es war falsch gewesen, dir den Brief wegzunehmen. Sag mir bitte wenigstens, was da drinsteht, Zora. Bitte."

„Du weichst meiner Frage aus."

„Du hast deine Frage nicht beendet, also gab es keine Frage."

„Die Frage konnte ich nur nicht beenden, weil du mich geküsst hast. Was ist denn auf einmal los?" Mario hätte ihr gerne eine Antwort gegeben, aber er wusste es doch selber nicht. Liebte er sie wirklich, so wie er es gesagt hatte zu ihr, oder war das nur wieder ein kurzer Moment? Lange hatte er überlegt und kam zu keinem Ergebnis. Mario musste wissen, was in diesem Brief stand. „Sag mir bitte, was Daira von dir will und wie der Brief überhaupt in deine Hände gekommen ist."

„Das geht dich nichts an. Ich bin dir keine Rechenschaft schuldig, Mario." Mit dieser Antwort hatte er gerechnet. Er nahm sein Handy raus, tippte Zorans Nummer ein. Es klingelte. Er wartete, bis Zoran abnahm. Mario erklärte ihm alles, was geschehen war. Er wunderte sich nicht darüber, dass Zora ihn fassungslos ansah, auch nicht dass Zoran ihn gerade am Telefon anschrie, was ihm einfallen würde Zora wieder so nah zu kommen. Als Zoran mit seiner Predigt zu Ende war, sagte er, dass er sobald wie möglich vorbeikommen würde. Mario trat zu Zora. Er packte fest ihre Handgelenke. Was war denn schon Liebe gewesen? Ihm hatte nie jemand Liebe gegeben außer seinen Eltern. Und das konnte er schlecht mit einer anderen Liebe vergleichen. Er war schon immer grob zu Frauen. Ewiges Vorspiel hasste er. Mario packte sich die Frau lieber, küsste sie fest und drang lieber kräftig und schnell in sie ein. Und das sollte auch so bleiben. Warum sollte er eine Ausnahme machen bei ihr? Zora blickte ihn an. Ihr taten die Handgelenke weh durch seinen Griff. Sie versuchte seinen Griff zu lockern oder daraus zu entkommen. Als sie leise sagte, dass es wehtat, ließ er los. Mario musste sich zusammenreißen, damit er sie nicht gleich flachlegte. Er konnte sein Verlangen nirgendwo mehr stillen. Es war Zoran, der sie wieder hergebracht hatte. Dafür verfluchte er ihn. Zora ging zwei Schritte zurück und fragte: „Ich möchte dir zwei Fragen stellen: Worüber habt ihr gesprochen und was meintest du damit, dass du mich liebst?"

„Wir haben besprochen, dass ich mich einmischen werde in den Krieg zwischen dem Blutclan und dem Weißen Clan. Zoran hat sich selber eingestehen müssen, dass es weitaus schlimmer ist, als er dachte, und er möchte nicht seinen kompletten Clan verlieren. Da wir deinetwegen den Friedensvertrag haben, würde es mir noch nicht einmal was ausmachen. Er ist dein Bruder, ich weiß, dass es für dich schwer sein würde oder dich sehr verletzen würde, wenn er im Krieg fällt. Deswegen haben wir uns Gedanken gemacht, wann und wie ich mich mit meinem Clan einmische. Deine Sicherheit geht allerdings vor, deshalb ist es schwieriger für mich. Ich bin ein Anführer, der im Krieg bei seinem Clan ist. Doch ich kann und will dich hier auch nicht alleine lassen, du weißt selber, dass ich die Verantwortung für dich trage." Er konnte nicht anders, ihre Augen verzauberten ihn und er riss sie zu sich ran, biss sie einfach in den Hals. Beinahe hätte sie geschrien, weil es wehtat. „Deine zweite Frage … Ich kann nicht mehr länger … es unterdrücken. Mich weiterhin zu belügen, wäre ein Fehler. Ich konnte es nicht begreifen, du hast mein ganzes Leben auf den Kopf gestellt. Sagst du mir, was drinstand? Wenn dir etwas passieren würde, könnte ich es mir niemals verzeihen. Ich brauche dich." Sie wusste nicht, ob sie ihm glauben konnte. Doch sie tat es. Zum ersten Mal glaubte sie ihm wirklich. Deshalb holte sie den Brief aus der Tasche und gab ihn Mario. Mario bedankte sich, setzte sich auf die Couch, wo er Zora eine Weile ansah. Er las den Brief durch, dann blickte er sie an, als er mit dem Lesen fertig war. Sie rieb sich die schmerzende Stelle an ihrem Hals. *Mein Gott, schlimmer als ein Vampir,* dachte sie sich. „Niemand wird dich mir wegnehmen. Und wenn ich meinen ganzen Clan dafür opfern müsste, um dich zu beschützen. Du gehörst zu mir, Zora, und ich würde alles für dich machen." Zora fiel etwas ein, was sie gelernt hatte in einem Buch. Es ging um Hochzeit, die ganz anders war als die Hochzeiten, die sie kannte. Man sagte, dass dieses Band das stärkste war, das es gab, und diese Bindung niemals zerstört werden konnte, außer man brach seinen Schwur. Wenn man das tat, verlor man seinen Partner und auch seinen Clan. Man würde diese Person auch nicht mehr in einen Clan aufnehmen, egal wie gut er auch sein mochte.

„Würdest du mich auch heiraten?"

„Ja", sagte er ihr, ohne auch nur einen Moment zu zögern. Nun hatte sie die Gewissheit, dass er nicht log. Aber wie sollte sie damit umgehen? Was fühlte sie für ihn? „Danke, dass du so ehrlich bist, aber ich kenne mich nicht mit Liebe aus. Ich hatte noch nie einen Freund gehabt, geschweige denn für jemanden etwas wie Liebe empfunden. Um ehrlich zu sein, hatte ich noch nicht einmal Sex gehabt."

„Das würde erklären, warum dein Bruder so über dich wacht. Es ist okay für mich, jetzt wo es endlich raus ist. Lass dir Zeit mit allem, schließlich hast du deinen Kopf voll mit den anderen Sachen." Sie bedankte sich noch einmal bei ihm und ging in ihr Zimmer zurück. Wenn sie doch nur wüsste, was Liebe bedeutete. Zora wusste, dass man mit der Liebe jemanden sehr verletzen konnte, das wollte sie auf keinen Fall. Sie nahm den Brief noch einmal zur Hand und fing an zu lesen: „Saphira, wenn du das liest, muss ich dir sagen, dass du auf keinen Fall jemandem davon erzählen solltest, wenn dir Marios Leben wichtig ist. Wir wissen beide, dass du die Herrscherin von den Clans bist, und ich würde es sehr begrüßen, wenn du zu mir kommen würdest. Wir könnten eine Weile reden über die Situation. Ich will, dass du mich offiziell als Herrscherin der Clans anerkennst und du somit den Titel ablegst. Solltest du es nicht machen, werde ich leider gezwungen sein dir die Hölle zu zeigen und die Schmerzen, die dich dann erwarten, würdest du nicht überleben. Solltest du dich nicht freiwillig am nächsten Tag bei mir melden, werde ich einen Weg finden, um dich zu kriegen, und ich werde es genießen, dich leiden zu lassen. Du bist nicht hässlich und meine männlichen

Mitglieder würden sich bestimmt freuen dich kennenzulernen. Du weißt, was ich damit meine, und es wird noch schlimmer kommen. Mario wird auch leiden bis zum Tode, ich werde meinen Spaß haben, mich an ihm zu rächen für das, was er mir angetan hat. Also entscheide dich lieber richtig, wenn du nicht möchtest, dass ich ihn langsam vor deinen Augen aufschlitze.

Anführerin des Goldenen Clans, Daira." Immer noch lief ein eiskalter Schauer über ihren Rücken, wenn sie die Zeilen las. Was sollte sie denn bloß machen? Sie wollte nicht, dass Mario etwas passierte. Das Problem war, dass Mario den Brief gelesen hatte und ihr noch das Handy abgenommen hatte. Sie ärgerte sich deswegen immer noch, weil sie es nicht gemerkt hatte, als er das machte. „Es muss doch eine Möglichkeit geben, sie zu kontaktieren, ohne dass jemand etwas davon erfährt. Ich kann doch nicht zulassen, dass andere mit hineingezogen werden, womit sie nichts zu tun haben." Ihr wollte einfach nichts einfallen. Sie wünschte sich, dass sie endlich wieder diese Saphira sein könnte, aber selbst davon hatte sie noch keine Ahnung, wie dieses blöde Siegel aufgehen sollte. Um frische Luft zu schnappen, ging sie hinunter und zog ihre Jacke an. Wenn man sie nun nicht bemerkte, könnte sie sich davonmachen und mit Daira reden. Doch sie dachte zu früh daran, wie schön es gewesen wäre, denn sie sah schon, wie Mario an die Tür gelehnt dastand und sie wütend ansah. „Wolltest du gehen, ohne jemanden mitzunehmen? Begreifst du nicht, dass sie dich einschüchtern will?"

„Kann es sein, dass du mich rund um die Uhr beobachtest? Heute früh standest du in meinem Zimmer und jetzt stehst du dort an der Tür, komischerweise gerade da, wo ich rauswollte. Wenn du glaubst, dass ich zu Daira wollte, irrst du dich."

„Du bist eine schlechte Lügnerin und so sehr ich Mario auch hasse, so muss ich zugeben, dass er recht hat mit dem, was er sagt. Du solltest wirklich nicht alleine raus nach diesem Brief." Zoran kam gerade hinter Mario zum Vorschein und sah auch nicht gerade freundlich aus. Zora ging auf Mario zu, wütend, dass man sie wie ein kleines Mädchen behandelte, gab sie ihm eine schallende Ohrfeige. Zora schrie ihn an, dass er sie in Ruhe lassen sollte. Mario nahm ihr Handgelenk so doll, dass es ihr weh-tat, und schleuderte sie gegen die Wand.

„Bilde dir nichts ein, nur weil ich nett zu dir bin. Du kannst nicht mit mir herumspringen, wie du es gerne hättest." Zorans Blick funkelte nun vor Wut, als er Mario von Zora wegriss. Sie selber stand total verwirrt da. Mario sagte nur noch, dass sie doch verschwinden sollte, aber sich nicht einbilden brauchte, dass er ihr hinterherrennt wie ein Hund. Dann rauschte er an Zoran und ihr vorbei, knallte die Tür so heftig zu, dass ein Bild von der Wand fiel. Zoran wollte gerade etwas zu ihr sagen, doch sie verschwand schon durch die Haustür nach draußen. Er wusste, dass es nichts bringen würde, ihr hinterherzugehen. Er hoffte, dass ihr nichts passieren würde. Im Büro wütete Mario. Er schien alles zu zerdeppern, was er fand. Zoran hörte, wie Bücher aus den Regalen geschmissen wurden und Glas an der Wand zerbrach. Zu seinem Erstaunen war es plötzlich still. Mario hatte ihm ver-sichert, dass es wieder nur ein Ausrutscher gewesen sei, als er sie geküsst hatte und ihr seine Liebe gestanden hatte. Sollte Zoran es rausfinden, dass er sich wirklich an seine Schwester heranmachte, dann würde er persönlich dafür sorgen, dass er seinen Kopf nicht mehr lange auf den Schultern trug. Dann sprang die Tür vor ihm auf, als Mario hinausrannte. Die Haustür fiel knallend zu, dann herrschte nur noch Stille in der Villa.

Mario lief den Weg lang in der Hoffnung, Zora zu finden, be-vor es zu spät war. Er rief ihren Namen, schaute sich überall um, doch sie war nirgends zu sehen. Ihn packte die Angst, dass er zu spät sein könnte. Zora bedeutete ihm viel, er musste sie finden. *Ich muss sie finden. Ich brauche sie.* Das dachte er noch, als er sie überall suchte.

„Hi", rief jemand zu Zora. Sie blickte sich um und sah eine Frau hinter dem Baum. Es war jedoch nicht Daira, wie sie gedacht hatte, sondern jemand anderes. Hoffentlich war es keiner von Marios Wachen, ihr blieb keine Zeit, darüber nachzudenken, und sie ging auf die Person zu. „Wer bist du?"

„Sidonia, ein Mitglied von Daira. Bist du bereit mitzukommen? Wir haben nicht viel Zeit."

„Ja, ich bin bereit." Zora hatte Marios Rufe gehört und wusste, dass sie sich beeilen mussten. Sie wollte nicht, dass ihm etwas geschah. Sidonia zog sie zu einem schwarzen Wagen. Unsanft wurde sie hineingestoßen. Sidonia sprang auf die Fahrerseite. Sofort drückte sie auf das Gaspedal. Während der Fahrt sagte sie nichts zu Zora. Als sie einen Sandweg langfuhren, stockte Zora der Atem. Sie hatte schon gedacht, dass Marios Villa ein Traum sein musste, aber das hier war definitiv ein Paradies. Das Gebäude war größer als das von Mario und auf beiden Seiten war ein großer Pool. Der war so groß, dass man kein Ende sah. Rundherum standen gelbe Lilien. Die Eingangstür hatte auf jeder Seite das Symbol des Clans und jedes Fenster hatte goldene Blumenkästen, in denen ebenfalls gelbe Lilien waren. Sie gingen zusammen rein. Drin war es hell, von der Decke hingen vier goldene Kronleuchter und auf einem sandfarbenen Sessel saß Daira in einem eleganten glitzernden hautengen Kleid. Es hatte auf der rechten Seite des Beines einen Schlitz, der bis zu ihren Hüften ging. Sie blickte sofort auf, dann lächelte sie Zora an. Daira stand auf, ging auf Zora zu, um ihr die Hand zu geben. Zögernd begrüßte Zora sie und blickte sie wachsam an, weil etwas in ihr sagte, dass der Schein trog. „Willkommen in meinem bescheidenen Heim, Saphira."

„Zora", sagte sie. Daira blinzelte und zog die Augenbrauen fragend nach oben.

„Wie bitte?"

„Zora heiße ich. Ich weiß, dass ich eigentlich Saphira bin und mein Geburtsname so ist, aber ich möchte gerne Zora genannt werden. Schließlich bin ich viele Jahre mit diesem Namen aufgewachsen."

„Verstehe. Nun gut, da du jetzt hier bist, hast du dich wohl entschieden?"

„Ja, das habe ich. Bevor ich jedoch meine Meinung sage, möchte ich, dass du mir etwas versprichst. Ich möchte, dass du Mario und seinen Clan komplett heraushalten wirst. Dafür kannst du mit mir machen, was du möchtest."

Dairas Augen funkelten leuchtend gelb, als sie das hörte. Sie lächelte zwar freundlich, aber Zora spürte, dass hinter der Fassade etwas anderes brodelte. „Sag mir deine Entscheidung."

„Erst das Versprechen."

„Ich verspreche es und nun sag schon."

„Du willst Herrscherin der Clans werden, und das kannst du nur, wenn ich zustimme. Ich weiß immer noch nicht viel darüber, aber genug, um zu wissen, dass dieser Platz nicht für dich geeignet ist. Die Clans sollen nicht ausgenutzt werden von jemandem, der nur an seine eigenen Vorteile denkt. Mach, was du willst mit mir, aber ich werde meine Meinung nicht ändern."

„Wenn das dein letztes Wort ist, bitte. Du hattest genug Zeit, um dir im Klaren zu sein, was die Konsequenzen sind. Aber ich habe es mir anders überlegt und beschlossen dir jemand anderes auszuhändigen. Leroy, du kannst sie haben und machen, was du willst. Ich habe kein Interesse mehr an ihr." Es kam ein Mann rein mit dunkelgrünen Augen und kurzen braunen Haaren. Durch das Shirt sah Zora, dass er mindestens genauso muskulös war wie Mario, wenn nicht sogar mehr. Dann fiel der Groschen bei Zora. „Du machst also gemeinsame Sache mit dem Blutclan. Du hattest nie vor mich hierzubehalten, um Mario zu erpressen, sondern wolltest mich schon von Anfang an übergeben, damit mein Bruder einen Grund hat, aufzugeben!"

„Das ist doch egal. Ich will Mario und er möchte, dass dein Bruder aufgibt. Dadurch, dass wir zusammenarbeiten, haben wir beide einen Vorteil daraus."

Leroy kam näher, blieb vor Zora stehen und verbeugte sich vor ihr. Dann musterte er sie von oben bis unten und lächelte. Die ganze Zeit über hatte er nichts gesagt, nun brach er endlich sein Schweigen. „Daira, egal was du machen wolltest mit ihr, wenn ich nicht zugestimmt hätte, ich wäre damit nicht klargekommen. Sie ist wirklich sehr schön, so wie damals." Bei den letzten beiden Worten leuchteten seine Augen und Zora wurde es unbehaglich. Daira sagte nur, dass er sie endlich nehmen solle und nie wieder mit ihr zurückkommen bräuchte. Was er mit Zora machen würde, war ihr offensichtlich so ziemlich egal. Erst dachte Zora, dass er sie hart anpacken würde, doch er legte seine Hand auf ihren Rücken und führte sie zu seiner Limousine, wo ihnen einer von seinem Clan die Tür aufhielt. Zora stieg ein, und als Leroy sich setzte, fuhren sie schon los. Natürlich war es falsch von ihr, so bereitwillig mitzugehen, doch im Hintergrund dachte sie nur daran, warum sie das alles machte. Seinen Duft fand Zora irgendwie … anziehend. Sie konnte auch nicht leugnen, dass er sehr gut aussah und im Gegensatz zu Mario anscheinend sogar bessere Umgangsformen hatte. Zora erkannte, dass er einen kräftigen Sixpack hatte. Als sie bemerkte, dass sie ihn anstarrte, blickte sie schnell aus dem Fenster und bekam rote Wangen. Leroy fing an zu lachen, dadurch musste Zora automatisch wieder zu ihm schauen. „Was ist so lustig?" Sie wollte ihn das wütend fragen, doch brachte es nicht richtig zustande. „Nichts, Zora." Er wischte sich die Tränen mit dem Handrücken weg, die vom herzlichen Lachen. über seine Wangen gekollert waren. „Warum sagtest du, ich sei sehr schön wie damals? Woher kennst du mich?" Er rückte näher zu ihr, bis er genau neben ihr saß. Ihre Beine berührten sich. Leroy schaute tief in ihre Augen. Dabei hielt er mit seiner Hand ihr Kinn fest. Bevor Zora sich wehren konnte, gab er ihr einen so leidenschaftlichen Zungenkuss, dass sie alles um sich herum vergaß. Komplett außer Kontrolle nahm sie ihn und riss ihn auf sich, ohne den Kuss zu unterbrechen. Zora zog langsam sein Shirt hoch und schlang ihre Beine um seine Taille. Sie wusste nicht, warum sie das alles tat, es ging wie automatisch, als würde sie ihn so lange schon kennen. Ihr Verlangen wurde größer, in ihrem Bauch kribbelte es, sie bekam eine angenehme Gänsehaut. Als der Kuss beendet war, holte sie Luft, denn sie hatte kaum noch geatmet. In seinen Augen leuchtete es wieder. Er streichelte ihr über die Haare, schaute sie liebevoll an, bevor er anfing leicht an ihrem Hals zu knabbern. Aus ihrem Mund kam ein kurzes Stöhnen. Sie wollte mehr von ihm. Er zog ihren Pullover langsam hoch und küsste sie von ihrem schlanken Bauch hoch zu ihren Brüsten. „Wir können jetzt nicht weitergehen, der Wagen wird bald halten, meine süße Kirsche." Zora wollte nicht, dass er aufhörte, sie wollte mehr von ihm, viel mehr.

Leroy strich ihren Pullover glatt, nahm sie hoch und gab Zora einen intensiven Kuss. Als sie endlich wieder bei Besinnung war, schaute sie Leroy finster an. „Was hast du mit mir gemacht? Ich würde niemals so reagieren auf einen Kuss."

„Ich habe nichts mit dir gemacht, Kirschblüte. Das warst du alleine und nicht ich."

„Aber warum sollte ich? Ich kenne dich doch gar nicht!"

„Das musst du selber herausfinden. *Ich stecke nicht* in deinem Körper." Er nahm ihre Hand, um sie zu seinem Mund zu führen. Sie konnte ihre Hand nicht wegziehen, obwohl sie es wollte. War es vielleicht die Saphira in ihr, die das zuließ? Sie wusste es nicht. Aber anders konnte sie es sich nicht erklären und Leroy hatte die Worte ‚ich stecke nicht' sehr betont.

Kapitel 11

„Wo sind wir hier?", fragte Zora, als sie irgendwo in einem Wald anhielten. Leroy gab ihr keine Antwort, stieg aus und hielt Zora seine Hand hin, um ihr zu helfen. Er hielt ihre Hand auch noch fest, als sie schon durch den Wald gingen, was sie nicht unangenehm fand und irgendwie auch nicht falsch. Von weitem sah man Lichter von einem kleinen, aber sehr schönen Haus. Es hatte große Fenster, die von der Decke bis zum Fußboden reichten. Vor ihnen hingen hellgrüne Vorhänge. Sie erkannte nicht viel, da es zu dunkel war, um die Umgebung richtig sehen zu können. Die Tür ging schon auf, bevor sie die Treppen hochgegangen waren. Zwei Männer verbeugten sich vor ihnen. Leroy nickte beiden kurz zu, dann gingen sie in ein anderes Zimmer. Als Zora gerade Leroys Jacke ausziehen wollte, die sie von ihm bekommen hatte, weil sie nichts dabeihatte, half er ihr und hängte die Jacke an eine Garderobe. Es war kuschelig warm im Haus, sodass Zoras Körper sich schnell wieder wärmte. Leroy trat hinter sie, legte einen Arm unter ihre Brust und den anderen um ihren Bauch. Dann küsste er sie sanft auf ihren Hals. Zora schloss die Augen, genoss seine Zärtlichkeiten. Sie legte ihre Hände auf seine, drehte den Kopf zu ihm. Er küsste sie zärtlich auf ihren Mund, während er sie leicht noch näher an sich drückte.

„Hier können wir machen, was wir wollen, Kirschblüte, niemand wird uns stören."

Er biss sie zärtlich in die Unterlippe, danach hob er sie hoch. Sie schlang ihre Beine um seine Taille und ihre Arme umschlangen seinen Hals. „Worauf warten wir dann noch?" Sie konnte nicht glauben, was sie gerade gesagt hatte. Natürlich genoss sie es, aber im tiefsten Inneren dachte sie an Mario und ein leichter Schmerz durchfuhr ihr Herz. Sie konnte sich nicht dagegen wehren, in diesem Moment wollte sie Leroy haben, ohne auch nur zu wissen, warum. Er drückte sie leicht gegen die Wand, küsste sie vom Hals hinunter bis zu ihren Brüsten, wo er leicht hinkam, weil er ihr den Pullover schon ausgezogen hatte.

„Wir haben aller Zeit der ..." Er konnte den Satz nicht zu Ende sprechen, weil sein Handy klingelte. Leroy seufzte, ließ Zora nur sehr ungern los, um an das Handy gehen zu können. Er fluchte kurz, bevor er abnahm, und strich Zora die Haare aus ihrem Gesicht mit der anderen Hand. „Was ist so dringend, dass du mich anrufst?" Er hörte eine ganze Weile zu, bevor er sagte, dass er gleich hinkommen würde mit seiner Begleitung. Dann legte er auf, rief noch jemandem zu, dass er den Wagen holen sollte. Dann wandte er sich wieder an Zora.

„Entschuldige, anscheinend wollen die unsere Geduld auf die Probe stellen. Komm mit, ich zeige dir unser Zimmer und im Schrank ist bestimmt was Passendes für dich drin."

„Wir teilen uns ein Zimmer?"

„Nicht nur das Zimmer, auch das Bett", er lächelte sie an. Es sah so süß aus, wie er lächelte, dass Zora ihn am liebsten wieder angesprungen hätte. Das Zimmer war rot gestrichen, ein schwarzes Bett stand an der Wand mit einem roten Himmel, den man komplett zumachen konnte. An beiden Seiten standen Nachttische mit Glasplatten und neben diesen jeweils eine Pflanze. Ein großer schwarzer Kleiderschrank, der von der einen Seite bis zur nächsten ging, stand auf der linken Seite des Bettes. „Das ist ... wow!", mehr konnte sie dazu nicht sagen. Leroy stand neben ihr. Er hielt sie mit einem Arm an der Taille fest. „Wir hätten noch ein paar Minuten Zeit, leider zu wenig, um unseren Spaß zu haben." Er ging zum Schrank hinüber, um ein traumhaftes Kleid herauszuholen. Nachdenklich musterte er es, hängte es aber wieder zurück. „Wie kommt es, dass du Frauenkleider im Schrank hast?"

„Ich wollte irgendwann mal eine Frau überraschen. Gefallen dir die Sachen?"

„Sie sind alle wunderschön. Wirklich." Zora konnte nicht anders, als sich an seine Brust zu lehnen und ihn zu küssen. Dann holte er eine dunkelblaue Jeans heraus, zusammen mit einem grünen ärmellosen Top und reichte es ihr. Erstaunlicherweise war es genau ihre Größe. Als sie aus dem Badezimmer zurückkam, trat Leroy auf sie zu, nahm ihre Hand, um sie einmal im Kreis langsam zu drehen. Dann nickte er zustimmend. Leroy ging mit ihr wieder hinunter. Der Wagen stand schon bereit. Sie setzten sich beide hinten auf die Rücksitze, die aus Leder waren. „Wohin soll es denn jetzt gehen? Wir sind doch gerade erst hier angekommen." Er legte eine Hand auf ihr Bein. Nachdenklich schaute er aus dem Fenster. Dann zog er sie an sich. Sie bekam einen Kuss auf ihren Scheitel. „Wir haben ein kleines Problem, was ich persönlich sehen muss. Ich möchte nicht, dass du alleine bist." Er streichelte sie am Arm lang und blickte in ihre Augen. Dann seufzte er, für einen kleinen Augenblick schloss er die Augen, bevor er weitersprach. „Du weißt, dass ich im Krieg stehe mit deinem Bruder. Was soll ich dazu jetzt sagen? Was willst du wissen, Kirschblüte?"

„Warum führst du Krieg mit ihm?"

„Bekomme ich einen langen leidenschaftlichen Kuss von dir, wenn ich es dir erzähle?" Er lächelte, aber in seinen Augen schien etwas Trauriges zu glitzern. Sie nickte und gab ihm gleich einen Kuss, wobei beide auf die Sitze fielen und sie auf ihm lag. Er hielt sie fest an sich gedrückt und schaute sie an. „Es ist wegen dir. Du weißt, dass er Mario darum gebeten hat, ihn zu unterstützen, oder? Damals wurde erzählt, dass du tot seist, das weißt du bestimmt auch. Als ich erfuhr, dass er die ganze Zeit wusste, dass du lebst und er dich vor uns verborgen hat, erklärte ich ihm den Krieg. Es ist zu kompliziert, um alles zu erklären. Zora, ich will nicht, dass du mich alleine lässt. Wenn du Wünsche hast, dann werde ich sie dir erfüllen, egal wie hoch der Preis auch sein mag."

„Ich möchte, dass du den Krieg beendest. Wie du schon gesagt hast, ist es kompliziert, mir alles zu erklären, aber muss es wirklich sein, dass der Krieg weitergeht? Mario wird an seiner Seite kämpfen, vor allem wenn er erfährt, dass ich bei dir bin. Auf Daira kannst du nicht zählen, sie ist eine gemeine Schlange. Sie würde dir nie helfen, wenn sie keinen Profit daraus schlagen könnte, und dann würdest du alleine dastehen mit deinem Clan gegen die beiden."

„Wenn du doch nur die Saphira sein könntest, die du wirklich bist. Du hättest uns alle vielleicht am liebsten klein gehackt, wenn wir uns gegenseitig die Köpfe abschlagen, aber du hättest es verstehen können, warum es nicht so einfach ist."

„Erkläre es mir, bitte."

„Es dauert zu lange, bis du alles verstehst. Wie viel bedeutet *dir* Mario?"

Dir? Er betonte es so stark, dass sie ihn gar nicht falsch verstehen konnte. Als sie merkte, dass sie beide immer noch auf den Sitzen lagen, setzte sie sich auf und richtete ihre Kleidung. Sie überlegte eine Weile, was das alles zu bedeuten hatte, warum sie Leroy so um den Hals fiel. Immer mehr bestätigte sich der Verdacht, dass Saphira in ihr damit zu tun hatte. Kannten sie sich von damals? Sie erinnerte sich, dass sie mit zehn Jahren in die Familie gekommen war. Waren sie zusammen in der Schule gewesen? War er ihr Freund gewesen? Zora bemerkte, dass Leroy geduldig auf eine Antwort wartete. „Er ist grob, kaltherzig, aber ein ernst zu nehmender Gegner und ein sehr guter Anführer. Er sagte mir, dass er mich braucht. Ich weiß nicht, ob ich große Gefühle für ihn habe, da ich Liebe so gesehen nicht kenne. Aber ich mache mir sehr große Sorgen um ihn. Ich möchte nicht, dass ihm etwas passiert. Er kümmerte sich immer gut um mich, auch wenn er öfters grob war. Ich mag ihn, das kann ich dir sagen, doch wie sehr ich ihn mag, kann ich dir nicht beantworten." Leroy dachte darüber nach, was sie ihm erzählt hatte. Es dauerte circa zwanzig Minuten, bis er wieder anfing zu reden. „Dass Mario es wirklich ernst meinen könnte, glaube ich nicht. Er hat mit Daira auch nur die ganze Zeit gespielt und ich kenne ihn schon seit Jahren. Unsere Eltern haben damals schon zusammen gekämpft. Frauen sind für ihn nur ein Gegenstand, mehr nicht. Vielleicht will er mich eifersüchtig machen wegen damals."

„Aber als ich ihn fragte, ob er mich heiraten will, hat er, ohne zu zögern, ja gesagt. Warum sollte ich ihm dann nicht glauben, jetzt, wo ich weiß, was es bedeutet."

Leroy erstarrte, als er das hörte, und schaute ungläubig zu Zora rüber. „Du hast ihn gefragt, ob er dich heiraten will?"

„Nein, so nicht. Am Anfang habe ich ihm kein Wort geglaubt, als mir dann einfiel, was eine Hochzeit bedeutet, habe ich Mario gefragt, ob er mich auch heiraten *würde*."

„Er hat sich nie geändert. Warum sollte er jetzt eine Ausnahme machen? Ich glaube, er benutzt dich einfach nur, weil du unsere Herrscherin bist, damit er uns dann herumschubsen kann. Oder wie gerade schon gesagt, um mich eifersüchtig zu machen."

„Und ich glaube, du bist eifersüchtig auf ihn. Du kanntest Saphira, bevor das alles passiert ist?"

„Ja. Sogar sehr gut. Ich weiß auch, warum du so reagierst auf mich. Es hat nichts mit dir zu tun, sondern mit meiner Saphira, die in dir ist. Als ich dich verloren hatte, konnte man nichts mit mir anfangen. Alle haben auf mir herumgehackt, dass ich, der nächste Anführer des Blutclans, nur was mit dir anfangen will, weil du die Nachfolgerin deiner Mutter bist. Es hatte mich nie im Geringsten interessiert, wer bzw. was du bist. Ich liebte dich so, wie du warst, und es war mir egal, ob du nun die Herrscherin sein würdest. Unsere Eltern haben uns immer mehr auseinandergerissen, damit wir keinen Kontakt mehr haben konnten. Durch die Streitereien und Beschuldigungen, dass meine Eltern dafür gesorgt hätten, dass ich an dich herangekommen bin, entstand der große Krieg. Damals war es noch so gewesen, dass Blut und Schwarz zusammen gegen die Weißen und Goldenen gekämpft haben. Als immer mehr Leute starben und schwer verletzt wurden auf der anderen Seite, hatten sie sich ergeben. Was niemand wusste, dass der Grund dafür in Wirklichkeit der Tod deiner Mutter war, und was darüber wiederum niemand wusste, dass sie ihr Leben geopfert hatte für eine starke Versiegelung, die in dir ist. Deine Eltern haben geschworen, dass dich niemand mehr benutzen sollte und keiner mehr von uns auch nur in deiner Nähe sein sollte. Dadurch, dass deine Mutter sich geopfert hatte und dein Vater im Krieg gefallen ist, gab es niemanden, der über uns alle wachen konnte. So sind alle Clans auseinandergegangen und jeder ist für sich geblieben."

„Ich dachte, wenn es keinen Herrscher mehr gibt, wird ein neuer gewählt?"

„So war es mal gewesen. Durch den Krieg waren sich jedoch alle einig, dass es vielleicht besser wäre ohne einen."

„Also war meine Vermutung richtig, dass Saphira es ist, die dich will. Wie war eure Beziehung damals?" Er schaute traurig aus dem Fenster, in seine Gedanken versunken. Durch die Scheibe erkannte Zora, dass eine Träne über seine Wange rollte. Sie wollte ihn am liebsten trösten, aber das würde nichts bringen. „Sie haben wirklich alles weggenommen von dir. Selbst dein Aussehen ist ganz anders. Unsere Beziehung war schwierig. Am Anfang, bevor unsere Eltern alles herausfanden, haben wir uns immer in einem Wald getroffen und lagen zusammen auf dem Boden und beobachteten die Tiere und die Bäume. Du hast dich immer an mich gekuschelt. Wir haben uns gewünscht, dass diese Momente niemals vergehen sollen. Wir haben sogar über unser gemeinsames Haus gesprochen und Kinder. Warum bist du zu Daira gegangen?" Er blickte vom Fenster weg, als er keine Antwort bekam. Er erblickte Zoras Tränen, die ungehindert über ihre Wangen rollten, die danach auf ihre Brust fielen. Leroy nahm sie in die Arme. Zora kuschelte sich so nah und fest an ihn, wie es nur möglich war. „Ich wollte dich nicht verletzen damit. Bitte entschuldige." Sanft gab er ihr einen Kuss auf ihren Hals und hielt sie fest an sich. Er konnte es kaum glauben, dass er endlich seine Geliebte wieder in den Armen hielt, auch wenn es nicht mehr sie war. „Ich ... ich ..."

„Ist ja gut, du musst nichts sagen." Sie schloss die Augen und schlief in seinen Armen ein.

Langsam blieb der Wagen stehen vor einem großen Zelt, auf dem das Symbol des Clans zu sehen war. Sie erinnerte sich, dass Marios Symbol ein Schwert war, umwickelt mit Dornen einer Rose, die am Griff des Schwertes war. Daira hatte drei goldene Ringe. Dieses hier war ein Tropfen, blutrot mit zwei roten Schlangen, auf jeder Seite eine, die etwas heller waren. Leroy wollte Zora nicht wecken, aber hier im Auto wollte er sie auch nicht lassen. Er weckte sie behutsam, indem er über ihre Wange streichelte und ihren Namen flüsterte. Als sie ausgestiegen waren, stand sie einfach nur da. Ihr kamen wieder die Tränen, als sie all die Schwerverletzten sah. Leroy stand direkt neben ihr. Schreie hallten durch den Morgen und man hörte einige Frauen weinen.

„Das muss ein Ende haben", flüsterte sie und drehte sich zu Leroy. „Es kann kein Ende geben."

„Aber warum?" Sie gingen durch das Zeltlager und blieben an einem Hügel stehen. Überall sah man Feuer, Männer, die kämpften, andere Männer, die ihren Leuten halfen zurückzugehen, weil sie zu verletzt waren, um weiterzukämpfen. Irgendetwas durchfuhr sie, auch Leroy, der hinter ihr stand, wurde wachsamer. Es kam ein Mann hinter einem Baum zum Vorschein, der langsam auf sie zukam. Der Blick steinhart. In der rechten Hand ein Schwert, das gefährlich funkelte. Durch seine entschlossene Art strahlte er eine Gefährlichkeit aus wie ein Panther. „Mario!", rief Zora, als sie ihn erkannte. Als sie zu ihm laufen wollte, hielt Leroy sie am Arm fest, um sie hinter sich zu schieben. Mario blickte erst Zora an, danach blitzten seine Augen aus Hass auf Leroy. „Sie gehört mir. Ich habe die Verantwortung für sie und du wirst sie mir nicht nehmen."

„Mario, du weißt genauso wie ich, dass du sie nur ausnutzen willst. Genauso wie die Situation. Es ist ein ganz guter Vorteil für dich, oder? Sie weiß nicht, wer sie ist oder was damals alles passiert ist."

„Es hat nichts damit zu tun, wer sie ist." Mario stürzte sich mit seinem Schwert auf Leroy. Doch Leroy war mindestens genauso schnell wie er und die Schwerter schmetterten gegeneinander. „Nein!", schrie Zora. Sie rannte zu Leroy und Mario, stellte sich genau in dem Moment, als Mario ausholte, dazwischen. Zora schloss fest die Augen, wartete auf den Schmerz, doch es kam keiner. Langsam öffnete sie erst ein Auge und dann das andere. Mario sah sie erschrocken an. Sein Schwert war nur wenige Zentimeter über ihrer Schulter zum Stehen gekommen. Auch Leroy sah erschrocken zu ihr. „Bist du lebensmüde, Zora? Willst du dich umbringen, oder was?"

„Nein, das bin ich nicht. Ich will, dass ihr aufhört mit dem ganzen Gemetzel. Der Krieg führt doch zu nichts. Wie viele

Kinder verlieren ihren Vater? Wie viele Frauen stehen neben ihren verletzten Männern und beten, dass sie überleben? Warum wollt ihr das nicht sehen? Könnt ihr nur an so einen Mist denken? Ich will nicht, dass einer von euch verletzt wird!" Weinend sank sie auf die Knie, ihre Hände vor ihrem Gesicht. Sie konnte das alles nicht ertragen. Sie wollte nicht, dass alle leiden mussten, nur weil die drei der Meinung waren, diesen Krieg aufrechterhalten zu müssen. Zora wollte nicht, dass Mario verletzt wurde, und die Saphira in ihr wollte nicht, dass Leroy etwas passierte. „Zora." Mario kniete sich vor sie hin und streichelte über ihr Haar. Leroy schrie Mario an, dass er die Finger von seiner Freundin nehmen solle. Zora wusste, was Saphira für Leroy empfand, aber sie wollte zu Mario. Sie blickte auf und umarmte Mario, wobei sie ihren Tränen freien Lauf ließ. Mario legte seine Arme um sie und hüllte sie mit einer wundervollen Wärme ein. Leroy wich ein paar Schritte zurück. Er wollte Saphira nicht noch einmal verlieren wie damals. „Saphira, du gehörst zu mir. Wir beide gehören zusammen schon seit damals. Ich habe dir doch erzählt, wie …"

„Das hier ist Zora. Hast du überhaupt die leiseste Ahnung, was sie die ganzen Jahre über durchgemacht hat? Sie wusste nichts von uns, noch nicht einmal, dass sie überhaupt ein Siegel hat! Die Einzigen, die hier etwas ausnutzen, sind Daira und du, nicht ich!" Zora drehte ihr Gesicht leicht zu Leroy. Jetzt sah sie aus wie ein verängstigtes kleines Mädchen, das Schutz braucht. „Du hast mich gefragt, warum ich zu Daira gegangen bin. Natürlich hätte ich bei Mario bleiben können, aber ich wollte nicht, dass sein Clan hineingezogen wird in eine Sache, womit sie nichts zu tun haben. Wenn ich nicht gegangen wäre, hätte Daira ihn angegriffen. Ich hätte es nicht ertragen, dass er mit seinem Clan meinetwegen verletzt worden wäre." Mario merkte, dass sie zitterte, deshalb legte er seinen Umhang um sie. Dann blickte er zu Leroy, bevor er sein Handy in die Hand nahm. Es klingelte nur einmal, bis Zoran sich meldete. „Ich bin es. Zora ist bei mir und hat alles erklärt. Daira scheint sie Leroy gegeben zu haben, denn er hat sie hierher gebracht. Zieh deine Leute zurück, ich werde dasselbe machen. Wir brechen den Krieg ab und ich nehme Zora mit mir. Leroy wird, denke ich, seine Leute auch zurückholen und den Krieg abbrechen?" Die Frage ging an Leroy, der lange stumm blieb und Zora ansah, bis sein Blick auf das Schlachtfeld wanderte. Nach langer Überlegung blickte er zu Mario und stimmte zu. Jedoch fügte er hinzu, dass er es nur für Zora machte. Da Zora zu erschöpft von dem Ganzen war, nahm Mario sie auf den Arm, um sie zum Wagen zu tragen. Als sie im Auto saßen, überlegte Zora, ob sie vielleicht etwas falsch gemacht hatte. Sie glaubte das aber nicht und war froh, dass der Krieg wenigstens ein Ende gefunden hatte.

„Es tut mir leid. Ich wollte nicht, dass meinetwegen das alles passiert."

„Glaubst du etwa, dass es wegen dir so gekommen ist? Hat Leroy dir das erzählt? Du brauchst dir keine Vorwürfe machen, es hatte nichts mit dir zu tun. Auch wenn Leroy anderer Meinung ist. Du bist von den ganzen Geschehnissen müde und erschöpft. Es wird eine Weile dauern, bis wir angekommen sind, schlaf währenddessen, ruhe dich aus, meine Rose."

„Sag mal, warum nennst du mich Rose? Leroy hat mich Kirschblüte genannt. Ihr habt es mit den Pflanzen und Blumen, oder?" Mario lachte über diese Frage und küsste sie kurz auf den Mund, bevor er antwortete. „Damals als Saphira und Leroy zusammen waren, liebte sie die Kirschbäume und ihren Duft. Leroy verzog sich immer in einen Kirschgarten mit Saphira. So bekam Saphira von ihm den Kosenamen Kirschblüte oder Kirsche."

„Das erklärt zwar, warum er mich so genannt hat, aber nicht warum du mich Rose nennst."

„Ich habe dich, seit du bei mir bist, beobachtet. Immer wenn du überlegt hast oder alleine sein wolltest, warst du in meinem Rosengarten. Um genau zu sein, bist du meine weiße Rose. Bei denen warst du die meiste Zeit und warst sehr interessiert an ihnen. Mir fiel auch auf, dass du wie Rosen duftest. Du bist genauso wie eine Rose. Wunderschön, einzigartig, zart und wunderbar. Aber auch zerbrechlich und sensibel." Ihr kamen die Tränen vor Freude über seine Worte. Noch nie hatte sie zuvor so etwas Schönes gehört. Sie blickte ihn an und gab Mario einen zärtlichen Kuss, den er, ohne zu zögern, erwiderte. „Ich hatte furchtbare Angst um dich, als du nicht mehr wiedergekommen bist. Doch ich war auch wütend auf mich, weil ich es eigentlich war, der Schuld an dem Ganzen hatte. Ich habe meinen Raum sogar auseinandergenommen, um Dampf abzulassen. Als ich dir sagte, dass ich dich will, meinte ich es ernst, Zora.“ Er drückte sie fest an sich. „Tu mir das nie wieder an. Bitte.“

„Vergibst du mir und bist nicht mehr sauer auf mich?“

„Warum sollte ich sauer auf dich sein? Du wolltest nur das Beste und hast mit deinem Herzen entschieden. Ich könnte dir deswegen niemals Vorwürfe machen.“

„Ich empfinde viel für dich, doch weiß ich nicht, ob es wirklich Liebe sein könnte. Verzeihe mir, dass ich deine Liebe nicht erwidern kann. Aber das ist alles so kompliziert mit meinem wirklichen Sein. Sie will immer noch Leroy. Ich habe Angst vor der Zukunft und vor dem, was passiert, wenn das Siegel sich komplett öffnet.“

„Das brauchst du nicht. Egal was auch passieren mag, ich werde bei dir bleiben und dich beschützen.“ Mit diesen Worten in ihrem Ohr schloss sie die Augen und entspannte sich.

„Da seid ihr ja. Zora, ist alles in Ordnung mit dir? Zoran wartet im Wohnzimmer auf euch.“ Arjona hatte in der Zwischenzeit den anderen Bescheid gesagt, dass sie zurückkehren konnten, weil Mario Zora gefunden hatte, und hielt beiden die Tür zum Wohnzimmer auf. Zoran sprang gleich auf, um seine Schwester zu umarmen, schob sie dann ein wenig zurück und musterte sie von Kopf bis Fuß, um festzustellen, dass sie auch wirklich nicht verletzt war. Dann begrüßte er Mario und setzte sich wieder. Arjona brachte noch zwei Gläser mit einer neuen Flasche Rotwein herein. „Was machst du denn für Sachen, Schwester? Ich wäre beinahe umgekommen vor Sorge um dich.“

„Lass ihr erst einmal etwas Zeit. Sie muss erst einmal die Bilder noch verkraften, die sie von unserem Kampf gesehen hat.“

„Das kann ich verstehen. Wir haben uns unterhalten und uns geeinigt dich weiterhin Zora zu nennen, bis sich das Siegel komplett geöffnet hat. Dann gibt es keinen Grund mehr, weil du dich dann an alles wieder erinnern kannst."

Sie nickte abwesend. In ihr passierte etwas, was sie nicht verstand. Es war wie ein Schmerz, so wie der, den sie im Herzen hatte, als sie an Mario dachte, während sie bei Leroy war. Sie fragte sich, wie lange es wohl noch dauern würde, bis ihr wirkliches Ich das Siegel durchbrochen hatte. Im Hintergrund hörte sie Mario und Zoran irgendwas von dem Krieg erzählen und sie unterhielten sich auch über Leroy und Daira. „Leroy will sie wohl dann mit allen Mitteln wiederhaben. Glaubt er wirklich, dass ich es zulassen würde? Ich lasse es nicht noch einmal zu, dass du meiner Schwester zu nahe kommst. Ganz zu schweigen von den anderen Männern." Zora sah ihn fassungslos und zugleich gekränkt an.

„Was willst du denn dagegen machen, wenn Mario mir zu nahe kommen würde?", sagte Zora aufgebracht zu ihm. „Jeder, der dir zu nahe kommt, bezahlt mit seinem Leben. Zora, es geht nicht an, dass man riskiert jemanden zu nahe an dich zu lassen, und dass dann alles untergeht, weil einer von ihnen dann der Herrscher ist." Zora dachte sich verhört zu haben, blickte ihren Bruder an und schlug mit ihren Händen so stark auf den großen Tisch, dass das Glas zersplitterte. Ohne darauf zu achten, dass der Tisch kaputt war, zog sie ihren Bruder am Kragen über den Tisch. „Glaubst du etwa, ich bleibe für den Rest meines Lebens alleine? Ich bin nicht das kleine schwache Mädchen und kenne sehr wohl meine Verantwortung. Wenn ich deine Worte höre, dann muss ich also damit rechnen, dass dir nie einer gut genug ist für mich, oder?" Zoran gab ihr eine schallende Ohrfeige und sie fiel auf die Couch zurück. Mario sprang auf, packte ihn, drückte Zoran gegen die Wand und schlug ihn mit der Faust in das Gesicht. An der Tür erschien Xaver zusammen mit Arjona, die Mario von Zoran wegzerrten und ihn danach packten, um ihn hinauszubefördern. Mario eilte zu Zora und streichelte über ihr Haar und küsste sie auf ihre Wange. Sie schluchzte. Ihr Körper zitterte wieder. Ihre Arme hatten gerade noch so viel Kraft, dass sie sich halb aufrichten konnte, um Mario um den Hals zu fallen. Mario flüsterte beruhigende Worte in ihr Ohr. Dabei streichelte er weiter über die weichen Haare. Er wusste, dass jetzt der Krieg richtig beginnen würde, doch er sagte nichts zu Zora in dieser Richtung. Er nahm sie auf den Arm, damit er sie in das Zimmer tragen konnte, wo er sie langsam hinlegte und sie zudeckte.

„Kannst du bitte bei mir bleiben?" Mario schloss wieder die Tür, durch die er gerade rausgehen wollte. Sein Blick zeigte nicht, was er dachte, doch er schloss die Tür zu. Er legte seine Jacke, Umhang, Shirt und seine Hose auf einen Stuhl und stieg zu ihr ins Bett. Zora schmiegte sich sofort an ihn, dankbar dafür, dass sie ihn kennenlernen durfte.

Es war die schönste Nacht ihres Lebens. Sie fühlte sich komplett ausgeruht und in Sicherheit. Mario hatte sie die ganze Nacht in seinen Armen gehalten. Wenn sie sich bewegte, drückte er sie an sich. Zora küsste ihn auf seine weichen Lippen und biss dabei leicht in die Unterlippe. Mario öffnete langsam die Augen. Während er ihr mit seinen Fingern über den Rücken strich, lächelte Mario. Er drehte sie auf den Rücken, gab ihr einen intensiven Zungen-kuss. Als er sich an ihrem Hals und ihren Brüsten zu schaffen machte, prickelte ihre Haut und das Verlangen wurde immer stärker, als er langsam mit seinen Lippen ihren Bauch küsste bis hin zu ihrer Taille. Sie legte ihre Hände auf seine Haare und zog ihn zu sich hoch. Dass er so fest und grob war beim Küssen und den Berührungen, störte sie nicht. Aber sie wollte warten, bis sie heiratete.

„Hast du was dagegen, wenn ich mich aufhebe, bis ich jemanden geheiratet habe?" Er lächelte. Es war bewundernswert diese Ein-stellung, deshalb schüttelte er den Kopf. Mario strich mit zwei Fingern eine Strähne zurück, um sie noch einmal zu küssen, be-vor er aufstand und sich anzog. „Bleib liegen, ich hole Frühstück für uns beide." Sie war so glücklich mit ihm und freute sich, weil er verstand, dass sie keinen Sex wollte, bevor sie einen Mann geheiratet hatte. Während Zora auf ihn wartete, ging sie in das Badezimmer, das neben ihrem Zimmer war, um sich frisch zu machen. Dann nahm sie den Kamm, der auf dem Waschbecken lag. Zora kämmte ihre Haare gründlich durch, damit der Pferdeschwanz, den sie sich machte, besser aussah. Mario war noch nicht da mit dem Essen, deshalb zog sie sich an. Heute holte sie eine Seidenstrumpfhose heraus, die gut zu ihrer Körperfarbe passte, mit einem schwarzen Minirock und einem weißen Top mit einem großzügigen V-Ausschnitt. Dann machte sie sich etwas von ihrem Rosenparfüm rauf. Sie summte ein Lied, das ihr durch den Kopf ging, als Mario mit einem großen Tablett in der Hand hereinkam. Er legte den Kopf schräg und grinste sie an.

„Weißt du, was das für ein Lied war, das du da gesummt hast?" Er stellte das Tablett auf dem Nachttisch ab und gab Zora einen Kuss. Auf dem Tablett waren verschiedene Brötchen, Marmelade, Honig, Schokolade, verschiedener Aufschnitt, gekochte Eier, eine rote Kerze und … vierundzwanzig weiße Rosen. Sie hielt sich die Hand vor den Mund und schaute verblüfft zu Mario.

„Ich habe sie gerade aus dem Rosengarten geholt, ich hoffe, sie gefallen dir. Wenn du mir nicht so viel bedeuten würdest, wenn ich dich nicht lieben würde, dann hätte ich das niemals für jemanden getan."

„Willst du mir etwa immer noch beweisen, dass du nicht lügst? Das musst du nicht, ich glaube dir das. Aber um auf das Lied zurückzukommen … was meintest du damit? Kennst du das Lied?"

„Dein Vater hat es dir immer vorgesungen. Ich weiß nicht, wer es singt, und auch nicht, wie das Lied selber heißt. Er sang es immer, wenn du traurig warst und geweint hast. Dann nahm er dich auf seinen Schoß und sang es. Du hattest es schon einmal gesungen und ich habe Zoran gefragt, was das für ein Lied sei. Er gab mir dann diese Erklärung."

„Was ist eigentlich aus deinen Eltern geworden und aus Leroys Eltern?"

„Hat er dir etwas über den großen Krieg erzählt? Es zogen sich zwar alle zurück, weil deine Mutter gestorben ist, aber unsere Eltern haben sich gegenseitig alle umgebracht." Er blickte auf den Boden, seine Augen waren schmerzverzerrt. Sie nahm ihn in den Arm und küsste ihn. „Das tut mir leid. Leroy hat erzählt, dass niemand wusste, was wirklich mit meiner Mutter und mir passiert ist."

„Das stimmt auch. Niemand wusste, dass du wirklich existierst. Ich habe deinem Bruder kein Wort geglaubt, als er mir erzählte, dass ich dich unter meine Obhut nehmen soll. Bis er mir alles erklärt hatte, was deine Mutter getan hat."

„Zoran wird mich bald abholen, oder?" Er hörte in ihrer Stimme die Traurigkeit. Ihm ging es nicht anders, er wollte sie immer bei sich haben, gerade jetzt, wo Zoran ihr gegenüber so ausgerastet war. Zoran wusste, dass sie auch so ein Wesen war wie Nicolai und Mario. Umso mehr sorgte er sich um sie. Sein Verlangen, das in ihm brodelte, unterdrückte er seit gestern, seit er sich neben sie gelegt hatte. „Ja, jetzt wo alles vorbei ist, gibt es für ihn keinen Grund mehr, dich hierzulassen."

„Aber das bedeutet doch, dass ihr wieder Feinde seid und wir irgendwann vielleicht gegeneinander kämpfen!"

„Ich werde dich niemals angreifen, auch nicht, wenn du die Erste bist, die mich angreift. Lieber sterbe ich."

„Ich könnte dich nicht töten oder angreifen. Wenn Zoran so etwas von mir verlangt, dann …"

„Es ist gut, lass uns essen, meine Rose." Er küsste sie noch einmal, als er sie in den Arm nahm. Zora nahm sich Brötchen mit Honig und ein gekochtes Ei. Mario nahm sich etwas Aufschnitt zu seinen Brötchen. Als sie fertig waren mit dem schönen Frühstück, gingen sie hinunter in die Küche und wuschen das Geschirr ab. Es klingelte an der Tür. Bevor beide aus der Küche kamen, hatte Arjona schon die Tür geöffnet. „Guten Morgen, meine Schwester. Mario, auch dir einen guten Morgen. Ich würde gerne Zoras Sachen mitnehmen und dich hole ich dann später ab." Zora wusste, dass er sie holen würde, aber dass er sie so schnell mitnehmen wollte, damit hatte sie nicht gerechnet. „Warum so schnell?"

„Umso schneller du hier wegkommst, umso besser ist das für uns alle."

„Aber ich will nicht! Ich will hierbleiben!"

„Hier geht es nicht darum, was du willst. Die Sicherheit für dich ist bei mir garantiert, jetzt, wo es keinen Kampf mehr gibt, und du wirst mitkommen. Der Friedensvertrag wird sofort aufgelöst, sobald wir sein Grundstück verlassen haben. Von da an möchte ich, dass du nichts mehr mit Mario zu tun hast. Josha, Leander, oben links die zweite Tür ist ihr Zimmer, geht bitte die Sachen packen und bringt sie zum Wagen."

„Nein! Es geht nicht immer nur um dich, Zoran! Interessiert dich das denn nicht, was ich möchte?" Er ignorierte sie nur noch, als wäre sie nicht da. Ihr liefen die Tränen übers Gesicht und verzweifelt schaute sie Mario an. Er hatte seinen Blick gesenkt und man sah deutlich den Schmerz in seinem Gesicht. Er schloss die Augen, atmete ein paarmal durch, schaute zu Zora, drückte fest ihre Hand und ging dann auf Zoran zu. „Ich habe dir gesagt, bevor wir beide eingewilligt haben, dass wir noch sehen werden, ob ich sie dir wiedergebe. Hast du irgendwas davon gehört, dass sie mein Haus verlassen soll? Ich nicht!" Die letzten beiden Worte schrie er raus und seine Augen funkelten vor Wut, die in ihm brodelte. Er wollte nicht, dass sie ihn verließ. Nicht mehr jetzt, wo er sich eingestanden hatte, wie wichtig Zora für ihn geworden war. Sie war sein Ein und Alles. Zora sollte an seiner Seite bleiben bis zum Tode. Sie sollte diejenige sein, die er heiraten würde, egal was damals passiert war, egal wie viele Schmerzen er erlitten hatte durch sie. Jetzt war es anders, sie gehörte zu ihm. Leander und Josha blieben auf der Treppe stehen und blickten nach unten zu ihrem Anführer. Auch Xaver und Arjona kamen zum Vorschein aus dem Wohnzimmer, die ebenfalls die Lage in Augenschein nahmen. „Du kannst mir alles nehmen, was du willst, Zoran. Nimm, was du willst, meinen Clan, meine Villa, mein Geld und Autos, aber nicht Zora."

„Ich will nichts von deinem Clan oder sonst etwas. Zora wird mitkommen, egal ob sie es möchte oder nicht. Du wirst sie vergessen genauso wie die anderen Frauen, die du hattest. Sie ist nichts anderes für dich als genauso ein Spielzeug für deinen Zeitvertreib wie die anderen."

„Das stimmt nicht, und das weißt du auch, sonst würdest du es nicht so eilig haben, sie mir wegzunehmen!" Zorans Geduld schien am Ende angelangt zu sein, denn er nahm sein Schwert und holte aus. Zora bemerkte die Handbewegung schon, bevor das Schwert zum Vorschein kam, und eilte zu Mario hin. Sie drückte sich an ihn, hielt ihn fest, wobei sie ihre Augen fest zusammenpresste. Er hielt sie genauso fest an sich gedrückt. Dabei hatte er seinen Kopf auf ihren gelegt. „Du bist verrückt, meine Rose", flüsterte er ihr zu.

„Zora, geh weg von ihm!"

„Nein, das werde ich nicht machen." Langsam drehte sie sich zu Zoran, nahm ihr Schwert, ihre Augen wurden wieder lavendelfarbig, ihre Haare änderten sich von einem sehr hellen Blond zu einem goldenen Blond und sie griff ihn an. Ihre Schwerter schlugen gegeneinander und drückten sich gegenseitig von einer Seite zur anderen. Zorans Blick wurde eiskalt und er vergaß, wer vor ihm stand. Der Schwertkampf dauerte zehn Minuten, bis Zoran sagte: „Bei diesem Bastard wirst du nicht bleiben!" Dieser Satz brachte alles zum Überlaufen. Sie holte einmal aus, schlug ihm sein Schwert aus der Hand und verletzte ihn. Alles war still. Es schien, als hätten alle den Atem angehalten. Alle blickten nur noch sie und Zoran an. Mario trat hinter sie, führte seine Hand über ihren Arm, hielt ihre Hand fest, in der sie ihr Schwert hielt. „Es reicht, er hat verloren. Lass das Schwert verschwinden." Saphira nickte leicht, langsam ließ sie es zu, dass Zora wieder auftauchte. Zoran stand da und schaute beide an. „Drei Tage, nicht länger. Dann werde ich dich holen ohne Widerrede."

„Auch nach drei Tagen werde ich nicht mitkommen." Mario drehte sie zu ihm herum und streichelte ihre Wange. „Geh, Zora, es ist besser so. Vergiss niemals, dass ich dich will, und ich werde alles unternehmen, um dich zurückzuholen, und dich dann heiraten. Das verspreche ich dir, das schwöre ich dir." Sie verstand es erst nicht. Es tat so weh in ihrem Herzen, dass sie das Gefühl hatte, es zerspringe in tausend Einzelteile. Sie blickte ihn noch einmal an, sah in seinen Augen, dass er sein Versprechen halten würde, Zora drehte sich zu Zoran um. Mit gesenktem Kopf ging sie ihm nach zur Haustür. Zora blieb noch ein Moment an der Tür stehen und blickte mit traurigen Augen zu Mario. Sein Blick war auf sie gerichtet, er versuchte aufmunternd zu lächeln, wobei sie noch ein letztes Mal seine süßen Grübchen sehen konnte. Die Tränen fielen. Sie sagte nur noch drei Worte, bevor sie endgültig ging. „Ich liebe dich." Langsam ging sie Zoran hinterher. Sie hoffte, dass es wirklich Liebe war, was sie für Mario fühlte. Zoran hielt ihr noch die Tür zum Wagen auf und stieg auf der anderen Seite ein. Als der Wagen losfuhr, sah Zora Mario noch an der Tür stehen, Tränen zusammen mit einem Schmerz im Gesicht, der Zora zum Weinen brachte. *Ich werde dich nicht vergessen, Mario. Danke, dass du immer für mich da warst und dich so gut um mich gekümmert hast.* Zora wünschte, er könnte ihre Gedanken jetzt hören.

Kapitel 12

Sie sprach kein Wort mit ihrem Bruder während der Fahrt. Auch nicht, als sie bei der weißen Villa ankamen. Er zeigte ihr das Zimmer, das traumhaft eingerichtet war. Doch Zora würdigte es keines Blickes. Sie ging stumm zum Bett mit dem weißen Himmel und legte sich hin. Noch nie war sie so verletzt gewesen, wie in diesem Moment. Ihr Herz tat weh, in ihrem Hals steckte ein Kloß, die Tränen kamen und sie weinte, während sie an Marios Anblick dachte. Zoran hatte befohlen alle Tore zu verschließen, damit sie nicht abhauen konnte. Irgendetwas drückte sie auf der Seite, deswegen stand sie vom Bett auf, um in ihrer Tasche nachzusehen. Zora war sich sicher, dass sie nichts hineingesteckt hatte. Als sie hineingriff, holte sie eine Kette raus mit einem Medaillon. Langsam öffnete sie es und sie brach zusammen. Auf der einen Seite war das Bild von Mario, daneben stand in einer wunderschönen verschnörkelten Schrift „Ich liebe dich über alles, Rose". Sie brach in Tränen aus, senkte ihren Kopf auf ihre Knie und weinte vor sich hin. Ihr Körper zitterte, sie umklammerte ihn mit ihren Armen. Sie wollte zu Mario, seine Hitze spüren, die so heiß war wie Feuer, seinen Geruch wahrnehmen und seinen Körper berühren. Wie konnte Zoran ihr so etwas antun? Sie erhob sich langsam und legte sich in das Bett zurück. Die Kette umklammerte sie mit ihrer Hand. Dabei schlief sie später ein, das Medaillon fest in ihrer Hand. Sie träumte von dem Frühstück mit Mario, wie er ihre Lippen küsste. Als sie erwachte, merkte sie, dass sie geweint hatte im Schlaf und … erschrocken sprang sie aus dem Bett und rannte hinunter in den großen Speisesaal. „Zoran!" Ihr Schrei hallte durch die ganze Villa, doch das war ihr egal. Ihr Blick blieb auf ihrem Bruder haften, als sie zu ihm rannte. Ihre Hände umklammerten seinen Kragen, als sie ihn gegen die Wand drückte. Zoran blickte sie erschrocken an, er hatte nicht damit gerechnet, von seiner Schwester angegriffen zu werden. „Wo ist es!", schrie sie ihn an und schüttelte ihn. Als ob es nicht schon reichte, dass er sie gestern einfach mitgenommen hatte. Nun hatte er ihr auch noch die Kette gestohlen. „Ich habe es rausgeschmissen. Du sollst ihn vergessen."

„Wohin?"

„Über das Tor." Zora ließ ihn los. Zoran sank an der Wand hinunter. Er hielt sich den Hals. Zora rannte währenddessen nach draußen. Sie stolperte über einen Ast, schrammte sich die Beine dabei auf, doch sie stand wieder auf und rannte weiter zum Tor. Es war immer noch zugeschlossen, doch sie kletterte einfach darüber. Sie riss sich das Hemd auf, das sie immer noch anhatte. Die Kälte des Windes bemerkte sie nicht. Zora fiel auf der anderen Seite hinunter. Sie stürzte sich auf den Boden, um alles abzusuchen. Als sie vor dem Tor alles abgesucht hatte, ging sie weiter in den Wald hinein. Sie bemerkte jemanden weiter hinten und ging langsam auf die Person zu. „Was machst du denn hier?"

„Zora? Ich dachte, du seist … also gehört das dir." Er schaute auf die Kette, als Zora zu ihm stürmte und sie ihm aus den Händen riss. Sie hielt es mit beiden Händen an die Brust gedrückt. Sie weinte Tränen vor Glück, das Medaillon gefunden zu haben. Ihr Blick wurde weicher, als sie wieder hochschaute.

„Warum bist du hier und nicht in der Villa meines Bruders?"

„Ich habe seinen Clan verlassen. Seine Anführung ging mir gegen den Strich und ich wollte nicht mit ansehen, wie er alle in das Verderben rennen lässt."

Nicolai hatte ein weißes Shirt an, durch das man seine kräftige und sportliche Figur sehen konnte. Seine hellblauen Augen faszinierten sie wieder, wie beim ersten Mal. Er blickte sie herzlich an. Sie trat einen Schritt auf ihn zu, bewunderte seine kräftigen Oberschenkel und schluckte. „Hat er dich von ihm weggerissen?"

Zora blinzelte ein paarmal, bevor sie ihn wieder ansah. Traurig sagte sie:

„Nicht direkt. Zoran wollte mir drei Tage geben, aber Mario meinte, ich soll gehen, doch niemals vergessen, dass er mich liebt und mich holen wird, damit wir heiraten können. Heute

früh bemerkte ich, dass mein Bruder mir das Medaillon weggenommen hatte."

„Du bist verletzt. Ich wusste ja, wie seine Meinung über Männer
und dich ist, aber dass er so weit geht, hätte ich nicht erwartet.
Lass mich mal kurz nachsehen." Zora setzte sich an einen Baum.
Sie beobachtete Nicolai, wie er ein paar Fetzen von ihrem Hemd
nahm, um damit die Wunden zu umwickeln. Als er fertig war,
lächelte er sie an. Zora bedankte sich mit einer Umarmung bei
ihm. Damit sie die Kette nicht wieder verlieren konnte, hängte
sie diese um den Hals, wobei sie das Medaillon unter das Hemd
steckte und es zwischen ihren Brüsten hing. Man hörte Rufe
von der Villa aus, wo auch ihr Bruder dabei war. Nicolai verabschiedete sich mit einer Verbeugung und einem Kuss auf ihre
Wange. Dabei spürte sie eine leichte Hitze. „Wer bist du?", fragte
sie ihn, denn das merkte sie bei Mario auch. „Die Zeit wird es dir
beantworten." Nicolai musste nun verschwinden, damit Zoran
ihn nicht entdeckte. Er bat sie nicht zu sagen, dass er hier war.
Langsam ging sie zurück und beachtete niemanden. Zora blickte
auch nicht ihren Bruder an, ging einfach geradeaus in die Villa
und in das Zimmer. Ihr kam Wut hoch, dass ihr Bruder so was
getan hatte. Als Zoran in das Zimmer kam, blickte sie ihn nicht
an. „Warum machst du das? Glaubst du, ich will, dass dir etwas
passiert? Ich will doch nichts Böses, sondern nur das Beste für dich."

„Hör auf damit, Zoran! Du weißt ganz genau, dass du zu
weit gegangen bist!"

Nun blickte sie ihn an, aber mit einem so hasserfüllten Blick,
dass Zoran ein paar Schritte zurückging. Sie konnte sich nur
schwer beherrschen, ihm nichts anzutun. Er kam näher an sie heran. Das war ein Fehler. Als er sie berührte, schleuderte sie ihn
gegen die Wand und hielt ihm das Medaillon vor das Gesicht.
„Guck dir das genau an, mein lieber Bruder, und behaupte noch
einmal, dass er mich nicht liebt. Es mag ja sein, dass ich keine
Ahnung davon habe, aber das hier ist Beweis genug, dass Mario
mich wirklich liebt." Sie drückte ihn immer fester gegen die
Wand, so sehr ließ Zora sich von ihrem Hass lenken. Das, was sie
miterlebt hatte, war schlimm, aber was Zoran ihr nun antat, war

schlimmer als alles andere. Sie ließ ihn los und gab ihm eine Ohrfeige, dass seine Wange ihren Handabdruck zeigte. Danach griff sie in seinen Nacken. So beförderte sie ihn nach draußen. Zu Mittag klopfte es an der Tür und auch zu Abend. Man stellte ihr ein Tablett vor die Tür, doch sie ließ das Essen stehen. Das Trinken war das Einzige, was sie nahm. Abends, als alles still war, lag sie im Bett. Nachdenklich blickte sie zur Decke. Plötzlich hörte sie etwas immer wieder an ihrem Fenster scheppern. Sie stand auf, um nach unten zu sehen. Im Dunklen erkannte sie Nicolai. „Pack ein paar Sachen zusammen und komm mit! Ich will nicht, dass er dir das Leben zur Hölle macht." Erst war sie sehr verwundert darüber, doch dann ließ sie sich das nicht zweimal sagen. Sie schnappte sich einen Rucksack und stopfte ein paar Sachen hinein. Den schmiss sie aus dem Fenster. Unsicher blickte sie nach unten. Es war nicht gerade niedrig, wenn man hinunterspringen wollte. „Spring! Ich fange dich auf." Sie schloss die Augen und holte tief Luft. Dann sprang sie. Nicolai fing sie wirklich auf. Zora öffnete die Augen. Nicolai lächelte sie an. Sie gab ihm ein Lächeln zurück und rannte mit ihm zum Zaun. Er nahm ihren Rucksack, um ihn hinüberzuschmeißen. Nicolai half ihr hinüberzuklettern. Er war gerade runtergesprungen, als das Licht in der Villa anging. Beide blickten zurück. Als man Rufe hörte, nahm er ihre Hand. Er zog Zora zielsicher durch den Wald. Nach fünf Kilometern Dauerlauf sah Zora ein weißes Pferd, das an einen Baum gebunden war. Es hatte eine schwarze Mähne und einen schwarzen Schweif. Nach Atem ringend fragte sie: „Ist das deines?"

„Ja, ich hoffe, du hast nichts gegen Reiten? Ich ziehe Pferde vor, man fühlt sich frei, wenn man reiten kann." Er machte den Rucksack an einer Satteltasche fest. Anschließend hob er sie auf das Pferd. Die Rufe kamen näher und Nicolai band die Stute schnell los. Gleich danach schwang er sich auf den Rücken. Er hielt mit Zoras Händen zusammen die Zügel fest, als er dem Pferd einen leichten Tritt gab. Zora wusste sofort, was er gemeint hatte, als er sagte, dass man sich frei fühlt. Es war angenehm, den Wind durch ihre Haare zu spüren, die Hufen unter ihnen zu hören. „Wie heißt es?"

„Sie heißt Penelope. Ich hatte sie mir besorgt, weil ich schon immer ein Pferd haben wollte. Wir werden noch ungefähr dreißig Minuten reiten. Dann sollten wir weit genug weg sein, um uns hinlegen zu können."

„Wir schlafen im Freien?"

„Ich habe genug Decken dabei, damit keiner frieren muss. Bis zu meinem kleinen Häuschen dauert es eine Weile, und das würden wir nicht schaffen. Wenn es hell wird, können wir weiterreiten. Bei mir kannst du dich dann ausruhen und überlegen, was wir dann machen."

Sie waren noch eine Stunde unterwegs, bevor sie einen Platz fanden, wo sie sich niederlassen konnten. Nicolai holte drei Decken raus und eine Flasche Wasser, die er zuerst Zora reichte. Dankend nahm sie einen Schluck aus der Flasche, bevor sie sie ihm zurückgab. Neben ihnen floss ein kleiner Bach, wo sie sich ein wenig waschen konnten. Nicolai lehnte sich mit geschlossenen Augen an einen Baum. Zora blickte ihn an und musste lächeln, als sie ihn so sah. Er blickte sie an, machte eine Handbewegung, die zeigen sollte, dass sie zu ihm kommen solle. Zora setzte sich neben ihn, doch damit gab er sich nicht zufrieden und schlug die Decke über sie, danach drückte er sie an sich. Erst war sie erstaunt, aber sie spürte, wie ihr schnell warm wurde, und kuschelte sich näher an ihn heran. Er hatte dieselbe Hitze wie Feuer, wie sie Mario hatte.

„Weißt du, was ich gerade gedacht habe?"

„Was denn?"

„Dass du wie ein Engel bist", sagte Zora. Sie schaute von seiner Brust zu ihm hoch. Er streichelte ihr mit dem Daumen über die Wange. Nicolai wurde von ihren Augen gefesselt, doch er erkannte, dass ihr etwas auf dem Herzen lag.

„Etwas bedrückt dich. Sagst du es mir?" Sie wandte den Blick ab. Zora schaute in den Wald hinein. Manchmal hörte man eine Eule aus der Ferne oder Äste, die im Wind tanzten. „Um ehrlich zu sein, frage ich mich, ob du mich auch nur als eine Herrscherin der Clans siehst und mich deswegen da herausgeholt hast."

„Zora, ich bin ein ehrlicher Mensch. Ich sehe vieles in dir, aber bestimmt nicht nur die Herrscherin. Ich weiß, dass du die Tochter von Lya bist, doch du bist viel mehr und es ist schade, dass alle nur die Nachfolgerin in dir erkennen."

„Und was siehst du alles in mir?" Er blickte ihr tief in die Augen, als er sprach:

„Eine starke und tapfere Frau, die viel miterleben musste. Ich sehe eine Frau, die in meinen Armen liegt und einfach nur frei sein möchte. Die alles vergessen möchte, was sie erlebt hat, und endlich ein festes Heim möchte und …" Als Nicolai nichts mehr sagte, schaute Zora ihn fragend an. „Und?"

„Eine traumhafte Frau, die einfach nur geliebt werden will, so wie sie ist, ohne verglichen zu werden mit einer Herrscherin." Ihre Augen füllten sich mit Tränen, denn sie wusste, dass er mit allem, was er sagte, recht hatte. Seine Augen funkelten wie zwei Sterne vom Licht des Mondes. Sie streckte ihren Hals und küsste ihn kurz auf seine wunderschönen weichen Lippen. „Was bist du? Wer bist du, dass ich mich so verzaubert bei dir fühle?" Nicolai sagte nichts. Stattdessen nahm er ihre Haare und drückte sie sachte an sich heran, als er sich zu ihr hinunterbeugte und ihr einen wunderbaren Kuss gab. Erst berührten sich ihre Lippen, dann spielten ihre Zungen miteinander. Ihr Körper kribbelte und ein angenehmer Schauer lief ihr über den Rücken. „Ist dir kalt? Nein, es war der Kuss, oder? Es tut mir leid."

„Es ist alles in Ordnung." Sie setzte sich höher, um ihn wieder küssen zu können. Er schmeckte so süß. Die Frage war nun unwichtig. Nicolai drückte sie noch fester an seinen Körper, als sich ihre Zungen wieder berührten. Als der Kuss ein Ende fand, legte sie sich zurück auf seine Brust und schloss die Augen. Nicolai war der erste Mann, der etwas in ihr entfachte, was sie noch nie gespürt hatte. Er hielt sie fest an sich gedrückt, damit sie nicht fror, und beide schliefen Arm in Arm ein.

Ein schwacher Sonnenstrahl weckte beide am frühen Morgen. Langsam richtete sich erst Nicolai auf, um Zora zu helfen. Ihre Beine gaben kurz nach, aber Nicolai hielt sie fest, damit sie nicht wieder hinfiel. Zora hatte einen Muskelkater vom Reiten, ihre Beine fühlten sich an wie Wackelpudding. Langsam machte sie ein paar Schritte, damit das Gefühl aufhörte, wobei sie Nicolai beobachtete, der in den Taschen kramte. Er holte eine Tüte mit Obst raus und gab sie Zora, bevor er zum Bach ging, um seine Hände zu waschen. Sie überkam wieder ein Kribbeln, als sie ihn so ansah, und Zora überlegte, was das sein könnte. Es war ein Gefühl, als ob genau er derjenige war, auf den sie gewartet hatte. Als ob er derjenige war, der zu ihr gehörte und zu dem sie gehörte. „Darf ich dich etwas fragen?" Nicolai blickte auf und nickte, während er seine Hände an seinem Shirt trocknete. „Wenn jemand ein Kribbeln hat im Bauch und am Körper, was ist das?"

„Hast du das etwa?"

„Nicht nur. Ich fühle mich glücklich und möchte, dass es niemals endet. Es ist total schön, hier die Vögel zu beobachten und die Eichhörnchen. Das Rauschen von den Ästen zu hören, die vom Wind bewegt werden. Das Plätschern des Wassers und das Reiten gestern. Wie ein Traum, aus dem ich nicht mehr erwachen möchte. Ich bin jedes Mal gefesselt von dir." Den letzten Satz flüsterte sie und errötete. Nicolai ging von der Hocke hoch und ging zu ihr hinüber. Zora schaute ihm direkt in die Augen, das Kribbeln wurde stärker. Sie verspürte ein Verlangen, ihn zu küssen und mit ihren Händen durch seine Haare zu fahren. Unwillkürlich ballte sie die Hände zu Fäusten und biss sich auf ihre Lippe, während sie auf den Boden sah. Nicolai lächelte, als er beide Hände um ihr Gesicht legte, um ihr einen Kuss zu geben. „Das, meine Schöne, nennt man Liebe." Sie umarmte ihn, die Augen geschlossen, damit sie alles von der Natur hören konnte. Dann löste sie sich aus der Umarmung und blickte ihn an. Trauer kam zum Vorschein, als ihre Hände zum Medaillon griffen. Was war los? Sie hatte das Gefühl, dass Nicolai der war, auf den sie gewartet hatte, doch etwas sagte tief in ihrem Inneren, dass er es nicht war. *Mario*, dachte Zora traurig. Nicolai nahm sie noch einmal und drückte sie an sich. „Du hast gedacht, du liebst ihn, oder?"

„Ich wollte doch bei ihm bleiben und … was war es dann, wenn nicht Liebe? Das würde heißen, dass ich ihn belogen habe."

„Nein, das hast du nicht. Wenn er dir wichtig ist und du gerne bei ihm warst, dann liebst du ihn trotzdem, aber nur freundschaftlich. Das ist bestimmt irritierend für dich jetzt, aber wenn man selber noch nicht geliebt hat und keine Liebe bekommen hat, dann kann man die Gefühle nicht einschätzen. Es ist nicht deine Schuld."

„Aber er liebt mich so sehr, dass er mich heiraten will. Ich werde ihn verletzen, wenn ich ihm sage, dass ich ihn nicht liebe, und das möchte ich nicht."

„Du hast ein sehr gutes Herz, Zora. Doch du würdest Mario und dich mehr verletzen, wenn du lügen würdest, nur weil du ihn nicht verletzen willst." Er wartete, bis sie sich erholt hatte und nicht mehr weinte. Mario würde sauer auf ihn sein, wenn er das erfuhr, aber Nicolai wollte sie. Er hatte sich sofort in sie verliebt, als er sie im Zimmer sah. Nicolai half ihr wieder auf Penelope zu steigen. Bevor sie losritten, gab er ihr noch die Flasche Wasser, damit sie etwas trank, und steckte sie in die Satteltasche zurück. Zora fühlte sich wie ein Vogel, während sie im Galopp durch den Wald ritten. Der Wind wehte angenehm durch ihre Haare. Am liebsten hätte sie die Zeit angehalten, denn sie hatte Angst, was passieren würde, wenn ihr Bruder herausfand, wo sie war. Nicolai sagte ihr, als sie das Medaillon gesucht hatte, dass er den Clan verlassen hatte, damit er nicht mit ansehen müsste, wie alle ins Verderben rennen. „Nicolai?"

„Ja."

„Was hat mein Bruder vor, dass er alle ins Verderben stürzen lassen könnte?"

„Er ist wahnsinnig geworden. Als er Anführer geworden ist, hätte man sich all die Jahre keinen besseren wünschen können. Doch dann passierte es, das Leroy herausfand, dass du lebst, und erklärte ihm den Krieg. Er erzählte mir, was alles mit dir geschehen ist und wie sie dich gefunden hatten. Seit damals will er jeden ins Messer laufen lassen, der auch nur das kleinste Interesse an dir hat. Er würde nicht zögern jeden Mann zu ermorden, der dir zu nahe kommt oder den du gerne magst. Es wundert mich, dass er Mario nicht schon längst den Krieg erklärt hat. Doch anscheinend hatte er noch so viel Verstand, das nicht zu riskieren. Ihm gefiel es nicht, dass der Krieg abbrach, weil er Leroys Kopf wollte. Schließlich war er der Freund von Saphira. Danach hätte er sich um Mario gekümmert."

„Er will jeden umbringen, der mit mir zu tun hat?" Zora hätte ihren Bruder viel zugetraut, aber dass er so weit gehen würde, daran hätte sie noch nicht einmal im Traum gedacht. Sie sprangen über einen Baumstamm, der auf dem Weg lag. Immer noch nachdenklich schüttelte sie den Kopf. Wie konnte er das machen? Das war wirklich wahnsinnig, egal ob er Angst hatte um sie oder nicht. Zora musste eine Möglichkeit finden, um Zoran aufzuhalten. Aber wie sollte sie das schaffen? Er würde ihr nicht zuhören. Und Zoran würde nur das machen, was er wollte. Dann kam ihr eine andere Idee. „Kennst du jemanden, der mir helfen könnte, etwas über dieses Siegel herauszufinden, das in mir ist?" Er blickte sie forschend an, nickte dann nach langem Überlegen. „Was hast du vor, Zora? Du hast Angst davor, dass irgendwann das Siegel aufgeht."

„Es muss eine Möglichkeit geben, Zoran aufzuhalten. Ich bin Saphira und die Herrscherin der Clans, also muss ich lernen, wie ich mich mit Saphira verbinden kann und wie ich meinen Platz einnehme als Herrscherin. Das ist die einzige Möglichkeit, meinen Bruder aufzuhalten." Sie schaute den Weg vor sich an. Es war das Einzige, was sie versuchen konnte. Saphira musste erweckt werden.

Kapitel 13

Unterwegs hatten sie noch zweimal angehalten, um etwas zu trinken und eine Kleinigkeit zu sich zu nehmen. Das Reiten strengte Zora an. Manchmal schlief sie für ein paar Sekunden sogar ein. Nicolai hielt sie dann besonders gut fest, dabei verlangsamte er Penelopes Tempo. Zora wusste nicht, wie lange sie schon unterwegs waren, bevor sie ein kleines Haus entdeckte. Es war ein kleines weißes Familienhaus und mit einem blauen Ziegeldach. Vor der Haustür befand sich eine kleine Terrasse und rund um das Haus standen rosa und gelbe Rosenbüsche. Die Gardinen vor den Fenstern waren weiß. Dahinter erkannte Zora silberne Seidenvorhänge. Sie ritten um das Haus herum zu dem großen Stall, wo Nicolai Penelope absattelte und striegelte. Er gab Zora eine Möhre in die Hand, damit sie Penelope füttern konnte. Sie wieherte glücklich. Penelope rieb ihren Kopf an Zoras Arm. „Penelope scheint dich sehr zu mögen. Du hast Glück, sie ist sehr wählerisch, was Freunde angeht." Sie lächelte liebevoll zu Nicolai rüber, als sie Penelope streichelte. Ihre schwarzen Augen sahen Zora interessiert an und sie glaubte für einen Augenblick, dass Penelope ihr bis in die Seele schauen konnte. „Sie ist ein wundervolles Pferd."

„Das ist sie in der Tat. Möchtest du auch mal striegeln?" Zoras Augen strahlten vor Freude. Nicolai nahm ihre Hand, mit der sie die Bürste festhielt. Er zeigte ihr, wie es funktionierte. Ihre Seele war überflutet von Glück und sie fühlte sich richtig gut. Sie vergaß die Probleme mit ihrem Bruder, vergaß, in welcher Welt sie lebten. Zora erschrak, als sie ein lautes Wiehern hörte, das aus dem Stall kam.

„Das war Ricardo. Mein zweites Pferd."

„Du hast noch ein Pferd?"

„Penelope konnte ich nur haben, wenn ich Ricardo auch nehme. Sie gehören zusammen. Sie sind Geschwister. Dafür ist

Ricardo das Gegenteil von Penelope, er ist stur und störrisch und versucht dauernd seinen Kopf durchzusetzen. Ich habe es bis jetzt nie geschafft, auf ihm zu reiten. Es ist schier unmöglich." Zora blickte wieder zum Stall. Irgendwie konnte man die beiden mit ihr und Zoran vergleichen. Ricardo tat ihr aus irgendeinem Grund leid. Sie gab die Bürste Nicolai wieder, damit sie in den Stall gehen konnte. Da stand ein kräftiger komplett schwarzer Hengst mit einem weißen Strich von der Stirn bis zum Maul. Nicolai folgte ihr und beobachtete die beiden von der Tür aus. Ricardo schaute Zora genauso eindringlich an wie Penelope davor. Langsam Schritt für Schritt ging sie auf ihn zu. Dabei hob sie langsam die Hand. Er wieherte wieder. Der Hengst schüttelte den Kopf, während er mit seinen Beinen nach hinten schlug. „Ruhig, mein Großer, ich will dir nichts antun", flüsterte sie in einer ruhigen Stimme zu ihm. Sie wusste, dass Tiere schnell merkten, ob man Angst hatte oder nicht, doch sie hatte keine Angst vor dem Pferd, sondern war fasziniert von ihm. Er war kräftig und stark. Sein Fell glänzte und seine Augen waren traumhaft schön. Zora trat langsam noch mal zwei Schritte auf ihn zu. Wieder streckte sie die Hand aus. Ricardo wieherte diesmal nicht und schlug auch nicht aus, sondern kam selber ein paar Schritte auf Zora zu. Jeder andere wäre vielleicht eingeschüchtert, doch Zora hatte gemerkt, dass Nicolai an der Stalltür stand, und Ricardo war in seiner Box, wo er nicht rauskonnte. Sein Kopf kam über die Box und er blickte wieder Zora mit seinen großen schwarzen Augen an. Ganz langsam, als ob das Pferd zerbrechen könnte, näherte sie sich mit ihrer Hand seinem Kopf, um ihn dort zu streicheln. Sie dachte schon, dass Ricardo jeden Moment wieder zurückgehen könnte, mit seinen Hufen ausholen oder mit seinem Kopf wild umherschütteln würde, doch nichts dergleichen geschah. Im Gegenteil, er senkte den Kopf und stupste Zora leicht an. Nicolai schüttelte ungläubig den Kopf. „Wenn mir das jemand erzählt hätte, dass du an ihn herangekommen bist, hätte ich ihn für bekloppt gehalten. Aber das mit eigenen Augen zu sehen ist unglaublich." Ihr Lächeln wurde wärmer, als sie Ricardo am

Hals tätschelte. Neben ihr stand ein Eimer, in dem Obst für die Pferde war. Sie gab Ricardo vorsichtig etwas. Nicolai ging zu ihr, was Ricardo überhaupt nicht lustig fand und ihn anwieherte. Zora musste lachen. Nicolai schaute böse zu Ricardo rüber. „Mein lieber Ricardo, bist du jetzt auch noch eifersüchtig? Das ist mein Mädchen, nicht deines." Ricardo wieherte wieder als Antwort und Zora konnte sich nicht mehr halten vor Lachen. Es war so lange her, dass sie so von ganzem Herzen gelacht hatte. Sie wischte sich die Tränen aus dem Gesicht, die vom Lachen kamen. Auch Nicolai musste anfangen zu lachen, als er Zora so sah. Er nahm sie in die Arme. Beide standen jedoch so dicht an der Box, dass Ricardo mit seinem Kopf Nicolai anstieß und er mitsamt Zora im Heu landete. Beide schauten sich erst überrascht an, dann fingen sie wieder an zu lachen. Zora schmiss Nicolai Heu zu, während er sie gleich packte und sie komplett in das Heu hineinwarf. Als beide endlich wieder Luft bekamen von dem Lachen, sagte Nicolai: „Meine Pferde lieben dich und ich habe mich auch in dich verliebt. Wer würde das nicht, wenn schon der störrische Ricardo sich in dich verliebt?" Hinter ihnen hörten sie ein Schnauben von Ricardo. Zora musste wieder einen neuen Lachanfall unterdrücken. Sie strich durch Nicolais Haare, dann küsste sie ihn. „In diesem Moment habe ich mich auch in dich verliebt. Ich habe lange nicht mehr so gelacht wie heute."

„Hättest du Lust, zu versuchen auf Ricardo zu reiten? Wenn es funktioniert, könnten wir ausreiten."

„Jetzt noch? Es wird doch bestimmt bald dunkel werden."

„Da kann man was machen. Wir nehmen etwas zu essen, trinken, zwei Schlafsäcke und Streichhölzer mit. Dann reiten wir einfach los und übernachten wieder draußen." Zora konnte nicht anders, als seine Hand zu nehmen, die er ihr hinhielt, um ihr hochzuhelfen. Doch sie zog ihn schnell zu sich hinunter, um ihm einen langen Kuss zu geben. „Das ist die beste Idee, die ich je gehört habe."

Zora schmiss ihn seitlich von sich herunter. Sie stand schnell auf, um aus dem Stall zu rennen. Nicolai stand schnell auf, damit er ihr hinterherlaufen konnte. Als er sie einholte, packte er sie von hinten mit seinen Armen und hob sie hoch. Sie schrie lachend auf, wobei sie mit ihren Beinen fuchtelte, bis er sie wieder hinunterließ und sie zusammen zum Haus gingen. Beide gingen gleich zur gemütlichen hellen Küche, nahmen eine Tasche, in die sie alles hineinpacken konnten. Obst, belegte Brote, zwei Gläser und eine Flasche Sekt. Dazu kamen noch die beiden Schlafsäcke und eine große Decke. Zora packte noch zwei Wasserflaschen dazu. Dann nahm sie den Rucksack, als er zu war. „Hast du ein Zimmer, wo ich meine Sachen hinbringen kann?" Er nickte. Dann ging er mit ihr ins Obergeschoss, wo er ihr ein geräumiges, helles Zimmer zeigte. „Du bist wahrscheinlich anderes gewohnt."

„Wo ist dein Zimmer?" Er blickte sie verblüfft an, ging aber mit ihr um die Treppe herum, um ihr sein Zimmer zu zeigen. Es sah fast genauso aus wie das, was er ihr davor gezeigt hatte. Das Zimmer war etwas größer als das andere. Doch hier stand ein Doppelbett. Ein zweitüriger Kleiderschrank stand in einer Ecke neben dem weißen Bett. Zora musste auf einmal daran denken, dass dieses Bett perfekt geeignet wäre für Fesselspielchen, verwarf aber schnell wieder den Gedanken und trat zum Bett. Sie würde alleine sowieso nicht schlafen können, deswegen sagte sie zu Nicolai, der an der Tür gelehnt stand und Arme und Beine überkreuzt hatte: „Ich finde, dass dieses Bett eindeutig zu groß ist für dich alleine." Sie sagte es mit einem süßen Lächeln zu Nicolai, der sie erstaunt ansah. „Ist das dein Ernst?"

„Sehe ich aus, als würde ich Scherze machen? Du liebst mich, ich liebe dich, also was spricht dagegen? Ich meine, wir sind doch jetzt zusammen. Oder bist du ein sexsü…" Nicolai hatte sie gepackt und gab ihr einen sinnlichen Zungenkuss, dabei fielen sie auf das Bett. „Nein, das bin ich nicht, was du gerade sagen wolltest. Sonst hätte ich es vergangene Nacht doch schon machen können, oder nicht? Du bist eine wundervolle Frau, Zora. Ich werde es nur machen, wenn du es auch möchtest."

„Ich möchte bis zur Hochzeit warten, bevor ich mit jemandem schlafe."

Nicolai küsste sie noch einmal und fand, dass es bemerkenswert war, dass Zora so eine Einstellung hatte. Er zog sie hoch.

Nicolai erinnerte sie daran, dass beide langsam Ricardo aus dem Stall holen sollten, damit Zora versuchen konnte auf ihm zu reiten, wenn sie den Ausflug machen wollten. Zora stimmte ihm zu, nahm schnell die paar Sachen und räumte sie in den Schrank. Nicolai gab ihr einen Cowboyhut. Dabei setzte er sich selber auch einen auf.

„Wilder Westen?", fragte Zora ihn dann mit einem breiten Grinsen. Er nickte ihr zu. Da Ricardo nichts mit Nicolai zu tun haben wollte, musste Zora ihn unter Nicolais Anleitung satteln. Es würde schwierig werden, auf ihm zu reiten, doch ihm kamen keine Zweifel, dass Zora es schaffen konnte. Sie ging mit Ricardo auf die große Weide, die fünf Minuten neben dem Haus lag. Nicolai lief mit Penelope neben ihr her. „Schaffst du es, alleine auf ihn aufzusteigen?"

„Das sollte wohl schwieriger werden, wenn du mir helfen würdest. Ricardo mag dich nicht, denk daran." Er lachte und stieg auf Penelope. Zora schwang sich mit Leichtigkeit auf Ricardos Sattel. Dann ritt sie mit ihm über die Wiese. Nicolai beobachtete sie. Zora ritt mit Ricardo, als hätte sie bisher nichts anderes gemacht. Er würde sie immer beschützen und ihr immer die Angst nehmen, wenn es ihm möglich war. Sie hatte ein normales Leben verdient, ohne Krieg und Auseinandersetzungen. Ihre Haare wehten im Wind, ihre Augen strahlten vor Glück. Sie sah aus wie ein kleines Mädchen zu Weihnachten. Ihre süßen weichen Lippen wollte er immer wieder küssen, ihren warmen dünnen Körper an seinem spüren. Er wollte jeden Morgen mit ihr aufwachen und ihre himmelblauen Augen sehen. Ihren Rosenduft jeden Tag einatmen, ihr jeden Wunsch erfüllen. Nicolai kannte Zora zwar erst seit gestern richtig, aber er wusste, dass sie alles für ihn war. Er wollte ihre schlanken Beine um seine Taille spüren, ihr jeden Abend die Sterne vom Himmel holen. Es war kein Wunder, dass Mario seine Lebenseinstellung für sie geändert hatte, und auch nicht, dass Leroy damals mit ihr zusammenkam. Diese Frau musste man einfach lieben und beschützen. „Und habe ich es gut gemacht?" Sie riss ihn aus seinen Gedanken und er nickte zustimmend, als sie mit Ricardo langsam auf ihn zuritt. „Dann können wir ja losreiten. Ich kann es kaum erwarten. Reite du vor und ich komme mit Ricardo hinterher oder ich reite neben dir."

„Ich hoffe, der Platz wird dir gefallen, Schöne." Sie ritten einen Sandweg entlang, der in den Wald ging. Nach einer Stunde kamen sie an einer Wiese raus. Aus der Ferne sah Zora einen großen Teich. Dort ritten sie entlang und als sie bei dem Teich ankamen, banden sie ihre Pferde an dem Baum fest, der nahe genug dran war, dass die Pferde trinken konnten. Sie packten die Sachen aus, bevor auch sie dichter zum Teich gingen. Es war wirklich traumhaft hier. Man hörte nur die Vögel und ein paar Grillen. Der Wind war angenehm warm. Die Pferde fraßen, tranken und Zora wurde von Nicolai in den Armen gehalten. Schöner könnte es nicht sein. Sie spürte seine Küsse an ihrem Hals, die zu ihrem Ohr wanderten, dann fing er an zärtlich an ihrem Ohrläppchen zu knabbern. Zora musste kichern, als Nicolai das machte. „Kann es sein, dass mein Liebling Hunger hat?"

„Kommt darauf an. Darf ich dich essen?" Sie lachte, ging mit ihm Hand in Hand zurück zur großen Decke und sie packten zusammen das Essen aus, mit den Gläsern und dem Sekt. Nicolai machte die Flasche auf. Er schenkte beiden etwas ein, Zora verteilte währenddessen das Essen auf den Tellern, dann stießen beide miteinander an. „Auf die wundervolle, einzigartige und wunderschöne Traumfrau."

„Auf den tollsten Mann der Welt, den ich schon am zweiten Tag über alles liebe und mit dem ich mein Leben teilen möchte." Als die Teller leer waren und es dunkel wurde, gingen beide in den Teich, um zu schwimmen. Sie legte ihre Beine um seine Taille. Zora konnte nicht aufhören ihn zu bewundern, wie seine Augen wieder leuchteten im Mondschein. Sie küsste ihn am Hals, dann tanzte ihre Zunge wieder mit seiner. Nicolai hielt sie fest an sich gedrückt. Er wünschte, dass die Zeit immer so schön sein könnte, aber Zoran würde irgendwann herausfinden, wo sie war. Nicolai wusste, dass er dann mit ihm kämpfen musste. Zora bemerkte, dass ihn etwas bedrückte. Sie streichelte über seinen Rücken, danach schwammen sie zurück und wickelten sich ein großes Badetuch herum. Auf der Decke gab Nicolai ihr noch ein paar

Sachen, dann legte er sich neben sie. „Die Sterne sind wundervoll. Ich habe mal gehört, dass ein Mensch zu einem Stern wird, wenn er stirbt. Was meinst du, was wohl passiert nach dem Tod?"

„Keiner kann sagen, was danach sein wird, doch jeder kann glauben, woran er will. Manche sagen, dass man ein Engel werden könnte. Andere sagen, dass man wiedergeboren wird. Niemand weiß, was wirklich wahr ist."

„Du hast vorhin an Zoran gedacht, oder? Glaubst du, er wird dich töten?"

„Ich weiß, dass er es versuchen wird. Aber mach dir deswegen keine Sorgen, meine Schöne. Wir sollten das genießen, was wir jetzt haben." Er beugte sich über sie, um sie zu küssen. Zora wollte ihn nicht verlieren, es war wie ein Wunder, dass sie sich nach so kurzer Zeit schon in Nicolai verliebt hatte. Ihr wurde bewusst, dass sie schnell herausfinden musste, was es mit diesem Siegel auf sich hatte, damit die Clans in Frieden zusammenleben konnten. Wenn sie wieder zu Hause waren, würde sie Mario anrufen und ihm alles erzählen. Dann konnte sie nur noch hoffen, dass er es verstehen würde. „Entschuldige, ich habe dich daran erinnert und du bist wieder besorgt und traurig. Ich wollte das nicht."

„Nein, das muss dir nicht leidtun. Das ist nun mal so und man sollte die Tatsachen nicht verdrängen. Ich habe nur gerade daran gedacht, morgen Mario anzurufen und ihm alles zu erzählen. Was meinst du dazu?"

„Das wäre keine schlechte Idee. Doch dein Bruder wird bestimmt schon bei ihm gewesen sein. Also weiß er zumindest, dass du verschwunden bist. Wenn du ihn anrufst, muss er sich wenigstens keine Sorgen machen."

„Da hast du recht."

„Lass uns nicht mehr daran denken. Wir wollten doch einen schönen Abend haben. Morgen, wenn wir zu Hause sind, können wir alles Weitere noch bereden." Zora wusste, dass er recht hatte. Deswegen beschloss sie bis morgen diese Gedanken alle zu verdrängen. Sie rutschte noch näher an Nicolai heran. Zora küsste ihn auf sein Kinn, und als er lächelte, küsste sie seine Grübchen, bevor sie ihren Kopf auf seine Brust bettete und die Augen schloss.

Sie konnte nicht schlafen, die Angst, Nicolai irgendwann zu verlieren, verschlang sie. Zora erhob sich. Sie sah Nicolai an einem Lagerfeuer sitzen. Er sah nachdenklich aus. Zora wusste, dass es ihm wegen der ungewissen Zukunft genauso schwerfiel, zu schlafen, wie ihr. „Habe ich dich geweckt durch mein Hin- und Herdrehen?", fragte sie ihn. Er schüttelte den Kopf, ohne seinen Blick vom Feuer zu lassen. Zora setzte sich neben ihn und lehnte sich an ihn. Er legte einen Arm um sie. Nachdenklich küsste er sie auf den Kopf. „Ich weiß, dass ich sagte, wir sollten es vergessen. Aber anscheinend kann ich es genauso wenig wie du. Du bist die Erste, die ich so sehr liebe. Die Angst, dich irgendwann zu verlieren, raubt mir den Verstand."

„Auch ich habe Angst, dich zu verlieren, und der Gedanke, dass mein eigener Bruder es sein wird, der dich irgendwann wegen mir umbringen würde, raubt mir den Schlaf. Ich will nicht, dass er dir etwas antut, und am liebsten würde ich die Zeit anhalten." Nicolai drückte sie fester an sich. Als sie ihren Kopf zu ihm drehte, gab er ihr einen Kuss. Zora verlangte von ihm seinen Mund zu öffnen, damit sich ihre Zungen wieder berühren konnten. Sie setzte sich auf ihn und hielt ihn fest. Er legte seine Hände auf ihren Hintern und zog sie vorsichtig näher an sich heran. Dabei merkte sie, dass er erregt war, und ihr ging es nicht anders. Sie wollte ihn mit allen Sinnen haben, ihn niemals mehr loslassen. Zora vergötterte ihn, begehrte ihn mehr, als sie sich vorstellen konnte. „Nicolai?"

„Hmm", nuschelte er, während er ihren Hals mit sanften Küssen bedeckte. In ihr regte sich etwas im unteren Bereich ihres Körpers. Sie hielt ihn noch fester.

„Vergiss, was ich gesagt habe. Liebling, ich will dich."

„Du wolltest deine Unschuld behalten, bis wir heiraten", flüsterte er in ihr Ohr.

„Ich weiß. Aber ich will mit dir alles teilen und genießen, bevor ich etwas bereue. Bitte nimm mir die Unschuld, Nicolai. Ich habe mich in so kurzer Zeit in dich verliebt, ich bin mir sicher und möchte, dass du es bist." Er hörte in ihrer Stimme das Flehen. Nicolai hörte auch, dass sie sich zu tausend Prozent sicher war, deswegen hob er sie auf seine Arme und legte sie auf die Decke neben dem Feuer. Nicolai spürte keine Unsicherheit bei ihr, auch keine Angst. Trotzdem würde er vorsichtig sein und ihr geben, was sie verdiente. Er wollte, dass sie es genoss. Sie sollte es nie wieder vergessen. Nicolai wollte, dass es der schönste Moment wurde für sie, sodass Zora es niemals bereuen würde, dass sie ihre Unschuld für ihn aufgab. Natürlich hätte er bis in alle Ewigkeit damit gewartet, wenn sie es gewollt hätte, jetzt sah sie ihn aber flehend an. Er zog sie und sich langsam aus und küsste ihren Hals langsam bis zu ihren schönen und wundervollen üppigen Brüsten. Er nahm ihren Nippel langsam in den Mund und fuhr mit der Zunge um ihn herum. Sie schnappte nach Luft, stöhnte, wobei sie leise seinen Namen sagte. Den anderen Nippel umkreiste er mit seinem Finger. Sie richteten sich schnell auf und er wanderte mit seinem Mund und der Zunge zur anderen Brust. Er merkte, wie ihre Atmung schneller wurde, wie sie seinen Namen flüsterte. Langsam küsste er ihren Bauch bis zu ihren straffen Oberschenkeln. Dort biss er zärtlich hinein. Sie bog sich ihm entgegen, krallte sich mit ihren Fingern in die Decke, als er mit seiner Zunge an ihrer empfindlichsten Stelle angelangt war. Als er mit seinem Mund wieder langsam ihren Körper nach oben wanderte, streichelte er sie noch langsam an ihrer empfindlichsten Stelle und sie spürte eine Wärme in sich aufsteigen, wie sie es davor noch nie erlebt hatte. Er flüsterte ihren Namen in ihr Ohr. Dann nahm er ihre Hand, damit sie sein erregtes Glied anfasste. Nicolai spürte zwar keine Angst, aber er wollte es so langsam wie möglich angehen lassen. Seine Atmung ging schneller, als sie mit ihren Fingern über sein Glied strich. Er zog sie an sich und Zora wanderte genauso, wie er es bei ihr getan hatte, mit der Zunge und ihrem Mund über seinen Körper. Zora genoss es, seinen Körper zu schmecken, seinen Duft einzuatmen und ihn zu erkunden. Als sie bei seinem erregten Glied ankam, leckte sie an seiner Eichel und merkte, wie er tief Luft holte. Ihm entwich ein leises Stöhnen, wobei sie grinste. Zora wusste nicht, was ihm gefallen könnte, doch das nahm sie als Bestätigung, dass sie es richtig machte. Sie nahm langsam sein Glied in ihren Mund, er bewegte sich langsam und behutsam unter ihr. Mit ihren Fingern streichelte sie langsam seinen Hoden, strich dann über seinen Schaft, als sie wieder höher wanderte. Langsam drehte er sie wieder auf den Rücken und legte sich auf sie. Als ihre Zungen sich durch den Kuss berührten, drang er langsam und vorsichtig in sie ein. Sie schrie kurz auf, doch nicht weil sie Schmerzen hatte, sondern vor Glück und drückte seinen Oberkörper fester an ihren heran. Das langsame Eindringen brachte sie um den Verstand. Sie vergaß alles um sich herum. Zora wollte, dass er nie wieder aufhörte. Ihre Beine umschlangen seine Taille. Sie merkte, dass er mehr und mehr, immer tiefer in sie eindrang. Zora flüsterte seinen Namen, ihr Körper wurde heiß. Nicolai wurde von Minute zu Minute schneller, bis beide auf dem Gipfel der Lust waren, und sie ließen den Orgasmus immer schneller näher kommen. Nicolai blieb einen Moment auf ihr liegen und atmete schnell. Langsam rollte er sich von ihr, streichelte dann ihre Haare hinab zu ihrem Rücken. Sie schmiegte sich an ihn. Seine Arme hielten sie fest, sodass sie sich sicher und beschützt fühlte. Zora fühlte sich sehr wohl, sie bereute es nicht, dass sie ihre Unschuld an ihn verloren hatte. Es war ein unbeschreibliches Gefühl, wie vorsichtig er war, wie schön dieser Moment war. Er fragte sie, ob er ihr wehgetan hatte, doch sie schüttelte den Kopf und schaute glücklich zu ihm hoch, um ihm einen Kuss zu geben. Diesen Moment würde sie niemals mehr vergessen und sie wusste, egal was die Zukunft bringen würde, solange sie beide zusammen waren, konnten sie alles meistern. Nicolai küsste ihren Scheitel, hielt sie fest in seinen Armen. Als sie schon schlief, dachte er über Mario nach, hoffte, dass er ihm verzeihen konnte, was er gemacht hatte.

Kapitel 14

Penelope und Ricardo hatten sie abgesattelt und gebürstet. Sie gingen zusammen in das Haus. Danach packten sie alles aus, um es einzuräumen. Nicolai zeigte ihr das kleine Haus. Das Wohnzimmer war das größte von allen. Zora bemerkte das Klavier und fragte Nicolai, ob er spielen könnte. Er nickte, nahm ihre Hand, um sie zum Klavier zu führen. Er setzte sich neben sie, dann fing er an zu spielen. Es war eine traurige und trotzdem schöne Melodie. Zora hörte sich jeden einzelnen Ton an, denn sie wollte kein einziges bisschen vergessen, was sie und Nicolai zusammen erlebten, hörten oder fühlten. Ihr Herz wurde schwer, Tränen traten ihr in die Augen. Nicolai hörte auf zu spielen, als er sie traurig ansah. Er küsste ihr die Tränen weg, hielt sie in seinen Armen ganz fest, als könnte er so ihr Leid nehmen. „Bitte weine nicht, Schönheit." Sie klammerte sich an sein Shirt und weinte. Warum? Warum wollte Zoran das alles machen? Warum hatte sie ihn so falsch eingeschätzt? Sie wich aus seiner Umarmung, um zum Telefon zu gehen. Zora atmete tief durch, schloss für einen Augenblick die Augen. Es war Zeit, Mario anzurufen, je schneller sie es hinter sich brachte, umso besser war es. Nicolai trat hinter sie und legte ihre Haare nach hinten, als sie das Telefon nahm und die Nummer wählte. Es klingelte viermal, als eine Stimme zu hören war. „Schwarzer Clan, Mitglied Saskia dran."

„Hier ist Zora." Lange blieb es am anderen Ende stumm, und als sie Marios Stimme hörte, freute sie sich. Er hörte sich erleichtert an, als er hörte, dass Zora am Telefon war. „Rose? Bist du das wirklich? Wo bist du und wie geht es dir? Was ist passiert? Dein Bruder hat meine Villa komplett auf den Kopf gestellt, weil er dachte, du seist bei mir. Er lässt mich nicht mehr aus den Augen. Sobald ich von meinem Grundstück gehe, habe ich eines seiner Mitglieder hinter mir. Aber das ist alles nebensächlich. Bist du verletzt?" Mario hörte sich erleichtert an, dass sie dran war, aber sie hörte auch die große Besorgnis in seiner Stimme. Ihr schnürte sich die Kehle zu. Noch einmal atmete sie tief durch, bevor sie anfing zu sprechen. „Mario, es tut mir so leid, was du durchmachen musst. Mir geht es sehr gut, wirklich, ich bin sogar sehr glücklich, wo ich bin. Aber das, was ich dir sagen muss, fällt mir schwer. Ich weiß, dass du mich liebst, und auch, dass du mich heiraten möchtest, aber ich liebe jemanden anders und ich liebe ihn wirklich, Mario. Er hat mir auch geholfen von meinem Bruder wegzukommen und mir erzählt, wie wahnsinnig er ist. Ich hoffe, du bist nicht sauer auf mich und wir können Freunde bleiben." Mario blieb einen Moment still und musste anscheinend erst mal das alles verdauen, was er gerade gehört hatte. Zu ihrer Überraschung hatte seine Stimme einen sanften, liebevollen Ton. „Weiße Rose, weißt du noch, was ich dir gesagt habe, als wir zusammen zu meiner Villa zurückkehrten und du dachtest, dass ich sauer auf dich sei, weil du zu Daira gegangen bist?"

„Ja, das weiß ich noch. Du meintest, dass du mir niemals Vorwürfe machen könntest, solange ich mit meinem Herzen entscheide." Als sie daran zurückdachte, wie er sie da in den Armen gehalten hatte, sie angefleht hatte ihm so etwas nie wieder anzutun, spürte sie einen Schmerz in der Brust. „Genau und meine Gefühle für dich werden sich nie ändern, Rose. Solange du glücklich bist, bin ich es auch. Darf ich wissen, wer es ist, der dir so viel Glück ins Leben gebracht hat?" Sie schaute unsicher Nicolai an, der immer noch neben ihr stand und ihr zunickte. Zoran würde es irgendwann erfahren. „Es ist Nicolai."

„Nicolai?" In seiner Stimme glaubte sie etwas Ungläubiges zu hören. Wieder schaute sie zu Nicolai. Er nahm ihr das Telefon ab, drückte auf die Lautsprechertaste, bevor er anfing zu reden. „Nicolai hier. Damit du dich nicht wunderst, ich habe den Clan verlassen. Das war an dem Tag, als ich Zoran bei dir abgeholt hatte. Er ist wahnsinnig und lässt alle ins Verderben rennen. Das konnte und kann ich immer noch nicht mit ansehen. Zora würde sich gerne mit dir treffen, aber so wie ich hörte, lässt er dich komplett beschatten?" Es blieb eine lange Zeit still. Zora machte sich nun doch Sorgen, denn im Hintergrund hörte man ein kurzes Gemurmel von Mario. Irgendwie hatte sie das Gefühl, dass die beiden sich sehr gut kannten, wie Nicolai mit ihm sprach, ließ aber diese Gedanken wieder verschwinden. Dann kam Mario wieder an das Telefon zurück. „Zoran weiß nicht, wen er verloren hat, als er dich gehen ließ. Ja, ich werde beschattet, aber wenn sie mit mir reden will, finde ich einen Weg, sie abzuschütteln."

„Das wäre perfekt. Am besten treffen wir uns bei einer Freundin von mir. Zora will etwas von dem Siegel erfahren und bei ihr kann sie alle Fragen stellen, die sie hat. Ich gebe dir meine Nummer durch, damit du dich melden kannst, wenn du sie abgeschüttelt hast. Sobald ich die Nachricht bekommen habe, dass du dort angekommen bist, werde ich mit Zora etwa fünfzehn bis zwanzig Minuten später dort eintreffen." Mario stimmte zu und notierte die Nummer. Bevor er auflegte, sagte er noch, dass Nicolai auf Zora aufpassen solle und wenn er erfahren würde, dass er sie in irgendeiner Weise verletzte, dann würde sich Mario persönlich um ihn kümmern. Zora war erleichtert, dass das Gespräch so gut verlaufen war, und umarmte glücklich Nicolai, der sie sanft küsste. Er zündete den weißen Kamin an, wo sich beide hinsetzten. Leise tickte die Uhr an der Wand, sonst hörte man nur noch das Knistern des Feuers. Sie küsste Nicolai, während sie ihm sein Shirt auszog und sich an seinen weichen Körper schmiegte. Seine Hand glitt durch ihre Haare. Beide lagen einfach nur so da, ohne dass jemand die willkommene Stille unterbrach. Nach einer Weile sagte Zora: „Danke für gestern. Es war wunderschön."

„Bedanke dich nicht deswegen. Du hast den Wunsch geäußert und du warst dir so sicher, dass ich es nicht abschlagen konnte. Für mich war es auch wundervoll. Ich liebe dich, Schönheit."

„Ich dich auch, Liebling. Wollen wir etwas essen?" Zora hatte großen Hunger, jetzt, wo sie das Schlimmste hinter sich hatte, den Anruf bei Mario. Nicolai drückte sie noch einmal fest und gab ihr einen Kuss, bevor beide aufstanden, um in die Küche zu gehen. Er holte Putenfleisch raus, eine Tüte Reis und Ananas. Zora schaute aufmerksam zu und runzelte die Stirn. „Was hast du vor?"

„Geschnetzeltes mit Ananas und dazu eine leckere Soße mit Reis." Sie lächelte und ließ ihn alleine in der Küche. Zora ging zum Zimmer. Sie holte ein paar Sachen aus dem Schrank, weil sie baden gehen wollte. Morgen würde sie endlich Antworten bekommen wegen des Siegels und Mario wiedersehen. Ihr fiel ein Stein vom Herzen, als er Verständnis zeigte. Erleichtert war sie auch, dass er akzeptierte, dass sie nun mit Nicolai zusammen war. Endlich verstand sie, was Liebe hieß. Er war ein hervorragender Mann. Sie hätte sich keinen besseren Mann wünschen können als Nicolai. Er kochte für sie, hielt sie in den Armen, trug sie auf Händen und versuchte alles, um sie glücklich zu sehen. Obwohl er wusste, in welcher Gefahr er sein würde, hatte er sich trotzdem für Zora entschieden. Sie schwor sich alles zu unternehmen, was in ihrer Macht stand, um ihren Bruder aufzuhalten, damit sie und Nicolai eine glückliche Zukunft haben konnten. Nicolai klopfte an die Tür, bevor er eintrat. „Das Essen ist schon fertig, meine Schönheit." Zora stieg aus der Wanne, sie hatte nicht gemerkt, dass sie schon lange in der Wanne war. Nicolai rieb ihr den Rücken trocken. Dann schmiss er es in eine Ecke und zog sie an seinen Körper, küsste liebevoll ihren Hals, wobei er seine Hände über ihren Körper wandern ließ. Sie schmiss ihren Kopf zurück, in ihr brodelte das Verlangen. Sie zog ihm sein Shirt aus, biss ihn zärtlich in seinen Hals, während sie mit ihren Händen seinen Gürtel öffnete, ihn hinauszog und in eine Ecke schmiss. Danach machte sie sich an seiner Hose zu schaffen. Zora zog sie mit seiner Unterhose aus und spielte mit ihrer Zunge an seinem Glied. Seine Hände lagen auf ihrem Kopf, während sein Atmen und sein Puls schneller gingen. Sie machte langsame Bewegungen, als sie sein erregtes Glied im Mund hatte und es genoss, um seinen Schaft herum mit der Zunge zu spielen. Er stöhnte ihren Namen, seinen Kopf hatte er nach hinten gelegt, die Augen geschlossen. „Hör ... bitte ... nicht ... auf, ... Schönheit", sagte er, während er immer näher an den Orgasmus kam. Als sie dann auch noch ihre Zähne dazu nahm, die leicht über seine Haut streiften, war alles vorbei. Ganz kurz bevor er kam, hörte sie auf. Sie kam langsam und lächelnd wieder hoch, küsste ihn, ließ ihre Zunge in seinem Mund tanzen. Erst musste sie kichern, als sie seinen empörten Gesichtsausdruck sah, weil sie ihn so geärgert hatte, doch als seine Hände ihre Taille nahmen, er sie hochhob und auf das Waschbecken setzte und anschließend ganz langsam in sie eindrang, wobei er mit seiner Zunge über ihre Brüste fuhr, kam nur noch ein Stöhnen aus ihrem Mund, zusammen mit dem Wunsch, dass er schneller in sie eindringen solle. Zora konnte ihren Orgasmus nicht lange unterdrücken. Das Gefühl, wie sein Glied in sie immer wieder eindrang, war atemberaubend und ihre Hitze stieg noch schneller an, weil er mit seinen Fingern an ihren empfindlichen Stellen spielte und seine Zunge über ihre Nippel glitt. Sie schrie laut und kratzte ihm über den Rücken. Ihr Orgasmus brachte ihn dazu, auch zu kommen, und er umschlang sie mit seinen Armen, drückte sie fest an sich, als er ein letztes Mal in sie hineinstieß. Beide warteten, bis ihre Atmung und ihr Puls sich wieder normalisiert hatten. Sie trennten sich voneinander, schauten sich tief in die Augen, bevor er sie hinunter hob. Er küsste sie auf die Nasenspitze. „Nun müssten wir beide duschen oder baden", sagte Zora. Nicolai überlegte erst, wobei er sie nicht aus den Augen ließ, doch er wollte erst mit ihr essen. Sie sammelten ihre Sachen ein. Arm in Arm gingen sie in die Küche, setzten sich an den gedeckten Tisch, während Nicolai noch eine Kerze anzündete, bevor sie mit dem Essen begannen. „Du bist wirklich traumhaft, Schönheit." Ihre Augen leuchteten im Licht der Kerze. Immer wieder versank er in ihnen. Er hätte nie gedacht, dass er jemals jemanden so sehr lieben und begehren könnte wie sie. „Und du bist unersetzbar, einfach wundervoll."

Er wusch ab, während sie abtrocknete und in den Schrank stellte. Nicolai spritzte sie nass, sodass Zora aufschrie, weil sie sich erschrocken hatte. Doch das wollte sie sich nicht gefallen lassen, sie nahm ein Glas, füllte es mit Wasser und schüttete es ihm über die Brust. Bevor er sie mit dem anderen Glas erwischen konnte, rannte sie weg, durch die Tür nach draußen und lief durch die Ställe weiter zur Weide. Er rannte ihr hinterher. Auf der Weide erwischte er sie, zog sie mit einer Kraft zu sich heran, dass er ins Schwanken kam und mit ihr auf die Wiese fiel. Sie küsste ihn lachend. Seine Hände streichelten über ihren Rücken und sein Blick blieb an ihren Augen haften. Zora schmiegte sich an ihn, genoss den Wind, der sie einhüllte wie eine Decke. Sie rollte von ihm hinunter und blickte zum Himmel. „Warst du jemals so glücklich in deinem Leben, Nicolai?"

„Nein, noch nie. Ich habe allerdings auch noch keine Frau erlebt, die so wundervoll ist wie du. Du hast mich in deinen Bann gezogen, in deinen Augen schmelze ich dahin, und wenn du lachst, dann erfüllt es mein Herz mit Glück und Freude."

„Es freut mich so sehr, dass ich sofort wieder heulen könnte. Schau mal da oben, die Wolke sieht aus wie ein Pferd im Galopp." Er sah zu der Wolke, auf die sie zeigte, und lächelte, denn sie sah wirklich so aus. Sie blieben, bis es dunkel wurde, so liegen, schauten sich die Wolken an. Dabei stellten sie sich vor, was sie sein könnten. Nicolai half Zora hoch. Sie gingen zusammen zurück zum Haus, wo er für beide einen Tee kochte. Dabei bereitete er das Abendbrot vor. Danach gingen sie zusammen schlafen. Zoras Aufregung wegen des nächsten Tages wuchs immer mehr.

Am nächsten Tag fingen sie mit dem Frühstück an und einigten sich, dass jeder alleine duschen sollte, weil sie wussten, dass sie ihre Finger sonst nicht voneinander lassen konnten. Nicolai spielte auf dem Klavier, als Zora gerade die Treppen runterkam und sich neben ihn setzte. Ein Summen unterbrach ihn. Nicolai schaute auf sein Handy. „Mario ist dort angekommen. Niemand hat ihn mehr verfolgt, als er sie nach langer Zeit abschütteln konnte. Wir sollten sofort losgehen." Beide schnappten sich ihre Jacken. Bevor sie gingen, gaben sie noch Penelope und Ricardo frisches Heu und eine Möhre. Mit dem Auto waren sie in fünfundzwanzig Minuten bei Nicolais Freundin angekommen. Mario begrüßte sie mit einem Kuss auf jede Wange, vor Nicolai verbeugte er sich höflich, was Zora wunderte, denn so kannte sie ihn nicht. Danach nahm er Zora noch einmal in die Arme. Sie klopften an die Tür und eine ältere Frau öffnete ihnen. Sie hatte schwarze kurze Haare mit grauen Strähnen. Was Zora aber faszinierte, waren ihre Augen. Sie waren dunkel und schienen tief ins Innere sehen zu können. Die Frau bot ihnen Tee an. Alle drei bedankten sich bei ihr und setzten sich in ihr Wohnzimmer. Sie war eine dunkelhäutige Frau, etwas pummelig, hatte ein sehr freundliches Gesicht.

„Also um was für eine Versiegelung handelt es sich denn?", fragte sie an Zora gerichtet. Eingeschüchtert von ihr, warum wusste Zora nicht, antwortete sie unsicher: „Ich kann nicht viel dazu sagen. So wie mir erzählt wurde, ist es eine Versiegelung, die mein Aussehen, Charakter und Erinnerungen einschließt."

Die Frau starrte Zora an und wurde blass. Sie dachte nach, nickte dann langsam, dass es kaum wahrzunehmen war. „Verstehe, also gab es ein Opfer dafür. Hat sich dein wirkliches Ich schon einmal gezeigt?" Zora wollte gerade den Kopf schütteln. Doch dann sah sie Mario an. Mario erwiderte ihren Blick und sagte dann zu der Frau: „Das Siegel hatte sich dreimal kurzzeitig geöffnet. Ihr wirkliches Ich erschien, wenn Zora wütend wurde oder sehr verletzt war. Sie kam auch zum Vorschein, wenn sie verzweifelt war. Jedoch kann sie sich daran nicht erinnern. Wir wissen auch, dass ihr wahres Wesen sehr auf jemanden reagiert, mit dem sie damals zusammen war, bevor die Versiegelung durchgeführt wurde." Wieder dachte die Frau nach und bedachte Zora mit einem Blick, dass ihr unbehaglich wurde. Nicolai nahm ihre Hand. Er drückte sie leicht, um Zora aufzumuntern. Zora schloss ihre Finger um seine, versuchte das unbehagliche Gefühl zu unterdrücken, dass immer stärker wurde. „Du kennst mich noch. Oder Saphira?" Nicolai drückte ihre Hand fester. Auch Mario, der etwas zu bemerken schien, drückte sie leicht an der Schulter. Zora atmete auf einmal schneller, als sie den Namen aus dem Mund dieser Frau hörte. Es überkam sie das Bedürfnis, zu weinen. Zora merkte, wie sich ihre Augen tatsächlich mit Tränen füllten. Sie verstand nicht, warum. Ihre Lippen bewegten sich wie von selbst, als sie sagte: „Phaedra." Die Frau stand auf, ging um den Tisch herum und schaute Zora tief in die Augen. Ihr Atmen wurde schwerer, ihr wurde heiß. Sie wollte den Blick abwenden von ihr, doch die Frau umfasste ihr Kinn mit ihrer Hand, sodass sie gezwungen war, ihr weiter in die Augen zu sehen.

„Sag mir eines, Saphira, fühlst du dich wirklich immer noch von ihm angezogen? Zora liebt ihren Freund Nicolai. Du bist Zora, genauso wie sie Saphira ist. Hör auf dich zu verstecken hinter ihr und lass dich frei." Die Augen schlossen sich, sie spürte, wie Mario seine Hand wegzog, doch Nicolai hielt seine Finger immer noch um ihre umschlossen. Es rollte eine Träne an ihrer Wange hinunter, bevor Saphira die Augen öffnete und die Frau ansah, die sich damals um Zoran, Nicolai und sie gekümmert hatte, wenn die Eltern nicht da waren. Ihr Körper änderte sich. Er war nicht mehr so schlank, sondern sehr gut durchtrainiert, ihre Augen wurden lavendelfarbig, ihre Haare zu einem geschmeidigen goldglänzenden Blond und ihre Lippen wurden voller. Als sie die Frau sah, konnte sie nicht anders, als sie zu umarmen und zu weinen. Nicolai, der zu beiden blickte, wurde es warm ums Herz. Bei Mario kam ein warmes Lächeln zum Vorschein. „Mein kleines Mädchen, ist ja gut. Sag mir, warum du wolltest, dass Zora nichts weiß. Du kannst jedem etwas vorspielen, aber mir doch nicht. Eure Gefühle sind doch dieselben und der Körper. Erzähle alles, warum du die ganzen Schmerzen zugelassen hast und dich hinter Zora versteckt hast." Sie schluchzte und entschuldigte sich ein paarmal bei Phaedra. Das war zu viel für sie, die Frau zu sehen, die immer da gewesen ist und mit ihnen gespielt hatte. Die Frau, die damals die Briefe zu Leroy geschleust hatte und zu ihr. Die Frau, die damals ihre Eltern belogen hatte, damit Saphira keinen Ärger bekam. Sie konnte einfach noch nicht reden. Ihre ganzen Gefühle kamen hoch. Um ihren Körper schimmerte ein hellblaues Schild, ihr Schwert hing an ihrer linken Seite an dem breiten silbernen Gürtel. Sogar ihre Sachen hatten sich geändert. Sie hatte ein weißes Top an, was nur über ihre Brüste ging, die Halter waren über Kreuz um ihren Hals gelegt. Saphira trug einen kurzen weißen Rock mit einem Schleier hinten, der bis zu ihren Fußknöcheln ging, worauf es glitzerte, als ob man Sterne aufgenäht hätte und der Schleier der Himmel wäre. Weiße Stiefel ohne Absätze, die bis zu den Knien gingen, machten ihr Outfit komplett. Saphira hatte ihre Kräfte nicht unter Kontrolle, solange sie so überwältigt war von den Gefühlen. Tröstend strich Phaedra ihr über die Haare und flüsterte beruhigende Worte. Nicolai stand auf und streichelte über ihren Rücken. Sogar Mario strich langsam über ihre Schulter mit den Fingern. Saphira spürte ihre Liebe und Wärme. Es war ein unbeschreibliches Gefühl. Sie löste sich aus Phaedras Umarmung. Ihr Blick ging zu Mario und sie sagte: „Verzeihe mir, dass ich damals die enge Freundschaft zu dir und Leroy kaputt gemacht habe."

Dann schaute sie zu Nicolai und danach zu Phaedra. Sie setzten sich alle wieder und Saphira löste das Schutzschild um sich auf, rief das Schwert weg und ließ ihre Sachen verschwinden, sodass die normalen wieder auftauchten. Dann fing sie an alles zu erklären. „Als meine Mutter Lya mir das Siegel eingesetzt hatte, achtete sie darauf, dass ich eine neue Hülle bekomme. Also einen neuen Körper und Namen. Im Siegel war mein richtiges Ich so verschlossen, dass ich jederzeit rauskonnte. Ich wusste, dass Zora stark genug war, um alles durchzustehen, und kam nur zum Vorschein, wenn ich dachte, dass sie sich verletzen könnte oder einen Fehler begehen würde. Auch wenn sie mich aufgefordert hatte, kam ich aus dem Siegel. Ich konnte nicht raus, solange sie bei dieser Pflegefamilie war, weil das nicht unser Gebiet war. Wenn es mir möglich gewesen wäre, dann hätte ich doch nie zugelassen, dass sie so verletzt worden wäre. Als ich hier ankam, hatte ich mich so sehr an die Rolle der Zora gewöhnt, dass ich nicht mehr zum Vorschein kommen wollte. Natürlich war es falsch gewesen, so zu tun, als ob ich nichts damit zu tun gehabt hätte. Mit den Gefühlen. Aber ich wusste einfach nicht, wie es weitergehen sollte. Als Leroy mir gegenüber saß, konnte ich nicht mehr an mich halten und musste ihren Körper einfach kontrollieren. Doch wenn ich erschienen wäre, dann wäre vielleicht alles schlimmer gekommen, als es schon war. Es war ein Fehler, das weiß ich jetzt, aber Nicolai, ich werde versuchen die Gefühle zu erwidern, die Zora für dich empfand. Du warst so gut zu ihr. Ich hätte und würde niemals zulassen, dass mein Bruder seinen Plan in die Tat umsetzt. Wäre ich bei Zoran aufgetaucht, dann wäre alles noch viel schlimmer geworden. Er hätte mich dann komplett abgeschattet. Mario, ich weiß, dass ich dir vertrauen hätte können. Aber ich wusste, dass du es mir bis heute nicht verziehen hattest, was damals alles passiert ist. Als du Zora deine Liebe gestanden hast, war ich sauer. Denn ich dachte, dass du sie liebst, nicht mich. Dann hattest du auch noch zu mir gesagt, dass ich diejenige wäre, die sie quält. Das stimmte nicht, Mario. Sie empfand so viele Schmerzen deinetwegen, dass sie nicht mehr wusste, was richtig oder was falsch ist. Hätte ich mich aber eingemischt, dann hätte ich vielleicht mehr Fehler begangen. Doch was ich dazu sagen muss. Es gibt keine Entschuldigung dafür, es euch allen verheimlicht zu haben, dass ich sehr wohl alles mitbekam." Nicolai drückte sie und gab ihr einen leidenschaftlichen Kuss, wobei ihr die Tränen kamen.

„Du musst dich nicht entschuldigen. Ich liebe dich von ganzem Herzen und nichts wird daran etwas ändern können."

„Ich kann verstehen, dass du es später nicht mehr konntest, Saphira. Und um ehrlich zu sein, hatte ich irgendwo so etwas schon geahnt. Aber auch von meiner Seite wird sich nichts ändern. Denn ich wusste doch, dass Zora du bist. Wobei ich sagen muss, dass Zora wirklich unkomplizierter war als du. Vor allen hingebungsvoller." Mario lächelte sie an und Saphira umarmte auch ihn. Sie bedankte sich bei beiden. „Ich hätte niemals gedacht, dass Nicolai mich ausgerechnet zu dir bringt. Aber ich bin froh, dass alles ein Ende hat. Jetzt wo ich mich nicht mehr verstecken muss und mein ganzes Wissen benutzen kann."

Sie unterhielten sich noch eine ganze Weile über die alten Zeiten, und was alles bis heute passiert war. Mal fielen Tränen, mal lachten sie zusammen. Abends gingen Mario, Nicolai und Saphira zusammen zu ihnen nach Hause.

„Wenn Zoran herausfindet, dass Saphira bei mir ist, wird er nicht lange warten, um mich anzugreifen. Würdest du uns unterstützen, wenn es zu einem Kampf kommen sollte?"

„Es ist mir eine Ehre, an deiner Seite zu kämpfen, Nicolai. Was Zoran macht, ist nicht nur wahnsinnig, sondern auch gefährlich für die Zukunft der Clans."

„Und ich werde mit Leroy sprechen, ich bin mir sicher, dass auch er uns unterstützen würde."

„Das ist eine gute Idee, Saphira. Doch was wäre, wenn er etwas dafür verlangt?"

Saphira wusste, was Nicolai meinte, aber wenn er wirklich verlangen sollte, dass sie seine Frau werden sollte, dann verzichtete sie lieber auf die Unterstützung.

„Dann wird es zu keiner Vereinbarung kommen. Ich gehöre dir, Nicolai, nur dir allein und niemand wird mich von dir trennen können, weder Zoran noch Leroy. Das, was ich gespürt habe, was Zora empfand, kann ich nicht abschalten. Ja, ich bin Leroy um den Hals gefallen, weil ich überwältigt war, aber keiner würde eine Liebe so sehr erwidern können wie du." Sie küsste ihn. Es selber nun zu spüren, ohne dass Zora im Weg war, war noch schöner. Sie fühlte wirklich dasselbe für Nicolai, wie Zora es gefühlt hatte. Saphira holte den Kaffee aus der Küche. Jeder bekam eine Tasse und Saphira setzte sich wieder an Nicolais Seite. „Wenn ihr mit Leroy gesprochen habt, könnt ihr mich informieren, und auch wenn ihr etwas von Zoran erfahrt. Ich bin mal gespannt, wie lange es noch dauern wird, bis er alles herausfindet. Jedenfalls bin ich jederzeit zu erreichen und mein Clan wird kampfbereit sein. Sobald ich etwas höre, werde ich euch informieren." Sie verabschiedeten sich voneinander. „Möchtest du schon ins Bett?" Saphira schüttelte den Kopf. „Noch nicht, ich wollte noch mal ein Bad nehmen."

„Ich habe eine Überraschung für dich. Würdest du im Wohnzimmer bleiben, bis ich dich holen komme?" Saphira ging ins Wohnzimmer und schloss die Tür hinter sich, wie Nicolai es wollte. Er ging hinauf in das Badezimmer, stellte Kerzen am Rand der Badewanne auf und zündete sie an. Dann holte er zwei Weingläser, zusammen mit einer Flasche Wein. Zum Schluss ging er hinunter, vor die Tür. Er nahm ein paar Rosen und ging wieder zurück ins Badezimmer. Die Wanne hatte er schon mit Wasser gefüllt. Nun nahm er die Blüten von den Rosen und streute sie hinein. Er überprüfte, ob er alles hatte, schenkte noch schnell den Wein ein und nickte dann. Im Schlafzimmer holte er ein schwarzes Tuch und faltete es sorgfältig zusammen. Saphira wartete ungeduldig im Wohnraum. Als Nicolai endlich reinkam, wollte sie auf ihn zugehen. Saphira hielt aber in der Bewegung inne, als sie sah, dass Nicolai eine Art Augenbinde in der Hand hielt. Er lächelte und sagte: „Überraschung, Schöne. Ich muss dir leider die Augen verbinden, bevor ich dich zum Zimmer begleite." Er trat hinter sie und verband ihr die Augen. Langsam führte er sie zum Badezimmer. Nicolai schloss die Tür hinter sich, bevor er ihr langsam die Augenbinde abnahm. Saphira blinzelte. Als sie sah, was Nicolai getan hatte, schlug sie ihre Hände vor den Mund und schaute Nicolai fassungslos an.

„Das hast du für mich getan?"

„Siehst du hier sonst noch jemanden, für den ich das getan haben könnte?"

Sie schüttelte ungläubig den Kopf und blickte sich im Badezimmer um. „Das ist unglaublich. Du bist verrückt. Ich bin doch nicht mehr Zora."

„Ich glaube nicht, dass die wirkliche Saphira, die in Zora eingeschlossen war, schlimmer sein könnte. Und du liebst mich genauso. Ich habe nicht aufgehört dich zu lieben, Saphira, nur weil du jetzt endlich wieder die von damals bist."

Als sie sich wieder zu ihm drehte, riss sie die Augen auf. Nun konnte sie die Tränen nicht mehr verbergen. Nicolai kniete vor ihr mit einer Schachtel in der Hand. Ihre Beine fühlten sich an, als würden sie jeden Moment nachgeben.

„Saphira, du bist die wundervollste Frau, die ich jemals kennengelernt habe. Ich habe mich sofort in dich verliebt, als du in meinen Armen lagst, als wir geflohen sind. Noch mehr habe ich mich in dich verliebt, als wir zusammen im Heu lagen. Ich möchte dein Lachen jeden einzelnen Tag hören. Deinen Geruch jeden Tag wahrnehmen. Deine Wärme immer spüren. Ich möchte mit dir jeden Tag wach werden und jeden Abend mit dir zusammen einschlafen. Du sollst die Mutter meiner Kinder werden. Die Frau an meiner Seite, die ich lieben und ehren möchte. Ich möchte für dich Musik komponieren, die Sterne vom Himmel holen und jeden Moment mit dir festhalten. Jeden Weg will ich mit dir zusammen gehen. Jedes Problem mit dir zusammen meistern. Saphira, ich möchte nie wieder ohne dich einen Schritt in meinem Leben machen. Möchtest du meine Frau werden?"

„Aber das war mit Zora!", sagte sie mit erstickter Stimme und Tränen in den Augen. „Ob du es wahrhaben willst oder nicht. Du warst dabei. Willst du mich heiraten, Saphira?" Sie konnte nicht reden, sie hielt sich immer noch eine Hand vor den Mund und die Tränen liefen ihr über die Wangen. Nicolai stand auf, um Saphira in die Arme zu schließen. „Ja, ich will deine Frau werden und jede Sekunde meines Lebens mit dir verbringen. Ich liebe dich, Nicolai, für immer und ewig."

Kapitel 15

Saphira erwachte neben ihrem Liebsten. Sie streichelte über seine weichen blonden Haare. Mit einem Lächeln schaute sie sich den Ring an ihrem Finger an. Immer wenn Saphira dachte, es könnte gar nicht mehr schöner werden in ihrem Leben, belehrte sie Nicolai eines Besseren. Sie wollte noch nicht aufstehen und kuschelte sich mit dem Rücken an seinen warmen Körper. Saphira nahm seine Hand und legte sie über sich, ihre Finger um seine geschlossen. Nicolai wurde langsam wach. Er hob seinen Kopf, um sie anzusehen. Sein Daumen streichelte über ihren Handrücken, seine Lippen küssten sie sanft am Hals. Saphira schloss ihre Augen, um diesen Moment komplett auskosten zu können. Langsam legte er sich auf ihren Rücken. Seine Hände legten sich auf ihre und die Finger umschlossen sich wieder. Er küsste sie langsam den Rücken entlang. Sie spürte, wie ihre Haut zu kribbeln begann, und hob ihren Hintern. Sein Glied war erregt, langsam glitt er in sie rein. Saphira holte tief Luft, hob den Kopf, als ein Stöhnen aus ihrem tiefsten Inneren kam. Nicolai umklammerte ihre Finger noch mehr, als er immer wieder langsam von hinten in sie eindrang. Er würde sie nie wieder gehen lassen, nur über seine Leiche. Saphira spürte dieses intensive Gefühl, wurde davon überschwemmt. Es gab nur sie beide, keiner konnte sie beide trennen. Als beide den Höhepunkt erreicht hatten, schloss er sie wieder in seine Arme, nachdem er von ihr hinuntergerollt war. Saphira richtete sich auf, um ihm einen Kuss zu geben. Danach stieg sie aus dem Bett und warf sich einen Seidenbademantel über, bevor sie runter zur Küche ging. Aus dem Kühlschrank nahm sie ein paar Eier und Speck. Sie schmierte Brötchen und legte alles auf ein Tablett. Glücklich ging sie wieder ins Schlafzimmer, als alles fertig war. Neben ihrem Bett stellte sie das Tablett ab, stieg auf Nicolais Rücken und küsste diesen. Sie massierte ihn und Nicolai schnurrte wie ein zufriedener Kater. „Ich habe Frühstück mitgebracht", flüsterte sie ihm ins Ohr, als sie sich über ihn gebeugt hatte. Zufrieden holte er tief Luft, drehte sich zur anderen Seite, wo er wieder die wunderbaren Augen sah, die ihn anfunkelten. Er richtete sich auf im Bett, nahm sich ein Brötchen, eine Tasse mit Kaffee und etwas Speck. Als sie nach dem langen Frühstück fertig waren, umarmte Nicolai sie und biss sie zärtlich in die Schulter.

„Du bist mein wunderbarer Engel. Aber an deine neue Augenfarbe muss ich mich erst einmal gewöhnen", sagte er mit einem Grinsen, wobei seine Grübchen wieder zum Vorschein kamen. Sie lächelte, als sie die Tassen und die Teller auf das Tablett stellte. Nicolai ging duschen, als sie in der Küche alles säuberte. Er ging hinunter, blickte dann erstaunt Saphira an. Sie hatte schwarze Leggings an, zusammen mit einem rosafarbenen karierten Hemd, das sie unter ihrer Brust zusammengebunden hatte, sodass es bauchfrei war. Sie trug einen beigefarbenen Cowboyhut und schwarze Reiterstiefel, die bis zu den Knien gingen. Ihr Lächeln verzauberte ihn stets aufs Neue. Sie war absolut die perfekte Frau für ihn. „Möchtest du ausreiten?"

„Ricardo könnte etwas Auslauf gebrauchen, finde ich. Möchtest du mit?"

„Ich würde sterben, wenn ich auch nur eine Sekunde ohne dich hier wäre." Er rannte die Treppe hoch, nahm seine schwarzen Cowboystiefel und den schwarzen Hut und ging zum Stall, wo Saphira schon dabei war, Ricardo zu satteln. Saphira schaute ihn an und schürzte die Lippen, bevor ein Grinsen über ihre Lippen kam. „Also wenn ich dich so ansehe, fallen mir viele Möglichkeiten ein, die ich gerne machen würde mit dir. Aber bestimmt nicht ausreiten." Nicolai schob den Hut etwas hoch, gab Saphira einen Kuss, was Ricardo natürlich nicht mochte und ihm in sein Hemd biss, um ihn wegzuziehen. Saphira musste lachen, weil Ricardo ihn so hinter sich hergezogen hatte, dass Nicolai rückwärts lief und auf sein süßes Hinterteil fiel. Böse funkelte er Ricardo an, während er aufstand und Ricardo ihn mit seiner Schnauze immer wieder zurück auf den Boden schubste. Saphira nahm seine Zügel, damit sie ihn wegziehen konnte von Nicolai, während sie ihm eine saftige Karotte hinhielt.

„Langsam sollten wir uns mal unterhalten von Mann zu Hengst, Ricardo."

Saphira kicherte, band Ricardo fest, bevor sie zu Nicolai hinüberging. Sie glitt wieder durch seine Haare und küsste ihn auf seine Nase. „Ich glaube nicht, dass es nötig sein wird. Du kannst nämlich viel mehr Sachen mit mir machen als Ricardo." Als sie das sagte, schob sie ihre Hand in seine Hose. Nicolai nahm sie an den Hüften und zog sie zu sich. Seine Augen leuchteten, als Saphira langsam in seiner Hose über sein Glied strich. „Wenn du wirklich ausreiten … oh Gott … mach so weiter und ich lege dich hier flach, Engel." Saphira hörte nicht auf, deshalb hob er sie über die Schulter, trug sie in den Stall und legte sie in das Heu. Er öffnete ihre Bluse, liebkoste ihre Brüste, ließ seine Hand unter ihre Leggings wandern und zog sie runter. Auch er hatte seine Jeans runtergezogen. Nicolai hob ihr Bein über seine Schulter und drang so kräftig und schnell in sie ein, dass Saphira sich in das Heu krallte und laut zu schreien anfing. „Du bist … wahnsinnig … Liebling." Noch komplett außer Atem, öffnete sie ihre Augen, um die Augen ansehen zu können, die wie Sterne funkelten. „Ich habe dich gewarnt", sagte er zu ihr, als er aufstand und sie frech angrinste. „Soll ich Ihnen aufhelfen, Ma'am?"

„Du verdammter …", mitten im Satz rappelte sie sich auf und rannte Nicolai hinterher, der die Flucht ergriffen hatte. Er war ja nicht blöd und sprang in den Sattel von Penelope und galoppierte davon. *Was du kannst, kann ich schon lange*, dachte sie. Saphira schwang sich auf Ricardo. Gleich danach ließ sie ihn sein schnellstes Tempo laufen. Ricardo war schneller als Penelope, deswegen hatten die beiden Nicolai mit Penelope schnell eingeholt. Saphira bemerkte nicht, dass sie auf einer Blumenwiese waren, bis Nicolai anhielt. Ihre Augen leuchteten, als sie all die Blumen sah und ihren Duft wahrnahm, der vom Wind zu ihr hinübergetragen wurde. Saphira konnte nicht anders, als den Duft tief einzuatmen. Nicolai ritt zu ihr hin und beobachtete sie. Wenn sie glücklich war, dann war er es auch. Er liebte es, wie ihr Haar im Wind wehte.

„Ich möchte dir etwas zeigen, Engel." Er ritt vor. Saphira immer dicht hinter ihm her. Dann trabten sie nur noch, bis sie an einem Haus ankamen, das direkt mitten auf der Blumenwiese stand. Sie blieben vor einem weißen Tor stehen, das zwei Herzen eingraviert hatte. Nicolai stieg ab, um Penelope an dem weißen Zaun zu befestigen. Saphira machte es ihm nach. Er griff ihre Hand, sodass sie den weißen gepflasterten Weg zusammen langgingen. Saphira blieb nach Luft ringend stehen, als sie sah, was Nicolai ihr zeigen wollte. Dort hatte er ein großes Schild stehen, auf dem stand: Für den schönsten Engel, den ich über alles liebe. „Das … das …"

„Das ist dein Haus, Engel. Ich habe es schon vor lange Zeit gebaut, aber niemanden gefunden, dem ich es überlassen wollte. Als ich dich sah, dachte ich, es würde perfekt zu dir passen." Hinter dem Haus war ein großer Pool. Neben dem Stall für die Pferde war eine Reitanlage und direkt dahinter eine Wiese, wo die Pferde weiden konnten. Vor der Haustür stand eine Bank, hinter der ein Gitter befestigt war, an dem sich Efeu hochschlängelte. Vor den Treppen stand ein kleiner Brunnen, aus dem Vögel trinken konnten. Neben dem Pool war ein weiterer Zaun, der einen großen Spielplatz für Kinder vom Pool trennte. Saphira konnte das alles nicht glauben und sank auf die Knie. Nicolai ging zu ihr, weil er sich Sorgen machte, bis er die Freude in ihrem Gesicht sah. Solange sie in Ruhe leben konnten, wollte er ihr alles geben, was er hatte, und ihr jeden Tag aufs Neue versüßen. Nicolai wusste, dass sie auch glücklich gewesen wäre mit einer alten Hütte, solange sie beide nur zusammen sein konnten. Doch er war der Meinung, dass dieser Engel mehr als nur eine alte Hütte verdiente. Nur mit Mühe konnte sie sich wieder aufrichten. Nicolai legte seinen Arm um sie, weil er befürchtete, dass sie wieder zusammenbrechen könnte, und führte sie in das Haus. Es hatte ein großes Wohnzimmer. An die Küche grenzte ein großer Speisesaal. Oben befand sich ein liebevoll eingerichtetes Kinderzimmer. Daneben ein großes Schlafzimmer. Gegenüber war ein Jugendzimmer. Wieder daneben ein Arbeitszimmer. Dann gingen sie noch eine Treppe höher. Dort gab es zwei Türen. Hinter einer war ein großer Leseraum, auf der gegenüberliegenden Seite das große Badezimmer, wo eine große Wanne stand. Dort passten mindestens zwei bis drei Leute rein. An der Wanne und den Waschbecken waren die Hähne in Gold getaucht. Saphira schüttelte den Kopf und hielt sich an Nicolai fest, weil ihre Beine nachzugeben drohten.

„Es ist … nein, dafür gibt es keine Worte."

„Ich wusste, dass es dir gefallen würde. Hoffentlich werden es unsere Kinder auch so sehen, wenn wir welche haben." Er küsste sie auf ihre Schläfe. Sie gingen wieder hinunter zu den Pferden. Saphira war immer noch überwältigt von diesem Ereignis und wusste immer noch nicht, was sie sagen sollte. Sie wünschte sich von ganzem Herzen, dass sie beide eine glückliche Familie werden könnten.

Nachdem sie wieder zu Hause angekommen waren und die Pferde versorgt hatten, gingen sie in das Wohnzimmer. Saphira hatte sich von dem positiven Schock erholt. Jetzt wollte sie das mit Leroy hinter sich bringen, damit sie es so schnell wie möglich hinter sich hatte. Sie war immer noch die starke Frau, doch merkte sie auch, dass sie es genoss, selber von jemandem beschützt zu werden. Sie vermisste ihre Mutter sehr. „Es ist besser, wenn ich ihm nicht zu viel verrate. Wenn er nicht bereit ist auf unserer Seite zu stehen, dann müssten wir damit rechnen, dass er meinem Bruder alles erzählt."

„Du kennst Leroy besser als wir alle. Deshalb vertraue ich dir." Saphira nahm das Telefon und wählte die Nummer vom Blutclan. Es überraschte sie nicht, dass Leroy gleich nach dem zweiten Klingeln abnahm. „Anführer des Blutclans."

„Guten Tag, Leroy." Es wurde still. *Warum sagen alle nichts am Anfang, wenn die mich hören?*, dachte sich Saphira. „Zora …"

„Nein, Saphira bitte. Lange Geschichte, deshalb rufe ich aber nicht an."

„Zoran sucht dich überall und dreht total durch. Hast du gerade Saphira gesagt? Meine Saphira?"

„Ja, ich habe Saphira gesagt, aber ich bin nicht *deine* Saphira. Nicht mehr zumindest. Es war damals so gewesen und ist Vergangenheit. Ich glaube, man sollte die Vergangenheit ruhen lassen. Wegen Zoran rufe ich an, ich möchte dich fragen, ob ich deine Hilfe bekomme."

„Vergangenheit ruhen lassen? Weißt du überhaupt, wie ich gelitten habe?"

Saphira verdrehte die Augen. Zum Glück sah er das nicht. Natürlich konnte sie es erahnen, sie hatte schließlich gesehen, wie glücklich er vor ein paar Tagen gewesen war. Doch jetzt ist Nicolai bei ihr und sie wollte ihn heiraten. „Ja, ich weiß das. Was glaubst du denn, wer dir um den Hals gefallen ist? Es ehrte mich, dass du noch an damals gedacht hast, aber jetzt ist heute."

„Hast du einen anderen?"

„Ja."

„Wen?"

„Das geht dich nichts an, Leroy. Wie gesagt, ich habe nur angerufen, weil ich dich um Hilfe bitten wollte gegen meinen Bruder."

„Du weißt, dass ich es herausfinden werde. Zufällig weiß ich, dass es zumindest nicht Mario ist. Warum sollte ich dir helfen?"

„Weil du mich immer noch liebst, Leroy. Du würdest nicht wollen, dass mir etwas passiert."

„Wenn ich dir helfen würde, dann auch deinem Freund. Das wiederum sehe ich nicht ein. Lieber helfe ich deinem Bruder und vernichte deinen Kerl, damit du wieder nur mir alleine gehörst."

„Als ob mein Bruder das zulassen würde. Wenn du ihm helfen würdest, und nehmen wir mal an, ich würde dann zu dir zurückkehren, wärst du der Nächste, dessen Kopf er will." Leroy lachte am anderen Ende und Saphira biss die Zähne zusammen, so sauer war sie. „Das kann er gerne versuchen. Wir haben doch beide gesehen, wie es geendet hat. Wie ein Feigling kroch er zu Mario und bettelte um Hilfe. Ich helfe dir nur, wenn du wieder zu mir zurückkehrst."

„Träume weiter, Leroy." Mit diesen Worten legte sie auf. Saphira ballte die Hände zu Fäusten und schlug gegen die Wand. „Au!"

„Engel, was machst du denn? So schlimm?" Nicolai nahm ihre Hand und küsste sie. Seine Hand strich die Strähnen aus ihrem

Gesicht und er streichelte mit dem Daumen über ihre Lippen. „Was habe ich denn erwartet? Dass er genauso ist wie Mario? Er war nie so gewesen, warum habe ich das überhaupt erst versucht?"

„Weil du Hoffnung hattest." Saphira ging nach draußen zu Ricardo. Er schaute sie mit großen schwarzen Augen an. Als ob er ihre Wut und Enttäuschung spürte, stupste er sie an und legte seinen großen Kopf an Saphiras Arm. Sie tätschelte seinen Hals und gab dem Hengst einen Kuss. „Du bist genauso süß wie mein Verlobter." Ricardo schnaubte, als würde er sagen wollen, ich bin viel besser als er, wobei Saphira anfing zu kichern. Sie hatte sich einfach an Nicolai vorbeigedrängt, weil sie einfach alleine sein musste. Es ging ihr einfach nicht in den Kopf, dass Leroy wirklich so sicher war wegen Zoran. Sie ging in Ricardos Stall und setzte sich. Ricardo legte sich in das Heu. Danach stupste er Saphira mit seiner Nasenspitze an. Saphira lächelte wehmütig und lehnte sich leicht an ihn.

„Saphira!" Sie hörte jemanden ihren Namen rufen. Saphira war aber noch im Halbschlaf, um genau erkennen zu können, zu wem die Stimme gehörte. Sie war in der Box bei Ricardo eingeschlafen, welcher nun an ihren Haaren knabberte. Im Unterbewusstsein hörte sie Schritte, die näher kamen. Dann blieben sie, wie es sich anhörte, vor der Box stehen. „Saphira, hier bist du ja."

Sie öffnete die Augen und hielt sich den Arm vor das Gesicht, weil das Licht blendete. „Nicolai?" Sie hörte, wie er erleichtert ausatmete. Anscheinend hatte er sie überall gesucht und sich große Sorgen um sie gemacht. Saphira stand auf, öffnete die Tür der Box, um zu Nicolai zu treten. Er drückte sie so fest an sich, dass sie dachte keine Luft mehr zu bekommen, bis er seinen Griff lockerte. „Ich wollte nicht, dass du dir Sorgen machst, Liebling."

„Das ist halb so schlimm, solange es dir relativ gut geht. Die ganze Sache macht dich fertig und kaputt. Es zerbricht mir das Herz, dich so zu sehen."

„Küss mich." Nicolai ließ es sich nicht zweimal sagen und gab ihr einen langen leidenschaftlichen Kuss. Er hob sie auf die Arme, trug sie ins Haus zum Schlafzimmer und legte sie ins Bett. „Ich will nicht schlafen", protestierte sie. Doch Nicolai ließ sich nicht beirren. Deshalb drückte er sie leicht wieder zurück ins Bett. Bevor er rausging, küsste er sie auf die Stirn. Danach befahl er ihr im Bett liegen zu bleiben, damit sie sich ausruhte. Ihr blieb nichts anderes übrig, als zu gehorchen. Deswegen drehte sie sich zur Seite, zog die Decke bis unter ihr Kinn und schloss die Augen.

Nicolai trank ein Glas Wein. Ihm fiel es schwer, seine Wut unter Kontrolle zu bringen. Leroy hatte sie verletzt, und das konnte er nicht leiden, wenn man seinem Engel etwas antat. Seelisch oder körperlich war völlig egal. Ihre Hand war immer noch rot und leicht angeschwollen nur wegen diesem Idioten. Nicolai ging zu einem Schrank, aus dem er eine schmerzlindernde Salbe holte, zusammen mit einer Binde. Leise ging er in das Schlafzimmer. Saphira atmete ruhig, was ihm versicherte, dass sie eingeschlafen war. Sie bemerkte nicht, dass Nicolai ihre Hand verband. Er schob die Decke etwas weiter runter, weil das Zimmer sehr warm war. Langsam ließ er seine Finger über ihren Körper gleiten. Am liebsten wäre er zu Leroy gegangen und hätte mit ihm gekämpft, doch er wusste, dass Saphira sich nur Sorgen machen würde, wenn er nicht da wäre. Nicolai ging wieder leise hinunter ins Wohnzimmer, wo er sein Handy nahm und ein paar Erledigungen machte wegen der Hochzeit. Der Termin war in zwei Monaten festgesetzt, genau an dem Tag, an dem das große Tanzfest war, wo sich alle Clans trafen. Ein Tag im Jahr, wo sie alle friedlich miteinander umgingen. Die Torte war bestellt und das Essen war geplant. Dekoration, Musik und der Ort waren festgelegt. Nicolai konnte sich alles schon bildlich vorstellen, wie alles ablaufen würde. Für seinen Engel hatte er extra eine Kette anfertigen lassen, wo ein Engel auf einem Medaillon eingraviert war. Die Flügel hatte er mit vielen kleinen Diamanten verzieren lassen. Das Medaillon konnte man zweimal öffnen. Auf der linken Seite war sein Bild drin, auf der rechten ihres und in der Mitte sah man beide zusammen, als sie sich küssten. Um das Bild stand: Eine Liebe für immer. Er holte sein Handy raus und rief Mario an. „Nicolai, gibt es etwas Neues?"

„Saphira hat heute Leroy angerufen. Wie wir beide schon ge- ahnt haben, steht er nicht auf unserer Seite. Er sagte zu Saphira, dass er lieber mit Zoran kämpfen würde, als sie zu unterstützen, wenn sie nicht seine Frau werden würde. Sie war so wütend, dass sie sich ihre Hand an der Wand verletzt hat."

„Das heißt schon mal, dass wir es mit Zoran und Leroy zu tun haben werden, wenn es zu einem Kampf kommt."

„Ja. Ich würde Leroy am liebsten den Kopf von seinem Hals reißen, weil er Saphira mit seinen Worten verletzt hat."

„Das bringt nichts, das weißt du genauso gut wie ich. Im Gegenteil, dadurch würdest du den Krieg nur herbeibeschwören. Das ist das Letzte, was Saphira jetzt braucht. Wie geht es ihr?"

„Sie ist psychisch total erschöpft und schläft gerade. Vorhin habe ich sie überall gesucht, da lag sie in der Box bei einem unserer Pferde. Saphira will es aber nicht zugeben, dass sie das alles fertigmacht."

„Vielleicht möchte sie nicht, dass du dir zu große Sorgen um sie machst und versteckt es deshalb so gut wie möglich vor dir."

„Kann möglich sein. Aber wie lange wird sie das alles noch aushalten können? Wenn sie mir zusammenbricht, dann ist es mir egal, ob ein Krieg kommt oder nicht. Dann werden Zoran und Leroy dafür büßen."

„Ich stehe voll und ganz auf deiner Seite. Der Schwarze Clan bzw. Todesclan wird immer über sie wachen und nicht zulassen, dass ihr etwas passiert. Da du sie glücklich machst und sie dich von Herzen liebt, gilt das Gleiche auch für dich."

„Danke dir. Hast du etwas in Erfahrung bringen können?"

„Nein, es gibt nichts Neues. Zoran wütet zwar überall herum, hat aber nicht die leiseste Ahnung, dass sie bei dir ist. Glaubst du wirklich, dass er es wagen wird, dich anzugreifen, jetzt wo unsere Meisterin erwacht ist und dazu Herrscherin der Clans?"

„Zoran ist alles zuzutrauen. Er hat damals klar und deutlich zu verstehen gegeben, dass niemand seine Schwester bekommt. Hättest du seinen Blick dabei gesehen, dann wüsstest du, dass es ihm todernst ist und er über Leichen dafür geht."

„Das stimmt. Ich frage mich, wie sie später mit der ganzen Wahrheit umgehen würde. Wirst du ihr das alles erzählen?"

„Später, wenn die Hochzeit vorbei ist. Jetzt hat sie wirklich andere Sorgen. Warum hat Lya ihr nicht die Wahrheit anvertraut? Hatte sie Angst?"

„Ich weiß es nicht. Ich bin aber trotzdem wütend auf dich. Du weißt, dass sie mir gehört." Nicolai lachte kurz. Aber Mario hatte recht. Das, was Nicolai gemacht hatte, war unterste Schublade. Doch er konnte es nun auch nicht mehr ändern, genauso wie Mario. Mario versprach Kontakt zu Daira aufzunehmen, damit er versuchen konnte wenigstens sie auf ihre Seite zu bekommen. Er fügte aber schnell hinzu, als Nicolais Skepsis zu hören war, dass er nicht zu viel verraten würde und auch sein Name nicht erwähnt würde. Nicolai bedankte sich bei ihm und legte auf. Es war nur noch eine Frage der Zeit, bis der Krieg stattfand. Er ging zu einem Bild, das er abnahm. Dahinter war ein großer Safe. Nicolai tippte den Pin ein und öffnete die Tür. Sein Schwert leuchtete, als er es herausnahm. Die Silberschwingen werden wieder erwachen, jetzt wo ihre Anführerin wieder da war.

Kapitel 16

Mario stand am Fenster und dachte nach, wie er am besten Daira überzeugen könnte, dass sie an seiner Seite kämpfte. Es wunderte ihn jedoch, dass Zoran und Daira nicht schon längst ausgepackt hatten bei den Clans, wer er war. Sie wussten doch beide, dass sie ihn so loswerden könnten. Irgendwas führten beide im Schilde. Jetzt wo Saphira endlich wieder da war und nicht mehr Zora war, kamen die Clans wieder zum Vorschein. Weißer Clan, Goldener Clan, Blutclan, Schwarzer Clan, Todesclan und die Silberschwingen. Leroy würde an Zorans Seite kämpfen, somit würde Mario mit seinen Clans gegen seinen ehemaligen Freund kämpfen. Um Zoran konnten sich Saphira und Nicolai alleine kümmern. Beide gehören zu den stärksten, die es gab. Es traute sich keiner, gegen die Silberschwingen zu kämpfen, bis zum großen Krieg damals. Das war der Untergang für die Eltern aller. Mario hatte keine Angst, denn er liebte Saphira und kämpfte mit den Silberschwingen zusammen. Es wunderte ihn allerdings, dass Leroy wirklich der Meinung war, er sei sicherer an Zorans Seite. Aber er wusste auch nicht, dass Nicolai nicht mehr im Weißen Clan war. Dass er erfahren hatte, dass Saphira wieder die war, die sie wirklich war, hieß noch lange nichts. Der Krieg stand bald vor der Tür und seine Clans waren bereit Saphira und Nicolai bis zum Tod zu beschützen. Mario hatte nicht umsonst mit seinem Clan so lange gegen den Todesclan gekämpft. Durch Mario waren sie ein Clan mehr, denn Mario gehörten zwei Clans. Der Todesclan gehörte seit Jahren nun ihm und nun war es an der Zeit, zu zeigen, dass er den größten Clan hatte. Niemand wusste, wie der Anführer damals fiel, und keiner wusste, dass die Mitglieder jetzt zu dem Schwarzen Clan gehörten. Noch nicht einmal Daira hatte eine Ahnung davon. Er wollte nicht viel Zeit verlieren und rief Daira an. Nachdem das Telefonat beendet war, ließ er sich auf den Sessel fallen. Zoran war schlauer, als er gedacht hatte. Doch wenn er alles schon geplant hatte, dann musste es doch heißen, dass er wusste, wo Saphira war. Warum hatte er sich dann nicht schon längst bei Nicolai blicken lassen? Mario musste Nicolai und Saphira warnen.

„Verstehe, danke."

„Wer war das?" Nicolai drehte sich zu Saphira herum. Sein Blick war eiskalt, sodass Saphiras Herz kurz stillstand. Er erzählte ihr alles, was Mario ihm gerade gesagt hatte. Sie konnte es sich denken, nein, sie wusste es schon, seit Nicolai ihr erzählt hatte, dass Mario versuchen wollte Daira auf ihre Seite zu ziehen. Doch das war es nicht, was sie beunruhigte. Nun war es sicher, dass der Kampf früher stattfinden würde, als alle gedacht hatten. Nicolai nahm sie in die Arme und streifte mit seinem Kinn über ihre Haare. Für einen Moment war sie erstarrt von der Nachricht, doch dann beruhigten sich ihre Nerven wieder. Sie war nicht mehr Zora, hinter der sie sich versteckte. Wenn ihr Bruder jetzt alles unternahm, dann mussten sie auch handeln. „Zieh dich an und nimm genug haltbares Essen mit und viel Trinken."

„Engel, was hast du vor?"

„Wir beide, mein Liebling, werden die Silberschwingen auferstehen lassen."

Er holte sein Schwert aus dem Safe. Saphira verwandelte ihre Sachen zu ihrer Kriegskleidung, wo ihr Schwert an dem Gürtel hing. Sie packten zusammen so viel ein, wie sie und die Pferde tragen konnten. Im Stall sattelten sie die Pferde, nahmen zusätzliches Gemüse und Obst für Penelope und Ricardo mit und ritten hinaus. Saphira wusste, dass sie Leroy nicht brauchen würden, denn sie war die Herrscherin aller Clans und Anführerin des stärksten Clans, den es gab. Die Silberschwingen.

Leroy lief im Zimmer hin und her. Dass Saphira nun wirklich aus dem Siegel erwacht war, konnte er immer noch nicht fassen. Aber wer war dieser Typ, mit dem sie zusammen sein sollte? Zoran hatte sie immer noch nicht gefunden, was schon untypisch war für ihn. War irgendetwas vorgefallen, wovon er noch nichts wusste? Leroy beschloss Zoran selbst anzurufen. Sie hatten vor kurzem zwar erst einen Krieg, der abgebrochen wurde, aber er musste wissen, was hier los war. Er hatte eine Verantwortung für seinen Clan, die er sehr ernst nahm. Leroy nahm das Handy aus der Tasche, klappte es auf und wählte die Nummer. Er wollte gerade auflegen, als Zoran sich meldete.

„Grüße dich, Zoran."

„Loitador? Was willst du?"

„Dir meine Hilfe anbieten Saphira zu finden. Sie hat sich bei mir gemeldet. Saphira hat das Siegel gebrochen."

„Sie hat sich bei dir gemeldet? Worum ging es?"

„Saphira wollte Hilfe von mir, wegen dir. Ich habe abgelehnt, weil sie einen Freund hat, und gesagt, dass sie nur mit meiner Hilfe rechnen könnte, wenn sie wieder zu mir zurückkommt, wo sie hingehört. Bevor eure Eltern uns getrennt haben."

„Sie hatten allen Grund dazu gehabt, euch zu trennen. Wer soll ihr Freund sein? Ihr bedeutet doch nur Mario etwas. Soll das heißen, dass sie …"

„Dass sie was? Gibt es etwas, was die Clans wissen sollten?"

„Wenn sie nicht bei Mario ist und auch nicht bei dir, bleibt nur noch einer. Damals hat Nicolai meinen Clan verlassen. Er war sehr angetan von ihr. Sie kann nur noch bei ihm sein."

„Wo wohnt er?"

„Das habe ich noch nicht herausgefunden. Aber er hat sein Schwert mitgenommen. Wenn Saphira nun das Siegel gebrochen hat und wirklich mit Nicolai zusammengekommen sein sollte, heißt das …"

„Dass die Silberschwingen wieder existieren."

„Richtig. Jetzt wo die Herrscherin mit ihm zusammen ist, gibt es keinen Grund mehr für beide, die Silberschwingen nicht wieder auferstehen zu lassen."

„Ich sage es nur ungern, aber du kannst auf den Blutclan zählen im Kampf. Die Silberschwingen hätten nie wieder erwachen sollen."

„Du hast recht, aber das ist auch der Grund, warum sie von mir ferngehalten wurde. Wenn sie alleine geblieben wäre, hätte sie keinen Grund gehabt. Nicolai hätte alleine den Clan nicht zusammengerufen und wir hätten immer noch alles machen können, was wir wollen. Ich werde es nicht zulassen, dass dieselben Fehler wie damals geschehen. Wir sollten alle frei leben ohne Herrscher."

„Das stimmt schon, aber ich will sie trotzdem für mich haben nach dem Kampf. Es ist mir egal, was du dazu sagst, Zoran. Wir sprechen uns." Leroy würde es genießen, Nicolai in die Hölle zu schicken.

Zoran kicherte. Er hätte niemals gedacht, dass Saphira und Nicolai zusammenkommen würden. Leroy hatte ihm einige Arbeit damit abgenommen. Nun musste er sich nur noch darauf konzentrieren, Nicolai zu finden. Es sollte nicht schwer werden, beide ausfindig zu machen, deswegen konnte er sich zurücklehnen und entspannen. Zoran blickte zu der schönen Frau rüber und ging auf sie zu. „Wir wissen nun, bei wem Saphira ist. Es wird schnell gehen, beide zu finden. Ich habe meine zwei besten Leute rausgeschickt. Und zusammen mit den anderen beiden werden sie beide töten können und wir haben unsere Ruhe." Er zog langsam ihr Kleid aus. Seine Hände umfassten ihre Brüste, ihre Lippen berührten sich. Zoran hob sie auf den Tisch, ihre Hände öffneten seine Hose. Ihre Augen leuchteten vor Verlangen. Er riss sie an den Haaren nach hinten und drang tief in sie ein. Die beiden würden die perfekten Herrscher sein über die Clans. Seine Finger bohrten sich in ihre Hüften, während sie sich an die Tischkante klammerte, weil er härter und tiefer in sie eindrang. Endlich musste er sie nicht mehr teilen. Schweiß lief ihr über den Körper. Ihre Arme waren immer noch um seinen Hals gelegt und ihre Lippen konnten nicht voneinander lassen. „Daira, endlich ist alles vorbei. Du gehörst wieder nur noch mir."

„Es wurde Zeit. Das Spiel mit Mario wurde langsam anstrengend. Ich habe es jedes Mal gehasst, ihm die Liebe vorzuspielen und mit ihm zu schlafen."

„Dafür warst du mehr als überzeugend. Aber nun hat es endlich ein Ende. Wir beide werden bald Herrscher sein." Seine

Lippen glitten zu ihren Brüsten. Er wusste, wie man sie richtig nehmen musste. Sie freute sich schon die Nachricht zu hören, dass Saphira und Nicolai erledigt wurden. Dann würde niemand mehr dazwischen stehen, der ihnen die Macht nehmen konnte. Sie würden endlich heiraten können und Kinder bekommen, ohne Versteckspielerei. Der Weiße und Goldene Clan waren die einzigen, die nicht getrennt waren. Sie gehörten schon immer zusammen. Eigentlich hatte Daira sich damals an Mario geschmissen, weil sie herausfinden wollte, was zwischen ihm und dem Todesclan passiert war. Doch als Saphira ankam, waren Zoran und Daira sich einig, dass sie weiter an Mario dranbleiben sollte. So konnte sie verhindern, dass Saphira ihr Siegel bei ihm brechen konnte. Schwieriger war es jedoch, sie umzubringen, wie Zoran und sie es vorhatten, da Mario auf sie jede Minute geachtet hatte. Es kam ihnen gelegen, dass Leroy der Ex von Saphira war. Dass er so dumm war und sie ausgerechnet zum Schlachtfeld bringen musste, konnten sie nicht ahnen. Aber weil alle ihre Leute zurückgeschickt hatten, konnten sie Saphira aus Marios Haus holen. Dass Nicolai sie nun herausgeholt hatte, war eine Kleinigkeit. Sie würden es nie schaffen, rechtzeitig so viele Leute zusammenzubekommen. Nun machte sie sich darüber keine Gedanken mehr, sondern genoss ihr Liebesleben mit ihrem zukünftigen Mann.

Es war schon dunkel, als sie immer noch ritten. Saphira wollte nicht anhalten, denn sie wusste, dass die Zeit drängte. Nicolai meinte zu ihr, dass sie endlich Rast machen sollten, aber sie konnte ihn immer wieder überzeugen, dass sie noch ein bisschen weiterreiten sollten. Ricardo hatte immer noch unheimlich viel Energie, als wüsste er, was auf dem Spiel stand. Sogar Penelope konnte mithalten. Sie kamen an einem Platz vorbei, wo es perfekt war, zu halten. Denn es floss ein kleiner Fluss hier entlang, wo ihre Pferde was trinken konnten. Beide stiegen ab, nahmen die Taschen und die Sattel ab. Nicolai packte die Decken mit den Schlafsäcken aus. Saphira machte ein kleines Feuer, damit sie etwas Warmes machen konnte. „Alles in Ordnung, Engel?" Sie nickte, wandte aber den Blick nicht vom Feuer. Das Essen war genießbar, wenn auch nicht annähernd so lecker wie zu Hause. „Ich frage mich, wie viel Zeit uns noch …"

Beide hörten ein leises Rascheln, was definitiv nicht von einem Tier kam. Sie blickten langsam und aufmerksam durch den Wald. Beide riefen ihr Schutzschild vor. Nicolai blickte nach oben, als gerade jemand vom Baum runter auf Saphira sprang. Nicolai sprang zu Saphira, sodass sie auf den Bauch landete. Nicolai lag auf ihr, rollte sich aber schnell von ihr runter auf den Rücken. Mit einem Kraftschub sprang er auf die Beine und ließ sein Schwert durch den Körper des Feindes fahren. Das Blut schoss heraus, die Pferde wieherten aufgeregt, Vögel schreckten aus ihrem Schlaf auf und flogen davon. Der Körper fiel in zwei Teile auf den Boden. Nicolai drehte sich zu Saphira, um ihr die Hand zu reichen, damit sie aufstehen konnte. Besorgt schaute er zu Saphira und fragte, ob alles in Ordnung sei. Saphira nickte und schaute auf den geteilten Körper. Der größte Vorteil der Schwerter war, dass sie sehr scharf waren und ohne jegliche Probleme durch Körper schneiden konnten. „Scheint so, als hätte sie gerade deine Frage beantwortet."

„Das war Sidonia. Eine Beschützerin vom Goldenen Clan. Also arbeitet sie wirklich mit Zoran zusammen."

„Kaum zu glauben, dass er will, dass seine eigene Schwester umgebracht wird."

Sie packten schnell ihre Sachen wieder zusammen und ritten weiter. Saphira wusste, dass noch mehr hinter ihnen her waren. Die Müdigkeit packte sie, sie konnte sich nicht mehr auf das Reiten konzentrieren. Nicolai schien es mitzubekommen, denn er befahl ihr abzusteigen und Ricardo an Penelope festzubinden. Sie stieg auf Penelope, danach schwang sich Nicolai hinter sie. Er hielt sie mit einem Arm fest, damit sie nicht runterfallen konnte, wenn sie einschlief, und mit der anderen Hand hielt er die Zügel. Saphira ließ den Kopf auf seine Brust sinken. Nicolai ritt zu einem Haus hinüber, wo sie nach fünf weiteren Stunden ankamen. Bald würde der Morgen anbrechen. Es kam ein Mann aus der Tür. „Ich glaub es nicht. Nicolai? Und …" Er verstummte, als er Saphira sah. „Es ist eine lange Geschichte, Eric. Wir werden verfolgt. Vor Stunden wurde Saphira angegriffen. Können wir hierbleiben?" „Das fragst du noch? Vergiss nicht, dass die Silberschwingen immer zusammenhalten. Komm rein mit ihr."

Nicolai ließ Saphira langsam zu Eric runter, damit er absteigen konnte. Er brachte die Pferde hinter das Haus, wo ein Trog für die Pferde stand und er sie da festmachen konnte. Eric gab Saphira an ihn ab, eilte dann zur Tür, um sie aufzuhalten. Er zeigte ihm ein freies Zimmer mit einem Doppelbett, wo Nicolai sie reinlegen konnte. Er strich ihr noch mal über die Haare, bevor er zu Eric zurückging. „Danke."

„Dafür nicht. Seit wann ist die Meisterin hier?"

„Ich sollte am besten von vorne anfangen, aber ich bin selber ziemlich müde und gebe dir einfach die wichtigsten Informationen. Wir wollten zu dir, da wir die Silberschwingen wieder zusammenrufen wollen. Sie hatte eine Versiegelung von ihrer Mutter bekommen, wodurch Lya starb. Saphira wurde in eine normale Familie gebracht. Dort hat man sie misshandelt und Zoran brachte sie zu Mario, weil er sich mit Leroy im Kampf befand. Als dieser vorbei war, holte Zoran sie von Mario weg. Ich habe es durch einen Zufall herausgefunden und ihr geholfen zu fliehen. Wir waren bei Phaedra, die Saphira gezwungen hatte zum Vorschein zu kommen. Ihr Bruder will uns umbringen. Den Grund wissen wir noch nicht. Mario steht auf unserer Seite mit seinen beiden Clans. Saphira weiß aber nicht, was die Silberschwingen wirklich sind."

„Mario hat mehrere Clans?"

„Mario übernahm den Todesclan. Nur wir beide wissen nun davon, sonst niemand. Saphira und ich sind zusammen und wollen in zwei Monaten heiraten."

„Du und Saphira? Immer für Überraschungen zu haben, was? Aber etwas Besseres könnte sich keiner vorstellen. Ihr beide werdet gute Herrscher sein."

„Es geht mir nicht darum. Du weißt, dass ich es am allerwenigsten benötige, ein Herrscher zu sein, genauso wie Mario. Ich möchte Saphira, mehr nicht. Sie hat es verdient, ein so normales Leben zu führen, wie es nur möglich ist."

„Du liebst sie von ganzem Herzen, oder?"

„Ja. Ich liebe sie mehr als mein eigenes Leben. Sie ist alles für mich."

„Leg dich hin. Ich werde so viele Leute informieren, wie es mir möglich ist, damit die Silberschwingen schnell zusammenkommen." Nicolai bedankte sich noch einmal bei Eric und ging zum Zimmer, in dem Saphira lag. Leise zog er sich aus, stieg ins Bett und nahm Saphira in seine Arme. Sobald sie sich erholt hatten von der langen Reise, könnten sie alles Weitere mit Eric besprechen. Saphira rutschte näher an ihn heran und er spürte eine Träne. Er küsste sie sanft und nahm sie etwas fester in seine Arme. Ihre Atmung wurde gleichmäßiger. Nicolai spürte, dass sie wieder fest eingeschlafen war, und schloss nun auch seine Augen, um zu schlafen, jedoch ohne Saphira loszulassen. Alle waren sich im Klaren: Der Kampf hatte längst begonnen.

Kapitel 17

„Nicolai?"

„Ja, mein Engel." Er hatte immer noch die Augen geschlossen. Sie kuschelte sich ganz dicht an ihn, um seine Wärme zu spüren.

„Wo sind wir hier?"

„In Sicherheit." Nicolai strich ihr über die Haare, sodass sie zu ihm aufschaute. Ihre Augen verrieten ihm, dass sie geweint hatte. *Das muss endlich ein Ende haben, bevor sie komplett kaputtgeht,* dachte er. Er küsste ihre Wange, streichelte ihr noch mal über den Rücken, danach über den Arm zurück zu ihrem Gesicht. Nicolai stand auf, um sich anzuziehen. Saphira beobachtete ihn.

„Wohin gehst du?"

„Nach unten ins Wohnzimmer. Wir sind hier bei Eric. Er ist einer von vier Beschützern der Silberschwingen. Heute früh, als wir hier ankamen, bot er mir an, dass er versucht die anderen zu erreichen, die noch übrig geblieben sind von damals. Ich möchte ihn fragen, wie weit er gekommen ist. Du solltest liegen bleiben und dich ausruhen, Engel. So wie du aussiehst, hast du schlecht geschlafen."

„Es geht mir gut, solange du an meiner Seite bist, Nicolai. Ich mache mir Sorgen wegen des Kampfes, das stimmt. Aber nur weil ich Angst habe, dass du dann nicht mehr bei mir bist. Zoran ist verrückt und will sogar mich umbringen. Wenn Leroy sich dann auch noch einmischt, dann sind beide hinter dir her. Beschützer der Silberschwingen hin oder her, Nicolai, aber du bist nicht unsterblich." Während sie mit ihm redete, zog sie ihre Sachen an. Natürlich weinte sie zu viel in letzter Zeit, aber was sollte sie machen? Alleine der Gedanke daran, dass sie Nicolai verlieren könnte, war schrecklich. Nicolai kam auf sie zu, hob ihr Kinn mit zwei Fingern und schaute ihr tief in die Augen. „Glaubst du, ich denke keine einzige Minute daran, an den Krieg? Denkst du, ich leide nicht darunter, dass ich dich im Kampf verlieren

könnte? Saphira, ich empfinde genauso den Schmerz wie du."
Ihre Augen füllten sich mit Tränen. Am liebsten wünschte sie sich, dass der Krieg viel später stattfinden würde. Aber je schneller er vorbei sein würde, umso schneller könnten sie in Ruhe leben. Saphira band ihre Haare mit einer Schleife zusammen, legte sich den Gürtel an, wo ihr Schwert drinsteckte, und zog ihre Stiefel an. Dann überlegte sie, wie es weitergehen sollte. Wenn sie jetzt einen Beschützer gefunden hatten, fehlten noch zwei. Nicolai war von allen der Beste gewesen, schon als Kind. Viele stritten sich um ihn, weil jeder Clan der Meinung war, dass er für sie besser wäre als für die anderen. Doch Nicolai schwärmte schon immer von den Silberschwingen und wusste jede Einzelheit über sie. Seine Begeisterung kannte keine Grenzen. Zoran und sie verstanden sich immer sehr gut mit ihm und so kam es, dass ihre Mutter Lya Nicolai zu ihren Silberschwingen aufnahm. Ihre Mutter wäre glücklich, wenn sie sehen könnte, dass sie jetzt mit ihm zusammen war. Nicolai glaubte vielleicht, dass sie schwach und zerbrechlich war, weil sie seit Tagen ihre Gefühle nicht ganz unter Kontrolle hatte, aber sie wusste, was sie machen musste und was zu machen war. „Weißt du … ich glaube, du nimmst mich nicht ernst." Nicolai drehte sich zu ihr. Sein Blick verriet nichts. „Wie kommst du darauf?"

„Ich weine viel, du glaubst, dass ich dem Druck nicht standhalten kann. Aber, Nicolai, ich weiß sehr genau, wie ich meine Kräfte einsetzen muss. Ich kenne meine Verpflichtung, die ich habe. Mein Gefühlschaos hat nichts mit meinen Entscheidungen zu tun. Meine Mutter hat mir sehr früh alles gezeigt und beigebracht." Saphira wollte durch die Tür gehen, doch Nicolai drückte sie auf einmal gegen die Wand, nachdem er sie hochgehoben hatte. Ihr Beine lagen um seine Hüften, ihre Hände um seinen Hals gelegt, seine Hände an ihrem Po und ihre Lippen begegneten sich kurz. „Ich nehme dich sehr wohl ernst, Herrscherin. Auch wenn ich dein Verlobter bin, so denke daran, dass ich ein Beschützer bin. Beschützer der Silberschwingen und somit der Beschützer von dir. Es ist meine Pflicht, auf dich aufzupassen. Selbst wenn wir verheiratet sind und ich dann selber als Herrscher gelte, werde ich das nicht ändern. Du bist meine Frau, Saphira, die ich mit meinem Leben beschützen werde." Bevor er sie hinunterließ, küsste er sie noch einmal. Dann drehte er sich um und ging durch die Tür nach unten. Saphira lehnte an der Wand, den Kopf zur Decke gerichtet. Sie hatte die Augen geschlossen. Saphira atmete tief durch, bevor sie anschließend auch hinunterging. Der Tisch im Wohnzimmer war gedeckt mit sämtlichen Sachen. Brötchen, Toast, Eier, Speck, Kaffee, Tee, Aufschnitt, Konfitüren und noch vieles mehr, was man alles nicht aufzählen konnte. Sie blinzelte ein paarmal, nur um sicher zu gehen, dass sie das wirklich sah und es keine Halluzination war. Eric saß auf einem Sessel und telefonierte mit jemandem. Nicolai hatte es sich auf dem großen Sofa gemütlich gemacht. Sein Blick ging sofort zu Saphira, als sie eintrat. Hatte sie vielleicht etwas Falsches gesagt vorhin? Weil sie immer noch dastand wie angewurzelt, ging Nicolai auf sie zu, blieb vor ihr stehen und beugte sich vor, sodass er ihr ins Ohr flüstern konnte. „Ich liebe dich über alles, Engel. Wir haben beide Sorgen um den anderen. Doch ich wollte dich nur erinnern, wer ich bin. Es tut mir leid, wenn es härter rüberkam, als beabsichtigt und du dir jetzt noch mehr Sorgen machst."

Er blickte kurz zu Eric, der mittlerweile am Fenster stand mit seinem Telefon und wild mit den Händen umherfuchtelte. Dann wandte Nicolai sich wieder zu Saphira, schloss seine Hand um ihre Haare, zog ihre Hüften näher an seine und küsste sie. Sie hatten sich ja schon sehr oft geküsst, aber dieser Kuss ließ ihre Beine schwach werden, sodass Nicolai sie fest an sich hielt, damit sie nicht auf den Boden sank. Ihre Beine hatten kein bisschen Kraft mehr. Hätten seine Arme ihren Körper nicht gehalten, dann würde sie jetzt auf dem Boden liegen.

„Was war das?", flüsterte sie. Lauter hätte sie es nicht sagen können, selbst wenn sie gewollt hätte. Er schaute sie mit seinen blauen Augen an. Nicolai blickte noch einmal zu Eric rüber, der immer noch am Telefon hing. „Das wirst du dann sehen, wenn es so weit ist, Engel. Mehr kann ich nicht machen für deinen Schutz, außer dich selber mit meinem Körper zu beschützen." Saphira wusste nicht, was sie denken sollte. Nicolai hielt sie immer noch fest. Bevor er ihr das sagte, blickte er zu Eric, aber warum? Hatte er zu ihm kein Vertrauen? Oder hatte Nicolai selber etwas zu verbergen, was niemand wusste? Er führte sie zum Sofa hinüber und setzte sich neben sie. Nicolai nahm einen Teller, um ihn voll zu machen. Danach stellte er ihn vor Saphira, die blinzelnd auf den Teller starrte. „Du musst es nicht aufessen. Aber wir beide haben so wenig gegessen, dass es dir nicht schaden könnte." Eric wandte sich zu Nicolai und blinzelte zu Saphira. Seufzend ließ er sich auf den Sessel fallen. Als er ein Bein über das andere legte, blickte er Nicolai mit einem interessierten Blick an. Saphira fiel auf, dass das ganze Service alt sein musste. Sie hatte das letzte Mal so ein Service gesehen, als sie noch bei ihren richtigen Eltern war. Ihr Blick ging zu einem Teller, der leer war. Saphira wusste, dass es eigentlich nicht sein konnte, weil das von ihrer Familie eine spezielle Anfertigung gewesen war und ihr Bruder das bestimmt hatte, doch sie musste sich den Teller nehmen und umdrehen. Aus den Augenwinkeln bemerkte sie, dass Eric nervös wurde und erschrocken zu Nicolai schaute. Nicolai jedoch ignorierte ihn, beugte sich vornüber und schloss die Augen, bevor er mit den Händen über sein Gesicht ging. Das Symbol unter dem Teller ließ Saphira das Blut in den Adern gefrieren. Ungläubig blickte sie zu Eric, danach zu ihrem Verlobten. Sein Blick war auf den Boden gerichtet, seine Miene undurchdringlich. Seine Ellenbogen lagen auf seinen Oberschenkeln und seine Hände hatte er wie zu einem Gebet gefaltet. Dann wanderte ihr Blick wieder zu Eric. Langsam stand sie vom Sofa auf, die Hände zu Fäusten geballt. Nicolai schaute schnell zu ihr hoch, wobei sie sah, dass seine Augen schimmerten. Anscheinend hatte er an etwas gedacht, das ihm Schmerzen bereitete, doch das war ihr jetzt egal. „Wie kommen diese Extraanfertigungen zu dir? Sie waren Familienerbstücke, warum hast du sie hier?"

„Saphira, es gibt etwas, was du noch nicht weißt. Beruhige dich, dann erkläre ich es dir. Eric kann nichts dafür." Ihr Blick ging zu Nicolai, in ihren Augen sah er das Feuer der Wut. Er wusste, dass es jetzt lebensmüde war, auf sie zuzugehen, aber irgendwie musste sie beruhigt werden. Saphira wich ein paar

Schritte zurück, als Nicolai aufgestanden war. Dieses Service hatte ihrer Mutter gehört. Es wäre nur logisch gewesen, dass Zoran es gehabt hätte. Doch dass es hier bei Eric war, war nicht normal. Hatten die beiden etwa was mit dem Tod ihrer Eltern zu tun? Kannte sie Nicolai wirklich so, wie er wirklich war, oder irrte sie sich wieder in einem Menschen? Weil sie so in Gedanken vertieft war, hatte sie nicht bemerkt, dass Nicolai schon vor ihr stand. Sie wollte schon zurückweichen, als er ihre Handgelenke nahm und ihre Hände auf seinen Rücken legte. „Engel, hör mir bitte zu. Ich weiß, du bist durcheinander. Eric hat wirklich nichts damit zu tun."

„Womit? Habt ihr etwa was mit dem Tod meiner Eltern zu tun? Starb meine Mutter wirklich wegen des Siegels oder hattet ihr etwas damit zu tun?"

Eric sprang hinter ihnen auf. Seine Augen verrieten, dass er schockiert war und sauer. „Wie kannst du das behaupten? Wir waren selber Kinder! Was sollten wir mit dem Tod deiner Eltern zu tun haben!"

„Hör auf meine Verlobte anzuschreien, Eric!" Nicolai stand schützend vor Saphira. Sein Blick war auf Eric gerichtet. Saphira zitterte leicht, weil in ihr Hass hochkam. „Du wagst es, *mich* anzuschreien? Vergiss nicht, wer vor dir steht!"

Saphiras Stimme wurde drohend. Ihre Augen strahlten hasserfüllt. Als sie ihr Schwert rausnahm, glühte es. Nicolai sagte etwas, aber sie hörte es nicht. Sie war nur noch auf Eric fixiert, auf den sie langsam Schritt für Schritt zuging. Eric nahm nun auch sein Schwert zur Hand, als er auf Saphira zuging. Ein hinterhältiges Grinsen kam über Saphiras Lippen. Als beide ihre Schwerter schwangen, hörten sie plötzlich einen lauten Knall im Hausflur. Beide zuckten zurück. Nicolai nahm sein Schwert zur Hand und alle schauten zur Wohnzimmertür. Erst hörte man nichts, dann kam ein kurzes Pfeifen, danach ein unangenehmes Geräusch zusammen mit einem kurzen Schrei. Es folgten Schritte, die zur Wohnzimmertür kamen. Alle drei hielten den Atem an, auf der Lauer vor der Gefahr, in den Händen jeder sein Schwert. Langsam ging die Türklinke nach unten und die Tür ging auf. Nicolai und Saphira atmeten erleichtert auf, als sie sahen, wer das war, und zogen die Augenbrauen hoch, als sie erblickten, wen er da hinter sich her schleifte. „Ich glaube, hier wollte euch jemand besuchen. Ihr habt doch nichts dagegen, dass ich mich darum gekümmert habe?" Saphira steckte ihr Schwert ein und rannte zu ihm herüber. Er stolperte ein paar Schritte nach hinten durch die Wucht, mit der sie sich gegen ihn warf, ließ die Leiche fallen und legte die Arme um sie. Fragend schaute er dann zu Nicolai, danach zu Eric und dann wieder zurück. „Was ist los, Rose? Ist irgendetwas passiert, was ich wissen sollte?" Die letzte Frage ging an Nicolai und man hörte den drohenden Unterton in seiner Stimme. Nicolai schüttelte den Kopf. Eric und er steckten nun auch ihre Schwerter zurück. Saphira hielt sich immer noch an Mario fest. Ihr Kopf ruhte auf seiner Brust. „Es gab eine kleine Auseinandersetzung, mehr nicht." Saphira riss die Augen auf und fuhr herum. Sie ging auf Nicolai zu und stieß mit der Faust gegen seine Brust, sodass er leicht nach hinten taumelte. „Kleine Auseinandersetzung? So nennst du das?"

Weil sie nun auch die zweite Hand nehmen wollte, packte Mario sie an der Schulter und zog sie sachte zurück. „Ich habe deinen Satz noch gut im Gedächtnis, Nicolai. Mir geht es nicht anders, wenn irgendetwas mit meiner Rose ist. Was ist hier los, dass sie so außer sich ist?"

„Das geht jemanden wie dich nichts an", sagte Eric. Mario drehte sich zu ihm, ohne Saphira loszulassen. Nicolai ging zu Eric, sagte etwas in sein Ohr und wandte sich zu Mario. Bevor er zu reden begann, wartete er, bis Eric rausgegangen war und den Mist entfernte. Mario ging mit Saphira zum Sofa und zog sie auf seinen Schoß. Nicolai konnte das zwar nicht leiden, dass Mario so tat, als würde Saphira ihm gehören, doch er sagte nichts dazu, weil er erst einmal Saphira alles erklären musste. Er wusste, dass sie sehr sauer auf ihn war.

„Genauso wie du war ich nicht ganz ehrlich zu dir, das stimmt. Jedoch möchte ich die Vorwürfe von dir nie wieder hören. Weder ich noch Eric hatten einen Grund, an dem Tod deiner Eltern beteiligt zu sein. Abgesehen davon waren wir selber noch Kinder.

Ich war zu diesem Zeitpunkt vierzehn, Saphira. Glaubst du wirklich, ich hätte mir in diesem Alter vorgestellt jemanden umzubringen? Ich war glücklich ohne Ende, dass Lya mich damals aufgenommen hatte für eine Beschützerausbildung der Silberschwingen. Das weißt du genauso gut wie ich. Was hätte ich denn für einen Grund gehabt? Glaubst du etwa, ich hätte dir einen Heiratsantrag gemacht, wenn ich irgendetwas damit zu tun hätte?"

„Du hast ihr einen Antrag gemacht?", fragte Mario entgeistert. „Ja, wir wollen in zwei Monaten heiraten. An dem Tag, wenn der große Tanz stattfindet." Saphira wusste nicht, was sie denken sollte. Irgendwo hatte er ja recht gehabt. Aber wie kam das Service ihrer Familie hierher? Es tat ihr gut, dass Mario mit seinen Fingern über ihren Rücken streichelte und seine andere Hand auf ihrer lag. „Wie kommt das Familienservice dann hierher?" Sie schaute endlich hoch zu ihrem Verlobten. Saphira hoffte, dass es eine plausible Erklärung geben würde, denn sie liebte diesen Mann über alles. Nach einer Weile kam eine Antwort, aber nicht von Nicolai, wie sie es erwartet hatte, sondern von Mario. „Ich glaube, ich weiß es. Kann es sein, als der große Krieg zwischen den Clans tobte, dass Lya dich darum gebeten hatte, es an dich zu nehmen? So lange, bis Saphira wieder da sein würde?" Erstaunt blickte sie Mario an. Nicolai nickte und Saphira verstand jetzt gar nichts mehr. „Lya war immer gegen den Krieg. Von außen sah es so aus, als ob sie ihn angefangen hätte, aber das stimmt nicht. Ihr Mann Etele war es gewesen, der den Krieg angezettelt hatte. Lya bat ihn, es wegen der Kinder nicht zu machen. Natürlich war auch sie sauer gewesen, als sie erfuhr, dass die Lehrerin zusammen mit dir und Leroy arbeitete. Und sie haben auch beide Saphira von Leroy weggerissen und den Kontakt untergraben. Aber als Etele bemerkte, dass Saphira immer noch Kontakt hatte, ist er durchgedreht und hat den Krieg erklärt. Lya war verzweifelt. Sie wusste nicht, was sie machen sollte. Sie wollte die Kinder nicht in einen Krieg hineinziehen. Zoran ähnelte damals schon Etele mehr als ihr. Bevor Zoran zu Lya kam, hatte sie mich wirklich gebeten das Service wegzuschaffen für Saphira. Sie wollte, dass du es bekommst, wenn du wieder bei uns bist. Es sollte eine Überraschung werden und ich wollte es in unser neues Haus bringen, bevor wir eingezogen wären. Deswegen habe ich nicht schon früher was gesagt. Saphira, es tut mir leid, mein Engel." Ihre Augen füllten sich mit Tränen. Sie hatte oft mitbekommen am Abend, wie ihr Vater ihre Mutter anschrie. Einmal war es eskaliert und ihr Vater hatte ihre Mutter geschlagen. Sie stand von Marios Schoß auf und ging zu Nicolai. Er nahm sie sofort in seine Arme und vergrub sein Gesicht in ihrem Haar. Saphira drückte seinen Körper fest an ihren. Sie hatte große Schuldgefühle, weil sie so reagiert hatte. Mario räusperte sich und beide setzten sich. „Also da ihr nicht zu erreichen wart, hatte ich gedacht, dass ich euch suchen gehe. Durch Zufall habe ich gesehen, wie ihr verfolgt wurdet. Der Typ war Josha gewesen. Saphira kennt ihn vielleicht noch. Er war dabei, als Zoran dich von mir weggeholt hat. Ich verfolgte ihn bis hierher. Die Pferde hatte ich schnell erkannt, da ich ja beide letztens schon kennengelernt hatte. Er machte sich gar nicht erst die Mühe, zu klopfen, und trat die Tür gleich ein. Ich wusste, was er wollte, und habe ihn dann erledigt. War zwar nicht die netteste Art, aber die effektivste. Es müssten noch drei hinter euch her sein oder hattet ihr schon das Vergnügen gehabt mit einem?"

„Ja, Sidonia hatte uns angegriffen. Aber ich verstehe nicht, warum mein Bruder mich tot sehen will."

„Dafür aber ich. Um für eure Sicherheit zu sorgen, habe ich sechs Leute rausgeschickt, um Zoran, Leroy und Daira ausspionieren zu lassen. Jetzt mache ich mich zwar lächerlich, aber was soll's. Also Daira ist seit Jahren schon mit Zoran zusammen. Damals kam sie zu mir, um zu erfahren, was im Kampf zwischen dem Todesclan und mir geschehen ist. Sie hatte gemerkt, dass sie nichts herausfinden würde in dieser Hinsicht, und wollte sich wieder zu Zoran verziehen. Dann jedoch kamst du zu mir. Zoran wollte, dass Daira weiter an mir dranbleibt, damit du das Siegel bei mir nicht öffnest. Er schien sich schon denken zu können, dass mehr zwischen uns laufen könnte, als ihm lieb war. Also kam Daira regelmäßig, um dich daran zu hindern, an mich heranzukommen. Zoran wusste, dass du das Siegel nur öffnen würdest, wenn du dich in jemanden verliebst. Der Brief war auch geplant, weil sie wussten, dass Leroy nicht lange warten würde, um dich zu sich zu holen. Dass er dich zum Kampf mitnimmt, wussten sie nicht. Aber dann hast du ihnen einen Gefallen getan, indem der Krieg abgebrochen wurde für dich. Somit konnte er dich nach Hause holen. Nicolai hatte dich dann zum Glück rausgeholt. Zoran wollte dich nämlich eingesperrt lassen in der Villa. Der Mordversuch von Daira an dir war auch geplant. Jetzt sind sie hinter euch her. Wenn ihr erledigt seid, glauben die beiden, dass sie die Herrscher werden könnten." Nicolai und Saphira sagten erst mal nichts. Das waren zu viele Informationen für sie. Sie entschuldigte sich und ging vor die Haustür, um Luft zu schnappen. Ihr eigener Bruder war genauso falsch wie diese Daira. Ihre Mutter wurde jahrelang falsch beschuldigt, dass sie den Krieg angefangen hätte. Ihr hing ein großer Kloß im Hals. Mario und Nicolai gingen zu ihr hinaus und blieben jeder auf einer Seite bei ihr stehen. „Ich möchte dir noch etwas sagen, Rose."

„Was denn noch? Noch schlimmer kann es doch nicht mehr werden."

„Es ist nichts Schlimmes. Zumindest was mich angeht. Ich habe dir doch gerade gesagt, dass Daira versucht hatte, etwas über meinen Kampf herauszufinden. Mir gehören zwei Clans. Der Schwarze und der Todesclan. Ich habe den Anführer damals niedergemetzelt." Mario machte eine Pause und beobachtete Saphira. Sie nickte leicht und er sprach weiter. „Es war ein unfairer Kampf. Ich habe so getan, als würde ich aufgeben. Als er mir dann den Rücken zuwandte, habe ich ihn ermordet. Offiziell würde mir nichts mehr gehören, doch mein Clan schwieg für mich, weil sie mich nicht verlieren wollten. Die Mitglieder vom Todesclan wollten mich auch als Anführer, also haben sie auch nichts gesagt."

„Ich habe viel gelernt über die verschiedenen Clans. Der Todesclan hatte es verdient, mehr kann ich dazu nicht sagen. Ich werde dir nicht deine Clans abnehmen, auch wenn ich es für besser gehalten hätte, wenn du den Clan gerecht übernommen hättest."

„Er hatte keine Frau und auch keine Kinder. Cieran war ein Irrer und ein Tyrann. Wenn ich es nicht getan hätte, wäre es ein anderer gewesen. Der hat keine Gelegenheit ausgelassen, um einen Clan herauszufordern. Das ist aber jetzt schon fünf Jahre her."

„Du warst dreiundzwanzig, als du ihn bekämpft hast." Mario nickte. Cieran war der Einzige, der damals den großen Krieg überlebt hatte. Alle drei blickten geistesabwesend durch den Wald. „Warum warst du nicht wütend auf Nicolai, als ich dir erzählte, dass ich mit ihm zusammen bin?"

„Nicolai? Du hast es ihr nicht erzählt?" Er schüttelte den Kopf, den Blick nun wieder auf den Boden gerichtet. Saphira stöhnte auf. Was sollte denn noch alles kommen? „Jetzt sag nicht, dass es noch etwas gibt, was ich nicht weiß, Nicolai. Vielleicht erzählt ihr beide mir noch, dass ihr Geschwister seid oder sonst irgendwie verwandt."

„Es ist aber so." Saphira klappte den Mund auf. Sie schaute Mario an, dann Nicolai und wieder zurück zu Mario. „Wie bitte?"

„Nicolai ist mein Cousin. Deshalb habe ich mich nicht aufgeregt. Das ist auch der Grund, warum ich an eurer Seite kämpfe. Ich hätte zwar immer an deiner Seite gekämpft, Rose, doch der Unterschied wäre, dass du mir gehört hättest und nicht ihm." Nun wusste sie wirklich nicht mehr, was sie sagen sollte. Langsam sank sie auf die Bank, die neben der Tür stand. Sie schüttelte den Kopf, schaute immer wieder von einem zum anderen. „Aber wie ist er dann in den Weißen Clan gekommen? Nicolai, du gehörst doch eigentlich dann zum Schwarzen Clan, oder nicht?"

„Meine Eltern hatten sich von den anderen getrennt. Ich weiß nicht warum. Der Weiße Clan hatte uns aufgenommen, weil sie nicht wussten, dass wir vorher zu den Schwarzen gehörten. Und so kam es dann zu alldem, was heute ist. Mario und ich hatten immer Kontakt miteinander. Wir waren ja keine dummen Kinder. Wir sind wie Geschwister aufgewachsen, bevor meine Eltern weggingen. Danach habe ich unsere Lehrerin bestochen, dass sie die Briefe zu Marios Lehrerin brachte und diese dann Mario gab." Nicolai setzte sich neben sie, berührte sie aber nicht, damit sie in Ruhe über alles nachdenken konnte.

„Gibt es noch irgendetwas, was ich noch erfahren müsste? Dann sagt es mir bitte jetzt."

„Nein, nichts mehr. Dass du meine Rose bist und ich dich liebe, weißt du ja."

Mario lächelte sie an und zwinkerte ihr zu. Unwillkürlich musste sie auch lächeln. Dann hob sie ihre Hand und legte sie auf Nicolais Wange, der sie anblickte und seine Hand auf ihre legte. „Nicolai, ich liebe dich über alles. Nichts und niemand wird uns beide auseinanderbringen können, noch nicht einmal der Tod." Dann küsste sie ihn, genoss es, mit seiner Zunge zu spielen und sein Verlangen, sein Begehren zu steigern. Er schob sie auf seinen Schoß und drückte sie an ihren Hüften noch weiter an sich. Mario grinste und verschwand wieder in das Haus.

Kapitel 18

Alle saßen am Tisch und frühstückten. Eric war nicht überzeugt, dass Mario für eine Nacht dageblieben war, aber Nicolai konnte ihn letztendlich überzeugen. Die Leiche hatte er verschwinden lassen. Wo genau oder wie wollte Saphira nicht wissen, Hauptsache, sie war weg. Kaum einer sagte etwas. Eric konnte die beiden anderen Beschützer zwar ausfindig machen, aber nicht erreichen. Nicolai und sie mussten also weiterreiten und sie finden. Mario stand auf, als er fertig war. Er warf einen abschätzenden Blick auf Eric. Aber auch er blickte Mario mit einem vielsagenden Blick an. Er umarmte Saphira fest, bevor er ging. Sie war es mittlerweile gewohnt, dass er nicht zärtlich sein konnte. Es waren nur sehr wenige Momente, in denen er das war. Und die waren so selten, dass Saphira sich kaum an sie erinnern konnte. Nicolai umarmte ihn auch noch zum Abschied. Saphira bat Mario, dass er auf sich aufpassen sollte. Als er losfuhr, gingen Nicolai und Saphira hoch und packten ihre Sachen zusammen. Eric bereitete etwas Essen vor, das sie mitnehmen konnten, und packte noch Obst mit rein. Sie bedankten sich bei ihm und Saphira entschuldigte sich noch mal wegen des Zwischenfalls gestern. Eric nickte nur. Beide stiegen auf die Pferde und ritten davon. Die Sonne stand hoch am Himmel, die Hitze unerträglich. Am liebsten hätte Saphira sich ihre Klamotten vom Leib gerissen. „Lust auf eine Abkühlung?" Erst dachte sie, er wollte sich lustig machen, doch dann sah sie den Teich. Sie lächelte. Dann ritt sie so schnell wie möglich dorthin. Nicolai hatte mit Penelope zu kämpfen, um mithalten zu können. Sie stieg ab band Ricardo an und während des Laufens zog sie ihre Klamotten aus. Das Wasser war erfrischend kühl. Nicolai schwamm ihr hinterher, griff ihr Bein, als er an sie herankam, um sie runterzuziehen. Saphira holte tief Luft, als sie wieder hochkam, und schlug Nicolai auf den Arm. „Bist du verrückt?"

„Ja", sagte er trocken, drückte sie an seinen Körper, um sie zu küssen. „Nach dir." Saphira liebte seinen nackten Körper. Seine Haut war so weich. Sie schluckte immer wieder bei diesem Anblick. Er war nicht so muskelbepackt wie Mario, aber trotzdem liebte sie diesen Körper. Ihre Finger streichelten über seine Haut und kniffen ihn in den Hintern. Seine Augen leuchteten auf. Sein Verlangen nach ihr war unersättlich und vor allem jetzt brauchte er sie. Ihr Körper, ihr kompletter Anblick machte ihn wild. Er nahm sie, zog sie fester an seinen Körper und bettelte förmlich danach, in sie einzudringen. Saphira öffnete ihre Beine, um ihn willkommen zu heißen. Dann schloss sie die Beine um seine Taille, als er in sie eindrang. Es war immer wieder unbeschreiblich. „Nicolai … ich liebe dich." Nicolai liebte sie auch, mehr als man sich vorstellen konnte. Alleine in ihr zu sein reichte ihm als Beweis, dass sie kein Traum war, sondern Realität. Sie machte alles mit und sie brachte ihn zum Lachen. Saphira war traumhaft und bald würde sie, die beste Frau, die es gab, seine sein. Ihre Stimme war unglaublich, wenn sie sang. Er hörte ihr gerne zu. Einmal musste er seine Tränen verbergen wegen eines Liedes, was sie gesungen hatte. Es war sein Lieblingslied. Er drückte sie noch näher an sich heran. Nicolai wollte sie nicht loslassen. Wenn ihre Körper aneinander waren, fühlte es sich wunderbar an. „Nicolai, wir müssen weiter", flüsterte sie, während ihr Kopf auf seiner nackten Brust lag. Sie war nicht sehr behaart und so weich und warm. Saphira mochte seine Wärme, die für jeden anderen unerträgliche Hitze gewesen wäre. Auch bei Mario war das so. Sie wusste nicht, warum die beiden so heiß waren, aber sie würde ihn irgendwann mal fragen. Nachdem sie noch zehn Minuten so im Wasser standen, schwammen sie zurück und zogen ihre Sachen an. Sie nahmen Ricardo und Penelope. Beide führten sie noch zum Wasser, damit sie was trinken konnten, bevor es weiterging. Saphira hatte einen Knoten in ihre Bluse gemacht, damit es frischer war. Sie bereute es, dass sie ihre Hüte nicht mithatten. Nicolai ritt meistens dorthin, wo Schatten war, damit es leichter auszuhalten war. „Ihr beide habt keine Ähnlichkeit. Ich meine, so familiär gesehen. Du bist doch viel heller von der Haut her und er braun. Oder eure Augenfarbe ist doch auch nicht die-selbe oder die Haare. Bei dir ist alles hell. Blonde Haare, hellblaue Augen." Nicolai lachte. Sie schaute ihn verwirrt an, weil sie nicht verstand, warum er anfing darüber zu lachen. Ja, sie hatten beide fast dasselbe markante Gesicht und die hohen Wangenknochen, so wie auch die Grübchen, aber trotzdem hätte sie nicht erwartet, dass die beiden verwandt sein könnten. Alleine die Tatsache, wie zärtlich Nicolai war und wie grob Mario war, ein himmelweiter Unterschied. „Du hast recht. Deswegen wissen es die meisten ja auch nicht. Eigentlich weiß es so gut wie niemand. Meine Eltern waren genauso wie ich. Mein Vater war braun, meine Mutter war weiß im Gegensatz zu ihm. Ich habe von meinem Vater die blauen Augen. Den Rest von meiner Mutter, die Haut und die Haare. Marios Eltern waren beide schwarzhaarig. Seine Mutter hatte dunkelgrüne Augen und er braune. Bei ihm hat sich der Vater durchgesetzt." Saphira nickte und lächelte. Sie und Nicolai waren aufmerksam, weil sie ja wussten, dass noch zwei Verfolger hinter ihnen her waren. Bei Nicolai hatte sie aber das Gefühl, dass er es gewohnt war, gejagt zu werden. Sie wollte ihn aber des-wegen nicht fragen. Irgendwie hatte sie das Gefühl, dass es was mit seiner Vergangenheit zu tun haben könnte, und wollte keine möglichen Wunden aufreißen bei ihm. Sie gingen vom Galopp runter auf Trab. Bald mussten sie haltmachen. Die Sonne ver-schwand langsam und es würde sehr bald dunkel werden. Nicolai schaute sich im Wald um. Nirgends fand er einen geeigneten Platz. Er fluchte kurz deswegen. Saphira war erschöpft, das sah er. Nur fand er keinen Platz, um zu schlafen. Nicolai hoffte, dass es nicht allzu lange dauern würde, bis sie einen fanden. Saphira achtete mehr auf die Umgebung. Irgendwas stimmte nicht. Als sie stehen blieb, schaute Nicolai zu ihr hinter. „Was ist?"

„Spürst du das? Es stimmt etwas nicht." Nicolai blickte sich um. Er konnte nichts erkennen, aber das Gefühl plagte ihn auch schon, dass etwas war. Nicolai bat Saphira dicht neben ihm zu bleiben und sie galoppierten wieder weiter. Sie wussten, dass die Pferde ihre letzten Kräfte aufbrauchen würden dafür. Bis dahin mussten sie einen sichereren Ort finden, egal wie. Doch was noch wichtiger war, nicht den Überblick zu verlieren. Wenn sie sich verlaufen würden, dann wäre alles zu Ende. Für Nicolai wäre es kein Problem gewesen, den Weg wiederzufinden, doch dann würde Saphira alles herausfinden, und das wollte er noch nicht. Er musste schon immer darauf achten, wenn er mit ihr schlief, dass er ein Mensch blieb. Was jedoch meistens nicht so einfach gewesen war. Sie ritten zwei Stunden, danach konnten die Pferde und auch sie beide nicht mehr. Sie mussten es einfach riskieren, hier haltzumachen. Wenigstens floss hier ein kleiner Bach lang, was gut für die Pferde war. Saphira taten die Beine weh. Sie ließ sich auf den Schlafsack sinken und war froh gewesen endlich zu liegen. Nicolai kniete sich vor sie hin und massierte ihre Beine. Sie stöhnte auf wegen seiner geschmeidigen Hände. Er war so sanft und so gut beim Massieren. Ein Traum für sie. Nicolai lächelte liebevoll. Sie wusste, dass er nichts über sie kommen lassen würde. Er massierte ihre Waden und dann ihre Schenkel. Saphira wollte ihn am liebsten wieder flachlegen, damit sie aber genau das nicht tat, drehte sie sich auf den Bauch. Nicolai setzte sich auf sie und massierte ihren Rücken. Doch dann stieg er von ihr runter. Verblüfft schaute sie ihn an. Sie richtete sich auf, in diesem Moment zog er ihr schnell das Oberteil aus. Saphira blinzelte und dann hatte sie auch schon in Sekundenschnelle keinen BH mehr an. Sie saß mit offenem Mund da und schaute ihn mit weit aufgerissenen Augen an. Danach drückte er sie wieder auf den Schlafsack. Nicolai setzte sich wieder auf sie und massierte sie weiter. „Mit Kleidung ist es schwer, das zu machen. Ich liebe deine samtweiche Haut." Er beugte sich vornüber und küsste langsam ihren Rücken. Saphira schloss die Augen und merkte das Kribbeln über ihren ganzen Körper, was er immer wieder bei ihr entfachte. Er hob sie hoch, sodass sie auf allen vieren vor ihm war. Ihm ging es nicht anders als ihr mit dem Verlangen. Es war kein Verlangen mehr, sondern mehr eine Sucht nach ihr. Er spielte mit seinen Händen an ihrem intimsten Bereich und drang von hinten in sie ein. Sie grub ihre Finger in die Erde. Dieser Mann raubte ihr den Atem. Er war unbeschreiblich und sie war umso mehr gerührt, dass sie es war, die ihn für sich alleine hatte. Saphira glaubte, dass jede

Frau alles machen würde, um so einen Mann wie ihn zu haben. Er umfasste leicht ihre Hüften, während er sich langsam in ihr bewegte. Sie hatte eine Gänsehaut bekommen, so sehr liebte sie seine Haut an ihrer zu spüren. Er lag einen kurzen Moment auf ihrem Rücken, als sie beide fertig waren. Er wollte sie immer wieder nur spüren. Nicht nur was Sex betraf, sondern einfach nur ihre Haut an seiner spüren. Sie schmiegte sich sofort an ihn, als er sich neben sie legte.

„Du bist traumhaft und unbeschreiblich, mein Liebling. Meine Liebe zu dir ist stärker als alles andere. Du machst mich unendlich glücklich." Nicolai küsste sie auf die Wange und legte seinen Kopf auf ihren Scheitel. Das Gefühl hatte er immer noch, dass etwas nicht stimmte. Als sie eingeschlafen war, zog er sich an. Sein Gefühl und Instinkt trog ihn nie. Irgendwo musste einer sein, der hinter ihnen her war. Er schlich umher und schaute überall aufmerksam hin. Doch sein Blick ging immer wieder auch zurück zu Saphira, damit ihr nichts passierte. Wo war diese Person? Nicolai wusste, dass dieser jemand hier in der Nähe sein musste. Er blickte nach oben zu den Bäumen, wäre es nicht das erste Mal, dass jemand von da oben runterkam. Auf einmal bemerkte er etwas und rannte zu Saphira. Als er sich gerade über ihren Körper stürzte, schrie er auf. Saphira fuhr hoch. Entsetzt sah sie Nicolai an. „Liebling!" Nicolai biss die Zähne zusammen, als sie schnell reagierte und den Pfeil rausriss. Er stöhnte vor Schmerz. Saphira legte ihre Lippen auf seine Schulter, wo er getroffen worden war. Sie wusste, was das für ein Pfeil war, und musste schnell reagieren. Sie saugte an seiner Wunde und spuckte die Flüssigkeit aus. Er krallte sich in den Schlafsack wegen des Schmerzes. Saphira war fertig und nahm ein Stück Stoff von ihrem Oberteil, um es mit Wasser anzufeuchten. Behutsam legte sie es auf die Wunde. Danach küsste sie ihn. Als sie eine Bewegung hinter ihnen wahrnahm, holte sie ihr Schwert raus und ging auf das Geräusch zu. „Du weißt nicht, was du gerade getan hast."

Ihre Schwerter prallten gegeneinander. Saphira kochte vor Wut, sie spürte die Hitze in ihr aufbrodeln. Niemand sollte es wagen, ihren Mann zu verletzen. Wieder hallte ein Schwerterschlagen im Wald. Nicolai fluchte, weil er ihr nicht helfen konnte. Er durfte sich noch nicht bewegen, wegen des Pfeils. Besorgt blickte er zu seiner Frau. Saphira machte eine kleine Drehung, stand blitzschnell hinter ihr und hielt das Schwert an ihren Hals. „Sie werden euch alle umbringen!", fauchte sie Saphira an. Saphira schnaubte und schnitt ihr die Kehle durch. Nicolai kannte diese Art Kampf von Mario, umso mehr fesselte ihn das, was er gerade gesehen hatte, dass sie es genauso machte. Der Körper fiel schlaff zu Boden, als Saphira sie losließ. Sie trat ihn in ein Gebüsch und packte Sträucher drüber. Mit einem besorgten Blick ging sie zu Nicolai und umarmte ihn vorsichtig. „Ist alles in Ordnung, mein Liebling?" Er nickte, als er eine Hand auf ihre Wange legte. *Traumhafter Engel*, war alles, was er dachte. Langsam ließ er sich auf dem Schlafsack nieder. Saphira legte sich neben ihn und deckte beide zu. Ihr Kopf ruhte auf seiner Brust.

„Ich liebe dich", sagte sie zu ihm und gab ihm einen Zungenkuss. Er umarmte sie mit einem Arm und drückte sie an seinen Körper.

Am nächsten Morgen regnete es, was der Grund war, warum sie sehr früh im Morgengrauen schon unterwegs waren. Saphira hoffte nur, dass es nicht mehr zu lange dauern würde, bis sie bei einem der gesuchten Beschützer ankommen würden. „Wie lange wird das noch dauern?"

„Nicht mehr lange. Bei Xenia sollten wir bald ankommen. Circa zwei Stunden, länger nicht. Weil wir vorsichtig sein müssen wegen des Regens." Er hatte recht, sie kamen nicht schnell voran. Es regnete ununterbrochen. Man sah manchmal die Hand vor den Augen nicht und es war rutschig an manchen Stellen. Nach vielen Pausen und Rutschpartien auf kleinen Hügeln kamen sie endlich bei dem Haus an. Beide waren total durchnässt. Nicolai klingelte, nachdem sie die Pferde untergebracht hatten. Zu Saphiras Überraschung öffnete ein Mann die Tür, der wie erstarrt beide anblickte. „Ihr? Es war kein Scherz?" Nicolai schüttelte den Kopf und lächelte, er schien nicht im Geringsten überrascht zu sein von der Reaktion. Xenia kam hinter ihm zum Vorschein und stand auch erst erstarrt da und blickte beide an. Dann bat sie schnell beide rein. Es war ein kleines Häuschen, was gemütlich eingerichtet war. Nicolai setzte sich auf den Sessel. Dann zog er Saphira auf seinen Schoß. Er küsste ihre Hand, bevor er die anderen beiden anblickte. „Saphira, das ist Xenia und das Akay. Die letzten beiden Beschützer, die wir gesucht haben. Es freut mich, dass du bei ihr bist."

„Danke. Entschuldigt bitte unsere Reaktion, aber wir konnten es einfach nicht glauben, dass Saphira wirklich lebt." Saphira blickte beide aufmerksam an. Sie hatte komplett vergessen, dass sie ja damals für tot erklärt wurde. Nun verstand sie auch die Reaktion der beiden. Es war schon spät. Nicolai und Saphira hatten nicht gemerkt, dass sie wirklich den ganzen Tag unterwegs gewesen waren. Xenia zeigte beiden das kleine Badezimmer und gab ihnen Handtücher. Sie bedankten sich bei ihr. Die anderen Sachen waren auch alle nass durch den Regen. Xenia und Akay hängten sie über die Heizung und auf den Wäscheständer. Nicolai wickelte sein Handtuch um die Hüften und wollte so rausgehen. Saphira blickte ihn wütend an. Nicolai zog seine Augenbrauen fragend nach oben. „Was ist los, Engel?"

„So gehe ich nicht raus und du übrigens auch nicht. Gibt es keine Sachen für uns vielleicht?" Nicolai lächelte sie warm an. Seine warmen Hände strichen über ihren Körper. Er ließ ihr Handtuch auf den Boden fallen, als er es gelöst hatte. Zärtlich und langsam küsste er sie. „Nicolai, wir können doch hier nicht …"

Die Wörter kamen nicht mehr, sie stöhnte leise, als er ihr zwei Finger hineinschob. Er hob sie hoch und drückte sie gegen die Tür, als er in sie reinglitt.

Akay saß auf dem Sofa. Er konnte nur noch den Kopf schütteln. Sie hatten Eric kein Wort von dem geglaubt, was er ihnen auf dem Anrufbeantworter erzählt hatte, und nun standen die beiden vor der Tür. Xenia brachte ihm ein Glas Wein, sie war genauso erstaunt. „Ich frage mich, wann die Meisterin angekommen sein soll. Warum haben wir nichts mitbekommen?" Akay war überfragt. Er konnte ihr keine Antwort geben. Als die beiden in das Wohnzimmer zurückkamen, stellte Xenia ihnen auch ein Glas Wein hin.

Interessiert fragte Akay, wie das alles so gekommen war. Nicolai blickte aufmunternd zu Saphira. Sie musste lernen sich durchzusetzen und nicht mehr so schüchtern zu sein. Ermunternd hielt er ihre Hand. Saphira nahm erst einmal einen Schluck Wein, bevor sie sprach. „Es ist eine sehr lange Geschichte. Ich habe damals ein Siegel bekommen von meiner Mutter, wodurch sie starb. Sie wollte mich so in Sicherheit bringen vor den anderen Clans. Dann lebte ich in der normalen Welt, bis Zoran mich hinausgeholt hatte. Er führte Krieg gegen Leroy wegen mir und brachte mich zu Mario. Dort lebte ich ungefähr zwei Monate, bevor Daira mich erpressen wollte. Ich ging zu ihr, um das zu klären, und sie übergab mich dann Leroy. Wir sind zum Schlachtfeld gefahren und Mario nahm mich mit, weil er auch da war, um meinen Bruder zu unterstützen. Zoran holte mich von Mario ab, weil es keinen Krieg mehr gab, und Nicolai holte mich in der Nacht wiederum dort raus. Er will alle in das Verderben rennen lassen. Um ihn aufzuhalten, wollen wir die Silberschwingen wieder zusammenholen. So sind Nicolai und ich dann losgeritten und haben euch gesucht." Saphira blickte sicher und fest zu den beiden rüber. Beide dachten kurz darüber nach, was sie gerade alles erfahren hatten, und blickten dann fragend beide an. Nicolai gab beiden die Antwort auf ihre stille Frage. „Saphira und ich sind zusammen und wollen heiraten." Akay verschluckte sich an seinem Wein und Xenia stellte prompt ihr Glas auf den Tisch. Ungläubig schauten sie ihn an. Xenia nahm ihr Glas wieder und schluckte den Wein runter wie Wasser, wobei Saphira sich leicht schütteln musste. Es war nicht gerade der beste Wein, den es gab, und schmeckte auch dementsprechend. Nicolai küsste ihren Arm, weil er ihre Anspannung merkte. Als sie ihm in die Augen sah, entspannte sie sich und lächelte, als er ihr einen kurzen Kuss gab. Akay bat Nicolai kurz mitzukommen vor die Tür. „Was ist los, Akay?"

„Bist du dir sicher, was du gesagt hast, mit dir und Saphira? Sie ist die Herrscherin, Meisterin der Phönixe und zusätzlich auch noch unsere Anführerin und du ein Beschützer."

„Soll das eine Beleidigung sein, dass ich nur ein kleiner Beschützer bin und sie die Königin?"

„Nein aber … ich weiß nicht. So was gab es noch nie. Verdammt genau, du sagst es. Sie ist die Königin, jeder Anführer würde dir den Kopf abreißen. Du bist nun mal eben nur ein Beschützer und kein Anführer. Verstehe das bitte nicht als Beleidigung." Nicolai blickte ihn an, während er an der Wand lehnte mit verschränkten Armen. „Deswegen bin ich also nicht gut genug, um mit ihr zusammen zu sein, meinst du? Ich liebe diese Frau so, wie sie ist. Es geht mir nicht darum, was sie ist oder wer sie ist. Wir beide lieben uns, damit ist das Thema für mich abgeschlossen. Es wäre nett, wenn unser Geheimnis von den Silberschwingen unter uns bleibt. Ich hatte noch keine Möglichkeit, ihr die Wahrheit zu sagen. Abgesehen davon sind wir Phönixe, von daher zählt nur das, nicht was bei den Clans zählt." Akay schüttelte den Kopf. Er hätte gedacht, dass Nicolai einen klaren Verstand hätte, doch dass er so wahnsinnig war und wirklich mit der Herrscherin zusammenbleiben wollte, hätte er nicht für möglich gehalten. Saphira war schön und ja, jeder Mann würde in Versuchung geraten bei ihr. Aber man musste sich vor Augen halten, welchen Rang sie hatte. Langsam ging er in das Wohnzimmer zurück.

„Das Gespräch hätten wir auch hier führen können, Akay." Saphira blickte ihren Verlobten an. Nicolai küsste sie nur und zog sie zurück auf seinen Schoß. Der Blick blieb auf Akay haften. Saphira wunderte es, dass Nicolai so wütend zu sein schien. Am liebsten hätte sie gefragt, was los war, doch die Frage wurde schneller beantwortet, als sie diese stellen konnte. Nicolai schaute Xenia an und sagte dann: „Bist du auch der Meinung, dass ich Saphira lieber freigeben sollte, nur weil ich ein kleiner dummer Beschützer bin?" Saphira schaute ungläubig in die Runde, nachdem sie entsetzt nach Luft geschnappt hatte. Sie dachte sich verhört zu haben. Nicolai merkte, dass sie aufstehen wollte, doch er umfasste ihre Taille etwas fester und zog sie an sich. Wenn sie jetzt aufstehen würde, könnte Nicolai nicht sagen was er machen würde. Er hatte sich eigentlich immer unter Kontrolle, doch wenn jemand so etwas glaubte, dass er nicht gut genug für Saphira sei, da musste er die Zähne zusammenbeißen. Xenia erwiderte erst nichts, doch dann sagte sie ihre Meinung. „Nicolai, du bist nichts Besseres als wir. Du hast nur eine Beschützer-Ausbildung wie wir auch. Ich möchte dir nicht zu nahe treten, aber ein Beschützer und die Königin …" Sie schüttelte den Kopf. Saphira wollte etwas sagen, doch nachdem Nicolai sie kurz in die Seite gedrückt hatte, schloss sie gleich wider den Mund. Sie blickte ihn wehmütig an. Er schob ihren Kopf zu sich runter, um sie zu küssen, und sie merkte seine Wärme, die sie beruhigend umschloss. „Für nichts auf der Welt würde ich sie hergeben. Erklärt mich eben für verrückt, aber sie gehört zu mir. Genauso ist es umgekehrt, damit solltet ihr euch alle abfinden, denn ich werde sie nicht hergeben." Akay und Xenia erwiderten nichts dazu, weil sie sich auch nicht streiten wollten. Nicolai musste das selber wissen, was er machte, schließlich war er alt genug. Sie gaben ihr Wort, den anderen zu erzählen, was los war, und alle zusammenzurufen. Xenia und Akay wollten sich dann melden, sobald alles erledigt war.

Kapitel 19

Die Beschützer würden nun den Rest der Mitglieder anrufen und zusammenbringen. Es würde noch zwei Wochen dauern, bis die Silberschwingen komplett waren. Saphira hoffte, dass es bis dahin noch keinen Kampf geben würde. Es waren nur noch fünf Wochen bis zu ihrer Hochzeit. Dabei hatte sie noch kein Kleid besorgen können, weil sie schon so lange unterwegs waren. Bis beide zu Hause ankommen würden, dauerte es noch mindestens eine Woche. Nicolai und sie waren immer auf der Lauer gewesen, weil sie wussten, dass noch ein Verfolger hinter ihnen her war. Sie blieben an einem Fluss stehen und ließen die Pferde etwas trinken. „Ich müsste mal dringend duschen, Liebling", sagte sie mit gerümpft verzogener Nase. „Ja, mir geht es genauso, Engel." Nach zehn Minuten ritten sie wieder weiter, weil sie keine Zeit verlieren wollten. Die Nächte wurden zur Qual. Saphiras Rücken tat mittlerweile von dem Schlafen auf dem Boden weh und richtig ausgeruht war sie lange nicht mehr. Als sie Nicolai ansah, dachte sie, ihm müsste es noch schlechter gehen als ihr. Er war in der Nacht auf, um aufzupassen, und wenn Saphira wach war, verlangte er, dass sie ihn in spätestens zwei Stunden weckte. Nicolai sah wirklich schlecht aus. Die Müdigkeit und Erschöpfung standen ihm ins Gesicht geschrieben. „Halt an."

„Was?"

„Du sollst anhalten, Nicolai."

„Warum? Wir haben gerade Pause gemacht." Saphira blieb stehen, sodass er anhalten musste. Er drehte sich mit Penelope zu ihr herum. Seine Augen glänzten nicht mehr, der Schweiß rann ihm über seinen Körper. Nicolai seufzte zwar, aber er stieg ab. Saphira trat zu ihm mit einem Lappen in der Hand, den sie mit etwas Trinkwasser nass gemacht hatte. Sie wischte über seine Stirn und danach seinen Körper entlang. Zum Schluss wusch sie seine Arme. Nicolai schloss seine Augen, während sie das machte. „Warum machst du das?"

„Ich bin mir sicher, dass du krank geworden bist. Deine Stirn ist heiß. Wenn wir weiter so ein Tempo einlegen, kippst du noch um. Wir sollten langsamer werden und du solltest endlich mal schlafen."

„Wenn wir langsamer werden, sind wir noch länger als fünf Tage unterwegs."

„Das ist mir egal. Ich möchte nicht, dass du dich kaputtmachst. Denke an unsere Hochzeit." Sie hatte recht. Aber er musste sie doch beschützen. Wenn er schlafen würde, dann könnte sie angegriffen werden. Nicolai wollte nicht, dass sie wach blieb, um wache zu halten. Ja, sie war stark und konnte sehr gut auf sich selber achten, doch sie war seine Frau, die er beschützen musste. Nicolai wollte und musste sie schützen, und wenn es rund um die Uhr war. „Ich diskutiere nicht, Nicolai, das solltest du mittlerweile wissen. Wir reiten noch maximal zwei Stunden und dann halten wir an, damit du dich ausruhen kannst."

Er nickte. Es stimmte, dass es nichts bringen würde, mit ihr zu diskutieren. Also stiegen beide auf und ritten weiter.

Saphira war sauer. Sie fanden erst nach vier Stunden einen geeigneten Platz. Nicolai schlüpfte in seinen Schlafsack. Saphira deckte ihn noch mit einer Decke zu. Langsam streichelte sie ihrem Liebsten durch die Haare. Er schlief schon in drei Minuten fest ein. Ihm ging es wirklich schlecht. Saphira holte regelmäßig etwas kühles Wasser vom Bach, um Nicolai einen Lappen auf die Stirn zu legen. Sie sammelte ein paar Äste, die sie für ein Feuer benutzte. Darauf machte sie einen Tee für Nicolai. Langsam hob sie seinen Kopf, wenn er halbwegs wach war, und flößte ihm den Tee ein. Sie lehnte sich an einen Baum und horchte den Vögeln zu, die sich miteinander unterhielten. Es wunderte sie, dass beide noch nicht angegriffen worden waren, obwohl einer noch nach ihnen suchen müsste. Saphira lächelte, als sie daran dachte, dass sie bald mit Nicolai verheiratet sein würde. „Noch fünf Wochen", flüsterte sie zu sich selbst. Sie beobachtete

Nicolai. Seine Atmung war normal, nur manchmal hustete er. Ihr wäre es auch lieber, so schnell wie möglich nach Hause zu kehren, aber seine Gesundheit ging vor. Dass er mit Mario verwandt war, ging ihr immer noch nicht in den Kopf. Aber es war ihr egal, sie liebte ihn so, wie er war. Langsam wurde es dunkel. Es blieb alles ruhig. Doch Saphira wollte nichts riskieren, blieb deswegen lieber wach und achtete darauf, dass sie immer wieder den Lappen neu nass machte. Als sie beinahe eingenickt war, hörte sie ein Geräusch. Ihr Kopf fuhr hoch, ihr Schwert griffbereit. Ihre Augen wanderten langsam durch die Umgebung. Hinter ihr hörte sie ein leises Pfeifen, sie fuhr herum und sah einen männlichen Umriss. Langsam holte sie das Schwert heraus, während sie dorthin schlich, wo sie den Umriss gesehen hatte. Beim Baum holte sie aus und es schmetterte ein Weißes Schwert gegen ihres. Als sie ihn erkannte, fielen ihr fast die Augen raus. „Was willst du hier?"

„Ich will dich nicht töten und auch Nicolai nicht. Lass es mich bitte erklären, bevor du mich angreifst." Saphira blickte kurz zu Nicolai rüber. Eigentlich wollte sie nicht, dass er mit zum Feuer kam, aber wenn er etwas erklären wollte, sollte er das machen. Es wurde kalt, deswegen nahm sie ihn mit und setzte sich mit ihm gemeinsam ans Feuer, wo sie mit einem Ast drin herumstocherte. „Wenn du auch nur die kleinste falsche Bewegung machst, bringe ich dich um. Nun erzähle mir, was du zu sagen hast, Leander."

„Als ich den Auftrag bekam, wusste ich schon von Anfang an, dass ich es nicht machen könnte. Ich habe dich sehr lieb gewonnen damals, als du im Krankenhaus warst. Dass Zoran wirklich so etwas verlangte, konnte ich nicht glauben. Denn ich dachte, er meint es wirklich ernst, dass er sich Sorgen um dich macht. Ich habe erst viel später mitbekommen, dass er mit Daira zusammen ist."

„Warum das?"

„Weil Zoran es vor allen geheim gehalten hat. Selbst ich wusste nichts davon. Grüß dich, Leander." Nicolai ging zu Saphira, hob sie auf seinen Schoß und hielt einen Arm um sie. „Danke dir, Engel, jetzt geht es mir wieder besser." Er küsste sie kurz, bevor er zu Leander blickte. „Wenn Zoran es herausfindet, wird er dich töten."

„Ich weiß. Aber ich werde diesen Auftrag nicht erfüllen. Saphira ist unsere Herrscherin. Hätte ich früher gewusst, was er vorhat, dann wäre ich damals schon mit dir zusammen gegangen. Habt ihr was dagegen, wenn ich mich euch anschließe?" Saphira wollte gerade etwas sagen, als Nicolai ihr zuvorkam.

„Wer sagt, dass wir dir wirklich trauen können, Leander?"

„Ihr habt die Wahl. Ihr könnt mir trauen und ich kämpfe an eurer Seite oder ihr bringt mich um." Nicolai blickte Saphira an, sie nickte ihm zu. Nicolai schien noch mit sich zu kämpfen, dann brachte auch er ein Nicken zum Vorschein. Drohte Leander aber gleich, dass er, wenn er auch nur eine falsche Geste oder sonst etwas machen würde, umgebracht werde. Leander stimmte zu. Saphira und Nicolai nahmen Ricardo. An ihn hatten sie Penelope gebunden, weil Nicolai Leander nicht wirklich traute.

Nach drei Tagen waren auch schon bei Saphira und Leander die ersten Anzeichen der Übermüdung zu sehen. Nicolai hielt sie wie immer ganz fest an sich, dass sie nicht herunterfallen konnte, wenn sie einschlief. Doch Nicolai ging es auch noch nicht sonderlich besser. Er hatte immer noch Fieber und seine Erkältung war auch schlimmer. Saphira schnitt sein Essen immer sehr klein, damit er nicht solche Schwierigkeiten hatte mit dem Hinunterschlucken. Denn sein Hals tat weh und schlimmer wurde es, wenn er trank oder aß. Nicolai ließen sie immer eine Stunde schlafen, wenn sie eine Pause machten. Einen Tag war er sogar eifersüchtig auf Leander, weil er mit Saphira am Fluss war und er ihr den Nacken gewaschen hatte. Doch Saphira konnte ihn schnell wieder beruhigen. Zwei Tage später brach Nicolai plötzlich zusammen. Er sagte nur noch davor zu Saphira, sie solle sich festhalten und dann fiel er vom Pferd. Saphira schwang sich sofort von Ricardo runter und auch Leander kam sofort zu Nicolai gelaufen. Sie schleppten ihn unter einen schattigen Baum. Saphira machte einen kalten Tee fertig und Leander befahl sie, irgendwo Wasser zu suchen und Handtücher nass zu machen. Sie strich über Nicolais Wangen. Als er langsam ihren Namen flüsterte, küsste sie ihn kurz. Ihre Augen zeigten große Besorgnis. Leander kam nach zwanzig Minuten wieder. Sie krempelte Nicolai die Hosenbeine hoch, damit sie die Handtücher herumwickeln konnte. Saphira kümmerte sich wie eine Verrückte um ihn, das konnte Leander ihr nicht verübeln, denn wer wusste schon, wie lange die beiden noch zusammen sein konnten. Leander wollte nicht daran denken, dass einer von ihnen es nicht schaffen würde. Sie passten perfekt zusammen und sie würden die Clans besser führen können als jeder andere. Das Feuer wärmte sie und Saphira machte die letzte Dose zu essen auf. Danach würde es nur noch Obst und Gemüse geben.

Nicolai wurde wach von einem Streit. Langsam richtete er sich auf, sein Kopf tat weh, als würde ein Specht darauf herumpochen. Er zuckte leicht zusammen, dann schaute er in die Richtung, wo die Geräusche herkamen. „Du bist ein perverses Arschloch!"

„Bin ich nicht! Ich wusste doch nicht, dass du gerade hier bist!" Nicolai stand langsam auf. Zuerst drehte sich alles. Er nahm eine Flasche Wasser und trank einen großen Schluck. Als er ein Zusammenstoßen von zwei Schwertern hörte, zuckte er zusammen, verschluckte sich und hustete. Nachdem er sich erholt hatte, rannte er zu der Stelle, wo er es gehört hatte. Dann blieb er abrupt stehen. Nicolai schaute von einem zum anderen. Er musste erst blinzeln, weil er dachte, er würde träumen. Dann schoss er zu Saphira und wehrte mit seinem Schwert den Angriff Leanders ab. „Dürfte man erfahren, warum du meine Verlobte angreifst?" Seine Wut war deutlich in seiner Stimme zu hören. Leander wich vier Schritte zurück, bevor er sein Schwert in den Halter zurücksteckte. Leander nickte zu Saphira rüber, woraufhin Nicolai sich zu ihr umdrehte. Sie kannte diesen Blick und steckte auch ihr Schwert zurück.

„Habt ihr beide nicht etwas vergessen?" Leander schaute zu Saphira, die gerade ihr Schutzschild auflöste. Er tat es ihr nach und beide wandten sich zu Nicolai. „Ich musste mal mein Geschäft verrichten wie jeder andere auch. Leander hatte nichts Besseres zu tun, als hinter mir herzukommen, dieser Spanner."

„Verdammt noch mal, ich bin dir nicht gefolgt! Ich gebe ja zu, dass du ziemlich heiß aussiehst, aber ich beobachtete dich doch nicht!" Nicolai funkelte Leander wütend an mit seinen hellblauen Augen. „Das habe ich überhört, was du gerade gesagt hast, Leander. Noch einmal so eine Äußerung und ich werde mich höchstpersönlich darum kümmern, dass du nie wieder in deinem Leben eine Frau befriedigen kannst." Leander zuckte zusammen, als Nicolai das sagte. Er wusste zwar, dass er nichts getan hatte, ging aber trotzdem auf Saphira zu und verbeugte sich, während er sich aufrichtig bei ihr entschuldigte. Sie gingen zusammen zurück, aßen noch eine Kleinigkeit, um dann weiterzureiten.

Zwei Tage später waren sie endlich zu Hause. Sie saßen in der Küche, dankbar, endlich was Richtiges zu sich nehmen zu können. Saphira unterhielt sich mit Nicolai wegen der Hochzeit, dem es mittlerweile schon viel besser ging, nachdem sie bei Phaedra gewesen waren, die auch für ihre Heilkunst berühmt war. Leander saß im Wohnzimmer, um fernzusehen. Nicolai nahm Saphira mit ins Schlafzimmer, er machte den Schrank auf, holte eine Kiste heraus und gab sie Saphira. Sie wunderte sich, weil er darauf bestand, hinauszugehen, weil sie es anprobieren sollte. Doch als sie die Kiste öffnete, konnte sie nichts mehr machen. Die Angst um Nicolai, die Traurigkeit, das Glück – alles kam auf einmal hoch. Sie sank auf die Knie, den Kopf in ihre Arme vergraben, auf dem Bett. Nicolai kam ins Zimmer gestürzt und kniete sich neben sie. Sie ließ sich in seine Arme fallen und weinte. Das war zu viel. In vier Wochen war die Hochzeit. Nicolai hatte schon alles fertig geplant, organisiert und jetzt sogar ein Kleid für Saphira besorgt. Sie konnte nicht mehr an sich halten, es ging nicht. Nicolai sagte nichts zu ihr, hielt sie einfach nur in den Armen. Auch ihm kamen die Tränen. Wenn der Kampf sich noch so lange hinauszögern lassen würde, wären beide glücklich. Doch sie wussten, dass es sich nur um ein paar Wochen handeln würde oder es sogar nur noch Tage waren, bis der Kampf begann. Saphira schlief ein, da beide die ganze Zeit auf dem Boden gesessen hatten, hob er sie hoch, um sie auf das Bett zu legen. Er ging hinunter zu Leander, um Bescheid zu sagen, dass auch er sich hinlegen würde. Leander nickte ihm zu und konzentrierte sich wieder auf die Sendung.

Nicolai war zärtlich wie immer, als sie miteinander schliefen. Es war schon zum normalen Tagesablauf geworden, dass sie früh und abends miteinander Sex hatten. Zusammen gingen sie unter die Dusche, wo er seine Hände wieder nicht bei sich behalten konnte. Sie kicherte und drückte ihn leicht weg. Saphira seifte sich ein, gab Nicolai den Lappen, damit er ihren Rücken abwusch. Doch kaum hatte sie ihm den Rücken zugedreht, hielt er sie fest an sich gedrückt.

„Hey, wir hatten gerade. Du bekommst auch nicht genug, oder? Bis heute Abend musst du aber schon warten, sonst kommen wir zu nichts."

„Nein, Engel, ich bekomme wirklich nicht genug von dir. Meine Lust zu dir ist wirklich unendlich." Er drückte sie gegen die Fliesen, ihre Finger fest ineinander verschlossen. Langsam wanderte er mit seiner Hand nach unten.

„Nicolai, bitte. Wir müssen noch so viel erledigen." Nicolai wanderte mit seiner Zunge über ihren Hals. Dass er an ihrer empfindlichsten Stelle spielte, machte sie verrückt. Sie konnte sich lange zurückhalten, aber irgendwann kam auch sie an ihre Grenzen. Ihre Hand kniff in seinen knackigen Hintern. Er grinste, hielt sie an ihren Hüften fest, drang langsam und tief in sie hinein.

Das Telefon klingelte. Da niemand hinunterkam, ging Leander dran. „Hallo?"

„Wer ist da?"

„Leander."

„Was machst du bei Nicolai und Saphira? Wenn du ihnen auch nur ein Haar gekrümmt hast, dann …"

„Ich habe niemandem etwas getan. Sie kommen gerade runter, ich gebe dich weiter." Nicolai und Saphira kamen lachend Arm in Arm in das Wohnzimmer. Saphira legte den Kopf zur Seite, sah Leander an und fragte, was los sei. Leander hielt Nicolai den Hörer hin, setzte sich dann auf das Sofa, auf das sich auch Saphira setzte. Beide beobachteten Nicolai, während er am Telefonieren war. Leander fluchte innerlich, weil ihr Duft ihm entgegenkam. Warum musste sie so schön sein? Es war ja noch nicht einmal nur ihr Aussehen, auf das sogar ihre eigene Mutter neidisch wäre, sondern auch ihr Herz. Ihr Charakter war so gutmütig. Manchmal konnte man denken, dass sie als Herrscherin ein zu weiches Herz haben könnte, doch sie scheute sich nicht jemanden, ohne mit der Wimper zu zucken, umzubringen. Wer nur von ihrem Äußeren ausging, sollte sich gewaltig in Acht nehmen. Seit er sie mit Nicolai gesehen hatte, war sie nie traurig. Zumindest hatte Leander das noch nicht gesehen. Sie strahlte jeden Tag vor Glück und Freude. Das machte ihn auch glücklich, denn sie hatte es verdient, endlich sorgenfrei leben zu können. „Deine Leute möchte ich auch gerne haben, Mario. Dann wissen wir ja Bescheid. Ich werde mich darum kümmern, dass sich die Beschützer beeilen. Und noch etwas …" Nicolai schaute zu Saphira rüber, sagte ihr, dass er gleich wieder da ist, und ging aus dem Wohnzimmer raus. Als er die Tür geschlossen hatte, sprach er weiter: „Ich möchte dich um etwas bitten."

„Für dich mache ich alles, Nicolai."

„Sollte mir etwas passieren im Kampf, passe bitte auf Saphira auf. In unserem neuen Haus im Schrank ist ein Medaillon. Es ist eine Extraanfertigung für Saphira. Bitte gib es ihr dann. Der Schrank ist im Wohnzimmer neben dem Fernseher. Sie sollte es eigentlich zur Hochzeit bekommen."

„Und das wird sie auch, Nicolai. Dir wird nichts passieren. Du bist ein sehr guter Kämpfer, vergiss das nicht. Ihr beide werdet heiraten, nachdem der Kampf vorbei ist, und glücklich werden. Aber ich werde auf sie aufpassen und ihr das dann geben, sollte es wirklich so weit kommen. Was aber nicht passieren wird."

„Dein Wort in Gottes Ohr." Er legte auf und setzte sich einige Minuten draußen auf die Bank. Mario hatte recht, er war ein guter Kämpfer gewesen, aber man sollte alles in Erwägung ziehen. Nicolai wollte Saphira beschützen bis zum Tod, und das würde er auch machen. Seine Hände fuhren durch seine Haare. Er holte einmal tief Luft und ging wieder zurück zu seiner Verlobten. Saphira lachte gerade herzlich. Dabei musste Nicolai lächeln. Sie war so glücklich, so voller Lebensfreude, obwohl sie wusste, dass sie bald kämpfen musste. Das machen musste, was sie am meisten hasste. Ohne ein Wort drückte er sie in seine Arme, wo Saphira vor Überraschung die Luft kurz angehalten hatte. Ihm rannen die Tränen über sein Gesicht. „Egal was auch passieren mag, ich werde immer bei dir sein, mein Engel. Immer. Vergiss das niemals."

„Nicolai."

„Zoran, Daira und Leroy haben alles vorbereitet. Der Kampf findet sehr bald statt. Mario meinte, dass es spätestens in einer Woche sein könnte. Wir werden dann Bescheid bekommen." Sie küsste ihn auf die Wange, wo sie eine salzige Träne weggeküsst hatte. Saphira schaute ihm in die Augen. Sie sah, dass er Angst hatte vor dem Kampf, und sie konnte es verstehen. Auch sie hatte Angst, aber sie glaubte daran, dass Mario, Nicolai und sie es schaffen würden. Es durfte nicht so weit kommen, dass einer von ihnen starb. Sie waren die Guten, das Ereignis vor vielen Jahren, der Krieg, durfte nicht noch einmal passieren. Es durften nicht wieder alle sterben, sie durften nicht dieselben Fehler machen wie ihre Eltern. Doch genau das machte Zoran jetzt und das Schlimmste war, dass Leroy Loitador und Daira Trevo genau denselben Fehler begingen. Es stellte sich mittlerweile heraus, dass Daira und Zoran verlobt waren, sogar Gerüchte, dass sie heimlich geheiratet hatten. Jetzt verstand Saphira auch, warum Zoran damals nicht den Nachnamen Dairas genannt hatte. Hätte er es getan, wäre alles herausgekommen.

Kapitel 20

Zwei Wochen später telefonierte Saphira am frühen Morgen mit Mario. „Ich werde mit zwei Beschützern zu euch kommen."

„Gut. Wir treffen uns im alten Haus. Dann besprechen wir alles. Bis gleich."

Nicolai, Leander und Saphira saßen auf dem großen Sofa mit einem Plan in der Hand. Sie berieten schon mal, wie sie alles machen würden. Wenn Mario gleich da sein würde, könnten sie ihm alles erklären und er müsste nur noch seine Meinung dazu sagen. Die Silberschwingen waren jetzt alle bereit. Von ihrem Clan sind noch einhundertdreiundzwanzig Leute da. Sie wussten durch Spionage, dass die anderen circa vierhundert Leute hatten. Nun kam es nur noch darauf an, wie viele Leute Mario hatte. Der Kampf war in einer Woche festgelegt. Genau zwei Tage vor der Hochzeit. Nicolai hatte jede freie Minute mit Leander gekämpft, um ihm noch vieles beizubringen. Mittlerweile war Leander fast genauso gut wie er. Der Kampfplatz war eine große freie Fläche. Nicht gerade vorteilhaft, aber auch nicht gerade nachteilig. Als es an der Tür klingelte, ging Saphira hin, um sie zu öffnen. Mario umarmte sie liebevoll, mit einem Kuss auf ihren Scheitel. Arjona und Xaver verbeugten sich vor ihr. Saphira blinzelte, als sie sich aus seiner Umarmung löste. „Du hast deine Haare geschnitten?" Er grinste, als sie das sagte. Sie strich durch seine Haare und lächelte. „Ja, im Kampf ist das praktischer, wenn sie kürzer sind." Saphira bat alle drei ins Wohnzimmer. Sie holte eine Kanne Tee und goss jedem etwas ein. Bei Mario hielt sie inne und schaute ihn an. „Wir haben auch sehr guten Wein, wenn du lieber ein Glas möchtest." Er dankte ihr, aber meinte, dass Tee in Ordnung wäre. Sie setzte sich wieder neben Nicolai, schaute auf die Karte und fing an zu erklären, was sie sich ausgedacht hatten. „Der Platz ist sehr groß. Die Silberschwingen würden von diesen beiden Seiten angreifen. Nicolai hier und ich dort drüben. Du würdest also direkt von der Mitte aus angreifen können. Wir dachten, es wäre besser, da du mehr Leute hast als wir. Wie viele sind es eigentlich?"

„Dreihundertsiebzig." Nicolai schaute zu ihm auf. „Beide Clans zusammen?"

„Es werden nicht alle kämpfen. Wenn ich alle meine Leute zusammenzähle, die zu mir gehören, sind es siebenhundert … plus/minus." Saphira schaute ihn an. Sie musste sich bemühen, nicht den Mund aufklappen zu lassen. Mario lachte, als er sie sah. Aber auch Nicolai sah ihn erstaunt an. „Ich habe doch gesagt, ich habe den größten Clan. Da die Leute von dem Todesclan nun zu mir gehören, zählen sie zum Schwarzen Clan dazu. Was meinst du denn, warum mich lange keiner mehr herausgefordert hat?" Leander, Nicolai und Saphira schauten sich gegenseitig fassungslos an. Nun mussten sogar Arjona und Xaver über die Blicke der drei lachen. Mario erklärte, dass er auch alle mitnehmen könnte, aber es nicht nötig sein würde. Er war zwar einverstanden mit der Idee von den beiden, aber eine Kleinigkeit musste er jedoch ändern. Er wollte, dass Saphira in der Mitte blieb, damit Mario und Nicolai neben ihr sein konnten, damit sie besseren Schutz hatte. Nicolai stimmte zu. So hatten sie Saphira beide im Auge und konnten sich trotzdem auf den Feind konzentrieren. Mario wollte noch hundert Leute mehr mitnehmen, nicht nur weil sie deutlich in der Überzahl wären, sondern weil sie dann die anderen auch rundherum umzingeln könnten. Xaver und Arjona nahmen ihre Handys, um den anderen Bescheid zu geben. Weil die drei Mario wieder fragend ansahen, sagte Mario:

„Xaver ist vom Todesclan, Arjona vom Schwarzen, deswegen telefonieren sie beide." Sie unterhielten sich noch ein paar Stunden, bevor Mario mit den anderen ging. „Mario? Könnte ich mich kurz mit dir unter vier Augen unterhalten?" Mario nickte und ging mit Saphira in die Küche. Ihr war der prüfende Blick von Nicolai nicht entgangen. Sie wusste, dass sie sich beeilen musste, weil Nicolai nicht sehr geduldig war, wenn sie mit anderen zu lange alleine war.

„Ich möchte mich noch mal bei dir bedanken, weil du uns hilfst. Es ist nicht selbstverständlich und schon gar nicht, weil du und auch andere unter dem Krieg leiden mussten." Sein Blick wurde warm und ein kleines Lächeln kam zum Vorschein. „Rose, es ist nicht deine Schuld, was damals passiert ist. Ja, ich gebe zu, dass ich es gedacht habe. Ich habe mir immer wieder eingeredet, dass du genauso an allem schuld bist wie deine Eltern. Aber nur weil ich mit meinen Gefühlen zu dir nicht klarkam. Rose, ich liebe dich immer noch, auch wenn du mit Nicolai zusammen bist. Ich kämpfe für dich. Weil du mit Nicolai zusammen bist, kämpfe ich auch für ihn. Im Gegensatz zu anderen habe ich noch sehr viel Anstand und weiß, wem ich gehorchen muss. Ihr seid die Herrscher und wenn ihr Hilfe braucht, ist das für mich selbstverständlich. Wir sehen uns, Rose."

Ohne damit zu rechnen, nahm Mario ihr Handgelenk und zog sie zu sich heran, um ihr einen Kuss zu geben. Erschrocken schaute sie ihn an. „Ich liebe dich, Rose", sagte er noch und ging, ohne sich noch mal zu ihr umzudrehen. Saphira stand in der Küche, an den Schrank gelehnt. Ihre Finger berührten ihre Lippen. Weil sie schon so lange weg war, kam Nicolai hinein. Bevor er es sehen konnte, riss sie ihre Hand von den Lippen herunter. „Was ist los? Hat er etwas gemacht?"

„Nein, hat er nicht. Sag mal, warum wollen alle was von mir?" Nicolai verstand die Frage sofort, was sie damit meinte, und ging zu ihr. Er hob sie an den Hüften auf den Küchenschrank. Dann streichelte er über ihre Wange. „Du bist bezaubernd, Saphira. Du siehst nicht nur gut aus, sondern hast auch einen guten Charakter. Dass Mario seine Lebensweise geändert hat wegen dir, hat schon sehr viel zu bedeuten."

„Ich fühle mich wie … wie ein Flittchen oder so ähnlich. Ich meine, ich gehe ja nicht mit jedem ins Bett. Du warst der Erste und ich war dir immer treu. Aber das mich so viele haben wollen. Leroy. Mario. Du. Ich verstehe das nicht."

„Leroy will dich nur, um dich auszunutzen, mehr nicht." Nicolai sagte es in einem verächtlichen Ton. Saphira umfasste sein Gesicht und küsste ihn kurz auf die Lippen. „Nein, das kann ich mir nicht vorstellen. Ja, er ist ein mieses Schwein, aber so was glaube ich nicht. Als ich ihn das letzte Mal gesehen hatte, da klang es wirklich ehrlich."

„Hast du deinen Bruder so eingeschätzt, dass er dich umbringen würde? Nur um die Clans herumzuschubsen?" Saphira schüttelte den Kopf. Mario hatte recht, was er damals sagte. Es ist wirklich nicht alles so, wie man es sieht.

Leroy saß zusammen mit Daira und Zoran am Tisch, der Plan lag vor ihnen. Zoran meinte, es sei besser, wenn alle von einer Seite angriffen. Leroy war nicht sonderlich überzeugt davon. Daira sollte sich um Saphira kümmern, Zoran kümmerte sich um Nicolai und Leroy sich um Mario. Er wusste nicht mehr, ob er es wirklich durchziehen sollte. Mario war mal sein bester Freund. Sie kannten sich schon, seit sie im Sandkastenalter waren. Es mochte ja sein, dass er Mario nicht mehr sonderlich mochte, aber was sie damals alles durchgemacht hatten, konnte er auch nicht einfach so vergessen. Er hatte ihn damals auch angegriffen, aber es war nur wegen Saphira. Dass er sie wieder gehen lassen musste, brach ihm das Herz. Umso mehr Wut auf Nicolai kochte in ihm. Dass der nun seine Saphira hatte, ließ ihm keine Ruhe. Leroy hatte Stunden mit Daira und Zoran gesprochen, dass er sich um Nicolai kümmern wollte, doch Zoran bestand darauf, dass er es machte. Er konnte ihm nicht widersprechen. Zoran hatte ihn in der Hand. Entweder es lief so ab, wie die beiden es wollten, oder er bekam Saphira nicht und musste sich den beiden unterwerfen. Er wollte weder Saphira verlieren noch wollte er mit seinem Clan von Zoran und Daira umhergeschubst werden. Saphira war immer schon sein Ein und Alles. Ihn hatte nie interessiert, wer sie war. Leroy wollte sie so haben, wie sie war, und nicht anders. Er liebte sie so, wie sie war. In all den Jahren hatte er keine einzige Freundin mehr gehabt. Für ihn kam keine andere Frau infrage. Wäre Saphira wirklich tot gewesen, dann wäre er für immer alleine geblieben. Immer mehr bereute er, dass er ihr am Telefon so eine Abfuhr erteilt hatte. „Leroy, du solltest lieber zuhören, anstatt zu träumen. Zoran hat mit dir gesprochen." Dieser giftige Ton von ihr regte ihn auf. Sie führte sich auf, als wäre sie die Beste. Dabei war sie einfach nur ein Miststück. Leroy biss die Zähne zusammen. Er musste an Saphira denken, wenn er jetzt einen Fehler machen würde, dann würde Daira sie umbringen. Leroy wusste nicht, ob man den beiden wirklich trauen konnte, aber ihm blieb nichts anderes übrig. „Entschuldige, was hattest du gesagt?"

„Dass du mit deiner Gruppe dich dahin ordnen sollst. Wir werden im Wald bleiben, bis wir genau sehen können, wo wer von ihnen steht. Danach nimmt jeder seinen Platz ein, wo sein Gegner ist." Leroy nickte. Bald war es so weit. Doch niemand wusste, dass er überlegte seinen eigenen Plan zu vollziehen.

Leander war unterwegs, weil er etwas besorgen wollte. Endlich hatten die beiden mal wieder Ruhe und waren ganz alleine. Sie kuschelten auf dem Sofa und schauten sich einen Film an. Auf dem Tisch hatten sie Kerzen hingestellt, die den Raum beleuchteten. Nicolai hatte Saphira noch mal gefragt, ob Mario wirklich nichts getan hatte, weil sie etwas benommen war. Saphira versicherte ihm, dass Mario nichts getan hatte, somit gab er sich dann endlich zufrieden. Im Hintergrund lief Pianomusik. „Heute Abend möchte ich etwas mit dir machen."

„Was hast du denn vor?"

„Das wird eine Überraschung sein, mein Engel. Aber ich bin mir sicher, dass es dir gefallen wird." Sie blinzelte erst, bevor ihr Blick misstrauisch wurde. Nicolai lachte, als er das sah. Zärtlich küsste er ihren Hals. Danach ihren Arm und dann jeden einzelnen Finger. Ihr lief ein angenehmer Schauer über den Rücken. Sie war süchtig nach ihm. Nach seinem Duft, seinen Berührungen. Sie wollte ihn so oft wie möglich in sich spüren, mit ihm eins werden. Er spürte es, ließ seine Hand über ihre Schenkel wandern und hob ihr Bein leicht. Saphira schob seine Hand weg, damit sie sich umdrehen konnte. „Erst will ich wissen, was du vorhast mit mir."

„Du bestrafst dich nur selber damit, Engel. Wir wissen beide, dass du genauso süchtig bist nach mir wie ich nach dir." Er hatte damit vollkommen recht. Doch sie wollte nicht aufgeben. Sie wollte wissen, was er nun wieder im Schilde führte. Saphira zitterte schon vor Verlangen, das in ihr aufstieg. Er ließ nicht nach, ärgerte sie mit seiner Fantasie, was er alles mit ihr machen könnte. Als er seine Finger in sie hineinsteckte, stöhnte sie kurz auf, wand sich aber aus seiner Umarmung und schaute ihn wütend an. Er lachte, weil sie aussah wie ein kleines Mädchen, dem man etwas gestohlen hatte und das denjenigen gleich verhauen wollte. Nicolai setzte sich auf, um seinen Engel etwas zu besänftigen. Es dauerte nicht lange, bis sie sich wieder an ihn schmiegte.

„Na, bist du wieder handzahm?"

„Handzahm? Pass auf, was du sagst, sonst überlege ich es mir anders." Er küsste sie auf die Nase. Saphira konnte nie lange auf ihn böse sein, dafür wusste er genau, was er machen musste, um ihre Wut zu besänftigen. Nicolai kannte Saphira in- und auswendig. Sie hörten die Schlüssel klappern. Bevor Leander reinkam, hatten sie ihre Sachen zurechtgerückt. „Ich habe Pizza für euch mitgebracht."

„Was für eine?"

„Hawaii, Salami und Mexiko oder so ähnlich." Saphira fing an zu lachen, Nicolai prustete los. Leander schaute fragend beide an, doch sie winkten nur ab. Er ging in die Küche, um ein Messer zusammen mit Tellern zu holen. Dann nahm er noch eine Flasche Bier mit in das Wohnzimmer. Er fragte, ob die beiden auch eins wollten. Nicolai bedankte sich, aber Saphira schüttelte den Kopf. Sie blieb lieber bei Saft. Saphira merkte, dass Nicolai sie musterte, doch wenn er schon Überraschungen vorhatte, dann konnte sie auch eine haben. Das würde er heute Abend von ihr erfahren. Sie entschuldigte sich, bevor sie zum Schlafzimmer ging. Marios Leute waren wirklich gut. Sie hatte ihn noch gebeten, einen Strauß Rosen zu bringen, ohne dass Nicolai es herausfand. Der Strauß stand in einer wunderschönen Porzellanvase. Sie nahm drei raus, um die Blätter auf dem Bett zu verteilen. In ihrer Kommode lagen weiße Kerzen. Jede steckte sie in einen Halter. Dann nahm sie ein türkises Kleid raus. Als sie es angezogen hatte, rief sie von oben nach Nicolai, dass er doch bitte mal kommen sollte. Nicolai öffnete langsam die Tür. Ihm fielen fast die Augen raus, als er seinen Engel auf dem Bett sitzend sah, mit den Blättern um sie herum. Er blinzelte, wie in Trance schloss er noch die Tür hinter sich. Ihre Augen funkelten so wunderschön. Das Kleid betonte ihre Kurven und ihre traumhaften Beine waren zu sehen. Nicolai schluckte schwer, als sie langsam aufstand und vor ihm stehen blieb. Ihre Hand ließ sie auf seiner Wange liegen und küsste ihn zärtlich. Sie hatte ihre glatten Haare zu Locken gemacht, ihr Duft raubte ihm den Verstand, genauso wie ihr komplettes Wesen. „Auch ich habe eine Überraschung für dich." Er holte tief Luft, als seine Augen geschlossen waren und sie langsam mit ihren Lippen und ihrer Zunge seinen Oberkörper erforschte. Er ließ sich auf das Bett schubsen, während sie sich langsam vor ihm auszog. Sie hatte davor noch Musik angemacht, damit die Überraschung besser funktionieren konnte. „Seit wann machst du Striptease für mich?" Sie lächelte, als sie langsam näher zu ihm trat. Saphira setzte sich auf seinen Schoß und schaute ihm tief in die Augen. „Ich liebe dich. Doch das hier ist nur ein ganz kleiner Teil der Überraschung."

„Was hast du denn noch vor? Du weißt schon, dass du mich verrückt machst?"

„Ja, aber ich möchte dir etwas sagen. Liebling, ich weiß nun, warum ich so sentimental war." Ihr Lächeln wurde noch breiter, als sie seine Hand nahm und behutsam auf ihren Bauch legte. „Sag nicht, du bist …" Stumm blickte er sie an, dann zu ihrem Bauch. „Doch, ich bin schwanger." Erst war er total fassungslos, dann sprang er mit ihr im Arm auf und wirbelte sie herum. Nicolai drückte sie so fest an sich, dass sie kaum Luft bekam, bis sie ihm auf die Schulter tippte, damit er sie losließ. „Entschuldige, aber das ist so wunderbar. Engel, wir beide bekommen ein Kind!" Dann auf einmal blickte er sie an, wobei sie nicht deuten konnte, wie sie diesen Ausdruck verstehen sollte. „Du wirst nicht kämpfen. Nicht in deinem Zustand."

„Was? Vergiss es mal schnell wieder! Ich verstehe das ja, aber ich werde sehr wohl kämpfen!"

„Nein!"

„Doch!"

Nicolai ging wutentbrannt nach draußen. *Was denkt sie sich nur dabei? Sie gefährdet das Kind damit! Warum will sie das nicht be-*

greifen? Er nahm sein Handy in die Hand und rief Mario an. Als er ihm alles erklärt hatte, wartete er bis Mario kam.

„Du hast mit ihr geschlafen? Sie wollte sich aufheben, bis sie jemanden geheiratet hat. Was hast du mit ihr angestellt?" Mario war stinksauer, als er erfuhr, dass Saphira schwanger war. Er wusste doch ganz genau, dass sie es nicht wollte. Warum sollte sie das Kind des Mannes gefährden, den sie liebte? Irgendwas musste da im Busch sein. „Sie hat mich darum gebeten, ihr die Unschuld zu nehmen. Deswegen haben wir miteinander geschlafen. Glaubst du etwa, ich hätte sie gezwungen oder so?" Marios Blick war undurchdringlich. Niemand wusste, was er gerade dachte. Leander saß auf einem Sessel und sagte nichts dazu. Dann stand Mario auf und ging aus dem Raum. Nicolai wollte schon hinterher, doch Leander hielt ihn davon ab. Mario klopfte an die Schlafzimmertür, wo er hörte, dass Saphira weinte. Langsam öffnete er die Tür, schloss sie gleich wieder hinter sich und ging zu Saphira. Er setzte sich neben sie, um sie in die Arme zu schließen. „Warum hast du das gemacht, Rose?"

„Weil ich ihn liebe. Ich wollte alles auskosten mit ihm. Die Angst, ihn bald zu verlieren, zerfraß mich, Mario. Ich wollte es nicht bereuen, dass er und ich, wir beide …" Ihre Stimme versagte durch das Schluchzen. „Ist ja gut. Du weißt, dass er sich nur Sorgen macht. Ich möchte auch nicht, dass du kämpfst, wenn du schwanger bist."

„Aber ich kann und will euch nicht alleine kämpfen lassen! Ich könnte es mir niemals verzeihen, Mario. Bitte verstehe du doch wenigstens, dass ich es einfach nicht kann." Er verstand sie mehr, als sie glaubte. Doch es war kein Platz für sie auf dem Schlachtfeld. Nicht wenn sie ein Kind unter dem Herzen trug. Mario versuchte es ihr immer wieder zu erklären, doch sie ließ sich nicht umstimmen. Mario gab nach und ging hinunter, um Nicolai Bescheid zu sagen. Wieder erinnerte Saphira ihn an Lya. Auch Lya war eine Kämpferin, noch dazu eine perfekte Meisterin. Selbst sie hätte sich wahrscheinlich niemals verbieten lassen bei einem Kampf dabei zu sein … schon mal nicht, wenn es um die

Phönixe ging. Saphira schien immer noch nicht zu wissen, was sie wirklich war. Wieder stellte Mario sich die Frage, warum Lya ihr niemals erzählt hatte, was sie war. Nicolai war mindestens genauso stur wie Saphira. Mario erklärte es ihm immer wieder und bat ihn, es doch zu verstehen. „Ich kann doch nicht meine schwangere Verlobte kämpfen lassen!"

„Wenn du es ihr verbietest, dann wird sie trotzdem kommen, Nicolai. Sie wird sich nicht davon abbringen lassen. Du kannst sie wohl kaum festbinden und solltest du es wagen, dann, glaub mir, mache ich dich einen Kopf kürzer. Verwandt hin oder her." Nicolai musste es sich schweren Herzens eingestehen, dass nichts Saphira davon abhalten könnte. Umso mehr nahm er sich vor, ihr vor dem Kampf noch die glücklichsten Tage zu geben.

Kapitel 21

Saphira griff zur Seite. Sie setzte sich ruckzuck auf, als sie merkte, dass neben ihr alles leer war. Wo war er? Saphira stand auf und zog sich einen Pulli über und eine Jogginghose. Schnell eilte sie nach unten, doch auf der Treppe blieb sie stehen und lehnte sich an das Geländer. *River flows in you*, dachte sie. Saphira hatte diese Melodie oft gehört. Sie ging langsam die Treppe hinunter. Es schnürte ihr die Kehle zu, weil sie die Tränen unterdrücken musste. Sie stand eine Weile vor der Tür, um der Musik zu lauschen. Neben der Tür lehnte sie sich kurz an. Für einen Moment schloss sie die Augen. Es war wunderschön und sie bekam eine Gänsehaut. Langsam öffnete sie die Tür. Ihre Augen weiteten sich, ihr Mund stand offen bei diesem Anblick, was Nicolai da getan hatte. Das war definitiv ein Traum. Sie musste wach werden, und zwar schnell. Die Vorhänge waren zugezogen, sodass der Raum dunkel war. Es standen Kerzen auf dem Boden, die einen Weg zum Klavier zeigten. Neben den Kerzen lagen rote Rosen und daneben noch Rosenblüten. Sogar zwischen den Kerzen waren Rosenblüten verteilt, sodass es aussah wie ein roter Teppich. Auf dem Klavier stand ein Kerzenständer mit fünf Kerzen, die angezündet waren. Nicolai spielte mit geschlossenen Augen auf dem Klavier ihre Lieblingsmelodie. Ihr stockte der Atem. Sie konnte das nicht glauben, das, was sie sah, war nicht zu beschreiben. Nicolai saß am Klavier und seine Finger flogen über die Tasten. Wenn er kurz seine hellblauen Augen öffnete, war sein Blick verträumt. Seine Jacke war weiß und die silberfarbenen Knöpfe am Handgelenk waren offen. Um seine Jacke hatte er seinen silbernen Umhang, der zu seiner hellgrauen eng anliegenden Jeanshose passte. Sein hellblondes Haar schimmerte im Kerzenlicht. Dieser Mann war einfach unglaublich. Sie ging langsam zu ihm und setzte sich. Nicolai lächelte warm, ohne mit dem Spielen aufzuhören. Saphira schloss die Augen und lehnte sich an Nicolais Schulter. „Gefällt es dir, Engel?", fragte er sie leise. Sie antwortete mit einem kurzen Ja. Saphira hatte ihm, als sie unterwegs waren, davon erzählt, dass ihr dieses Stück viel bedeutete. Es war alles so perfekt, dass es ihr schon Angst machte. Von so einem Mann, der so viel für sie machte, konnte sie immer nur träumen. Die letzte Note war gespielt und Nicolai legte seine Arme um sie. Sie wollte, dass er sie nie wieder loslassen sollte. Saphira lehnte sich mit dem Rücken an seine Brust. Das Zimmer strahlte romantisch von den Kerzen. Seine Arme hielten sie fest und seine sanften Lippen küssten ihren Hals. „Du bist verrückt, Liebling."

„Ja, da gebe ich dir recht. Verrückt nach dir. Ich würde alles für dich machen. Solange du bei mir bist, ist mir kein Weg zu weit." Seine Worte berührten ihr Herz. Ihre Hand lag auf dem Bauch und sie genoss die Wärme, die im Raum war. Sie fragte ihn, ob er noch einmal spielen könnte. Nicolai lächelte und bevor er anfing zu spielen, gab er ihr noch einen Zungenkuss. Dieses Mal spielte er ein romantisches Stück. „Von wem hast du das Spielen gelernt?"

„Meine Oma hatte ein Klavier, wo ich als kleiner Junge immer dran gesessen habe und spielen wollte. Ich bat sie und meinen Opa immer, dass sie mir was vorspielen sollten. Irgendwann starben sie und ich habe angefangen, es mir alleine beizubringen. Damals spielte ich jede freie Minute darauf und habe immer an meine Großeltern gedacht." Sie wünschte sich, dass sie auch etwas spielen könnte für ihn, doch sie hatte nie etwas gelernt. Nicolai nahm sie und setzte sie auf seinen Schoß. Saphira blickte ihn überrascht an, als er ihre Hände nahm und auf die Tasten legte. Er bat sie nur auf die Tasten zu sehen und ihre Hände und Finger locker zu lassen. Langsam bewegte er ihre Hände zu den Tasten. Sie lachte, als sie merkte, dass er ihr gerade das Einfachste von allen zeigte. „Ein Lied für unser Kind?", fragte sie lachend. Nicolai lachte mit ihr.

„Nein, dafür wäre das schöner." Er spielte ein ruhiges Schlaflied. Nicolai und sie saßen lange am Klavier und sie freute sich, dass er ihr zeigte, wie man spielte. Sie fingen erst mit dem Einfachsten an. Sie drehte sich zu ihm, gab ihm einen schnellen Kuss und lief zur Toilette. Nicolai blickte ihr hinterher. Es gab nichts mehr, was er noch nicht gesagt hätte, außer das kleine Geheimnis. Er würde nichts bereuen, wenn er sterben würde. Nicolai hatte eine Reise gebucht, für ein Wochenende, danach wollte er mit ihr tanzen gehen. Jetzt zeigte er ihr, wie man auf einem Klavier spielte. Es gab nicht mehr viel Zeit. Nicolai hatte alles geplant und seine Karten so gelegt. Nun stand es fünfzig zu fünfzig, dass er bei diesem Kampf sterben könnte. Die Gewissheit, dass Saphira wenigstens in Sicherheit war, beruhigte ihn, doch er wusste auch, dass Mario sein Recht durchsetzen würde, wenn er sterben würde. Er durfte einfach nicht sterben. Saphira und er würden ein Kind bekommen, was schon alleine ein Wunder war. Sie kam blass wieder und hielt sich den Bauch. „Wenn das so weitergeht, werde ich mehr abnehmen, als mir lieb ist. Weil ich ja nichts im Magen behalte." Nicolai küsste sie sanft. Saphira umarmte ihn und beide ließen sich auf dem Sofa nieder. Er strich ihr die Haare aus dem Gesicht. Nicolai legte seine Hand auf ihre, die auf dem Bauch lag, und lächelte liebevoll. „Vielleicht wird es ja später besser. Aber du solltest es dir wirklich noch einmal überlegen, ob du wirklich mitkämpfen willst in deinem Zustand. Du kennst meine Meinung." Saphira kannte sie ja auch, aber sie war fest entschlossen, das durchzuziehen. Natürlich machte er sich Sorgen, schließlich durfte sie von dem besten und wundervollsten Mann das Kind unter ihrem Herzen tragen. Sie küsste ihn wieder leicht auf seine Lippen. Eine Hand ruhte auf seiner Wange und sie sah ihm in die Augen. „Ich bleibe dabei, Liebling. Aber ich möchte, dass du weißt, dass ich sehr genau weiß, wie du dich fühlst. Ich kann es wirklich verstehen, dass du nicht möchtest, dass ich dabei bin." Sein Blick ging zum Klavier rüber. Er legte ein Kissen vor die Lehne, damit Saphira es sich bequem machen konnte. Seine Finger gingen kurz über die Tasten, bevor er sie noch einmal ansah, und sich dann vor das Klavier setzte. Saphira legte sich seitlich auf das Sofa und legte einen Arm unter ihren Kopf. Nicolai spielte wieder ein Stück für sie. Ihr Blick beobachtete alles von ihm. Jede einzelne Bewegung nahm sie wahr. Sie musste sich auf einmal fragen, ob Mario vielleicht auch ein Instrument spielen konnte. Sie nahm die Seidendecke und kuschelte sich hinein, während sie die Augen schloss, um nur noch die Töne komplett in sich aufnehmen zu können.

Nicolai räumte die Kerzen auf und stellte die Rosen in eine Vase. Die Blätter fegte er sorgfältig weg, doch die Vorhänge ließ er geschlossen. Saphira schlief nach langer Zeit mal wieder ruhig. Er wollte sie nicht wecken. Bevor er hinausging, deckte er sie noch komplett zu und gab ihr einen Kuss auf die Wange. Leise schloss er die Tür, ging zur Küche und schmiss die Blätter weg. Draußen blendete die Sonne, deswegen nahm er seine Sonnenbrille, bevor er hinausging zu den Pferden, um die Ställe sauber zu machen. „Hallo, Nicolai. Wie ist es gelaufen?" Nicolai drehte sich zur Stalltür um. Leander blickte ihn interessiert an und hatte eine große Tüte dabei. Fragend schaute er Leander an, weil er neugierig war, was Leander mitgebracht hatte. Mittlerweile wusste er, was zwischen ihm und Saphira gelaufen war, und wie Leanders Gefühle waren. Erstaunlicherweise konnte er jetzt ziemlich gut damit umgehen, auch wenn er davor seine Zweifel hatte, wie es weiterhin sein könnte mit ihm unter einem Dach zu leben. „Da sind einige Sachen drin für Saphira. Du weißt ja, sie liebt in letzter Zeit alles Mögliche an Fleisch. Habe ihr ein Hähnchen mitgebracht und Wurst usw."

„Stimmt, du hast vergessen Eier und Milch zu erwähnen. Sie ist wirklich in letzter Zeit verrückt danach. Es hat ihr sehr gefallen, was ich vorbereitet hatte. Ihre Augen strahlten wieder vor Glück. Ich wünschte, ich könnte es immer wieder mein ganzes Leben lang sehen." Traurig blickte er zu Boden, bis Leander kam und eine Hand auf seine Schulter legte. „Du hörst dich so sicher an, dass du es nicht überleben wirst. Hast du was geplant?" Nicolai vertraute ihm zu viel, so glaubte er es zumindest. Doch er wusste schon so viel, da würde das nichts mehr ausmachen. Er konnte halt nur noch hoffen, dass er den Mund hielt. „Geplant nicht direkt. Ich habe dir ja anvertraut, dass ich ein blauer Phönix bin. Saphira hat von mir ein bestimmtes Schild und Schwingen bekommen, die sie beschützen werden. Dadurch habe ich viel

Macht verloren, was das Kämpfen angeht. Die Chance steht also fünfzig zu fünfzig, dass ich überleben könnte. Es heißt nicht, dass ich absichtlich vorhabe zu verlieren, schließlich ist sie schwanger von mir und wir wollen eine glückliche Familie gründen." Nachdenklich blickte Leander aus dem Stall. Nicolai schien sie mehr zu lieben als alles andere. Diese Liebe schien sogar noch stärker zu sein, als er sich vorstellen konnte. Doch er merkte, dass Nicolai so schnell nicht aufgeben würde. Sie hatten beide was gemeinsam. Beide liebten Saphira und beide würden sie mit ihren Leben beschützen. Leander stellte die Tüte neben die Tür und nahm sich eine Mistgabel, um Nicolai zu helfen. Das Wetter war schön. Er fragte Nicolai, was er noch vorhatte mit Saphira. Nicolai zuckte mit den Schultern, er hatte sich noch nichts überlegt für heute. Aber das Wetter war schön und es war sehr warm. „Wie wäre es, wenn wir zusammen schwimmen gehen? Oder hast du was dagegen?"

„Nein, wir können ja Saphira später fragen, wenn sie wieder wach ist. Sie ist auf dem Sofa eingeschlafen. Ich glaube, es könnte ihr gefallen, schwimmen zu gehen."

„Danach könnten wir ja noch zusammen essen gehen. Aber ich möchte euch beide natürlich nicht stören, wenn ihr lieber alleine sein wollt."

„Nein, ich glaube, das geht schon in Ordnung. Du kannst schließlich nicht immer alleine bleiben." Nicolai zog sein Hemd aus, weil es zu warm wurde während der Arbeit. Als sie gerade fertig wurden, kam Saphira raus und schaute beide lächelnd an. „Träume ich noch oder sehe ich da einen prachtvollen Oberkörper?" Saphira lehnte sich an den Türrahmen und musterte Nicolai mit schief gelegtem Kopf und breitem Grinsen. Nicolai ging zu ihr, um sie sofort in die Arme zu nehmen. Saphira ließ sich fest an ihn drücken und hielt ihn fest an sich, weil sie seine weiche Haut über alles mochte. Sie konnte einfach nicht widerstehen, als sie seinen Körper küsste. Nicolais Hände waren zu ihren Hüften gesunken und krallten sich in ihre Haut. „Wir haben einen Zuschauer, Engel." Er flüsterte ihr zu, dass er sich heute Abend um sie kümmern würde. Damit war Saphira sehr zufrieden, als sie die Tüte sah, schaute sie Leander an. Er lachte, als er erklärte, was darin war. Es dauerte nicht lange, sie blinzelte ihn einmal an, sagte schnell Danke und dann war sie auch schon mit der Tüte verschwunden. Leander und Nicolai wechselten kurz die Blicke und prusteten los.

„Weg ist sie, würde ich mal sagen." Nicolai nickte und blickte lächelnd zur Haustür. Er zog sich sein Shirt an, bevor er zu Saphira hineinging. Sie stand in der Küche und bereitete sich das Hähnchen zu. Nicolai konnte es sich schon denken, da sie mit dem Rücken zu ihm stand, konnte er gemütlich hinter sie treten und sie in die Arme nehmen, während er sie fest an seinen Körper drückte und ihren Hals küsste. Saphira legte den Kopf mit geschlossenen Augen nach hinten. Seine Hände lagen unter ihren und er ließ eine nach unten wandern. „Du bist gemein, Liebling."

„Entschuldige." Nicolai wollte sie, nur sie alleine. Jede freie Minute, doch er wusste auch, dass sie viel essen musste, auch wenn sie es wahrscheinlich nicht lange behalten würde. Er ging zur Tür zurück, um sie zu schließen. Als er das getan hatte, nahm er Saphira, um sie auf den Tisch zu setzen. Sie wusste, was er wollte. Er wusste, dass sie genau dasselbe wollte. Saphira ließ ihre Finger unter seinen Sachen über seinen Körper gleiten. Seine Haut war wunderschön. Sie flüsterte, dass er ihr doch erst abends Vergnügen bereiten wollte. Nicolai knurrte nur, als er sich an ihren Brüsten zu schaffen machte. Saphira kicherte kurz und zog seinen Kopf zu ihr hoch, weil sie seine Zunge wollte. Ihre Hände machten sich an seiner Hose zu schaffen, weil sie ihn endlich in sich spüren wollte. Seit sie schwanger war, war das Verlangen nach ihm noch schlimmer geworden. Sie brauchte ihn noch viel mehr als davor, doch es störte ihn nicht, weil sein Verlangen nach ihr genauso groß war. Meistens reichte es ihr schon, wenn er einfach nur bei ihr war und sie in den Armen hielt. Oder wenn sie beide sich einfach nur küssten. Doch jetzt wollte sie ihn in sich haben. Nicolai wartete aber wie immer und verführte sie komplett, bis sie nicht mehr konnte, und vollständig in seinem Bann war, bevor er in sie eindrang. Saphira klammerte sich an seinen Körper und drückte jeden Zentimeter von sich an ihn. Sie lag atemlos auf dem Tisch und schaute Nicolai lächelnd an, wie er ihr Essen fertig machte. „Du liegst voll verführerisch da, weißt du das? Es ist wirklich gemein von dir."

„Du warst auch gemein, Liebling. Sag bloß, du findest es toll, wie ich hier liege."

„Jeder Mann, der es nicht finden würde, wäre blind oder er wäre homosexuell."

Saphira lachte, als er das sagte. „Warum lachst du darüber, es ist die Wahrheit. Wobei ich glaube, lange würde er es auch nicht mehr bleiben, wenn er dich sieht."

Ihre Augen, dachte er immer wieder. *So traumhaft schön und so glänzend, dass man sich immer wieder in ihnen verlieren könnte.* Aber ihr Körper riss ihm komplett den Boden unter den Füßen weg. Diese Beine, ihre Hüften, die Brüste und dann noch diese verdammten zartrosa Lippen. Er biss sich auf seine Unterlippe, bevor er ihr den Teller hinstellte, als sie sich hinsetzte. Nicolai müsste blind sein und taub, wenn er sich nicht immer wieder neu in ihren Körper, Seele, ihr Herz und ihre Stimme verlieben würde. Vor allem ihre Stimme. Wenn sie mitsang, dann schwebte er im siebten Himmel. Er freute sich schon riesig auf ihr gemeinsames Kind. Saphira aß wie eine feine Dame. Ihre Manieren musste sie wohl von der Familie haben, wo sie gewesen war. Öfters musste er sie schon zügeln, wenn Saphira es übertrieb mit dem Haushalt. Was hatte er denn erwartet, nach alldem, was ihm erzählt wurde. Saphira wurde doch gar nicht anders erzogen. Wenn man den ganzen Tag nur putzen musste, dann war man das ganze Leben über geprägt. Saphira hatte zu Ende gegessen, als Leander gerade vorsichtig reinkam. „Ich wollte nicht stören."

„Nein, du störst doch nicht, Leander", sagte Saphira glücklich zu ihm. „Gut, hat Nicolai dir schon erzählt, was wir besprochen haben?" Saphira überlegte, schaute jedoch, als ihr nichts einfiel, beide fragend an. Nicolai erklärte ihr, dass sie schwimmen gehen wollten und danach noch zusammen essen im Restaurant, wenn sie denn nichts dagegen hatte, dass Leander dabei war. Saphira stimmte freudestrahlend zu und stand sofort auf. An der Tür blieb sie dann aber stehen. Fragend schauten Nicolai und

Leander sie an. „Na ja, ich würde ja schon gerne, aber … mir passt mein Badeanzug nicht mehr, seit ich zugenommen habe. Ich erbreche zwar öfters, aber zugenommen habe ich ja trotzdem." Traurig schaute sie zu beiden rüber, bevor ihr Blick an Nicolai haften blieb. Nicolai blickte sie von oben nach unten an und stand danach auf. Er legte seine Hand auf den Bauch, bevor er ihre Brüste umfasste. Erschrocken blickte Leander nach unten und wurde rot im Gesicht. Saphira lachte, als sie Leander sah. Fragend blickte er sie dann an, erst wich er zurück und sah Nicolai an, als Saphira auf ihn zukam. Sie umarmte ihn herzlich und bedankte sich bei ihm. Nicolais Blick ruhte auf beiden. Als Saphira Leander einen Kuss auf seine Wange gab, knirschte Nicolai kurz mit seinen Zähnen. Er wusste ja, dass er sie gezähmt hatte, aber vielleicht konnte sie die Zähmung durchbrechen. Er bemerkte, dass Saphira Leander etwas zugeflüstert hatte und er sie danach erstaunt und interessiert anblickte. Dann wandte sie sich wieder Nicolai zu. Sie bemerkte, dass er zähneknirschend beide beobachtet hatte, und gab ihm schnell einen Kuss. Danach packte Saphira seine Hand, um ihn nach oben zum Schlafzimmer zu zerren. „Liebling, warum schaust du so? Du weißt, dass ich dir treu bleibe. Ich liebe dich, nur dich alleine." Nicolai ließ sich besänftigen und blickte sie liebevoll an. Er hatte Angst davor, sie verlieren zu können, doch er hatte es noch unter Kontrolle. Wenn er es nicht hätte, dann würde er alles, was er sich mit ihr schon aufgebaut hatte, verlieren. Die Angst zu umgehen war schwer gewesen. Wenn man sie nicht unter Kontrolle hatte, dann konnte man nur durch dieses Gefühl sehr viel kaputt machen. Doch diesmal war er es, der sie haben musste. Nicolai konnte nicht mehr, seine Wut war groß und die Angst unersättlich geworden, als er das gerade unten gesehen hatte. Nicolai packte Saphira von hinten fest an den Hüften und zog sie zurück an seinen Körper. Erschrocken schrie sie kurz auf, bevor sie ihren Kopf zu ihm hob. Sie verstand seinen Blick sofort, löste sich aus seinen Armen, drehte sich zu ihm und ließ ihre Sachen vor ihm fallen. Nicolai war sofort erregt, als er zu ihr schaute, und nahm sie gleich kräftig ohne Vorwarnung. Doch diese brauchte Saphira nicht, sie verstand ihn ohne Worte, der Blick, seine Augen sagten mehr als tausend Worte. Und in diesem Moment, ausgerechnet jetzt, sah sie wieder eine Ähnlichkeit zwischen ihm und Mario. Das Grobe.

Mario lag im Hotelzimmer, neben ihm eine rothaarige, attraktive Frau. In Gedanken war er jedoch bei Saphira. Sie gehörte eigentlich ihm, Nicolai wusste es und trotzdem hatte er sie mit seiner Fähigkeit dazu gebracht, ihm zu gehören. Normalerweise müsste er sauer sein auf ihn, doch er verstand ihn. Saphira liebte ihn … jetzt. Was hatte Nicolai ihr wohl erzählt und wie lange hatte er ihre Gefühle manipuliert? Seit Saphira weg war aus seiner Villa, war nichts mehr wie vorher. Seine Gedanken kreisten nur um sie. Der Sex mit den anderen Frauen war nicht mehr so ein Vergnügen. Zum ersten Mal verfluchte er seine Mutter und Lya dafür, dass sie diesen Pakt auf Kosten der Kinder geschlossen hatten. Beide waren schuld daran, dass er wieder leiden musste. Könnte dieses verfluchte Band nicht entfernt werden, womit Saphira und er gefesselt waren? Sie würde ein Kind mit Nicolai bekommen, beide glückliche Eltern in einem Haus. Alleine die Vorstellung war unerträglich für ihn. Larissa bewegte sich neben ihm. Verschlafen schaute sie ihn an mit ihren grauen Augen. Mario musste Saphira irgendwie vergessen, sonst würden alleine die Gedanken an sie ihn zerstören. Er wollte sich nicht ändern, wollte frei weiterleben, wie er es die ganzen letzten Jahre gemacht hatte. Larissa biss ihn zärtlich in die Unterlippe, doch er bemerkt es kaum. Es war wie eine automatische Bewegung von ihm, als ob er ein Roboter wäre, als er Larissas Hüften nahm und sie rittlings auf sich setzte. Er sah Larissa, doch träumte von und dachte an Saphira. An die Frau, mit der er schon seit ihrer Geburt vereint war. Mario ließ seiner Wut freien Lauf, schmiss Larissa auf den Bauch, grub seine Finger in ihre Hüften und nahm sie von der Wut gesteuert durch.

Leander schaute auf und grinste. Saphiras Haare waren noch etwas zerwühlt, ihre Wangen waren rosig. Er wusste, was die beiden wieder getrieben hatten. Sie hielten einen Rucksack in der Hand. „Wir können schwimmen gehen", verkündete Nicolai, seine Stimmung in Höchstform. Leander stand auf und schnappte sich die Umhängetaschen. „Hat das Essen geschmeckt?" Saphira lächelte, als sie sich zu Leander herumdrehte. Sie fuhren mit einem Cabrio zu einem Freibad unmittelbar in der Nähe. „Das kannst du laut sagen, es war himmlisch. Vielen Dank noch mal." Leander zuckte mit den Schultern. Nicolai und er versuchten Saphira, so gut es ging, abzulenken, damit sie nicht an den Krieg denken konnte. „Da sind wir", verkündete Nicolai. Man sah ihm an, dass er es kaum noch erwarten konnte, wie ein kleiner Junge strahlte er über beide Ohren. Nicolai öffnete die Tür auf Saphiras Seite und hielt ihr die Hand hin, die sie dankend annahm. Hier war es überfüllt von Leuten. Kinder lachten unbeschwert und tauchten einander gegenseitig unter. Andere rannten über die Liegewiese. Sie entdecken in einer hinteren Ecke einen freien Platz, wo sie es sich bequem machten. Saphira sah sich um, die Gedanken schweiften plötzlich ab zu Mario. Was er wohl gerade machte? In letzter Zeit kam es immer häufiger vor, dass sie an ihn dachte. Öfters ertappte sie sich dabei, wie sie immer wieder versuchte Nicolai mit ihm zu vergleichen. Aber warum, das wusste sie nicht. Hätte sie Nicolai gefragt, wäre er wahrscheinlich sauer gewesen, und das hätte ihr nicht gefallen, denn sie wollten die Tage vor dem Kampf genießen. Sie wollte nicht schuld daran sein, wenn Spannungen entstehen würden. Merkwürdig, dass Mario eine Anziehungskraft auf sie hatte, die extrem stark war. Schon Zora, ihr früheres Ich, hatte es mitbekommen. „Was ist los? Geht es dir nicht gut, du siehst bedrückt aus?" Leander durchbrach ihre Gedanken. Verwundert schaute sie nach Nicolai. „Er ist was zu trinken holen für uns." Saphira nickte geistesabwesend. Könnte sie Leander ihre Probleme erzählen? Er und Nicolai waren mittlerweile gute Freunde geworden, wahrscheinlich würde er ihm genau deswegen gleich alles erzählen. Saphira hielt lieber den Mund, das war das Beste, was sie machen konnte. Nicolai kam zu ihnen zurück, küsste Saphira und musterte sie. Sein Blick verunsicherte sie, deswegen sah sie weg, doch zu spät. Sanft nahm er ihre Schulter, kam dicht an ihr Ohr und flüsterte: „Was ist los, Engel?" Saphira schloss die Augen, es würde ihr besser gehen, wenn sie sich jemandem anvertrauen könnte, doch Nicolai war die falsche Person. Sie musste ihn anlügen, damit er nicht weiterfragte: „Die Schwangerschaft macht mir etwas zu schaffen, glaube ich, oder die Albträume, die mir den Schlaf rauben. Es ist alles gut. Lass uns schwimmen gehen." Nicolai ließ es auf sich beruhen, doch er wusste, dass sie ihm nicht die Wahrheit sagte. War es vielleicht Mario? War es das Band zwischen ihnen? Er wusste es nicht, doch wenn Saphira ihm das nicht sagen wollte, dann würde er damit umgehen müssen, denn er wollte sich nicht streiten mit ihr.

Kapitel 22

Der Tag war angebrochen, an dem der Kampf stattfand. Nicolai, Leander und Saphira hatten sich noch einmal über alles unterhalten. Er konnte es immer noch nicht verkraften, dass Saphira mit dabei war. Die Angst, sie und dann auch noch sein Kind zu verlieren, ließ sein Herz bluten. Sie bemerkten eine Bewegung. Es war Mario, und als die drei die Massen von Leuten hinter ihm und seine beiden Beschützer sahen, schluckten sie alle einmal. Er verbeugte sich vor Saphira und Nicolai. Bei Marios Anblick lief Saphira das Wasser im Mund zusammen. Sie wollte zwar in zwei Tagen heiraten, aber das, was sie vor sich sah, war einfach nur ein Traum. Mario hatte seine Kampfkleidung an. Schwarze Stiefel, eine schwarze Hose, die fabelhaft seinen knackigen Hintern betonte, eine schwarze Jacke, die auf jeder Seite ein Symbol hatte. Links das vom Schwarzen Clan, rechts das vom Todesclan. Der Umhang schimmerte im Licht und dazu seine kurzen schwarzen Haare und diese braunen Augen. Leander stupste sie mit dem Ellbogen an, weil Nicolai schon etwas wütend zu ihr blickte. Bevor sie sich von Mario abwandte, sah sie noch, dass er einen breiten schwarzen Ledergürtel um die Taille hatte, mit seinen Schwertern dran. Nicolai hatte eine silbern schimmernde Jacke an, eine weiße Hose, weiße Stiefel, der silberne Umhang glitzerte, als ob kleine Kristalle eingenäht wären. Auf dem Umhang trugen alle ihr Clansymbol. Saphira hatte ihre kniehohen Stiefel an, ihr silbernes Top, bei dem die Träger über Kreuz um ihren Hals lagen, denselben Umhang wie Nicolai, eine enge kurze Jeans Hose in weiß, um ihre Taille wie auch bei Nicolai einen breiten schimmernden Gürtel mit ihrem Schwert. Ihr Schwert war silbern mit goldenen Verzierungen und der Griff in Silber getaucht mit Engelsflügeln daran. Es kennzeichnete sie als Herrscherin und nur sie konnte es verwenden. Bei anderen knisterte es und sprühte weiße Funken, womit das Schwert die Person verletzte. Nur eine Herrscherin konnte dieses Schwert schwingen. Nicolai hatte ein weißes Schwert mit silbernem Griff und Engelsflügeln. Das Kennzeichen, die Gravierungen, würden erst erscheinen, wenn sie geheiratet hatten und er dann der Herrscher wurde. Jedes Schwert von den Silberschwingen hatte die Flügel dran. Marios Schwerter waren beide schwarz. Der Griff vom Schwarzen Clan war von einer Rose umwickelt, die Blüte blutrot. Das andere Schwert hatte einen Totenschädel, die Seiten vom Griff blutrot getränkt. Die Spitze davon genauso blutrot. Nicolai bat sie kurz mitzukommen, außer Hörweite der anderen. Als sie nicht mehr zu sehen waren, packte Nicolai sie am Hintern, zog sie hoch und drückte sie gegen einen Baum.

„Was soll das, Nicolai!"

„Bist du dir sicher, dass du kämpfen möchtest? Engel, ich will nicht, dass dir oder dem Kind was passiert. Überlege es dir noch mal, bevor es zu spät ist."

„Nicolai, mein Liebling. Ich bin mir sicher. Ich passe auf mich auf. Wir beide werden danach vom Feld gehen, in zwei Tagen heiraten und eine glückliche Familie werden. Mir wird nichts passieren, Liebling." Sie sah den Schmerz in seinem Gesicht. Ihr kamen die Tränen, als sie das sah, doch er musste es verstehen. Sie konnte als Herrscherin die Leute nicht alleine lassen und sie wollte es auch nicht. Ihr Schicksal war auch ihres. „Engel, ich liebe dich für immer und über den Tod hinaus."

„Ich dich auch, Liebling." Er küsste sie mit einer Zärtlichkeit, die in ihr eine Trauer auslöste. Sie hatte furchtbare Angst, ihn zu verlieren. Saphira wusste, wie es ihm gehen musste, vor allem jetzt, wo er wusste, dass sie ein Kind in sich trug. Langsam ließ er sie runter, hielt sie aber immer noch fest in seinen Armen. Mario stand hinter einem Baum und beobachtete die beiden. Er konnte es nicht glauben, wie entschlossen Saphira war. Sie ähnelte in dieser Hinsicht voll und ganz ihrer Mutter. Lya hatte auch einen starken Willen, doch gegen ihren Mann Etele kam sie nie an. Ihn würde es nicht wundern, wenn sie schon lange den Plan gehegt hatte, das Siegel in Saphira einzusetzen, nur damit sie diesen verdammten Krieg nicht miterleben musste. Mario wusste, dass Nicolai irgendwas im Gefühl hatte. Es kam ihm alles sehr komisch vor, dass Nicolai ihn gebeten hatte Saphira das Medaillon zu geben und auf sie zu achten, sollte er im Kampf fallen. Doch er wusste auch, dass es sehr wahrscheinlich war, dass er, Saphira oder Mario fallen könnten, auch wenn es bei Nicolai und ihm sehr unwahrscheinlich war. Zoran und Daira schon alleine waren beide hinterhältig gewesen, mit Leroy war es noch schlimmer. Mario war sich durch die Abfuhr, die Leroy Saphira erteilt hatte, sicher, dass dieser es niemals ernst gemeint hatte mit ihr. Warum sonst sollte er gegen sie kämpfen? Er stieß sich vom Baum ab und ging zurück zu Leander und seinem Clan.

Leroy stand an der Seite, weit weg von Zoran und Daira. Sein Blick schweifte hinüber auf die andere Seite. Noch niemand war dort zu sehen. Zoran hatte seine weißen Kampfsachen an. Daira schimmerte in ihrer goldenen Rüstung. Sie sah nicht wirklich aus wie eine Rüstung, eher wie ein Abendoutfit oder so was Ähnliches. Sie hatte einen Rock an mit einem Schleier dran und ein ärmelloses Top. Ihr Umhang schimmerte genauso wie der Rest ihrer Kleidung. *Typisch Goldener Clan*, dachte Leroy. Er lehnte an einem Baum, seine Arme über der Brust verschränkt. Als er bemerkte, dass Daira und Zoran nach drüben schauten, musste er auch wieder rüberblicken. Mario, Nicolai und Saphira gingen gerade am Rand entlang und schienen etwas zu besprechen. Er konnte seinen Blick einfach nicht von Saphira lassen. Sie war traumhaft hübsch. Zoran trat zu ihm und stieß ihn mit dem Ellenbogen an. Leroy funkelte ihn böse an.

„Denk daran, was besprochen wurde. Wenn du alles so machst, wie gesagt, wird Daira sie in Ruhe lassen. Du kannst sie dann für immer haben, vorausgesetzt du bringst sie dazu, mir die Herrschaft zu übergeben."

„Ich habe es schon beim ersten Mal verstanden, Zoran. Doch ich hoffe eher, dass ihr euch daran haltet, dass ihr nichts passieren wird."

„Wir werden sehen, Leroy. Du kannst jetzt so oder so keinen Rückzieher mehr machen." Leroy konnte nichts mehr erwidern, weil Zoran wieder zu Daira marschierte. Am liebsten hätte er seine Bemerkung hinterhergeschrien, doch dann hätten sie die Aufmerksamkeit der anderen gehabt. Er ging zu einem seiner Beschützer hinüber. „Kody, wir machen das so, wie ich es euch erklärt habe zu Hause. Die beiden führen irgendwas im Schilde. Ich sehe nicht ein, warum wir nach ihrer Pfeife tanzen sollten. Sag den anderen Bescheid." Er nickte seinem Anführer zu und verschwand zu dem Rest des Clans. Leroy blickte wieder rüber. Wenn er das schon sah, wie Nicolai seine Frau in die Arme schloss, kochte der Hass in ihm. Er wollte, dass Saphira nur ihn so ansah, wie diesen Nicolai jetzt. Wollte ihre Berührungen nur an seinem Körper spüren und ihre zarten wundervollen Lippen sollten die seinen berühren. Sie sollte ihm allein gehören, und wenn er sie nicht haben konnte, sollte sie auch kein anderer bekommen.

„Die Fläche ist riesig. Es wird schwer sein, den Überblick zu behalten, wenn wir kämpfen."

„Ich mache mir mehr Sorgen um Saphira als um den Rest."

„Fängst du schon wieder damit an, Nicolai? Ich habe dir doch etwas dazu gesagt." Saphira war es langsam leid, diese Vorsicht von ihm zu ertragen. Sie wünschte sich, sie hätte ihm nach dem Kampf erzählt, dass sie schwanger war. Dann würde er jetzt wenigstens normal sein. Mario versicherte ihm, dass gut auf Saphira geachtet werde. Sie sahen ein Aufblitzen von der anderen Seite und fuhren herum. Während der Bewegung hatten alle drei ihr Schwert gezogen. Ihre Clanmitglieder kamen auch zum Vorschein, um auf ihre Anführer zu achten. Erst tat sich eine ganze Weile nichts, dann erblickten sie Daira, Zoran und Leroy, dicht gefolgt von ihren Kämpfern. Sie standen zu mittig im Feld und mussten damit rechnen, dass sie sofort angegriffen wurden. Nicolai und Mario traten vor Saphira, ihre Schwerter hielten sie bereit. Alle Schwerter begannen zu leuchten, die Schutzschilder umrahmten die Körper. Saphira staunte über Marios Schutzschild. Sie hatte noch nie so eine Art gesehen. Es war schwarz, was ja nicht untypisch war, schließlich gehörte er zum Schwarzen Clan, doch das Schild war umrandet von einem schwarzen Feuer. Jedes

Schutzschild hielt nur eine bestimmte Menge an Schaden aus, aber Saphira war sich sicher, dass Marios wesentlich mehr aushalten würde als jedes andere. „Was hast du angestellt, dass du zwei Clans besitzt, Mario?", fragte Zoran. Bei seinem Ton bekam Saphira Gänsehaut und musste sich schütteln. Nicolai ging ein paar Schritte zurück, sodass er genau neben ihr stand. Mario heftete seinen Blick auf alle drei. Das Grinsen und sein Blick sprachen Bände.

„Ich wusste nicht, dass ich dir etwas erklären müsste. Die Herrscherin kennt die Wahrheit. Ich glaube, das sollte wohl reichen. Denn ich bin nur ihr gegenüber verpflichtet zu antworten. In Gegensatz zu vielen anderen weiß ich wenigstens, was sich gehört. Nicht wahr, Leroy?" Marios Blick ging zu Leroy, behielt die anderen beiden aber im Auge. Nicolai beobachtete hauptsächlich Zoran und Daira. „Ich …", fing Leroy an, doch wurde er sofort unterbrochen. „Er hat nichts zu melden. Leroy hat sich entschieden an unserer Seite zu kämpfen. Die Einzigen, die was zu sagen haben, sind wir beide." Ihr Ton entfachte Hass in Saphira. Sie trat neben Mario und blickte diese Frau an, die sie umbringen wollte. Die Frau, die damals gedroht hatte Mario etwas anzutun. „Hier hat nur eine was zu melden, und das bin ich, Daira." Daira lachte, als sie das hörte. Dann fingen ihre Augen an zu funkeln. Daira wollte gerade einen Schritt auf sie zumachen, als Mario plötzlich ein Pfeifen von sich gab. Sie blickte ihn an und alle schauten sich auf einmal um. Überall waren Leute zu sehen vom Schwarzen Clan und vom Todesclan. Egal wo sie auch hinblickten. Nicolai, Mario und Saphira blickten unverwandt auf die drei. „Was zum Teufel …"

„Das sind, um ganz genau zu sein, siebenhundertfünfzehn Leute. Alle unter meiner Anweisung. Hinzu kommen die einhundertdreiundzwanzig von den Silberschwingen. Wollt ihr es wirklich darauf anlegen?" Sie starrten um sich, wurden blass und fassungslos. Dann zogen sie ihre Schwerter und stürmten auf die drei los. Es gab nur ein ganz kurzes, kaum wahrnehmbares Zeichen, dann stürmten Marios Leute auf die anderen los. Bevor Daira an ihm vorbeikam, schleuderte Mario sie über den

Rücken auf den Boden. Leroy wollte sich gerade von hinten auf ihn stürzen, als Mario sich geschickt umdrehte und mit seinem zweiten Schwert den Angriff abwendete. Zoran wurde zwar sauer, doch stürzte sich nicht auf Mario, sondern auf Nicolai. Auch er wehrte geschickt den Angriff ab. Leander trat an Saphiras Seite und beide wehrten die Angriffe ab, von einem Beschützer und Daira, die sich mittlerweile wieder aufgerappelt hatte. Dairas Schwert nahm goldene Flammen an und Saphiras Schwert war umrandet mit weißem Feuer und sprühte silberne Funken wie Sternschnuppen. Bei den beiden sah es aus, als würden sie einen Tanz vollführen. Nicolai hatte mächtig zu tun mit Zoran, der seinen ganzen Hass in den Kampf zu stecken schien. Saphira durfte sich nicht ablenken lassen, sonst würde Daira es nutzen. Das Klirren der aufeinanderschlagenden Schwerter von überall hallte durch den ganzen Wald um sie herum. Genauso wie die Schreie von manchen Kämpfern, die verletzt wurden. Daira wollte in Saphiras Bauch treten, doch sie wich mit einer geschickten Drehung aus. Leroy hatte es am schwersten mit Mario, der beiden Schwertern ausweichen musste. Arjona wurde am Arm verletzt und Xaver schnitt durch den Körper von demjenigen, der Arjona verletzt hatte. Saphira hörte Mario fluchen, als er sah, dass immer mehr Leute der Gegner zum Vorschein kamen. Er trat Leroy weg und rief zu Xaver rüber, ob alles in Ordnung sei mit ihr. Nicolai fiel zu Boden, doch er parierte gekonnt und gerade noch rechtzeitig den Angriff von Zoran. Saphira musste in diesem Moment rübersehen zu ihm, doch das Pfeifen von Dairas Schwert ließ sie schnell wieder auf sie blicken. Bevor sie getroffen werden konnte, duckte sie sich und drehte sich auf den Boden, sodass sie mit ihrem Bein Daira traf und diese auf den Rücken fiel. Zoran rief ihren Namen, als er auf sie zueilte, doch Nicolai griff ihn an, sodass er nicht die Möglichkeit hatte, zu nah an sie heranzukommen. Zoran hatte ihm so sehr zugesetzt, dass sein Schild nicht mehr lange halten würde. Auch bei Saphira fing das Schild an zu schwinden. Leroy rollte sich auf dem Boden weg, sodass Mario ihn nur knapp verfehlte mit seinem Schwert. „Du hast mehr Glück, als ich dachte, Leroy. Ich habe bis jetzt noch nie jemanden verfehlt." Leroy sprang auf seine Beine und schlug wieder zu. Man sah zwar, dass er um sein Leben kämpfte mit Mario, aber Saphira merkte, dass er etwas vorhatte. Nicolai schrie etwas und Saphira fuhr herum, duckte sich wieder und zog dem anderen Beschützer die Beine weg, während sie sich schnell hinstellte und ihr Schwert ihn durchschnitt. Das Blut spritzte heraus. Nur ein kurzer Schrei war von ihm zu hören. Sie drehte sich einmal im Kreis, bevor die Schwerter von Daira und ihr wieder zusammenschlugen. Saphira merkte, dass sie immer näher an Mario herankam, und versuchte irgendwie die Seite zu wechseln. Daira ließ es jedoch nicht zu, denn sie schlug immer schneller zu. Nur noch mit größter Mühe konnte Saphira mithalten. Sie verstand nicht, woher Daira diese Macht hatte. Leroys Schild war fast komplett aufgelöst, es würde nicht mehr viel fehlen, bis Mario ihn niederstechen konnte. Dairas Schild ließ auch langsam nach. Zoran und Nicolai hatten schon länger kein Schild mehr um sich. Sie fragte sich, wie lange es noch dauern würde, bis einer von ihnen schwer verletzt wurde. Hinter sich spürte sie jemanden angerannt kommen, der sein Schwert erhob, um sie von hinten zu erschlagen. Mario rief ihren Namen und schmiss sein Schwert zu ihr. Saphira konnte es auffangen und fuhr dem Angreifer direkt durch die Brust. Mit einer extremen Schnelligkeit zog sie es raus, Blut spritzte auf ihre Kleidung und sie warf das Schwert zurück zu Mario, nachdem sie Daira viermal abgewehrt hatte. Dass sie so eine große Ausdauer hatte, wusste Saphira nicht. Es fielen immer mehr ihrer Männer. Anstatt sich zurückzuziehen, kämpften sie trotzdem immer noch weiter. Saphira wollte nicht, dass es so viele Verletzte gab, doch es gab anscheinend keine andere Möglichkeit. „Warum zieht ihr euch nicht zurück? Ihr wisst, dass ihr keine Chance habt." Daira gab ihr keine Antwort. Ihre Augen glühten mittlerweile von dem Kampf. „Leroy, gib auf! Noch hast du Leute, die du retten kannst!"

„Niemals, Mario!"

„Verdammt, du weißt genau, dass du keine Chance hast gegen meinen Clan. Werde endlich vernünftig! Damals warst du nicht so dumm!" Leroy lachte nur. Auch seine und Marios Augen hatten mittlerweile die Farbe geändert. Leroys waren dunkelrot, während Marios schwarz geworden waren. Die Augen leuchteten in verschiedenen Farben. Niemand würde aufgeben, auch wenn es den Tod bedeutete. Saphira und Daira kämpften mittlerweile weiter weg, als es geplant war. Mario war der Einzige, der noch schnell an sie rankommen konnte. Nicolai sah, dass Saphira von Daira immer weiter weggedrängt wurde. Er machte sich Sorgen um sie, weil er sie nicht mehr in Schutz nehmen konnte. Er hatte Zoran komplett unterschätzt. Anscheinend hielt er mehr aus, als geplant, und beide hatten keinen Schutz mehr. Nun würde es nur noch darauf ankommen, wer von beiden schneller war den anderen zu treffen. Zoran blickte auf einmal mit großen Augen hinter Nicolai, doch bevor Nicolai nach hinten schauen konnte, war es schon zu spät. Ein Schwert stach durch Nicolai durch. Nicolai erkannte nur, dass dieses Schwert zu keinem von den Clans gehörte, denn dieses hatte eine rote Spitze, der Rest war gelb. Dann sackte er in sich zusammen, als das Schwert wieder herausgezogen wurde. Der Schmerz war die Hölle, doch er spürte ihn nicht mehr, denn er wusste, dass dies das Ende für ihn war, und er dachte nur noch an die Zeit mit Saphira, die sie zusammen erlebt hatten.

Saphira durchfuhr plötzlich ein Schmerz. Ein Schrei hallte über das ganze Feld, der von ihr kam. Saphira nahm Dairas Arm, drehte ihn um, gab ihr einen heftigen Tritt in den Rücken und rannte zu Nicolai. Mario trat Leroy von sich weg und rannte Saphira hinterher. Vier Leute wollten sich auf Zoran stürzen, doch sein Schwert schnitt durch alle hindurch. Saphira fiel auf die Knie, weil sie stolperte, und robbte das kleine Stück zu ihrem Verlobten hin. Tränen liefen ihr über die Wangen. Plötzlich hörte sie hinter sich ein Geräusch. Leander schrie ihren Namen, stürzte sich vor sie und sie hörte nur noch, wie das Schwert durch seinen Körper fuhr und wieder hinausgezogen wurde. Leander sank in sich zusammen. Saphira war wie erstarrt und blickte dem Feind in die Augen. Mario schnitt seinen Kopf ab, wobei das Blut wie eine Fontäne herausspritzte. Sie drehte sich schnell wieder um und krabbelte, so schnell es ging, zu Nicolai. Man sah, dass das Schwert ihn durch die Brust gestochen hatte. Sie heulte, flehte, kurz davor, zusammenzubrechen. Sie streichelte ihm über die Wange, über seine seidenen Haare. „Nein! Du darfst mich nicht verlassen. Wir holen Hilfe! Du musst durchhalten, Nicolai. Bitte!"

„Engel … nicht weinen." Sie nahm ihren Umhang ab, drückte es auf die Wunde in seiner Brust. Sie zitterte am ganzen Körper. Mario kämpfte mit Zoran. Seine Flammen schlugen höher. Seine Schwerter wurden noch schwärzer. Seine Augen waren schwarz wie die Nacht, seine Schnelligkeit wie die einer Katze. In ihm war Hass. Nicolai hob seine Hand, um ihre zu halten, und drückte sie leicht, mit seiner letzten Kraft und zwang sich zu einem schwachen Lächeln. „Ich … liebe … dich … Engel." Seine Augen schlossen sich. Saphira weinte, ihre Kehle schnürte sich zu, ihr Herz begann zu schmerzen. Sie flüsterte immer wieder seinen Namen, gab ihm einen Kuss auf den Mund und flüsterte wieder seinen Namen. Sein Herz schlug nicht mehr, es war kein Puls mehr zu fühlen. Saphira war hasserfüllt. „Nicolai! Nein!!", schrie sie heraus. Es war wie ein Kreideschrei, bei dem einem das Blut in den Adern gefror. Der Schrei hallte noch Kilometer weiter. Zoran rief seine Leute zurück. Rund um Saphiras Körper fing ein Schild stark an zu leuchten. Das Licht blendete meterweit. Alle rannten zurück, als Zoran sich abwenden wollte, stürzte sie sich auf ihren Bruder. Ihre Schwerter blitzten auf wie ein Blitz. Ihr Schutzschild schlug Flammen, ihre Augen leuchteten vor Zorn. Sie bemerkte nicht die Flügel auf ihrem Rücken. Sie schlug immer heftiger, immer schneller auf ihn ein. Sein Schutzschild hatte keine Kraft mehr und sie verletzte ihn an der Seite. Zoran schrie auf und hielt sich die Seite mit der Hand. Sie stieß ihn zu Boden, von beiden Seiten kamen Beschützer, die ausholten, doch Mario war schneller als sie und durchschlug ihre Körper mit seinem Schwert. Zoran rannte davon, als Saphira einen dritten Angreifer abwehrte. Sie schlug ihm jedes einzelne Körperteil ab. Kopf, Arme und Beine flogen von ihm ab. Sie wollte jeden Einzelnen klein hacken. Als alle im Wald verschwunden waren, ging Saphira auf Nicolais Leiche zu. Sie ließ sich neben ihm auf die Knie fallen und legte ihren

Kopf auf seine Brust. Sie hielt seine Hand und weinte. Sie hatte das Gefühl, als hätte ihr jemand das Herz herausgerissen. Hatte das Gefühl, sie könnte nicht mehr atmen. Sie schloss die Augen, schluchzte und weinte. Mario kam von der anderen Seite und kniete sich hin. Auch er weinte, seinen Kopf stützte er auf seiner Hand ab, die auf dem Griff seines Schwertes lag. Warum er? Warum der Vater ihres Kindes? Warum ihr Verlobter? Nach zehn Minuten kreisten alle um sie herum und weinten mit Saphira und Mario. „Warum? Warum er? Warum Nicolai?", brachte sie heiser hervor. Mario erhob sich traurig und sein Gesicht zeigte einen tiefen Schmerz. Langsam trat er zu Saphira, um ihr aufzuhelfen. Mario hob sie hoch, auch wenn sie sich wehrte und sich schwer machte. Als er Saphira in seinen Armen hielt und sie an sich drückte, vergrub er sein Gesicht an ihrem Hals. Selbst er konnte sich nicht halten und weinte um seinen geliebten Cousin. Saphira zitterte, unfähig einen Schritt zu machen. Sie krallte sich an Marios Rücken fest. Zwei Beschützer hoben Nicolais Leiche auf ein Tuch, legten ein weiteres über seinen kompletten Körper und brachten ihn weg, damit er bald beerdigt werden konnte. Saphira und Mario hielten einander immer noch fest. Beide konnten nichts sagen, zu groß war der Schmerz in ihrer Brust. Saphira schwor sich ihren Verlobten und Vater ihres Kindes zu rächen. Und diese Rache würde unangenehmer werden, als sich jeder vorstellen konnte. Nun sollten sie die richtige Saphira kennenlernen. Jeden Einzelnen würde sie in die Hölle schicken.

Kapitel 23

Marios Leute hatten alle Leichen weggebracht, damit man sie beerdigen konnte. Das war das Einzige, was sie noch für ihre Mitkämpfer tun konnten. Saphira hielt sich immer noch an Mario fest. Ihre Tränen liefen weiter. Bei Mario fielen auch noch ein paar Tränen. Er hielt Saphira fest an sich gedrückt. Sie zitterte immer noch am ganzen Körper. Seine Hand strich durch ihre Haare, er spürte den tiefen Schmerz in ihr. Im Gegensatz zu ihm hatte sie ihren Mann und den Vater ihres Kindes verloren. Mario hatte Angst, sie loszulassen, weil sie keine Kraft mehr hatte und zusammenbrechen würde. Xaver kam langsam von hinten auf sie zu. Er berichtete, dass sie alle Leichen weggeschafft hatten. Mario brachte nur ein Nicken zustande. Seine Stimme war immer noch zittrig und heißer. Er konnte nicht glauben, dass Zoran es wirklich geschafft hatte, Nicolai zu töten. Hatten sie etwas übersehen? „Wir müssen gehen. Es wird kalt." Seine Stimme versagte bei jedem Wort. Seine Lippen zitterten immer noch von dem Schmerz. Saphira schüttelte den Kopf. Während der ganzen Zeit hatten sie sich nicht bewegt. Sie wollte nicht von Mario losgelassen werden. Noch nicht. Sie hatte immer noch das Gefühl, als würde sie keine Luft bekommen. Ihr war schlecht. Wie sollte sie ohne Nicolai nun weiterleben? Was sollte sie ihrem Kind später erzählen, wo sein richtiger Vater war? Sie hatte keine Kraft zum Laufen. Mario hatte recht, es wurde kälter, doch selbst wenn sie gewollt hätte, sie konnte nicht laufen. „Ich kann nicht", brachte sie leise raus. Mario hob sie langsam auf seine Arme, um sie zu tragen. Saphira bettete ihren Kopf auf seine Brust. Ihr Blick hatte jeden Glanz verloren. Benommen schaute sie auf den Boden. Ihr Blick war leer. Sie sah die Stelle, wo vorhin noch Nicolai gelegen war. Saphira brach in Tränen, Schluchzen, Wut, Hass, einfach in alles aus. Mario musste sie runterlassen, weil sie sich mit so einer Kraft wehrte, dass er sie nicht mehr halten konnte. Sie rannte zu der Stelle zurück, schmiss sich dorthin und kauerte sich zusammen. Mario blickte sie mit einem starken Schmerz im Gesicht an. Er ging langsam auf sie zu, damit sie nicht erschrak. In diesem Moment war sie komplett außer Kontrolle. Er kniete sich neben sie, streichelte ihr über die Haare und legte seinen Umhang um sie. Sie war nervlich komplett am Ende. Xaver hatte Arjonas Arm verbunden. Beide gingen langsam auf Mario und Saphira zu. Arjona hatte noch Tränen in den Augen, Xavers Blick war genauso leer wie Saphiras.

„Saphira." Mario hoffte, dass sie reagieren würde. Natürlich spürte er das genauso, wie es ihr erging. Sie krallte ihre Finger in den Boden. Saphira wollte nicht weg. Sie wollte nicht. Mario blickte zu Xaver und Arjona. Er sagte, sie sollten Davina holen, damit sie sich um Saphira kümmern konnte. Sie nickten und gingen. Mario merkte, dass Saphira fror, deswegen legte er sich neben sie, um sie an sich zu ziehen. Erst wehrte sie sich mit Händen und Füßen, blieb dann aber still liegen. Davina kam hinter Xaver hergelaufen, blieb aber dann abrupt stehen, als sie Saphira sah. Sie lag wie ein Bündel Elend auf dem Boden, die Knie zur Brust gezogen. Diese Schmerzen mussten unbeschreiblich sein, die sie gerade hatte. Sie ging langsam auf sie zu, weil sie wusste, wenn man eine zu schnelle Bewegung machen würde, könnte Saphira ausholen. Mario schaute zu ihr auf, ihm ging es auch nicht viel besser als Saphira, das erkannte sie sofort, als sie seine Augen sah. Aus ihrer Tasche nahm sie eine Spritze raus, streckte langsam die Hand zu Saphira aus, um ihr das Beruhigungsmittel spritzen zu können. Doch wie Davina schon erwartet hatte, zuckte sie so schnell zusammen, dass sie beinahe Mario getreten hätte. Doch es war nicht nur das Zucken, sie war komplett verwirrt, und immer wenn Davina näher kam, schrie Saphira sie an. Mario musste sie von hinten packen und festhalten, während Xaver mit aller Kraft ihren Arm gestreckt hielt, damit Davina ihr das Beruhigungsmittel geben konnte. Es dauerte nicht lange, bis Saphira ruhiger geworden war und Mario sie zum Auto tragen konnte. Davina stieg zusammen mit den beiden in ein Auto, damit sie Saphira im Auge hatte.

„Ich verstehe das immer noch nicht, wie er es geschafft hat. Ich meine, dein Cousin war doch ..."

„Sei still! Davina, das ist das Einzige, was niemand weiß, auch nicht Saphira. Es wäre nett, wenn es dabei bleibt!" Davina schaute aus dem Beifahrerfenster und hielt den Mund. Saphira und Mario schliefen schnell ein. Arjona fuhr im Auto hinter ihnen mit. Xaver schaute dauernd in den Spiegel, um nach ihr zu sehen. „Ihr geht es gut, Xaver. Du musst dir keine Sorgen um sie machen."

„Ich weiß. Es fühlt sich aber besser an, wenn ich sie sehe. Warum hat er ihr nie etwas erzählt davon, wer er wirklich war? Wie wird sie reagieren, wenn sie es irgendwann mal erfahren sollte?"

„Ich glaube nicht, dass es lange dauern wird. Irgendwann wird einer sie ansprechen wegen der Schwingen, die sie hatte. Doch wenn Mario sagt, es soll dabei bleiben, dass sie nichts erfährt, werden wir uns daran halten. Sie wird schon genug zu tun haben mit Nicolais Beerdigung." Xaver nickte zustimmend. Davina schaute noch mal kurz nach hinten, um sich zu versichern, dass die beiden noch schliefen. Sie nahm ihr Handy aus der Tasche und rief Samira an. Davina gab durch, dass sie die Leiche von Nicolai heute Abend noch mal sehen wollte. Sie konnte einfach nicht glauben, dass er tot war. Aber warum sollte er nicht tot sein? Es war eindeutig gewesen und trotzdem musste sie Gewissheit haben. Sie kamen bei der Villa an. Mario und Saphira waren noch nicht ganz wach. Saphira blieb plötzlich stehen, als sie aus dem Auto stieg. Sie schüttelte den Kopf und blickte Mario an. „Ich kann nicht bei dir bleiben. Ich möchte zu meinem Haus, wo Nicolai und ich zusammen gewohnt haben."

„Meinst du nicht, dass es schwerer ist für dich, wenn du dort bist?"

„Mag sein, aber ich kann nicht hierbleiben. In unserem Haus werde ich wenigstens noch seine Gegenwart spüren können."

„Und ich möchte nicht, dass du alleine bist. Du bist mit deinen Nerven am Ende, Saphira."

„Möchtest du mitkommen? Dort ist noch ein Zimmer, das du nehmen könntest. Dann musst du dir keine Sorgen machen. Aber ich muss einfach zum Haus. Die Pferde sind sonst alleine und sie brauchen Futter." Mario packte ein paar Sachen zusammen. Er sagte Saskia Bescheid, wie im Moment die Lage war, und dass er bei Saphira bleiben würde. Danach ging er hinaus zu Saphira. Sie stand am Wagen und schaute mit leerem Blick die Umgebung an. Mario hielt ihr die Tür auf, damit sie einsteigen konnte. Sie sprachen nicht miteinander während der Fahrt. Als sie ankamen, ging Saphira gleich in den Stall und gab Penelope und Ricardo frisches Heu. Sie tätschelte beide noch am Hals, bevor sie zum Haus ging. Mario beobachtete jede ihrer Bewegungen. Er hoffte, dass sie keinen Mist baute. In der Küche machte sie etwas zu essen, das sie ins Wohnzimmer brachte. Traurig blickte sie auf die Bilder von Nicolai und ihr. Tränen schimmerten an ihren Wangen. Mario stand auf, um sich neben sie zu setzen. Er konnte es nicht ertragen, sie so zu sehen, deswegen nahm er sie in die Arme. Immer wieder fragte er sich in Gedanken, wie es so weit kommen konnte. Außerdem nagten an ihm Schuldgefühle, weil Saphira nicht die ganze Wahrheit erfahren hatte, als sie gefragt hatte, ob sie nun alles wüsste. Saphira ging zum Schrank und holte eine Schmerztablette raus. Ihr Kopf tat höllisch weh. Sie entschuldigte sich bei Mario und ging zum Schlafzimmer. Im Bett kauerte sie sich zusammen und weinte.

Davina fuhr mit ihrem Geländewagen zur Halle, wo die Leichen hingebracht worden waren. Nun würde sie ihre Antworten bekommen auf die ganzen Fragen. Samira wartete schon an der Tür auf sie. Sie führte Davina durch die ganze Halle bis nach hinten, wo noch eine Tür war. Die Stahltür öffnete sich schwer, doch mit gemeinsamen Kräften gelang es ihnen, sie zu öffnen. Davina holte tief Luft, bevor sie das Laken wegnahm. Nicolai lag wirklich tot vor ihr. Ihr kamen die Tränen und sie schüttelte den Kopf. Das konnte nicht wahr sein. Sie sah sich die Wunde in der Brust an, wobei sie etwas bemerkte. Samira trat an ihre Seite. Davina wies sie an ihr zu helfen, seinen Körper kurz zur Seite zu drehen. Ihre Finger glitten langsam über die Wunde. Sie schüttelte den Kopf. Samira stand genauso fassungslos da wie Davina.

Mario hörte aufmerksam zu, was Davina ihm erzählte. Als er draußen plötzlich etwas hörte, was ihn sehr beunruhigte. Er bedankte sich bei Davina und ging hinaus. Saphira war nirgends zu sehen. Das letzte Zimmer, in dem er nachschaute, war das Schlafzimmer. Er riss die Tür auf. Als er sah, was Saphira vorhatte, rannte er zu ihr rüber und nahm ihr das Schwert ab. Sie schlug ihn, schrie ihn an, schubste ihn weg. Mario schmiss das Schwert weg, weil es aufblitzte, nahm die Arme von Saphira und zog sie an sich. „Wenn du das machen würdest, dann hätten sie das geschafft, was sie wollen. Denke an dein Kind, Saphira. Es bringt nichts, wenn du dir selber das Leben nimmst."

„Es gibt keinen Grund, warum ich leben sollte. Nicolai war meine große Liebe! Er ist der Vater meines Kindes! Ich kann meinem Kind nicht in die Augen sehen, wenn ich ihm erklären muss, dass sein Vater damals gestorben ist!" Saphira schlug ihn immer noch mit ihren Fäusten, soweit es möglich war. Mario hatte es satt, er wusste, dass das, was er jetzt machen würde, einer der größten Fehler sein würde. Doch er konnte es einfach nicht ertragen. Er schubste sie auf das Bett, sodass er auf ihr lag. Seine Beine hielten ihre fest, damit sie ihn nicht treten konnte. Seine Hände hielten ihre Arme fest und ihre Lippen berührten sich. Saphira war zu erstarrt, als dass sie sich wehren hätte können. Dieser Kuss war anders, als die davor. Fast so wie der, den sie damals von Nicolai bekommen hatte, als er sie festhalten musste bei Eric, und trotzdem anders. Ihr Körper entspannte sich, ihre Tränen trockneten. Blinzelnd sah sie Mario an, der seinen Griff gelöst hatte, aber trotzdem noch auf ihr lag. Sie schluckte einen Kloß hinunter, der in ihrem Hals steckte. „Was war das? Mario, was war das gerade? Nicolai, er …"

„Ich weiß, was er getan hat. Wenn ich dir alles erkläre, die ganze Geschichte, bleibst du dann bei Verstand und rastest nicht aus?"

„Kommt darauf an, was du mir zu erzählen hast."

„Das war die falsche Antwort, Saphira. Ich kann es dir nur erzählen, wenn du dich im Griff hast." Er fluchte innerlich, weil er so weit gegangen war. Anders hätte er sie aber nicht ruhig bekommen und Mario hätte damit rechnen müssen, dass sie fragen würde. Saphira wollte noch etwas sagen, doch Mario war schon aus dem Zimmer gegangen. Sie saß noch Stunden auf dem Bett. Die Müdigkeit war zwar deutlich, aber sie konnte nicht schlafen. Saphira vermisste Nicolai, seine Wärme und seine Berührungen. Dann war da auch immer wieder die Frage, was das gewesen war mit dem Kuss von Mario. Da sie so schnell nicht einschlafen konnte, ging sie zu Mario rüber. Sie klopfte leise an die Tür, aber es war nichts zu hören. Langsam öffnete sie die Tür einen Spalt und blickte hindurch. Mario schlief, das erkannte sie an seinem ruhigen Atem. Er sah richtig süß aus, fand sie und schlich sich in sein Bett. Saphira glaubte nicht, dass er was dagegen hatte, wenn sie neben ihm lag. Seine Wärme war beruhigend und angenehm. Er legte einen Arm um sie und rückte näher an sie heran. Saphira drückte sich fest an seine Brust. Er war nackt, komplett. Seine Haut fühlte sich zart an. Sie fühlte sich geborgen bei ihm. Jetzt, wo sie darüber nachdachte, wurde ihr immer mehr bewusst, dass sie sich schon immer sicher, geborgen und geliebt gefühlt hatte bei Mario. Es war fast wie bei Nicolai. Doch ihn wollte sie heiraten. Aber wollte sie Mario nicht auch einmal heiraten? Was war denn damals? Nicolai sagte ihr, dass sie die Gefühle getäuscht hätten und sie nur Freundschaft mit Mario wollte. Aber wenn das wirklich so war, warum empfand sie dann immer noch so stark für Mario? Sie drückte sich noch fester an ihn. Saphira spürte auf einmal Angst in sich aufsteigen und Verunsicherung. Mit Leroy wäre sie damals, als sie ihn sah, am liebsten sofort ins Bett gegangen. Die Gefühle von damals kamen hoch. Dann traf sie Nicolai, den sie über alles liebte. Und dann war da Mario. Damals dachte sie noch, dass sie ihn lieben würde. Und jetzt hatte sie auf einmal wieder das Gefühl, ihn doch zu lieben. Was war das alles? Sie fing leicht an zu zittern, weil sie die Tränen der Verzweiflung zurückhalten wollte. Mario drückte sie vorsichtig näher an sich.

„Was ist los, Saphira?"

„Ich wollte dich nicht wecken. Es tut mir leid."

„Du weinst. Ist es immer noch wegen Nicolai?"

„Nein." Sie setzte sich auf, während Mario sich auf einen Ellenbogen stützte. Er schaute sie besorgt an, setzte sich dann auch auf, damit er sie in den Arm schließen konnte. Mario saß hinter ihr, sie lehnte sich an ihn. Als sie tief Luft holte und sich einigermaßen beruhigt hatte, fing sie an alles zu erzählen, was ihr auf der Seele lastete. „Ich bin verwirrt und verzweifelt. Nicolai liebte ich wirklich, aber es macht mich alles fertig. Auf einmal ist er nicht mehr da. Von einer Sekunde zur anderen. In meinem Herz ist ein Loch und ich vermisse ihn jetzt schon. Seine Berührungen, Lippen, seine Stimme, einfach alles. Ich weiß nicht, wie ich es schaffen soll, ohne ihn unser Kind großzuziehen. Ich habe Angst vor der Zukunft, Mario. Vor allem aber habe ich Angst wegen meiner Gefühle. Damals als ich Leroy sah und an damals denken musste, wollte ich ihn sofort. Dann aber wollte ich dich nicht verlieren und war verletzt, als Zoran mich von dir weggeholt hatte. Und dann kam Nicolai. Schon als ich ihn das erste Mal bei dir gesehen hatte, dachte ich, wie umwerfend er aussah und seine Augen erst. Jetzt habe ich irgendwie Schuldgefühle. Weil du jetzt hier bist. Es war so kalt gewesen in meinem Zimmer ohne Nicolai und deswegen kam ich hierher. Doch ich fühle mich immer noch bei dir sehr wohl. Ich habe, um ehrlich zu sein …"

„Immer noch solche starken Gefühle für mich wie zu Nicolai", flüsterte Mario eher geistesabwesend, als wäre er in Gedanken plötzlich woanders. „Kann man denn zwei Menschen lieben? Oder ist das nur, weil er tot ist und ich … mein Kopf einen Ersatz sucht? Habe ich einfach nur Angst, alleine zu sein?"

„Ich wollte es dir erst später geben, aber wenn du so durcheinander bist, dann werden wir jetzt losgehen und ich gebe es dir gleich."

„Was meinst du? Wohin willst du mit mir gehen?" Er zog sich an und Saphira ging in ihr Zimmer, um sich ebenfalls anzuziehen. Sie wunderte sich, weil Mario in den Stall ging. Nach ein paar Minuten kam er mit Penelope raus. Mario erklärte ihr, dass er mit Nicolai zusammen die Pferde gekauft hatte. Es war noch immer sehr dunkel und Mario wollte, dass Saphira mit ihm zusammen auf Penelope ritt. Als Saphira sah, wo sie hinritten, blieb ihr die Luft weg. Die Erinnerung, wie Nicolai ihr das Haus damals gezeigt hatte, schmerzte in ihrer Brust. Mario hielt sie mit einem Arm fest, denn er wusste, dass es ihr nicht gut ging. Er führte sie in das Wohnzimmer, wo sie sich auf einem Sessel niederließ. Mario ging zu dem Schrank rüber und holte eine Schachtel raus. Als er wieder auf sie zutrat, blieb er nach ein paar Schritten stehen und schaute Saphira an.

„Sag mir, was du gedacht und gefühlt hast, als du Leroy auf dem Feld gesehen hast."

„Nichts. Ich sah ihn als Feind, und das hat sich bestimmt nicht geändert. Er wird der Erste sein, den ich in die Hölle schicken werde." Mario nickte. Da ihm ihr Blick auf dem Feld nicht entgangen war, wie sie ihn angesehen hatte, fragte er nach: „Sag mir ehrlich, was du gefühlt und gedacht hast, als du mich auf dem Feld gesehen hast. Als ich zu euch kam und auch, was du fühlst, wenn du mein Medaillon anschaust." Erst jetzt, als er sie darauf ansprach, wurde ihr bewusst, dass sie sein Medaillon immer bei sich getragen hatte. Automatisch griff ihre Hand zu dem Medaillon. Sie öffnete es und schaute es an. Wie vor ein paar Monaten kamen ihr die Tränen, als sie das wieder las: „Ich liebe dich über alles, Rose." Traurig blickte sie in die Richtung, wo das Fenster war. „Ich habe dich immer sehr geschätzt und bewundert. Mein Herz machte einen Salto, als du mir deine Liebe gestanden hattest. Ich fühlte mich immer bei dir sicher und verstanden. Als Nicolai mir sagte, dass es nur freundschaftliche Gefühle wären, hatte ich Angst, es dir zu sagen. Ich wollte dich nicht verletzen, Mario. Als ich dich auf dem Feld sah … du sahst umwerfend aus. Am liebsten hätte ich mich auf dich gestürzt und geküsst. Und das, obwohl Nicolai neben mir stand und ich mir sicher war, dass ich keine Gefühle mehr für dich habe." Mario merkte, dass es ihr schwerfiel, ihm die Wahrheit so sagen zu müssen. Sie glaubte, dass sie Nicolai so vielleicht gar nicht richtig geliebt haben könnte. Fühlte sich, als ob sie Nicolai damit betrogen hätte. Mario hatte sie aber gesehen, ihren Zusammenbruch, als sie Nicolai verloren hatte. Das Lachen gehört und das Glück gesehen, wenn sie zusammen gewesen sind. Er würde es ihr jetzt schmerzlich beweisen müssen, dass sie ihn wirklich geliebt hatte. Mario blieb direkt vor ihr stehen. Als sie aufstehen wollte, drückte er sie sachte wieder zurück. Mario hielt ihr die Schachtel hin. Saphira nahm die Schachtel entgegen und Mario ging aus der Tür. Er lehnte sich neben der Tür an die Wand und schloss die Augen. Mario hörte, wie Saphira drin in Tränen ausbrach, heißer schrie, am Rande eines erneuten Zusammenbruchs war. Ihr würde es aber nicht helfen, wenn Mario jetzt reingehen würde, um sie zu trösten. Sie musste sich bewusst werden, dass sie den Mann wirklich geliebt hatte.

Am Morgen wurden Mario und Saphira vom ersten Sonnenstrahl geweckt. Sie lag die ganze Zeit neben ihm. Heute würde sie alles planen müssen, wie sie die Beerdigung gestalten wollte. An dem Tag, an dem sie Nicolai eigentlich heiraten wollte. Sie öffnete ihre Augen und schaute Mario an. Sie war immer noch erschöpft von dem Schock gestern. Mario hatte sie auf dem Boden liegend gefunden, das Medaillon hatte sie fest in ihrer Hand gehalten. Saphira stand auf und ging zum Schrank rüber. Zu seinem Erstaunen schaute sie sich verschiedene Kleider an. Mario wusste nicht, was sie damit erreichen wollte.

„Was möchtest du machen, dass du dir ein Kleid aussuchen willst?"

„Heute ist der Tanztag. Der einzige Tag, wo die Clans zusammen sind, ohne sich die Köpfe einzuschlagen. Ah, da ist es ja, was ich gesucht habe. Sieht das gut aus?" Sie hielt sich ein dunkelrotes Kleid vor und musterte Mario. Bis zur Taille war es eng an der Haut und unten ging es auseinander bis zu den Knien. Es war eine glänzende Seide, aus dem das Kleid gefertigt worden war, mit viel Glitzer. Der Rock vom Kleid hatte viele Rüschen. Er schaute zum Kleid und dann sie an. „Du willst nicht wirklich dahingehen, oder?", fragte Mario ungläubig. „Warum nicht? Es gehört zu meiner Pflicht, dahinzugehen, Mario."

„Aber die anderen drei werden auch da sein!" Er wurde wütend auf sie. Was wollte sie damit erreichen und wem wollte sie etwas beweisen? Er stand vom Bett auf und ging auf sie zu. „Warum willst du dir das antun, Saphira?"

„Weil ich muss, Mario. Ich bin die Herrscherin und muss zu jedem Tanz gehen. Oder zu sonst irgendwelchen Veranstaltungen. Das weißt du genauso gut wie ich. Niemand hat gesagt, dass es leicht sein wird. Heute wollte ich den Mann heiraten, mit dem ich mein Leben verbringen und teilen wollte. Ich werde heute diejenigen sehen, die mein Leben kaputt gemacht haben. Aber, Mario, ich kann mich nicht verstecken."

„Jeder hätte Verständnis dafür, wenn du da nicht auftauchen würdest! Hör auf dir irgendwas vorzumachen, Saphira!"

„Ich habe gesagt, dass ich Leroy als Ersten in die Hölle schicken werde. Heute ist der perfekte Tag, um meinen Plan in die Tat umzusetzen."

„Und was soll dieser Plan sein? Dass du dich noch mehr kaputtmachst? Dass du noch mehr leiden musst?" Sie gab ihm keine Antwort und verschwand in das Badezimmer, wo sie das Kleid anzog. Ihre Haare machte sie zu Locken. Als das passende Makeup drauf war, ging sie hinunter in die Küche, wo Mario etwas zu essen machte. Er schaute zu ihr und hielt mit großen Augen in der Bewegung inne. Sie sah wundervoll aus. Bezaubernd, mehr fiel Mario dazu nicht ein. *Was denkst du dir denn? Du willst nichts mehr von ihr und fühlst nichts mehr. Nur weil sie dir leidtut, bedeutet das noch lange nicht, dass du immer noch in sie verknallt bist*, ermahnte er sich in Gedanken. Ihr Blick ging auf die Pfanne und sie eilte zu Mario, um ihm die Pfanne abzunehmen. Verdutzt sah er auf den Herd. „Scheint so, als hättest du unser Essen gerade schwarz werden lassen." Sie lachte, als sie die Sauerei wegmachte und neues Essen zubereitete. Saphira machte einen Salat für sie beide. Marios Blick haftete auf ihr. Er konnte ihn einfach nicht abwenden. Ihre Bewegungen waren geschmeidig, ihre Hüften schwangen von einer Seite zur anderen, als sie die Schüsseln auf den Tisch gestellt hatte, mit Musik im Hintergrund. Als beide anfingen zu essen, fragte Mario: „Was für einen Plan hast du denn?"

„Das, was Daira kann, kann ich auch. Leroy liebt niemanden mehr als mich. Als er gegen dich gekämpft hat, habe ich gemerkt, dass er irgendwas anderes wollte. Ich weiß nicht, wie er im Kampf ist, aber er war dir mehr als deutlich unterlegen. Du hast die meiste Zeit nur mit ihm gespielt."

„Da gebe ich dir recht. Leroy hat wirklich mehr drauf, als er gezeigt hat. Aber ich will nicht, dass du in Dairas Fußstapfen trittst. Du musst dich nicht jemandem um den Hals werfen, nur um Rache auszuüben. Wenn du das machen würdest, verlören alle den Respekt vor dir. Du musst daran denken, dass du unsere Herrscherin bist."

„Wenn es nicht sein muss, dann werde ich es auch nicht machen. Es ist nur heute und ich werde herausfinden, was an diesem Tag gewesen ist. Ich konnte die Nacht nicht richtig schlafen, deswegen habe ich meine Vorstellungen wegen der Beerdigung schon lange gemacht. Und was allgemein gestern angeht, so brauchst du dir nichts einbilden. Gestern war ich nur sehr verletzt und durcheinander. Ich liebe immer noch Nicolai und habe kein Interesse oder Gefühle für dich."

„Ich bilde mir gar nichts ein, Herrscherin. Du warst verletzt und deshalb habe ich nur wenig von dem geglaubt, was du gesagt hast. Das Einzige, was ich geglaubt habe, war das mit Nicolai." Sie unterhielten sich noch oder stritten sich beide. Als sie fertig waren, fuhren sie zu Mario, wo er sich umzog für den Tanz. Er würde sie keine einzige Sekunde aus den Augen lassen. Mario hatte es Nicolai versprochen. Ihm passte es nicht, dass sie dahinging, weil heute eigentlich ihr schönster Tag werden sollte. Aber auch weil er wusste, dass sie heute etwas erfahren könnte, was Nicolai und er niemals wollten. Irgendwie musste er versuchen, das zu verhindern. Mario ging die Treppe hinunter. Nun war es Saphira, die ihn anstarrte. *Wie schafft er es nur, immer wieder so geil auszusehen?*, dachte Saphira. Er hielt ihr den Arm hin. Saphira lächelte. Sie fuhren heute mit seiner Limousine, die Saphira das erste Mal sah. „Wow."

„Stimmt. Dieses Jahr ist es wirklich gut geworden." Man hörte Tanzmusik, ein großes Buffet stand an einer Seite. Es war unbeschreiblich. Auf einer Seite sah sie noch eine Bühne. Fragend sah sie Mario an. „Meistens gibt es Leute, die selber singen oder auf der Bühne tanzen. Manchmal gibt es auch Ansprachen."

Die Limousine hielt und Mario stieg aus. Es wurde alles still, als die Leute, die schon da waren, die schwarzen Autos sahen. Mario beachtete niemanden von ihnen, ging auf die andere Seite und hielt die Tür auf. Saphira ergriff seine Hand, dankte ihm und stieg aus. Die Blicke ruhten alle auf den beiden und den Mitgliedern. Sie merkte, dass Mario sich hinter ihr hielt. Erst verstand sie nicht, warum, bis sie zu der Menge sah, die sich aufteilte. Zoran und Daira kamen zum Vorschein. *Heute nicht*, ermahnte sie sich. Die Anspannung war bei jedem Mitglied zu spüren. Das niederträchtige Lächeln von Daira hätte sie ihr am liebsten sofort aus dem Gesicht gerissen. Dann blickten sie auf die rechte Seite, wo Leroy und ein paar seiner Mitglieder kamen. „Ich glaube nicht, dass heute der geeignete Tag ist, an dem der Kampf weitergeht."

„Du hast gar nichts zu melden, Leroy", zischte Daira ihn an. Leroy wandte den Blick nicht von Mario und Saphira ab. Dann lächelte er und seine Augen glühten, als er sich zu Daira wandte. Zoran stellte sich schützend vor sie.

„Was ist los, Zoran? Ich habe es nicht nötig, diesen Tag zu versauen. Sollte Daira jedoch weiter so machen, kann ich gerne auspacken."

„Das wagst du nicht, Leroy." Leroy legte den Kopf zur Seite und musterte Zoran von oben nach unten. Mit einem „Wollen wir wetten" zu Zoran ging er davon. Mario schob Saphira zu einer Kneipe. In einer dunklen Ecke ließen sie sich auf die Bank fallen. „Ausgerechnet diese Kneipe muss es sein", murmelte Mario. Saphira schaute ihn an mit hochgezogenen Brauen, aber Mario winkte nur ab und erwiderte nichts weiter. Dann kam der Wirt zu ihnen, um die Bestellung aufzunehmen. Als er hochschaute, blickte er verwundert Mario und dann Saphira an. „Na, sieh mal da. Meine Tochter reicht dir wohl nicht mehr?" Mario schloss die Augen und holte tief Luft. Saphira blinzelte verwirrt vom Wirt zu Mario. „Was hast du denn mit einer Wirtstochter zu schaffen?"

„Nichts, Saphira."

„Nichts? Ist es dir etwa auf einmal peinlich?" Arjona, Xaver, Eric, Akay, Victor und Xenia kamen rein und schauten den

Wirt an. Als ihre Blicke zu Mario gingen, verstanden Arjona und Xaver, was los war. Die anderen gehörten zu Saphira. „Ich glaube nicht, dass heute ein guter Zeitpunkt ist, ihn zu reizen. Sie wussten doch, wie er ist. Oder etwa nicht?" Der Wirt Roberto schaute Xaver an. Da er aber anscheinend sehr viel Respekt hatte wegen der anderen, sagte er nichts weiter und nahm die Bestellungen auf. Als ob das nicht schon gereicht hätte, brachte Victoria die Bestellung zu ihnen. Roberto hatte seiner Tochter alles erzählt. Im Gegensatz zu ihrem Vater besaß sie keinen Anstand. Mario war der Letzte, der sein Bier bekam. Doch Victoria stellte es nicht hin wie bei den anderen, sondern schüttete es über Mario. Er sprang auf, total sauer, und knallte mit den Händen auf den Tisch, dass alles klirrte. Er wollte an Saphira vorbei, doch sie hielt ihn davon ab. Victoria lächelte ihn süß an, wünschte allen noch viel Spaß und ging davon. Mario fluchte aufgebracht. Saphira ging zur Toilette, um ein paar Tücher zu holen. Mario ging ihr hinterher. „Ich glaub es nicht, dass du wirklich was mit einer Tochter von einem Wirt angefangen hast", sagte Saphira zu ihm, als sie zusammen im Vorraum der Toiletten standen. „Um ehrlich zu sein, muss ich wirklich zugeben, dass ich es selber nicht glauben kann, so wie die abgeht." Sie wischte über seine Jacke und das Hemd, was er darunter anhatte. Mario schaute sie an. „Das kann ich auch alleine. Du hast auch was abbekommen. Dein schönes Kleid." Sie lachte und winkte ab, meinte, dass es halb so schlimm sei. Mario nahm ein Tuch aus ihrer Hand und strich über ihre Brust, wo das Bier war. Er hielt jedoch inne bei der Berührung und schaute ihr in die Augen. Saphira schaute zu ihm auf. „Ich kann das auch all…"

Er konnte nicht anders, als ihre sanften Lippen zu küssen. Sie verlor sich in seinem Kuss. Sie schauten einander wieder an. Mario packte sie am Hintern und hob sie hoch. Auch Saphira konnte nicht an sich halten, schlang die Beine um seine Taille und die Arme um seinen Hals. Er stieß mit einem Fuß die Tür zu den Toiletten auf und setzte sie auf das Waschbecken. Saphira schob sein Hemd hoch, um über seinen breiten Rücken zu streicheln.

Ihre Zungen wollten sich nicht trennen. Eine unerträgliche Hitze züngelte sich um die beiden.

„Wir können das nicht machen, Herrscherin", stieß Mario hervor, als sie kurz dazu kamen, Luft zu holen. „Ich weiß, Anführer des Schwarzen Clans." Doch sie konnten sich einfach nicht voneinander lösen, so sehr sie es auch wollten. Sie verlangte seine Zunge, glitt in seine Hose, um sein erregtes Glied berühren zu können. Marios Griff wurde fester um ihre Taille. Saphira hatte seine Hose mittlerweile geöffnet, strich langsam über seine Hoden und sein Glied. Marios Atmung wurde schneller, sein Puls raste, als Saphira vom Waschbecken hinunterging und sein Glied in den Mund nahm. Noch nie zuvor hatte er so ein Begehren, so ein Verlangen nach jemandem gehabt. Das war genau das, was er immer vermeiden wollte. Nun hatte die Vergangenheit ihn eingeholt und nur eine konnte dieses Feuer, dieses Verlangen besänftigen. Mario hob sie wieder hoch und schob ihren Slip weg, küsste sie, drang in sie ein. Saphira schrie kurz auf. Ihr lief ein angenehmer Schauer über den Körper, ein starkes Verlangen, das er tiefer in sie eindringen sollte. Und das tat er. Mit jedem Stoß ging er tiefer und schneller in sie rein. Saphira klammerte sich an ihm fest, genoss den Sex mit ihm. Sie flüsterte seinen Namen, rutschte näher an seinen Körper, stöhnte, zitterte, während er sie am Hals küsste, sie biss. Er spürte ihre Nägel in seinem Rücken, ihr starkes Verlangen nach ihm. Sie wussten, dass das nicht hätte passieren dürfen. Doch sie konnten einfach nicht mehr anders, jetzt war es zu spät. Sie liebten sich von Anfang an und liebten sich immer noch. Das wurde beiden jetzt richtig bewusst und sie würden es nun zugeben müssen. Marios Rhythmus wurde heftiger, stärker, sodass Saphira sich fester an Mario klammern musste. Ihr Unterleib schmerzte, da er immer tiefer in sie eindrang. Bei ihm fühlte es sich so intensiv an. Saphira spürte die Reibung in sich, zog immer mehr die Muskeln zusammen, damit das Gefühl noch intensiver wurde. Ihre Hände hielten sich an seinen breiten Schultern fest, Marios Atem ging immer schneller, ihre Herzschläge schienen im selben Takt zu schlagen. Saphira wollte noch nicht kommen, sie wollte ihn noch weiter haben. Die Hitze um die beiden schien immer heißer zu werden. „Komm, Rose", sagte er. Denn er wusste, wenn sie weitermachen würden und nicht bald zum Höhepunkt kämen, würde alles herauskommen, was Saphira noch nicht wusste. Er biss sie in den Hals. Der kurze Schmerz, den sie wahrnahm, brachte sie dazu, den Orgasmus freizulassen. Mario kam direkt mit ihr, sein Schrei unterdrückt durch den Biss an ihrem Hals. Saphira bettete ihren Kopf auf seine Schulter, während Mario sie an sich drückte. Er sah, dass sie am Hals eine rote Stelle hatte, wo er sie gebissen hatte. Mario küsste die Stelle, und wünschte sich, dass es nicht so weit gekommen wäre.

Kapitel 24

Sie hielten sich immer noch in den Armen. Mario flüsterte ihren Namen ins Ohr und drückte sie an sich. Saphira hatte die Augen geschlossen. Ihr Kopf lag auf seiner Brust. Mario wollte sie nicht loslassen. Es war wie ein Traum, was da gerade passiert war. Auch Saphira hielt ihn fest an sich gedrückt. Sie ließ sich von seiner Wärme einhüllen. Beide hatten vergessen, wo sie überhaupt waren, bis Xaver an die Kabine klopfte. Mario wollte sich bewegen, doch Saphira drückte ihn immer wieder zu sich heran, sobald er eine kleine Bewegung machte. Nun gehörte sie ihm. Warum hätte er es nicht vermeiden können, bis Nicolai wirklich zu Asche zerfällt? Musste dieses Verlangen zu dem Partner so groß sein, dass selbst das Gehirn sich ausschaltete? Nein, er wollte nichts mit der Vergangenheit zu tun haben. Mario wollte Saphira nicht. Sie hatte ihn verletzt, damals und heute. Xaver fragte, ob alles in Ordnung sei. Mario antwortete ihm nur kurz, dass alles okay sei. Er zog leicht Saphira an den Haaren nach hinten, damit sie ihren Kopf zu ihm hob. Er küsste sie fest auf den Mund. „Du weißt, dass es ein Fehler war." Saphira senkte den Kopf wieder. Was sollte sie dazu sagen? Ja, Mario es war ein Fehler, aber ich liebe dich und danke für den geilsten Sex, den ich je hatte? Auch wenn du immer noch keine Ahnung hast von Zärtlichkeiten und alles meistens nur hart und fest sein muss und schnell. Das hätte sie wohl kaum sagen können. Erstens wäre das eine Beleidigung gewesen für Nicolai und zweitens wusste sie doch nicht, ob es wirklich Liebe war. Verlangen und Liebe sind zwei unterschiedliche Sachen. Solange sie das nicht hundertprozentig wusste, würde sie sich lieber die Zunge abbeißen, bevor sie ihm irgendwelche Liebesgeständnisse machen würde. Schließlich liebte man ja nicht gleich jeden, nur weil man ihn sexuell anziehend fand. Saphira stand auf, richtete ihre Kleidung und räusperte sich. „Am besten, wir vergessen diesen Fehler ganz schnell und konzentrieren uns darauf, welche Positionen wir haben. Wir sollten ausreichend Distanz voneinander nehmen." Sie trat aus der Kabine, als ob nichts gewesen wäre. Mario schaute ihr hinterher und fragte sich, ob es wirklich ihr Ernst war. Wollte sie sich wirklich immer noch etwas einreden? Aber was wollte er selber denn wirklich? War es nur, weil sie geboren wurde und deswegen seine Partnerin war, oder liebte er sie wirklich so sehr? Er ging zum Waschbecken und spritzte sich etwas Wasser ins Gesicht. Mario stützte sich eine Weile darauf, als er sein Spiegelbild ansah. Er holte einmal tief Luft, bevor er hinausging. Saphira saß zwischen ihren Beschützern. Wenn man sie so sah, hätte man niemals gedacht, dass sie ihren Verlobten verloren hatte. Noch mehr wurde ihm bewusst, dass es ein Fehler gewesen war. Nicolai war noch nicht unter der Erde und er musste ausgerechnet mit Saphira vögeln. Warum konnte er sich nicht einmal im Griff haben? Er setzte sich auf die danebenstehende Bank. Mario hörte nicht, was Saphira zu den Beschützern sagte, und es war ihm eigentlich auch egal. Sein Blick ging erst wieder hoch, als Leroy auf sie zukam.

„Hallo, zusammen. Ich kam vorhin nicht dazu, euch richtig zu begrüßen. Herrscherin, könnte ich vielleicht um einen Tanz bitten?" Er verbeugte sich und streckte die Hand nach ihr aus. Saphira lächelte ihn hinreißend an, was Mario fast zur Weißglut brachte. Sie stand auf, nahm Leroys Hand und ließ sich auf die Tanzfläche führen. Mario beobachtete die beiden genau, was er gleich darauf für einen Fehler hielt, weil er merkte, dass er Leroy am liebsten von ihr weggerissen hätte. Beide tanzten sehr eng aneinander zu einer langsamen Musik. Auf der gegenüberliegenden Seite sah er Zoran mit Daira zusammensitzen, die die beiden auch im Auge behielten. Saphiras vier Beschützer blickten sich aufmerksam im ganzen Raum um. Leroy genoss den Tanz mit Saphira in vollen Zügen. „Ich möchte dich wiederhaben, Saphira."

„Ach wirklich? Warum hast du dann gegen uns gekämpft? Nur weil du mich wiederhaben willst? Du bist mit schuld am

Tod meines Verlobten, Leroy. Warum sollte ich ausgerechnet mit dir wieder zusammenkommen?"

„Weil ich keine andere Wahl hatte?"

„Dann erzähle es mir. Vielleicht überlege ich es mir noch anders, wenn ich die Wahrheit weiß."

„Wenn ich es könnte, würde ich es machen. Ich weiß, dass ich eigentlich dazu verpflichtet bin, dir alles zu erzählen, was die Taten des Clans angeht. Aber ich kann es noch nicht." Saphira wollte sich damit nicht zufrieden geben. Aber erzählen würde er ihr das auch nicht. Sie war etwas erschöpft. Warum, wusste sie nicht. Als Saphira sich abwenden wollte, hielt Leroy sie am Arm fest. Sie drehte sich zu ihm um und funkelte ihn böse an. Mario bemerkte die Szene, in ihm kocht die Wut auf Leroy, vor allem jetzt, wo er sie festhielt, obwohl sie sich abwenden wollte. Er trat an ihre Seite und riss Leroys Hand weg. Leroy hatte damit zu kämpfen, seine Wut im Zaum zu halten. Saphira schaute zu Mario, sein Gesicht zeigte, wie sauer er war. „Leroy, ich will dir eines sagen: Saphira gehört mir und nicht dir. Es sei denn, sie sollte es ausdrücklich sagen, dass sie dich haben möchte. So sah es jetzt nicht aus. Schreib es dir hinter die Ohren oder auf deine Stirn von mir aus. Diese Frau ist meine."

Saphira sah ihn perplex an. Hatte sie sich gerade verhört? Sie wollte gerade den Mund aufmachen, als Leroy ihr zuvorkam. „Auf einmal wieder? Kannst du dich endlich mal entscheiden, Mario? Ich hatte nicht das Gefühl, dass sie dich schon auserwählt hat." Mario zog Saphira in die Ecke zurück. Sein Blick ruhte immer noch auf Leroy, der lächelnd zur Bar ging und bei seinen Beschützern Platz nahm. „Was sollte das, Mario?" Verwirrt schaute er sie an. „Was das sollte? Ich habe die Wahrheit gesagt. Im Gegensatz zu dir habe ich es begriffen, dass ich ohne dich nicht leben kann. Ich bin schon eifersüchtig, wenn dich jemand ansieht. Zu Hause war ich fix und fertig gewesen und habe sogar aus Verzweiflung wegen dir geheult wie ein kleiner Junge. Immer wenn ich versucht habe etwas zu machen, dann habe ich dein Gesicht gesehen. Meine Gedanken drehten sich immer nur um dich. Die Frauen waren nur dafür da, um mich abzulenken. Ich hatte es satt, dir hinterherzuheulen, obwohl ich wusste, dass es nichts bringen würde. Nicolai hätte gar nicht sterben können bei dem Kampf!"

Mario schluckte, als ihm bewusst wurde, was er da gerade gesagt hatte. Saphira sah ihn mit einem Gesichtsausdruck an, der viele Gefühle spiegelte. Innerlich fluchte er, weil er sich versprochen hatte. Saphira stand auf. Ohne ein Wort zu sagen, ging sie aus der Kneipe. Mario ging hinter ihr her. Er wusste, dass er einiges erklären musste, aber das war es nicht, warum er hinterherging. In ihm sagte etwas, dass er sie im Auge behalten musste. Er hatte furchtbare Angst, dass ihr etwas passieren könnte. Draußen musste er sich erst einmal umsehen. Dann sah er sie endlich und rannte hinterher. „Saphira!" Sie blieb nicht stehen, sondern ging einfach weiter, ohne sich auch nur einmal umzudrehen. Als Mario nah genug an ihr dran war, wollte er ihre Hand greifen, doch sie riss sie weg. Danach wollte er ihren Arm nehmen, doch auch da riss sie sich weg. Dann packte er sie an der Schulter. Sie drehte sich um und gab ihm eine Ohrfeige. Danach ging sie wieder weiter. Mario stand einfach nur da und blickte seiner Rose nach.

Leroy konnte sich einfach nicht zusammenreißen, als er das sah, und kicherte. Schien so, als hätte Mario es übertrieben. Umso besser war es für ihn, denn er spielte nicht mit ihr. Saphira bedeutete ihm wirklich etwas. Da er wusste, dass Saphira nicht weit weggehen würde, ging er ihr auf der anderen Seite nach. Saphira blieb auf einer hellbraunen Brücke stehen und schaute zum Teich hinunter. Sie schien über etwas nachzudenken. Leroy beobachtete sie erst eine ganze Weile, bevor er zu ihr hinüberging. Sie ließ den Blick nicht vom Wasser. Mittlerweile erkannte sie Mario schon alleine an seinem Gang, deswegen wusste sie, dass es nur Leroy oder Zoran sein konnte, der zu ihr kam. Aber ihr Instinkt sagte ihr, dass es nur Leroy sein konnte. Er stützte sich neben ihr auf das Geländer. Beide blickten auf das Wasser und keiner von beiden sagte ein Wort. Sie war dankbar dafür, dass er Abstand hielt und nichts zu ihr sagte. Saphira war sich sicher, dass er mitbekommen hatte, dass sie und Mario Streit hatten. „Warum,

Leroy? Was war der Grund?" Saphira drehte ihren Kopf zu ihm und schaute ihm in seine dunkelgrünen Augen. „Meine Sicherheit ist mir in der Regel egal, aber ich bin ein Anführer und habe eine Verantwortung für meinen Clan. Deswegen tut es mir leid, aber ich kann es nicht sagen. Wenn der Zeitpunkt da ist, werde ich dir alles erklären. Zoran hat mich noch zu sehr in der Hand."

„Und das hat was damit zu tun, warum du gegen uns gekämpft hast?"

„Unter anderem ja. Ich wollte einfach nicht neben dir kämpfen, wegen des anderen, der dich so glücklich gemacht hat. Ich hasste Nicolai. Ich gebe zu, dass ich mich selber um ihn kümmern wollte und deswegen schon auf der Seite deines Bruders kämpfen wollte. Doch später kam alles anders und Daira hatte mich mit Zoran in der Hand. Das haben die immer noch, wie ich bereits sagte." Saphira sagte nichts weiter dazu. Hinten hörte man die laute Musik. Ihr ging es so, als ob sie irgendwas nicht gelernt hatte von ihrer Mutter, was jetzt wichtig sein könnte. Sie rieb sich mit den Händen übers Gesicht und seufzte. Da sie erst zehn Jahre alt war, konnte ihr ihre Mutter auch nicht alles erzählen, was es hieß, eine Herrscherin der Clans zu sein. „Wollen wir uns auf die Wiese setzen? Heute ist nicht der richtige Tag dafür, dich mit dem Tod meines Verlobten zu konfrontieren. Kennst du die Geschichte der Clans?"

„Ich dachte, Lya hätte dir alles beigebracht, was es über die Clans zu wissen gibt."

„Dachte ich auch. Um ehrlich zu sein, konnte sie mir nicht viel erzählen, weil ich erst zehn war, wie du weißt. Den richtigen Unterricht, Pflichten, Geschichte usw. hätte ich erst mit achtzehn bekommen. Das heißt, ich weiß so gut wie nichts über meine Pflichten als Herrscherin." Sie gingen zur Wiese und legten sich dorthin. Leroy lag auf der Wiese neben ihr. Irgendwie musste er an damals denken, als sie auch immer so dalagen. Er musste unwillkürlich lächeln bei dem Gedanken. Saphira drehte sich auf die Seite und blickte ihn interessiert an. Sie zog ihre Brauen hoch, als sie sah, dass Leroy lächelte. „Weißt du noch damals, als wir genauso auf der Wiese lagen? Nur wir waren zusammen und deinen Kopf hast du immer auf meinen Brustkorb gelegt." Natürlich konnte sie sich daran erinnern. Sie konnte nicht leugnen, dass es damals eine wunderschöne Zeit gewesen war. Saphira wusste noch, dass sie ihre Eltern so sehr gehasst hatte deswegen, weil sie beide auseinandergerissen hatten. Vielleicht wären sie wirklich noch zusammen, wenn es damals nicht so gekommen wäre. Sie musste sich einfach neben ihn legen und wie damals ihren Kopf auf seine Brust legen. Leroy zuckte zusammen, als sie es tat, und blickte erstaunt auf sie. Legte aber dann einen Arm um sie und fragte nicht weiter nach. „Es war damals sehr schön. Ich habe gerade überlegt, was wohl wäre, wenn sie uns nicht auseinandergerissen hätten. Ich weiß, dass du mich liebst und es ernst meinst. Damals hast du schon immer zu mir gesagt, egal was auch kommen mag, deine Liebe zu mir ist unendlich."

„Und ich habe die Wahrheit gesagt. Nachdem das alles passiert ist, hatte ich keine einzige Frau und keine Affäre. Wenn wir zusammengeblieben wären, dann wären wir es immer noch."

„Wahrscheinlich schon. Niemand weiß, was daraus geworden wäre. Stimmt das, dass unsere Clans die ältesten sind?"

„Du willst unbedingt die Geschichte wissen, oder? Warum fragst du ausgerechnet mich?"

„Weil ich weiß, dass der Blutclan der älteste Clan von allen ist. Ich möchte gerne mehr über die Geschichte der Clans erfahren, damit ich eine gute Herrscherin sein kann." Leroy streichelte geistesabwesend über ihren Rücken. Es war wirklich so wie früher, nur dass er sich eingestehen musste, dass sie nicht zusammen waren. Er fragte sich, ob sie sich irgendwann doch noch für ihn entscheiden würde. Es gab nur noch Mario als Konkurrenten, der als Anführer zählte. Sonst konnte sie nur noch einen aus ihrem eigenen Clan wählen. Er fragte sich, ob sie das überhaupt wusste und wie viel sie überhaupt insgesamt wusste. Aber wie sie sich ausgedrückt hatte, hatte sie wirklich von so gut wie nichts eine Ahnung. Die helle Seite, zu der der Weiße Clan, Goldene Clan und die Silberschwingen zählten, war bekannt dafür, dass sie ihren Kindern erst alles erzählten, wenn sie volljährig waren. Auf der dunklen Seite war es anders. Ihnen wurde nie etwas vorgespielt und bereits den Sechsjährigen erzählten die Eltern alles. Er wusste nicht, was besser war für die Kinder. Auf einer Seite würden sie gleich damit aufwachsen, doch auf der anderen fand er, sollten die Kinder doch wenigstens friedlich aufwachsen können. Saphira verstand damals noch nicht einmal, warum sie getrennt wurden. Wegen dem, was er gesehen hatte, fand er es doch besser, wenn die Kinder gleich alles von Anfang an erfuhren und nicht erst, wenn es schon zu spät war. Nur so konnte er ein guter Anführer werden, genauso wie Mario. Zoran war da der beste Beweis für. Kaum kam er nicht mehr klar, bettelte er bei anderen um Unterstützung. Und doch hatte er es geschafft, das Blatt zu wenden. Nun war es Leroy gewesen, der machen musste, was er sagte. *Wie erbärmlich das ist,* dachte er sich. „Saphira?"

„Ja?"

„Ich weiß, dass du es nicht hören möchtest. Ich liebe dich wirklich immer noch und es war nicht gelogen, dass ich keine Frau mehr hatte." Saphira sagte nichts. Sie schien darüber nachzudenken, was Leroy gerade gesagt hatte. Sie legte einen Arm über ihn und hielt seine Hand. „Im Moment, Leroy, möchte ich nichts eingehen. Weder mit dir noch mit sonst wem. Ich hoffe, du verstehst das."

„Ja das tue ich, Kirschblüte." Als er sie so nannte, musste sie lächeln. Man kann die Vergangenheit nicht einfach so vergessen. Sie glaubte ihm. Das hatte sie damals schon getan. Sie bat ihn etwas über die Clans zu erzählen. Er drückte ihre Hand leicht, bevor er anfing. „Der Blutclan war damals der erste gewesen, der existierte. Später gründete eine Frau den Hoffnungsclan. Der Anführer verliebte sich sofort in sie. Beide Clans wurden sehr groß damals, da sie die einzigen waren und viele Mitglieder werden wollten. Irgendwann wurden sie so groß, dass sie nicht mehr alle unterbringen konnten. So beschloss die Anführerin, mehrere Clans zu schaffen. Sie mochte den Anführer des Blutclans nicht und sie haben immer gekämpft miteinander. So entschied sie, dass der Blutclan zur dunklen Seite gehören soll, weil sie fand, dass es passend für ihn sein würde. Sie fand ihn nämlich hinterhältig und böse. Ihre Seite sollte die helle Seite werden.

So kamen die Clans zustande. Jeder bekam einen Namen, seine Mitglieder, Beschützer und den Anführer, der auserwählt wurde, vom Blutclan und dem Hoffnungsclan. Dadurch kam es, dass sie die Königin sein sollte, also die Herrscherin. Sie beschloss alles und hielt die Clans zusammen. Außerdem achtete sie auf jeden Clan. Dann kam es, dass sie sich doch in den Anführer des Blutclans verliebte. Viele waren damit nicht einverstanden und so kam es zu dem ersten großen Krieg der Clans. Der Hoffnungsclan wurde komplett ausgelöscht, bis auf ein kleines Kind, das überlebte. Der Anführer des Blutclans fand das kleine Mädchen zwischen den Leichen. Doch der vom weißen Clan nahm sie sofort mit zu sich. Er fand, dass das Mädchen wie ein Engel aussah. Da sie die Letzte war, die vom Hoffnungsclan überlebt hatte, wurde ihr alles beigebracht, was man wissen musste, um Clans zu führen, und sie wurde automatisch die nächste Herrscherin. Die Kleine beschloss den Namen des Clans zu wechseln. Engelsclan konnte sie nicht nehmen, weil sie der Meinung war, dass es nur für weibliche Mitglieder zutreffen würde. Da der Anführer sie immer als Engel bezeichnete und als ein Wunder, beschloss sie den Clan Silberschwingen zu nennen. In einem Buch sah sie mal einen Engel, der silberne Flügel hatte, so kam sie auf den Namen. Und so entstand der Clan, den du führst. Aber die dunkle Seite war nicht dumm. Durch den Kampf akzeptierten sie den Blutclan nicht mehr als Herrscher. Sie setzten sich alle zusammen und bildeten den Schwarzschwingen Clan. So war es deutlich gewesen, wer das Sagen hatte. Silberschwingen und Schwarzschwingen waren gegründet. Die Schwarzen verschwanden jedoch irgendwann und niemand hörte mehr etwas von ihnen, bis heute nicht."

„Warum nicht? Was hatte es denn mit diesen Schwarzschwingen auf sich?"

„Die Familie, die diesen Clan gegründet hatte, nahm es als ihren Familiennamen. Es wurde schnell bemerkt, dass sie seltsame Fähigkeiten hatten. Welche, weiß ich selber nicht. Ich kann dir nur sagen, dass es mal wieder einen Krieg gab und danach beschlossen wurde, dass nur noch ein Clan als Herrscherclan gelten sollte. Die Silberschwingen setzten sich da durch und so wurde der Herrscher automatisch der Anführer der Silberschwingen. Die Aufgaben einer Herrscherin waren und sind es immer noch, dass sie Konflikte löst und sich darum kümmert, dass alle Clans, so weit wie möglich friedlich zusammenleben. Natürlich konnte man einen Kampf nicht immer verhindern, doch wenn es dazu kam, musste derjenige, der ihn anfangen wollte, sich vor dem oder der Herrscherin rechtfertigen. Zum Schluss entschied er oder sie, ob es wirklich einen Grund dafür gab oder nicht."

„Verstehe. Es scheint, als müsste ich wirklich noch sehr viel lernen. Das, was du mir jetzt erzählt hast, ist wohl nur ein kleines bisschen von dem Ganzen, oder?"

Leroy nickte. Er sagte ihr, dass, wenn sie etwas wissen wollte darüber, sie ihn gerne anrufen könnte. Saphira bedankte sich bei ihm. Fragend schaute sie ihn an, als er schmunzelte und ihr tief in die Augen blickte. Er schüttelte den Kopf, als er aufstand und ihr hochhalf. „Ich würde nur alles dafür geben, nur um einen einzigen Kuss von dir zu bekommen." Da sie gerade dabei war loszugehen, blieb sie stehen und drehte sich zu ihm. Sie hauchte ihm einen Kuss zu. Saphira wusste, dass er einen richtigen meinte, doch sie musste sich über alles Gedanken machen. Sie trug mehr Verantwortung, als sie sich gedacht hatte. Jetzt wurde ihr erst richtig bewusst, dass sie mit einem kleinen Fehler alles kaputt machen konnte. Langsam wanderte sie am Teich lang. Leroy war wieder zurückgegangen. Sie setzte sich auf eine Bank und sang vor sich hin. Dann verstummte sie und drehte sich links zu einem Baum.

„Hat es Spaß gemacht, mich zu beobachten?" Mario stieß sich vom Baum ab und ging auf sie zu. Er fragte sie, ob er sich neben sie setzen dürfte. Als sie mit einem Ja antwortete, nahm er Platz. Beide sagten nichts. Mario blickte einfach nur leer auf den Teich. Als er sich entschuldigen wollte, hielt Saphira die Hand hoch und schüttelte den Kopf. „Ich möchte nichts hören, um ehrlich zu sein. Mir ist bewusst geworden, dass mehr auf meinen Schultern liegt, als ich je erwartet habe. Nicolai habe ich vor ein paar Tagen verloren und der Schmerz sitzt immer noch tief, auch wenn du mir nicht glaubst. Ich möchte keine Beziehung oder sonst etwas eingehen. Erst mal muss ich alles lernen, was ich wissen muss. Es tut mir leid, Mario, aber ich möchte niemanden in den nächsten Tagen sehen oder hören."

„Darf ich dich wenigstens um den letzten Tanz bitten?"

Seine Stimme klang so fremd für sie. Sie konnte nicht erklären, warum es so war. Er stand vor ihr und hielt ihr die Hand hin. Sie blickte ihn an, bevor sie die Hand annahm. Mario führte sie nicht zurück, sondern ging mit ihr auf einen kleinen Hügel. Er nahm ihre Hand und die andere legte er auf ihren Rücken. Mario zog sie sanft näher an sich heran. „Der letzte Tanz gehört nur dir, Rose", flüsterte er ihr ins Ohr. Saphira staunte über seine Führungskünste. Ihre Körper bewegten sich so nah, dass es fast unmöglich sein musste, sich nicht auf die Füße zu treten. Doch bei den beiden bewegten sich ihre Körper wie einer. Sie waren komplett im Einklang miteinander. Er drehte sie so, dass sie mit dem Rücken zu ihm stand. Sie hätte nie gedacht, dass ein Mann so seine Hüften bewegen könnte. Der Schein des Mondes machte es zu einem unerklärlichen und doch traumhaften Moment. Er drehte sie wieder zurück. Ihre Körper blieben ganz nah beisammen, ohne sich zu trennen. Nach dem Lied war sie in seinen Armen versunken und blickte zu ihm auf. Seine braunen warmen Augen leuchteten im Mondlicht. Mario beugte sich über sie und gab ihr einen intensiven Kuss. Danach blickte er ihr in die Augen und sagte: „Ich liebe dich, Rose. Ich würde alles für dich aufgeben. Sogar mein Leben."

Kapitel 25

Saphira erschrak und saß aufrecht im Bett. Benommen blickte sie durch das Zimmer. Sie schloss die Augen wieder. Es war schon das fünfte Mal, dass sie von diesem Traum aus dem Schlaf gerissen wurde. Doch was noch schlimmer war, sie wusste, dass es kein Traum gewesen war, sondern alles Realität. Dieser Tanz. Der Kuss. Der letzte Satz. Es verfolgte sie, seit sie sich von ihm verabschiedet hatte. Saphira fragte sich, warum alle sie so unter Druck setzten. Sie wusste, dass es nicht sein konnte, dass alle sich in sie verlieben. Einer spielte mit ihr, aber wer es war, wusste sie nicht. Nicolai hätte gar nicht sterben können. Dieser Satz hallte ihr im Gedächtnis, immer und immer wieder. Sie schüttelte sich heftig und vergrub ihr Gesicht in ihren Händen. Was sollte das alles? Drei Männer, die es angeblich alle ernst meinten. Einer musste lügen. Doch sie glaubte Leroy. Aber warum ihm? Je mehr sie über alles nachdachte, umso mehr Fragen kamen auf. Bevor sie nach Hause gefahren war, musste sie sich noch für zwei Beschützer entscheiden. Es ist Pflicht für jeden Anführer, immer zwei bei sich zu haben. Saphira hatte sich für Xenia und Akay entschieden. Ihr wurde auch erzählt, dass, wenn man mit jemandem zusammen ist, man vier Beschützer hat. Eigentlich wäre es logisch, doch Saphira dachte immer, wenn es irgendwann dazu kam und man heiratete, konnten zwei sich zur Ruhe setzen. Es war alles schwieriger, als sie sich vorgestellt hatte. Schon alleine eine simple Wahl war die reinste Hölle. Am Anfang hatte sie sich nichts dabei gedacht, wegen Nicolai, Mario und Leroy. Doch nun, wo sie wusste, was es bedeutete, einen Mann zu haben, wenn man die Königin war, dachte sie viel darüber nach. Noch einmal fasste sie alles zusammen, was sie wusste. „Nicolai hat mir die schönsten Tage gegeben, die ich sonst nur geträumt hätte. Marios Worte, er hätte nicht sterben können in diesem Kampf. Nach ein paar Tagen hatte er mir schon einen Antrag gemacht. Dann ist da Mario. Er hat Geheimnisse vor mir. Sagt, dass er mich liebt und alles für mich aufgeben würde, sogar sein Leben. Er möchte mich heiraten, hat mir aber noch keinen Antrag gemacht. Ob ich ihm glauben kann, weiß ich nicht. Und zum Schluss, Leroy. Von ihm weiß ich nicht viel. Er hat gegen mich gekämpft, wegen Nicolai. Aber er sagt, dass er mich sehr liebt, so wie ich bin, und dass er nach mir keine Frau hatte. Angeblich hat mein Bruder ihn in der Hand mit etwas. Und Leroy will mir helfen mit der Geschichte und dem Rest. Na toll, so komme ich doch auch nicht weiter. Vielleicht wäre es sogar ein Fehler gewesen, wenn ich Nicolai geheiratet hätte!" Verzweifelt ließ sie sich wieder auf das Bett plumpsen, aus dem sie gerade aufgestanden war. Xenia klopfte an ihre Tür. Sie hatte einen Zettel in der Hand, den sie Saphira übergeben sollte. Als sie Xenia fragte, von wem er sei, schüttelte sie nur den Kopf. Saphira stand wieder auf und nahm den Zettel. Es war kein Symbol darauf und es wurde auch nicht unterzeichnet. Saphira holte tief Luft. Langsam war sie es wirklich leid. Sie hatte andere Probleme, als Rätselraten zu spielen. Xenia ging wieder hinaus, damit Saphira in Ruhe lesen konnte. „Saphira, ich weiß eine Menge, was dich interessieren könnte. Es sind Geheimnisse, von denen, die dir vormachen wollen, dass sie dich lieben. Aber der Schein trügt, Königin. Ich kenne die komplette Wahrheit. Wenn du sie wissen möchtest, rufe mich an. Ich rufe niemanden an, aber egal." Saphira zerknitterte den Brief und schmiss ihn in eine Ecke. Es war schon vierzehn Uhr. Sie wollte noch zu dem Ort gehen, wo sie die Beerdigung geplant hatte, und Blumen besorgen, Kerzen, die Musik und dann noch eine Kneipe. Sie hatte das Gefühl, von allem erdrückt zu werden, so viel wie sie machen musste. Schleppend ging sie die Treppe hinunter und begrüßte Akay, der in der Küche stand und etwas zu essen machte. Saphira fragte noch, ob die Pferde etwas Futter bekommen hatten. Als Xenia mit Ja geantwortet hatte, ging sie hinaus zum Auto. Akay ging hinter ihr her und fragte, wo sie hinwollte. Saphira erklärte ihm, wo es langging, und bat beide erst einmal was zu essen und danach hinterherzukommen. Sie sah, dass beide nicht wirklich einverstanden waren damit, sie konnten aber auch nicht widersprechen.

Das Wasser rauschte vor sich hin. Der Wind fuhr ihr durch die Haare. Sie schloss die Augen und hörte das Rascheln der Blätter und das Zwitschern der Vögel. Eine Träne lief ihr über die Wange hinunter. Der Ort, an dem sie ihre Unschuld verlor. Der Ort, wo sie sich so sicher war, dass dieser Mann der Richtige in ihrem Leben war. Sie sah vor sich, wie sie damals im Wasser waren und das Mondlicht Nicolais Augen zum Funkeln brachte. Saphira setzte sich an den Platz, wo sich beide geliebt hatten. Die Erinnerungen schmerzten, aber sie wusste, dass es Nicolai gefallen hätte. Ein Wagen fuhr heran, aus dem Xenia und Akay ausstiegen. Xenia schaute sie besorgt an, verstand aber, warum sie weinte. Nachdem sie sich alles bildlich vorgestellt und die Erinnerungen sie zum Weinen gebracht hatten, stiegen sie zusammen wieder ein und fuhren nach Hause.

Mario ging den dunklen Gang entlang. Vor der Stahltür blieb er kurz stehen. Er hätte nicht herkommen brauchen, da er Davina vertraute, aber irgendetwas war da, was ihm sagte, dass er sich selbst ein Bild machen musste. Seine Hand zitterte leicht, als er den Griff berührte. Das Quietschen der Tür hallte durch die ganze Halle. Langsam zog er das Laken von Nicolais Gesicht runter. „Ich glaub es nicht, dass du gefallen bist, Nicolai. Warum? Wie konnte das passieren, sie sind seit Jahren weg. Sie können doch nicht einfach wieder auftauchen."

Mario zog das Laken noch ein Stück runter, bis über die Brust. Er schüttelte den Kopf, als er die Wunde sah. Mario nahm den kalten Körper und drehte ihn zur Seite. Langsam zeichnete er die Narben entlang, die links und rechts auf dem Rücken zu sehen waren, und auch über die, wo ihn das Schwert durchbohrt hatte. Es hätte ihm von Anfang an klar sein müssen, als Saphira mit Zoran gekämpft hatte. Trotzdem hatte er sich nichts dabei gedacht. Saphira konnte froh sein, dass es nur Zoran gesehen hatte. Doch er hatte es bestimmt Daira erzählt. Leroy konnte nichts wissen, sonst würde er nicht seine Hilfe anbieten und sie so besonders behandeln. „Du hast sie und dein Kind dadurch zwar gerettet, aber ich kann dein Kind nicht am Leben lassen. Du weißt, dass sie von Anfang an mir gehörte. Wie konntest du das machen, obwohl du sie so sehr geliebt hast? Und mich lässt du nun alleine und ich muss das alles ausbügeln. Wieder einmal." Mario hätte sich nie vorgestellt, mal in einer Halle zu stehen und mit einer Leiche zu reden. Doch das alles plagte ihn. Er musste reden, um so seine Last etwas loswerden zu können. Wenn Leroy die Wahrheit erführe, wäre alles vorbei. Doch er würde an Saphiras Seite sein und sie beschützen. „Ich werde Saphira beschützen, wie ich es versprochen habe. Doch nur, weil sie mir gehört. Diejenigen, die dich getötet haben, werde ich vernichten, bevor sie Saphira etwas antun können. Ich werde sie finden und wenn ich jedes einzelne Sandkorn in Zynessa umdrehen muss."

Saphira nahm das Telefon zur Hand. Sie wählte Leroys Nummer. Saphira war immer noch dankbar dafür, dass er ihr helfen würde. Nach dem dritten Klingeln nahm er ab. Sie verabredeten sich in einem Café, das in der Nähe war. Saphira hätte ihn auch gern nach Hause eingeladen, doch Xenia und Akay waren nicht sonderlich begeistert davon. Sie zog sich eine graue Jeans und einen Glitzer-pulli an. Saphira blieb an manchen Läden stehen, um ein bisschen zu schauen. Sie hatten noch etwas Zeit gehabt bis zum Treffen. Sie sah ein schwarzes Kleid mit einem V-Ausschnitt. Es würde gut zur Beerdigung passen. Da sie noch keine Sachen dafür hatte, ging sie hinein und kaufte es. Sie wünschte der Verkäuferin noch einen schönen Tag, bevor sie herausging. Nach genau dreizehn Minuten kamen sie an dem Café vorbei. Leroy saß schon da und erhob sich, als er Saphira sah. Er gab ihr einen Kuss auf die Hand, bevor er sie wegen der Beschützer fragend ansah. Saphira drehte sich zu beiden um und bat sie gegenüber bei einem Bäcker Platz zu nehmen. So hatten sie Saphira wenigstens im Auge. Leroy bestellte für beide ein Glas Wein. Doch Saphira bat den Kellner ihr ein Glas Wasser zu geben. Leroy schaute sie perplex an. „In letzter Zeit möchte ich keinen Alkohol trinken."

„Bist du krank? Du hättest doch was sagen können, wenn es dir nicht gut geht."

„Nein, mir geht es sehr gut, wirklich, Leroy. Mich würde interessieren, was der Blutclan für eine Bedeutung hat. Und auch, was der Schwarze Clan bedeutet."

Leroy zog die Augenbrauen hoch. Danach schürzte er die Lippen für einen kurzen Moment. Der Kellner kam mit den Gläsern und Leroy bezahlte und bedankte sich. Er drehte das Glas zwischen seinen Fingern. „Ist es wegen Mario, dass du mehr über diesen Clan wissen möchtest?" Saphira überlegte einen Moment, ob sie ehrlich sein sollte. Doch weil sie keine Ahnung hatte, inwieweit die anderen wussten, dass Nicolai und Mario verwandt waren, bestätigte sie nur, dass es was mit Mario zu tun hatte. Sie konnte im Moment niemandem vertrauen. Das war auch der Grund, warum sie ihm nichts davon sagte, dass sie schwanger war. „Ich weiß nicht viel über diesen Clan. Sie tauchten irgendwann aus dem Nichts auf. Von Anfang an waren sie schon der größte. In Kämpfen waren sie gefürchtet. So gut wie niemand traute sich gegen sie anzutreten. Es war so wie mit den Silberschwingen. Nur Leute, die ihr Leben satthatten, legten sich mit ihnen an. Das Einzige, was ich weiß, dass die Eltern von Mario Kyrian und Kiera hießen. Sie waren beide sehr nett. Doch bis heute fürchtet man sich immer noch vor diesem Clan. Dass wir, also Daira, Zoran und ich, so leichtsinnig waren, euch anzugreifen, obwohl wir wussten, dass Mario auf eurer Seite kämpft, war ziemlich idiotisch. Doch ich hatte keine andere Chance gehabt. Ich wollte eigentlich von Anfang an nicht gegen meinen ehemaligen Freund kämpfen. Mario ist ein sehr guter Anführer. Seine Eltern haben ihn bereits trainiert, als er fünf war. Dieser Clan war immer der Außenseiter, weil seine Mitglieder als gefährlich für alle galten. Ich war damals sein einziger Freund, obwohl ich nicht viel von ihm oder dem Clan wusste. Meine Eltern hatten nicht viel dazu gesagt, aus Angst, sie könnten die Eltern damit beleidigen."

„Du sagtest Kyrian und Kiera? Bedeutet das nicht irgendwas mit schwarz und dunkel?"

„Das stimmt, jedoch finde ich es ziemlich beleidigend, dass du nicht zu mir damit kommst." Saphira saß wie erstarrt da. Nur ganz langsam drehte sie sich um. Mario stand hinter ihr, die Hände in den Hosentaschen. Er hatte eine dunkle Sonnenbrille auf, ein schwarzes Shirt, darüber eine Lederjacke und schwarze Jeanshosen. Er schüttelte etwas ungläubig den Kopf, bevor er auf die andere Straßenseite zu Xenia und Akay blickte. Danach wanderte sein Blick offensichtlich zu Leroy, bevor er die Brille abnahm. Ohne zu fragen, setzte er sich auf den freien Stuhl zwischen die beiden und bestellte ebenfalls ein Glas Wein. „Niemand hat gesagt, dass du eingeladen bist und dich zu uns setzen darfst", giftete Saphira ihn an. Doch es kam nicht so sauer rüber, wie es geplant war, denn ihr Herz machte wieder einen Salto. Sie murmelte etwas von dummes Herz und so, und trank etwas Wasser. „Wenn es um meine Familie geht, frage ich erst gar nicht. Wenn du Fragen hast über meine Familie oder meinen Clan, kannst du sie auch an mich stellen."

„Ich glaube, mir ist gerade alles vergangen. Entschuldige, Leroy, aber ich habe keine Lust, mit dieser Person an einem Tisch zu sitzen." Sie erhob sich zusammen mit Leroy. Er drückte sie, bevor sie ging, und gab ihr einen Kuss auf jede Wange. Saphira winkte die beiden anderen zu sich, damit sie gehen konnten. Auch Leroy gab seinen Leuten Bescheid und ging. Davor sagte er zu Saphira, dass er sich melden werde. Sie ging durch den Park, als sie plötzlich am Arm gepackt und gegen einen Baum gedrückt wurde. Sie versuchte sich rauszuwinden, doch der Griff war zu fest. Saphira blickte in nachtschwarze Augen, die sie wütend ansahen. Aus den Augenwinkeln sah sie, dass Xenia und Akay von vier Leuten festgehalten wurden. Sie hatte noch nie Angst gehabt vor Mario, doch jetzt war es der richtige Moment. Er ging nah an ihr Ohr. Bevor er flüsterte, knabberte er kurz an ihrem Ohrläppchen, wovon sie sich schütteln musste. „Ich warne dich, Herrscherin. Spiel nicht mit den falschen Leuten. Du hast es gehört, mein Clan ist der gefürchteste von allen, und wer sich mit mir anlegt, ist lebensmüde. Spiele nur, wenn du die richtigen Karten dafür hast." Seine Finger fuhren über ihren Hals, bevor er die Hand um ihn legte. Leicht drückte er zu. Sie konnte ihren Kopf nicht bewegen. Saphira konnte nichts bewegen. Ihr Körper war wie aus Stein. Mario drückte langsam immer weiter zu. Saphira schloss die Augen und dachte, dass es jetzt vorbei sei. Dann spürte sie Lippen auf ihren und seine Zunge, die in ihren Mund wanderte. Es war nur kurz, dass sie glaubte, es sich eingebildet zu haben. „Denke an meine Warnung." Er verschwand mit seinen Leuten. Saphira sank in sich zusammen. Sie saß am Baum gelehnt und schaute leer geradeaus. Noch nie hatte sie so eine Angst gespürt wie jetzt. Neben ihr standen die beiden Beschützer. Xenia sprach sie an, doch Saphira hörte sie nicht. Sie war noch zu benommen von dem, was gerade passiert war. Saphira hatte den Tod in seinen Augen gesehen. Ihr war gar nicht bewusst, dass sie zitterte. Akay half ihr hoch und führte sie zum Wagen. Während der Fahrt sagte niemand was. Auch als sie zu Hause waren, sagte Saphira nichts mehr. Als ihr Handy anfing zu klingeln, schrie sie kurz auf, weil sie sich erschrocken hatte. Dann ging sie ran. Sie hörte an ihrer Stimme, dass sie komplett aus der Fassung war und geweint hatte. „Saphira? Kirschblüte, was ist los?"

„Ich … Mario … seine Augen." Sie konnte immer noch keinen vollständigen Satz zusammenbringen. Wie konnte er sie so verunsichern? Er sagte doch immer, dass er sie lieben würde. „Was ist mit ihm, Kirschblüte? Hat er dir etwas getan?"

Saphira hörte, dass seine Besorgnis echt war. Unwillkürlich fasste sie sich an den Hals. „Es ist alles in Ordnung. Entschuldige, ich war neben der Spur."

Leroy kaufte ihr das nicht wirklich ab. Aber wenn sie es sagte, musste er es wohl glauben. „Soll ich zu dir kommen? Wir können uns dann in Ruhe unterhalten. Deine Beschützer sind da und können die ganze Zeit aufpassen, wenn sie mir nicht vertrauen. Ich glaube, es ist an der Zeit, dir alles über den Schwarzen Clan zu erzählen, was ich weiß. Vieles sind Gerüchte, aber das heißt nicht, dass es Lügen sein müssen." Saphira stimmte zu und erklärte ihm, wo sie wohnte. Sie vertraute Leroy mehr als jedem anderen zu diesem Zeitpunkt. Es dauerte drei Stunden, bis Leroy bei ihr war. Gemeinsam setzten sie sich ins Wohnzimmer. Leroy erklärte ihr gleich alles, ohne dass sie zum Fragen kam.

„Es geht das Gerücht herum, dass Mario mit Familiennamen Schwarzschwinge heißt. Du weißt noch, was ich dir erzählt habe auf dem Tanz? Der Schwarze Clan ist genauso stark, wie diese es mal waren. Viele erzählen, dass sie nach Jahrhunderten wieder aufgetaucht sind, aus welchem Grund, weiß aber niemand. Es tut mir leid, dass ich keine Fakten habe für dich. Aber ich nehme auch Gerüchte sehr ernst. Das würde erklären, warum er so reagiert hat. Was hat er dir angetan, dass du am Telefon so verwirrt warst?"

„Kyrian … Kiera … Schwarzschwingen … Schwarze Schwingen, Schwarzer Clan. Diese Gerüchte können wirklich wahr sein. Wenn man diese Puzzleteile so zusammensetzt. Aber das würde heißen, dass Nicolai …"

„Auch ein Schwarzschwinge war." Saphira schüttelte den Kopf. Das passte doch nicht zusammen. Mario hieß doch Paxaro und Nicolai war doch ganz anders als Mario. Vielleicht steigerte sie sich nur in etwas rein. Die Gerüchte mussten nicht stimmen, und das alles war nur ein dummer Zufall. Dann blickte sie mit großen Augen Leroy an. „Du wusstest, dass die beiden verwandt sind?" Er nickte. Zoran hatte ihm davon erzählt, bevor der Kampf losging. Mehr wollte Zoran aber nicht sagen, obwohl Leroy sich sicher war, dass er mehr wusste, als er zugab. Saphira griff nach dem Medaillon, das ihr Verlobter damals anfertigen lassen hatte. Wenn das wirklich so gewesen wäre, dann hätte doch spätestens Etele, ihr Vater, das herausgefunden. Warum sollte er ihn dann mit ihrer Mutter zusammen aufnehmen? Leroy hatte aber auch erzählt, dass diese Schwarzschwingen komische Kräfte hatten. Vielleicht wussten ihre Eltern das und hatten Nicolai benutzt, um ihn zu ihrem Vorteil zu nutzen. Nein, das war alles einfach nur ein Gerücht, mehr nicht. „Nein, ich bin mir doch sicher, dass alles nur ein Gerücht ist. Es passt nicht zusammen. Erzähl mir von deinem Clan Leroy."

„Der Blutclan war, wie gesagt, der allererste, der gegründet wurde. Damals haben sie die Leute vom Blutclan als Vampire bezeichnet. Weil sie dachten, dass der Clan so heißt, weil sie angeblich Blut trinken würden. Doch da lagen sie falsch. Ja, man sagt über uns, wenn wir einmal Blut geleckt haben, können wir nicht mehr aufhören. Doch das hat eine andere Bedeutung, als alle glauben. Da gibt es keinen Zusammenhang zum Blut. Wir sind brutal und fackeln nicht lange, wenn es um etwas geht. Und das ist egal, in welcher Hinsicht man das sieht."

„Du meinst in jeder Richtung? Auch beim …" Saphira sprach das Wort nicht aus. Leroy wusste, was sie gemeint hatte, und nickte. „Ja, auch da. Wir sind nicht Typen für schönen, langsamen Sex. Wir ziehen Peitschen, Augenbinden, Fesseln etc. vor. Ich bin leider zu ehrlich zu dir, ich hoffe, ich habe dir keine Angst damit gemacht? Aber es ist kein Geheimnis. Alle wissen, wie wir in dieser Hinsicht ticken. Es gibt nichts Erregenderes für Männer aus meinem Clan, als die Frau zu quälen und die Schreie, das Flehen zu hören." Sie schluckte, als sie versuchte sich das vorzustellen. Schnell schüttelte sie hastig den Kopf und ein kalter Schauer lief ihr über den Rücken. „Wenn ich mich recht erinnere, hießen deine Eltern Zina und Fintan, richtig?" Er nickte. Saphira wusste, dass die beiden viel Respekt vor ihrer Mutter hatten. Sie kamen oft zu ihr, wenn sie Rat brauchten. Doch sie hätte niemals gedacht, dass Leroys Mutter so etwas aushalten musste. Sie konnte sich nicht wirklich vorstellen, wie es sein sollte beim Sex, und wollte es auch nicht wirklich. „Na gut, wechseln wir das Thema. Was weißt du über die anderen Clans? Oder was weißt du noch alles über Könige bzw. Herrscher?"

„Eine Königin der Clans bindet sich nur einmal im Leben. Es gab drei Fälle in den ganzen Jahrhunderten, wo eine zweite Bindung aufgebaut wurde. Einmal gab es Selbstmord im Kampf. Die Vorgängerin deiner Mutter nahm sich das Leben, als ihr Mann fiel. Die Königin, wie ich es lieber nenne, sucht sich gewissenhaft einen Mann aus. Sie kann zwischen Anführer oder einem aus dem eigenen Clan wählen. Meistens beschäftigt sie sich mit mehreren Männern, bevor sie eine Entscheidung trifft. Die Fünfte hatte mit sechs verschiedenen Männern Sex gehabt, bevor sie einen auserwählt hatte. Alle wählen sorgfältig, weil sie wissen, dass ihr Mann oder Frau danach genauso über die Clans bestimmen kann wie man selber. Das ist alles. Was es sonst noch heißt, habe ich dir auf der Wiese erzählt."

„Das stimmt. Es ist spät, wir sollten in ein paar Tagen weiterreden. Ich bin eigentlich nicht so, jemanden hinauszuschmeißen, aber ich bin ziemlich kaputt." Sie begleitete ihn noch bis zur Tür. Er stand vor ihr und streichelte mit dem Daumen über ihre Wange. Seine Augen zeigten Besorgnis. Dann gab er ihr einen Kuss. Irgendwie fühlte es sich tröstend an. Es war sehr spät und es fühlte sich falsch an, ihn gehen zu lassen um diese Uhrzeit. Deswegen bot sie an, dass die drei dableiben konnten. Leroy konnte ein Zimmer haben, aber einer müsste auf dem Sofa schlafen. Doch es kam wie immer alles anders, als sie gedacht hatte. Vor allem viel schlimmer.

Kapitel 26

Seine Augen glühten, als er hinter ihr stand und sie festhielt. Sie hatte die Augen geschlossen. Im Wohnzimmer war nur noch der Kamin an. Die einzige Lichtquelle im ganzen Raum. Das Knistern war das Einzige, was zu hören war. Sie merkte, wie sie eine Gänsehaut bekam bei jeder seiner Berührungen. Ein kalter Schauer lief über ihren Rücken. Sie versuchte ihre Atmung zu kontrollieren und ruhig zu atmen, was ihr schwerer fiel als gedacht. Er fuhr mit seiner Hand bis zu ihrem Unterleib, bis er abrupt innehielt. Seine Augen kniffen sich zusammen. „Du bist schwanger", flüsterte er ihr ganz leise ins Ohr. Es war keine Frage, sondern eine Feststellung. Ihr Körper verkrampfte sich und fing leicht an zu zittern. Sie hielt die Augen immer noch fest verschlossen. „Ist ja gut. Alles ist in Ordnung, Kirschblüte. Ich liebe dich." Bei seinem Flüstern lief ihr wieder ein eiskalter Schauer über den Rücken. Sie wollte vorhin zum Schlafzimmer gehen, als er sie festhielt von hinten. Seit da an standen sie vor der Wohnzimmertür. Langsam drehte er sie zu sich herum. Seine Augen leuchteten immer noch, wie damals im Kampf mit Mario. Sie waren keine Smaragde mehr, sondern dunkelrot. Nun wusste sie, warum viele dachten, dass sie Vampire seien. Sie schluckte hörbar, als sie diese Augen sah. Er bemerkte es und seine Augen wurden wieder zu den dunkelgrünen Augen, die sie kannte. Leroy nahm sie auf seine Arme und ließ sie auf dem Sofa nieder. Sie lag ganz ruhig da, während er mit seinen Fingern unter ihr Oberteil glitt. Saphira war unfähig sich zu bewegen. Dann ging er wieder hinunter bis zu ihrem Unterleib und ließ die Hand darauf liegen. Er beugte sich zu ihrem Gesicht. Sein Kuss war heiß. Saphira öffnete wie automatisch ihren Mund. Sie versuchte das Verlangen zu unterdrücken, zu groß war die Angst gewesen, was dann passieren würde. *Die Fünfte hatte mit sechs Männern Sex.* Dieser Satz hallte in ihrem Kopf. Leroy war ihr Ex. Als sie ihn damals sah, wollte sie ihn um jeden Preis. Jetzt hatte sie Angst um ihr Kind. Das Einzige, was ihr noch geblieben war, seit Nicolai starb. Sie zuckte zusammen, als er weiter hinunter wanderte mit seiner Hand. *Nein*, schrie ihr Kopf. Doch sie konnte nicht. Es war so, als sei sie paralysiert. Langsam steckte er zwei Finger in sie hinein. Ihre Atmung wurde schneller. „Du willst es, Kirschblüte." Wieder eine Gänsehaut, wieder ein kalter Schauer durch sein Flüstern. Sie wollte den Kopf schütteln, wollte die Hand dort wegnehmen. Warum konnte sie es nicht? In ihrem Kopf hallte wieder ein Satz. *Der Blutclan und Hoffnungsclan waren die ersten Clans.* Er bewegte langsam seine Finger in ihr. Die Atmung wurde immer schneller, der Puls schlug höher. Er nahm noch einen Finger hinzu. Sie spürte, wie ihr Körper mehr verlangte. Wieder ein Satz in ihrem Kopf. *Blutclan waren die Herrscher, zusammen mit den Silberschwingen.* Wieder nahm er einen Finger mehr. Ihr Körper wollte sich ihm hingeben. Noch schwerer ließ sich das Verlangen unterdrücken. *Mein Kind*, dachte sie. Sie hörte nur noch verschiedene Wörter, in ihrem Kopf tanzen. *Schwingen, Blut, Clan, Herrscher, Sex, Schwarz.* Es war wie eine endlose Schleife gewesen. *Blutclan, Silberschwingen, erste Clans.* Sie spürte, wie er nun mit seiner Hand, in sie eindrang. Alles war vorbei. Der Körper wollte nicht mehr hören. Ihr Unterkörper hob sich, ihr Mund öffnete sich zum Atmen, das Verlangen nach ihm platzte hinaus. Er merkte es. Seine Hand ging raus, riss ihr die Hose herunter, die andere gleichzeitig ihr Oberteil. Nackt lag sie da, eine Träne lief hinunter. *Mein Kind*, dachte sie wieder. *Es gibt nichts Erregenderes für Männer aus meinem Clan, als die Frau zu quälen und die Schreie, das Flehen zu hören*, hallte es im Kopf. „Mein Kind", brachte sie mit letzter Kraft heraus. „Wird nichts passieren", flüsterte er ihr ganz nah am Ohr. „Es ist was anderes, wenn eine Frau ein Kind erwartet." Sie schloss die Augen wieder. Der Körper machte nur noch das, was er wollte. Jegliche Kontrolle hatte sie verloren. Er streichelte über ihre Schenkel. Es lagen noch zwei Tücher auf dem Tisch, die er nahm. Das eine nahm er, um ihre Augen zu verbinden. Das andere für ihre Hände, die er zusammenband. Er legte die Decke über sie. Seine Hand wanderte wieder über ihre Schenkel. Die Hitze, das Verlangen war nicht mehr auszuhalten. Der Körper zitterte und verlangte Erbarmen. Obwohl sie es selber nicht wollte. Sie war keine, die mit jedem Sex wollte. Warum konnte sie sich nicht wehren? „Nimm mich endlich, bitte", winselte sie. Diese Qual war unerträglich.

„Nein." Sie spürte seine Hand wieder in sie eindringen. Davor hätte sie nie gedacht, dass eine Hand in sie reinpassen würde. Ihr Körper zitterte immer mehr von diesem Verlangen. Sie bettelte ihn an, doch immer wieder sagte er Nein zu ihr. Die Hitze fühlte sich an, als würde sie sie verbrennen. Immer mehr zitterte ihr Körper, ihre Lippen. Die Hände wollten aus dem Tuch, doch es ging nicht. Sie ballte sie zu Fäusten. Die Zähne bissen auf ihre Lippen, bis sie bluteten. Seine Hand ging immer wieder in sie hinein. Tränen bildeten sich. Ihre Stimme zitterte. „Bitte … bitte … bitte", flehte sie immer mehr. Er packte sie so, dass sie mit den Knien auf dem Sofa saß und der Rücken zu ihm gedreht war. Seine Hände überkreuzten sich über ihrer Brust, die Finger umschlossen sich auf ihrer Schulter. Er krallte sich stark in ihre Schulter mit den Fingern und drang von hinten in sie ein, mit einer Wucht, dass sie laut aufschrie. Es brannte. Die Hände nahm er von ihrer Brust weg. Eine legte er auf die Schulter, die andere kratzte sie langsam den Rücken entlang. Es schmerzte so sehr, dass es kaum auszuhalten war. Sie schrie bei jedem seiner Stöße. Doch je mehr sie schrie, umso tiefer und härter drang er in sie ein. Sie schwitzte und verbrannte. Dann kam nur noch ein erotisches Stöhnen aus ihrem Mund. Es war unerklärlich, diese Schmerzen zusammen mit diesem Höhepunkt zu erleben. Das Letzte, was sie sagte, war sein Name, bevor sie auf dem Sofa zusammensank. Er legte sich neben sie und band die Tücher ab. Er drückte sie stark an sich, denn der Körper zitterte immer noch. Sie wusste nicht warum, aber ihr Körper verlangte immer noch mehr. „Befiehl deinem Körper, sich zu beruhigen. Lass deinen Puls langsamer werden und kontrolliere deine Atmung."

„Lass mich nicht los", winselte sie. Es funktionierte nicht. Verlangen nach mehr. Sie wurde halb wahnsinnig. „Ich brauche dich. Ich kann nicht", sagte sie zu ihm. Er biss sie so stark in die

Schulter, dass ihr ein Schmerzensschrei entfuhr. Doch er hielt sofort seine Hand auf ihren Mund. Der Körper bog sich noch einmal kräftig durch und seine andere Hand drang noch einmal tief in sie rein, bevor sie schlaff auf dem Sofa zurückfiel. Er küsste sie mit einer sinnlichen Leidenschaft. „Ich liebe dich, Kirschblüte." Es war das Letzte, was sie hörte, bevor sie kraftlos, fest in seinen Armen einschlief.

Sie schlief tief, als Leroy sie ins Schlafzimmer brachte. *Meine Frau*, dachte er. Wunderschön und unersättlich. Sie hatte Angst, trotzdem bekam sie nicht genug. Es bewies nur noch mehr, dass sie einzig und allein ihm gehörte. Die Hand wanderte über ihren schwachen, nackten Körper. Auf ihren Bauch ließ er die Hand liegen. Dieses Kind würde er akzeptieren, wenn sie es haben wollte. Er würde Himmel und Hölle in Bewegung setzen für sie. Für Leroy war das alles nie ein Spiel. Seine Augen leuchteten, als er draußen aus den Augenwinkeln etwas sah. Er erhob sich, öffnete leise das Fenster und sprang hinaus. Sein Schwert leuchtete. „So eine Angst um sie?"

„Ich habe sie gewarnt. Wenn sie mit den falschen Karten spielt, kann ich nichts dafür. Und die Gerüchteküche ist doch wirklich sehr interessant. Es tut mir leid für dich, Leroy. Leider werde ich sie nicht bei dir lassen können. Und zur Info, setze nicht alles auf Gerüchte, sie sind meistens nur gelogen. Au revoir." Er ging in den Wald und war schon fast verschwunden, als Leroy ihm hinterherschrie. „Was soll das hier werden? Sie hat es nicht verdient, als Beute behandelt zu werden! Liebst du sie, oder nicht?"

„Sie gehörte schon zu mir, als sie wieder in unsere Welt zurückkam." Dann verschwand er ganz im dunklen Wald. Leroy ballte die Fäuste und schlug gegen einen Baum. Das war doch keine Antwort auf seine Frage gewesen. Was war hier los, dass es alle auf Saphira abgesehen hatten? Wer war sie gewesen, was er nicht wusste? Wer war Mario bzw. wer war sein Clan, wenn die Gerüchte nicht stimmten? Warum reagiert er dann so wütend, wenn man über seine Familie sprach? Was kannte er nicht von der Geschichte der Clans? Er ging zurück zu Saphira. Er konnte nicht anders, als sie ganz fest an sich zu drücken. Leroy hatte schreckliche Angst um sie.

Mario lächelte, während seine Augen leuchteten. Saphira war nicht nur eine Königin, nicht nur eine Beute für ihn. Sie war mehr gewesen, als jeder glaubte. Doch die Jagd machte ihm Spaß. Schade nur, dass Leroy nicht mehr viel von ihr haben würde. Er sollte die Tage genießen, solange Saphira nichts wissen wollte von Mario. Wer wusste schon, wie lange das noch ging? Doch nun musste er sich um Zoran kümmern. Er wusste zu viel und mit Daira zusammen waren sie eine gefährliche Mischung. Beide mussten weg. Das Gerücht, das herumging, kam ihm gerade recht. So legten sie anderen eine falsche Spur. Bald würde es keine Silberschwingen mehr geben. Mario wusste, dass Zoran seine Schwester zur Jagd freigeben würde. Warum er überhaupt noch so lange wartete, wunderte Mario zwar, aber es war ihm auch egal. Seine Familie wurde gejagt bis zum Tod. Die Schwarzschwingen waren damals untergetaucht und nie wieder zurückgekommen. Wie sollten auch Tote wieder zurückkommen? Mario kicherte. Wenn jemand wüsste, dass er und Nicolai wirklich Schwarzschwingen waren, bräche das komplette Chaos aus. Mario war nicht Nicolai. Er musste nicht lügen, um eine Frau zu bekommen. Nicolai wusste, dass sie Mario liebte. Dann hatte er sie endlich und dieser Idiot gab sein Leben auf und verunreinigte Saphira auch noch. Das war zwar das kleinste Problem, was Mario hatte, doch es war trotzdem ärgerlich. Saphira würde aus seinen Fängen nicht mehr herauskommen, wenn er sie einmal fest drin hatte. Aber so schnell wollte er das Spiel noch nicht beenden. Je länger Saphira sich weigern würde mit ihm Kontakt zu haben, umso mehr steigert sich sein Verlangen nach ihr. Wenn er sie dann fing, würde sie nie wieder von seiner Seite weichen.

Saphira merkte jemanden neben sich. Nur schwer konnte sie sich erinnern, was geschehen war. „Kirschblüte", murmelte Leroy über ihre Haare. Erschrocken hielt sie die Luft an. *Bitte sag nicht, dass das wahr ist,* betete sie. Warum machte sie sich was vor? Es war einfach unerklärlich gewesen, was sie erlebt hatte. Saphira hatte Angst gehabt, doch dann das Verlangen und die Befriedigung zusammen mit den Schmerzen zu spüren war unbeschreiblich schön. Es war für sie vorauszusehen. Beide waren damals zusammen und beide hatten Verlangen nach dem anderen. Sie seufzte, als sie sich aus seinem Griff befreite.

„Warum sind wir im Schlafzimmer?" Er richtete sich auf, strich sich durch die Haare, danach über das Gesicht. „Ich habe dich hierhergetragen." Leroy stand auf, zog seine dunkelblaue Jeans an und sein weißes Shirt. Er gähnte verschlafen. Saphira trat vor ihn. Sie packte ihn am Kopf und gab ihm einen leidenschaftlichen Kuss. Verwirrt blinzelte er sie an. „Wofür war das denn?"

„Für die Nacht und das Erlebnis. Ich mache uns einen Kaffee. Du kannst duschen gehen, bevor du in die Küche kommst." Unten gab Saphira vier gehäufte Löffel in die Maschine. Sie war immer noch müde. An der Spüle machte sie eiskaltes Wasser an und spritzte es sich ins Gesicht. Sie zog scharf die Luft ein, als Leroy sie an den Hüften packte und sich gegen sie drückte. „Ich konnte nicht widerstehen, wenn du mir so deinen geilen Hintern entgegenstreckst." Er lachte, als er ihren entsetzten Blick sah. Saphira spritzte Wasser zu ihm, damit er mal wieder einen klaren Verstand bekam. Irgendwas zog draußen ihre Aufmerksamkeit an. Sie entschuldigte sich bei Leroy und bat ihn auf sie in der Küche zu warten. Sie ging in den Wald hinein. Dann hörte sie es wieder. Langsam ging sie weiter, während sie versuchte die Richtung herauszufinden. Eine Hand presste sich plötzlich wie aus dem Nichts auf ihren Hals und auf ihren Mund. Sie wurde an jemanden gedrückt. Saphira konnte nicht deuten, wer es war. Bis sie seine Stimme an ihrem Ohr hörte. „Willst du wirklich spielen, Feuerrose? Dann spiele mit richtigen Karten. Ich bin gespannt, wie lange du dieses Spiel aushältst gegen mich." Die Hand, die auf ihrem Hals lag, wanderte zu ihrem Bauch. Sie bekam Angst um ihr Kind. Das Adrenalin schoss durch ihren Körper, sodass sie sich aus seinem Griff befreien konnte. Mario grinste nur, als er sie am Arm packte und mit seinem Körper gegen einen Baum drückte. Er atmete tief ihren Geruch ein. Saphira hatte Angst. Sie konnte ihn nicht anschauen. „Schau mich an!" Sie konnte nicht. Ihren Kopf hatte sie zur Seite gedreht, die Augen zu. Saphira merkte, wie seine Hand zwischen ihre Beine wanderte. „Ich will nicht. Lass das, bitte." Er schnaubte, als sie das sagte. Seine Hand ruhte zwischen ihren Beinen. „Du schätzt mich falsch ein, Feuerrose. Ich habe nur Interesse an dem Kind. Wir beide können noch warten und weiterspielen."

„Lass es in Ruhe! Ich werde es bekommen! Du …" Ihre Stimme versagte. Seine Augen waren nicht braun. Sie waren auch nicht schwarz wie bei einem Kampf. Wie von selbst lockerte sich ihr Körper, als sie sich in diesen Augen verlor. Wer war er wirklich? „Braves Mädchen. Denk daran, dass du mir gehörst. Nicolai hatte zwei große Fehler gemacht. Er hat mit dir geschlafen und ein Kind in dich gesetzt. Doch er hätte am Leben bleiben sollen, wenn er sich für ein Kind entschieden hat." Sein Körper drückte sich fester an ihren. Sie war wie hypnotisiert. Ihre Augen wurden leer. Saphira spürte nicht mehr, was Mario ihr antat.

Leroy wurde langsam ungeduldig. Es war schon mindestens eine Stunde vergangen. Wo war sie nur? Xenia, Akay, Kody und Adrian kamen hinunter. Leroy riss die Tür auf. „Habt ihr Saphira gesehen? Sie ist seit einer Stunde weg. Ich sollte hier warten auf sie und sie ging in den Wald. Ist sie vielleicht schon wieder hier?" Alle blickten ihn an. Xenia und Akay blinzelten zweimal, bevor sie gleichzeitig losspurteten in den Wald. Das beantwortete Leroys Frage. Auch er und seine Beschützer rannten in den Wald. Alle riefen ihren Namen, suchten unter jedem Baumstamm und Ast nach Anzeichen, wo sie sein konnte. Leroy machte sich furchtbare Vorwürfe, dass er sie alleine gehen lassen hatte. Er hoffte, dass Mario nichts damit zu tun hatte oder Zoran sein Versprechen gebrochen hatte und sie mitgenommen hatte. Sie riefen so laut, wie sie nur konnten. Doch es kam keine Antwort oder sonst ein Geräusch. Leroy blickte zur Seite, als er etwas auf dem Boden sah von Weitem. Er rief den anderen zu und sie liefen in die Richtung. Als Leroy sie erkannte, rannte er hin und stürzte sich auf sie. Ihren Kopf legte er auf seinen Schoß. Sie war zum Glück nur bewusstlos. Instinktiv wanderte er mit seiner Hand über ihren Körper, als er erschrocken innehielt. Er blickte jeden mit einem erschrockenen Gesichtsausdruck an. „Was ist los?"

„Saphira … ihr Kind ist nicht mehr im Bauch." Alle blickten ihn fassungslos an. Xenia schüttelte den Kopf. Das konnte nicht sein. Nirgends war Blut zu sehen oder sonst etwas. Sie legte ihre Hand auf den Unterleib und ging im Schneckentempo immer ein Stück höher. Dann schluckte sie hörbar und schaute ebenfalls erschrocken zu den dreien hoch. „Das Kind ist wirklich nicht mehr da."

Kapitel 27

Saphira hatten sie auf das Sofa gelegt. Keiner verstand, wo das Kind war. Sie war doch erst im zweiten Monat gewesen. Nichts deutete darauf hin, dass sie das Kind verloren haben könnte. Jeder fragte sich, was da draußen im Wald passiert war. Saphira war sehr blass. Leroy saß die ganze Zeit neben ihr. Bis sein Handy klingelte und alle zusammenzuckten. Zoran war am Telefon. Da Leroy nicht wusste, ob er etwas damit zu tun haben könnte, blieb er freundlich und sagte nichts über den Vorfall. Zoran wusste auch nicht, dass Saphira schwanger war. Also konnte er es auch nicht gewesen sein. Dann blieb nur noch Mario. Doch das Unerklärliche war, wie man ein Kind entfernen konnte, ohne dass man etwas sah. Mario sagte zwar, dass es nur Gerüchte waren, die nicht stimmten, doch das deutete auf das Gegenteil hin. Noch mehr sorgte Leroy sich um Saphira. Wie sollten sie ihr das erklären? Vielleicht konnte aber sie etwas dazu sagen. Zoran bestand darauf, dass Leroy zu ihm kommen sollte, und zwar sofort. Er stand auf und zog sich an. Die Beschützer begleiteten ihn. Er sagte, das Akay und Xenia anrufen sollten, sobald Saphira wach geworden war. Leroy war nach drei Stunden bei Zoran. Er fragte zwar, wo Leroy so lange geblieben war, doch er sagte nichts dazu. In Gedanken war er die ganze Zeit bei Saphira. „Ich habe überlegt. Du hast noch zwei Tage Zeit, um sie zu überzeugen. Danach ist meine Geduld am Ende. Leroy, ich hoffe doch, dass du sie mittlerweile so weit hast?" Leroy hatte nie vor sie zu überzeugen. Wenn Zoran zusammen mit Daira erst einmal Herrscher wären, würde alles untergehen. Auf eine Art wollte er allem ein Ende setzen. Doch wenn er es machen würde, dann gefährdete er Saphira. Er war kurz vor dem Verzweifeln. Er entschuldigte sich für einen Moment bei Zoran. Leroy brauchte Luft. Es schien so, als würde er ersticken. Wenn das alles so weiterging, würde er bald aufgeben und seinem Leben ein Ende setzen. Das war alles nicht mehr auszuhalten. Das erste Mal während der ganzen Zeit wünschte er sich, dass seine Eltern am Leben wären. Es brachte nichts, sich jetzt fertigzumachen. Saphira brauchte ihn. Anscheinend war er der Einzige, der noch klar bei Verstand war und sie wirklich liebte. Er hoffte nur, dass es ihr gut ging. Langsam ging er wieder in die weiße Villa zurück. „Geht es dir wieder besser?"

„Ja. Ich habe noch nicht mit ihr gesprochen. Ich werde es aber schnellstmöglich machen. Nun bitte ich um Entschuldigung, ich muss wieder weg." Leroy verbeugte sich vor Zoran und gab Daira einen Kuss auf die Hand. Mit zusammengebissenen Zähnen ging er dann. Zoran rief ihm noch hinterher, dass er daran denken sollte, dass er nur noch zwei Tage hatte. Leroy wollte sich nicht vorstellen, was dann passieren würde.

Mario saß auf einem Baum und beobachtete Saphiras Haus. Nicht mehr lange und er würde sie in seinen Klauen haben. Bei dem Gedanken regte sich etwas in seiner Hose. *Noch nicht. Noch ein klein wenig Geduld*, ermahnte er sich. Er hörte ein Auto von der Ferne. Natürlich war es wieder Leroy. Um ihn müsste er sich nicht kümmern, auch wenn er es am liebsten getan hätte. Nach dieser Nacht hätte er ihm gerne sonst etwas angetan. Er hatte es gewagt, seine Frau zu beschmutzen und zu verletzen. Mario blickte noch einmal durch das Fenster zu Saphira. *Bald wirst du wissen, zu wem du gehörst und wer du wirklich bist, Feuerrose.* Mit diesem Gedanken verschwand er. Sein Verlangen steigerte sich immer weiter. Es war kaum noch auszuhalten für ihn.

Saphira erschrak aus der Bewusstlosigkeit und knallte mit ihrem Kopf gegen Leroys. Sie rieb sich den Kopf. Für einen Moment sah sie nur noch Sterne. Sie zitterte am Körper und krallte sich in ihre Arme rein. „Was ist los? Kirschblüte, du bist zu Hause, es ist alles gut."

„Verlangen!", schrie sie, als sie aufsprang. Saphira rannte aus der Tür. Alle blickten sich gegenseitig groß an, bevor sie ihr hinterhereilten. „Was ist denn los? Was für ein Verlangen?" Sie konnten kaum mithalten, so schnell, wie sie rannte. Als sie ohne

Vorwarnung stehen blieb, prallte Leroy gegen sie. Er fluchte leise. Saphira drehte sich im Kreis. Das Zittern wurde heftiger. Sie griff sich so sehr in die Arme, dass sie anfing zu bluten. „Verlangen ...", flüsterte sie.

Leroy schüttelte den Kopf. Was war nur mit ihr los? Sie sank auf die Knie und kauerte sich zusammen. So hatte er sie noch nie erlebt. Als er sie berühren wollte, war sie kochend heiß. Er nahm schnell wieder die Hand zurück und schaute sie mit großen Augen an. Langsam stand Saphira wieder auf. Ihr Blick ging immer wieder rundherum. Immer wieder flüsterte sie nur das eine Wort. Ihre Nägel bohrten sich in ihre Hände. Leroy erklärte den anderen, dass Saphira glühend heiß war am Körper und dass er sie deswegen nicht anfassen konnte. Nach ein paar Schritten fiel sie wieder auf die Knie. Alle schüttelten den Kopf. Niemand konnte das erklären. Xenia meinte, dass es vielleicht Fieber sein könnte und sie dadurch vielleicht so drauf war. Leroy schüttelte den Kopf. Dafür war Saphira zu heiß. Sie selber schien es noch nicht einmal zu merken. Kody fragte, ob es vielleicht wegen des Kindes sein konnte. Das wäre schon möglich gewesen, aber das würde nicht mit dem Wort Verlangen zusammenpassen. Leroy überlegte. Irgendwas musste es doch heißen. Verlangen konnte man nach vielem haben. Saphira krabbelte auf allen vieren auf dem Boden. Tränen rollten ihr die Wange hinunter. Der Körper zitterte, ihre Lippen zusammengepresst. Ihre Hände krallten sich entweder in den Boden oder irgendwo in ihren Körper hinein. Ihm kam es bekannt vor, doch das wäre nicht normal, warum sollte sie hierherkommen, wenn es wirklich das sein sollte, was er dachte? Und warum war sie so heiß am Körper, dass man sich verbrannte? Leroy ging zu ihr rüber und bat die anderen dort stehen zu bleiben. Neben ihr blieb er stehen und hockte sich hin. „Saphira, was ist los? Was meinst du mit Verlangen? Was ist passiert, als du vorhin hier warst?" Sie hielt in der Bewegung inne. Saphira setzte sich hin. Ihre Hand legte sie auf ihren Bauch und Trauer stand in ihrem Gesicht. Dann, als ob sie etwas gestochen hätte, sprang sie auf. „Mein Kind ... mein Baby ...", ihre Atmung wurde schneller. Ihre Kehle schnürte sich zusammen und sie bekam keine Luft mehr. Ihre Finger bohrten sich in ihren Bauch. „Mein Baby …"

Mario sprang vom Sofa auf. Er ballte seine Hände zu Fäusten. *Saphira*, schoss ihm durch den Kopf. *Verlangen … Verlangen … Mein Baby … mein Kind.* Er rannte in den Hausflur seiner Villa. Mario schnappte sich im Vorbeirennen noch seinen Mantel, bevor er hinausschoss. Mario war schnell im Wald. Er hörte sie nicht mehr. Wo war sie? Seine Blicke fuhren langsam durch die Gegend. *Saphira*, dachte er. *Wo bist du?* Mario hielt kurz an, als er bei ihrem Haus ankam. Er ging zu der Haustür. Die Spuren waren frisch. Seine Augen fingen wieder an zu leuchten. Die Spur führte in den Wald. In die Richtung, aus der er herkam. Nachdenklich schüttelte er den Kopf. Er konnte sie nicht übersehen haben, das wäre unmöglich. Mit einer Hand holte er das Handy hinaus. Es hatte seine Vorteile, wenn man Clans hatte, das musste er immer wieder zugeben. Er wählte Arjonas Nummer. Es klingelte nur einmal, bis aus Versehen abgenommen wurde. Mario schloss die Augen und fasste sich an den Kopf. Fluchend packte er das Handy wieder weg. Mario schaute in die Richtung, in die die Spuren führten. „Anscheinend sollte ich mal wieder zurückgehen und noch langsamer nach ihr Ausschau halten." Er bückte sich noch mal. Den Sand rieb er zwischen seinen Fingern. Die Spuren waren nicht alt. Und der Ruf von Saphira auch nicht. Mario war sich sicher, nicht länger als fünf Minuten gebraucht zu haben. Sie konnten nicht weit sein, weil ihre Wagen in der Einfahrt standen. Auch der von Leroy. Er ging langsam zurück, schaute fest auf die Spuren. Manchmal waren da größere Vertiefungen, was darauf hindeutete, dass da jemand gekniet oder gelegen haben könnte. Mario fand das sehr merkwürdig. Zu seiner Erleichterung hatte er aber noch keinen Hinweis gefunden, dass es einen Kampf gegeben haben könnte. Noch tiefer in den Wald führten die Spuren. *Saphira*, rief er wieder im Kopf. Immer noch war nichts zu hören. Hatte er es sich eingebildet? Wie konnte er sie plötzlich hören, obwohl sie doch keine Ahnung hatte? Nach fünf Minuten blieb er im Wald stehen. Das waren nicht nur die

Spuren von den anderen. Der Geruch lag noch in der Luft. Seine Augen wurden waldgrün, als er erkannte, wer noch hier gewesen war. Ein kreischender Schrei drang aus seiner Kehle. Nun waren die Nettigkeiten vorbei, die Flammen schlugen lichterloh um seinen Körper.

„Was soll das, Daira? Ich habe gesagt, dass er noch zwei Tage hat."
„Ich weiß, was du zu Leroy gesagt hast. Doch es wird nicht lange dauern, bis Saphira erkennt, welche Gene sie hat. Du hättest sie dalassen sollen bei dieser Familie. Oder sie gleich umbringen sollen, dann hätten wir jetzt keine Probleme. Es war doch dein Plan, sie hierherzubringen. Warum zwei Tage warten, wenn wir es gleich machen können?" Zoran hatte immer Respekt vor seiner Frau gehabt. Aber das ging zu weit. „Auch du musst dich an Abmachungen halten. Es kann nicht sein, dass ich ihm zwei Tage gebe und du nach ein paar Stunden die einfach alle entführst!"
„Er wollte sie doch nie überzeugen. Bist du wirklich so dumm, dass du es nicht mitbekommen hast?" Sein Blick wurde wütender. War ihr nicht bewusst, was sie damit angerichtet hatte? Er schüttelte den Kopf und hielt sie fest am Handgelenk. „Du reitest uns alle ins Verderben. Daira, du hättest dich an die Abmachung halten sollen."
„Nein, Geliebter. Wenn wir länger gewartet hätten, dann hätte Mario es geschafft, was er wollte. Dann wären wir ins Verderben gerannt. Solange aber Saphira noch normal ist, haben wir nichts zu befürchten." Sie zog ihn zu sich heran. Ihr Zungenkuss ließ ihn wieder ruhiger werden. Trotzdem war er nicht davon überzeugt, dass sie das Richtige getan hatte. Er wies die Wächter an, ihnen etwas zu essen und trinken zu geben. Er bereute es, Daira alles erzählt zu haben. Es war nur noch Mario, den sie erledigen mussten. Ohne ihn würde Saphira die bleiben, die sie jetzt war. Eigentlich war es nicht schlecht, dass sie hier war, weil Mario definitiv kommen würde. Doch niemand wusste, wie groß die Verbindung zwischen ihnen schon war. Wenn diese schon stärker war, dann würden sie wahrscheinlich Probleme bekommen, die unbeschreiblich waren.

Eine Träne lief langsam über ihre Wange. Ihre Kehle war trocken. Sie hatte Schmerzen an den Armen. Es fiel ihr schwer, die Augen zu öffnen. Sie fühlte sich irgendwie müde. Ihr Kopf tat weh. Als sie die Augen öffnete, erkannte sie einen leeren Raum. Erschrocken blickte sie an die Wand auf der linken Seite.

„Leroy!", schrie sie. Als Saphira hinwollte, zogen sie fünf Ketten zurück. Erst jetzt bemerkte sie, dass sie nur ein dünnes Hemd anhatte, was gerade so noch über ihrem Intimbereich lag. Sie presste automatisch die Beine zusammen. Warum hatte man ihr alles ausgezogen? Leroy hatte nichts weiter als eine Unterhose an. Saphira fragte sich, wo die anderen waren. „Saphira?" Sie blickte zu Leroy hinüber. Sie lächelte leicht, als sie sah, dass es ihm so weit gut ging. Leroy sah erschöpft aus, anscheinend war er ziemlich zugerichtet worden. Er schien sehr schwach zu sein, doch seine Augen versuchten freundlich zu wirken und aufmunternd, genauso wie sein schmales Lächeln. Doch sie wusste, dass es ihm elendig gehen musste. „Ich bin hier." Er blinzelte, als er sich umsah. Auch er wollte sich bewegen, doch die Kette hatte nur eine bestimmte Reichweite. Leroy blickte auf seine Knöchel und Handgelenke. Sein Blick ging danach zu Saphira rüber. „Wo sind wir hier? Was ist überhaupt passiert? Mein Kopf fühlt sich an, als würde da einer herumhämmern und ich kann mich nicht erinnern, was passiert sein soll. Abgesehen davon wäre ich dankbar, wenn ich wenigstens meinen Slip wieder bekommen würde. Und ich fühle mich wie ein Hund. Meine Hände und Füße sind angekettet und sogar ein Halsband haben die mir um den Hals gemacht." Leroy schluckte, als er sah, dass sie wirklich nur noch ein dünnes Hemd anhatte. Ihr Blick war traurig auf den Boden gerichtet. Das konnte er Mario nicht in die Schuhe schieben. Zumindest glaubte er das. Er würde Saphira nicht hier einschließen. Als die Wächter reinkamen, bekam er seine Bestätigung. Sie stellten eine Suppe vor beide und eine Flasche Wasser für jeden. Danach wollten sie plötzlich wieder gehen, ohne dass sie ein Wort gesagt hatten. „Zoran hat gesagt, ich hätte zwei Tage Zeit gehabt ab heute. Was soll das hier!" Die beiden drehten sich nur kurz zu ihm, doch eine Antwort bekam er nicht. „Ich will meine Unterwäsche wiederhaben und ich möchte wissen, was hier los ist!"

„Wir haben sie abgenommen, wegen möglicher Waffen." Saphira blickte fassungslos zu dem Typen, der das gerade gesagt hatte. Sah sie so aus, als hätte sie im Slip oder in ihrem BH eine Waffe versteckt? Sie hörten, dass jemand kam, weil ein Stein knirschte. Saphira hätte sogar blind sein können, selbst dann hätte sie diese dunkelblauen und goldenen Augen erkannt. Dieser herablassende Blick Dairas zu Saphira entfachte eine ungeheure Wut in ihr. Wie aus dem Nichts packte Daira sie am Hals und zog sie hoch. Saphira schrie vor Schmerzen auf. Doch der erstickte wegen des Bandes um ihre Kehle. Sie bekam kaum noch Luft. Leroy schrie Daira an und versuchte sich zu befreien. Doch je mehr er sich gegen die Ketten stemmte, umso mehr schnitten sich die Riemen in seine Handgelenke. Saphira war kurz davor, bewusstlos zu werden. Daira lächelte sie feindselig an und ließ dann los. Saphiras Körper fiel wie ein nasser Sack zu Boden. „Du hast Glück, dass wir dich noch brauchen." Zoran stand einfach an der Tür und schaute sich das Schauspiel an. Er sagte nichts. Noch nicht einmal sein Gesicht zeigte irgendwas, was er fühlte oder dachte. Leroys Blick blieb auf Saphira haften. Daira ging zu ihm und nahm sein Kinn zwischen ihre Finger. Doch sein Blick blieb bei Saphira. Es rollten zwei Tränen hinunter. Daira schnaubte herablassend und gab ihm einen starken Tritt in den Magen, dass Leroy zusammenbrach und stark zu husten anfing.

„Du hattest genug Zeit gehabt. Die Wächter werden ihr eine Unterhose geben und dir ein Hemd. Mehr braucht ihr nicht." Die Tür knarrte und der Raum wurde still. Daira gab den Wächtern den Befehl, dass sie die Riemen an den Knöcheln abmachen könnten. Die Ketten sollten sie erweitern von beiden. Sollten die da anstellen, was sie wollten. Mal sehen, wie lange Mario auf sich warten ließ.

Es wurde sehr kalt im Raum, wovon Leroy und Saphira langsam wieder wach wurden. Sie zuckte kurz vor Schmerz. Saphira griff nach der Flasche und trank sie halb leer. „Sie haben unsere

Ketten erweitert." Saphira blickte zu Leroy, der nun neben ihr saß. Sie sah auf ihre Handgelenke und krabbelte bis zur Mitte des Raumes, bevor die Riemen anfingen in ihr Fleisch zu schneiden. Schnell wich sie ein paar Schritte zurück. Sie fühlte sich wie ein Tier mit dem Halsband, an dem auch eine Kette befestigt war, und dem Handgelenkriemen. Leroy bat sie wieder etwas nach hinten zu kommen, weil er nicht so weit zu ihr kam. Sie zitterte vor Kälte. Sie fuhr zum Fenster herum, das über ihnen war. Blinzelnd schaute er auch dorthin. „Was ist los, Saphira?"

„Da war etwas. Ich bin mir sicher, dass da etwas war." Leroy blickte mit hochgezogenen Brauen zum Fenster zurück. Wie soll da was gewesen sein? Er erklärte Saphira, dass es unmöglich sein konnte, dass dort etwas gewesen war. Es sei denn, sie meinte einen Vogel oder etwas anderes, das fliegen konnte. Dann kam ihm die Frage in den Kopf, was er sie fragen wollte. „Weißt du eigentlich, was vor dieser Entführung passiert ist? Ich meine, als du in den Wald gegangen bist und ich in der Küche warten sollte." Sie überlegte. Dann wanderte ihre Hand wieder zum Bauch. Als sie gerade den Mund aufmachen wollte, hörte sie Worte in ihrem Kopf. Sie hielt die Hände an die Schläfen und presste die Augen zu. Es war so, als hätte sie starke Kopfschmerzen. *Erwähne nicht meinen Namen, Feuerrose. Halte noch etwas aus. Nach spätestens drei Tagen werde ich dich herausholen aus dem Käfig.* Sie riss die Augen auf. Wie konnte er mit ihr reden, obwohl er gar nicht da war? Sie blickte Leroy an, der sie fragend ansah.

„M…" *Du sollst meinen Namen nicht nennen,* knurrte er wütend. Das ist nicht möglich. Sie musste Drogen bekommen haben oder so. Jeden einzelnen Zentimeter im Raum schaute sie an. Vielleicht war das nur eine Warnung von ihrem Kopf. Aber warum sollte ihr Kopf sie warnen. Doch sie hörte ja die Stimme im Kopf drin. Heftig schüttelte sie sich. Jetzt verlor sie endgültig den Verstand. Sie krabbelte auf allen vieren zu Leroy, der sie fest in seine Arme nahm, um sie zu wärmen. Saphira schien wirklich verrückt zu werden oder litt an Verfolgungswahn, sie wusste es nicht. Alles schien wie ein Déjà-vu, wie damals im Keller des Herrn, wo sie noch Zora war, dann die Sache mit diesem Mann. Nur das dies hier nun ihre Realität war. Sie presste sich noch mehr an Leroy heran und beobachtete das Fenster. Hatte sie Mario wirklich gehört oder spielte ihr Kopf ihr nur einen Streich?

Mario schloss die Augen. Es würde schwerer werden, ihr alles klarzumachen, als erwartet. Doch er war es ja mittlerweile gewohnt, dass sie schwierig sein konnte. Der schlimmste Fehler, den sie jetzt machen konnte, wäre, seinen Namen zu sagen. Es war schwierig genug, hier zu sein, ohne dass jemand ihn sah. Zoran hatte also Daira alles erzählt. Sie würde sich wünschen, nie in das Spiel mit eingetreten zu sein. Für Mario war das alles nur ein Spiel gewesen, weil er wusste, was er konnte. Kurz blickte er durch das Fenster. Sie schien verwirrt zu sein und sie fror. Ihr Körper war so anziehend. Seine Augen glühten wieder, als er sie sah. Solange sie dort drin war, würde es nichts bringen, wenn er versuchen würde ihr alles zu erklären. Aber Mario wusste, dass er sich nicht mehr lange zurückhalten konnte. Es war jetzt schon eine Qual für ihn. Und wenn er nur eine Minute bei ihr wäre? Nur einen kurzen Moment ihre Lippen berühren würde? Nein, er durfte nichts riskieren. Zoran wollte ihn fangen, genauso wie Daira. Er kannte Daira gut genug, um zu wissen, dass sie irgendwas geplant hatte. *Feuerrose, passe auf dich auf. Ich werde dich schnellstmöglich holen.* Mario wusste, dass sie auch das gehört hatte, denn sie blickte zum Fenster hoch. Sehnsucht war der schlimmste Schmerz, den man haben konnte. *Du hast mir mein Kind genommen. Ich will keine Hilfe von einem Mörder wie dir.* Er knurrte bei ihrem Satz. Selbst wenn sie nicht wusste, dass er es hörte, was sie dachte, nun würde sie es erfahren. Alle seine Vernunft ging zur Neige. Die Scheibe klirrte, ein grelles Licht erfüllte den ganzen Raum. Leroy hielt sich den Arm vor die Augen, doch er war trotzdem geblendet von diesem Licht. Saphira wurde an die Wand gedrückt. Sie schloss automatisch die Augen, als sie diese Wärme spürte. Unwillkürlich legte sie die Arme um ihn und den Kopf auf seine Brust. Doch auch das Verlangen kam wieder hoch. Er küsste sie auf den Hals, hielt sie fest an sich gedrückt und unterdrückte sein Verlangen nach ihr. Er gab ihr einen innigen Zungenkuss.

Als sie sich in die Augen blickten, sagte er ihr in Gedanken: *Es musste sein, Feuerrose, doch es fiel mir bestimmt nicht leicht. Bald wirst du es begreifen. Sag niemandem, dass ich hier war, und zu Leroy, dass er es sich alles nur eingebildet hat. Feuerrose, du bist meine. Das warst du schon, seit du auf die Welt gekommen bist. Mehr kann ich dir jetzt nicht sagen, wir haben keine Zeit. Stille dein Verlangen bei Leroy. Ich liebe dich.* Ihr fiel eine Träne aus dem Auge, die er schnell weg-küsste. Mit einem Schmerz im Gesicht und einem sehnsüchtigen Blick verschwand er so schnell, wie er gekommen war. Man sah nur kurz Feuer und Licht, dann wurde alles dunkel und still. Leroy kniff die Augen zusammen. Nur langsam gewöhnten sich die Augen wieder an die Dunkelheit. Saphira krabbelte zu ihm hinüber. Er hielt sie fest an seinen Körper gedrückt. „Alles in Ordnung bei dir? Was war das?"

„Ich weiß es nicht. Mit mir ist alles in Ordnung. Leroy, ich brauche dich." Er verstand am Anfang gar nicht, was sie meinte, bis er bemerkte, dass sie sich in seine Haut bohrte. Sie verlor fast den Verstand, so sehr brauchte sie jetzt die Befriedigung des Ver-langens. Aber warum? Das war ihr egal. Jetzt brauchte sie es, um wieder klare Gedanken fassen zu können. „Hier? Jetzt?" Saphira nickte. Leroy merkte, dass sie krampfhaft versuchte, dagegen an-zukämpfen. Was war auf einmal los mit ihr? So wie er sie jetzt sah, gab es keinen Zweifel, dass sie im Wald genau dasselbe wollte. Lag es wirklich daran, dass sie ihr Kind verloren hatte? Wenn ja, dann hatte Mario auch was damit zu tun. Was hatte er nur mit ihr gemacht? Es schwirrten tausend Fragen durch seinen Kopf. Doch Saphira brauchte ihn jetzt. Er setzte sie auf sich, damit sie ihr Verlangen stillen konnte.

Kapitel 28

Daira ging mit einem auserwählten Wächter den Gang entlang, der nur durch ein paar Halogenlampen beleuchtet wurde. Sie gab ihm noch die letzten Anweisungen, was er zu machen hatte. Zoran hatte sie nichts davon erzählt. Seine Stimmung war, seit sie die beiden hierhergeholt hatte, nicht die beste. Noch mehr wollte sie ihn nicht verärgern. Doch er musste begreifen, dass es richtig war von ihr. Schließlich wollten sie beide Herrscher werden, also musste er auch vollstes Vertrauen zu ihr haben. Daira freute sich schon darüber, wie Saphira gleich leiden würde. Sie holte den Schlüsselbund hervor, der an einer Kette befestigt war, und öffnete die Metalltür. Beide schliefen noch, schön Arm in Arm gekuschelt. Bei dem Gedanken, was sie gemacht haben könnten, schüttelte sie sich. Sie bemerkte, dass das Fenster oben zerbrochen war. Jetzt redete sie leise auf den Wächter ein, weil ihr etwas anderes in den Sinn gekommen war. Die Scheibe war so dick, dass nichts diese zerbersten hätte lassen können. Saphira würde sie zum Reden bringen müssen, in ihr keimte der Verdacht, dass Mario hier gewesen war. Doch bevor sie die Idee laut aussprechen konnte, brauchte sie Gewissheit. Daira nickte stumm in Saphiras Richtung. Der Wächter rieb sich vergnügt die Hände und packte sich Saphira. „Ah!" Leroy fuhr auf, sah Daira an der Tür und neben sich einen bulligen Typen, der sich Saphira gepackt hatte. Sofort war er hellwach. „Lass sie in Ruhe!" Bei dem Knall, als ihr Körper gegen die Wand geschleudert wurde, zuckte Leroy zusammen. Bei jeder seiner Bewegungen schnitten sich die Riemen immer weiter in sein Fleisch. Saphiras Körper sank schlaff auf den Boden zurück. Sie zuckte manchmal vor Schmerzen. Leroy konnte nichts machen. Er schnitt sich immer weiter ins Fleisch, irgendwas musste er doch machen können. „Wenn du so weitermachst, schneidest du dir irgendwann deine Hände ab. Das bringt auch keinem was, Leroy."

„Du verdammtes Miststück! Was soll das?"

„Was ist denn los? Ich dachte, ich wecke euch mal auf eine andere Art. Also ich finde, dass mein Wächter Nel gute Arbeit macht." Daira gab ihm ein Handzeichen. Er grinste und hob Saphira am Hals hoch und schlug ihr mit aller Kraft in den Magen. Saphira schrie wieder auf. Nel ließ sie wieder los, sodass sie wieder auf den Boden fiel. Leroys Wut stieg immer höher. Seine Augen waren schon dunkelrot. Er bemerkte das Blut nicht mehr, das ihm über die Hände floss. „Am besten, sie sagt endlich, wie die Scheiben kaputtgehen konnten dort oben, oder sie wird noch Schlimmeres erleben." Leroy schüttelte den Kopf. Was wollte sie denn hören? „Gestern ..."

„Nein ... Leroy ...", brachte Saphira leise heraus und blickte ihn flehend an. Sie erkannte in seinen Augen einen tiefen Schmerz. Als Nel sie in den Unterleib trat, entrang sich ihrer Kehle wieder ein Schrei. Warum wollte sie lieber diese Schmerzen ertragen? Sie bräuchte doch nur sagen, dass es ein Licht und kurzes Feuer gegeben hatte. Sie wusste doch auch nicht mehr als er. Oder etwa doch? Leroy biss die Zähne zusammen. Er glaubte, dass Saphira mehr wusste, als er glaubte und sie zugeben wollte. Warum vertraute sie ihm das nicht an? Daira gab Nel eine Anweisung, der höhnisch lachte. Er zog mit einem Ruck die Ketten kurz, sodass sie nun an der Wand hing. Sie war bewusstlos. Daira versprach Leroy, dass, wenn sie endlich die Fragen beantwortete, nichts mehr passieren würde. Doch er glaubte ihr nicht, aber wollte trotzdem versuchen wenigstens selber die Wahrheit herauszufinden. Er wollte Saphira verstehen. Daira drohte noch, dass, wenn sie nicht den Mund aufmachte, sie weitaus Schlimmeres erleben werde. Leroy wusste nicht, was noch schlimmer sein sollte. Bis er sah, was Nel machte, als Daira ihm zunickte. Leroy sah erschrocken rüber. Er wehrte sich gegen diese verdammten Ketten, doch es war sinnlos. Ihn durchfuhr ein sehr heftiger Schmerz und er bemerkte, dass sich die Riemen noch weiter eingeschnitten hatten. Mit einem vielsagenden Blick zu Leroy ging Nel mit Daira raus.

Saphira hing dort bewusstlos. Ihr wurde auf jeder Seite dünner Stoff von ihrem Hemd zwischen Haut und Riemen gesteckt. Es waren nur noch Fetzen, die ihre Brüste verdeckten. Leroy sagte ihren Namen mit erstickter Stimme. Ihn schmerzte das Herz, weil er ihr nicht helfen konnte. Es war das erste Mal nach zehn Jahren, dass er heulte um sie wie ein kleiner Junge.

Mario steuerte sofort Davinas Zimmer an. Nach einem kurzen Klopfen ging er hinein. Davina begrüßte ihn und berichtete, dass Nicolai heute endgültig aufgegeben hatte und zu Asche zerfallen war. Sie war mit Samira, Arjona und Xaver die Einzige, die wirklich wusste, wer Mario war. Er nickte ihr zu. Davina und er gingen in den Keller, wo sich eine Stahltür befand. Sie öffneten sie. Auf einem kleinen viereckigen Tisch stand ein Gefäß. Mario trat davor, seine Finger glitten darüber, bevor er es kurz öffnete. „Nicolai. Du hast dir Zeit gelassen." Er schloss das Gefäß wieder. Kurz ließ Mario Flammen darum züngeln, bevor sie wieder nach oben gingen. Oben fragte Davina ihn, ob es heute an der Zeit war, Saphira zu zähmen und an ihn zu binden. Mario überlegte eine lange Zeit, bevor er sprach. „Eigentlich schon. Aber Daira und Zoran haben sie noch. Ich weiß nicht, wie ich das anstellen soll, ohne dass sie mich fangen." In Gedanken hoffte er, dass morgen alles so verlief, wie es geplant war. Es waren zwanzig Wachen, sechs Beschützer und haufenweise Kämpfer. Mario fragte sich, woher sie die ganzen Leute hatten. Nach vielen Erkundigungen hatte er in Erfahrung bringen können, dass sie sechshundert Leute hatten. Zwei von Leroys Wächter waren auch bei Mario gewesen, weil sie sich um ihren Anführer sorgten. Er genoss großes Ansehen in seinem Clan. Wenn er Saphira befreien konnte, müsste er Leroy mitnehmen. Mario wusste, dass er ihm eigentlich viel zu verdanken hatte. Auch er sollte mit der Vergangenheit abschließen. Man konnte ihm nicht verübeln, dass er Saphira wirklich liebte. Außerdem war Leroy sein einziger Freund gewesen, den er hatte. Der keine Angst gehabt hatte und ihn so akzeptierte, wie er war. Sie sollten sich endlich aussprechen. Mario ging zu Arjona. Doch nachdem er ihre Tür geöffnet hatte, schloss er sie gleich wieder. *Schlimmer als die Karnickel,* dachte Mario sich. Arjona ging an die Tür, nachdem sie sich einen Bademantel übergezogen hatte. Sie lief rot an, als sie Mario sah. „Seid ihr fertig?", fragte Mario sie mit einem Grinsen, als er sah, wie unangenehm ihr das war. Sie nickte kurz. Aus den Augenwinkeln sah sie, dass Xaver sich angezogen hatte, und bat Mario rein. Xaver schien es kalt zu lassen, dass Mario sie gerade in einer eindeutigen Stellung gesehen hatte. Mario erklärte sein Anliegen und den Plan für den nächsten Tag. „Das hört sich gut an. Je weniger wir sind, umso besser wird es laufen. Jedoch werde ich Arjona nicht mitkommen lassen, Mario." Mario blickte bei dem letzten Satz auf und blickte Xaver fragend an. Verlegen beantwortete Arjona seine stille Frage. „Nun ja, es ist so. Also ich bin schwanger. Davina hatte es gestern festgestellt, als ich bei ihr war, wegen meiner Periode." Er gratulierte beiden kurz und verschwand schnell aus dem Raum. Ihm wurde auf einmal heiß. Es wurde Zeit, dass er sein Verlangen stillen konnte. Selbst wenn er mit noch so vielen Frauen geschlafen hätte, das Verlangen wäre trotzdem geblieben. Davina öffnete die Tür und wollte gerade gehen, als sie Mario sah. Sie packte ihn am Arm, um ihn ins Zimmer zu zerren. Seine Atmung ging schnell und seine Hände waren zu Fäusten geballt. Davina fragte ihn, ob er vielleicht ein Mittel zur Beruhigung haben wollte, doch er schüttelte den Kopf. Er musste raus an die frische Luft. Irgendwas machen, was ihn ablenkte. Sie schüttelte den Kopf, als er aufstehen wollte. „Davina, bitte. Es bringt alles nichts. Ich muss es endlich kontrollieren."

„Es ist lange her, als ich dich so das letzte Mal sah. Du wolltest nie etwas riskieren und hast dir immer zahllose Weiber gesucht. Wir wissen beide, dass du es erst kontrollieren kannst, wenn du deine Partnerin hast." Seine Atmung ging noch schneller. Er biss die Zähne zusammen. Sie hatte recht. Er brauchte seine Frau. Aber er konnte da nicht hin, nicht jetzt. Mario brauchte einen klaren Kopf. Irgendwas musste es doch geben. Davina setzte sich auf ihn, seine Augen fingen an zu glühen. „Damals hast du keinen Aufstand gemacht, als wir uns kennengelernt hatten." Er sagte nichts, sondern packte sie nur an den Schultern, riss ihr die verdammte Kleidung runter und drang in sie ein, nachdem er sich seiner Sachen entledigt hatte.

Saphira schluckte. Im Unterbewusstsein merkte sie, dass ihr Körper zitterte. Sie merkte, dass sie hing. Ihre Arme waren über den Kopf gebunden. Die Augen öffneten sich einen Spalt. Leroy saß in einer Ecke. Er blickte traurig auf den Boden und seine Hände waren zu Fäusten geballt und blutüberströmt. Durch seinen Mund erkannte sie, dass er die Zähne zusammenbiss. Sie blickte schnell zur Tür, wo Daira stand mit dem Wächter Nel. „Bist du endlich wieder wach?", fragte sie in einem herablassenden Ton und den Kopf schräg gelegt. Sie trat mit Nel vor sie. „Ich will Antworten. Was war gestern Nacht hier los?"

„Du wirst kein Wort aus mir herausbekommen, Daira." Sie schürzte die Lippen. Dann fragte sie mit hochgezogenen Brauen, ob es ihr ernst sei und sie lieber die Schmerzen weiterhin ertragen wollte. Saphira sagte, dass sie lieber sterben würde, als das zu sagen. Sie sah, dass Leroy erschrocken zu ihr aufblickte.

„Saphira. Sag es ihnen. Verdammt, es bringt doch nichts, wenn du … wenn er dich …" Saphira schüttelte entschlossen den Kopf. Daira seufzte und gab Nel ihr Einverständnis. Leroy wollte aufstehen. Er schrie Daira an, das Blut lief über seine Hände und Arme. Nel riss den letzten Fetzen von ihrem Hemd runter und band es um Leroys Mund. Höhnisch grinste er Saphira an. Sein Blick war wie der eines hungrigen Tieres. Sie schloss fest die Augen, als er seine Finger über ihren Körper ganz langsam gleiten ließ. Er packte ihre Beine und sagte noch, dass es ihm eine Ehre wäre, so etwas Schönes wie sie zu beglücken. Als sie gerade noch ein Nein herausbrachte, schrie sie laut einen Kreideschrei aus, als er in sie hineinstieß.

Mario erkundigte sich bei Davina, wie es aussah mit Arjona. Sie erklärte ihm, dass sie schon im dritten Monat sei, aber Arjona davor nichts mitbekommen hatte. Er fragte sie, wie sie die Idee mit den Leuten fand. Davina sagte dazu nichts. Sie erklärte ihm, dass er seit Jahren ein guter Anführer war und sie ihm vertraute.

Anschließend fragte er leise voller Schuldgefühl, ob er sie sehr verletzt hatte. Davina sah ihn schweigend an, mit einem liebevollen Blick. Dann schüttelte sie den Kopf. *Mario. Mario.* Sein Blick wurde finster. *Feuerrose, was ist los?*, fragte er in Gedanken. *Wächter … Verge…* Die Gedanken lösten sich in nichts auf. Mario sprang auf und rannte sofort hinaus, so schnell er konnte. Immer wieder rief er sie in Gedanken, doch es kam nichts mehr. Feuer und Licht bildeten sich um seinen Körper. Ihm war egal, ob jemand es sah oder nicht. Hauptsache er kam, so schnell es ging, zu Saphira.

Leroys Arme waren blutüberströmt. Immer wieder zog er an den Ketten. Nel war immer noch mit Saphira beschäftigt, die mittlerweile ohnmächtig geworden war. Die Schmerzen waren Leroy egal, er wollte diesen Mistkerl von ihr losreißen. Aus Verzweiflung kamen immer wieder Tränen. Daira war schon lange gegangen. Immer wieder musste Leroy mit ansehen, wie dieser Kerl in Saphira eindrang. Blut lief schon über ihre Beine und trotzdem ließ er nicht ab von ihr. Leroy bemerkte ein Aufblitzen über ihm und sah nur noch Feuer. Plötzlich ein Schrei von diesem Nel. Dann ein grelles Licht. Für eine kurze Zeit sah Leroy nichts mehr, bis seine Augen sich daran gewöhnt hatten. Er blinzelte erst noch, bevor er in die Richtung sah, wo Saphira hing. Ihm fielen fast die Augen heraus, als er sah, dass Mario gerade die Leiche von Nel gegen die Wand schleuderte. „Das ging zu weit", knurrte Mario aus der Brust heraus.

Leroy erkannte seine Stimme kaum noch. Mario riss ohne jede Mühe die Ketten heraus und fing Saphira auf. Er drehte sich erst gar nicht zu Leroy um.

„Feuerrose." Leroy merkte sofort, dass seine Stimme innerhalb von Sekunden viel sanfter geworden war. Mario kniete sich hin, hielt jedoch Saphira fest in seinen Armen. Er streichelte ihr samtweiches Haar, danach ihre Wange. Seine Hand legte er um ihren Hals und Leroy dachte, er würde sie umbringen. Als er auf sich aufmerksam machen wollte, sah er, dass Mario sich über sie beugte. Leroy war fassungslos über das, was er da sah. Langsam wanderte ihre Hand um Marios Nacken. Seine Hand streichelte über ihre Schenkel. „Mario." Leroy plumpste auf sein Hinterteil. Erleichtert, dass Saphira etwas gesagt hatte, auch wenn es nur schwach war. Marios Augen leuchteten wieder. Er bat Saphira sich an ihm festzuhalten. Als er sein Shirt über den Kopf zog, hielt er ihren Körper mit einem Arm fest. Vorsichtig wischte er damit das Blut zwischen ihren Beinen weg. Sie zuckte leicht, schrie aber nicht. Leroy schluckte, als er sah, was Mario dann machte und blickte schnell weg. Er beugte sich über Saphiras Beine und ging mit seiner Zunge über ihren und in ihren Intimbereich. Sie kratzte ihm den Nacken, als er das machte. Manchmal zuckte ihr Körper vor Schmerzen. Dann hob er sein Gesicht wieder und schaute Saphira in die Augen. Leise flüsterte er mit heißerer Stimme: „Ist es jetzt besser?" Sie nickte. Ihre Augen versuchten offen zu bleiben. In Gedanken sagte er zu ihr. *Ich muss dich zähmen und mein Verlangen an dir stillen, es tut mir leid.* Er konnte nicht auf eine Antwort von ihr warten. Das Leid, das ihr angetan worden war, ging zu weit und sein Verlangen war nicht mehr zu zügeln. Er sah die Angst in ihren Augen stehen. Tief blickte er sie an und seine Augen schienen zu brennen. Als sie erschrak und sich wegdrehen wollte, wurde Marios Griff stärker und er zwang sie in seine Augen zu sehen. *Das Spiel ist vorbei, Feuerrose. Ich habe keine Geduld mehr. Ab jetzt gehörst du mir.* Sie schüttelte leicht den Kopf. Sie hatte panische Angst gehabt, weil sie nicht wusste, was er damit gemeint hatte. Seine Zunge wanderte in ihren Mund. Es brannte. Seine Hand ging zwischen ihre Beine, die sie zusammenpressen wollte. Er knurrte aus der Kehle in ihren Mund hinein. Mario hörte, dass Leroy hinten irgendwas versuchte, doch achtete nicht darauf. Saphira lag in wenigen Sekunden auf dem Rücken. Seine Beine hielten ihre fest, damit sie ihre Beine nicht zusammenziehen konnte. Seine Hände drückten fest ihre Handgelenke. *Warum? Warum willst du mich zwingen?,* fragte sie ihn in Gedanken. Mittlerweile hatte sie sich daran gewöhnt, dass er sie hören konnte. Mario gab ihr keine Antwort. Stattdessen nahm er ihre Hand und führte sie zu seiner Hose. Er öffnete sie und zog sie mit Unterhose runter. Dann nahm er wieder ihre

Hand und führte sie zu seinem Glied. Immer wenn sie die Hand wegziehen wollte, nahm er sie wieder und führte sie dorthin zurück. Sein Blick lag dabei immer auf ihrem Gesicht. Als sie das fünfte Mal die Hand wegziehen wollte, zog er die Augenbrauen zusammen, packte ihre Hand, legte sie um seinen Schaft und ließ seine Hand auf ihrer liegen. Er bewegte ihre Hand hoch und runter. Dabei ließ er sich sehr viel Zeit. Sie konnte den Gedanken nicht verwerfen, auch wenn Mario ihn hören konnte. *Er ist ... riesig und ... breit. War der schon so, als wir zusammen auf den Toiletten...?* Mario musste ein Kichern unterdrücken, als er das hörte. Er antwortete ihr mit einem Ja. Er beugte sich wieder über sie, um ihr einen Zungenkuss zu geben. *Ich will dich nicht zwingen. Bitte mache es freiwillig, Feuerrose.* Mario spürte, wie sie die Hand leicht zusammendrückte. Seine Augen blieben aber geschlossen und er gab ihr anderes Handgelenk frei, damit er ihr in die Haare greifen konnte. Ihre Hand ging sofort zu seinem Rücken und ihr Becken bog sich ihm entgegen. Nun hatte er sie da, wo er sie haben wollte. Sie gab sich ihm komplett hin. „Sag es, Feuerrose." Leroy hielt abrupt inne und schaute blinzelnd und verwirrt zu den beiden rüber. Mittlerweile waren seine Schmerzen unerträglich geworden. Noch wollte sie es ihm nicht sagen. Ihre Hand streichelte nun selbstständig über seinen Hoden und sein Glied. Er griff zwischen ihre Beine mit seiner Hand und ließ vier Finger in sie eindringen. Sie gab ein Stöhnen von sich und bog sich weiter durch. „Sag es. Sag es mir, was du willst!", sagte er wieder, während er ihren Hals entlang küsste, hinunter zu ihren Brüsten. Die Hand, die auf seinem Rücken lag, kratzte ihn. Ihre andere Hand zog sie von seinem Glied weg und krallte sie ebenfalls in seinen Rücken. Als sie sich ihm wieder voll entgegenbog, schrie sie raus: „Nimm mich!" Seine Augen fingen an hell zu leuchten bei ihrem Satz. Er drehte sie herum, sodass sie auf allen vieren vor ihm war. Mario fackelte nicht mehr lange. Sie wollte ihn sofort, ihr Verlangen war jetzt genauso wie seines. Er packte fest ihre Hüften und ging schnell, kräftig und tief in sie rein, dass sie sofort aufschrie und ihren Kopf in den Nacken schmiss. Leroy schüttelte den Kopf. *Das ist alles ein schlechter Traum*, sagte er sich.

Die beiden schienen ihn komplett vergessen zu haben. Er ertrug eine Ewigkeit das Gestöhne und die eindeutigen Geräusche. Als beide den Höhepunkt erreichten, blitzte es auf und Leroy rieb sich seine Augen. Was war das denn? Als er wieder sehen konnte, saß Mario an die Wand gelehnt. Saphira saß auf seinem Schoß und ihr Kopf lag auf seiner Schulter. Die Augen waren geschlossen. Fragend schaute er Mario an. Aber Mario blickte ihn nicht an, sondern nur Saphira. Er fuhr mit seiner Nase ihren Hals entlang und über die Wange. „Nun weißt du, wo du hingehörst und zu wem du gehörst, Feuerrose. Meine Frau." Als sie einen Kuss auf die Stirn bekam, öffnete sie leicht die Augen und schaute ihn an. Ihre Augen leuchteten nun auch hell. Erschöpft und vollkommen befriedigt und gesättigt flüsterte sie Mario zu: „Mein Mann." Mario nickte. Dadurch, dass sie selber zu einem Phönix geworden war, für eine kurze Zeit wusste sie nun, was sie war und wer zu ihr gehörte. Doch sie wusste nicht, dass sie nur für ihn geboren worden war.

Kapitel 29

Mario schaute und lächelte Saphira liebevoll an. Leroy verstand jetzt endgültig gar nichts mehr. Er gab ihr einen Kuss auf ihre weichen Lippen. *Nun hast du genau solche Augen wie ich.* Sie legte den Kopf schief, nachdem sie ihm zugeblinzelt hatte. Mario lachte. Dann fuhren beide herum zur Tür. Instinktiv drückte er Saphira an sich heran. Auch Leroy schaute zur Tür hinüber. Ein ganz langsames Klatschen hörte man aus der Richtung. Daira kam lächelnd rein und schaute durch die Runde. Ihr Blick blieb zum Schluss auf Saphira gerichtet. Mario setzte sie langsam neben sich, während er seine Sachen anzog. Er klopfte sie noch kurz ab und legte einen schwarzen Umhang um, auf dem Flammen zu sehen waren. Saphira bekam von ihm noch schnell einen Kuss, danach blickte er kurz zu Leroy. Dann wanderte sein Blick zu Daira. Doch er sah sie nicht an, sondern denjenigen, der dahinter stand, im Dunklen. „Komm vor, Zoran. Dein Versteckspiel kotzt mich an. Bist du so feige, dass du Daira vorschiebst?"

Zoran trat aus dem Dunklen vor, in den Raum hinein. Sein Blick wanderte zu Saphira. Als er die Leiche in der Ecke bemerkte, schaute er fragend zu Daira. Sie zuckte nur mit den Schultern. „Wusstest du etwa nicht, dass sie zugelassen hat deine Schwester vergewaltigen zu lassen?" Sein Blick fuhr sofort zu Mario, dann zu Saphira, Leroy und wieder zu Daira. Ihr Gesichtsausdruck war neutral. Wieder zuckte sie mit den Schultern. „Seit wann siehst du Saphira als deine Schwester? Du wolltest sie doch auch umbringen lassen."

„Es war nie die Rede davon, dass ihr etwas angetan wird, Daira. Du hast gesagt, dass beide nur gefangen gehalten werden, um Mario zu kriegen."

„Jetzt ist das doch egal. Wir haben ihn jetzt hier." Zoran schaute fassungslos zu Daira. Mario blickte die beiden ruhig an, sogar beinahe gelangweilt. Leroy saß einfach nur da und blickte von einem zum anderen. Da es Mario zu langweilig wurde, sich Dairas und Zorans Auseinandersetzungen mit anzuhören, ging er zu Leroy und befreite ihn von den Ketten. Er bedankte sich bei ihm, als Mario ihm hochhalf. Leroy blieb mit einem Ruck stehen, als er hörte, was Daira zu Zoran sagte. „Kannst du mir verraten, was dein Problem ist, Zoran? Du hast sie selber als Dreck bezeichnet, weil sie das Kind von Lya und Lambros ist. Sie ist eine Flammengeborene!" Mario knurrte etwas und ging zu Saphira rüber. Leroy blickte die beiden aus großen Augen an. Ungläubig schüttelte er den Kopf. Mario half Saphira hoch und bedeckte sie mit dem schwarzen Umhang ohne die Flammen. Sie drückte sich an Mario heran. Ihre Augen glühten. Sie hatten die Farbe wie … Feuer. Er konnte die Farbe nicht deuten, es sah aus wie rot, gelb und sie glühten wie Flammen. Leroy wiederholte das Wort zweimal. Dann blickte er erschrocken zu Saphira und Mario hinüber. „Soll das heißen, du bist … Mario ist …"

„Kinder des Phönix. Gratuliere, du hast es endlich kapiert. Du hast ziemlich lange gebraucht dafür", sagte Daira zu ihm. „Aber die beiden können keine Kinder des Phönix sein. Es gab vor Jahrhunderten mal einen, aber … ich verstehe nichts mehr." Leroy ließ sich auf den Boden sinken. Es kam ihm vor, als ob man ihm den Boden unter den Füßen weggerissen hätte. Seine Hände lagen auf seinem Kopf, seine Stirn hatte er auf seine Knie gelegt. Immer wieder musste er den Kopf schütteln. Das würde heißen, dass sie ihn nur benutzt hatte. Sie war eine von denen, die damals von den Clans gejagt wurden. Langsam richtete er sich auf. Seine Augen glühten dunkelrot vor Wut. Sein Schwert erschien in seiner Hand mit einem roten Leuchten. Mario stellte sich schützend vor Saphira. „Leroy, mache jetzt nichts, was du später bereuen würdest", drohte Mario ihm. Daira fing an zu lachen und Zoran schaute wehmütig zu Saphira. Sie umklammerte Mario mit verängstigtem Blick. Sie schien eingeschüchtert zu sein. Irgendwas regte sich in ihm, er wollte es aber nicht weiter deuten. „Das ist der Grund also, warum sie von mir weggerissen wurde. Der Grund, warum Zoran sie umbringen wollte. Ihr seid das Schlimmste, was in dieser Welt existieren kann!"

„Du vertiefst dich zu sehr in die gelogenen Geschichten. Wenn du etwas normaler wärst, könnte man alles aufklären." Nun mischte sich Daira ein. „Ach was, Mario. Was willst du denn erklären?" Er achtete nicht auf sie. Mario erklärte Leroy, dass, wenn sie da raus wären, er ihm die ganze Geschichte erzählen würde, die wirklich stimmte. Leroy schnaubte verächtlich. Zoran erstarrte plötzlich. *Pass gut auf deine Schwester auf, mein Junge. Werde nicht so wie dein Vater, du weißt doch, was wir durchmachen mussten seinetwegen.*

„Nein, das war nur, weil du ihm fremd gegangen bist", sagte er leise. Alle blickten ihn verwirrt an. Zoran hatte sich damals schon vorgenommen, Saphira irgendwann aus dem Weg zu schaffen. Etele hatte immer versucht, Saphira zu akzeptieren. Aber irgendwann kam er nicht mehr klar mit der Situation und ist irre geworden. Saphira war der Grund, warum die Familie auseinanderbrach. Er hatte sie nur herausgeholt, weil es sonst unmöglich gewesen wäre, sie zu erledigen. Zoran wollte es selber machen. Er wollte sie eigenhändig umbringen. Warum machte ihm dieser Gedanke jetzt auf einmal so zu schaffen? Sie waren schuld an allem. Sein Schutzschild kam mit dem Schwert. Seine Augen glühten. Er blickte hasserfüllt zu Mario. Er war einer von ihnen und hatte genauso Schuld an allem, wie die anderen. Zoran hob das Schwert und griff mit einer Schnelligkeit an, die Saphira zusammenzucken ließ. Mario wich gerade noch rechtzeitig aus. „Jetzt reicht es endgültig. Ihr wollt nicht die Wahrheit erfahren."

Feuer umringte seinen Körper und ein Schwert aus Flammen erschien. Seine Augen glühten grün auf. Er erschien plötzlich hinter Zoran, und als er sein Schwert hob, fuhr Zoran zu ihm herum. Als Leroy sich auch noch auf Mario stürzen wollte, lief Saphira zu Mario. Mario schob sie mit einer Hand hinter ihn. Die Schwerter prallten zusammen. Zoran wollte sich auf Saphira stürzen, doch Mario ließ die Flammen zu ihr überspringen. Zoran schrie auf, als das Feuer ihn leicht verbrannte. Nun mischte sich auch Daira ein, weil ihr Geliebter verletzt wurde. „Mario ...", sagte Saphira. Er drehte sich wieder zusammen mit Saphira und wehrte Dairas Schwert ab. Als Zoran sich erholt hatte von dem Schock, griff auch er wieder an. Mario konnte nichts anderes mehr machen, als Saphira wegzustoßen. Leicht stieß sie mit dem Rücken gegen die Wand. Ein kleiner Schmerz durchfuhr sie, dann blickte sie wieder auf. Sie drängten ihn in eine Ecke. Saphira versuchte ihr eigenes Schild und Schwert hervorzurufen, doch so sehr sie sich auch darauf konzentrierte, es kam einfach nicht. Plötzlich sah sie nur noch, wie alle drei die Schwerter hoben und auf Mario einschlagen wollten. Verzweiflung kam in ihr hoch, zusammen mit Angst und Trauer. Als sie dachte, es wäre nun endgültig vorbei, bekam sie eine Art Kraftschub. Ihre Kehle ließ einen kreischenden Schrei heraus, bevor ihre Arme von Flammen verschlungen wurden und es so aussah, als hätte sie Flügel. In jeder Hand erschien ein Feuerschwert, ihre Augen begannen gelb zu leuchten. Das Feuer umschlang ihren Körper. Die anderen drei zuckten zurück, als Saphira langsam auf sie zutrat. „Verdammt, sie ist schon zu weit. Verschwinden wir, Zoran!" Das ließ er sich nicht zweimal sagen und ergriff Dairas Hand, als sie abhauten. Sie blickte beiden hinterher. Ihre Augen loderten, als sie Leroy ansah. Mario griff ihn einmal in den Nacken, wovon er zusammenbrach. Saphiras Blick wurde warmherzig, als sie Mario ansah. Er trat zu ihr und streichelte ihre Wange. Saphira hob ihre Hand und hielt seine fest, die auf ihrer Wange lag, und schmiegte sich an sie. „Ich liebe dich, Mario." Sein Blick wurde liebevoll, als er sie küsste. Er würde sie nun nie wieder loslassen müssen. Ihre Blicke gingen zum am Boden liegenden Leroy. Fragend runzelte Saphira die Stirn. Mario zuckte mit den Schultern und nahm ein Handy aus der Tasche. Xaver ging nach dem zweiten Mal ran. Mario gab ihm kurz Bescheid und sagte ihm, dass er vorbeikommen sollte. Sie warteten auf ihn und gingen dann zusammen hinaus. Saphira wurde von der Sonne geblendet. Sie war schon zu sehr an die Dunkelheit gewöhnt. Mario stellte sich vor sie und hob ihr Kinn. „Es ist hell", sagte sie ihm. Er nickte nur und packte sie an den Armen, als sie plötzlich blass wurde. Ihr wurde plötzlich schwindlig. Ihre Beine ließen nach. Mario nahm sie auf den Arm, um sie ins Auto zu setzen. Dann fragte er Xaver, ob er etwas zu trinken mitgebracht hatte. Xaver kam um das Auto herum und gab Saphira die Flasche. Dankend öffnete sie diese. Das

Wasser war schön kalt und erfrischend. Mario stieg auch ein, als sie weitergerutscht war. Sie legte sich auf seinen Schoß. Saphira war zu müde, um länger wach zu sein. Sie war einfach nur froh, endlich da raus zu sein.

Sie erwachte in einem Himmelbett. Der Himmel war dunkelblau und darauf waren Steinchen gewesen, die glitzerten. Saphira musste an einen Sternenhimmel denken. Als sie zur Seite blickte, sah Mario sie mit einem liebevollen Lächeln an. Er strich über ihre Haare, bevor er sich zu ihr hinunterbeugte und sie küsste. „Hast du gut geschlafen?" Saphira lächelte, als sie ihm zunickte. Er drehte sie auf sich und nahm ihre Haare, um ihr Gesicht zu sich hinunterzuziehen. Mario leckte über ihre Lippen, wovon sie den Mund öffnete, um seine Zunge in ihren Mund wandern zu lassen. Sie spürte, dass seine Hände mehr in ihre Haare griffen. Sein Verlangen stieg wieder und auch ihres war unaufhaltsam. Sie wollte seinen Körper schmecken. Ihn glücklich machen und begehren. Langsam wanderte sie mit ihrem Mund über seinen Körper. Sie liebte seine kräftigen, durchtrainierten Schultern, seinen Bauch, wo eine schmale Haarlinie von seinem Bauchnabel hinunterging, und seine kräftigen Schenkel. Er war durch und durch perfekt. Sie blieb mit ihrer Zungenspitze bei seinem Glied. Mario atmete plötzlich schneller und seine Finger gruben sich in das Lacken hinein. „Oh Gott, Feuerrose …" Saphira fragte sich, wie weit sie wohl sein Glied in den Mund nehmen konnte. Langsam öffnete sie ihn und nahm ihn in den Mund. Sie kam bis etwas über die Hälfte. Mario stöhnte und seine Muskeln spannten sich an. „Du bist … verrückt … unglaublich." Er stöhnte immer und immer wieder auf, als sie ihn immer wieder in den Mund nahm. Langsam konnte sie ihn immer weiter hineinnehmen und saugte daran. Dann schmeckte sie eine warme Flüssigkeit. Es schmeckte salzig und sie schluckte. Genießerisch schloss sie die Augen und fuhr mit der Zunge über ihre Lippen. Sie streichelte mit den Fingern über seinen Schaft und liebkoste seinen Hoden mit der Zunge. Mario schluckte schwer. Seine Atmung stockte manchmal. Er wollte sie hochziehen, doch sie blieb mit ihrem Kopf unten. Ihr gefiel es, an seinen Hoden und seinem Glied mit ihrer Zunge zu spielen. Mario spannte immer mehr seiner Muskeln an. Er stöhnte wieder auf. Es war wie eine Quälerei, was sie mit ihm machte. Sie ließ ihn keine Sekunde aus den Augen. Er hatte die Augen geschlossen und die Finger krallten sich immer mehr in das Laken. Saphira sah, dass es ihm gefiel. Sie wollte ihn aber nicht zu lange leiden lassen. Langsam kletterte sie wieder hoch zu ihm und ließ sein Glied in sie hineingleiten. Durch das langsame Reingehen musste Saphira kurz aufstöhnen. Aber auch Mario stöhnte, als er ihre Enge um sein Glied merkte. Er packte sie an den Hüften. Sie genoss diesen Akt zwischen ihnen. Langsam hob und senkte sie sich auf ihm, während Mario mit seinen Fingern über ihre Brüste streichelte. Er setzte sich langsam auf und drehte Saphira so zu sich, dass sie mit dem Rücken zu ihm saß. Er umfasste sie am Bauch. Dann nahm er ihre Taille und ließ sie langsam auf seinem Glied nieder. Sie wollte, dass er schneller in sie eindrang. „Langsam, Feuerrose. Ganz langsam." Er küsste sie am Hals und an der Schulter, während er genau darauf achtete, dass sie sich nicht zu schnell auf ihn setzte. Ihre Finger krallten sich in seine Oberschenkel, den Kopf hatte sie nach hinten gelegt und zur Seite gedreht, zu Marios Hals. Es war so unbeschreiblich, wie sein Glied langsam hinten in sie eindrang. Mario hob und senkte sie langsam auf ihm. „Mario ... das ist ... unglaublich", brachte sie mit Mühe heraus. Sie stöhnte nur noch und sagte leise und verführerisch seinen Namen. Seine Berührungen waren langsam und zärtlich. Die Wärme, die in ihr hochkam, umhüllte sie. Es kribbelte überall an ihrem Körper. Saphira wollte, dass Mario nie wieder aufhören sollte damit. Er hielt sie fest an sich, während sie die langsamen Bewegungen selber machte. Eine Hand liebkoste ihre Brüste, die andere streichelte über ihre intimste Stelle. Es war erstaunlich, wie wohl sie sich fühlte bei ihm. Sie kam immer und immer wieder. Mario flüsterte ihr Liebesworte zu, küsste und biss sie zärtlich in den Hals. Mario ließ sie nach vorne beugen, dass er von hinten in sie eindringen konnte. Sie konnte einfach nicht genug bekommen. Beide kamen endgültig, als er sie wieder auf den Rücken gedreht hatte und ihre Beine auf seine Schultern gelegt hatte, um kräftig einzudringen. Saphira war noch nie so glücklich und schon gar nicht so befriedigt. Doch nach zehn Minuten wollte sie ihn wieder. Es war wie eine Sucht, die unstillbar war. Er drückte sie fest an seinen Oberkörper, als sie wieder auf ihm saß und spielte mit seiner Zunge an ihren empfindlichen, harten Nippeln. Sie kratzte ihn zärtlich am Rücken, und wenn sie seine Zunge wollte, zog sie leicht an seinen kurzen Haaren. Er packte ihre Schenkel und drückte sie fest an seine. „Wir müssen auch irgendwann aufhören, Feuerrose."

„Noch nicht, Mario." Da gab er ihr recht. Mario konnte sie nicht loslassen. Ihre Wärme und Enge waren wie der Himmel auf Erden. Ihr Körper war durchtrainiert und wunderschön. Er liebte ihre weiche Haut und ihren Rosenduft. Zu lange hatte er auf das alles verzichten müssen. Jetzt wollte er jede Sekunde mit ihr auskosten. Beide wussten nicht, wie lange sie nach dem Sex geschlafen hatten. Davina klopfte leise an die Tür. Mario bedeckte Saphira mit der Decke. Sie kuschelte sich an ihn. Mario hatte seinen Arm über ihre Hüften gelegt. Sie sah süß aus, wenn sie schlief. „Ich wollte euch nicht stören. Saskia hat sich Sorgen gemacht und bat mich euch Essen zu bringen."

„Danke, Davina. Stell es bitte auf den Nachttisch. Was ist mit Leroy?"

„Erst schlief er eine ganze Weile. Wir haben ihn sicherheitshalber in ein Zimmer geschlossen und die Fenster verriegelt, weil wir dachten, dass du gerne mit ihm reden wolltest. Er hat gut gegessen und getrunken. Seine Handgelenke habe ich behandelt. Es geht ihm soweit ganz gut." Mario nickte und bedankte sich noch mal, bat sie aber noch Eiswürfel und Erdbeeren hochzubringen. Xaver sollte Leroy ausrichten, dass Mario morgen mit ihm reden würde. Davina schloss leise die Tür hinter sich, als sie zu Saskia hinunterging. Als sie die Eiswürfel und die Erdbeeren gebracht hatte, stand Mario auf und holte eine kleine Schatulle heraus. Er stellte sie neben die Schüssel mit den Erdbeeren. Saphira drehte sich leicht verschlafen zu ihm herum. Mario lächelte sie sanft an und gab ihr einen Kuss. Als er langsam die Decke von ihrem traumhaften, schönen, nackten Körper hinunterzog, flüsterte er:

„Schließe die Augen, ich habe etwas vorbereitet für dich." Saphira gehorchte und schloss die Augen. Er nahm eine Erdbeere raus und tauchte sie in die Vanillesoße rein, an die Saskia gedacht hatte. Sie sollte den Mund öffnen und er fütterte sie damit. Den Eiswürfel, den er genommen hatte, ließ er über ihren Körper wandern, der sich geschmeidig unter ihm bewegte. Seine Lippen waren heiß auf der kalten Spur. Ihr lief ein angenehmer Schauer über den Körper und sie bekam eine Gänsehaut. Ihre Nippel richteten sich auf, als er mit dem Würfel darüberstrich und seine Zunge um ihn wandern ließ. Er liebkoste ihre intime Stelle so lange, bis sie zum Höhepunkt kam. Er strich über ihren Körper mit dem Eiswürfel, der auf ihrem heißen Körper fast komplett aufgetaut war. Er nahm wieder eine Erdbeere und nahm sie selber in den Mund und führte sie zu ihren Lippen. Dann drang er in sie ein. Sie schlang ihre Beine um seine Taille, damit er noch tiefer in sie reinkam. Nachdem beide gekommen waren und sie sich auf seine Brust gekuschelt hatte, griff er zur Schatulle und hielt sie vor Saphira. Langsam richtete sie sich auf und schaute darauf. „Mach sie auf, meine Feuerrose."

Sie nahm die Schatulle mit leicht zittrigen Händen. Ihre Augen leuchteten von den Tränen, die aufstiegen. Saphira blickte wieder zu Mario, der sich auch aufgerichtete hatte. Er küsste ihren Arm entlang, bis er bei ihrer Hand ankam und jeden Finger küsste. „Ich liebe dich mehr als mein Leben. Mehr als meinen Clan und mehr als alles, was ich habe. Du bist meine Traumfrau, für die ich vom größten Berg springen würde. Ich möchte deine Träume wahr werden lassen und dich nie wieder loslassen. Ich will dich lieben, ehren, begehren und beschützen. Möchtest du dein Leben für immer mit mir teilen und meine Frau werden?" Sie setzte sich auf ihn und küsste ihn ohne Ende. Nun hatte er diesen Tag, der erst so schlimm angefangen hatte, zum schönsten Tag werden lassen.

Kapitel 30

„Nein."

„Nein?"

„Das habe ich doch gerade gesagt, oder?" Saphira zog sich eine hellblaue Jeans über und machte einen hellbraunen Ledergürtel darum. Dann ging sie aus dem Schlafzimmer, die Treppe hinunter und in die Küche. Sie begrüßte alle freundlich. Dann stibitzte sie das Brötchen von Xaver, der kurz zu ihr aufblinzelte und dann lächelte. Mario kam hinuntergepoltert und begrüßte barsch alle. Er schaute Saphira bitterböse an. „Was soll das heißen: Nein?" Saphira schluckte ihr Brötchen runter und trank einen Tee hinterher. Dann antwortete sie ihm. „Ich weiß wirklich nicht, was daran so schwer zu verstehen ist, Mario. Nein heißt nein. Ich könnte es dir auch buchstabieren, wenn du möchtest." Schockiert hielten viele die Luft an und starrten Saphira an, als hätte sie den Verstand verloren, so mit Mario zu reden. Doch sie machte sich nichts daraus. Sie ging an ihm vorbei und hinaus in den Park. Mario rannte ihr hinterher wie ein Dackel. Dann ergriff er ihre Hand. Als Saphira mit der anderen ausholen wollte, packte er diese mit der anderen und zog sie an seinen Körper. Seine Augen loderten von dem Feuer, das in ihm kochte. „Nein?"

„Nein."

„Warum? Nenne mir einen guten Grund, warum?"

„Wahrscheinlich hattest du ja sehr gute Gründe dafür, aber du hast meinem ersten Kind das Leben genommen. Das kann ich nicht einfach so hinnehmen. Auch wenn du es wiedergutgemacht hast, indem du mich da rausgeholt hast. Dann kommt noch dazu, dass ich dich nicht kenne. Ich weiß nichts über dich. Plötzlich erfahre ich, dass ich eine Flammengeborene sein soll, wovon ich genauso wenig Ahnung habe. Du kannst nicht von mir verlangen, dass ich mich jetzt sofort neu verlobe, obwohl ich gerade erst meinen Verlobten verloren habe. Nicolai ist seit …", sie verstummte. Saphira konnte es nicht aussprechen, zu groß saß der Schmerz noch in ihrer Brust. „Ich dachte, du weißt, wo dein Platz ist." Sie hörte ihm nicht mehr zu. Saphira ging in das Haus zurück und fragte Davina, wo man Leroy eingesperrt hatte. Davina nannte ihr das Zimmer. Sie verlor keine Zeit mehr und platzte in das Zimmer hinein, wo Leroy anscheinend Besseres zu tun hatte. Mario kam hinter Saphira zum Vorschein und nun riss bei ihm der letzte Geduldsfaden, als er sah, was da abging. Er ließ ein Wutgebrüll los, sodass alle im Haus zusammenzuckten. Samira nahm alles und rannte hinaus. Doch als sie bei Mario vorbei wollte, packte er sie und drückte sie gegen die Wand. Saphira sah, dass Mario kurz vor dem Durchdrehen war, und ging dazwischen, bevor noch Schlimmeres passieren würde. Sie legte ihre Arme um seinen Nacken und küsste ihn leidenschaftlich mit der Zunge. Samira nutzte es, denn sie lief schnell hinunter in ihr Zimmer. Mario hob sie hoch und drückte sie leicht an die Wand, um ihr nicht wehzutun. Seine Augen leuchteten jetzt vor Verlangen. Er küsste ihren Hals entlang. „Sind das alle Gründe?"

„Ja, das sind alle Gründe." Ihm war es egal, ob sie auf dem Flur waren oder nicht. Mario liebkoste ihre Brüste, nahm ihre aufgerichteten Nippel zärtlich zwischen seine Zähne. Sie bog sich ihm entgegen. Plötzlich hörte er auf, ließ sie hinunter und blickte ihr in die Augen. Saphira zog einen Schmollmund.

„Ich werde geduldig sein, Feuerrose. Aber wenn dich etwas bedrückt, dir etwas auf dem Herzen liegt oder Hilfe brauchst und Wünsche hast, sagst du es mir." Sie nickte ihm zu. Mario küsste sie noch einmal sanft, bevor sie in das Zimmer gingen, in dem sich Leroy aufhielt. Er blickte die beiden nicht an. Saphira setzte sich auf Marios Schoß, der einen Stuhl genommen hatte. Es fiel Mario sichtlich schwer, sich zusammenzureißen. Aber sie musste sich genauso zusammenreißen wie er, auch wenn es aus einem anderen Grund war. Niemand wollte anfangen zu reden. Dann begann Saphira: „Leroy, ich glaube, du solltest dir das wirklich mal anhören, was Mario zu erzählen hat. Auch ich bin neugierig, was das angeht. Ich wusste es doch selber nicht bis gestern."

„Du bist eine verdammte Heuchlerin", sagte Leroy herablassend. Mario wollte sich erheben, doch Saphira blieb stur sitzen und legte eine Hand auf seine Schulter. Dann schaute sie Mario auffordernd an. Er holte tief Luft und seufzte. Bevor er redete, drückte er Saphira leicht zu sich heran, um ihr einen Kuss zu geben. „Ich hoffe sehr, dass du mich nicht unterbrechen wirst, bevor ich fertig bin. Es stimmt. Saphira, ich und auch Nicolai sind Flammengeborene. Jedoch sind diese Geschichten alle falsch. Damals, als der Phönix starb, gab es Leute, von denen erzählt wurde, sie seien seine Kinder. Ich selber weiß nicht, ob diese Gerüchte stimmen. Fakt ist, dass es viele von uns gab und wir die Macht haben, mit Feuer alles machen zu können, was wir wollen. Wir zerfallen zu Asche, wenn wir keine Kraft mehr haben oder uns opfern. Wir kontrollieren das Feuer psychisch, genauso wie die Clans Schwerter und Schilder, die wir in Gedanken hervorrufen. Wir sind aber nicht geboren, um alles zu zerstören, sondern um die Wahrheit ans Licht zu bringen. Wir sind dafür da, die Zerstörung aufzuhalten, die ihr Clans vorantreibt. Ihr reitet euch alle ins Verderben mit eurer Machtsucht. Die Einzigen, die wir töten, sind die, die nicht mehr aufzuhalten sind. Zum Beispiel Daira und Zoran. Wir sollen alles wieder richten, was in all den Jahren kaputt gegangen ist. Die Zukunft soll wieder so aussehen, wie sie damals mal war. Meine Mutter blieb mit meinem Vater zusammen. Es blieb immer geheim, wer mein Erzeuger war. So übernahm ich den Clan. Lya litt damals extrem unter Eteles Gewalt und verliebte sich dann in einen der Erzeuger. Saphira war diejenige, die als meine spätere Frau für mich geboren wurde. Die Meisterin, Lya, und meine Mutter Kiera vollendeten direkt nach Saphiras Geburt das Ritual, damit das Band von Anfang an bestand." Saphira blickte ihn erschrocken an und sprang von seinem Schoß. Sie schüttelte ungläubig den Kopf. „Soll das heißen, ich bin nur geboren worden, um von Anfang an deine Frau zu sein und Kinder zu zeugen für den damaligen Phönix? Soll das heißen, wir waren schon immer zusammen, sogar als ich ein Baby war? Hatte ich nie eine andere Wahl gehabt?"

„Du hattest eine Wahl. Warst du nicht mit Nicolai verlobt?" Traurig blickte Saphira auf den Boden. Tränen tropften auf den Boden, als sie sich an ihn erinnerte. Leroy riss sie aus den Gedanken. „Was wäre, wenn sie sich für mich weiterhin entschieden hätte? Hättest du mich dann umgebracht? Überlegst du eigentlich, was du erzählst Mario? Sie wurden nur geboren, um eure Frauen zu werden und Kinder zu bekommen, damit die Flammengeborenen nicht aussterben. Ihr habt nie daran gedacht, dass sie ihren eigenen Willen haben. Sie dienen nur zum Zweck, mehr nicht!"

„Das stimmt nicht. Hätte sie dich gewollt, hätte ich nichts machen können! Ich bringe niemanden ohne einen guten Grund um! Ich gebe zu, dass ich verpflichtet bin sie zur Frau zu nehmen, aber ..."

„Heißt das also, du liebst mich gar nicht und wolltest einfach nur, dass ich meinen Platz einnehme, den jemand mir gegeben hat, ohne dass ich es wollte?"

Mario konnte nichts mehr sagen, denn sie rannte plötzlich weinend hinaus. Er fluchte und rannte hinterher. Leroy wusste, wie verletzt sie war, denn er spürte denselben Schmerz. Er liebte sie immer noch. Obwohl er sauer war, als er das erfuhr, wusste er, dass er alles für sie machen würde. Sie wusste wirklich nichts davon, was oder wer sie wirklich war.

Saphira rannte durch den Park. Er liebte sie nicht. Alles war nur gelogen, damit sie Kinder bekam. Sie war nur dafür geboren worden. Man wollte sie sonst nicht haben. Sie kam gerade am Tor an, als sie von hinten gepackt wurde. „Lass mich los!"

„Nein! Erst wenn du mir zuhörst!"

„Du bist ein verdammter Lügner. Ich glaube dir kein Wort mehr!"

„Jetzt halt endlich deinen Mund, Saphira! Ich habe mich wirklich in dich verliebt! Ich liebe dich! Es war nie gelogen! Die Gefühle sind echt und der Heiratsantrag war es auch!"

„Ich glaube es dir aber nicht! Wenn ich schon nur zum Kinderkriegen geboren wurde, warum hast du dann mein Baby genommen? Hat Nicolai mich genauso angelogen wie du?"

„Ja, das hat er. Was hat er dir erzählt über mich, was deine Gefühle anging damals?" Sie blieb steif stehen. „Dass es nur freundschaftliche Gefühle gewesen wären und ich ihn wirklich liebe."
„Siehst du? Das war gelogen. Er hatte nie verkraften können, dass ich irgendwann sicher eine Frau haben würde. Ich kann dir aber sagen, dass er dich wirklich geliebt hat. Und das mache ich auch. Als Nicolai starb, wusste ich, dass ich dir das Kind entfernen musste, weil ich dich sonst nicht an mich binden hätte dürfen! Weißt du, was ich für einen Schmerz empfand, als ich das machen musste? Saphira, ich liebe dich, seit du wieder da bist, und nicht nur weil du für mich geboren wurdest. Meine Gefühle zu dir sind unbeschreiblich. Deswegen habe ich das getan. Ich hätte niemals ertragen können, dich mit jemand anderem zu sehen. Denkst du etwa, das Medaillon, die Tränen und der Schmerz waren von mir gespielt, als dein Bruder dich mir wegnahm? Außerdem solltest du lieber die ganze Geschichte von mir hören. Wir sind nicht die einzigen Phönixe, wie es erzählt wurde. Ich habe viel mehr herausgefunden. Aber Saphira, ich liebe dich wirklich." In seinen Augen schimmerte es. Er schien sie wirklich zu lieben. Mario hatte recht. Damals als sie ihn an der Tür stehen sah, spürte sie genauso den Schmerz, wie er ihn hatte. Das war nicht gelogen. „Ich verstehe das mit dem Kind immer noch nicht." Mario meinte, dass sie erst einmal reingehen sollten. Saphira ging traurig neben ihm her. Im Schlafzimmer setzten sie sich auf das Bett. Sie wollte nicht, dass er sich neben sie setzte. Erst sollte er ihr alles erklären. „Wenn eine Frau, von einem anderen ein Kind bekommt, ist sie für immer an ihn gebunden. Egal ob er tot oder lebendig ist. Du hättest jeden haben können, nur keinen mehr von uns. Also in dem Sinne mich. Mir blieb nichts anderes übrig, als es zu machen. Ich tat es aus Liebe, Saphira. Bitte, glaube mir." Sie blieb still und legte ihre Beine auf das Bett. Sie legte ihre Hand auf den Bauch. „Was ist mit dieser Meisterin? Hat sie überlebt? Existiert sie noch?" Mario schien es nicht zu gefallen, darüber zu reden. Er fragte, ob er sich neben sie setzen durfte. Eigentlich wollte Saphira das nicht, aber als sie den Ausdruck sah in seinem Gesicht, hielt sie es für besser, dass

er sich setzte. Saphira hatte ein komisches Gefühl gehabt, weil er so schlecht aussah bei diesem Thema. „Sie zog mich mehr oder weniger auf, als meine Eltern starben. Um ehrlich zu sein … bin ich froh, dass ich nichts mehr von ihr gehört hatte."

„Warum? Was hat sie getan?" Mario biss die Zähne zusammen. Egal was sie ihm angetan hatte, es musste sehr schlimm gewesen sein. Ihm liefen die Tränen hinunter. Saphira konnte nicht mehr sauer sein. Sie nahm ihn in die Arme und küsste ihn. Seine Arme umklammerten sie, sein Gesicht legte er an ihren Hals. „Es tut mir leid. Ich kann nicht darüber reden." Sie streichelte liebevoll über seine Haare. Saphira lehnte sich an die Wand, damit sie es bequemer hatte. Mario blieb auf ihrer Brust liegen. Sie strich ihm über die Haare und über seine Wange. Sie entschuldigte sich bei ihm wegen der Frage. Saphira bereute es irgendwie, dass sie ihn so angeschrien hatte. Auch die Beschuldigungen taten ihr leid. Mario war eingeschlafen. Vorsichtig legte sie sich neben ihn, damit er nicht wach wurde. Sie liebte ihn wirklich. Doch diese Ruhe, die sie im Moment hatten, würde nicht lange dauern, das wusste sie. Doch sie hoffte, dass sie nicht wieder jemanden verlieren musste. Mario lag mit dem Kopf auf ihrer Brust und seine Arme lagen um Saphira. Sie hielt ihn in den Armen. Irgendwann war sie eingeschlafen.

Beide fuhren hoch, als es draußen schepperte. Saphira blickte Mario ängstlich an, der sie in die Arme nahm und kurz küsste, bevor er aus dem Bett sprang. Draußen war wieder alles still. Xaver kam mit Arjona angerannt. Mario fragte, was das gewesen war, doch die beiden schüttelten nur den Kopf. Xaver und Mario nahmen ihre Schwerter und untersuchten jeden Winkel in der Villa. Saphira ging langsam zur Tür. Mario stand an der Treppe. „Mario, hinter dir!"

Er schwang sein Schwert, zusammen mit Xaver. Vier Körper sanken zu Boden. Saphira eilte zu ihm rüber. Er hielt sie in den Armen und drückte ihren Kopf an seine Brust. Mario küsste sie auf den Scheitel. Er schaute Xaver an. Er nickte, denn er verstand sofort, was Mario sagen wollte. Xaver griff nach Arjonas Hand und sie fingen an zu packen. Mario lief mit Saphira zu Davina und Samira. Auch sie wies er an zu packen. Dann waren sie noch bei Saskia. Mario fackelte nicht lange. Mit einer Hand packte er Saphiras, die andere war an Leroys Nacken. Leroy schimpfte und fluchte, als Mario ihn in das Auto schob. Er nahm mit Saphira ein anderes. „Der Ring."

„Den kann man ersetzen, Feuerrose. Ich dachte, du willst mich nicht heiraten?"

Fragend schaute er ihr in die Augen. Saphira legte ihren Kopf auf seine Brust. Seine Wärme war angenehm. „Will ich auch noch nicht. Aber der Ring war wunderschön. Ich muss über alles in Ruhe nachdenken, aber das ändert wahrscheinlich nichts daran, dass ich dich liebe."

„Ich liebe dich wirklich. Wenn es sein muss, sage ich es alle fünf Minuten, bis du mir endlich glaubst. Wenn ich es nicht machen würde, wäre ich nie so weit gegangen." Er drückte sie noch fester an sich. Saphira zitterte vor Schreck und hatte furchtbare Angst. Sie drückte ihn fest an sich, denn sie hatte das Gefühl, er könnte verschwinden. Beruhigend strich er über ihren Rücken.

„Sie werden dich töten."

„Nein, werden sie nicht. Ich werde bei dir bleiben." Nach langer Zeit kamen sie an einem Waldweg an. Die Männer nahmen so viel Gepäck, wie sie tragen konnten. Mario erklärte Saphira, dass sie ab hier laufen müssten. Es war sicherer, als wenn sie mit den Autos weiterführen. Nach einer Stunde Fußmarsch kamen sie endlich an. Saphira blickte Mario an. Er lächelte wehmütig. Als ihr Blick auch traurig wurde, nahm er sie wieder in die Arme. Mario erklärte, dass es mal das Haus seiner Eltern gewesen war. Drinnen sah es aus wie ein Ballsaal. Kronleuchter in Silber, mit Diamanten besetzt hingen an den Decken. Teure Bilder zierten die Wände. Eine große breite Treppe in Weiß ging nach oben. Das Schlafzimmer, das er ihr zeigte, war hell. In der Mitte stand ein großes weißes Bett mit weißem Himmel. Der weiße Schrank hatte goldene Griffe dran, genauso wie die Nachttische. Seine Arme umschlangen ihren Körper, seine Lippen wanderten an ihrem Hals. Leise flüsterte er, wie sehr er sie liebte. Doch sie war traurig und eine Träne lief an ihrer Wange hinunter. Besorgt blickte er sie an. „Alles in Ordnung? Was ist los, was denkst du gerade?"

„Um ehrlich zu sein, würde ich dich gerne heiraten. Ich habe aber Angst, dass ich dich verlieren könnte, genauso wie Nicolai." Er legte sie sanft auf das Bett und küsste sie. Seine Hand streichelte über ihre Beine. „Ich werde niemals von deiner Seite weichen und dich nie in meinem Leben alleine lassen. Willst du mich heiraten? Ich verspreche dir, dass uns beide nichts auseinanderbringen kann. Ich werde immer dir gehören. Feuerrose, ich liebe dich. Niemand kann mich daran hindern, mit dir für immer zusammen zu sein." Er biss sie in die Unterlippe. Seine Hand wanderte zwischen ihre Beine. Sein Mund wanderte zu ihrer Brust und liebkoste ihre Nippel. „Ich möchte dich heiraten, Mario. Aber ..."

„Kein Aber. Wenn du es möchtest, werden wir das machen." Mario ließ sie langsam fallen. Seine Liebe hüllte sie ein. Eine Träne fiel noch. Die Träne der Freude, des Glückes und der Traurigkeit. Ihre Beine öffneten sich für ihn. Sie liebte ihn. Er wollte ihr den ganzen Schmerz nehmen. Niemand würde die beiden auseinanderbringen. Wenn sie ihn irgendwann verlieren würde, dann könnte sie nicht mehr weiterleben. „Es wird keinen geben, der dich mir nehmen kann, Feuerrose." Er flüsterte es leidenschaftlich, als sie auf seiner Brust lag. Saphira wollte nicht aufstehen. Die Zeit war zu schön, um sie so schnell kaputt zu machen. Xaver war bestimmt sauer, weil er noch zweimal laufen musste, wegen des Gepäcks. Mario beruhigte sie, dass er das schon könnte, wenn er Vater werden wollte. Saphira schaute ihn fragend an. Er erklärte ihr, dass Arjona schwanger war und den meisten Schutz von allen brauchte, jedoch nach Saphira. Doch sie widersprach ihm. Es ist wichtiger, dass es Arjona und dem Baby gut ging. Mario seufzte. „Hast du es immer noch nicht verstanden, meine Feuerrose? Dein Schutz steht noch höher als meiner. Schau nicht so ernst. Das hat nichts damit zu tun, weil du Kinder bekommen kannst. Du hast mehr Macht, als jeder sich vorstellen kann. Noch nicht mal ich kann mir das vorstellen, wie viel Macht du hast. Ehrlich gesagt, bin ich sogar froh, dass du deine Kraft, Magie und Macht noch nicht kennst."

„Warum? Wäre das so schlimm?" Wieder kam dieser schmerz-erfüllte Gesichtsausdruck und Saphira nahm ihn gleich wieder in die Arme. Sie wollte nicht, dass er traurig war. „Eigentlich nicht." Sie flüsterte, dass sie ihn liebte und ihre Kräfte sinnvoll einsetzen würde, sobald sie wusste, was sie alles konnte. Mario beteuerte ihr, dass er es nicht böse gemeint hatte, und das wusste sie. Sie küsste ihn am Hals und auf seine Brust. Zärtlich biss sie in seine Schulter. Mario flüsterte ihren Namen so, dass ihr Ver-langen schnell stieg. Sie wollte seinen Körper wieder und wieder erforschen. Saphira konnte nicht genug bekommen davon. Jeden Tag war sie fasziniert von seinem kräftigen, muskulösen Körper. „Weißt du, was ich gerne mal wieder machen möchte?"

Mario verneinte es. Ihm fiel nicht ein, was sie meinen könnte. Außerdem war er viel zu abgelenkt von ihrem Körper, um einen vernünftigen Gedanken fassen zu können. „Ich möchte wieder mit dir tanzen. So wie auf dem Fest, als wir es auf dem Berg im Mondschein gemacht haben." Er lächelte, als er daran dachte, wie ihre Körper sich im Einklang bewegt hatten. Mario stand auf und holte ein weißes Kleid heraus für sie. Vorne war es kurz, hinten ging es bis zu ihrem Knöchel. Es hatte Spitzen und Rüschen dran und sah einfach nur perfekt aus. Mario bat sie es anzuziehen. Nebenbei suchte er sich einen wunderschönen Anzug raus. Er wollte, dass Saphira sich Locken machte. Das tat sie dann auch. Mario legte ihr eine Diamantenhalskette um den Hals, einen Diamantenarmreif um ihr Handgelenk und steckte ihr einen Ring an den Finger. Sie sah so schön aus, dass Mario dachte, sie sei ein Engel und ein Traum. Immer wieder musste er sie küssen, berühren und riechen, um sich zu ver-gewissern, dass sie echt war. „Die Kette passt perfekt zu dir." Er ließ das Herz in seiner Hand liegen und schaute es sich an. Mario nahm ihre Hand, küsste sie, verbeugte sich und hielt ihr den Arm hin. Sie fragte ihn, wo er hinwollte mit ihr, doch er sagte nichts. Sie sollte sich überraschen lassen. Erst jetzt be-merkte sie die vier Pferde, die in einer Hütte hinter dem Haus standen. Er holte einen weißen Hengst heraus. Saphira musste ihm einfach über den Hals streicheln. Er war wunderschön.

„Er ist ein Araber. Xaver und Arjona hatten sich immer um die Pferde gekümmert."

„Wie heißen die Pferde?"

„Der Araber heißt Silberstern, das da ist ein Berber, er heißt Latino, das sind beides Stuten, sie sind beide Warmblüter. Um ganz genau zu sein, sind die beiden Mecklenburger Warmblüter. Sie heißt Princess und die andere Roxane."

„Aber wie hast du die vier bekommen? Sie kommen doch alle von woanders her."

„Geld spielt bei mir keine Rolle, wie du wahrscheinlich schon mitbekommen hast. Wenn man dann noch die richtigen Kontakte hat, bekommt man alles."

Sie wusste nicht, welches Pferd sie schöner fand. Sie waren alle traumhaft. Man sah, dass alle sehr gut gepflegt waren und sich wohlfühlten. Mario erklärte ihr, während er Silberstern fertig machte, dass die Pferde von früh bis abends auf der Weide waren, die dreißig Minuten entfernt war. Danach nahm er Princess, um auch sie fertig zu machen. Mario hob Saphira auf sie und danach schwang er sich auf den weißen Araber. Bei den Autos banden sie beide fest. Mario fuhr mit ihr in eine Stadt, zu einem Club, den sie davor noch nie gesehen hatte. Als sie eintraten, sah Saphira, dass es kein Club war. Es war ein nobles Restaurant. Mario führte sie an einen Tisch, der abseits von den anderen stand. Der Kellner brachte eine Flasche Champagner mit verschiedenen Speisen. Bevor er ging, zündete er die Kerzen noch an, die in einem goldenen Kerzenhalter steckten. Saphira schaute sich die Gravierungen an und erkannte darauf Rosen.

„Danach werde ich dich in eine Traumwelt entführen", sagte Mario zu ihr und gab ihr einen Handkuss. Sie aß zum ersten Mal so vornehm. Beide stießen mit dem Champagner an. Mario sah in ihren Augen das Leuchten und wusste, dass sie glücklich war. Ihm ging es nicht anders. Wer würde nicht glücklich sein, wenn er so eine wundervolle Frau wie sie hatte? Als sie fertig waren mit dem großen Essen, nahm er ihre Hand und führte sie hinten raus. Dort stand ein Holzpavillon. Rundherum standen Rosen in allen Farben. Sogar Glühwürmchen flogen herum. Das Mondlicht schien darauf. Saphira dachte, dass sie dahin gehen würden, doch Mario führte sie daran vorbei. Dort war eine Hecke mit einem Tor, durch das er sie durchführte. Doch kaum sah sie, was dahinter war, stand sie wie erstarrt da. Traumwelt. Mario hatte nicht untertrieben. Wasser, Sand, Musik. Manchmal hörte man eine Eule. Der Mond spiegelte sich im Wasser. Als sie die Musik erkannte, fielen ihr fast die Augen heraus. „Oh nein. Das ist nicht dein Ernst." Er lächelte und seine Augen leuchteten. Er steckte ihr eine weiße Rose ins Haar und legte eine Hand auf ihren Rücken, während er die andere in ihre Hand legte. „Doch ist es. Oder kannst du keinen Tango?" Doch das konnte sie. Saphira liebte den Tango, weil er so verführerisch und sexy sein konnte. Sie tanzten im Mondlicht auf der Bühne und vergaßen die Welt und alles, was um sie herum war. Jetzt gab es nur sie beide.

Kapitel 31

„Saskia? Weißt du vielleicht, wo Mario ist? Ich habe schon Davina und Arjona gefragt, aber niemand wusste etwas." Saskia schaute lächelnd zu ihr. Sie war gerade dabei, das Mittagessen vorzubereiten. So wie es aussah, wollte sie Suppe machen. Saphira ging auf sie zu. „Du weißt doch, wo er ist, oder?"

Saskia zuckte nur mit den Schultern. Saphira musste das wohl so hinnehmen, doch sie machte sich große Sorgen um ihn. Um sich etwas ablenken zu können, fragte sie Saskia, ob sie vielleicht helfen dürfte. Erst war sie nicht überzeugt davon, weil Saphira schließlich ein hohes Ansehen genoss, nickte aber dann und freute sich über die Hilfe. „Es kann wirklich anstrengend sein, für alle zu kochen, wenn man alleine ist."

„Das kann ich mir gut vorstellen. Damals musste ich auch immer kochen. Ich bin wirklich froh hier zu sein."

„Ihr wart heute früh erst zu Hause. Wo seid ihr denn gewesen?"

„Erst waren wir in so einem Nobelrestaurant. Danach ging er mit mir zu einem Strand. Dort war eine Bühne, wo wir Ewigkeiten getanzt haben. Mann, dieser Mann kann vielleicht mit seinen Hüften schwingen, der Wahnsinn." Saphiras Augen strahlten, während sie alles berichtete. Saskia musste kichern. Sie wusste, dass Mario ein sehr guter Tänzer war. Das hatte er definitiv von seinem Vater. Aber Saskia freute sich, dass Mario endlich eine Frau gefunden hatte. Nein, sie war nicht nur eine Frau, sondern *die* Frau für ihn. Saphira war nicht nur als Herrscherin geboren, sondern auch eine Flammengeborene. Und, was sie noch nicht wusste, auch die Meisterin. „Du siehst so nachdenklich aus. Was ist denn los?" Saphira schaute besorgt zu Saskia hinüber. „Nichts, Liebes. Ich war gerade nur in Gedanken über etwas Unwichtiges. Du musst dir aber keine Sorgen wegen Mario machen. Er wollte spätestens zum Essen wieder da sein."

Das beruhigte Saphira etwas, anscheinend schien Saskia doch zu wissen, wo Mario war. Sie nahm sich noch zwei Kartoffeln, um sie zu schälen und in Würfel zu schneiden. Saskia schnitt noch zwei Möhren hinein, danach waren sie fertig und die Suppe konnte kochen. Saphira bekam eine Tasse Tee von ihr. Saskia setzte sich ihr gegenüber und bedankte sich noch einmal bei Saphira für die Hilfe. Saphira nutzte die Situation, dass sie mit Saskia alleine war, und versuchte mehr über Mario zu erfahren. „Das war wirklich kein Problem. Du kennst Mario schon sehr lange, oder?"

„Ja. Als er sieben Jahre alt geworden ist, kam ich als Haushaltshilfe zu ihnen. Mario konnte schon immer sehr gut tanzen. Das hat er von seinem Vater gelernt. Wenn er anfing zu tanzen, war er in seiner eigenen Welt. Es tat ihm wirklich gut, den Stress dadurch abbauen zu können."

„Du redest wie eine Mutter. Hast du Kinder? Oder einen Mann? Ich möchte dir aber nicht zu nahe treten."

„Nein, das machst du nicht. Ich habe meinen Sohn und meinen Mann beim großen Kampf verloren. Mario gibt mir die Kraft, um weiterzuleben. Er ist wie ein Sohn für mich." Immer wenn sie über ihn sprach, leuchteten ihre Augen fürsorglich. Sie war stärker, als Saphira jemals geglaubt hatte. Sie hatte ihren Sohn und Mann verloren. Trotzdem saß sie hier, mit einer Lebensfreude und Energie, wie man es nicht erwartet hätte. Saphira kam sich dumm vor, weil sie sich hatte umbringen wollen, als sie Nicolai verloren hatte. „Ich würde gerne mehr erfahren über Mario. Er ist sehr verschlossen, wenn ich ihn nach seiner Vergangenheit frage."

„Das kann man gut verstehen, wenn man bedenkt, was er alles durchgemacht hat. Am Anfang war sein Leben perfekt. Seine Eltern liebten ihn mehr als alles andere auf der Welt. Mario hat von den beiden immer viel Liebe bekommen. Seine Mutter hatte sich darum gekümmert, ihm die Geschichte der Clans beizubringen. Sein Vater unterstützte ihn im Tanzen. Sie waren immer sehr erfreut, wenn Mario ihnen etwas vorgetanzt hatte, weil er dann so unbeschwert war. Als er neun Jahre alt war, wusste er alles, was es gab. Er verstand, wer er war, was er war. Mario wusste, wie man

Clans führte, andere vernichten konnte und lernte die Geschichte der Phönixkinder von seinem Vater. Seine Eltern achteten sehr darauf, dass Mario ein normales Leben führen konnte. Eines Tages kam er freudestrahlend nach Hause. Er sang und tanzte und war überglücklich. Mario erzählte, dass er seine Traumfrau kennengelernt hatte, die er später heiraten wollte, wenn er groß wäre. Sein Vater fragte, wer es sei. Rate mal, welchen Namen er da genannt hatte." Saphira kamen die Tränen. Er hatte sie damals schon geliebt. „Saphira", sagte sie mit heißerer Stimme. Saskia nickte und tätschelte ihre Hand. „Genau. Er hatte sich Hals über Kopf in dich verliebt, seit er dich damals gesehen hatte. Sein Vater war sehr glücklich, denn er wusste, wer du warst. Doch dann kam es, dass du dich mit Leroy verbündet hattest. Leroy war sein einziger Freund, weil die anderen alle Abstand von ihm hielten. Mario hatte es damals Leroy erzählt, dass er dich später heiraten wollte. Trotzdem hatte Leroy sich nicht davon abbringen lassen, sich an dich heranzuschmeißen. Als er mit dir zusammen sich immer mehr zurückzog, brach Marios Herz jeden Tag ein Stück mehr. Er litt sehr darunter, seinen besten Freund zu sehen, mit dem Mädchen, was er sehr mochte. Mario selber zog sich immer mehr zurück und verkroch sich hinter Büchern und dem Tanzen. Am Anfang hat er noch nicht mal etwas gegessen. Öfters war er krank und seine Eltern sorgten sich sehr um ihn. Als Mario dann auch noch seine Eltern verloren hatte im Kampf, ging es immer mehr bergab. Mario kam mit dem Druck nicht zurecht, der so schnell auf ihm lastete, weil er der Anführer des Clans geworden war. Die Meisterin hatte seit dem Tod seiner Eltern dauernd nach ihm verlangt."

„Du weißt also, wer wir wirklich sind?", fragte Saphira. Nur schwer verdaute sie alles, begriff, was er gemeint hatte, als er sagte, sie habe ihn damals schon verletzt. Doch sie hatte nichts davon mitbekommen, für sie war es nur Freundschaft und sie begriff damals nicht, dass Leroy und sie ihn so sehr verletzt hatten. Heute, wenn sie darüber nachdachte, bereute sie alles, was passiert war. Jetzt merkte sie, wie es gewesen sein musste, als sie plötzlich auftauchte und mit dem einzigen besten Freund so gesehen verschwand. Mario war da alleine, hatte niemanden mehr, der sich mit ihm abgeben wollte. Saphira spürte den Schmerz, der in ihr aufstieg, wenn sie sich das vorstellte. „Ja. Ich habe es gleich erfahren, als ich bei seiner Familie angefangen habe. Mich hat es nie gestört. Die Meisterin hieß Agni. Mario wurde von da an immer verschlossener. Ich …" Ein tiefer Schmerz kam zum Vorschein. Saphira legte ihre Hände auf die von Saskia.

„Bitte, erzähle es mir. Was hat Agni mit ihm gemacht. Als er mir erklärte, dass es eine Meisterin gab, war sein Gesicht genauso schmerzerfüllt."

„Sie hat ihn … für ihre Zwecke benutzt. Immer wieder manipulierte sie ihn. Sein Körper tat zwar das, was sie wollte, doch sein Geist, seine Seele hat alles mitbekommen und ihn kaputt gemacht."

„Was für Zwecke waren das?"

„Er musste sie immer … befriedigen. Und es kamen noch andere Sachen dazu. Brände, Mord …" Saphira wurde kreidebleich. Wie konnte man so etwas machen?

„Aber … Mario … er wollte es doch nicht."

„Deswegen ging er ja so kaputt. Es ging jahrelang so. Seit er achtzehn war, versuchte er den Schmerz mit anderen Frauen zu besänftigen. Ich habe irgendwann aufgegeben zu zählen, wie viele er hatte. Jeden Tag sehnte ich den Tag herbei, wo er sich endlich eine feste Frau suchen würde."

„Das heißt, er wurde immer wieder vergewaltigt, und weil er damit nicht klarkam, musste er mit anderen Frauen rummachen?"

„So ungefähr. Ich weiß bis heute nicht, was in seinem Kopf vorging, aber ich weiß natürlich auch nicht, wie es so ist mit den Phönixen, deswegen möchte ich nun wirklich kein Urteil bilden. Doch, Saphira, ich bin wirklich froh, dass er dich wiederhat. Bis heute hört er noch die Schreie der Familien, die er umgebracht hat. Die Geister verfolgen ihn. Aber mit dir scheint er wieder vollständig zu sein, auch wenn ich nicht weiß, warum." Saphira musste weinen bei dem Gedanken, was ihr Verlobter alles miterlebt hatte. So etwas konnte sich keiner vorstellen, der es selber nie erlebt hatte. Saskia erhob sich und nahm Saphira in ihre Arme. Sie flüsterte beruhigende Worte zu ihr. Es tat Saphira im Herzen weh, was sie erfahren hatte. Sie dankte Saskia für das Trösten und rührte die Suppe um. Saphira ging dann aus der Küche nach oben in das Schlafzimmer und bereitete etwas vor, womit sie Mario glücklich machen wollte.

Alle saßen am großen Esstisch zusammen. Die Suppe schmeckte himmlisch, wie alles, was Saskia kochte. Mario saß neben Saphira. Er hatte ihr nicht gesagt, wo er war. Das Geschirr klapperte, als alle fertig waren. Doch keiner erhob sich. Saphira wurde von Mario wieder sanft auf den Stuhl gedrückt. Dann erhob er sich und stellte den Stuhl zur Seite an die Wand. Alle wussten anscheinend, was los war, außer Saphira, die verdutzt Mario ansah. Als er zurück zu Saphira kam, kniete er sich hin und holte eine kleine blaue Schachtel aus der Hose. Als er sie öffnete, musste Saphira tief Luft holen. „Hiermit möchte ich dir meine Liebe zu dir beweisen. Es sollen alle, die hier am Tisch sitzen, mitbekommen, wie stark meine Gefühle zu dir sind. Wenn ich jemals noch einmal alleine ohne dich leben müsste, würde ich es nicht zulassen. Ich würde mich umbringen, weil mein Herz und meine Seele dann zerschmettern würden. Kein Tag würde vergehen ohne dich. Keine Nacht würde es geben, wo ich einschlafen könnte, ohne dich an meiner Seite zu haben. Ich habe so viel durchgemacht in meinem Leben, doch als du in mein Leben getreten bist, zum zweiten Mal, hast du meine ganzen Schmerzen genommen und mein Leben mit Glück, Liebe und Hoffnung erfüllt. Saphira, ich möchte dich bitten nie wieder von mir zu gehen. Ich möchte, dass du jede Sekunde bei mir bist. Hiermit möchte ich dich vor allen noch einmal fragen, ob du, die Schönste, die Traumhafte, der beste Engel auf Erden, mich heiraten möchtest?" Saphira sank auf die Knie vor ihm. Sie schmiss sich in seine Arme und weinte. Sie weinte vor Glück und Liebe. Leise brachte sie noch ein Ja heraus. Er drückte sie so fest an sich, dass sie seine wundervollen Muskeln spürte und seine angenehme Wärme. Alle anderen hatten auch Tränen in den Augen. Sie applaudierten ihnen zu. Xaver kam mit zwei Flaschen Sekt herein, damit alle zusammen anstoßen konnten. Saphira sah das freudige Lächeln von Saskia. Ihre Augen schimmerten von den Tränen. Mario hatte sie auf seinen Schoß gesetzt. Sein Arm ruhte um ihre Hüften. Der Kopf ruhte auf ihrer Brust. Automatisch musste sie durch seine Haare greifen. Sie wollte ihm jedes Leid, jeden Schmerz nehmen. Mit ihm wollte sie für immer zusammenbleiben. Sie flüsterte ihm ins Ohr, dass er in fünf Minuten von ihr im Schlafzimmer erwartet wurde. Seine Augen schauten ihre interessiert an, sanft küsste sie ihn auf die Nasenspitze, bevor sie sich erhob. Saphira holte einen sehr kurzen Rock heraus, mit einem Oberteil, das mehr wie ein BH oder besser gesagt Bikinioberteil aussah. Es klopfte leise an die Tür. Saphira machte sie einen Spalt auf. Sie ließ Mario herein und bat ihn, es sich auf dem Bett bequem zu machen. Verwundert sah er sie an. Der Anblick, der sich ihm bot, war fabelhaft. Seine Augen blitzten auf, als er die Salsamusik erkannte und sie sich dazu bewegte, als hätte sie es schon immer getan. Mario konnte nicht sitzen bleiben. Er musste sie an sich nehmen und zusammen mit ihr tanzen. Es war jedes Mal so, dass sie beide in ihre eigene Welt eintauchten, wo nur sie beide existierten. Mario liebte es, wie sie sich bewegen konnte und ihre Hüften bewegte. Wie sie sich von einer Seite zur anderen schwenkten. Sie tanzten noch eine Weile. Zum Schluss bog sie sich nach hinten, während die eine Hand von ihm auf ihren Rücken lag und die andere ihr Bein festhielt, was sie leicht angewinkelt hochgehoben hatte. Mario konnte nicht anders, als ihr Bein gerade nach oben zu strecken und vom Knöchel bis zu ihrem festen Schenkel hinunter zu küssen. Langsam hob er sie hoch. Ihre Lippen berührten sich. Die Zungen tanzten miteinander. Ihre Hüften bewegten sich immer noch. Weder er noch sie wollten den anderen loslassen. Wenn sie beide zusammen waren, dann waren sie vollständig. Beide sanken auf das Bett. Mario hielt ihr Bein hoch. Die andere Hand ruhte unter ihrem Kopf.

„Ich kann meine Hände nicht von dir lassen, Feuerrose."

„Das sollst du auch nicht. Lass uns zusammen lieben. Den ganzen Tag, die ganze Nacht. Lass uns in unserer Welt bleiben. Ich liebe dich." Mario küsste ihren Bauch, als er sich vom Bett hinunterrutschen ließ. Als er auf seinen Beinen stand, nahm er ihre Hand und zog sie zu sich heran. „Dann lass uns weitertanzen."

Eine ruhige Musik lief die Nacht durch. Die Kerzen waren runtergebrannt. Ihre Liebe war unendlich, unbeschreiblich, einfach jenseits jeder Vorstellungskraft. Sie war, kurz gesagt, einfach perfekt. Jede Nacht hielt er sie fest in seinen Armen. Früh weckte er sie mit Rosen, Frühstück und einem atemberaubenden Kuss. Seine Augen öffneten sich. Jede Sekunde, Minute verlor sie sich in seinen warmen, braunen Augen. Sie liebte seine weichen Lippen. Ihre Hand strich über seinen Brustkorb. Leise flüsterte er ihr, wie sehr er sie liebte. In der Nacht hatte er ihr den Ring angesteckt. Er war wirklich wunderschön. Sie wusste nicht, wie viele es waren, aber er war rundherum mit Diamanten verziert. Innen stand „Ich liebe dich, Feuerrose". Wie konnte ein Mann so perfekt sein? Er hob sie vom Bett und trug sie hinunter in den Esssaal. Sie sagte ihm, dass sie selber laufen könnte, doch er erwiderte nur, dass er sie bis zum Lebensende auf Händen tragen würde. Auf einem Stuhl ließ er sie nieder. Danach ging er in die Küche. Mit einem großen Teller kam er wieder. Sie musste lachen, als sie das sah. „Was ist denn, Feuerrose?", fragte er mit hochgezogenen Brauen. „Nichts, alles bestens. Komm her und lass dich küssen, mein Mann." Nach dem Kuss kniete er wieder vor ihr, um seinen Kopf auf ihre Beine zu legen. Besorgt wurde ihr Blick, als sie sah, dass ihm eine Träne hinunterrollte, als er seine Augen geschlossen hatte. Saphira musste an gestern denken, was Saskia ihr erzählt hatte. Schnell strich sie mit ihrem Arm über ihr Gesicht. Traurig blickte er hoch zu ihr. „Du weißt es?" Saphira nickte. Sie erklärte ihm, dass sie Saskia geholfen hatte und sie dann vieles erzählt hatte. Er zog sie auf seinen Schoß.

„Es ist vorbei. Du bist endlich bei mir, Feuerrose. Ich möchte die Vergangenheit hinter mir lassen. Nur noch die Momente, die wir beide zusammen verbracht haben, sollen immer in meinem Herzen bleiben. Eigentlich wollte ich nicht, dass du es alles erfährst. Genau aus dem Grund, weil du sonst traurig bist. Ich möchte dich nicht weinen sehen, es schmerzt im Herzen und es

schneidet in meine Seele. Du sollst glücklich sein." Er ließ seine
Hand kurz auf ihrer Wange liegen, bevor er eine Weintraube
nahm und sie in den Mund steckte. Mario gab ihr einen Kuss
und ließ die Traube von seinen in ihren Mund wandern. Xaver
kam herein. Er sah ziemlich fertig aus mit den Nerven. Beide
schauten ihn fragend an. „Wäre es möglich, dass einer von euch
Leroy besänftigen könnte. Er dreht total durch, weil wir ihn seit
gestern ins Zimmer gesperrt haben." Sie erhoben sich beide sofort.
Den hatten sie total vergessen, wie die beiden beschämt zugeben
mussten. Mario ging neben Saphira zum Zimmer, das Leroy gegeben wurde. Er war gerade dabei, gegen die Wand zu schlagen.
Dann fuhr er zu den beiden herum, als er hörte, dass jemand
durch die Tür kam. Er wollte zu Saphira gehen, doch Mario
zog sie sofort hinter sich. Mario drohte ihm, dass er was erleben
könnte, wenn er auch nur einen Schritt zu nahe an seine Frau
machte. Leroy kniff die Augen zusammen. Sein Blick wanderte
zwischen Mario und Saphira hin und her. Saphira schob Mario
zur Seite. Ungläubig schüttelte Leroy den Kopf, als er endlich
verstand, was Mario da gerade gesagt hatte. Sollte es wirklich
so sein, dass sie sich für ihn entschieden hatte? Fragend schaute
Leroy sie an. Mario beantwortete seine stille Frage: „Ja, sie wird
mich heiraten. So wie es von Anfang an hätte sein sollen."

„Du verdammter Mistkerl!" Leroys Stimme wurde wütend.
Saphira stellte sich zwischen ihn und Mario. Ihre Augen funkelten
genauso wütend wie Leroys. Sie sagte zu ihm, dass er, wenn er
ihn angreifen würde, auch sie verletzen würde. Außerdem müsste
er erst an ihr vorbei. Leroy wich ein paar Schritte zurück. „Was
hat er mit dir gemacht?"

„Nichts. Ich liebe diesen Mann. Das ist alles. Solltest du es auch
nur wagen, ihn zu verletzen, wirst du meine Rache zu spüren
bekommen." Leroy stolperte über einen Hocker und fiel auf den
Boden. *Ihre Augen*, dachte er. Mario blickte Saphira interessiert
an. Er trat neben sie, um ihre Hand zu nehmen. Kurz erhaschte
er das, was Leroy so sehr verunsichert hatte. Er strich mit dem
Daumen über ihre Lippen, bevor er ihr einen heißen Zungenkuss
gab. Ihre Fingernägel krallten sich in sein Hemd. Ihre Zungen

trennten sich. Saphira zog ihn wieder heran, um seine Lippen zu küssen. „Komm mit, Feuerrose."

Sie gingen aus dem Zimmer, Richtung nach draußen. Wo wollte er hin mit ihr? Mario musste es doch gespürt haben, wie sehr sie ihn jetzt haben wollte. Saphira blieb stehen. Sie wollte jetzt nicht irgendwo hingehen. „Wo willst du mit mir hin?" Mario gab ihr keine Antwort. Er konzentrierte sich voll und ganz auf den Weg. Nach vierundzwanzig Minuten kamen sie tief genug in einen Wald, wo er stehen blieb. „Was wollen wir hier?" Saphira war ziemlich irritiert. „Weißt du noch, was in dem Gefängnis passiert ist? Als Zoran und Daira dich hatten?"

„Natürlich. Du hattest mich irgendwie geheilt, glaube ich. Dann hast du mit mir geschlafen, glaube ich. Ich weiß nur, dass ich plötzlich etwas Helles gesehen habe, es ging alles viel zu schnell, um zu begreifen, was passiert ist."

„Du kannst dich nicht an die Verwandlung erinnern?", fragte Mario etwas verunsichert. Saphira schaute ihn mit einer hochgezogenen Augenbraue an.

„Was für eine Verwandlung?" Mario lehnte sich mit dem Rücken an den Baum. Er betrachtete Saphira eingehend. „Weißt du, was danach war? Als du zu mir sagtest, dass ich dein Mann sei?" Saphira überlegte krampfhaft. Das Einzige, was ihr einfiel, dass Daira etwas wegen Lambros und Flammengeborene erzählt hatte. Auch, dass sie Mario angegriffen hatten, wusste sie, und dass sie verzweifelt war. Danach wusste sie wieder nichts. „Saphira … es wird Zeit, dass du alles erfährst, was Nicolai und ich dir verheimlicht haben. Eigentlich hatte ich erwartet, dass du nun alles weißt, durch den Vorfall. Am besten setzt du dich hin."

„Aber was ist denn noch?" Saphira setzte sich auf einen Baumstamm. Mario kniete sich vor sie, damit er ihr in die Augen sehen konnte. Dabei hielt er ihre Hand. „Nicolai, ich und du sind Flammengeborene. Das ist das, was du noch weißt. Flammengeborene sind Phönixkinder …"

„Ja, aber das sagtest du bereits." Mario nickte und holte tief Luft. Er ließ seinen Blick kurz über die Umgebung schweifen. Wie erklärt man jemandem so etwas?

„Du bist selber auch ein Phönix. Um genau zu sein, ein gelber. Nicolai war ein blauer, ich bin ein grüner. Wir können uns in Phönixe verwandeln. So war das bei uns beiden, als wir den Akt vollführt hatten. Nur wenn beide Phönixe sind, können sich beide Partner zähmen, sodass sie nur noch demjenigen gehören. Hat Nicolai dich denn nicht gezähmt?"

„Wenn man in einer Phönixgestalt sein muss, wohl kaum. Sonst wüsste ich doch etwas davon." Mario schien erstaunt und verunsichert zugleich zu sein. Nicolai wusste doch, wie man jemanden zähmt. Warum hatte er das nicht gemacht oder war es einfach nur Absicht? Zum ersten Mal glaubte Mario, dass Nicolai nicht alles darüber gewusst hatte. In dieser Hinsicht war Mario unersättlich alles zu erfahren, seit seine Eltern ihn aufgeklärt hatten, doch Nicolai brauchte das nicht. Er hatte immer geglaubt niemals eine Gefährtin zu haben. „Erstaunlich, dass du trotzdem so schnell schwanger geworden bist. Als Menschen dauert das lange, bis es so weit kommt. Fakt ist, wenn die Phönixe gezähmt sind, können sie ihr Verlangen nur an demjenigen stillen. Es gibt nur noch ewige Treue. Wenn es zum Akt kommt als Phönix und sie schwanger wird, bekommt sie nach drei Tagen Eier. Diese brüten innerhalb von zwei Tagen. So wie es bei uns ist, können auch diese dann die Menschengestalt annehmen und ihre Kräfte auch so einsetzen wie wir. Deine Augen vorhin bei Leroy waren gelb. Der Phönix in dir ist erschienen. Du musst doch das gemerkt haben, Feuerrose."

Saphira schüttelte den Kopf. Dann bat sie ihn mehr über die Schwangerschaft zu erzählen und was es mit diesen Farben auf sich hatte. Mario erklärte ihr, dass, wenn sie Menschen sind und geschwängert werden, diese Geburt ganz normal abläuft, wie man es kennt. Er erklärte ihr, dass Gelbe für Kämpfer steht, Grün für Heilerfähigkeiten und Blau für Manipulationen. Saphira sah ihn entsetzt an, bis er beteuerte, dass Nicolai sie nicht manipuliert hatte. „Es stimmt, am Anfang hatte Nicolai dich noch manipuliert, zumindest deine Gefühle, doch als wir bei Phaedra waren, hatte er nichts dergleichen gemacht. Zu diesem Zeitpunkt liebtest du ihn schon. Das, was er getan hat, war so gesehen nur ein Anstoß dafür. Glaube mir, ich habe meinen eigenen Cousin verabscheut deswegen, doch ich konnte es ihm nicht verübeln. Im Gegenteil, ich war froh, dass er derjenige war, der dir so viel Freude und Glück beschert hat. Weiter zu den Erklärungen. Die Gelben sind die besten Kämpfer, die es gibt. Schwerter lieben sie im Kampf einzusetzen. Die Grünen können Wunden heilen, soweit sie nicht zu schwer sind. Wenn ich dich schwängern würde, wüsste ich es am zweiten Tag der Schwangerschaft. Lambros und Lya waren die besten Meister, die es gab für die Phönixe. Unsere Eltern verstanden sich perfekt miteinander. Doch als sie starben, kam es dazu, dass komischerweise eine Hexe unsere Meisterin wurde. Niemand begriff, warum, selbst ich habe es nie herausgefunden. Doch da du nun da bist, bist du nun die Meisterin." Saphira schüttelte den Kopf. Dass der noch nicht geplatzt war von den ganzen Informationen, wunderte sie mittlerweile. „Deswegen sagtest du, dass Nicolai nicht sterben hätte können?"

„Genau. Doch was ich nicht wusste, dass er dir die silbernen Schwingen gegeben hatte und somit einen Teil seiner Kraft. Dadurch hatte er sich sehr geschwächt. Wie er allerdings an silberne Schwingen herankam, weiß ich bis heute nicht. Ein Phönix kann vieles überleben, doch wenn er dann stirbt und keine Energie mehr hat, zerfällt er zu Asche. Es gibt eine Möglichkeit, als Geist jemandem noch zu helfen, doch das ist nur für fünf Tage. Danach wird die Seele komplett freigegeben." Mario verheimlichte bewusst, dass er sehr wohl wusste, wie Nicolai wirklich gestorben war. Er wollte das selber klären. „Warum weiß ich nichts davon, dass wir beide Phönixe waren?"

„Vielleicht bist du so wie ich. Als das ganze Chaos ausbrach mit der Jagd auf uns, dem Tod meiner Eltern, meiner Vergangenheit, habe ich versucht mein Wesen zu ignorieren. Ich wollte kein Phönix sein und Leben wie die anderen. Vielleicht liegt es daran, weil du es noch nicht wusstest und es nicht akzeptieren kannst. Ich weiß, dass man eins mit sich werden kann. Dann erkennt man die Phönixe. Die Augenfarbe ist die, die man als Phönixfarbe hat. Manchmal passiert es auch, dass sie die Haarfarbe mit verändern."

„Nicolai hatte hellblonde Haare und hellblaue Augen", flüsterte sie mehr zu sich selbst als zu Mario. Mario nickte. „Er akzeptierte schon immer sein Wesen. Saphira, der Phönix in dir will endlich freigelassen werden." Sie wusste nicht, wie sie das machen sollte, geschweige denn, ob sie das überhaupt wollte. Mario wechselte erst einmal das Thema und sagte ihr, dass sie eine Skizze machen sollte für ein Haus. Als Saphira ihn erstaunt ansah, erklärte er ihr, dass er nicht wollte, dass sie hierblieben. Er wollte mit ihr vorläufig an einen See ziehen, damit alle zur Ruhe kommen konnten. Hier würden sie bald wieder angegriffen werden. Mario wollte nichts riskieren. Saphira verstand es und stimmte zu. Als sie fragte, warum sie denn eine Skizze machen sollte, erfuhr sie, dass Mario ein Haus bauen lassen wollte, ganz nach ihren Vorstellungen. Langsam gingen sie beide Hand in Hand wieder zurück.

Kapitel 32

Saphira machte von jedem Zimmer eine Skizze, während sie überlegte, wie man die Zimmer am besten einrichten konnte. Doch sie konnte sich einfach nicht konzentrieren. Mario war unterwegs gewesen, weil er etwas wegen Nicolais Beerdigung besorgen musste. Die ganzen Geschichten schwirrten in ihrem Kopf herum. Außerdem merkte sie, dass Mario wieder grober geworden war. Doch sie wollte es ihm nicht sagen. Saphira wollte ihm nicht auch noch Schmerzen oder Sorgen bereiten. Sie fing an zu seufzen. Es hatte keinen Sinn mehr für sie. Die Räume mussten also warten. Sie überlegte, was sie sonst machen konnte. Es fiel eine Träne von ihrer Wange. Saphira fluchte und trat gegen das Geländer.

„Feuerrose." Mario stand hinter ihr und hatte es gesehen. Saphira schloss die Augen, fluchte innerlich und drehte sich lächelnd zu ihm herum. Er schüttelte aber den Kopf. „Du solltest aufhören mir etwas vorzumachen. Nicolai bedeutet dir mehr als ich. Deine Tränen zu verbergen, macht alles nur noch schlimmer."

Saphira klappte den Mund auf, schloss ihn jedoch gleich wieder, weil nichts herauskommen wollte. Sie legte eine Hand auf das Geländer und schaute über das Wasser. „Es mag sein, dass er mir sehr viel bedeutet hatte damals, doch es geht nicht nur darum, auch wenn es mir immer noch Schmerzen bereitet, dass er damals starb. Aber …" Warum konnte sie den Satz nicht zu Ende bringen? Was war los mit ihr? Mit gesenktem Kopf ging sie an Mario vorbei. Sie wollte einen Moment rausgehen. Vielleicht konnte die frische Luft ihren Verstand wieder in Ordnung bringen. Mario ging ihr hinterher. Saphira nahm aus dem Kleiderschrank einen Mantel heraus, um ihn anzuziehen. Als sie rausgehen wollte aus dem Zimmer, nahm Mario ihren Arm. Saphira blieb sofort stehen, nachdem sie zusammengezuckt war von dem festen Griff und blickte nach unten. *Warum kann ich ihn nicht ansehen?*, dachte sie. Mario schubste sie auf das Bett. „Warum lügst du dich selber an? Seit einer Woche geht das schon so. Wie soll ich mit dir zusammenbleiben, wenn du mich nicht liebst?"

„Aber ich liebe dich!"

„Dann beweise es mir!" Er schubste sie auf den Rücken und lag über ihr. Sie blickte zur Seite, bis Mario ihr Kinn umfasste und ihr Gesicht zu sich drehte.

„Du hast Tränen in den Augen. Kannst mich nicht ansehen, weil du lügst. Nicolai lebt in deinem Herzen, wo kein Platz für mich ist. Es mag ja sein, dass auch andere Sachen dahinterstecken, die du mir nicht sagst. Doch ich weiß, dass Nicolai zu sehr in deinem Kopf ist. Je näher die Beerdigung kommt, umso mehr bekomme ich es mit." Er erhob sich und ging nach draußen. Saphira ging hinunter und nahm Marios Autoschlüssel. Dann fuhr sie los, ohne jemandem Bescheid zu sagen.

Mario sprang auf und rannte zum Fenster. *Saphira*, dachte er. Doch sie gab ihm keine Antwort. Saskia kam ins Wohnzimmer und fragte Mario, was denn los sei. „Sie hängt an Nicolai. Wie könnte ich mit jemandem zusammen sein, der mich nicht liebt, Saskia."

„Aber sie bekommt ein Kind von dir. Hast du es ihr schon erzählt?"

Mario schüttelte mit dem Kopf. Er wusste es, seit sie vor einer Woche hierhergekommen waren. Er seufzte. Mario fragte Davina, ob er ihre Schlüssel bekommen könnte. Sie schmiss sie ihm hinüber. Er bedankte sich kurz, bevor er losfuhr. Mario kannte nur einen Ort, wo Saphira in ihrem Zustand hingefahren sein konnte. Er hoffte nur, dass sie keinen Mist baute. Mario hielt etwas weiter weg von dem Ort. Dadurch konnte er sich leise hinter einen Baum stellen und Saphira beobachten. Er wusste, dass sie hier sein musste. Hier hatte sie ihre Unschuld verloren. Es war dunkel und das Spiegelbild des Mondes tanzte im Wasser. Der Wind war kalt und ließ Saphiras Haare wehen. Sie kniete auf dem Sand. Ihre Hände hatte sie zu einem Gebet gefaltet. Er sah eine Träne in ihrem Gesicht. Als sie anfing zu reden, hörte er es sich genau an. „Nicolai. Warum kann ich es nicht ertragen, dass du dein Leben verloren hast? Ich liebe Mario. Es war nicht gelogen, als ich sagte, dass ich alles für ihn machen würde. Aber warum kann ich ihm nicht mehr in die Augen sehen? Warum kann ich seine Nähe nicht ertragen? Es kann doch so nicht weitergehen. Mario versucht mich glücklich zu machen. Doch je mehr er es versucht, umso mehr fühlt es sich komisch an. Es ist, als ob er mich mit Gewalt überzeugen will. Wenn es seine Angst ist, dass er mich verlieren könnte, die ihn so sein lässt, dann treibt er mich nur immer weiter von sich weg. Vielleicht ist er auch einfach vom Typ her so grob. Ich weiß es nicht. Am Anfang hat mir ja alles gefallen, doch dann war es, als ob er dich imitieren wollte. Nicolai, ich vermisse dich. Ich vermisse unsere Zeit. Deine Liebe und Wärme. Ich hoffe, du hörst es, wo immer du auch sein magst." Mario schluckte schwer, als er mit geschlossenen Augen am Baum lehnte. Er dachte über ihre Worte nach. Als er auf sie zuging, zuckte sie zusammen und sprang auf. Saphira entschuldigte sich gleich, als sie Mario sah, während sie den Blick abwandte. „Damals hast du mich mal was gefragt. Es war, als wir uns besser kennenlernten. Du hast mich gefragt, ob ich jemals geliebt habe. Die Einzigen, die ich geliebt hatte, waren meine Eltern. Woher soll ich wissen, was wirkliche Liebe ist, wenn man nie welche kennengelernt hat? Das hast du auch damals gesagt. Ich hatte die Liebe meiner Eltern, bis ich fünfzehn war. Was danach alles geschah, weißt du. Ich wollte Nicolai nicht imitieren. Ich hatte Angst, dass ich die einzige Frau verliere oder verlieren werde, die mir wirklich etwas bedeutet. Die erste, die ich wirklich liebe. Es war ein Fehler, mich von meiner Angst zerfressen zu lassen und auch dir gegenüber immer so grob zu sein wie zu den anderen. Ich wollte dir nicht das Gefühl geben, als ich sanfter wurde, dass ich ihn imitieren wollte. Seit ich dich kenne, ist alles zu verwirrend für mich und als du dich wieder zurückgezogen hattest jetzt, bekam ich Angst, dich ein weiteres Mal zu verlieren. Das würde ich nicht mehr verkraften, Saphira." Saphira hob den Kopf und schaute ihn an. Langsam trat sie auf ihn zu. Ihre Hand war kalt, als sie seine Wange berührte. Diesmal mied sie nicht seinen Blick. „Du sagtest vor einer Woche auf dem Weg hierher, dass es zwei verschiedene Arten gibt. Einmal die menschlichen Phönixe, die durch einen Phönix und einen Mensch entstehen, und einmal die reinen Phönixe, wo beide Elternteile Phönixe sind. Wir sind beide von dieser Art, oder?" Er nickte leicht, hielt ihre Hand fest in seiner, die auf seiner Wange lag. Mario schloss die Augen und schmiegte sich an ihre Hand. Er atmete tief ein, als er erklärte: „Lya und meine Mutter waren selber Phönixe. Wegen vieler Unstimmigkeiten reisten sie weg. So kam es zu den Clans und den angeblichen Eltern. Etele hat sie genauso nur benutzt wegen ihrer Macht, damit er der Herrscher werden konnte. Meine Mutter verliebte sich in den früheren Anführer, der aber nach der Hochzeit in einem Kampf starb. So kam es, dass wir beide in Clans geboren wurden. Normalerweise wären wir nicht in Clans hineingeboren, sondern unter uns. Unter die Phönixe. Weil Lya zu Etele gegangen ist und meine Mutter zu dem früheren Anführer des Schwarzen Clans. Eigentlich dürften wir auch nicht die Clans anführen." Saphira umarmte ihn, um ihm einen Kuss zu geben.

„Entschuldige mein Verhalten, aber ich konnte einfach nicht mehr. Es gab natürlich viele schöne Momente. Aber immer wenn wir miteinander geschlafen haben, spürte ich nichts außer dein Verlangen." Mario verstand sie. Aus Angst konnte er nicht wirklich liebevoll sein. Er hatte das nicht kennengelernt. Sie hatte was Besseres verdient, deshalb sagte er damals nichts, als sie mit Nicolai zusammen war. Nicolai war schon immer das Gegenteil von ihm. Er konnte einer Frau das geben, was sie verdiente. Und das war es auch, was Saphira an ihm so sehr geliebt hatte. Mario wusste nicht, ob er ihr wirklich das hätte geben können, was sie verdient hätte bei ihrem ersten Mal. Er war erleichtert, als er hörte, dass es Nicolai war, das gestand er sich ein. „Darf ich etwas machen mit dir, Chico?" Er schaute Saphira erstaunt an. Sie hatte ihm noch nie einen Kosenamen gegeben. Etwas verunsichert nickte er anschließend. Saphira bat ihn locker zu bleiben und sich neben sie zu setzen. Er sollte die Augen schließen und sich auf die Geräusche konzentrieren. Mario machte es, wenn auch nur widerwillig. Er hörte das Wasser, das Rascheln der Äste und Sträucher im Wind. Manchmal hörte er eine Eule. Mario merkte, wie Saphira seinen Arm ausstreckte und seine Handfläche nach oben richtete. Sein Körper spannte sich an. Saphira umarmte ihn leicht und küsste ihn sanft auf seine weichen Lippen. „Entspanne dich. Vertraue mir, Chico." Bei ihrem ruhigen Flüstern entspannte er sich wieder. Saphira fragte sich, ob er jemals wirklich jemandem vertraut hatte, außer seinen Beschützern und Saskia. Sie nahm etwas weichen Sand, um ihn in seine Hand zu legen. Er sollte lernen auf seine Gefühle zu achten, nicht auf seine Angst. Als er in Ruhe den Sand gefühlt hatte, nahm sie ihre Flasche heraus, die sie mitgenommen hatte. Saphira füllte in seine Hände etwas Wasser. Mario zuckte kurz zusammen, entspannte sich aber sofort wieder. Saphira hielt den Zeige- und Mittelfinger in das Wasser, das noch in seine Hände schwappte. Vorsichtig strich sie mit dem Finger über seine Lippen, die sich leicht öffneten. Kurz küsste sie ihn, bevor sie aufstand. Saphira holte dieses Mal ein Blatt. Langsam legte sie es in eine seiner Hände. „Streiche vorsichtig darüber." Er wollte die ganze Hand nehmen, doch Saphira ergriff sie. Sie schloss alle Finger, außer den Zeigefinger. Mit diesem streichelte er mit ihrer Hilfe langsam und behutsam über das Blatt. Als sie es wieder herunternahm, zog sie ihr Oberteil aus und setzte sich auf seine Beine. Sie legte ihren Kopf an seinen Hals. Automatisch gingen seine Hände auf ihren Rücken. Saphira bat ihn die Augen geschlossen zu halten. Langsam strich er über ihren Rücken, über die Arme und anschließend über ihren Bauch, ihre Brüste und Schultern. Als Mario ihr Gesicht in seinen Händen hielt, beugte er sich zu ihr und küsste sie vorsichtig auf ihre Lippen. Er strich mit seiner Zunge über ihre Lippen, bevor sie den Mund öffnete und ihre Zungen sich begegneten. Ihre Zungen und Lippen lösten sich. Mario öffnete die Augen. Er sah in ihre lavendelfarbigen Augen und streichelte vorsichtig über ihr Gesicht. Saphira öffnete seine Jacke und zog ihm sein Shirt aus. Langsam fuhr sie mit ihren Lippen über seinen Oberkörper, wo sie seine Brustwarze mit der Zunge neckte. Mario stöhnte auf, umfasste sie fester. Saphira schüttelte leicht den Kopf, dann stand sie auf. Mario betrachtete sie im Mondlicht. Langsam ließ sie alle Sachen fallen. Sie legte sich auf den Sand und schaute Mario an. Er betrachtete sie, dachte an gerade eben und wusste, dass es wieder zu fest war. Das wollte er ändern. Mario schlich sich langsam wie eine Raubkatze an sie heran, um sich neben sie zu legen. Saphira kuschelte sich an seinen warmen Körper. „Was möchtest du, Feuerrose?"

„Dass du mich liebst. So, als wenn ich noch jungfräulich wäre." Sie schaute ihn voller Liebe und Wärme an. In seinen Augen spiegelte sich Angst. Alleine der Gedanke ließ ihn erschaudern. So weit war er noch nicht. Zwar war er nicht so brutal wie die Leute vom Blutclan, aber immerhin so schlimm, dass er Frauen verletzte mit seiner ungezügelten Art. Das wollte er Saphira endlich ersparen, sie sollte Liebe bekommen, nicht das, was er sonst mit ihr gemacht hatte. „Ich kann es nicht."

„Lass die Angst nicht überhandnehmen, Chico. Du kannst es. Du hast es gerade bewiesen. Und nachdem du mich befreit hattest mit Leroy, warst du so zärtlich und so glücklich. Ich will diesen Mario wiederhaben, der nicht diese Angespanntheit hat. Der sich keine Sorgen macht wegen der Angst, mich zu verlieren." Zum ersten Mal sah sie in ihm das grüne Feuer flackern. Das Feuer des Phönix. Er strich langsam und zärtlich über ihren Körper. Sie schloss die Augen und atmete ruhig. Ein angenehmer, warmer Schauer rann über ihren Körper. Sie schmiegte sich noch näher an ihn heran. Er küsste sie mit einer flammenden Leidenschaft, bevor er sie auf den Rücken drehte. Mario liebkoste ihren Körper mit sinnlichen Küssen. Ihr Körper bewegte sich leidenschaftlich unter seinem. Diesmal nahm er ihre Hand, um sie zu seinem Schaft zu führen. Langsam streichelte sie ihn. Seine Hand streichelte ihr über die Wange, zum Hals, ihren Körper hinunter und anschließend über ihre Beine. Er machte alles extrem langsam, als würde er sie zum ersten Mal vor sich haben. Seine Berührungen waren ehrfürchtig, liebevoll, als hätte er vor sich ein jahrhundertealtes Kunstwerk. Mario legte sich vorsichtig, als ob sie zerbrechen könnte unter seinem Gewicht, auf sie. Langsam führte er sein Glied in sie hinein. Dabei küsste er sie wieder mit voller Leidenschaft, Liebe, Wärme und Zärtlichkeit. Langsam bewegte er sich auf ihr. Saphira bewegte sich mit ihm, legte den Kopf nach hinten. Er liebkoste ihren Hals, ihre Schultern.

„Ich wusste, dass du es kannst, Chico." Saphira hatte die Augen geschlossen. Er lag neben ihr. „Danke, Feuerrose. Für alles. Danke, dass du mir gezeigt hast, was Liebe bedeutet, und mir gezeigt hast, wer ich bin und war." Saphira wusste, dass es ihn geplagt hatte, nur dieses Verlangen zu stillen. Das, was sie heute mit ihm erlebt hatte, was sie gespürt hatte, war der Mario, der er wirklich war. Dies war der Mann gewesen, den sie für immer lieben konnte. Sie öffnete langsam die Augen und betrachtete ihn. „Chico. Du bist wunderschön." Mario wusste, was sie gemeint hatte. Dieses Mal nahm er nicht die Leuchtkraft des Feuers, sodass sie ihn diesmal richtig sehen konnte. Es war auch das erste Mal, dass er Saphira so sehen konnte. „Du bist es auch, Feuerrose. Schöner als jede Blüte. Schöner als jeder Traum. Du bist das Schönste, was es auf der Welt gibt. Ich liebe dich."

Er sagte es mit einer wundervollen liebevollen Stimme, die diesmal nicht gepresst klang. Sie hatte gelbes Gefieder, ihre Flügel und Körper umrandet von gelbem Feuer. Ihr Schweif lag ausgebreitet wie ein Fächer auf dem Boden, der aus sechs langen roten Federn bestand. Ihre Augen leuchteten in einem helleren Gelb. Mario sah prächtig aus in der Gestalt. Wie ein König, so einschüchternd konnte er wirken. Er war breiter, sein Blick entschlossener. Sein Körper in ein dunkles Grün getaucht, sein Schweif in Schwarz. Seine Augen strahlten in diesem Waldgrün, wie es Saphira schon einmal gesehen hatte bei ihm. Seine Flammen besaßen zwei Farben, einmal das Grün des Körpers und das Schwarz, wie auch sein Schweif schwarz aussah. Ja, er sah für Saphira wirklich königlich aus. Mario legte einen seiner Flügel über sie und sie vergruben ihre Köpfe unter diesen. Bevor sie beide einschliefen, sagte sie noch zu ihm: „Weißt du noch, das mit den Erdbeeren und dem Eis? Es war wirklich wunderbar. Da habe ich mich richtig in dich verliebt. Deswegen hatte ich danach, um ehrlich zu sein, etwas Angst vor dir. Weil du wieder so anders warst. Es ist ungewohnt, endlich den Phönix zu akzeptieren in mir." Er küsste sie zärtlich und liebevoll, bevor sie die Augen schlossen und diese ruhige Umgebung zusammen genossen.

Die Vögel zwitscherten im Morgengrauen. Saphira gähnte und streckte sich einmal richtig. Verblüfft schaute sie sich um. „Mario?" Es kam keine Antwort. Sie richtete sich auf und blieb kurz sitzen, bevor sie aufstand. Sie zuckte zusammen und schrie, als Mario sie von hinten klatschnass umarmte. „Ich liebe dich. Hast du gut geschlafen, Feuerrose?" Saphira lächelte und lehnte sich an seinen Körper. Mario küsste sie sanft auf den Hals. Er sagte immer wieder, dass er sie über alles liebte. Beide blieben noch eine Weile sitzen und schauten sich Arm in Arm das Wasser an. „Ich hätte nie gedacht, dass solche Erlebnisse so schön sein könnten. Nicolai hatte recht. Du bist wahrhaftig ein wundervoller Engel. Danke, dass du mich an dich gebunden hast." Sie drehte ihren Kopf zu ihm. „Wie meinst du das?"

„Ein Phönix wird an den Partner gebunden, somit gehört dieser nur noch ihm. Ich dachte, ich hätte dir davon erzählt?" Saphira überlegte, doch ihr fiel es nicht ein, davon jemals was gehört zu haben. „Ein Ereignis, das unvergesslich ist, bindet den Phönix an den Partner. Du hast mir das Schönste gezeigt, was ich mir nicht einmal im Traum vorstellen hätte können. Somit hast du mich an dich gebunden und ich kann dir nicht mehr fremdgehen. Ich gehöre nur noch dir allein. Allerdings können wir somit auch nicht mehr sehr lange getrennt sein. Glaub mir, je länger wir getrennt sind, umso schlimmer ist der innerliche Schmerz."

„Hast du mich gezähmt?" Marios Haltung änderte sich, was ihr ein ungutes Gefühl gab. Vorsichtig schüttelte er den Kopf. „Warum nicht?"

„Ich konnte es nicht. Der Versuch, dich zu zähmen, ging schief, als ich mir das mit den Erdbeeren und den Eiswürfeln hatte einfallen lassen. Ich weiß, dass es dir zwar gefallen hat, doch du scheinst noch zu sehr an Nicolai zu hängen. Deswegen funktionierte es wahrscheinlich nicht. Die Antwort weißt du nur allein. Ich liebe dich, Feuerrose, und warte, wenn es sein muss, bis zum Ende meines Lebens, bis du dafür bereit bist." Sie legte die Arme um ihn und vergrub ihr Gesicht in seiner Halsbeuge. Wahrscheinlich hatte er recht, vielleicht hing sie wirklich noch zu sehr an Nicolai. Es konnten aber auch die ganzen Ereignisse gewesen sein, was alles passiert war. Doch sie wusste, dass sie ihr Leben für Mario geben würde, wenn es sein musste. Würde Mario sie sein Leben lang nicht zähmen können? Tränen rannen über ihr Gesicht und Mario merkte es. Traurig blickte er ihr in die Augen. „Weine nicht ... ich werde warten, bis du bereit bist dafür."

„Was ist, wenn dieser Tag niemals kommt?", schluchzte sie. Mario schüttelte den Kopf und küsste ihre Tränen weg. „Dieser Tag wird kommen, sobald du dich von Nicolai trennen kannst. Eure Liebe ist echt gewesen, das weiß ich. Deshalb werde ich Geduld haben." Er stand mit ihr auf und sie fuhren zurück nach Hause.

Saphira seufzte. Dieser Mann konnte einen wahnsinnig machen. Mario war von dem Bauunternehmen genervt und sie zankten sich am Telefon. Sie nahm ihr Handy heraus, weil sie den Rest noch erledigen wollte. Die Beerdigung sollte in einer Woche stattfinden. Bis dahin wollten sie sich noch um das Haus kümmern und mal vorbeifahren. Die Tage vergingen wie im Flug. Vor eine Woche hatte sie Mario als liebevollen, süßen Mann kennengelernt, den er aber nicht vor den anderen dreien zeigen wollte. Dafür ließ er es im Schlafzimmer heraus. Saphira war glücklich, diese Seite von ihm zum Vorschein gebracht zu haben. Mario legte wütend auf. Saphira musste ein Kichern unterdrücken, weil sie gerade mit dem Blumenladen telefonierte. „Ja genau. Orchideen. Danke Ihnen. Auf Wiedersehen." Mario setzte sich neben sie. Er fragte sie, warum es nicht einfach so laufen konnte, wie geplant. Sie küsste ihn. „Weil es nicht immer so geht. Du solltest geduldiger werden."

„Aber das ist für dich!"

„Ich weiß, Chico. Aber ich habe eine andere Idee. Du solltest mal wieder besänftigt werden." Mario schaute sie fasziniert an. Dann blickte er durch den Raum und zog die Augenbrauen hoch.

Saphira kicherte über seinen fragenden Ausdruck. Sie strich über seinen Bauch und zog langsam sein Shirt nach oben. Beide fielen auf das Sofa, sodass sie auf ihm lag. „Davina und Samira sind in der Stadt und wollen was besorgen. Saskia liegt oben in ihrem Zimmer und ruht sich aus. Und unter mir liegt ein Mann, den man besänftigen muss." Sie küsste ihn zärtlich. Er griff ihr an den Hintern und drückte sie leicht zu sich. „Ich finde, wenn du wartest, wird es später noch schöner werden. Wir müssen noch das mit unserer Hochzeit klären. Und wir sollten schon einmal nachsehen, ob sie die Pläne für das Haus richtig angefertigt haben." Sie knurrte enttäuscht und zog einen Schmollmund. Mario schüttelte lachend den Kopf. „Du bist unmöglich geworden, seit du mich gezähmt hast, Feuerrose." Mario zog sie langsam aus, ließ sie aber auf ihm. Sie zog ihn danach aus. Er zog sie höher, bis sie mit dem Bauch über ihm war. Sie schloss die Augen, als seine Lippen ihren Bauch küssten. Marios Hände streichelten über ihre Beine, während er immer weiter hinunterging, indem er sie immer höher zog. Dann drehte er sie auf den Rücken. Sie stöhnte und griff in seine Haare, als er mit seiner Zunge über ihre empfindliche Stelle streifte. Als sie kurz vor dem Höhepunkt war, hörte er auf und ließ sie auf das Sofa fallen. Vorsichtig legte er sich auf sie und drang behutsam in sie ein. Ihre Fingernägel krallten sich in seinen Rücken. Sie genoss es, sein Glied in sich zu spüren. Plötzlich hörten sie Saskia herunterkommen. Mario nahm schnell die Sofadecke und legte sie über beide, bevor Saskia hineingeplatzt kam. „Oh. Entschuldigt, bin wieder weg." Beide mussten anfangen zu lachen, als Saskia puterrot im Gesicht wieder hinausging. Beide standen auf und zogen sich an. Saphira gab ihm noch einen intensiven Zungenkuss, bevor sie weitere Erledigungen machten. „Wir sollten die Hochzeit aufschieben, Chico. Wenigstens, bis das Haus fertig ist und die Beerdigung erledigt ist." Fragend und traurig blickte er sie an. Schnell fügte sie hinzu:

„Es ist doch nur, damit wir nicht so viel Stress haben, Chico. Ich liebe dich und gehöre dir." Mario ging zu ihr und gab ihr einen langen Zungenkuss. Dann streichelte er mit leuchtenden

Augen über ihren Bauch. Verwundert schaute sie ihn an. „Es gibt da etwas, was ich dir noch sagen sollte. Du hast wohl nicht mitbekommen, dass du schwanger bist, oder?" Saphira blickte ihn groß an.

„Ich dachte, die Übelkeit sei normal. Willst du mich auf den Arm nehmen? Wie lange weißt du das schon?"

„Ehrlich gesagt habe ich es erst nach dem ganzen Stress wirklich mitbekommen. Es ist von unserem ersten Mal nach der Gefangenschaft. Als es mit den Erdbeeren und Eiswürfeln war."

„Sagtest du nicht, dass es eigentlich viel länger dauert?" Mario nickte. Dann blickte er sie entschuldigend an, weil er dachte, dass es ihr zu schnell ging mit dem Kind. Doch Saphira strahlte ihn vor Glück an. Sie umarmte ihn und überhäufte ihn mit Küssen. „Ich liebe dich mehr als alles andere, Chico."

Erleichtert schloss er sie in seine Arme. „Ich dachte schon, es ginge dir zu schnell."

„Eigentlich ist das auch so, aber es gibt keinen Grund, warum ich mich nicht freuen sollte. Moment mal … heißt das, dass ich nun Eier lege?" Saphira schien sichtlich verwirrt, als ihr einfiel, was Mario gesagt hatte. Seine Hand ruhte auf ihrer Wange. „Nein, wir haben das Kind gezeugt als Menschen, nicht als Phönixe."

Der Tag der Beerdigung war gekommen. Saphira war mittlerweile Anfang des ersten Monats schwanger. Ihre Brüste taten jetzt schon weh. Früh und abends rannte sie nach dem Essen auf die Toilette, um sich zu übergeben. Mario kümmerte sich liebevoll um sie. Saphira zog sich ein schwarzes Kleid an. Saphira rief noch einmal überall an, um sich zu versichern, dass alles bereit war. Ihr ging es nicht gut, was nicht an der Schwangerschaft lag. Ihr Herz tat weh von dem Gedanken, heute die Beerdigung von ihrem Geliebten Nicolai zu vollziehen. Man konnte die Vergangenheit nun einmal nicht vergessen. Sie fuhr bei Mario mit. Es war alles so, wie sie es sich vorgestellt hatte. Die Orchideen lagen am Rand des Wassers und weiter vorne lagen sie in einer Herzform aneinandergelegt. Sogar das Klavier haben sie geschafft hierherzubringen. Es war das von Nicolai gewesen. Er hatte

Saphira damals das Spielen darauf beigebracht. In der Mitte des Herzens stand der goldene Krug mit den Flügeln dran. Saphira schnürte es die Kehle zu. Für einen Moment musste sie sich an Mario festhalten, der sie behutsam in die Arme nahm. Sein Blick war leer. Hinter ihnen kamen die Silberschwingen. Jeder sagte etwas, als sie vor dem Kelch knieten. Mario und Saphira blieben bis zum Schluss übrig. Saphira kniete sich nicht hin und sagte auch nichts. Sie setzte sich mit Mario zusammen an das Klavier. Mit geschlossenen Augen holte sie noch einmal tief Luft, bevor sie anfing zu spielen. Als sie anfing zu singen, war plötzlich alles ruhig. Mario hatte das weiße Schwert in der Hand, das einmal Nicolai gehört hatte. Nicolais Herz schlug für die Silberschwingen. Er steckte die Spitze in den Sand, kniete sich hin und die Hände waren fest auf das Schwert gelegt. Er senkte seine Stirn auf seine Hände und hörte seiner Verlobten zu. Allen Anwesenden stiegen die Tränen in die Augen. Saphira spielte und sang Nicolais Lieblingsstück. Im Hintergrund sprühten Funken und knisterte das Feuer. Saphira dachte, während sie spielte und sang: *Lebewohl, mein Mann. Ich werde nie die Zeit vergessen, in der du mir so viel Glück und Liebe geschenkt hast. Ich werde dich immer lieben, Nicolai.* Mario betete, dass es Nicolai gut gehen sollte, dort, wo er jetzt war. Er sollte ein neues Leben beginnen können, wo es keinen Krieg geben sollte, sondern nur Frieden. Dann flüsterte er leise: „Ich verspreche dir, dass ich Saphira lieben und ehren werde, so wie es sich gehört. Auf sie achten werde und jeden Wunsch erfüllen werde, egal wie auch immer. Wir werden auf die Silberschwingen achten und gute Anführer sein. Ich vermisse dich, Cousin, und habe dich immer geliebt als diesen, auch wenn ich es nie zeigen konnte." Saphira hatte das Lied beendet, über ihre Wangen brannten die warmen Tränen, die hinunterliefen. Nicolai hatte es nicht verdient, zu sterben, schon gar nicht so früh. Ihre Wut kochte wieder hoch, auf Zoran und Daira. Ob sie auf Leroy wütend sein sollte, wusste sie nicht mehr, seit er erzählt hatte, dass Zoran ihn in der Hand hätte. Und doch würde sie ihn rächen, wenigstens an Daira und ihrem angeblichen Bruder, der überhaupt keiner war. Er hatte Etele als Vater, das stimmte, doch seine Mutter war eine andere. Nur weil Etele sie damals verließ für Lya, wollte er Rache an Saphira nehmen. In Gedanken versunken erschrak sie, als Mario hinter ihr stand und seine Hand auf ihre Schulter legte. Alle warteten, bis sie es zu Ende brachte. Mario überreichte ihr Nicolais Schwert. Der Kummer, die Sehnsucht nach Nicolai wuchs in ihr heran. Liebevoll strich sie über den Griff mit den beiden Flügeln. Dann ging sie in die Mitte. „Nicolai Paxaro lebte für die Silberschwingen. Er hat dafür gekämpft und nie aufgegeben, um in diesem Clan sein zu können. Nicolai war ein ehrfürchtiger Gegner, ein sehr guter Kämpfer und … ein liebevoller, warmherziger Mann. Ich glaube nicht, dass jemand besser geeignet gewesen wäre als er, ein Herrscher zu sein, ein Anführer der Silberschwingen zu sein. Er hat sich meinetwegen geopfert. Ich habe die schönen Zeiten mit ihm sehr genossen und ich vermisse ihn unendlich. Aber ich bin mir sicher, dass er nicht möchte, dass ich weine. Jetzt würde er vor mir stehen und …", sie wischte sich die Tränen weg und rang nach Fassung, „er würde mich mit seinen hellblauen Augen ansehen, mit seinem Lächeln im Gesicht, was immer seine Grübchen zeigte, und würde sagen: Engel, weine nicht. Du sollst lachen und Freude haben. Ich werde es versuchen, Nicolai, für dich, doch im Moment kann ich es einfach nicht. Dafür ist der Schmerz einfach zu groß, dich verloren zu haben." Sie konnte nicht mehr, zu sehr schnürte sich ihre Kehle zu und die Tränen liefen ohne Ende. Sie kniete vor dem Kelch und legte sein Schwert davor. Dann konnte sie nur noch ihre Hände vor das Gesicht legen und weinen. Mario trat zu ihr, streichelte über ihren Rücken. Seine Hand zitterte, sie musste ihn nicht ansehen, um zu wissen, dass auch er gerade weinte um Nicolai.

Kapitel 33

Beide saßen benommen auf der Couch. Saphira drückte sich an Marios Körper, brauchte seine Hitze jetzt mehr denn je. Ihr war kalt, eiskalt, um genau zu sein. Mario hielt sie fest an sich gedrückt, ihm ging es nicht anders. Beide spendeten sich gegenseitig Trost, ohne dass sie etwas sagen mussten. Saskia, Davina und Samira saßen auf der anderen Couch. Auch sie sagten nichts, jeder trauerte um Nicolai. Saphira konnte diese Stille nicht ertragen, es war zu bedrückend. Langsam löste sie sich von Mario, um aufzustehen, der sie besorgt ansah. „Ich brauche frische Luft", sagte sie nur und ging hinaus. Sie hatten Penelope und Ricardo zu sich geholt, zu denen sie nun in den Stall ging. Sie tätschelte Ricardos Hals. Bilder davon, wie er Nicolai geärgert hatte, kamen hoch, wobei sie schwach lächelte, doch gleichzeitig versuchte sie die Tränen zu unterdrücken. Sie wollte Penelope nicht beleidigen, indem sie ihr keine Aufmerksamkeit schenkte, doch ihren Anblick verkraftete sie einfach nicht. Zu viele Erinnerungen waren damit verbunden. „Feuerrose, bitte, weine nicht." Er drückte sie an sich. Saphira wusste, dass Nicolai dasselbe gesagt hätte. Sie umarmte ihn, weinte immer weiter, dass sie glaubte, dass sie niemals mehr aufhören könnte. „Sch..., Feuerrose, ist ja gut. Ich vermisse ihn auch." Mario zog sich das Herz zusammen, nicht nur wegen Nicolais Tod, sondern auch weil es Saphira so schlecht ging. Dazu plagte ihn sein Gewissen, dass ausgerechnet er ihr das Kind genommen hatte, das Letzte, was sie hatte von Nicolai. Er bereute es zutiefst, der Gedanke, dass es keine andere Wahl gegeben hätte, außer sie gehen zu lassen, damit sie das Kind bekommen hätte können, beruhigte ihn nicht. „Höre auf, dir Vorwürfe zu machen!" Saphira drückte ihn weg. Dass sie ihn gerade angeschrien hatte, erstaunte ihn. „Glaubst du, mir würde es besser gehen? Verdammt, Mario, selbst wenn ich Nicolais Kind noch hätte, würde ich auf dem Boden liegen vor Trauer! Ich bin froh, dass du bei mir bist, freue mich, dass wir zusammen ein Kind bekommen! Im Moment ist das nur zu viel für mich, die Beerdigung."

„Ich wollte nicht, dass du es mitbekommst. Entschuldige", flüsterte er. Saphira ging zu ihm, um seine sanften Lippen zu küssen. Ihre Hände ruhten auf seinem Po. „Chico, ich bin wirklich glücklich. Ich möchte nicht, dass du noch mehr leidest als jetzt schon. Ich liebe dich." Seine Trauer in den Augen schmerzte sie. Nein, es musste weitergehen. Nicolai hätte das alles nicht gewollt. Er hätte gewollt, dass sie glücklich waren. Ihre Aufgabe war es, Frieden zu schaffen, daran mussten sie denken. Langsam zog sie ihn mit in das Haus, direkt in das Schlafzimmer. Dort schubste sie ihn in das Bett. Verwundert schaute er sie an. „Ziehe dich aus", sagte sie. Mario begriff nicht, was das sollte, gehorchte aber, weil er wusste, dass es einen Grund geben musste. Dann holte sie etwas aus der Schublade. Marios Augen wurden größer. „Was hast du vor?" Seine Stimme war heißer. „Ich möchte dich einen Moment vergessen lassen und Vertrauen aufbauen lassen zu mir. Ehrlich gesagt kam ich auf die Idee durch das, was zwischen mir und Leroy damals war. Vertraust du mir?" Mario schluckte, war unsicher, doch es gab keinen Grund dafür, Saphira zu misstrauen. Vorsichtig nickte er. Sie beugte sich zu ihm, damit sie ihn küssen konnte. „Leg dich hin", sagte sie sanft. Mario machte es, behielt den Blick dabei auf Saphira. Als er das Klicken der Handschellen hörte, zuckte er zusammen. Doch was ihm schwerer fiel, viel schwerer sogar, war, dass er blind gemacht wurde durch die Augenbinde. Er musste nun auf sein Gehör vertrauen und auf Saphira. Dabei bemerkte er, dass Saphira sich nun wohl selber auszog, konnte es aber nicht direkt deuten. Als es eine Weile ganz still war, bemerkte er Panik in sich aufsteigen. Seine Atmung beschleunigte sich, er wollte sich bewegen, doch es ging nicht, weil seine Hände festgeschnallt waren. „Vertraue mir", hörte er endlich Saphiras Stimme. Ihre Lippen berührten seinen Hals, womit er ruhiger wurde, gleichzeitig stieg das Verlangen. Zärtlich biss sie in eine Brustwarze. Er stöhnte auf, seine Hüften hoben sich leicht. Er spürte alles intensiver, als wenn er sie gesehen hätte. So unbeschreiblich. Saphira machte dasselbe auf der anderen Seite. Dann widmete sie sich seinem Bauchnabel, ließ den Zeigefinger ganz langsam die schmale Haarlinie entlangfahren. „Weißt du, das gefällt mir am meisten an deinem Körper. Es ist wunderschön." Sie senkte sich, ließ ihre Zungenspitze vom Bauchnabel hinuntergleiten. Wieder stöhnte er auf. Kurz hielt sie inne, bevor sie ihn sanft in die Innenseite seiner Oberschenkel biss. Wieder hoben sich seine Hüften. Es gefiel ihm, darauf war Saphira stolz. Dann krabbelte sie bis zum Bettende und setzte sich. Langsam fing sie an seine Füße und seine Waden zu massieren. „Wir sollten uns wirklich viel mehr Zeit nehmen für Liebesspielchen und Neues ausprobieren." Mario sagte nichts, zu sehr sehnte er herbei, dass sie sich endlich auf ihn setzte. Als sie mit der rechten Seite fertig war, massierte sie die linke. „Als ich im Laden war, gab es dort so viele Sachen, die ich noch nie zuvor gesehen habe. Würde es nicht Spaß machen, vieles mal auszuprobieren?" Sie bekam keine Antwort von ihm, doch wenigstens entspannte er sich. „Und jetzt das Schönste von allem", flüsterte sie. Bevor Mario sich überlegen konnte, was sie meinte, zog er schon scharf die Luft ein. „Saphira, du bringst mich um!"

„Nein, das würde ich nicht machen. Weißt du, immer wieder frage ich mich, wie der in mich hineinpasst. Das ist geradezu unmöglich. Und trotzdem ist das Gefühl, dich in mir zu haben, atemberaubend. Ich merke die Reibung, spüre, wie tief er in mich eindringt." Es wurde Mario zu viel, jetzt wo sie auch noch erzählte, wie sie es empfand. „Saphira, bitte erlöse mich. Bitte!" Saphira streichelte mit ihren Fingern noch über seinen Schaft. Damals war sie es, die gebettelt hatte um Erlösung, bei Leroy. Nun könnte sie sich nicht einmal im Traum vorstellen mit einem anderen Mann zu schlafen als mit Mario. Sie nahm ihm die Augenbinde ab, ließ die Handschellen klicken und setzte sich rittlings auf ihn, wobei sie sein Glied in sich willkommen hieß. Mario hatte ihre Hüften umfasst, die Augen kurz geschlossen. Dann setzte er sich auf, hielt sie in den Armen, während sie sich langsam auf ihm bewegte. „Ich glaube, du hast recht. Wir sollten wirklich mehr ausprobieren." Dann löste er seine Umarmung, fasste sie an den Hüften, und bevor Saphira es sich versah, drückte er sie kurz nach oben und zog sie mit einem Ruck wieder hinunter. „Ah … Mario", hauchte sie, nach Luft ringend. Noch mal tat er es, wieder und wieder, dass Saphira innerlich brannte von dem Feuer, das höher zu steigen schien. „Nicht, Saphira, ich will dich so haben. Nicht als Phönix." Wieder stieß er zu. Sie klammerte sich an seine Schultern, keuchte. Dann wurde er noch schneller, behielt seine Hände um ihre Hüften, um den Takt anzugeben. Saphira schrie, sagte seinen Namen, egal ob es jeder hören konnte. Nach einem weiteren Stoß kam er und hielt inne. Wieder konnte sie richtig spüren, wie er in ihr kam. Mario ließ sich nach hinten fallen und drückte Saphira an sich. „Ich werde dich nie wieder gehen lassen. Nie wieder will ich dich mehr verlieren."

„Dann zähme mich", flüsterte sie erschöpft, doch sie schlief in Sekunden ein.

Saphira schrak hoch vom Gebrüll, das unten zu hören war. Was war los? Sie kletterte aus dem Bett, zog sich schnell an und rannte hinunter. Mario stand wutentbrannt im Wohnzimmer. Auf dem Sofa saßen Arjona, Xaver, Akay und Xenia. „Das kann nicht euer Ernst sein, was soll dieser Mist!", schrie Mario die vier an. „Was ist denn hier los?" Mario drehte sich zu Saphira um. In seinen Augen stand nur der Zorn. Sie ging einige Schritte zurück, als Mario sie anschrie. „Was hier los ist? Die wollen uns aus den Clans werfen und dir den Titel wegnehmen als Herrscherin. Das ist los!" Sie schaute die vier an, die den Blick sofort abwendeten. Bis auf Xenia, die sie mit undurchdringlicher Miene ansah, bevor sie aufstand und Saphira bat mit hinauszugehen. „Sie wird nirgends hingehen, Xenia", knurrte Mario sie an. Saphira wusste nicht, was sie sagen sollte, geschweige denn, wie sie reagieren sollte. Man wollte sie ausschließen. Komplett. „Halt dich da raus, Mario."

„Er wird sich nirgendwo heraushalten", sagte Saphira nur, während sie zu Mario ging, um Schutz zu bekommen. Dieser legte sofort den Arm um ihre Taille. Er küsste sie auf den Scheitel, blickte aber sofort wieder zu Xenia. *Warum wollen sie das machen?,* fragte Saphira ihn in Gedanken. *Weißt du, wer die Silberschwingen wirklich sind, die Mitglieder?*

Nein ... ist das wichtig? Mario drückte sie leicht in die Seite. Sie blickte zu ihm auf und leicht nickte er zu Akay, der den Blick zum Fenster gerichtet hatte. Durch genaueres Hinsehen erkannte sie seine Augen. Saphira erstarrte. *Ich weiß nicht, was los ist, doch irgendwas muss passiert sein, das selbst die uns in den Rücken fallen. Leider weiß ich nicht, was es sein könnte.*

Alle Mitglieder der Silberschwingen sind Phönixe?

Ja, ohne Ausnahme. Es weiß aber keiner unter den Clans. Vielleicht ziehen die deswegen mit. Nicht einmal Arjona, Xaver, Davina, Saskia und Samira wissen das, obwohl ich ihnen erzählt habe, was ich bin. Ich habe dir doch erzählt, dass wir eigentlich keine Clans besitzen dürfen. Stimmt, das hatte er, auch wie es dazu kam, dass sie überhaupt welche hatten. „Wir möchten es ohne Streit durchführen. Dass ihr sauer seid, können wir gut verstehen, doch es ist einmal so, dass es offiziell bekannt gegeben wurde, dass ihr Phönixe seid. Somit müssen wir euch als Anführer leider abweisen." Saphira bewunderte Arjona, dass sie so sachlich bleiben konnte. Ihr Äußeres zeigte nicht das, was sie gerade innerlich spürte. Sie merkte, dass Arjona es nicht mochte, dass Mario als Anführer ging, doch es blieb keine andere Möglichkeit. *Es wurde offiziell bekannt gegeben, das heißt, Zoran hat ausgepackt. Warum hatte Akay gerade stechend blaue Augen?*

Er und Xenia scheinen zusammen zu sein. Als ich sie gerade zurechtgewiesen habe, wurde er wohl wütend. Das liegt bei uns in den Adern, dass wir unsere Frauen beschützen oder besser gesagt unsere Gefährtin. Doch ich hätte erwartet, dass er es besser unter Kontrolle hätte. Es wunderte mich, dass Zoran nicht schon früher ausgepackt hatte und Daira.

Aber was machen wir denn jetzt?, fragte Saphira verzweifelt. Mario vergrub kurz sein Gesicht an ihrem Hals. „Uns bleibt nichts anderes übrig, als abzugeben", flüsterte er, sodass nur sie es hören konnte. „Dann habe ich alles verloren, sogar das, was Nicolai so sehr geliebt hat, das Einzige, was ich behalten wollte." Sie hob den Kopf zu Akay und Xenia, die sich in der

Zwischenzeit wieder neben ihn gesetzt hatte. Langsam ging sie auf die beiden zu. Akay beobachtete sie misstrauisch. „Ich habe geschworen, dass ich mich um die Silberschwingen kümmern werde. Habe es versprochen zu Ehren von Nicolai, weil er diesen Clan mehr geliebt hat als alles andere auf dieser Welt. Nun wollt ihr mir das ernsthaft nehmen, nur weil ich ein Phönix bin?" Sie drehte sich zu Arjona und Xaver: „Und ihr … Jahre war Mario ein exzellenter Anführer. Hat es geschafft, zwei Clans zu vereinen, und euch das höchste Ansehen gegeben. Wird es nicht langsam Zeit, dass man alles neu aufbaut? Warum wollen wir uns dauernd danach richten, wie es damals war? Wir sind jetzt diejenigen, die Entscheidungen treffen müssen, und nicht die anderen. Nur weil es damals so war, muss es weiterhin so gehen?" Mario war nicht zum ersten Mal von Saphira fasziniert, doch nun bewies es sich einmal mehr, dass sie eine hervorragende Herrscherin und Meisterin war. Sie versuchte etwas zu ändern, was seit Jahren bestand, die Jagd nach den Phönixen, alles nur, weil die Geschichte falsch erzählt wurde und immer so falsch weitergegeben wurde. In der Luft war die Anspannung von allen zu spüren. Saphira ließ sich nicht verunsichern, blieb vor den beiden stehen und schaute fest in ihre Gesichter. Geduldig wartete sie auf eine Antwort. Mario beobachtete die anderen beiden, er verstand einfach nicht, warum die nichts sagten. Dass er gehasst wurde, war ihm klar, jeder von den Phönixen wusste, von wo er stammt, doch Saphira konnte nun beim besten Willen nichts dafür. „Wir können es einfach nicht akzeptieren, sieh das ein!" Akays Ton passte Mario überhaupt nicht, doch er musste sich zusammenreißen. Wenn Saphira weiter nachhaken würde, käme alles raus, von wo er wirklich stammte. Und Saphira würde ihn wahrscheinlich verlassen, weil er sie nicht gezähmt hatte. „Warum wollt ihr das nicht ändern, verdammt das …"

„Feuerrose, es bringt nichts, lass gut sein." Fassungslos blickte sie Mario an, die Enttäuschung in ihren Augen war nicht zu übersehen, deswegen wendete er den Blick ab. Sein Geheimnis durfte nicht herauskommen. Akays Blick und sein fieses Grinsen hätte er zwar am liebsten herausgeprügelt, doch es hätte nichts gebracht. Er nahm Saphira bei der Hand, um sie aus dem Wohnzimmer hinauszuziehen. „Wir treffen uns in fünf Stunden auf der großen Wiese. Dort werden wir abdanken." Dann schloss er die Tür.

Das war so knapp, dass er dachte, sein Herz würde stehen bleiben. Plötzlich spürte er einen brennenden Schmerz an seiner Wange. Saphira stand wutentbrannt, mit schimmernden Augen vor ihm und hatte ihm eine Ohrfeige verpasst. „Was sollte dieser Mist! Die Silberschwingen sind alles, was ich noch habe, und ich habe geschworen, dass ich sie führen werde!" Mario schluckte. Schüttelte jedoch nur den Kopf, er wollte nicht alles herausholen, wollte nicht die alten Geschichten hervorrufen. Er ging an ihr vorbei den Weg entlang, der in den Wald führte. Saphira folgte ihm jedoch nicht, sie drehte sich zu den Ställen herum. Die Pferde brauchten Futter, Pflege und der Stall musste gereinigt werden. Dort hätte sie ihre Ruhe, vor allem Beschäftigung. Was war nur in Mario gefahren? Er liebte doch seinen Clan, schließlich war dieser doch sein ganzer Stolz. Würde Saphira ihn irgendwann verstehen? Das Schlimme war jedoch, dass sie komplett kannte oder eher extrem viel von ihrer Vergangenheit wusste. Schweren Herzens musste sie sich eingestehen, dass sie nichts wusste. Weder von ihm noch von den Phönixen. Wie viel war echt von den Gerüchten, die Leroy ihr erzählt hatte. Konnte Mario wirklich von diesem Clan stammen? Wusste sie denn genug, um darauf zu vertrauen, dass sie Herrscherin bleiben konnte, die Clans in die richtige Richtung bringen konnte? Sie stellte die Mistgabel in die Ecke und kehrte in das Haus zurück. Dort hängte sie sorgfältig ihre Jacke an den Haken und ging die Treppe hinauf bis zum Dachboden. „Man denkt doch noch an mich", der herabfallende Ton war kaum zu überhören. „Verzeihung, wenn du nicht reden möchtest, kann ich wieder gehen." Leroy hob den Kopf, er sah erbärmlich aus. Er tat ihr schrecklich leid. Marios Umgang mit Leroy war zu extrem. Er behandelte ihn, als sei er ein Gefangener. Ein schwaches Lächeln spielte um seine Mundwinkel. „Kirschblüte, welch ein Wunder."

„Samira und du seid ja ziemlich auf Tauchgang gewesen. Du brauchst dich wirklich nicht wundern, wenn Mario dich so behandelt."

„Es war im Eifer des Gefechts." Saphira hob eine Augenbraue, wobei sie ihn fragend ansah. „Du weißt, dass du mir etwas bedeutest. Zu diesem Zeitpunkt war ich jedoch einfach nur wütend. Samira kam mir gerade recht dann. Ich habe mich aufgeführt wie ein Idiot. Normalerweise habe ich kein Recht, über Mario so herablassend zu reden, schließlich scheine ich ja nicht viel besser zu sein." Seufzend hockte sie sich neben ihn. „Weißt du, ehrlich gesagt wäre ich froh, wenn du endlich aufhören würdest mir hinterherzulaufen. Ich liebe Mario, wir erwarten sogar ein Kind. Es würde nichts zwischen uns werden."

„Deswegen bist du aber nicht hier, oder?" Saphira schüttelte leicht den Kopf. Sie vertraute ihm immer noch, deswegen sah sie kein Problem darin, einfach alles zu berichten, was geschehen war. Sie ließ kein bisschen aus. Als sie alles berichtet hatte, überlegte Leroy. Saphira lockerte seine Ketten, die an den Handgelenken zusammengebunden waren, damit er nicht mehr ganz so erbärmlich aussah. „Irgendwann musste das so kommen, doch ich bewundere deinen Mut. Den muss man erst einmal haben, um so einen Vorschlag zu machen, etwas zu ändern. Meiner Meinung nach wäre ich aber auch nicht damit einverstanden. So sehr ich dich auch begehre …"

„Indem du mit Samira …"

„Lass mich ausreden! Das mit Samira habe ich dir doch erklärt. Wie sehr ich dir das beweisen möchte. Egal … ich wäre trotzdem nicht damit einverstanden. Und dass die Geschichten angeblich falsch sein sollen, glaube ich auch nicht, genauso wie ich keine Zweifel hege, dass Mario zu den Schwarzschwingen gehört, auch wenn es diese nicht mehr gibt."

„Was hat es richtig mit den Schwarzschwingen zu tun, vor allem was gehen für Gerüchte herum, dass die Phönixe gejagt werden?"

„Du musst wissen, dass ich keine Sekunde daran zweifle, dass du genau richtig bist als Herrscherin. Man erzählt, dass der große

Phönix damals angeblich ein Mädchen mitgenommen haben soll, sie großzog, um sie danach an sich zu binden und sie wohl verwandelt haben soll. Als später wieder zwei Mädchen verschwanden, kochte alles über, die Gerüchte gingen herum wie ein Lauffeuer und niemand traute sich seine Mädchen alleine zu lassen. Man sagt, dass der Phönix sich rächen würde, weil wohl niemand wirklich an diesen geglaubt hat. Er würde versuchen die Menschen auszurotten, indem er alle Mädchen nehmen würde, sie verzaubert und an sich bindet. Von da an taten sich immer mehr Männer zusammen und verfolgten diesen. Niemand hatte ihn jemals gefunden, geschweige denn kamen alle zurück. Immer fehlten Leute, die man nie wiederfand." Klatschen ertönte von der Luke aus. Das scheinbar freundliche Gesicht trog. „Welch eine wundervolle Geschichte. Du scheinst mehr zu wissen als alle anderen, oder Leroy?" Sein Ton hasserfüllt, die Muskeln angespannt. In seinen Augen fackelte das Feuer von seinem Zorn in einer waldgrünen Farbe. Saphira erhob sich ruckartig und ging zu Mario. Das Letzte, was sie gebrauchen konnten, war, dass einer von ihnen durchdrehte. Und wenn sie eines wusste, dann dass, wenn Mario so aussah, er jeden umbringen würde in Sekundenschnelle und ohne mit der Wimper zu zucken. „Mario, bitte, lass ihn in Ruhe. Er erzählt doch nur das, was sich jeder erzählt hat. Bitte!" Sein Blick war leer, als er sie ansah. Saphira wollte ihn irgendwie beruhigen, doch sie war selber verunsichert von ihm, sogar eingeschüchtert. „Wenn ich eines nicht abkann, dann ist es, wenn man die Geschichte so versaut wie ihr alle." *Mario, bitte beruhige dich.* Zwar zögerte sie am Anfang, doch dann wagte sie es, ihre Hand auf seine Brust zu legen. Er wendete den Blick nicht von Leroy, doch wenigstens legte er seine Hand auf ihre. Seine rechte Hand legte sich blitzschnell auf ihren Rücken, drückte sie an ihn heran, an den harten Oberkörper, der förmlich glühte vor Hass. Wieder, wie er es so oft tat, vergrub er sein Gesicht an ihrer Halsbeuge. „Du riechst so gut", flüsterte er. Langsam beruhigte er sich und mit ihm auch Saphira. Hatte das auch was mit der Zähmung zu tun? Saphira wusste es nicht. Leroy beobachtete jede Bewegung von den beiden. Davor kannte er Mario so nicht, doch er wusste, dass er jetzt gestorben wäre, wenn Saphira nicht da gewesen wäre. Nur weil er eine Geschichte wiedergegeben hatte, die man ihm erzählt hatte. Irgendwie passten sie perfekt zueinander. Saphira war eine geniale Kämpferin und ja, sie konnte extrem hinterhältig sein, wenn sie gewollt hätte, oder kaltherzig. Doch trotzdem war sie der Kontrast zu Mario. Sie hatte eine ruhige Ader, die Mario nie gehabt hatte. „Ich liebe dich, Chico." Er stöhnte leise auf, als Saphira an seinem Hals knabberte. Sie spürte, dass er Verlangen hatte. Gerade als Saphira glaubte, sie würden ins Schlafzimmer gehen, schüttelte er den Kopf. Sanft schob er sie von sich und blickte sie an. Immer noch hatte er die waldgrünen Augen. „Leroy, bevor du Geschichten erzählst, solltest du die Wahrheit hören. Doch davor bitte ich dich ganz einfach nur darum, endlich die Vergangenheit ruhen zu lassen und dass du endlich wieder zur Vernunft kommst." Mario drehte sich um und ging. Saphira runzelte die Stirn, sie begriff nicht, was Mario damit gemeint hatte. Unsicher, ob sie nun Mario hinterherlaufen sollte oder hier bei Leroy bleiben sollte, stand sie einfach nur da. Wenn sie Mario richtig verstanden hatte, dann stimmte die ganze Geschichte überhaupt nicht. Es wäre nicht das erste Mal, dass man Behauptungen aufstellte, die gelogen waren, da dachte sie daran, wie man erzählt hatte, dass ihre Mutter Schuld gehabt hätte, dass der Krieg anfing. Was nicht gestimmt hatte, wie sich herausstellte. Letztendlich entschied sie zu ihrem Mann zu gehen, verabschiedete sich von Leroy und ging Mario suchen. Es dauerte eine Weile, bis sie ihn endlich gefunden hatte, denn er saß draußen an dem kleinen See, der in der Nähe der Unterkunft war. Er wandte sich nicht zu ihr, wie versteinert saß er da und blickte in das Wasser. „Mario …"

„Schon gut. Verzeihe mir einfach, ich weiß, dass ich ihn fast umgebracht hätte. Aber diese verfluchte Geschichte ist komplett gelogen, mit der Rache, so war das alles nicht."

„Erzählst du es mir?" Saphira setzte sich neben ihn, beobachtete ihn aus den Augenwinkeln. Erleichtert stellte sie fest, dass er wieder die braunen Augen hatte, die sie kannte. „Es stimmt, dass ein Mädchen verschwunden ist, doch der Phönix hatte sie vor dem Tod bewahrt. Er zog sie auf und verliebte sich plötzlich in sie, als sie eine junge Frau war. Der Phönix verwandelte sie auch, nachdem er sie gefragt hatte. Sie hatte es freiwillig gemacht, nach seinen Anweisungen. Sie zog ihm eine Feder heraus, ritzte ihn mit der Spitze und trank dessen Blut. So war sie letztendlich so wie wir. Sie bekamen fünf Kinder. Erstes war ein gelber, zweites Kind ein blauer, drittes ein grüner, viertes ein rotes und fünftes war ein weißer Phönix. Gelb, der beste Kämpfer, Blau, der beste Manipulator, Grün, der beste Heiler. Rot … er konnte andere zu Phönixen verwandeln durch einen Pakt und Weiß hatte viele Eigenschaften. So viele, dass es nahezu unmöglich war, diese alle zu kennen. Deswegen konnte jeder eins mit sich werden bis auf die Weißen. Sie war geboren eine Meisterin zu sein, auf dem Kampffeld konnte man sie nicht täuschen. Doch das sind nur kleine Beispiele. Heutzutage ist nicht bekannt, dass es noch rote oder weiße Phönixe gibt. Da sie aber nie eins mit sich wurde, empfand sie Hass auf ihre Geschwister. Dieser Hass steigerte sich in das Unbeschreibliche, es zerfraß sie, und als sie zwanzig Jahre alt war, war nichts mehr von dem Weißen zu sehen. Sie schloss sich den dunklen Mächten an und so wurde sie ein pechschwarzer Phönix, der Unheil über alle brachte. Sie entführte schwangere Frauen und Kinder, wofür, ist bis heute unbekannt. Die Welt sollte in Finsternis getaucht werden. Junge Männer ab zwanzig aufwärts benutzte sie als Diener, es ist unbeschreiblich, was diese für Qualen erleiden mussten. Ihre Geschwister versuchten sie aufzuhalten, doch jeder Versuch brachte nichts. Somit kam der schlechte Ruf über alle Phönixe und die Jagd begann … bis heute." Saphira hörte ihm genaustens zu, doch dass es so schlimm war damals unter den Phönixen, hätte sie nie geahnt. Kein Wunder, dass alle so einen Hass empfanden auf sie. „Ich würde die Schwarzschwingen auch hassen, würde es noch welche geben." Sie schmiegte sich an Mario und beide saßen aneinander gekuschelt einfach nur da und hörten den Klängen der Natur zu.

Die Wiese war nicht mehr wiederzuerkennen. Überall standen Stühle, wo die Mitglieder des Schwarzen- und des Todesclans saßen. Auch die Silberschwingen saßen dort in der hintersten Reihe. Vorne standen fünf Stühle, davor zwei. Mario erklärte ihr, dass diese für die beiden waren. Sie gingen zusammen zu den Stühlen, setzten sich aber nicht. Danach kamen Akay, Arjona, Xenia, Xaver und noch eine Frau, die Saphira davor noch nie gesehen hatte. Mario erstarrte sofort bei deren Anblick, Panik spiegelte sich in seinen Augen. Vorsichtig fragte Saphira, wer das sei. „Weiß", brachte er nur hervor. Saphira blickte die Frau wieder an. Sie schien achtundzwanzig Jahre alt zu sein, hatte sauerstoffweißes Haar, hellgraue Augen. Sie blieben vor ihnen stehen, wo ihre Stühle standen. Die Frau mit den grauen Augen, die eine schmale Taille hatte, durchtrainierten Körper und Brüste, die nur dürftig von ihrem silbernen Top bedeckt wurden, sah intensiv die beiden an. „Wir haben uns hier alle versammelt, um diese beiden Phönixe aus dem Clan zu werfen. Mario Paxaro, Anführer des Todes- und Schwarzen Clans, hiermit darfst du dieses Amt abgeben und einen neuen Anführer wählen." Sie setzte sich in die Mitte und wartete, bis Mario sich erhob und anfing zu reden. „Hiermit trete ich als Anführer des Todes- und Schwarzen Clans zurück. Ich bestimme für den Schwarzen Clan Arjona als Anführerin, sowie ich Xaver wähle für den Todesclan. Ich werde nicht widersprechen, nicht versuchen einen Clan an mich zu reißen und mich nicht mehr in Angelegenheiten einmischen, die den Clan angehen." Die Frau nickte, worauf sie sich erhob, während sich Mario gleichzeitig setzte, immer noch sichtlich angespannt. „Hiermit darfst du, Saphira Estrela, jemanden für das Amt erwählen, der Herrscher über die Clans werden soll. Solltest du es nicht machen, wird einer auserwählt aus allen Clans. Sprich deine Sätze, womit du als Anführerin der Silberschwingen sowie für das Amt der Herrscherin zurücktrittst." Saphira erhob sich, sprach aber kein Wort. Sie schaute einfach nur die Frau an. Fragend blickte diese zu ihr. „Was ist? Sprich jetzt!" Saphira sagte immer noch kein Wort. *Feuerrose, verdammt, sprich jetzt!*, zischte Mario ihr in Gedanken zu. Sie drehte sich zu ihm um. *Warum darf ich keinen Anführer wählen?*

Weil sie ein weißer Phönix ist. Ich habe es dir doch erzählt. Außerdem hat Narcissa es wirklich geschafft, eins mit sich zu werden. Nun sage endlich diese verdammten Worte!

Wer ist diese Narcissa, woher kommt sie plötzlich? Warum bist du so angespannt seit ihrer Gegenwart?

Hör jetzt auf Fragen zu stellen und sprich endlich! „Ich lege das Amt der Herrscherin zurück, wähle jedoch keinen neuen. Das überlasse ich den Clans untereinander. Ich werde mich nicht einmischen in deren Angelegenheiten." Während sie sprach, heftete sie ihren Blick auf Mario. Keiner schien es gehört zu haben, dass sie nicht so wie Mario die Sätze gesagt hatte. Sie hatte Nicolai etwas versprochen und sie würde die Silberschwingen wiederbekommen, egal wie. Nach kurzer Pause erhob sich Narcissa. „Hiermit seid ihr beide abgetreten, habt nicht das Geringste mehr mit den Clans zu tun und mischt euch in deren Angelegenheiten nicht mehr ein. Anführerin der Silberschwingen bin nun ich. Narcissa Prata."

Kapitel 34

Mario war unterwegs. Er wollte sehen, wie die Bauarbeiten vorangingen. Sie hatten kein Wort mehr über die damalige Versammlung gesprochen. Die letzten drei Monate waren zum Glück ruhig vergangen. Er fuhr auf den gepflasterten Weg rauf. Mario blieb erst noch im Wagen und schaute sich das alles an. Als der Chef ihn sah, stieg er aus und begrüßte ihn. Er kam sofort zur Sache: „Wie lange werdet ihr noch brauchen?"

„Das kann ich nicht genau sagen. Wie Sie sehen, werden die Fenster gerade eingesetzt. Dann wird drinnen das Badezimmer gemacht, nachdem wir die Fliesen angebracht haben."

„Ich werde mich in zwei Wochen wieder melden. Es wäre nicht zu viel verlangt, dass das Haus fertig ist, bevor meine Frau ihr Kind bekommt. Und sie ist schon Anfang des vierten Monats."

Der Chef nickte und versicherte ihm, dass das Haus rechtzeitig fertig sein werde. Mario schaute sich das Haus noch einmal an. Es war alles so, wie Saphira und er es wollten. Mario stieg wieder in sein Wagen. Er rief Saphira an, damit sie erfuhr, wie es lief. Mario machte sich aber auch Sorgen, was mit der Grund war, warum er anrief. Davina und Saskia waren zwar bei ihr, aber es bereitete ihm immer wieder Unbehagen, wenn er sie alleine lassen musste. Nicht mehr lange, dann würden sie Eltern sein. Immer wieder stellte er sich die Frage, ob es so gut war, nach Zynessa zu ziehen. Zwischen die Clans, die Kämpfe.

Saphira erzählte Saskia, dass alles gut lief mit dem Haus. Sie freute sich schon da bald einziehen zu können. Mario und sie hatten manchmal die ganze Nacht zusammengesessen und sich unterhalten wegen der Farben und Dekorationen. Saskia stellte ihr einen Tee hin. Freundlich bedankte Saphira sich und strich liebevoll über ihren Bauch. „Dein Bauch sieht aber schön aus. Was meinst du, was es werden könnte?"

„Ich weiß es nicht. Mario und ich würden uns über beides freuen, solange es gesund ist. Aber wir würden uns auch freuen, wenn es ein Junge wird." Saskia sah das liebevolle und fürsorgliche Leuchten in Saphiras Augen. Am Anfang hatten Mario und sie so viele Probleme. Jetzt freuten sie sich, dass sie ein Kind bekamen. Die letzten Monate ging es immer nur um das Haus. Saphira hatte viel mit Mario gesprochen, weil er immer wieder meinte, dass es ihm nicht gefiel, nach Zynessa zu ziehen, wo die Clans alle waren. Doch es war ihre Heimat. Saphira verstand ihn nur zu gut. Zu groß war die Angst, dass es irgendwann wieder einen Krieg geben würde, doch sie hatten beide nichts mehr von den Clans gehört. Noch nicht einmal von Daira oder Zoran. Sie fragte sich, ob es schon einen neuen Herrscher gab. Mario hörte sich wie immer besorgt am Telefon an.

„Worauf hast du heute Hunger, Saphira?" Saskia riss sie aus den Gedanken. Saphira überlegte einen Moment. „Irgendwas Süßes. Was, ist mir egal." Sie lächelte, bevor sie hinausging. Saphira legte sich auf das Sofa. In letzter Zeit fühlte sie sich schwach. Sie hatte Vitamintabletten bekommen von Davina. Damit sollte sie sich etwas besser fühlen. Doch sie konnte das nicht bezeugen, vielleicht machte sie sich einfach nur zu viele Gedanken. Sie gähnte einmal und schloss ihre Augen.

Mario musste noch etwas geklärt bekommen, bevor er ruhig wieder heimfahren konnte. Die letzten Monate hatte er sich den Kopf zerbrochen, wie das Leben hier sein sollte. Er und Saphira wussten, wie es war, ohne Eltern aufzuwachsen. Er wollte weder in einen Krieg mit hineingezogen werden noch wollte er, dass sein Kind irgendwann seine Eltern verlieren könnte. Sie waren Phönixkinder. Selbst wenn es keinen großen Krieg mehr geben würde, blieb immer noch die Jagd. Mario wusste, dass Daira und Zoran früher oder später wieder auftauchen würden. Und sie würden alles machen, damit sie Saphira und ihn finden würden. Er kam bei der großen Villa an, wo er so lange gelebt hatte. Xaver stand schon vor dem Tor in der vollen Pracht des Anführers.

„Grüß dich, Mario. Arjona ist auch damit der Kleinen. Sie wartet drinnen auf uns." Sie gingen gemeinsam durch den großen Park, bis zum Eingang. Die Mitglieder schauten misstrauisch zu Mario, als sie hineingingen. Marios Blick blieb jedoch kühl. Xaver bat ihn ins Wohnzimmer hinein. Mario begrüßte Arjona ehrwürdig. Die Kleine schlief in einer Wiege. „Danke, dass ich vorbeikommen durfte."

„Wir waren immer gute Freunde, auch wenn du mal unser Anführer warst."

„Wie heißt die Kleine?"

„Nayla. Sie ist voll süß. Ich habe gehört, ihr erwartet auch ein Kind?" Mario nickte. Er überlegte, wie die beiden so unbesorgt sein konnten. Jetzt wo sie eine Tochter hatten. Xaver bat ihn sich doch zu setzen. Eine junge Frau kam hinein und brachte Gläser und Wein. Xaver bedankte sich und bat sie wieder hinauszugehen, damit sie alleine waren. „Sagt mal, ich verstehe das nicht, wie ihr so sorgenfrei mit allem umgehen könnt. Macht ihr euch keine Gedanken über Kämpfe oder Kriege?"

„Doch, das machen wir uns, aber es bringt nichts, wenn man sich verrückt macht. Das ist deine Angst, oder?"

„Ja. Saphira will unbedingt hierherziehen. Das Haus ist in ein paar Monaten fertig. Aber ich habe mir Gedanken gemacht. Wir sollten nicht vergessen, was das hier für eine Welt ist. Sie möchte aber hier leben, weil wir hierhin gehören. Doch wir sollten Zoran und Daira nicht vergessen."

„Xaver und ich werden Augen und Ohren offenhalten. Die beiden sind Anführer der Clans. Wir werden es sofort erfahren, wenn sie wieder auftauchen. Und Mario … wir sind keine Feinde, nur weil ihr Phönixkinder seid. Wir werden euch Bescheid sagen und euch unterstützen." Gedankenverloren nippte er an dem Wein. Wenn die beiden wirklich ihre Unterstützung anboten, konnte eigentlich nichts passieren. Aber Mario konnte nicht anders, als sich Sorgen zu machen. Arjona legte ihre Hand auf seine, sodass Mario zu ihr aufblickte. „Wir verstehen, dass du Angst hast um dein Kind und um deine Frau. Aber wir als Anführer haben es im Clan zu sagen. Und auf Xaver und mich kannst du zählen, dass solltest du wissen. Für dich als Phönix ist das schwer, das wissen wir, auch wenn wir nicht viel von euch wissen." War es wirklich nur, weil er ein Phönix war? Mario konnte es nicht glauben. Er wusste, dass es nichts damit zu tun hatte, dass er ein Phönix war. Saphira war die Erste, die er liebte. Sie war die Erste, die ihn so akzeptiert hatte, wie er war. Auch wenn sie nicht die komplette Wahrheit von ihm wusste, was auch so bleiben sollte. Saphira liebte ihn genauso sehr, wie er sie. Sie hatte ihm gezeigt, was die Liebe ist und was Vertrauen hieß. Es hatte alles nichts mit seinem Wesen zu tun, sondern mit seinem Herz und seiner Seele. Mario hatte sie fast gehen lassen und verloren, wegen seiner zu großen Angst. Umso mehr liebte und schätzte er sie jetzt. Sie hatte es geschafft, ihn zu zähmen. Dafür war er sehr dankbar. Eine Zähmung war schwer. Die Bedeutung war, dass man an diese Person komplett gebunden war. Alles ließ einen kalt, man gehörte nur noch dieser Person. Selbst wenn das Verlangen wuchs, konnte es nur noch an der Partnerin oder dem Partner befriedigt werden. Man war nicht mehr in der Lage, jemand anderen dafür zu benutzen. Er hob den Kopf zur Tür, die damals zu seinem Büro führte. „Xaver, darf ich da reingehen? Bitte, es ist wichtig. Dort ist ein Familienerbstück drin. Ein Buch."

Xaver begleitete ihn in den Raum. Erstaunt sah er zu, was Mario dort machte. Mario nahm das Bild ab, das an der Wand hing. Danach legte er seine Hand auf die Mauer und schob sie beiseite. Dahinter befand sich ein Safe. Mario gab den Code ein und holte ein schwarzes Buch heraus. Drei Phönixe waren darauf abgebildet. Gelb, grün und blau. Marios Blick wurde forschend. Er bedankte sich bei Xaver und verabschiedete sich von beiden. Xaver begleitete ihn aber noch bis zum Tor. „Danke euch beiden für alles. Wenn ihr Hilfe braucht, sagt mir Bescheid."

„Das werden wir machen. Schöne Grüße an deine Frau und viel Glück."

Saphira wälzte sich auf dem Sofa hin und her. Dann fuhr sie erschrocken hoch. Sie rieb sich mit einer Hand über die Stirn. Jeden Tag mehr verstand sie, dass sie endlich alles und die komplette

Wahrheit über ihr Sein herausfinden musste. Immer, wenn sie schlief, plagten sie Albträume. Der Krieg, das Wegzerren von Leroy, der Verrat ihres Bruders. Einfach alles. Sie hörte ein Auto die Auffahrt hochfahren und stand langsam auf. Lächelnd schaute sie zu ihrem Mann hinüber, der gerade die Autotür zumachte. „Feuerrose. Du siehst so blass aus. Ist alles in Ordnung mit dir und dem Kind?" Mario ging sofort zu ihr und gab ihr einen vorsichtigen Kuss, während er mit seiner Hand über ihren Bauch streichelte. Saphira legte eine Hand auf seine und die andere in seinen Nacken, um einen richtigen Kuss zu bekommen. „Es geht mir gut. Du weißt ja, dass ich oft müde bin und mich schwach fühle. Es sind nur wieder diese Albträume. Was hast du da?" Sie schaute auf das Buch, das er in der Hand hielt. Mario erklärte, dass es die Phönix-Geschichte war. Dort würde alles über die Wesen drinstehen, was es gab. Mario legte die Hand auf ihren Rücken und begleitete sie ins Wohnzimmer, wo sie sich wieder hinlegte. Mario setzte sich neben sie, da das Sofa breit genug war. Beide blätterten im Buch herum. Es hatte viele wunderschöne Bilder gehabt von den Phönixen. „Wer ist das?", fragte sie, während sie sich auf seinen Schoß gelegt hatte.

„Das ist der erste große Phönix und die Frau, die er damals geliebt hat."

Saphira schüttelte den Kopf. Er lehnte sich zurück, sodass Saphira sich an ihn kuscheln und ihren Kopf auf seine Brust legen konnte. Mario blätterte langsam immer weiter. Dann stellte Saphira einige Fragen. „Warum zähmst du mich nicht?"

„Ich könnte es. Aber das Verlangen nicht stillen zu können, wenn der Partner nicht da ist, ist grausam. Ich möchte nicht, dass du so etwas erlebst. Deswegen werde ich das nicht machen. Ich hatte es zweimal bei dir versucht, doch es klappte nicht."

„Aber du wüsstest, wie du es wieder machen könntest?" Mario schaute ihr in die Augen und nickte. Er gab ihr einen Kuss und bat sie ein wenig zu schlafen, weil sie so erschöpft aussah und blass. Saphira drückte sich fest an ihn, bevor sie die Augen schloss. Mario legte sich tiefer und nahm seine Frau in die Arme. Zwei Stunden später wurden sie wach. Saphira und Mario streckten sich, während Saphira ein Gähnen nicht unterdrücken konnte. Es war noch hell und das Wetter war auch schön. Sie fragte Mario, ob sie in die Stadt gehen wollten. Mario nickte und holte ihren Mantel, wobei er ihr half ihn anzuziehen. Sie gingen zu Marios Wagen und fuhren hinaus. Saphira steuerte einen Baby-Laden an, in den sie unbedingt reinwollte. „Schau mal, das ist neutral und wunderschön. Wollen wir das nicht kaufen? Wie findest du es?" Mario lächelte liebevoll, als er die kleinen Sachen in der Hand hielt. So glücklich war er noch nie in seinem Leben gewesen. Er sah eine hellbraune Wiege mit einem weißen Himmel. Fragend schaute er Saphira an. Sie war hellauf begeistert. Mario schlug ihr vor einen Phönix eingravieren zu lassen. Ihr gefiel die Idee. Sie suchten noch einen Kinderwagen aus. Saphira wählte einen hellbraunen aus. Als sie dann noch Schrank und Wickelkommode ausgesucht hatten, ließ Mario es sich wegstellen. Später würde er es dann abholen. Als sie draußen weiter langliefen, blieb Saphira plötzlich stehen und schaute sich aufmerksam um. Mario drehte sich zu ihr und bemerkte, dass etwas nicht stimmte. Auch er beobachtete alles, während er zu Saphira zurückging und einen Arm um sie legte. Irgendetwas stimmte nicht. Ihr Gefühl sagte, dass Vorsicht geboten sei. Mario fragte sie, ob sie etwas trinken wollte. Saphira antwortete mit einem Nicken. In einem Café nahmen sie Platz. Beide beobachteten jeden Winkel. Dann fiel Saphira etwas auf. „Chico, dort. Auf der anderen Seite." Mario blickte in die Richtung, in die sie zeigte. Daira und Zoran. Saphira wollte aufstehen, doch Mario bat sie, sitzen zu bleiben. Er ging alleine auf die andere Seite. „So sieht man sich wieder. Zoran, Daira." Beide blickten vom Fenster zu ihm. Daira schnaubte verächtlich. Zoran funkelte ihn nicht gerade freundlich an. „Mario. Immer noch mit Saphira zusammen?", fragte Zoran. Daira blickte hinüber und stieß Zoran in die Seite. Zoran lächelte zu ihr rüber. „Sie ist schwanger? Von dir?" Mario blickte beide an. Er gab ihm keine Antwort. Als Zoran dann hinzufügte, dass man es ja nie wissen konnte, weil ja die Phönixe mit jedem herumvögelten, der bei drei nicht auf dem Baum war, wurde Mario wütend und drückte ihn am Hals gegen eine Wand. Daira schrie auf. Saphira ging nun auch rüber, um zu erfahren, was los war. Daira funkelte sie sauer an. „Halt gefälligst dein Vieh zurück!" Saphira schaute sie an, als hätte sie den Verstand verloren. „Hast du meinen Mann gerade als Vieh bezeichnet?" Als Saphira wutentbrannt auf sie zugehen wollte, drehte sich Mario nun um und ließ Zoran los. Er packte sanft Saphiras Arm und schob sie zu sich. Während Mario auf Saphira einredete, damit sie Daira nicht köpfte, hielt Zoran seinen Hals fest und hustete, nachdem er tief die Luft eingezogen hatte. Daira streichelte ihm über den Rücken. Sie fragte ihn, ob es ihm gut ging, worauf Zoran leicht nickte. Saphira krallte sich an Marios Jacke und beobachtete das Schauspiel aus den Augenwinkeln. Sie hätte kotzen können, so wie die beiden dastanden. Daira, eine hinterhältige, brutale Frau, die plötzlich einen auf Liebling machte. Wütend beobachtete sie Zoran. Sie hatte immer großen Wert auf ihn gelegt, jetzt empfand sie nur noch Hass für ihn, nach dem, was sie erleben musste. Noch weiter schmiegte sie sich an Mario, um nicht die Kontrolle zu verlieren, der sie beruhigend in die Arme schloss, aber den Blick auf die beiden gerichtet hielt. Als Zoran sich endlich wieder gefangen hatte, schaute er zu den beiden rüber. „Der Kampf ist noch nicht vorbei. Merkt euch das. Wir werden uns wiedersehen. Und ihr werdet sterben." Damit wendete er sich mit Daira ab, die hinterhältig noch den beiden zulächelte, bevor sie sich bei Zoran einhakte. Beide gingen die Straße lang. Saphira und Mario standen da, schauten den beiden hinterher, bis sie nicht mehr zu sehen waren.

Die Autorin Andrea Labahn wurde 1989 geboren und fing bereits mit zehn Jahren an, Gedichte zu schreiben. Sie hat zwei Kinder und widmet ihre Freizeit der Schriftstellerei.